KB094671

안나 카레니나 1

이 도서의 국립중앙도서관 출판예정도서목록(CIP)은 서지정보유통지원시스템 홈페이지(http://seoji.nl.go.kr)와
국가자료공동목록시스템(http://www.nl.go.kr/kolisnet)에서 이용하실 수 있습니다.
(CIP제어번호 : CIP2009003137)

세계문학전집
001

Лев Толстой : Анна Каренина

안나 카레니나 1

레프 톨스토이 장편소설

박형규 옮김

문학동네

일러두기

1. 번역 대본으로는 1978년에 모스크바 예술문학출판사에서 발간하기 시작한 톨스토이 저작집 전22권 중 1981~1982년에 발간된 8~9권을 사용했다. *Анна Каренина* (Л. Н. Толстой. Собрание сочинений. В 22-х т. Т. 8·~9. М., Худож. лит., 1981~1982)

2. 주석은 모두 옮긴이의 것이다.

3. 각 권 서두의 '주요 등장인물'은 독자의 이해를 돕기 위해 옮긴이가 넣은 것이다.

4. 외래어의 표기는 국립국어원 외래어 표기법에 준했으나, 일부는 현지 발음이나 관용에 따랐다.

5. 원서의 프랑스어(또는 기타 언어) 부분은 이탤릭체로 처리했고, 강조 부분은 고딕체로 처리했다.

6. 성서의 인용은 공동번역 개정판에 따랐다. 단, 편명은 독자에게 익숙한 개역개정판에 따랐다.

차례 ▌

주요 등장인물

안나(아르카디예브나 카레니나) ⋯ 카레닌의 아내. 오블론스키의 여동생.
카레닌(알렉세이 알렉산드로비치) ⋯ 그녀의 남편. 페테르부르크의 고위 관료.
세료자(세르게이, 쿠티크) ⋯ 그녀의 외아들.

오블론스키(스테판 아르카디치, 스티바) ⋯ 안나의 오빠. 자유주의적 귀족.
돌리(다리야 알렉산드로브나, 돌린카, 다셴카) ⋯ 그의 아내. 셰르바츠키 공작의 맏딸.

셰르바츠키 노공작 부부 ⋯ 모스크바의 귀족.
키티(카테리나 알렉산드로브나, 카텐카, 카탸) ⋯ 셰르바츠키 공작의 막내딸.

레빈(콘스탄틴 드미트리치, 코스탸) ⋯ 부유한 귀족 지주. 실천적인 노동 연구가.
세르게이 이바노비치 코즈니셰프 ⋯ 그의 이부형(異父兄). 유명 저술가.
니콜라이 레빈(니콜렌카) ⋯ 그의 친형. 폐환자.
스비야시스키 ⋯ 그의 친구. 지방의 귀족.
아가피야 미하일로브나 ⋯ 그의 유모. 가정부.
마리야 니콜라예브나(마샤) ⋯ 니콜라이 레빈의 정부(情婦).

브론스키(알렉세이 키릴로비치, 알료샤) ⋯ 귀족 청년장교. 안나의 애인.
벳시 트베르스카야 공작부인 ⋯ 그의 사촌누이. 페테르부르크 사교계의 중심인물.
야시빈 ⋯ 그의 친구. 장교.

리디야 이바노브나 백작부인 ⋯ 사교계 부인. 카레닌의 정신적인 여자친구.
바르바라 공작영애 ⋯ 안나의 고모. 노처녀.
바렌카 ⋯ 마담 시탈의 양녀. 키티의 친구.

원수 갚는 것은 내가 할 일이니
내가 갚아주겠다.[*]

제1부

1

행복한 가정은 모두 고만고만하지만, 불행한 가정은 저마다 나름나름으로 불행하다.

오블론스키 집안은 모든 것이 어수선했다. 아내는 남편이 전에 그들의 집에서 가정교사로 있었던 프랑스 여인과 관계를 가졌다는 것을 알고, 남편에게 더이상 한집에서 같이 살 수 없다는 말을 내놨다. 이러한 상태가 벌써 사흘째나 계속되어 당사자인 내외는 물론, 가족들과 가족이나 다름없는 사람들까지도 더할 수 없는 괴로움을 느끼고 있었다. 가족들이고 가족이나 다름없는 사람들이고 모두 그들의 동거 생활은 무의미하며, 한 여인숙에서 우연히 같이 묵게 된 사람들이 차라리 그들, 즉 오블론스키가의 가족들이나 가족이나 다름없는 사람들보다 서로서로 훨씬 친근한 관계로 맺어졌을 거라고 느끼고 있었다. 아내는 제 방에서 얼굴도 내보이지 않고, 남편은 사흘째 집에 들어오지도 않았다. 아이들은 온 집안을 마치 부모 잃은 아이들처럼 뛰어 돌아다니고, 영국 인 여자 가정교사는 가정부와 말다툼을 하고 새로운 일자리를 찾아주 었으면 한다는 편지를 친구에게 썼다. 그런가 하면 어제는 또 요리사가 식사시간에 맞춰 자취를 감춰버렸고, 식모와 마부까지도 급료를 계산 해달라고 했다.

말다툼이 있은 지 사흘째 되던 날 스테판 아르카디치 오블론스키 공 작―흔히 스티바로 불리는―은 언제나처럼 아침 여덟시에, 아내의 침 실이 아니라 자기 서재의 모로코가죽 소파 위에서 잠을 깼다. 그는 다 시 한잠 포근히 자기라도 하려는 것처럼, 딱바라진 살집 좋은 몸뚱이를 소파의 스프링 위에서 돌려 방향을 바꿔 누운 뒤 베개를 꽉 껴안고 거 기에 얼굴을 파묻었다. 그러다 갑자기 벌떡 일어나 소파 위에 걸터앉으 며 눈을 떴다.

'그래, 그래, 그게 어떤 꿈이었지?' 그는 꿈을 더듬어가며 생각했다. '정말 그게 어떤 꿈이었지? 그래! 알라빈이 다름슈타트에서 오찬을 베 풀었어. 아니, 다름슈타트가 아니라 어딘지 아메리카풍인 곳이었어. 그 렇지, 꿈에서는 다름슈타트가 아메리카에 있었어. 그래, 알라빈은 유리 탁자 위에서 오찬을 베풀고, 그래, 탁자들도 모두 〈Il mio tesoro(내 마 음의 보물)〉란 노래를 부르고 있었어. 아니, 〈Il mio tesoro〉가 아니라 뭔가 훨씬 훌륭한 노래였고, 그 탁자 위에 목이 길고 귀엽게 생긴 병들 이 있었는데, 그게 모두 여자들이었어.' 그는 생각해냈다.

스테판 아르카디치의 두 눈은 즐겁게 빛나기 시작했고, 그는 싱글벙 글 웃으면서 생각에 잠겼다. '그래, 좋았어, 정말 좋았어. 그곳엔 또 꿩

장한 일들이 얼마든지 있었어. 말이나 생각으로는 나타낼 수 없는, 생시에는 표현할 수도 없는 것들이 있었어.' 그는 나사 커튼의 한쪽 옆구리에서 새어드는 햇살에 제정신이 들어, 소파의 가장자리에 가볍게 늘어뜨린 두 발로 아내가 (지난해 생일선물로) 손수 지어준 금빛 모로코 가죽 실내화를 더듬어 찾았고, 구 년 동안의 오랜 버릇에 따라 그대로 주저앉은 채 침실에서 늘 가운이 걸려 있던 쪽으로 손을 뻗쳤다. 그때에야 비로소 그는 자기가 어떻게, 또 무엇 때문에 아내의 침실이 아니라 서재에서 잠을 자고 있었는지 생각을 더듬어보았다. 그 순간 그의 얼굴에선 미소가 사라졌고, 그는 이마를 찌푸렸다.

'아아, 아아, 아아! 아아아!……' 그는 이미 일어나버린 온갖 일들을 떠올리며 신음하기 시작했다. 그러자 또다시 아내와 벌인 말다툼의 자초지종, 꼼짝 못하게 된 절망적인 자신의 온갖 처지, 또한 무엇보다도 괴로운 자기 자신의 허물이 하나하나 떠올랐다.

'그래! 그녀는 용서하지 않을 거야, 또 용서할 수도 없겠지. 무엇보다도 끔찍한 건 모든 허물이 내게 있고, 허물은 내게 있지만, 그렇다고 내게 죄가 있는 것은 아니라는 점이다. 바로 여기에 모든 드라마가 있다.' 그는 생각했다. '아아, 아아, 아아!' 그는 말다툼에서 받은, 자신을 가장 괴롭히는 갖가지 인상들을 떠올리며 절망적으로 입버릇처럼 되풀이해 외쳤다.

무엇보다도 불쾌했던 건 그가 즐겁고 흐뭇한 마음으로 아내에게 선물할 큼직한 배 한 개를 손에 들고 극장에서 돌아왔을 때, 아내의 모습을 객실에서도 서재에서도 보지 못하고 마침내 침실에서 모든 것을 폭로하고 만 그 불행의 쪽지를 손에 들고 있는 그녀를 발견한 바로 그 순간이었다.

그녀가, 언제나 안절부절못하고 사소한 집안일에 이르기까지 안달복달하기 때문에 소견이 좁은 여자라고만 여겨왔던 돌리가 쪽지를 손에 든 채 꼼짝 않고 앉아서 공포와 절망과 분노의 표정이 엉클어진 얼굴로 그를 노려보고 있었다.

"이게 뭐야, 이게?" 그녀는 쪽지를 가리키면서 캐물었다.

흔히 있는 일이긴 하지만, 이때의 일을 회상할 때면 사건 자체보다도 아내의 이러한 말에 자기가 어떤 태도로 대답했던가 하는 것이 스테판 아르카디치를 더욱 괴롭혔다.

그 순간 그에게는 너무나 부끄러운 죄증罪證을 별안간 잡혀버리고만 사람들에게 일어나는 것과 똑같은 현상이 일어났다. 그는 자기의 과실이 폭로되고 나서 아내 앞에 서 있어야 했던 자신의 처지에 알맞은 얼굴을 좀처럼 꾸며댈 수가 없었다. 모욕을 느끼고 화를 내고 부인하고 변명하고 용서를 빌고, 그러지 못할 거면 차라리 태연한 얼굴로 있는 대신―그 어느 것도 그가 실제로 저지르고 만 짓보다는 한결 나았을 것이다!―그의 얼굴은 전혀 부지중에 한순간('뇌신경의 반사작용이다'라고 남달리 생리학을 좋아하는 스테판 아르카디치는 생각했다)* 버릇이 되어버린 선량한, 그래서 어리석게 보이는 미소를 띠고 말았던 것이다.

이 어리석은 미소만은 스스로도 용서할 수 없었다. 그 미소를 보자 돌리는 마치 육체의 고통을 느끼듯 부르르 떨더니, 타고난 괄괄한 성정

---

* 오블론스키는 I. M. 세체노프의 저작 『대뇌반사』를 염두에 두고 있다. 1873년 세체노프는 『심리학시론』을 발표했다. 당시 유물론적 생리학은 많은 사람들을 매료시켰다.

으로 한바탕 악담을 퍼붓고는 방에서 뛰쳐나가버렸다. 그뒤로 그녀는 남편을 보려고도 하지 않았다.

'모든 화근은 이 어리석은 미소에 있다.' 스테판 아르카디치는 생각했다.

"그러나 어떻게 하면 좋단 말인가, 어떻게 하면 좋단 말인가?" 그는 절망적으로 중얼거렸지만 아무런 답도 찾을 수 없었다.

2

스테판 아르카디치는 자기 자신에게는 정직한 사람이었다. 그는 자신을 속여가며 자기의 행위를 후회한다고 스스로를 믿게 할 수는 없었다. 그는 육 년 전쯤 처음으로 부정을 저질렀을 때 후회했던 것을 이제는 할 수 없었다. 서른네 살의 미목이 반듯하고 다정다감한 사내인 자신이, 지금 살아남은 다섯 아이와 이미 죽어버린 두 아이의 어미이며 그보다 한 살밖에 젊지 않은 아내한테만 빠져 있지 않았다고 해서 이제 와 새삼스럽게 뉘우칠 마음은 없었다. 다만 아내의 눈을 좀더 솜씨 있게 속일 수 없었던 것을 후회할 뿐이었다. 그러나 그는 자기 입장이 얼마나 끔찍한지는 충분히 느끼고 있었으며, 또한 아내와 아이들과 자기 자신을 안타깝게 여겼다. 그 소식이 그녀에게 그토록 강한 충격을 주리라는 걸 알았더라면, 그는 아마 아내에게 자기의 죄를 좀더 훌륭히 숨겨버릴 수도 있었을 것이다. 그러나 그는 그런 문제를 한 번도 제대로 생각해본 적이 없었고, 그저 막연하게 아내는 진작에 그의 부정을 눈치채고 있었지만 못 본 체하는 것이려니 짐작했을 뿐이었다. 그리고 심지어 그녀처럼 쇠잔하고 늙은 티가 나서 이젠 아름다움이라고는 조금도 찾아볼 수 없는, 사람들의 눈을 끌 만한 데라곤 털끝만큼도 남아 있지 않은 그저 평범하고 선량한, 가정의 어머니에 불과한 여자는 도리상 좀더 겸손하지 않으면 안 된다고까지 여기고 있었다. 그런데 실제로는 정반대의 결과를 초래하고 말았다.

'아아, 끔찍해! 아아, 아아, 아아! 끔찍해!' 스테판 아르카디치는 혼잣말을 되풀이했지만 아무런 묘안도 떠오르지 않았다. '이 일이 있기 전까지는 모든 게 얼마나 좋았고, 우리는 얼마나 사이좋게 살고 있었던가! 아내는 아이들에게 만족하고 행복했으며, 난 어떤 일에도 간섭하지 않고 아이들 일이나 집안일 모두 아내가 하고 싶어하는 대로 맡겨두었다. 정말 그녀가 우리집의 가정교사로 있었다는 게 좋지 않았다. 좋지 않았다! 애초에 제집 가정교사한테 사랑을 구한다는 것 자체가 저속하고 점잖지 못한 일이었다. 그렇지만 그녀는 정말 멋진 가정교사였다! (그는 *마드무아젤* 롤랑의 요사스러운 검은 눈과 그 미소를 생생히 떠올렸다.) 그러나 그녀가 우리집에 있는 동안 난 조금도 방종하게 처신하지 않았다. 그리고 무엇보다도 나쁜 것은 그녀가 이미…… 아아, 이러한 일들이 모두 마치 일부러 꾸미기라도 한 것처럼 그렇게 돼버리고 말았다! 아아, 아아, 아아! 아아! 그러나 어떻게 하면, 어떻게 하면 좋단 말인가?'

가장 착잡하고 풀기 어려운 문제들에 대해 삶이 주는 일반적인 해답 이외에는 답이 없었다. 그 해답이란 이렇다. 사람은 그날그날의 요구에 따라 살아야 한다, 말하자면, 자신을 잊어버리지 않으면 안 된다. 그러나 꿈을 꾸어 잊는다는 것은 적어도 밤이 되기 전까지는 바랄 수 없고, 이제 '목이 긴 병 여인들'이 부르던 그 노래가 있는 곳으로 되돌아갈 수는 없다. 그러니 이제는 현실이라는 꿈으로 모든 것을 잊어버리지 않으면 안 된다.

'그동안에 어떻게든 알게 되겠지.' 스테판 아르카디치는 혼잣말을 하고는 벌떡 일어나, 하늘빛 명주로 안을 댄 잿빛 가운을 걸쳐입고 허리끈을 아무렇게나 묶고서 떡 벌어진 가슴에 마음껏 공기를 들이마시고 난 뒤, 그의 살찐 몸뚱이를 제법 거뜬히 떠받쳐주고 있는 앙가발이 다리로 언제나처럼 힘차게 창가로 걸어가 커튼을 걷어올리고 요란스럽게 벨을 울렸다. 벨소리에 이어 곧바로 오랜 친구인 시종 마트베이가 옷과 장화와 전보를 가지고 들어왔다. 마트베이의 뒤를 따라 면도 도구를 든 이발사도 들어왔다.

"관청에서 온 서류가 있나?" 스테판 아르카디치는 전보를 받아들고 거울 앞에 앉으면서 물었다.

"탁자 위에 있습니다." 마트베이는 호기심에 찬 눈초리로 주인의 얼굴을 흘낏흘낏 훑어보며 대답했다. 그러고서 잠시 기다렸다가 능갈친 미소를 띠며 덧붙였다. "그리고 삯마찻집에서 사람이 왔었습니다."

스테판 아르카디치는 아무 대답도 하지 않고 그저 거울에 비친 마트베이를 쳐다보기만 했다. 거울 속에서 잠깐 마주친 시선만으로도 그들이 서로를 얼마만큼 이해하고 있는지를 알 수 있었다. 스테판 아르카디치의 눈은 마치 이렇게 다그치는 것만 같았다. '넌 어째서 그따위 소릴 하느냐? 그래 넌 모른단 말이냐?'

마트베이는 두 손을 재킷 호주머니에 넣고 한쪽 발을 옆으로 편하게 내디딘 채, 겨우 알아차릴 정도의 미소를 띤 선량한 표정으로 말없이 주인을 바라보았다.

"일요일에 오라고 일러 보냈고, 그때까진 주인어른을 성가시게 하거나 쓸데없이 헛걸음하지 말라고 일렀습니다." 그는 미리 생각해두었음 직한 말을 늘어놓았다.

스테판 아르카디치는 마트베이가 지금 뭔가 익살을 떨어 자신의 주의를 끌어보려 한다는 걸 알아챘다. 그는 전보 겉봉을 찢어 언제나 그러듯이 오전誤傳된 자구字句들을 고쳐가면서 읽어내려가더니 돌연 얼굴이 환해졌다.

"마트베이, 내 누이 안나 아르카디예브나가 내일 올 모양이야." 그는 곱슬곱슬하고 긴 구레나룻 사이로 분홍빛 길을 내던 이발사의 윤기 있는 두툼한 손을 잠깐 멈추게 한 다음 말했다.

"거참 고마운 일이군요." 마트베이는 이렇게 대답함으로써 자기도 주인과 마찬가지로 이 내방의 의미를, 즉 스테판 아르카디치의 사랑스러운 누이인 안나 아르카디예브나가 틀림없이 내외간의 화해를 이끌어내리란 걸 알고 있음을 나타냈다.

"혼자이신가요, 아니면 남편분과 함께이신가요?" 마트베이가 물었다.

스테판 아르카디치는 마침 이발사가 윗입술을 면도하고 있어 말을 할 수 없었기 때문에 손가락 하나를 들어 보였다. 거울 속에서 마트베이가 고개를 끄덕였다.

"혼자시군요. 그럼 위층에다 미리 준비를 해둘까요?"

"다리야 알렉산드로브나한테 어디다 했으면 좋을지 여쭤봐."

"다리야 알렉산드로브나께요?" 어쩐지 미심쩍은 듯한 표정으로 마트베이는 되물었다.

"응, 여쭤봐. 이 전보를 가지고 가서 전하고, 그 사람이 시키는 대로 하란 말야."

'맘을 한번 떠보시려는 게로군.' 마트베이는 주인의 의중을 짐작했지만, 그저 이렇게만 말했다.

"알겠습니다."

마트베이가 삐걱거리는 장화를 신은 발을 부드러운 카펫 위로 느릿느릿 옮겨놓으며 전보를 손에 들고 방으로 되돌아왔을 때, 스테판 아르카디치는 이미 얼굴도 씻고 머리도 빗고 막 옷을 갈아입으려던 참이었다. 이발사는 가버린 뒤였다.

"다리야 알렉산드로브나께선 이제 나가버릴 테니까, 그렇게 여쭈라는 분부십니다. 그분의, 그러니까 나리의 맘대로 하시도록 내버려두라십니다." 그는 눈으로만 웃으면서 이렇게 말하고, 두 손을 호주머니에 넣으며 고개를 옆으로 갸우뚱하고 주인의 얼굴을 응시했다.

스테판 아르카디치는 말이 없었다. 그의 아름다운 얼굴에는 선량하면서도 어딘지 비통한 미소가 떠올랐다.

"어쩌지? 마트베이?" 그는 머리를 저으면서 말했다.

"괜찮습니다, 나리, 잘될 겁니다." 마트베이가 말했다.

"잘될 거라고?"

"그렇습니다."

"자넨 그렇게 생각하나? 누구야, 거기 와 있는 건?" 문밖에서 여자 옷자락이 스치는 소리를 듣고 스테판 아르카디치는 물었다.

"저예요." 야무지고 상냥한 여자 목소리가 대답했다. 그러더니 유모 마트료나 필리모노브나의 거칠게 얽은 얼굴이 문 뒤에서 나타났다.

"그래 뭐야, 마트료샤?" 스테판 아르카디치는 그녀가 있는 문으로 걸어가면서 물었다.

스테판 아르카디치는 아내에게 명백히 죄를 지었으며 자신 또한 그렇게 느끼고 있었음에도 불구하고 거의 모든 집안사람들이, 심지어 다리야 알렉산드로브나와 가장 가까운 친구인 유모까지도 그의 편을 들어주었다.

"그래, 무슨 일이야?" 그는 침울하게 말했다.

"마님께 다녀오세요, 주인어른. 한번 더 용서를 비세요. 틀림없이 하느님께서 도와주실 거예요. 마님께선 보기에도 안타까울 정도로 몹시 괴로워하고 계세요. 게다가 집안은 하나에서 열까지 온통 엉망진창이고요. 주인어른, 아이들을 불쌍히 여기셔야 해요. 주인어른, 제발 용서를 비세요. 무슨 도리가 있겠어요! 썰매 타는 걸 좋아하면*……"

"하지만 만나주지 않을걸……"

"그래도 나리께선 나리의 할일은 다 하셔야 해요. 하느님께선 자비로우십니다, 하느님께 비세요, 나리, 하느님께 비세요."

"그래, 알겠어, 그만 가봐." 스테판 아르카디치는 갑자기 얼굴을 붉히며 말했다. "자, 어쨌든 옷이나 입어볼까." 그는 마트베이 쪽으로 돌아서서 가운을 홱 벗어던졌다.

마트베이는 아까부터 보이지도 않는 먼지를 입으로 불어대면서 말

---

* 러시아 속담 "썰매 타는 걸 좋아하면, 썰매 끄는 것도 좋아해라"는 즐거움엔 수고가 따른다는 뜻이다.

멍에처럼 모양을 잡은 루바시카*를 받들고 서 있다가, 눈에 띄게 만족한 표정으로 주인의 매끈한 몸뚱이를 감쌌다.

3

옷을 갈아입은 스테판 아르카디치는 몸에 향수를 뿌리고 셔츠의 소매 끝을 당겨 바로잡고 나서 익숙한 동작으로 여러 호주머니 속에 담배와 지갑, 성냥, 겹사슬과 조그만 장식품들이 달린 회중시계 등등을 나누어 넣고 손수건을 한번 털더니, 불행한 일이 있었음에도 불구하고 상쾌하고 향긋하고 건강한, 그리고 육체적으로도 활기찬 자신을 느끼면서 가볍게 뛰어오르는 듯한 걸음으로 식당에 갔는데, 그곳에는 이미 편지와 관청에서 보내온 서류가 커피와 함께 나란히 그를 기다리고 있었다.

스테판 아르카디치는 앉아서 편지들을 다 읽었다. 그 가운데 한 통은 몹시 불쾌한 편지로, 아내의 소유지에 있는 숲을 사려는 어느 상인한테서 온 것이었다. 그 숲은 어차피 처분해야 할 것이었지만, 지금은 아내와 화해할 때까지 그 얘기를 할 수 없었다. 더구나 무엇보다도 불쾌한 것은, 이 문제 때문에 아내와의 화해라는 절박한 일에 금전상의 이해관계가 개입되리라는 점이었다. 또한 자기가 이러한 이해관계에 좌우될 수 있다는 생각, 그 숲을 팔기 위해서라도 아내와의 화해를 모

---

* 러시아의 남성용 겉저고리. 셔츠의 일종.

색하게 되리라는 생각이 그에게 모욕을 불러일으켰다.

편지를 다 읽은 뒤 스테판 아르카디치는 관청에서 온 서류들을 앞으로 끌어당겨 재빨리 그중 두 건을 훑어보고 굵은 연필로 두서너 군데 표시를 한 다음 밀쳐놓고 커피잔을 들었다. 그는 커피를 마시면서 아직 눅눅한 조간신문을 펼쳐들고 읽기 시작했다.

스테판 아르카디치는 과격하지는 않지만 다수가 지지하는 주의를 옹호하는 경향이 있는 자유주의 신문을 구독중이었다.* 또한 그는 과학이니 예술이니 정치니 하는 데에는 별다른 흥미가 없었음에도 이러한 문제들에 대해 다수와 그 신문이 지지하는 의견과 같은 견해를 굳게 견지하고 있었고, 다만 다수가 견해를 바꾸었을 때에만 자기 자신도 그것을 바꾸었다. 아니, 그가 바꾸는 것이 아니라 의견 자체가 자기도 모르는 사이에 자연스럽게 그의 속에서 변하는 것이라고 말하는 편이 한층 적절할지도 모른다.

스테판 아르카디치는 정치적 지론이나 견해를 자기가 직접 선택하진 않았고 오히려 그러한 주장이나 견해가 자연스레 그한테로 다가왔는데, 이는 마치 그가 모자나 프록코트의 스타일을 고르지 않고 여느 사람들이 입고 있는 그대로 따라 입는 것과 마찬가지였다. 상류사회에서 생활하던, 또한 나이를 먹으면 으레 갖게 되는 어떤 사상적 활동에 대한 욕구가 생겨난 그에게 이런저런 일들에 대해 견해를 갖는다는 것은 모자를 갖는 것과 마찬가지로 불가결한 일이었다. 만약 그가 자유주

---

* 오블론스키는 '여론의 바로미터'라고 일컬어진 자유주의적 기관지인 A. 크라옙스키의 신문 『목소리』를 읽고 있다. '진보에 제동을 거는 완고한 전통성'에 대한 사설이 『목소리』의 '수채자'란(1873년 21호)에 실렸다

의적 주장을 그 주위의 대다수 사람들이 마찬가지로 품고 있던 보수적인 주장 이상으로 존중하는 데 어떤 이유라도 있다면, 그것은 자유주의적 경향을 보다 합리적인 것으로 인정했기 때문이 아니라 그것이 그의 생활양식에 한결 잘 맞았기 때문이었다. 자유파 사람들은 러시아에서 일어나는 현상은 모두 좋지 않다고 말했고, 실제로 스테판 아르카디치는 부채만 많고 돈은 확실히 부족했다. 자유파 사람들은 결혼은 시대에 뒤떨어진 제도이며 단연코 개혁하지 않으면 안 된다고 설파했고, 실제로 가정생활은 스테판 아르카디치에게 이렇다 할 만족을 주지 않고 오히려 그의 기질과는 아주 딴판인 허위와 기만을 강요했다. 자유파 사람들은 말하기를, 아니 그보다 암시하고 있었다는 것이 적절할지 모르지만, 종교는 인민 가운데 야만층을 위한 재갈에 지나지 않을 뿐이라고 했고, 실제로 스테판 아르카디치는 짧은 기도회라도 두 발이 쑤셔 견딜 수가 없었으며, 또한 이승의 생활이 아주 즐거운데 구태여 저승에 대한 두렵고 과장된 말이 무엇 때문에 있어야 하는지를 이해할 수 없었다. 게다가 유쾌한 익살을 좋아하는 스테판 아르카디치는 이따금 기왕 선조를 자랑하고 싶다면 류리크*에서 얼버무려 정작 인류 최초의 시조인 원숭이를 부정해서는 안 된다며 점잖은 사람들을 난처하게 하는 것이 즐거웠다. 결국 자유주의적 경향은 스테판 아르카디치의 습성이 되었고, 자신의 뇌리에 엷은 안개를 피어오르게 한다는 이유에서 식후의 담배와 마찬가지로 이 신문을 사랑했다. 그는 먼저 사설을 읽었는데, 거기에는 마치 급진주의가 모든 보수주의적 요소를 삼켜버릴 것이라고

* 9세기의 『연대기』에 따르면 러시아 최초의 건국자. 바랴그인의 족장으로 형제들과 함께 일리메니의 슬라브인에게 초청받아 노브고로드를 통치했다. 류리크왕조의 선조.

위협한다든가 또는 정부가 지하 혁명운동을 탄압하기 위한 적절한 수단을 강구하지 않으면 안 된다든가 하며 떠벌거리는 절규가 오늘날에는 전혀 무의미하며, 오히려 그와 반대로 '우리의 견해에 의하면, 위험은 그러한 가상적인 지하 혁명운동에 있는 것이 아니라 진보를 저해하는 인습의 끈질김 속에 있다'는 주장 등등이 역설되고 있었다. 그다음에는 경제면 논설을 읽었는데, 그 글은 벤담이나 밀을 언급하면서 재무부를 향해 풍자의 화살을 퍼붓고 있었다. 그는 독특하고 민활한 판단력으로 모든 화살의 의미를, 즉 누가 누구에게로 어떠한 동기에서 그것을 겨누고 있는지를 이해하고는 언제나처럼 일종의 만족감을 느꼈다. 그러나 오늘은 이 만족도 마트료나 필리모노브나의 충고나 가정불화에 대한 생각으로 흐려졌다. 그는 또한 보이스트 백작*이 풍문대로 비스바덴으로 떠났다는 기사며, 앞으로는 흰머리를 가진 사람이 없어질 것이라는 광고며, 경사륜 여행마차의 매각 광고며, 어느 젊은 여성의 구직광고를 읽었으나 이러한 기사들도 평소처럼 조용하고 아이로니컬한만족감을 안겨주지는 못했다.

신문을 다 읽고 커피를 두 잔째 마시고 버터 바른 칼라치**를 먹고 난 다음 그는 자리에서 일어나 조끼에 묻은 빵 부스러기를 떨어버리고 널따란 가슴을 쭉 펴며 즐거운 미소를 지었는데, 그의 마음속에 이렇다할 유쾌한 일이 있어서가 아니라 소화가 잘되었다는 생리적 쾌감으로 유발된 미소에 지나지 않았다.

---

* 반(反)프로이센 정책을 편 오스트리아 정치가 프리드리히 페르디난트 폰 보이스트. 1872년 2월 온천으로 유명한 비스바덴을 방문했다는 기록이 있다.
** 굵은 고리 모양의 흰 빵

그러나 이 즐거운 미소가 곧바로 모든 것을 다시금 생각나게 해 그는 생각에 잠겼다.

　　두 아이의 목소리(스테판 아르카디치는 막내아들 그리샤와 맏딸 타냐의 목소리임을 알아챘다)가 문밖에서 들려왔다. 아이들은 뭔가를 끌고 왔다가 떨어뜨린 모양이었다.

　　"그러니까 내가 뭐랬어, 지붕 위엔 손님들을 태우면 안 된다고 했잖아." 딸아이가 영어로 소리쳤다. "자, 주워!"

　　'모든 것이 엉망이다.' 스테판 아르카디치는 생각했다. '아이들은 저렇게 저희들 멋대로 뛰어다니고 있고.' 그는 문 쪽으로 다가가면서 아이들을 불렀다. 두 아이는 기차 삼아 가지고 놀던 상자를 내던지고 아버지한테로 달려왔다.

　　아버지의 귀염둥이인 맏딸은 세차게 달려와서는 그를 부둥켜안고 깔깔 웃어대면서 그의 구레나룻에서 풍기는 코에 익은 향수 내음을 즐기며 언제나처럼 그의 목에 매달렸다. 그러다가 구부정하게 숙인 자세 때문에 붉어진, 애정으로 빛나는 아버지의 얼굴에 키스하고는 손을 풀고 다시 문밖으로 달려가려고 했으나 아버지가 딸아이를 붙잡았다.

　　"엄마는 뭘 하지?" 그는 딸의 매끈하고 부드러운 목덜미를 어루만지며 물었다. 그러고는 인사를 하는 아들한테 "안녕" 하고 웃는 얼굴로 답했다.

　　그는 자기가 이 아들을 그다지 귀여워하지 않는다는 것을 알고 있었기 때문에 언제나 의식적으로 공평히 대하려고 애썼으나, 아들도 그것을 느끼고 아버지의 싸늘한 미소에 미소로 응답하지 않았다.

　　"엄마? 일어났어요." 딸아이가 대답했다.

스테판 아르카디치는 한숨을 내쉬었다. '또 밤새 한잠도 자지 않았나 보군.' 그는 생각했다.

"그래, 엄마는 기분이 좋던?"

계집아이는 부모 사이에 말다툼이 있었다는 것도, 어머니가 기분이 좋을 수 없다는 것도, 아버지가 그걸 모를 턱이 없다는 것도, 아버지가 이처럼 무슨 일이 있었느냐는 듯이 예사롭게 묻고 있지만 사실은 일부러 그렇게 꾸며대고 있다는 것도 알고 있었다. 그래서 아이는 아버지 때문에 얼굴을 붉혔다. 그도 곧 그 점을 알아채고 똑같이 얼굴을 붉혔다.

"몰라요." 그녀는 말했다. "엄마는 공부하라는 말은 하지 않고, 미스 헐하고 같이 할머니댁에 바람이나 쐬러 갔다 오라고 했어요."

"그럼 다녀오려무나, 탄추로치카. 오오 참, 잠깐 기다려." 그는 여전히 딸을 놓지 않고 그 부드러운 손을 어루만지면서 말했다.

그는 어제 난로 위에 올려뒀던 과자상자를 꺼내 딸이 좋아하는 초콜릿과 설탕과자를 한 개씩 골라 주었다.

"그리샤한테요?" 계집아이가 초콜릿을 가리키면서 말했다.

"그렇지, 그렇지." 그는 다시 한번 아이의 조그만 어깨를 어루만져주고 나서 머리와 목에 키스를 하고 아이를 놔줬다.

"마차 준비가 다 됐습니다." 마트베이가 와서 말했다. "그런데 여자 진정인 한 분이 기다리고 계십니다." 그는 덧붙였다.

"오래 기다렸나?" 스테판 아르카디치가 물었다.

"반시간쯤 됐습니다."

"사람이 찾아오면 바로 알리라고 몇 번이나 일렀잖아!"

"그렇지만 커피라도 드신 뒤라야 하지 않나 생각했습죠." 마트베이는 도저히 화를 낼 수 없게 만드는 친근하고 격의 없는 말투로 얘기했다.

"그럼 빨리 들어오시라고 해." 오블론스키는 홧김에 눈살을 찌푸리며 말했다.

진정인인 이등대위의 부인 칼리니나는 불가능하고 무의미한 일을 청원했다. 그러나 스테판 아르카디치는 몸에 밴 습관에 따라 그녀를 자리에 앉힌 다음 말참견을 하지 않고 주의깊게 그녀의 말을 경청하고 나서 누구를 찾아가 어떻게 의뢰해야 하는가를 자세히 일러주었고, 심지어 큼직하고 아름답고 알아보기 쉬운 필적으로 그녀를 도와줄 수 있을 만한 사람한테 보내는 쪽지를 거침없이 적어주었다. 이등대위의 부인을 보낸 뒤 스테판 아르카디치는 모자를 들고 뭔가 잊은 게 없는지 이모저모 생각하며 자리에서 일어섰다. 잊기를 바랐던 아내에 대한 일 외에는 아무것도 잊은 것은 없었다.

'아아 그렇다!' 그는 고개를 떨구었고, 잘생긴 그의 얼굴은 슬픈 표정을 띠었다. '가봐야 할까, 가지 말아야 할까?' 그는 이렇게 자문해보았다. 마음속의 소리는 그에게 갈 필요가 없다고, 그 행동에는 허위 외에 아무것도 있을 수 없다고, 그들의 관계를 조정하고 개선하는 것은 불가능하다고, 왜냐하면 그녀를 매력 있고 사랑스러운 여자로 되돌리는 것이 불가능한 것처럼 자신을 정력이 없는 노인으로 만드는 것도 불가능하기 때문이라고 말했다. 허위와 거짓말 외에 지금은 아무것도 기대할 수가 없었다. 더구나 허위와 거짓말은 그의 기질과 상반되는 것이었다.

'그렇지만 언젠가는 어떻게든 하지 않으면 안 된다. 언제까지나 이대로 내버려둘 수도 없지 않은가.' 그는 자기 자신에게 용기를 북돋워주려고 애쓰며 말했다. 그는 가슴을 쭉 펴고 담배를 꺼내 불을 붙여서는 두어 모금 빨다가 별안간 진주조개 재떨이에 내던지고 빠른 걸음으로 음침한 객실을 지나 아내의 침실로 통하는 다른 문을 열었다.

4

다리야 알렉산드로브나는 코프토치카*를 입고 한때는 칠칠하고 숱도 많았지만 지금은 성겨서 볼품없어진 머리를 땋아 늘여 모아서 뒤통수에 핀을 꽂고, 야위어 뼈만 남은 얼굴에 유난히 돋보이는 놀란 듯한 큼직한 눈으로 온갖 물건들이 흩어져 있는 방안의 열린 옷장 앞에 서서 무언가를 꺼내고 있었다. 남편의 발소리가 들리자 그녀는 손을 멈추고 문을 바라보면서 얼굴에 엄격하고 경멸스러운 표정을 지으려고 부질없이 애를 썼다. 그녀는 자기가 그를 두려워하며, 눈앞에 닥친 대면 또한 두려워하고 있다는 것을 느꼈다. 지금도 그녀는 지난 사흘 동안에 이미 여러 차례나 시도했던 일, 즉 아이들과 자기 물건을 모조리 꺼내 싣고 어머니한테 가려고 했으나 여전히 결행할 수가 없었다. 그러나 그녀는 이번에도 지난번처럼 그대로 내버려둘 수는 없다, 무슨 짓을 꾸며서라도 남편에게 벌을 주고 모멸감을 주어 그녀가 겪은 고통의 만분의 일이라도 앙갚음하지 않으면 안 된다고 스스로에게 말했다. 그녀는 지

---

* 얇고 짧은 부인용 상의.

금도 역시 집을 나가버려야겠다고 말하면서도, 그것이 불가능한 일임을 잘 알고 있었다. 그것은 불가능한 일이었는데, 왜냐하면 그녀는 그를 남편으로 여기고 사랑하던 타성에서 쉽사리 빠져나갈 수가 없었기 때문이다. 그뿐 아니라 자기 집에서도 다섯 아이의 뒷바라지를 간신히 하고 있는데, 그애들을 모두 데리고 다른 곳으로 갔다가는 상황이 더욱 악화될 것만 같았다. 그러잖아도 지난 사흘 동안 막내둥이는 상한 고깃국을 먹고 체해 앓았는가 하면, 어제는 나머지 아이들도 거의 하루종일 끼니를 제대로 먹지 못했다. 그녀는 자기가 집을 나간다는 것은 도저히 불가능하다는 사실을 빤히 알았지만, 여전히 스스로를 속이며 물건들을 꺼내놓고 집을 나갈 것처럼 굴 수밖에 없었다.

남편의 모습을 보자 그녀는 뭔가를 찾는 듯 옷장 서랍 안에 손을 넣고, 그가 가까이 바짝 다가왔을 때에야 비로소 그의 얼굴을 돌아보았다. 그러나 결의를 품은 냉엄한 표정이었어야 할 그녀의 얼굴은 그저 당황과 고뇌를 드러내 보이고 말았다.

"돌리!" 그는 수줍어하는 듯한 낮은 목소리로 말했다. 그는 양어깨 사이에 고개를 틀어박고는 가엾고 고분고분한 모습을 보이려 했으나, 여전히 생기와 건강으로 빛이 났다.

일순 그녀는 생기와 건강으로 빛나고 있는 그의 모습을 머리에서 발끝까지 훑어보았다. '그렇다, 이이는 행복을 느끼고 만족해하고 있다!' 그녀는 생각했다. '그런데 나는?! 게다가 이 진저리나는 선량함은 또 뭐람? 세상 사람들은 이이의 선량함을 좋아하고 칭찬하기도 하지만 난 그저 징그러울 뿐이다.' 그녀는 생각했다. 그녀의 입술은 오므라지고 신경질적인 창백한 얼굴의 오른쪽 뺨에 바르르 경련이 일었다.

"무슨 볼일이라도 있어요?" 그녀는 재빠르게, 그녀답지 않은 가슴에서 나오는 낮은 목소리로 물었다.

"돌리!" 그는 떨리는 목소리로 거듭 말했다. "안나가 오늘 올 거야."

"그래서 나보고 어쩌라는 거예요? 난 못 만나요!" 그녀가 외쳤다.

"그렇지만, 그럴 수는 없잖아, 돌리……"

"나가요, 나가요, 나가요!" 그녀는 그를 보지도 않고 외쳤다. 마치 육체적인 고통에서 터져나오는 듯한 외침이었다.

스테판 아르카디치는 조금 전 아내를 생각할 때에는 태연했고 마트베이의 표현대로 만사가 잘될 거라고 기대했으며, 그렇기 때문에 안온한 마음으로 신문을 읽고 커피를 마실 수 있었다. 그러나 막상 그녀의 초췌하고 괴로워하는 얼굴을 보고 운명에 순종하는 절망적인 목소리를 듣자, 그는 숨이 막힐 것만 같았고 어쩐지 목이 메었으며 두 눈은 글썽거리는 눈물로 빛나기 시작했다.

"아아, 난 대체 무슨 죄를 저지른 것인가! 돌리! 제발…… 당신도 알잖아……" 그는 말을 계속할 수가 없었다. 울음이 복받쳤다.

그녀는 옷장을 거칠게 닫고 그를 돌아보았다.

"돌리, 내가 무슨 말을 할 수 있겠어?…… 그저 용서를 빌 뿐이야, 용서해줘…… 한번 잘 생각해봐, 여태까지 구 년이나 되는 결혼생활에서 한순간의, 단 몇 분 동안의 과실도 벌충할 수 없단 말이야?……"

그녀는 시선을 떨어뜨리고 그의 말에 기대를 걸면서, 마치 그가 어떻게든 그 일을 그녀의 오해로 돌려주기를 빌기라도 하는 듯한 모습으로 귀를 기울였다.

"넋을 빼앗겼던 몇 분간을……" 그는 입을 열고 계속하려고 했으나,

이 말을 듣자마자 마치 육체적인 고통이 가해지기라도 한 듯 그녀의 입술은 오므라지고 또다시 오른쪽 볼의 근육이 경련을 일으켰다.

"나가요, 여기서 나가줘요!" 그녀는 창자를 도려내는 듯한 날카로운 소리로 외쳤다. "그리고 이젠 그따위 넋을 빼앗겼다느니 하는 구역질나는 더러운 말은 내 앞에서 아예 입도 벙긋하지 말아요!"

그녀는 나가려고 했으나, 갑자기 비틀거리며 의자의 등받이를 붙잡고 몸을 기댔다. 그의 얼굴은 갑자기 확대되어 입술은 부풀고 두 눈에는 눈물이 그렁그렁했다.

"돌리!" 그는 어느새 흐느끼면서 말했다. "제발, 아이들을 좀 생각해야 하잖아, 애들한테는 아무런 죄가 없어. 허물은 나한테 있으니 날 벌주고, 나의 죄를 씻도록 해줘. 내가 할 수 있는 일이라면 무슨 짓이라도 하겠어! 내가 나빠, 말할 수 없이 나빠! 그렇지만, 돌리, 날 용서해줘."

그녀는 앉았다. 그는 그녀의 거칠고 가쁜 숨소리를 들었다. 그러자 그녀가 참을 수 없이 가여워졌다. 그녀는 몇 번이고 말을 꺼내려고 했으나 그럴 수가 없었다. 그는 기다렸다.

"당신은 데리고 놀고 싶을 때나 아이들이 생각날 테지만, 난 늘 신경을 쓰고 있기 때문에 다 알 수 있어요. 이젠 그애들도 다 틀려버렸어요." 그녀는 지난 사흘 동안 몇 번이고 자기 자신에게 되풀이했던 구절 하나를 입 밖에 내놓았다.

그녀는 그를 부드러운 어조로 '당신Tbl'이라고 불렀다. 그는 고마운 마음으로 그녀를 쳐다보며 그녀의 손을 잡으려고 몸을 움직였으나, 그녀는 혐오의 빛을 띠고 피했다.

"나는 아이들에 대해 늘 생각하고 있어요. 그애들을 위해서라면 무슨 일이라도 할 작정이에요. 그렇지만 어떻게 하는 게 그애들을 위하는 건지 나도 모르겠어요. 아버지한테서 떼놓아야 할지 아니면 그냥 이대로 방탕한 아버지하고 함께 내버려둬야 할지. 그래요, 방탕한 아버지하고 말예요…… 자, 어디 한번 말해봐요. 그런…… 일이 있고 난 뒤에 우리가 정말 함께 살아갈 수 있을지. 그게 정말 가능해요? 어디 한번 말해보라고요, 그게 정말 가능한 일인가!" 그녀는 차츰 소리를 높여가며 되풀이했다. "글쎄 내 남편이, 우리 아이들의 아버지가 그 아이들의 가정교사하고 정사를 맺은 뒤에……"

"그럼 어떻게…… 어떻게 해야 되느냐 말야?" 그는 점점 고개를 아래로 떨구면서, 처량한 목소리로 자기가 지금 무슨 말을 하고 있는지도 모른 채 말했다.

"난 당신이 더럽단 말예요, 싫다고요!" 그녀는 더욱더 핏대를 올리면서 외쳤다. "당신의 눈물은 맹물만도 못해요! 당신은 한 번도 날 사랑한 적이 없어요. 당신에겐 심장도 품위도 없어요! 당신은 내게 비열하고 추잡한 남이에요, 그래요, 전혀 상관없는 남!" 그녀는 자기에게도 끔찍하게 들리는 이 남이라는 말을 고통과 분노에 차서 쏘아댔다.

그는 그녀를 바라보았는데, 그녀의 얼굴에 뚜렷이 나타난 표독스러운 분노가 그를 위협하고 놀라게 했다. 그는 그녀에 대한 자기의 연민이 어째서 이렇게 그녀의 분통을 터뜨리게 했는지 알 수 없었다. 그녀가 그에게서 느낀 것은 그녀에 대한 동정이었지 사랑은 아니었던 것이다. '아니야, 저 사람은 나를 미워하고 있다. 저 사람은 용서하지 않을 것이다.' 그는 생각했다.

"무서운 일이다! 무서운 일이야!" 그는 중얼거렸다,

이때 별안간 옆방에서 어린아이의 울음소리가 터졌는데, 아마 넘어진 모양이었다. 다리야 알렉산드로브나는 귀를 기울였다. 그러자 그녀의 얼굴빛이 별안간 부드러워졌다.

그녀는 마치 자기가 지금 어디에 있는지, 무엇을 해야 할지 모르는 사람처럼 잠시 생각에 잠겼으나, 이내 자리를 차고 일어나 문 쪽으로 몸을 움직였다.

'그러나 저 사람은 이토록 내 아이를 사랑하고 있지 않은가.' 그는 어린아이의 울음소리를 알아차렸을 때 그녀의 얼굴빛이 변하는 걸 보고 생각했다. '내 어린아이를. 그렇다면 그녀는 어찌 나를 미워할 수 있겠나?'

"돌리, 한마디만 더." 그는 그녀의 뒤를 좇으며 말했다.

"만약 내 뒤를 따라오면 하인들을, 아이들을 부르겠어요! 당신이 얼마나 비열한 사람인지 모두가 알게 하겠어요! 난 지금 당장 나가겠어요, 당신은 여기서 당신 정부하고 사세요!"

그녀는 매몰차게 문을 닫고 나가버렸다.

스테판 아르카디치는 한숨을 내쉬며 얼굴을 닦고 조용한 걸음걸이로 방을 나섰다. '마트베이란 녀석은 잘될 거라고 했는데 이게 무슨 꼴이람? 전혀 가망조차 안 보이네. 아아, 아아, 정말 끔찍한 일이다! 게다가 또 그렇게 무턱대고 떠들어대는 꼬락서니라니.' 그는 그녀의 외침과 비열한 사람이니 정부니 하고 지껄인 말을 떠올리며 중얼거렸다. '어쩌면 하녀들 귀에도 들어갔을지 모른다! 정말 점잖지 못한 말이야.' 스테판 아르카디치는 잠시 우두커니 서 있다가 눈을 닦고 긴 한숨을 몰아쉬며 가슴을 펴고 방에서 걸어나갔다.

금요일이어서 식당에서는 독일인 시계공이 시계태엽을 감고 있었다. 스테판 아르카디치는 이 꼼꼼한 대머리 시계공에 대해 '저 독일인은 한평생 시계태엽을 감도록 자기도 태엽이 감겨져 있다'고 말했던 자신의 익살을 생각해내고 빙그레 웃었다. 스테판 아르카디치는 재미있는 익살을 좋아했다. '아마 모든 일이 잘될 거야! 근사한 말이다, 잘된다는 건.' 그는 생각했다. '이 말을 어디다 써먹어야겠는걸.'

"마트베이!" 그는 외쳤다. "마리야와 함께 안나 아르카디예브나가 묵을 방을 잘 치워놔. 소파가 있는 작은 방 말야." 그는 그리로 나온 마트베이한테 말했다.

"알겠습니다."

스테판 아르카디치는 모피 외투를 입고 현관 층계로 걸어나갔다.

"식사는 집에서 하지 않으실 건지요?" 뒤따라나온 마트베이가 말했다.

"어떻게 될지 몰라. 참, 여기 우선 쓸 비용이나 받아둬." 지갑에서 십 루블 지폐를 꺼내면서 그가 말했다. "이거면 넉넉하겠지?"

"넉넉하든 넉넉하지 않든 맞춰나가야죠." 마트베이는 마차의 문을 닫고 현관 층계 쪽으로 물러서며 말했다.

그동안 다리야 알렉산드로브나는 아이를 달래고 있다가 마차 소리로 그가 나간 것을 알고는 다시 침실로 돌아왔다. 그곳은 한 발짝만 내디뎌도 곧 그녀를 포위하고 마는 근심스러운 가사로부터 피할 수 있는 그녀의 유일한 은신처였다. 지금 당장만 해도 그녀가 아이방으로 간 얼마 되지 않은 동안에 영국인 가정교사와 마트료나 필리모노브나가 와서 그녀가 아니고는 대답할 수 없으며, 한시도 지체할 수 없는 두서너 가지 질문을 해댔다. 산책을 나갈 때는 아이들에게 무엇을 입혀야 하나요? 우유를 먹여도 좋은가요? 다른 요리사를 부르지 않아도 되나요?

"아아, 귀찮아, 나를 귀찮게 하지 마!" 그녀는 이렇게 말하고 침실로 돌아와서 남편과 이야기했던 바로 그 자리에 앉아 손가락에서 반지가 빠져나갈 것처럼 야위고 뼈만 남은 두 손을 불끈 쥐고 방금 전에 했던 대화의 자초지종을 하나하나 더듬어가기 시작했다. '나가버렸다! 그런데 그 여자하곤 도대체 어떻게 끝장을 지었을까?' 그녀는 생각했다. '역시 아직 만나고 있을지도 몰라. 어째서 난 그것을 물어보지 않았을까? 아니야, 아니야, 화해할 순 없어. 설사 이대로 한집에 살더라도, 우린 이제 남이다. 영원히 남!' 자기 자신에게도 무서운 이 말을 그녀는 몇 번이나 힘주어 되풀이했다. '그렇지만 난 얼마나 사랑했던가, 아아, 난 얼마나 그일 사랑했던가!…… 얼마나 사랑했던가! 그렇다면 이제는 그일 사랑하지 않는단 말인가? 난 이전보다도 훨씬 더 그일 사랑하고 있는 것이 아닐까? 무엇보다도 끔찍한 것은……' 그녀는 이렇게 생각하기 시작했으나, 마트료나 필리모노브나가 문으로 얼굴을 디밀었기 때문에 이 생각을 끝맺지 못했다.

"제 오라버니를 데려와주셨으면 좋겠어요," 그녀는 말했다. "그래야 식사 준비를 할 수 있을 테니까요. 그러잖으면 어제처럼 여섯시가 돼도 아이들까지 아무것도 먹지 못할 거예요."

"그래, 알겠어, 곧 나가서 일러놓을게. 그건 그렇고 새 우유는 가지러 보냈나?"

그러고서 다리야 알렉산드로브나는 그날의 일거리에 휩싸여 얼마 동안은 자기의 슬픔을 그 속에 가라앉혔다.

5

스테판 아르카디치는 출중하게 타고난 재능 덕분에 학교에서는 공부를 잘했지만, 게으르고 장난을 좋아해서 졸업할 때에는 말석의 한 사람이었다. 그러나 그의 방종한 일상생활과 대수롭지 않은 관등과 비교적 젊은 나이에도 불구하고 모스크바의 한 관청장으로서 봉급이 좋고 명예로운 지위를 차지하고 있었다. 그는 이 지위를 그 관청이 예속된 부部에서 가장 명예로운 지위에 있던 누이동생 안나의 남편인 알렉세이 알렉산드로비치 카레닌의 손을 거쳐 얻었다. 그러나 카레닌이 처남을 이지위에 임명하지 않았더라도 스티바 오블론스키는 그 외의 형제며 누이며 친척이며 종형제며 숙부니 숙모니 하는 여러 사람들을 통해 이자리나 그와 비슷한 자리쯤은 얻어냈을 것이며, 그리하여 아내의 막대한 재산에도 불구하고 재정이 어지러워져 있어 그에게 필요했던 육천루블의 연봉쯤은 받고 있었을 것이다.

모스크바와 페테르부르크 사교계의 절반은 스테판 아르카디치의 친척이거나 친구였다. 그는 이 세상에서 한때 유력했던 사람들, 또는 근래 유력해진 사람들 사이에서 태어났다. 위정자라는 자리에 있는 노인들 중 삼분의 일은 그의 아버지의 친구로 어렸을 때부터 그를 알고 있었으며, 또다른 삼분의 일은 그와 '너나들이'하는 사이였고, 나머지 삼분의 일은 가까운 지기들이었다. 따라서 지위니, 대차권이니, 이권이니하는 지상의 행복 분배자는 모두 그의 친구들이었고 그를 외면할 수없었다. 그래서 오블론스키는 유리한 지위를 얻기 위해 특별히 애쓸 필요가 없었다. 그저 거절한다거나 질투한다거나 입씨름을 한다거나 화를 내는 짓만 하지 않으면 되었고, 타고난 품성이 선량했기에 그런 적은 아직까지 한 번도 없었다. 그러니까 만약 누군가 그에게 필요한 만큼의 봉급을 받을 수 있는 지위를 얻지 못할 것이라고 말한다면, 각별히 과도한 것을 바라지 않던 그는 오히려 우습게 여겼을 것이다. 그는 그저 동년배들이 얻는 만큼을 얻으려 했을 뿐이었고, 그런 정도의 직무는 다른 사람들 못지않게 처리할 수 있었다.

스테판 아르카디치는 선량하고 쾌활한 성격과 거짓 없는 솔직함으로 그를 아는 모든 사람들로부터 사랑을 받았을 뿐만 아니라 그의 밝고 아름다운 용모며 빛나는 눈동자, 검은 눈썹과 머리, 또 희고 불그레한 얼굴빛에는 그와 만나는 모든 사람들에게 생리적으로 친밀하고 유쾌하게 작용하는 무언가가 있었다. "오오! 스티바! 오블론스키! 그가 나타났군!" 그를 만나면 누구든 거의 언제나 즐거운 미소를 지으며 이렇게 말했다. 설사 이따금 그와 대화를 나누고 나서 각별히 유쾌할 게 없었다고 하더라도 이튿날 또는 그 이튿날이면 사람들은 그와 만나는 일을 언제나와 다름없이 기뻐했다.

모스크바의 한 관청에서 삼 년째 장(長)을 맡으며 스테판 아르카디치는 동료, 부하, 상관은 물론 그와 관계를 가졌던 모든 사람들에게서 사랑뿐 아니라 존경까지 받게 되었다. 직장에서 이 같은 일반적인 존경을 얻게 한 스테판 아르카디치의 주된 특질은 첫째로 자기의 결함을 의식하고 있는 데에서 비롯된 타인에 대한 극도의 관용이었고, 둘째로 그의 자유주의, 말하자면 신문을 읽고 터득한 것이 아니라 그의 핏속에 흐르고 있는, 상대방의 재산과 신분의 귀천을 막론하고 누구에게나 평등과 공평을 잃지 않았던 완전한 자유주의였고, 셋째로—이것이 가장 중요한데―자신이 종사하고 있는 직무에 대한 완전한 무관심이었다. 그 결과 그는 결코 열중하거나 과실을 범하는 일이 없었던 것이다.

근무처에 도착하자 스테판 아르카디치는 예의바른 수위의 안내를 받으며 서류가방을 들고 자그마한 자기의 사실私室에 들러 제복을 입고 사무실로 들어갔다. 서기들과 속관들은 모두 일어나 쾌활하고 공손하게 인사했다. 스테판 아르카디치는 언제나처럼 허둥지둥 발걸음을 재촉해 자기 자리로 가서 동료들과 악수를 하고 앉았다. 그러고서 예의에 어긋나지 않을 정도로 두서너 마디의 농담과 잡담을 하고는 집무를 시작했다. 사무를 유쾌하게 진행시키는 데 필요한 자유와 소탈함과 사무적 태도의 경계를 스테판 아르카디치만큼 정확히 찾아낼 수 있는 사람은 없었을 것이다. 한 비서관이 스테판 아르카디치의 관청에 있는 모든 사람들과 마찬가지로 쾌활하고 공손하게 서류를 가지고 다가와서 스테판 아르카디치에 의해 주입된 친근하고 자유로운 어조로 이야기했다.

"펜자현청에서 겨우 보고가 왔습니다. 이것인데요, 어떠하신지……"

"겨우 받았나?" 스테판 아르카디치는 손가락으로 서류를 짚으면서 말했다. "그럼, 여러분……" 이리하여 논의가 시작됐다.

'만약 저들이 안다면,' 그는 보고를 들으며 정색을 하고 고개를 숙이면서 생각했다. '이 관청장님이 반시간 전에는 완전히 주눅든 아이 꼴이었다는 걸!' 이런 생각으로 그의 눈은 보고서가 낭독되는 동안 웃음을 띠고 있었다. 사무는 꼬박 두시까지 쉬지 않고 계속되어야 했다. 그리고 두시가 되면 휴식을 취하고 식사를 하기로 정해져 있었다.

그런데 두시가 채 안 됐을 무렵 갑자기 사무실의 큰 유리문이 열리더니 누군가가 들어왔다. 직원들은 모두 기분전환을 할 대상이 나타난 것을 기뻐하며 황제의 초상화 아래에서, 혹은 공정표公正標* 뒤에서 문 쪽을 바라보았다. 그러나 문간에 서 있던 수위가 곧 그자를 내쫓고 유리문을 닫아버렸다.

보고서 낭독이 끝나자 스테판 아르카디치는 일어서서 기지개를 켜고 또 한번 자유주의를 발휘하여 사무실에서 담배를 꺼내 자기의 사실로 갔다. 그의 두 동료, 고참 관리 니키틴과 하급시종 그리네비치도 그를 따라나왔다.

"식사하고 나서 충분히 끝내겠지?" 스테판 아르카디치가 말했다.

"그야 끝내고말고요!" 니키틴이 말했다.

"그런데 그 포민이란 자는 아주 대단한 사기꾼인가봅니다." 그리네비치가 그들이 조사중인 사건에 관련된 사람에 대해 말했다.

스테판 아르카디치는 그리네비치의 말에 얼굴을 찌푸리고, 그렇게 미리 단정을 내리는 것은 점잖지 못하다고 암시하기 위해 아무 대꾸도 하지 않았다.

"금방 들어왔던 사람이 누구였나?" 그는 수위에게 물었다.

"누군지 모르겠습니다, 각하. 제가 잠깐 얼굴을 돌리고 있는 새 승낙도 없이 들어와서 말씀예요. 각하를 좀 뵙겠다나요. 그래 직원들이 모두 밖으로 나올 때, 그때 뵈라고……"

"그 사람은 어디 있지?"

"아마 현관으로 나갔을 겁니다. 방금까지 저길 걷고 있었습니다만.

---

* 제정러시아의 관청 책상 위에 놓였던 쌍두독수리 장식이 있는 삼각추의 문진으로, '공정준수'라는 문자가 새겨져 있다.

아, 이분입니다." 수위는 양피 모자도 벗지 않은 채 닳아빠진 돌층계를 빠르고 가볍게 뛰어올라온, 곱슬곱슬한 턱수염에 체격이 건장하고 어깨가 떡 벌어진 사내를 가리키면서 말했다. 때마침 내려가던 사람들 가운데 서류가방을 옆구리에 낀 호리호리한 관리 하나가 발을 멈추고 뛰어올라오는 사내의 발부리를 아니꼽게 보고 있다가, 의심쩍은 눈으로 오블론스키를 돌아봤다.

스테판 아르카디치는 층계 위에 서 있었다. 수가 놓인 제복의 깃 위로 솟은 그의 선량하고 환한 얼굴은 뛰어올라오고 있는 사내의 얼굴을 알아차렸을 때 더욱더 환해졌다.

"그럼 그렇지! 레빈, 드디어 왔군!" 그는 자기한테 다가오는 레빈을 보고 반가워하면서도 놀리는 듯한 미소를 머금고 말했다. "자네가 어떻게 이런 소굴로 나를 찾아올 생각을 다 했지?" 스테판 아르카디치는 손을 잡는 것만으로는 만족이 되지 않는 듯 자기 친구에게 키스하면서 말했다. "온 지 오래되었나?"

"지금 막 도착했어. 그저 자네가 하도 보고 싶어서 말야." 레빈은 수줍은 듯, 동시에 노여운 듯 침착하지 못한 얼굴로 주위를 둘러보며 대답했다.

"하여간 내 사실로 가지." 자존심이 강하고 곧잘 성을 내는 이 친구의 수줍어하는 성벽을 아는 스테판 아르카디치는 이렇게 말하면서, 그의 손을 잡고 마치 위험물 사이로 안내라도 하듯이 앞장서서 그를 데리고 갔다.

스테판 아르카디치는 거의 모든 지기와 '너나들이'하는 사이였다. 예순 살의 노인과도, 스무 살 먹은 애송이와도, 배우와도, 각료와도, 상인과도, 시종장과도. 그와 '너나들이'하는 대부분의 사람들은 사회계급의 양극단에 위치하고 있어서 아마도 자기들이 오블론스키를 통해 뭔가 공통된 점을 갖게 되었음을 안다면 의외로 놀랄 것이다. 그는 같이 한번 샴페인을 마셨다 하면 누구와도 '너나들이'하는 사이가 됐다. 어느누구와도 샴페인을 마셨으나, 그가 농담으로 자기 친구들의 대부분을 칭하는 부끄러운 '너'들을 자기 속관들이 있는 자리에서 만나게 되더라도 타고난 절도로 부하들을 위해 불쾌한 느낌을 덜어줄 수 있을 만큼의 재간이 있었다. 레빈은 부끄러운 '너'는 아니었으나, 오블론스키는 타고난 감각으로 레빈이 자기 부하들 앞에서 서로의 친밀함을 드러내기를 꺼려할지도 모른다고 느꼈기 때문에 서둘러 사실로 데리고 갔다.

레빈은 오블론스키와 거의 같은 연배로, 그와는 단순히 샴페인을 함께 마신 '너나들이' 사이가 아니었다. 레빈은 아주 젊었을 때부터 그의 동지였고 친구였다. 그들은 성격이나 취미가 서로 다름에도 불구하고 아주 젊었을 적에 얽힌 친구들이 그러하듯 서로를 사랑했다. 그러나 상이한 활동 분야를 선택한 사람들이 흔히 서로 그러듯이 그들 두 사람도 이성으로는 상대의 세계를 시인하면서도 내심 그것을 경멸했다. 그들은 서로 자신이 하고 있는 생활만이 참된 생활이고 친구가 하고 있는 생활은 한낱 환상일 뿐이라는 듯 여겼다. 오블론스키는 레빈을 볼 때마다 얕보는 듯한 엷은 미소를 억누를 수가 없었다. 그는 벌써 여러 차례, 레빈이 무언가를 하고 있는 시골에서 모스크바로 나올 때마다 만나곤 했지만, 그가 정말 무엇을 하고 있는지 전혀 알 수 없었고 흥미도 없었다. 레빈은 언제나 흥분하고 성급하며 어딘지 불안한, 그리고 조바심으로 안절부절못하는 듯한 사람이 되어, 대개의 경우 모든 사물에 대해 전혀 새로운 의외의 견해를 가지고 모스크바로 나오는 것이었다. 스테판 아르카디치는 이 점을 비웃으면서도 또 좋아했다. 그와 마찬가지로 레빈 역시 속마음으로는 자기 친구의 도시적 생활양식과 무의미하다고밖에 여겨지지 않는 그의 직무를 경멸하고 또 조소했다. 그러나 이 두 사람의 차이는, 누구나 하고 있는 대로 살아가는 오블론스키가 자신 있고 사람 좋게 웃는 데 반해 레빈의 웃음은 자신이 없고 때로는 노한 듯이 보인다는 점이었다.

"우린 오래전부터 자넬 기다렸지." 스테판 아르카디치는 사실로 들어가면서 레빈의 손을 놓고 마치 이제 위험구역을 벗어났다는 듯한 태도로 말했다. "자넬 만나서 정말, 정말 반가워." 그는 계속했다. "그래, 자네는 어떤가? 여전한가? 언제 왔어?"

레빈은 일면식도 없는 오블론스키의 두 동료들 얼굴을 바라보면서 잠자코 있었는데, 특히 그리네비치의 우아한 손을, 하얗고 긴 손가락과 누르스름하고 끝이 굽은 기다란 손톱과 루바시카 소매에 달린 굉장히 크고 빛나는 커프스단추를, 그의 온 주의를 독점하여 사고의 자유마저 뺏어간 것처럼 응시하고 있었다. 오블론스키는 곧 이를 알아채고 빙그레 웃었다.

"아아 그렇지, 여러분들을 소개하지." 그는 말했다. "내 동료인 필리프 이바니치 니키틴과 미하일 스타니슬라비치 그리네비치." 그러고는 레빈을 가리키며 계속했다. "이분은 지방자치회 의원으로 지방자치회의 새로운 세력이고, 한 손으로 오 푸드*를 들어올리는 운동가이자 목

---

* 러시아의 옛 무게 단위로, 1푸드는 16.38킬로그램.

축가이며 사냥꾼이기도 한 내 친구 콘스탄틴 드미트리치 레빈. 세르게이 이바노비치 코즈니셰프의 아우야."

"정말 반갑습니다." 노인이 말했다.

"난 영광스럽게도 형님 세르게이 이바니치와 안면이 있습니다." 그리네비치는 손톱이 길고 화사한 손을 내밀면서 말했다.

레빈은 얼굴을 찌푸리며 싱겁게 악수하고는 곧바로 오블론스키를 돌아보았다. 그가 비록 러시아 전역에 널리 알려진 저술가인 이부형異父兄에게 높은 경의를 품고는 있으나, 타인이 자기를 대할 때 콘스탄틴 레빈으로가 아니라 저명한 코즈니셰프의 아우로 대하는 것은 참을 수가 없었다.

"아니야, 난 이제 지방자치회 의원이 아니야. 그 녀석들과 대판 싸우고 이젠 의회에 나가지 않아." 그는 오블론스키를 돌아보면서 말했다.

"어느새 그런 일이!" 미소를 띠며 오블론스키가 말했다. "하지만 어째서, 뭣 땜에?"

"이야기가 길어, 언젠가 말해주지." 레빈은 이렇게 말했으나, 이내 그 얘기를 꺼냈다. "간단히 얘기하자면 말이지, 난 지방자치회에서 할 일이라곤 아무것도 없고 또 있을 수도 없다고 믿었기 때문이야." 그는 마치 누군가에게 지금 모욕이라도 당한 것처럼 흥분해서 이야기하기 시작했다. "한편으로 말하면 그건 일개 장난감일 뿐이야. 그자들은 의회 놀이를 하고 있지만, 난 장난감을 가지고 장난하며 즐길 만큼 젊지도 않고 또 그 정도로 늙지도 않았으니까 말야. 또 한편으로 말하면 (그는 말을 더듬었다) 그것은 군郡 악당들의 돈벌이를 위한 수단이란 말이지.* 예전에는 감독기관이나 법원이 그랬지만 지금은 지방자치회가…… 뇌물의 형식이 아니라 명예수당의 형식으로 말이야." 그는 마치 동석자 중 누군가가 그의 의견에 반박이라도 한 듯 열을 내어 말했다.

"어허! 자네는 또 견해를 바꾼 모양이로군. 이번에는 보수파란 말이지." 스테판 아르카디치가 말했다. "그건 그렇고, 그 얘긴 나중에 하지."

"그래, 나중에 해. 하여튼 난 자네를 꼭 좀 만날 일이 있어서 말야." 레빈은 그리네비치의 손을 아니꼽게 쏘아보면서 말했다.

스테판 아르카디치는 보일 듯 말 듯한 미소를 지었다.

"자넨 다시는 유럽 옷은 입지 않겠다더니 어떻게 된 일이야?" 그는 얼핏 보아도 프랑스 재단사가 지었을 법한 그의 새 옷을 찬찬히 보며 말했다. "그렇군! 알겠어. 그것도 새로운 변화의 하나렷다."

레빈은 별안간 얼굴을 붉혔다. 그러나 어른들이 자기도 모르게 살며시 얼굴을 붉히는 것과 같은 식이 아니라, 아이들이 자신의 수줍어하는 모양이 사람들에게 우습게 보인다는 것을 느끼고 그 때문에 한층 더 부끄러워 마침내 금방이라도 울음을 터뜨릴 듯이 붉어지는 것과 같은 식이었다. 이 총명하고 사내다운 얼굴에서 그러한 아이 같은 표정을 보는 것이 너무나 어색했기 때문에, 오블론스키는 결국 그를 더는 쳐다보지 않았다.

"그런데 어디서 만날까? 난 정말 자네하고 꼭 좀 얘기할 게 있는데." 레빈은 말했다.

오블론스키는 잠깐 생각하는 듯했다.

"이렇게 하지. 구린에 가서 식사하고 거기서 얘기하지. 세시까진 나

---

* 레빈은 1870년대 민주주의적 사회·정치 평론에서의 주된 생각을 말하고 있다.

도 한가하니까."

"아냐." 레빈이 잠시 생각하더니 대답했다. "난 또 가봐야 할 데가 있어."

"그래, 그럼, 저녁을 같이하지."

"저녁을? 그런데 뭐 특별한 일은 없어. 그저 두어 마디 얘기하고 묻고 하면 그만이야. 이런저런 얘긴 그뒤에 또 천천히 하고."

"그럼 지금 그 두어 마디를 해봐. 다른 얘긴 밥을 먹으면서 하더라도."

"그 두어 마디란," 레빈이 말했다. "그러나 그리 특별한 것은 아니야."

그의 얼굴은 수줍음을 억누르려고 안간힘을 쓰느라 갑자기 성난 표정이 되었다.

"셰르바츠키가※는 어떻게 지내나? 모두 여전한가?" 그가 말했다.

레빈이 자신의 처제인 키티를 연모하고 있다는 것을 이미 오래전부터 알고 있던 스테판 아르카디치는 눈에 띄지 않을 만큼 짧게 미소를 지었고, 그의 눈이 빛나기 시작했다.

"자넨 두 마디로 말했지만, 난 두 마디로는 대답할 수 없어, 왜냐하면…… 잠깐만 실례하겠네……"

마침 한 비서관이 몸에 밴 정중한 태도로, 그러나 비서관이라는 사람들이 다 그렇듯 사무상의 지식은 자기가 상사보다 뛰어나다는 은근한 우월감을 보이며 들어와서, 서류를 가지고 오블론스키에게 다가오더니 질문이라는 형식을 빌려 어떤 까다로운 사건을 설명하기 시작했다. 스테판 아르카디치는 그것을 다 듣지 않고 자신의 손을 부드럽게 비서관의 옷소매 위에 얹었다.

"아니, 내가 얘기한 그대로 해주시게." 그는 미소로 자신의 어조를 누그러뜨리면서, 사건에 대한 자신의 해석을 간단히 설명하고는 서류를 밀어젖히며 말했다. "이렇게 해주시오. 이렇게 말이오. 자하르 니키티치."

비서관은 당황해서 나갔다. 레빈은 상대방이 비서관과 이야기하는 동안 완전히 기분을 회복하고 의자의 등받이에 두 팔꿈치를 짚고 서 있었다. 그의 얼굴에는 비웃는 듯한 표정이 떠올라 있었다.

"모르겠군, 모르겠어." 그가 말했다.

"뭘 모르겠다는 건가?" 여전히 벙글벙글 웃는 얼굴로 담배를 꺼내면서 오블론스키가 말했다. 그는 레빈의 입에서 뭔가 기발한 말이 튀어나오기를 기대하고 있었다.

"자네들이 하고 있는 일을 모르겠어." 레빈은 어깨를 움츠리면서 말했다. "자넨 이런 일을 고분고분 진지하게 하고 있군그래?"

"어째서?"

"어째서냐니, 하찮잖아."

"자네는 그렇게 생각할지 모르지만, 우리는 일 속에 파묻혀 있어."

"종이 위에서 말이지. 하긴, 자네는 그 방면에 타고난 재능이 있으니까." 레빈이 덧붙였다.

"그러니까 말하자면 자네는, 나에겐 뭔가 모자란 데가 있다고 생각하는 거로군?"

"어쩌면 그럴지도 몰라." 레빈은 말했다. "그러나 역시 난 자네의 탁월함에 감복하고, 이런 뛰어난 인물을 친구로 둔 것을 자랑스럽게 생각해. 그거 그렇고, 자네는 내 물음에 대답하지 않는군." 그는 필사적이 노력을 기울여 오블론스키의 눈을 똑바로 쳐다보면서 덧붙였다.

"아니, 좋아 좋아. 어디 조금만 더 기다려봐, 자네 역시 결국엔 이런 꼴이 되고 말 테니까. 아무튼 자네가 지금 카라진스키군郡에 삼천 데샤티나*의 땅과, 그 같은 근육과, 열두어 살 먹은 소녀들에게서나 볼 수 있는 생기발랄함을 가지고 있다는 것은 좋은 일임이 틀림없지만, 자네도 언젠가는 우리와 마찬가지가 되고 말 테니까 말이지. 그런데 참, 자네가 아까 물었던 그 얘기 말야, 별일은 없어. 그렇지만 자네가 그렇게 오랫동안 나오지 않았다는 건 정말 유감이야."

"그건 왜?" 레빈은 깜짝 놀라며 물었다.

"아냐, 아무것도 아냐." 오블론스키는 대답했다. "천천히 얘기하지, 그런데 자네는 도대체 무슨 일로 나왔나?"

"아아, 그 얘기도 나중에 천천히 할게." 레빈은 또다시 귀뿌리까지 빨개지면서 말했다.

"그래, 좋아. 알겠어." 스테판 아르카디치는 말했다. "그건 그렇고, 자네를 내 집으로 초대해야 할 테지만 실은 안사람이 몸이 좀 좋지 않아서 말이지. 그런데 만약 그 집 사람들을 만나고 싶다면 말야, 요즘 그 사람들은 네시에서 다섯시까지는 으레 동물원에 있어. 키티가 스케이트를 타러 가니까. 자네도 그리로 가 있어, 나도 곧 뒤따라갈 테니. 그런 다음 아무데나 가서 같이 식사나 해."

"그거 좋군, 그럼 또 만나."

"그런데 말야, 또 깜빡 잊거나 갑자기 시골로 가버리거나 해선 안

---

* 미터법 채용 전에 러시아에서 사용한 토지 면적 단위로, 1 데샤티나는 1,092헥타르.

돼!"웃으면서 스테판 아르카디치는 외쳤다.

"천만에, 이번엔 틀림없어."

그러고서 이미 문간까지 걸어나온 다음에야 레빈은 비로소 오블론스키의 동료들에게 인사를 못했다는 것을 생각해냈지만, 그대로 사실에서 나갔다.

"아니, 지금 그분은 굉장한 정력가인 모양이군요." 레빈이 사라진 뒤에 그리네비치가 말했다.

"그럼, 그렇지." 스테판 아르카디치는 고개를 끄덕이면서 말했다. "정말 행복한 사내야! 카라진스키군에 삼천 데샤티나의 땅이 있겠다, 전도양양하겠다, 게다가 또 얼마나 생기발랄하냔 말야! 우리들하곤 비교가 되지 않아."

"당신도 그런 말씀을 하실 때가 다 있습니까, 스테판 아르카디치?"

"웬걸, 모든 게 초라하고 구역질이 날 뿐이야." 스테판 아르카디치는 긴 한숨을 무겁게 내뿜으며 말했다.

6

오블론스키가 레빈에게 도대체 무엇 때문에 왔는지 다잡아 물었을 때 레빈은 홍당무처럼 빨개지고는 그처럼 빨개진 데 대해 제풀에 화를 냈는데, 왜냐하면 오직 그 목적만으로 오기는 했지만 오블론스키에게 "자네 처제에게 구혼하러 왔어"라고 대답할 수는 없었기 때문이다.

레빈가와 셰르바츠키가는 모두 모스크바의 옛 귀족 가문으로 언제나 가깝고 정다운 사이였다. 이 관계는 레빈의 학창 시절에 한층 더 굳어졌다. 그는 돌리와 키티의 오라버니인 젊은 셰르바츠키 공작과 함께 입시 준비를 하고 함께 대학에 들어갔다. 그 당시 레빈은 자주 셰르바츠키가에 드나들었고 셰르바츠키 가족에 반했었다. 이렇게 말하면 조금 기묘하게 여겨질지도 모르지만 콘스탄틴 레빈은 특히 그 집에, 가족들에게, 그중에서도 셰르바츠키 가족의 여인들에게 반했었다. 레빈 자신에게는 어머니에 관한 기억이 없었고, 게다가 또 하나뿐인 누이는 그와는 워낙 나이 차가 많이 났기 때문에 그는 부모의 죽음으로 잃어버린 교양 있고 명예로운 옛 귀족의 가정생활의 내면을 셰르바츠키가에서 처음으로 보았던 것이다. 그에게 이 집의 가족들은, 특히 여인들은 어떤 신비롭고 시적인 베일에라도 가려져 있는 듯 여겨졌고, 그는 그들한테서 티끌만한 결점도 찾아볼 수 없었을 뿐만 아니라, 그들을 가리고 있는 이 신비한 베일 속에 가장 숭고한 감정과 완벽함이 존재하리라 상상했던 것이다. 어째서 이 세 아가씨는 하루 걸러 프랑스어와 영어로 얘기해야 하는지, 어째서 그들은 일정한 시간에 번갈아가며 피아노 앞에 앉아 학생들이 공부하는 위층의 오라버니 방까지 그 소리가 들리도록 연주를 하는지, 어째서 프랑스문학이니 음악이니 회화니 무용이니 하는 교사들이 드나드는지, 어째서 세 아가씨가 나란히 정해진 시각에 제각기 공단으로 안을 댄 모피 외투―돌리는 기다란, 나탈리는 중간 길이의, 키티는 빨간 양말을 딱 맞게 신은 맵시 있는 두 다리가 다 드러나 보일 만큼 짧은 외투―를 입고 *마드무아젤 리농*과 함께 트베르스코이 가로숫길 쪽으로 사륜 포장마차를 타고 가는지, 또 어째서 그들은 모자에 금빛 기장을 단 하인을 거느리고 트베르스코이 가로숫길을 거닐지 않으면 안 되는지 하는 것들과 그들의 신비로운 세계에서 이루어지고 있는 그 밖의 수다한 일들이 그에게는 전혀 이해되지 않았으나, 그곳에서 이루어지고 있는 일들이 모두 아름다운 것들뿐이라는 것은 알고 있었고, 이렇게 이루어지고 있는 것의 신비로움에 온통 마음을 빼앗기고 말았다.

학생 시절에 그는 하마터면 맏딸인 돌리한테 열을 올릴 뻔했지만, 그녀는 이내 오블론스키에게 시집을 갔다. 그래서 그는 둘째 아가씨에게 마음이 끌리기 시작했다. 그는 어쩐지 자매들 중 한 사람에게 꼭 반해야 될 것처럼 느끼면서도 실제로 딱히 어느 누구라고 점찍을 수는 없었다. 그러나 나탈리도 사교계에 나가자마자 외교관 리보프한테 시집가고 말았다. 키티는 레빈이 대학을 졸업했을 무렵에는 아직 어린애였다. 그뒤 오래잖아 젊은 셰르바츠키는 해군에 들어가 발트해에서 익사해버렸기 때문에 레빈과 셰르바츠키 가족의 관계는 오블론스키와 그의 우의에도 불구하고 차츰 소원해지기 시작했다. 그러나 그해 초겨울, 일 년 만에 시골에서 모스크바로 나와 셰르바츠키가 사람들을 보았을 때, 그는 자기가 셋 가운데 누구를 사랑하도록 운명지어졌는지를 깨닫게 되었다.

집안이 좋고 남 못잖은 재산도 있고 나이는 서른둘인 그가 셰르바츠카야 공작영애에게 구혼하는 것보다 더 쉬운 일은 아마 이 세상에 없을 거라고 여겨졌을지도 모르고, 또 어느 모로 보나 그는 훌륭한 배필로 인정되었을 것이다. 그러나 레빈은 한창 사랑에 빠져 있었기 때문에 키티는 어디 하나 티끌만한 흠도 없이 완전하며 이 세상에서 가장 거룩한 존재로 여겨졌고, 그에 반해 자신은 그녀의 남편으로 나무랄 데가 없다고 주위 사람들이나 그녀 당사자에게 인정받으리라고는 생각할 수조차 없을 만큼 지상에서 가장 저열한 존재처럼 여겨졌다.

키티를 만나기 위해 발을 들여놓기 시작한 사교장에서 거의 날마다 그녀를 만나며 꿈같은 두 달을 모스크바에서 보낸 뒤, 그는 갑자기 그것은 불가능한 일이라고 단정짓고 시골로 떠나버렸었다.

레빈이 그렇게 확신하게 된 근거는 상대방 부모의 눈으로 볼 때 자기는 아름다운 키티에게 도저히 어울리지 않고 한참 처지는 배필이며, 키티 또한 그를 사랑할 수 없으리라고 여겼기 때문이었다. 부모의 입장에서 볼 때, 서른두 살인 그와 동년배인 누구는 벌써 대령이나 시종무관이 되었는가 하면 누구는 교수, 누구는 은행장이나 철도청장 혹은 오블론스키처럼 관청장이 되어 있는데, 그는 사회적으로 아무런 경력과 지위가 없는 사내였던 것이다. 그는 그저(남의 눈에 비치는 자신의 모습을 그는 아주 잘 알고 있었다) 암소들을 치고 도요새를 쏘며 건축에 열을 올리는 지주, 말하자면 무능하고 아무것도 기대할 수 없는 소심하고 전도도 없는, 세상 사람들의 눈으로 보자면 아무짝에도 쓸모없는 인간들이 하는 것과 똑같은 짓을 하고 있는 사람에 불과했다.

하물며 그처럼 신비롭고 아름다운 키티가 이런 추남을(그는 스스로 그렇게 여기고 있었다) 게다가 이렇게 단순하고 특출난 것 하나 없는 사내를 사랑할 수는 없었다. 그뿐만 아니라 키티에 대한 그의 이전의 관계—그녀 오빠와의 우의에서 비롯된, 어린애를 대하는 어른의 관계—가 그에게는 이 사랑에서 또다른 장애로 여겨졌다. 그가 스스로 그렇게 여기고 있듯 못생기고 착하기만 한 남자는 친구로서 사랑받을 수는 있을지언정 자신이 키티를 사랑하는 것과 같은 종류의 사랑은 받을 수 없다고, 그런 사랑을 받기 위해서는 무엇보다 아름답고 비범한 남자여야 한다고 생각했다.

그는 여자란 흔히 못생기고 평범한 사내를 사랑한다는 말을 들어왔지만 그 말을 믿지는 않았는데, 왜냐하면 오직 아름답고 신비하고 뛰어난 여자만을 사랑할 수 있는 자기 자신을 기준으로 판단했기 때문이었다.

그러나 시골에서 혼자 두 달을 지내고서야 그는 그것이 청춘기가 시작될 때 경험했던 것과 같은 풋사랑이 아니라는 것, 즉 그 감정이 그에게 한순간의 안정도 주지 않는다는 것, 자기는 그녀가 자신의 아내가 될 것인지 아닌지를 확인하지 않고는 한시도 살 수 없다는 것, 그리고 자신의 절망은 단지 상상에 불과하며 자기가 거절당하리라는 아무런 근거도 없다는 것을 확신하게 되었다. 그리하여 그는 이번에야말로 구혼해야겠다, 그래서 만약 승낙을 얻게 되면 바로 결혼해야겠다는 굳은 결심을 품고 모스크바로 나왔던 것이다. 그러나 만일…… 거절당하면 자기는 어떻게 될 것인가 하는 것은 생각할 수도 없었다.

7

아침 기차로 모스크바에 도착한 레빈은 이부형 코즈니셰프의 집에 들러 옷을 갈아입고, 곧바로 이번에 나온 이유를 얘기하고 그의 의견을 들을 요량으로 형의 서재에 들어갔다. 그러나 공교롭게도 형은 혼자가 아니었다. 극히 중요한 철학적인 문제에 대해 둘 사이에 생긴 오해를 풀기 위해 일부러 하리코프에서 왔다는 저명한 철학교수와 함께 있었다. 이 교수는 유물론자들에 대해 열렬한 논쟁을 펼쳤고 세르게이 코즈니셰프는 이 논쟁에 주의를 모으고 있었기에, 교수의 최근 논문 하나를 읽고 바로 그에게 반박론을 써보냈다. 그는 유물론자들에게 너무 지나치게 양보했다며 교수를 힐책했다. 그러자 교수는 당장 그 점을 해명하기 위해 이리로 왔던 것이다. 대화는 그 당시 인기 있는 문제를 놓고 진행되었다. 인간의 행위에서 심리적 현상과 생리적 현상 사이에 경계가 있는가, 있다면 어디에 있는가?*

세르게이 이바노비치는 늘 누구에게나 보이는 상냥하면서도 쌀쌀한 미소로 동생을 맞고, 교수와 그를 서로 소개한 후 다시 대화를 이었다.

이마가 좁고 안경을 낀 몸집이 작으며 피부가 누런 사람이 인사를 하기 위해 잠깐 얘기를 중단하더니, 이내 레빈에게는 주의를 돌리지 않고 말을 이었다. 레빈은 교수가 돌아가기를 기다릴 생각으로 자리에 앉았다가 곧 대화의 내용에 흥미를 느끼기 시작했다.

레빈은 지금 화제에 오른 내용의 글들을 잡지 같은 데서 가끔 보고,

---

* 톨스토이는 『유럽 소식』에서 시작된 열띤 논쟁을 염두에 두었다. 이 잡지에 K. D. 카벨린이 「심리학의 과제」(1872)를 발표하자, I. M. 세체노프가 「누가 어떻게 심리학을 완성시켜야 할 것인가」(1873)라는 논문으로 맞섰다. 카벨린은 "심리적 현상과 물질적 현상 사이의 직접적 관계를 모른다"고 주장했는데, 세체노프는 '반사의 b형에 좇아' 일어나는 모든 심리적 행위는 생리학 연구의 대상이 되어야 함을 논증했다. 이 소설 속 '하리코프의 교수'와 마찬가지로 카벨린은 '유사성'의 관념을 견지하고 있었다. 즉, 바로 그것에 의해 심리적 현상과 생리적 현상의 관련을 인정하고 있었다. 레빈과 마찬가지로 톨스토이는 이 논쟁에서 "만일 우리가 그리스도교 신자들이나 혹은 부정적인 유물론자들과 합류할 수 있다면 우리는 자신의 개인적 견해를 밝혀야 할 이유가 없다. 현재 나는 기쁘게 그것이 내 의무이며 내 마음의 갈망임을 느끼고 있다……"는 독특한 태도를 취했다.

대학 시절 자연과학도였기에 친숙한 박물학 원리의 발전으로 흥미를 느끼면서 읽기도 했으나, 동물로서의 인간의 유래*라든지 반사작용이라든지 생물학이나 사회학에 대한 자연과학적 결론을 최근 들어 차츰차츰 그의 머릿속에 떠오르게 된 생사生死의 의의라는, 자기 자신에게는 직접적인 여러 문제들과 결부시켜 생각해본 적은 한 번도 없었다.

형과 교수의 대화를 들으면서 그는 그들이 과학적인 문제를 영적인 문제와 결부시키고 여러 차례 이 문제에 거의 접근했다는 점을 알아챘으나, 그들은 그가 가장 중요하다고 생각하는 문제에 가까이 접근할 때마다 곧바로 부랴부랴 뒷걸음질쳐서는 또다시 미세한 분석이며 설명이며 인용이며 암시며 권위 있는 인증의 영역으로 깊이 파고들었기 때문에, 그는 그들이 무슨 얘기를 하고 있는지조차 이해하기 힘들었다.

"난 받아들일 수 없는데요." 세르게이 이바노비치는 언제나처럼 또렷하고 정확한 표현과 우아한 어조로 말했다. "난 어떤 경우에도 외부 세계에 대한 나의 표상이 인상印象에서 도출된 것이라는 케이스의 설에 동의할 수 없습니다. 존재라는 가장 근본적인 개념은 감각을 거치지 않고 나에게 받아들여지는데, 왜냐하면 그러한 개념을 전하기 위한 특수한 기관은 존재하지 않으니까요."

"그렇죠. 그러나 그들은, 부르스트나 크나우스트나 프리파소프**는 틀

---

* 찰스 다윈의 저작 『인간의 유래와 성선택』의 러시아어 번역은 1871년에 나왔다. N. N. 스트라호프는 『노을』에 다윈에 대한 비판적 논문 「과학에서의 일대 변혁」을 실었다(『노을』, 1872, pp. 1~18). 레빈과 마찬가지로 '마음의 문제'에 대한 답을 구하나, 다윈주의에서는 답을 얻지 못했다. 그래서 그는 다윈주의 본래의 과학적 의의를 경시했고 부정적으로 평가했다. 다만, 소설 속에서 오블론스키는 다윈주의에 흥미를 보인다.
** 가공인물들이거나 패러디한 인물들의 이름이다.

림없이 이렇게 답변할 것입니다. 당신의 존재의식은 모든 감각의 결합으로부터 흘러나오는 것이고, 이 존재의식은 감각의 결과라고요. 부르스트는 심지어 이렇게까지 단언하고 있어요. 감각이 없는 곳에는 존재라는 개념도 없다고 말입니다."

"나는 정반대로 이야기해보겠습니다." 세르게이 이바노비치가 얘기를 시작했다.

그러나 여기서 그들이 다시금 가장 중요한 대목에 다가가고 있으면서도 또 한번 빗나가고 있는 것 같았기 때문에 레빈은 교수에게 질문을 해보려고 결심했다.

"그렇다면 만약, 내 감각이 없어지게 된다면 말입니다, 만약 내 육체가 사멸한다면 그뒤에는 어떤 존재도 있을 수 없게 되는 겁니까?" 그가 질문했다.

교수는 마치 그의 말참견으로 정신적인 고통을 느끼기라도 한 듯이 몹시 못마땅한 표정을 지으며 철학자라기보다는 오히려 촌뜨기에 가까운 이 기괴한 질문자를 돌아보고는 '이 사람은 대체 무슨 말을 하려는 거야?'라고 묻기라도 하듯이 세르게이 이바노비치 쪽으로 시선을 돌렸다. 그러나 세르게이 이바노비치는 교수처럼 한결같이 일방적인 태도로 말하지는 않았기 때문에 교수에게 답변함과 동시에, 레빈과 같은 질문이 나오게 된 단순하고 자연스러운 관점도 이해할 정도로 사고에 여유를 지니고 있었기에, 미소를 띠고 이렇게 말했다.

"우리에겐 그러한 문제를 해결할 권리가 없어……"

"우리는 자료를 갖고 있지 않아요." 교수도 시인하고는 자기의 논증을 계속했다. "아니죠," 그는 말했다. "난 이렇게 주장하겠습니다. 만일 프리파소프가 단언하듯이 감각이라는 것이 인상을 기초로 삼고 있다면, 우리는 그 두 개념을 엄밀히 구별하지 않으면 안 된다고 말입니다."

레빈은 더이상 들으려 하지 않고 그저 교수가 떠나기만을 기다렸다.

8

교수가 떠나자 세르게이 이바노비치는 동생을 돌아보았다.

"잘 왔다. 오래 있을 거니? 농사는 어떠냐?"

레빈은 형이 농사 같은 데엔 조금도 흥미가 없고, 지금 물어본 것은 인사에 지나지 않음을 알고 있었기에 그저 밀의 매매와 금전 문제에 대해서만 조금 대답해주었다.

레빈은 형에게 결혼 계획을 이야기하고 그의 의견도 들어보려고 굳은 결심을 했었다. 그러나 형을 보고, 형과 교수의 대화를 듣고, 그런 뒤에 무의식중에 보호자인 척하며 마음에도 없는 농사에 대해 묻는 말을 듣고 나자(그들 어머니의 소유지가 아직 분배되지 않아 레빈이 두 몫을 다 관리하고 있었다) 어쩐지 결혼을 결심했다는 이야기를 꺼낼 수 없을 것 같았다. 그는 형이 자기가 바라는 대로 그 문제를 보지 않으리라고 느꼈던 것이다.

"그래, 너희 지방자치회는 어떠냐?" 지방자치회에 대해 대단한 흥미를 갖고 그것에 큰 의의를 부여하고 있던 세르게이 이바노비치가 물었다.

"신은 잘 모르겠어……"

"어째서? 너는 의원이 아니냐?"

"아니야, 이젠 의원이 아니야. 나는 사퇴했어." 콘스탄틴 레빈은 대답했다. "이젠 회의에도 나가지 않아."

"그래서야 되나!" 세르게이 이바노비치는 눈살을 찌푸리고 말했다.

레빈은 그에 대한 변명으로 자기 군의 지방자치회 사정을 얘기하기 시작했다.

"언제나 이렇단 말야!" 세르게이 이바노비치는 그의 말을 잘랐다. "우리 러시아인은 언제나 이래. 어쩌면 그게 우리의 장점일지도 몰라. 즉 자기의 단점을 볼 줄 아는 능력 말이야. 그러나 우리는 도가 지나쳐서 우리 혀끝에 언제나 준비된 냉소에 만족하고 있단 말야. 내가 너한테 한마디 얘기해두고 싶은 건, 우리의 지방자치제도와 같은 권리를 만약 다른 유럽 국민에게 줘보렴. 독일인이나 영국인은 틀림없이 거기서 자유를 얻을 거다. 그런데 우리는 이처럼 비웃고만 있지."

"그렇지만 어쩔 도리가 없어." 겸연쩍은 어조로 레빈은 말했다. "이것은 나의 마지막 시도였어. 나도 젖 먹던 힘을 다해서 해보려 했어. 그래도 못하겠어. 나에겐 그런 힘이 없어."

"힘이 없다는 건 말이 안 돼." 세르게이 이바노비치가 말했다. "너의 그 관점이 틀렸어."

"그럴지도 모르지." 레빈은 침울하게 대답했다.

"그건 그렇고, 넌 니콜라이가 또 여기에 와 있다는 걸 아니?"

니콜라이는 콘스탄틴 레빈의 친형이며 세르게이 이바노비치에겐 이부동생이었다. 자기가 물려받은 거액의 재산을 탕진하고 지금은 해괴망측한 사람들과 어울리는, 형제들과도 사이가 나빠진 사내였다.

"뭐라고?" 레빈은 겁에 질려 외쳤다. "어떻게 알았어?"

"프로코피가 길에서 그를 봤대."

"여기, 모스크바에서? 어디 있어? 형은 알아?" 레빈은 마치 당장에라도 찾아나설 듯이 의자에서 일어섰다.

"너한테 이런 얘길 하는 게 아니었는데……" 세르게이 이바노비치는 동생이 흥분한 것을 보고 고개를 내두르면서 말했다. "나는 그가 어디 살고 있는지 알아보게 하고, 내가 대신 갚아줬던 트루빈 앞으로 된 그의 어음을 보냈지. 그랬더니 이런 답장이 왔다."

세르게이 이바노비치는 서진 밑에서 편지를 빼내어 동생에게 주었다.

레빈은 기묘하고 친숙한 필적으로 쓰인 편지를 읽었다. '나를 제발 이대로 내버려두시기 바랍니다. 이것 하나만이 사랑하는 형제들에게 바라는 나의 유일한 소망이올시다. 니콜라이 레빈.'

레빈은 다 읽고 나서, 고개를 들지 않고 편지를 손에 쥔 채 세르게이 이바노비치 앞에 우두커니 서 있었다.

그의 마음속에서는 지금 이 불행한 형에 대해선 얼마 동안 잊었으면 하는 바람과, 그것은 옳지 않은 짓이라는 의식이 서로 싸우고 있었다.

"그는 분명 날 욕보이려 하고 있다." 세르게이 이바노비치는 말을 이었다. "그러나 그가 날 욕보일 수는 없지. 오히려 나는 진심으로 그를 도와줬으면 해. 그렇지만 그것이 불가능하다는 것도 잘 안다."

"그래, 그래." 레빈은 되풀이해서 말했다. "니콜라이 형에 대한 형의 태도를 이해하고 존중해. 하지만 난 니콜라이 형에게 가볼래."

"가보고 싶으면 가봐라, 그러나 권하진 않겠다." 세르게이 이바노비치는 말했다. "나로서는 조금도 두렵지 않다. 그자인들 설마 너와 나 사이 갈라놓을 수는 없을 테니까. 그렇지만 너를 위해선 가지 않는 게 좋다고 충고하고 싶구나. 어차피 그를 구할 수는 없으니까. 하지만 하고 싶은 대로 해라."

"정말 구할 수 없을지도 몰라. 그래도 나는, 특히 지금 같은 때엔, 아니 이것은 별문제이지만, 내 마음이 편치 않을 것 같아."

"글쎄, 그건 잘 모르겠지만," 세르게이 이바노비치는 말했다. "이것만은 알고 있지." 그는 덧붙였다. "바로 겸손의 교훈 말이다. 난 동생인 니콜라이가 지금과 같은 자가 된 뒤로는 비천한 자들을 여태까지와는 전혀 다르게, 보다 관대한 눈으로 보게 되었어…… 그자가 한 짓을 너도 알고 있을 게다……"

"아아, 끔찍해, 끔찍한 일이야!" 레빈은 되풀이했다.

세르게이 이바노비치의 하인에게서 형의 주소를 받은 레빈은 곧바로 그를 찾아가려다가 생각을 바꿔 저녁까지 미루기로 했다. 우선 마음의 안정을 얻기 위해 모스크바까지 오게 만든 용건을 결정짓지 않으면 안 되었다. 레빈은 형의 집에서 나와 바로 오블론스키의 관청으로 찾아갔고 거기서 셰르바츠키 가족의 동정을 듣고는, 키티를 만날 수 있을 거라고 친구가 알려준 곳으로 즉시 마차를 몰았다.

9

네시에 레빈은 자신의 심장이 뛰는 것을 느끼며 동물원 입구에서 세낸 썰매를 세우고, 입구에서 셰르바츠키가의 사륜 여행마차를 보았으니 그곳에 가면 틀림없이 그녀를 만날 것이라고 생각하면서 언덕과 스케이트장으로 가는 좁은 길을 따라 걸어갔다.

몹시 춥고 화창한 날이었다. 입구에는 사륜 여행마차, 썰매, 허술한 삯마차, 헌병들이 줄지어 서 있었다. 산뜻하게 차려입은 사람들이 밝은 햇살에 모자를 반짝이면서 입구께와 박공널에 조각된 러시아식 오두막집 사이의 깨끗이 비질된 좁은 길들에 욱실거렸다. 눈 때문에 나뭇가지들이 전부 축 처진 동물원 내의 해묵은 울창한 자작나무들은 마치 새롭고 장중한 의상으로 차려입은 듯했다.

그는 좁은 길을 따라 스케이트장으로 가면서 자신에게 말했다. '당황하지 말고 침착해야 한다. 지금 뭘 하는 거야? 뭘 어떻게 하자는 거야, 넌? 잠자코 있어, 바보.' 그는 자신의 심장을 향해 외쳤다. 그러나 이렇게 마음을 가라앉히려고 애쓸수록 그의 숨결은 차츰 거칠어졌다. 지인이 그를 보고 큰 소리로 외쳤지만, 레빈은 그가 누구였는지도 알아차리지 못했다. 그는 언덕을 올라갔다 내려갔다 하는 작은 썰매의 쇠사슬이 덜거덕거리는 소리, 작은 썰매가 미끄러져가는 소리와 사람들의 즐거운 목소리가 울리는 스케이트장 쪽으로 다가갔다. 몇 걸음 더 나아가자 그의 눈앞에 스케이트장이 펼쳐졌고, 그는 스케이트를 타는 많은 사람들 가운데서 이내 그녀의 모습을 찾아냈다.

그는 자신의 마음을 사로잡은 환희와 두려움으로 그녀가 거기 있음을 알아챘다. 그녀는 한 부인과 이야기하면서 스케이트장 건너편 끝에 서 있었는데, 그녀의 복장이나 자세에서 특별히 눈에 띄는 점은 없어 보였다. 그러나 레빈에게는 이러한 군중 속에서 그녀를 찾아내는 것이

쐐기풀 속에서 장미를 찾아내는 것처럼 쉬웠다. 모든 것이 그녀로 인해 빛나고 있었다. 그녀는 주위의 온갖 것을 환하게 밝히는 미소였다. '과연 나는 얼음 위를 지나 저기까지, 그녀가 있는 곳까지 갈 수 있을까?' 그는 생각했다. 그녀가 있는 곳이 가까이 갈 수 없는 성지처럼 여겨졌고, 순간 그는 이대로 돌아갈까 생각했다. 그만큼 두려웠다. 그래서 그녀의 주위로 온갖 사람들이 돌아다니고 있는 이상 자신도 그리로 얼음을 지치러 갈 수 있다는 판단을 내리기까지 상당히 애를 써야만 했다. 그는 마치 그녀가 태양이라도 되는 듯 그녀를 오랫동안 바라보는 것을 피하면서 얼음판으로 내려갔으나, 그녀의 모습은 태양과 마찬가지로 보지 않아도 알 수 있었다.

일주일 중에서도 이날 이 시간은 서로 안면이 있는 사람들이 얼음 위에 모이는 때였다. 거기에는 솜씨를 뽐내는 스케이트 명수들도 있었고, 의자 등받이를 붙들고 겁먹고 서툰 동작으로 스케이트를 배우는 이들도 있었고, 아이들 그리고 건강을 목적으로 스케이트를 타는 노인들도 있었다. 레빈에게는 이들 모두가 거기에, 그녀 가까이에 있다는 이유만으로 선택받은 행복한 사람들처럼 보였다. 더구나 스케이트를 타는 사람들은 모두 지극히 무심하게 그녀를 뒤쫓기도 하고 앞지르기도 하고 심지어 말을 걸기도 하면서 그녀에겐 전혀 관심 없이 좋은 얼음과 훌륭한 날씨를 한껏 즐기고 있는 듯 보였다.

키티의 사촌오빠인 니콜라이 셰르바츠키는 짧은 재킷에 좁은 바지 차림으로 스케이트를 신은 채 벤치에 앉아 있다가 레빈을 보자 외쳤다.

"오, 러시아 제일의 스케이터! 언제 오셨습니까? 얼음이 좋습니다, 얼른 스케이트를 신으십쇼."

"난 스케이트도 없어요." 레빈은 그녀를 앞에 두고도 이처럼 용감하고 무심할 수 있는 자신에게 놀라는 한편, 비록 그녀가 있는 쪽을 쳐다보지는 않았지만 한시도 그녀를 시야에서 놓치지 않으며 대답했다. 그는 태양이 자기 쪽으로 가까이 다가오는 것을 느꼈다. 구석에 있던 그녀는 그때, 목이 긴 스케이트를 신은 가느다란 두 다리를 조심스럽게 딛고 잔뜩 겁먹은 모습으로 그가 있는 쪽으로 미끄러져 왔다. 러시아식 옷차림을 한 소년이 땅바닥에 닿을락 말락 몸을 구부리고 정신없이 두 손을 내두르면서 그녀를 앞질렀다. 그녀의 스케이트 솜씨는 그다지 야무지지 않았다. 그녀는 끈으로 매어 늘어뜨린 조그마한 머프에서 손을 빼고 넘어질까 두려운 듯 팔을 뻗었다가, 그를 쳐다보고 레빈이란 걸 알자 그를 향해 자신의 두려움을 변명하듯 생긋 웃어 보였다. 도는 구간이 끝나자 그녀는 탄력 있게 한쪽 발로 얼음을 밀면서 곧장 세르바츠키 쪽으로 미끄러져 왔다. 그러고는 사촌오빠의 손에 매달려 방긋 웃으면서 레빈에게 인사했다. 그녀는 그가 상상했던 것보다 훨씬 더 아름다웠다.

그녀를 생각할 때 그는 그녀의 모습 전체를, 그 가운데서도 맵시 있고 여성스러운 어깨 위로 가볍게 흘러내린 엷은 빛깔의 머리칼과 조그마한 머리를, 그리고 어린애 같은 선량함과 맑음, 무르익은 아름다움을 생생하게 그려낼 수 있었다. 그녀 얼굴의 앳된 표정은 날씬한 몸매의 조촐한 아름다움과 어울려 그가 익히 알고 있는 독특한 매력을 이루었다. 그러나 그 가운데서도 언제나 그를 놀라게 했던 것은 그녀의 유순하고 잠잠하고 진심이 깃든 눈빛과 미소였는데, 그 미소는 언제나 레빈을 마술의 세계로 끌고 들어갔고 그곳에서 어렸을 적에도 흔히 느껴보지 못했던 부드럽고 감동적인 느낌을 그에게 선사했다.

"언제부터 여기 와 계셨어요?" 그녀는 손을 내밀면서 말했다. "감사합니다." 그가 그녀의 머프 속에서 떨어진 손수건을 주워주자 그녀가 덧붙였다.

"나요? 오래되지 않았어요. 난 어제…… 아니 방금 전에, 그러니까…… 막 도착했죠." 레빈은 느닷없는 마음의 동요 때문에 질문의 뜻을 이해하지 못하고 대답했다. "실은 댁으로 가려고 했었죠." 그는 말했지만, 이내 또 자기가 그녀를 찾고 있던 이유를 생각해내고는 어찌할 바를 모르고 얼굴을 붉혔다. "당신이 스케이트를 탈 줄은 몰랐습니다. 더구나 이렇게 훌륭히 타시리라고는 상상도 못했습니다."

그녀는 그가 당황하는 이유를 알아내기라도 하려는 것처럼 주의깊게 그를 쳐다봤다.

"당신의 칭찬을 존중하지 않으면 안 되겠군요. 여기에선 아직까지 당신이 일류 스케이터라고 정평이 나 있으니까요." 그녀는 검은 장갑을 낀 조그마한 손으로 머프에 엉긴 성에를 떨면서 말했다.

"그렇죠, 나도 한때는 꽤 열심히 탔었죠. 완성의 경지까지 도달해보려고 말입니다."

"당신은 무슨 일이나 열심히 하시는 것 같아요." 그녀는 미소를 띠고 말했다. "당신이 타는 걸 꼭 좀 보고 싶어요. 자, 어서 스케이트를 신으세요. 그리고 함께 타요."

'함께 타자고! 과연 그런 일이 있을 수 있을까?' 레빈은 그녀를 찬찬히 쳐다보면서 생각했다.

"그럼 곧 신고 오죠." 그는 말했다.

그러고 나서 그는 스케이트를 신으러 갔다.

"오랜만에 들르셨군요, 나리." 스케이트장의 사내는 그의 발을 받치고 뒤축을 나사로 죄어주면서 말했다. "나리께서 나오지 않으신 뒤로 나리만한 분은 한 분도 없었습니다. 이만하면 괜찮으실는지요?" 그는 가죽끈을 잡아당기면서 말했다.

"됐어, 됐어, 빨리 좀 해줘." 레빈은 얼굴에 저절로 떠오르는 행복한 미소를 간신히 억누르면서 대답했다. '그렇다,' 그는 생각했다. '이게 바로 인생이다. 이게 바로 행복이다! 함께라고 그녀가 말했다. 함께 타요라고. 지금 얘기해버리면 어떨까? 그러나 난 지금 정말 행복하니까, 희망만으로도 행복하니까, 어쩐지 얘기하기가 두렵다…… 그런데 만일?…… 아니, 그러나 얘기해야 한다! 해야 한다, 해야 해! 약한 마음은 쫓아버려야 한다!'

레빈은 일어서서 외투를 벗어젖히고 오두막집 옆의 거칠거칠한 얼음 위를 여기저기 한바탕 지치고 나서, 매끄러운 얼음판 쪽으로 달려나오자마자 제 마음대로 속도를 더하기도 하고 늦추기도 하고 방향을 바꾸기도 하며 아무 힘도 들이지 않고 얼음을 지치기 시작했다. 그는 두려운 마음으로 그녀에게 다가갔지만, 그녀의 미소가 또다시 그의 마음을 가라앉혀주었다.

그녀는 그에게 손을 내밀었고, 그들은 나란히 속도를 더하면서 지쳐나갔다. 속도를 더할수록 차츰차츰 그녀는 그의 손을 힘주어 꽉 쥐었다.

"당신하고 같이 타면 금방 늘 것 같아요. 어쩐지 난 당신이 미더워요." 그녀가 그에게 말했다.

"나도 그렇습니다. 당신이 기대어주시니까 한결 마음 든든합니다."

그는 말했다. 그러나 이내 자기가 한 말에 깜짝 놀라 얼굴을 붉혔다. 실제로 그가 이 말을 입 밖에 내놓자마자, 태양이 먹구름 뒤로 숨어버리는 것처럼 갑자기 그녀의 얼굴빛은 상냥함을 완전히 잃어버렸고 레빈은 그녀의 얼굴에서 뭔가 의식적으로 참는 듯한 낯익은 표정을, 그 매끈한 이마에 주름이 도드라지는 것을 알아챘다.

"뭐 불쾌한 일이라도 있으신가요? 물론 이런 것을 물어볼 권리는 없습니다만." 그는 재빨리 말했다.

"어머나, 왜요?…… 아녜요, 불쾌한 건 전혀 없어요." 그녀는 쌀쌀하게 대답하고 바로 덧붙였다. "당신은 *마드무아젤 리농*을 만나보셨나요?"

"아뇨, 아직."

"그분한테 가보세요, 그분은 정말 당신을 좋아해요."

'이게 뭐야? 내가 이 여자를 노하게 하고 말았다. 아아, 하느님, 나를 도와주소서!' 레빈은 이렇게 생각하며, 벤치에 앉아 있는 하얗게 센 고수머리의 프랑스 부인에게로 달려갔다. 그녀는 틀니를 드러내고 웃으면서 옛친구처럼 그를 맞았다.

"그래요, 모두 이렇게 자라죠." 그녀는 눈으로 키티를 가리키면서 말했다. "나이도 먹고요. *가장 어린 곰도 벌써 다 커버렸으니까요!*" 프랑스 부인은 웃으면서 말을 계속했다. 그녀는 영국의 옛이야기에 빗대어 세 아가씨를 곰 세 마리라고 불렀던 레빈의 옛 익살을 떠올렸던 것이다. "기억하고 계시죠, 곧잘 그렇게 말씀하시곤 했는데?"

그는 그런 기억이 전혀 없었으나, 그녀는 벌써 십 년째 이 익살을 웃으면서 즐겨 써왔다.

"자, 어서 가세요. 어서 가 스케이트를 타세요. 우리 키티도 이제 정말 훌륭하게 타게 됐죠, 그렇지 않아요?"

레빈이 다시 키티에게 달려갔을 때, 그녀의 얼굴에서 딱딱한 빛은 벌써 사라지고 두 눈동자는 앞서와 마찬가지로 진지하고 상냥하게 그를 바라보았지만, 레빈은 그녀의 그 상냥함 속에서 어딘지 심상치 않은, 짐짓 안정을 가장한 듯한 태도를 엿보았다. 그는 서글퍼졌다. 키티는 자기의 옛 여자 가정교사 얘기며 그녀의 특이한 점에 대해 얘기하고 난 뒤 그의 생활에 대해 물었다.

"시골에 계시면 겨울에 지루하지 않나요?" 그녀는 말했다.

"아뇨, 지루하지 않아요, 굉장히 바쁘니까요." 그는 그녀의 차분한 말투에 끌려들어가 지난 초겨울에도 그랬듯이 거기서 빠져나올 수 없을 것 같은 기분을 느끼면서 말했다.

"이번엔 오래 머무르실 작정인가요?" 키티가 그에게 물었다.

"나도 모르겠습니다." 그는 자기가 무슨 말을 하고 있는지 생각하지도 않고 대답했다. 만약 이 잠잠한 우정어린 톤에 말려들게 되면 자기는 또다시 아무런 해결도 짓지 못하고 돌아가게 될 것이라는 생각이 그의 머릿속에 번득 일어났고, 그는 한번 부딪쳐봐야겠다고 결심했다.

"어찌 모르세요?"

"모르겠습니다. 실은 당신에게 달렸으니까요." 그는 이렇게 말하고 나서 이내 자기가 한 말에 경악했다.

그의 말을 듣지 않았는지 아니면 들으려고 하지 않았는지, 하여튼 그녀는 두어 번 발을 투덕투덕 구르고는 얼른 옆으로 미끄러져 나아갔다. 그녀는 *마드무아젤 리농*에게로 미끄러져 가서는 뭐라고 두서너 마디 얘기하고 부인들이 스케이트를 갈아신는 오두막집 쪽으로 가버렸다.

'맙소사, 쓸데없는 짓을 저지르고 말았다! 오오, 하느님! 저를 도와주소서, 저에게 가르침을 주소서.' 레빈은 기도하면서 동시에 강렬한 운동의 욕구를 느껴 안쪽으로 바깥쪽으로 원들을 그리며 마구 달렸다.

이때 스케이트의 새로운 명수로 떠오르는 젊은이 하나가 담배를 입에 문 채 커피숍에서 나와 사방을 뛰어 돌아다니다가 굉장한 소리를 내면서 스케이트를 신은 채 층계를 한 단 한 단 뛰어내려왔다. 그는 날듯이 비탈을 미끄러져 갔고, 두 손을 자연스러운 위치로 바꾸지도 않고 얼음 위를 활주했다.

"아니, 이건 새로운 기술인걸!" 레빈은 그 기술을 시도해보려고 즉시 위로 뛰어올라갔다.

"다쳐요, 그건 연습이 필요합니다!" 니콜라이 셰르바츠키가 그에게 외쳤다.

레빈은 층계 위로 올라가 실컷 뛰어 돌아다니고 나서, 몸에 익지 않은 동작을 하느라 두 손으로 균형을 잡으면서 아래로 뛰어내려갔다. 마지막 층계에서 그는 발이 걸렸다. 얼음판 위에 하마터면 손을 짚을 뻔했으나 그는 세찬 동작으로 자세를 바로잡고 웃으면서 멀리 미끄러져 갔다.

'좋은 분이야, 정다운 분이야.' 키티는 이때 *마드무아젤 리농*과 함께 오두막을 나오면서 사랑하는 오빠를 대하듯 정답고 조용한 미소를 띠고 그를 바라보면서 생각했다. '내가 정말 잘못한 걸까, 내가 뭔가 나쁜 짓을 한 걸까? 사람들은 내가 교태를 부린다고 하겠지. 내가 사랑하는 사람이 저분이 아니라는 건 나도 잘 알고 있다. 그래도 난 저분하고 같이 있는 게 즐겁다. 저분은 저렇게 좋은 사람이니까. 그런데 저분은 왜 그런 얘길 했을까?……' 그녀는 생각했다.

돌아가려는 키티와 그녀를 층계 위에서 맞는 어머니를 보자 레빈은 격렬한 운동으로 붉어진 얼굴을 한 채 발을 멈추고 잠시 생각에 잠겼다. 그는 스케이트를 벗고 동물원의 출구에서 모녀를 따라잡았다.

"어머나, 정말 잘 나오셨어요." 공작부인이 말했다. "언제나처럼 우리는 목요일이 접객일이에요."

"그럼 오늘이군요?"

"당신도 오세요, 기다리겠어요." 공작부인은 심드렁하게 말했다.

이 무뚝뚝한 태도가 키티를 발끈하게 했고, 그녀는 어머니의 냉담을 보상해야겠다는 마음을 억누를 수 없었다. 그녀는 고개를 돌리고 웃는 얼굴로 말했다.

"나중에 봐요."

이때 스테판 아르카디치가 모자를 비스듬히 쓰고 환한 얼굴로 눈을 번뜩이면서 쾌활한 승자처럼 동물원으로 들어왔다. 그러나 장모 가까이 오자 그는 별안간 우울하고 겸연쩍은 낯빛이 되어 돌리의 건강을 묻는 그녀의 물음에 답했다. 장모와 두서너 마디 침울하고 조용조용히 말을 나누고 난 뒤, 그는 가슴을 펴고 레빈의 팔을 잡았다.

"자, 슬슬 가는 게 어때?" 그는 물었다. "난 줄곧 자네 생각만 하고 있었어. 자네가 온 것이 정말 반가워." 그는 의미심장한 표정으로 레빈의 눈을 들여다보면서 말했다.

"갈까, 가지." 방금 들었던 '나중에 봐요' 하는 목소리의 울림과 그 말을 할 때의 그녀의 웃는 얼굴을 되새기며 행복에 젖은 레빈이 대답했다.

"'잉글랜드'*로 갈까, 아니면 '예르미타시'로 갈까?"

"나는 아무데나 좋아."

"그럼 '잉글랜드'로 하지." 스테판 아르카디치는 자기가 '예르미타시'
보다 '잉글랜드'에 외상이 더 많았기 때문에 '잉글랜드'를 택하고 말했
다. 그는 외상 때문에 식당을 피하는 것은 좋지 않다고 생각했다. "자네
삯마차를 세워놨지? 거참 잘됐군, 난 마차를 돌려보냈거든."

길을 가는 동안 두 친구는 말이 없었다. 레빈은 키티의 얼굴에 나타
났던 표정의 변화가 무슨 의미인지를 생각하면서 때로는 희망이 있다
고 스스로 믿어보기도 하고 때로는 절망에 빠져 자기의 희망은 터무니
없는 것이라고 생각하기도 했지만, 그런 와중에도 그녀의 미소와 나중
에 봐요라고 했던 말을 보고 듣기 전의 자기와는 전혀 다른 사람이 된
듯한 기분이 들었다.

스테판 아르카디치는 도중에 메뉴를 생각하고 있었다.

"자네 튀르보** 좋아하나?" 거의 다 도착해서 그는 레빈에게 물었다.

"뭐?" 레빈이 되물었다. "튀르보? 그럼, 난 튀르보를 굉장히 좋아해."

10

오블론스키와 함께 식당에 들어섰을 때 레빈은 스테판 아르카디치

---

* 모스크바의 호텔 '잉글랜드'는 페트롭카에 있었다. 이 호텔은 평판이 나빴다.

** 넙치나 가자미를 독특한 방법으로 조리한, 미식가들이 높이 평가하는 프랑스 생선 요리.

의 얼굴과 온몸에 마치 억눌려 있던 광채와도 같은 어떤 독특한 분위기가 나타나 있는 것을 알아챘다. 오블론스키는 외투를 벗고 모자를 옆으로 비스듬히 쓴 채, 연미복을 입고 냅킨을 들고 그들을 바짝 따라오는 타타르인들에게 이것저것 이르면서 홀로 걸어갔다. 그러고는 어디서나 그렇듯이 거기서도 반갑게 그를 맞아주는 지인들에게 인사를 하면서 바로 다가가 생선 안주에 보드카를 한 잔 들이켠 다음, 리본과 레이스로 치장하고 머리를 곱슬곱슬하게 지져 올리고 카운터에 앉아 있던 프랑스 여인에게 무슨 말인가를 하여 그녀를 자지러지게 웃게 했다. 레빈은 단지 전신이 가발과 *쌀가루*와 *화장용 식초*로 이루어져 있는 듯한 이 프랑스 여인이 마음에 들지 않아 보드카를 마시지 않았다. 그는 불결한 장소에서 빠져나오듯 냉큼 그녀의 곁을 떠났다. 그의 온 마음은 키티에 대한 생각으로 가득찼고, 그의 두 눈은 승리와 행복의 미소로 빛났다.

"이리 오십쇼, 각하, 자, 여기가 조용하고 좋습니다, 각하." 연미복 자락이 넓적한 궁둥이 위에서 쫙 벌어져 있는, 나이 많은 백발의 타타르인이 바짝 달라붙어 말했다. "모자를 주시지요, 각하." 그는 스테판 아르카디치에 대한 존경의 표시로 그의 손님에게도 존칭을 쓰는 것을 잊지 않고 레빈에게 말했다.

청동 촛대 아래 이미 식탁보가 덮여 있는 둥근 탁자에 눈 깜짝할 새 산뜻한 새 식탁보를 깔자 그는 벨벳 의자를 가지런히 놓고 냅킨과 메뉴판을 든 채 스테판 아르카디치 앞에 서서 주문을 기다렸다.

"만약 말입니다, 각하, 별실이 좋으시다면 곧 빌 겝니다. 마침 골리친 공작께서 부인들과 함께 오셔서 말씀예요. 그리고 마침 싱싱한 굴도 들어왔습니다만."

"오! 굴."

스테판 아르카디치는 잠깐 생각했다.

"어때, 어디 한번 계획을 변경하지 않으려나, 레빈?" 그는 손가락으로 메뉴판을 짚고 말했다. 그의 얼굴은 진지하게 주저하는 빛을 띠었다. "굴은 좋은가? 잘 보고 정해야 해."

"플렌스부르크 겁니다, 각하. 오스탕드 것은 아닙니다."

"플렌스부르크건 어디건, 싱싱하냔 말야?"

"네, 어제 들어왔으니까요."

"자 그럼, 굴부터 시작하지 않으려나? 그런 다음에는 메뉴를 다 바꿀 수도 있고, 응?"

"난 아무래도 괜찮아, 난 양배추수프하고 카샤만 있으면 그만이야. 하지만 그런 건 여기 없을 테고."

"카샤 아 라 류스*, 주문하시겠습니까?" 타타르인은 갓난애한테 말하는 유모처럼 레빈에게 몸을 굽히면서 말했다.

"아냐, 농담은 그만두고 자네가 고른 것이 좋아. 얼음판을 좀 지쳤더니만 시장기가 돌아서 말야. 그러니까," 그는 오블론스키의 얼굴에서 불만스러운 표정을 알아채고 덧붙였다. "내가 자네의 선택을 존중하지 않는다고는 생각하지 마. 난 아무거나 즐겁게 먹겠어."

"물론이야! 뭐니 뭐니 해도 먹는 건 인생의 즐거움 중 하나거든." 스테판 아르카디치는 말했다. "자, 그럼 말야, 이봐, 어이, 그 굴 스무 개하

---

* 러시아식 죽. 타타르인이 프랑스어로 '러시아식'을 뜻하는 'à la russe'를 러시아어로 발음했다.

고, 아니 모자라겠군, 서른 개하고 뿌리채소수프를 가져와……"

"프렌타니예르 말씀이시죠?" 타타르인은 냉큼 말을 받았다. 그러나 스테판 아르카디치는 프랑스어로 요리의 이름을 외우는 만족을 이 사내한테 주기가 싫은 모양이었다.

"뿌리채소 든 거 말야, 알잖아? 그리고 짙은 소스를 얹은 튀르보하고 그다음에…… 로스트비프, 이것도 신경써야 해. 거세수탉도 가져와, 그리고 과일 통조림도."

타타르인은 메뉴를 프랑스어로 부르지 않는 스테판 아르카디치의 버릇을 생각해내고 그에게는 되풀이하지 않았지만, 주문받은 것을 모두 메뉴판에 따라 다시 읽는 만족만은 포기하지 않았다. "수프 프렌타니예르, 튜르보 소스 보마르셰, 풀라르드 아 레스트라곤, 마세두안 데 프류이……" 그러고는 용수철 인형처럼 냉큼 접힌 메뉴판을 놓더니, 이번에는 주류 목록을 집어들고 스테판 아르카디치 앞에 내밀었다.

"뭘 마시겠나?"

"난 아무거나 좋아, 많이는 말고. 샴페인이나." 레빈이 말했다.

"아니, 처음부터? 그래, 그것도 좋아. 자넨 백봉인을 좋아하던가?"

"카셰 블란." 타타르인이 말을 받았다.

"그럼, 그 딱지 붙은 걸 굴하고 같이 가지고 와. 나머진 나중으로 미루고."

"알겠습니다. 테이블 와인은 뭘로 하시겠어요?"

"뉘로 줘. 아니, 역시 클래식한 샤블리가 더 낫겠군."

"알겠습니다. 각하의 치즈도 주문하셔야죠?"

"암 그렇지, 파르메잔으로. 아니면 자넨 다른 게 좋겠나?"

"아냐, 난 아무거나 좋아." 피식피식 웃으면서 레빈은 말했다.

타타르인은 넓적한 궁둥이 위의 연미복 뒷자락을 팔랑거리며 뛰어갔다가 오 분도 채 되지 않아 진줏빛 껍질 위에 살을 드러내고 있는 굴 접시와 술병을 손가락 사이에 끼고 날듯이 되돌아왔다.

스테판 아르카디치는 풀을 빳빳이 먹인 냅킨을 비벼 조끼 가슴에 끼우고 거침없이 손을 올려 굴을 먹기 시작했다.

"나쁘진 않군." 그는 조그마한 은제 포크로 진줏빛 굴껍질에서 물기 많은 굴을 발라내어 연거푸 삼키며 말했다. "나쁘지 않아." 그는 윤기 있게 빛나는 눈으로 레빈과 타타르인을 연신 번갈아보며 되풀이했다.

레빈은 굴도 먹었지만, 치즈를 바른 흰 빵이 더 입에 맞았다. 그러나 그는 오블론스키를 감탄하며 바라보았다. 심지어 병마개를 뽑고 거품이는 샴페인을 바닥이 평평하고 목이 기다란 얇은 잔에 따르던 타타르인도 눈에 띄게 만족한 미소를 띠고 하얀 넥타이를 바로잡으면서 스테판 아르카디치를 바라보았다.

"자넨 굴을 그다지 좋아하지 않는 모양이군그래." 스테판 아르카디치는 샴페인 잔을 단숨에 비우면서 말했다. "아니면 뭐 걱정거리라도 있나, 응?"

그는 레빈을 즐겁게 해주고 싶었다. 레빈은 즐겁지 않은 건 아니었지만 왠지 답답했다. 그는 마음속에 있는 일 때문에 이런 식당에서 여자들을 거느린 패거리들이 식사를 하는 별실 사이에 끼어 이 같은 혼잡과 소요 속에 있기가 어색하고 갑갑했다. 청동 기물, 거울, 가스등, 타타르인, 그러한 것들이 모두 그의 속을 쑤셨다. 지금 그의 마음을 가득 메우고 있는 감정을 더럽히게 될까봐 그는 두려웠다.

"나? 그래, 마음에 걸리는 일이 좀 있어서 말야. 그러나 꼭 그것 때문만은 아냐. 여기 있는 것들이 모두 다 맘에 안 들어." 그는 말했다. "자네는 좀 상상하기 어려울 테지만, 나 같은 시골놈한테는 여기 있는 온갖 것들이 우습기만 해. 마치 자네 사무실에서 만났던 그 신사의 손톱처럼 말야……"

"그래, 나도 가엾은 그리네비치의 손톱이 자네 흥미를 굉장히 끌었다는 건 눈치챘지." 스테판 아르카디치는 웃으면서 말했다.

"난 참을 수 없어." 레빈은 대꾸했다. "자네, 한번 내 입장이 되어 시골놈의 관점에서 보란 말야. 우리 시골에 있는 놈들은 자기의 손을 될 수 있는 한 일하기 편하게 하려고 애쓰지. 그러려고 손톱도 깎고 때로는 소매를 걷어붙이기도 하는 거야. 그런데 여기에선 모든 사람들이 일부러 기를 수 있는 데까지 손톱을 기르고, 어지간한 접시 크기의 커프스단추를 달아서 손으로는 아무것도 할 수 없게 만든단 말야."

스테판 아르카디치는 쾌활하게 웃었다.

"그렇지만, 그건 그에겐 거친 노동이 필요하지 않다는 증거야. 그는 머리로 일하면 그만이니까……"

"그럴지도 모르지. 그러나 어쨌든 난 우스워. 마치 지금 우리가 하고 있는 짓처럼 말야. 우리 시골놈들은 조금이라도 빨리 일손을 잡으려고 서둘러 밥을 먹는데, 지금 자네하고 나는 빨리 배가 부를까봐 시간을 끌면서 굴을 먹고 있으니 말야……"

"그래, 물론 그렇지." 스테판 아르카디치가 말을 받았다. "그러나 거기엔 문화적 목적도 있잖나. 말하자면 모든 것에서 쾌락을 만들어낸다고 하는."

"글쎄, 그것이 목적이라면 나는 아예 야만인이길 바라겠어."

"그러니까 자네는 야만인이야. 자네들, 레빈 일가는 모두 야만인이야."*

레빈은 한숨을 쉬었다. 그는 니콜라이 형에 대해 돌이켜 생각해보았고, 그러자 부끄럽고 불쾌한 생각이 들어 얼굴을 찌푸렸다. 그러나 오블론스키는 다음과 같은 말을 꺼내 갑자기 주의를 끌었다.

"그래 어쩌려나. 이봐, 오늘밤 우리에게, 그러니까 셰르바츠키가로 올 거지?" 그는 울퉁불퉁한 빈 굴껍질을 옆으로 밀어젖히고 치즈를 끌어당기면서 의미심장하게 눈을 빛내며 말했다.

"그럼, 꼭 가지." 레빈은 대꾸했다. "공작부인께선 마지못해 부르신 것 같지만."

"무슨 소리야! 쓸데없는 소릴! 그건 그분의 버릇이야…… 자, 이봐, 수프 가져와!…… 그건 그분의 성벽이야, 귀부인이니까." 스테판 아르카디치는 말했다. "나도 가겠지만, 나는 먼저 바니나 백작부인의 합창 연습회에 들러야 하거든. 그건 그렇고, 어찌 자네가 야만인이 아니라고 할 수 있겠어? 자네가 갑자기 모스크바에서 사라졌던 건 어떻게 설명해야 할까? 셰르바츠키 가족은 항상 자네 얘길 묻는단 말야. 마치 내가 알고 있지 않으면 안 되는 일처럼. 하지만 내가 알고 있는 것이라곤 그저 자네는 언제나 아무도 하지 않는 짓을 하는 사람이라는 것뿐이야."

"그래." 레빈은 느릿느릿, 흥분한 듯이 말했다. "자네 말이 옳아, 난 야만인이야. 그러나 내 야만성은 내가 그때 도망쳤다는 데 있는 게 아니

---

* 행위와 의견의 독창성, 일반적으로 통용되는 행동 규준으로부터의 자주성이라는 의미에서 '야만성 혹은 거칢'은 톨스토이 일가의 특성이기도 했다.

라 이번에 나왔다는 데 있어. 내가 이번에 나온 것은⋯⋯"

"오, 자네는 정말 행복한 사람이야!" 스테판 아르카디치는 레빈의 눈을 들여다보면서 말을 받았다.

"어째서?"

"준마는 그 낙인으로 알고, 사랑에 빠진 젊은이는 그 눈으로 알 수 있도다."* 스테판 아르카디치는 낭독조로 말했다. "자네는 괜찮아, 모든 것이 미래에 있으니까."

"그럼 자네는 이제 과거의 사람이라는 거야?"

"아니, 설사 과거는 아닐지언정 자네에겐 미래가 있는 데 반해 내겐 현재만 있을 뿐이야. 더구나 그 현재라는 것도 마치 떠올랐다 가라앉았다 하는 사주砂洲 같은 것이지."

"어째서?"

"하여간 좋지 않아. 하지만 내 얘긴 하고 싶지 않네. 게다가 또 일일이 설명할 수도 없는 노릇이고." 스테판 아르카디치는 말했다. "그래 자네는 무슨 일로 모스크바에 나왔지?⋯⋯ 어이, 좀 치워주게!" 그는 타타르인에게 외쳤다.

"자넨 짐작하겠지?" 레빈은 깊이 반짝이는 눈을 스테판 아르카디치의 얼굴에서 떼지 않고 대꾸했다.

"짐작하지. 그렇다고 내가 먼저 얘길 꺼낼 수는 없잖아. 이렇게만 얘기해도 자네는 이미 내 짐작이 옳은지 그른지 알 수 있을 거야." 스테판 아르카디치는 엷은 웃음을 띠고 레빈을 쳐다보면서 말했다.

---

* 오블론스키는 푸시킨의 시 「아나크레온」을 두 번(두 차례 다 부정확하게) 인용한다. 여기 레빈과의 대화와 브론스키와 만났을 때(17장).

"그럼, 자네가 보기엔 어떤가?" 레빈은 얼굴의 모든 근육이 떨리는 것을 느끼면서 역시 떨리는 목소리로 말했다. "자네는 어떻게 보나?"

스테판 아르카디치는 레빈에게서 눈을 돌리지 않은 채 서서히 샤블리 잔을 비웠다.

"나?" 스테판 아르카디치는 말했다. "난 그보다 더 바람직한 일은 없을 것 같아, 아무것도. 그건 바랄 수 있는 일 가운데 가장 좋은 일이야."

"그렇지만, 자네가 지금 오해하고 있는 것은 아니겠지? 우리가 지금 무슨 이야기를 하고 있는지 자네는 알고 있겠지?" 레빈은 상대의 얼굴을 뚫어지게 쳐다보면서 말했다. "자네는 그것이 가능하다고 생각하나?"

"가능하고말고. 도대체 어째서 안 된단 말야?"

"아니, 자네는 분명 그것이 가능하다고 생각하지? 아니야, 자네가 생각하고 있는 대로 기탄없이 얘기해봐! 그런데 말야, 그런데 만약, 거절이 나를 기다리고 있다면?…… 난 이미 그렇게……"

"어째서 자네는 그렇게 생각하지?" 그의 흥분을 웃음으로 받아넘기면서 스테판 아르카디치는 말했다.

"때때로 난 그런 생각이 들어. 어쨌거나 그렇게 되면 나한테나 그녀한테나 정말 두려운 일이니까."

"아니, 어떤 경우에도 처녀에게는 그런 게 조금도 두려운 일이 아냐. 어떤 처녀든 청혼을 받으면 뽐내기 마련이니까."

"그래, 어떤 처녀든 말이지. 그렇지만 그녀만은 예외야."

스테판 아르카디치는 빙그레 웃었다. 그는 레빈의 이런 감정을 잘 알고 있었고, 지금 레빈에게는 세상의 모든 처녀가 명백히 두 부류로 나뉜다는 것도 알고 있었다. 한 부류에는 키티를 제외한 세상의 모든 처녀들이 속해 있고, 그들은 인간으로서의 온갖 약점을 지닌, 말하자면 아주 범상한 처녀들이었다. 그리고 또다른 부류는 약점이라곤 전혀 없는, 모든 인간성을 초월한 오직 그녀 한 사람뿐인 것이다.

"잠깐, 소스를 쳐야지." 그는 소스 그릇을 옆으로 밀치는 레빈의 손을 잡으며 말했다.

레빈은 순순히 접시에 소스를 쳤으나, 스테판 아르카디치에게 먹을 틈을 주진 않았다.

"아니, 자네 잠깐만, 잠깐만." 그는 말했다. "어쨌든 이것은 나에게 사활이 걸린 문제란 걸 알아줘. 난 아직 누구에게도 이 얘길 한 적이 없어. 사실 이 얘긴 자네 외엔 다른 누구하고도 할 수가 없어. 그야 자네하고 난 여러 면에서 다른 사람이야. 취미도 다르고 견해도 다르고 모든 것이 달라. 그러나 난 자네가 날 좋아하고 이해한다는 것을 알고 있고, 그렇기 때문에 나도 자네를 무척 좋아하지. 그러니까 제발 조금도 거리낌 없이 털어놔봐."

"난 내가 생각하는 그대로 자네에게 이야기하는 거야." 스테판 아르카디치는 빙그레 웃음을 띠고 말했다. "그러나 그저 한마디만 더 하자면 말야, 내 아내는 정말 훌륭한 여잔데……" 스테판 아르카디치는 자기와 아내의 관계를 생각하고 한숨을 쉬었고, 잠시 말이 없다가 계속했다. "그녀에겐 타고난 예지력이 있어. 그녀는 남의 뱃속을 훤히 들여다본다고. 그뿐만이 아냐. 미래의 일도 알고 있어. 특히 결혼 문제에서 그래. 이를테면, 그녀는 샤홉스카야와 브렌텔른의 결혼도 예언했어. 그 당시에는 누구도 그 말을 믿으려 하지 않았지만 결국엔 그렇게 됐지,

그런데 그 사람이 자네 편이란 말야."

"그게 어떻다는 거야?"

"그러니까, 그녀는 자네를 좋아할 뿐만 아니라 이렇게까지 얘기했어, 키티는 틀림없이 자네 아내가 될 거라고."

이 말을 듣자 레빈의 얼굴은 갑자기 감동의 눈물에 가까운 미소로 빛났다.

"그녀가 그렇게 말했다고!" 레빈은 외쳤다. "그래서 난 항상 그녀가 훌륭하다고 말했던 거야, 자네 부인 말야. 자, 그만해, 이 얘긴 이제 그만하지." 그는 자리에서 일어나면서 말했다.

"좋아, 그런데 좀 앉아봐, 여기 수프가 있잖아."

그러나 레빈은 가만히 앉아 있을 수가 없었다. 그는 든든한 걸음걸이로 새장 같은 방안을 이리저리 오가며 눈물을 감추려고 눈을 슴벅거리고 나서야 겨우 다시 탁자로 돌아와 자리에 앉았다.

"이해해주게." 그는 말했다. "이것은 사랑이 아니라는 걸 말이지. 나도 사랑을 한 적은 있었지만, 이번엔 달라. 이건 내 감정이 아냐, 어떤 외부적인 힘이 날 정복하고 말았어. 지난번에 내가 도망친 것도, 그것이 이 세상에서는 도저히 볼 수 없는 행복과 마찬가지로 있을 수 없는 일이라고 단정했기 때문이었어. 그러나 나는 여러모로 자신과 싸운 결과, 그녀 없이는 내 삶도 없다는 것을 깨달았지. 그래서 어떻게든 결말짓지 않으면 안 되겠어서……"

"그런데 어째서 도망친 건가?"

"아아, 잠깐만! 아아, 난 지금 온갖 생각이 머릿속에 얽혀 있어! 물어봐야 할 얘기가 얼마나 많은지 몰라! 좀 들어봐, 자네가 지금 얘기한 것이 나한테 얼마나 큰 영향을 줬는지 자네는 상상하기 힘들 거야. 난 지금 나 자신이 메스꺼울 만큼 행복해. 난 다 잊어버렸어…… 난 오늘 니콜라이 형이…… 왜 자네도 알잖아, 그가 여기 있다는 것을 알았어…… 그런데 그것마저도 잊어버렸어, 나는 그 형마저 행복한 것 같은 느낌이 들어. 이건 미친 거나 다름없어. 그런데 단 하나 두려운 것은…… 자네는 아내를 거느리고 있는 처지니까 이 감정을 잘 알겠지만…… 우리처럼 이미 과거…… 그것도 사랑이 아닌 죄의 과거를 가진 어지간히 나이든 인간이 갑자기 순결하고 더럽혀지지 않은 존재에게 접근한다는…… 난 그것이 두려워. 그것은 구역질나는 일이야, 그 때문에 나는 스스로를 가치 없는 인간이라고 느끼지 않을 수 없단 말이야."

"아냐, 자네는 아직 죄가 적은 편이야."

"아아, 그렇지도 않아." 레빈은 말했다. "그렇지도 않아. '혐오스럽게 내 삶을 읽으며 나는 전율하고 저주하고, 또한 통탄하노라……'* 정말 그래."

"그러나 어쩔 도리가 있나, 세상이란 게 그렇게 되어 있는걸." 스테판 아르카디치가 말했다.

"오직 하나의 위안은, 내가 늘 애송하는 '공적으로 나를 용서하지 마시고 자비로 용서하소서'라는 기도 가운데 있을 뿐이야. 그렇다면 그녀도 나를 용서할 수 있을 거야."

---

* 레빈은 톨스토이가 좋아하는 푸시킨의 시 「회상」을 인용하고 있다.

11

레빈은 샴페인 잔을 비웠고, 그들은 잠시 말이 없었다.

"또하나 자네에게 얘기할 게 있어. 자네는 브론스키를 아나?" 스테판 아르카디치가 레빈에게 물었다.

"아니, 몰라. 왜 묻지?"

"한 병 더 가져와." 스테판 아르카디치는 그들 잔에다 샴페인을 따르고서 그들 주위를 뱅뱅 돌고 있던 타타르인을 향해 말했다.

"어째서 내가 브론스키를 알아야 하지?"

"자네가 왜 브론스키를 알아둬야 하냐면, 그가 자네 경쟁자 중 한 사람이니까."

"브론스키가 대체 뭐하는 작자야?" 레빈은 이렇게 말했고, 그와 동시에 그의 얼굴은 방금 전 오블론스키가 넋을 빼앗겼던 어린애 같은 환희의 표정에서 별안간 심술궂고 불쾌한 표정으로 바뀌어버렸다.

"브론스키는 키릴 이바노비치 브론스키 백작의 아들인데, 페테르부르크의 젊은 귀공자들 가운데 가장 훌륭한 표본 중 하나야. 난 그를 트베리에서 알게 됐어. 내가 거기에서 근무할 때 그자가 신병 징집을 하러 왔었거든. 재산도 어마어마하고 미남인데다 발도 넓고, 시종무관이겠다, 게다가 또 무척 귀엽고 착한 사내란 말야. 아니, 그저 단순히 착하기만 한 게 아니야. 내가 이곳으로 돌아와서 알게 된 바로는 교양도 있고 아주 총명한 사내야. 말하자면 뭐랄까, 얼마든지 출세할 수 있는 전도양양한 사내지."

레빈은 미간을 찌푸리고 묵묵히 앉아 있었다.

"그자가 여기에 나타난 것은 자네가 돌아가고 얼마 지나지 않아서였지만, 내가 알기로 그는 지금 키티에게 홀딱 반해버린 것 같아. 그리고 자네도 알겠지만 어머니가……"

"미안한 얘기지만, 난 뭐가 뭔지 도대체 모르겠어." 레빈은 우울하게 얼굴을 흐리면서 말했다. 그러고는 이내 니콜라이 형에 대해 생각해내고, 지금까지 형을 잊고 있었던 건 정말 잘못된 짓이었다고 생각했다.

"자네 잠깐만, 잠깐만." 스테판 아르카디치는 미소를 띠면서 그의 손을 잡고 말했다. "난 이것으로 내가 알고 있는 데까지 자네에게 전부 얘기한 셈이지만, 마지막으로 한마디만 더 할게. 이 까다롭고 미묘한 문제에 관한 한, 내 짐작으로는 자네 쪽에 희망이 있다는 말을 되풀이해 두겠어."

레빈은 몸을 등받이에 기댔는데, 얼굴이 창백했다.

"그러나 이 문제는 되도록 빨리 결정을 지어버리는 게 좋아." 오블론스키는 그의 잔에 술을 따르면서 계속 말했다.

"아니, 고마워, 나는 더 못 마셔." 레빈은 자기 술잔을 옆으로 밀어내면서 말했다. "취할 것 같아…… 그래 자넨 요즘 어떻게 지내나?" 분명화제를 바꾸려는 듯이 그가 말을 이었다.

"한마디만 더. 무슨 일이 있어도 이 문제는 한시바삐 해결을 지어야해. 그러나 오늘은 얘기하지 않는 게 좋을 거야." 스테판 아르카디치는 말했다. "내일 아침에 찾아가서 고전적으로 청혼을 하게. 하느님께선 틀림없이 자넬 축복해주실 거야……"

"그건 그렇고, 자넨 늘 나한테로 사냥하러 오고 싶다고 말하지 않았나? 이번 봄엔 꼭 오게." 레빈이 말했다.

이제야 그는 스테판 아르카디치와 이 얘기를 시작한 것을 마음속 깊이 후회했다. 그의 특별한 감정은 페테르부르크의 한 장교와의 경쟁 운운하는 얘기와, 스테판 아르카디치의 지레짐작과 충고에 의해 무참히 더럽혀지고 말았다.

스테판 아르카디치는 미소를 띠었다. 그는 레빈의 마음속에 일어난 생각이 어떤 것인가를 이해했다.

"언젠가 한번 가지." 그는 말했다. "그런데, 이 친구야, 여자란 온갖 일이 돌아가는 중심축 같은 거야. 지금 내 사정도 엉망이야, 정말 엉망이야. 이게 모두 여자 때문이야. 자네, 어디 한번 숨김없이 얘기해주게." 그는 한 손에 시가를 들고 다른 손으로 술잔을 잡으면서 계속했다. "자네 의견을 좀 들려줘."

"도대체 무슨 일이야?"

"말하자면 이런 거야. 가령 말이야, 자네가 결혼을 했고 부인을 사랑하는데, 다른 여자에게 마음이 끌렸다면……"

"잠깐만, 나는 그런 말은 전혀 이해 못하겠어. 그것은 마치…… 내가 지금 배가 부르면서도 빵집 앞을 지나가다가 빵을 훔친다는 것과 같은 얘기니까."

스테판 아르카디치의 눈은 여느 때보다 한층 더 빛났다.

"왜 그래? 때로는 빵이 못 견딜 만큼 좋은 냄새를 풍기는 수도 있을 거 아냐.

Himmlisch ist's, wenn ich bezwungen

Meine irdische Begier;

Aber doch wenn's nicht gelungen,

Hatt' ich auch recht hüsch Plaisir.

(지상의 욕망을 억누름은

갸륵도 하여라.

그것을 얻지 못했더라도

나는 기쁨을 누렸나니.)**

이렇게 말하면서 스테판 아르카디치는 히죽 웃었다. 레빈도 웃지 않을 수 없었다.

"그래, 그러나 농담은 그만두고." 오블론스키는 계속했다. "자네도 한번 생각해봐, 그 여자는 귀엽고 공손하고 사랑스러운 생물이고, 가난하고 의지할 데 없는 몸이고, 모든 것을 희생했단 말야. 그런 여자를 말야, 한번 생각해봐, 이미 일이 다 저질러져버린 지금에 와서, 헌신짝처럼 버려야 될까? 설사 가정생활을 깨뜨리지 않기 위해 헤어진다 하더라도, 그 여자를 가여워하고 도와주고 위로해주면 안 되는 걸까?"

"그런데, 잠깐만. 자네도 알다시피, 나에게 모든 여자는 두 종류로 나뉜단 말야…… 말하자면, 아니…… 더 정확히 얘기하자면, 여기에 어떤 부류의 여자가 있으면 저기엔 또…… 하여튼 난 아직 타락한 아름다운 여자를 본 적도 없고** 또 앞으로도 보지 못할 거야. 카운터 옆에

---

* 오블론스키는 요한 슈트라우스의 오페레타 〈박쥐〉 중 이행연구(二行連句)를 낭독하고 있다.

** 푸시킨의 『역병중의 향연』 가운데 발싱감의 가사 "죽은, 하지만 사랑스러운 여자"를 "타락한, 하지만 아름다운 여자"로 개작해 인용한 것.

있는 저 머리를 지져 올리고 하얗게 분칠을 한 프랑스 여인, 저런 여자는 내겐 뱀처럼 보여. 그리고 타락한 여자들도 모두 마찬가지야."

"그럼 복음서의 여인은?"

"아아, 그만둬! 후세에 이런 의미로 악용되리란 걸 알았다면 그리스도께서도 결코 그런 말은 하지 않았을 거야. 복음서 전체에서 그 말만 사람들의 기억에 남아 있다는 건 유감이야. 게다가 난 생각을 말하고 있는 게 아니라 느낌을 말하고 있는 거야. 나는 타락한 여자들을 혐오해. 자네는 거미를 두려워하지만, 나는 저런 뱀들을 두려워해. 자네도 아마 거미를 연구한 일은 없었을 테니 그들의 성정을 모를 거야. 나도 마찬가지야."

"자네로선 그렇게 말할 수도 있겠지. 말하자면 어려운 문제는 모두 왼손으로 집어 오른쪽 어깨 너머로 내던져버리는 디킨스 소설에 나오는 신사*와 같은 식이지. 그러나 사실의 부정은 해답이 되지 못해. 어떻게 하면 좋을지, 그걸 한번 말해보란 말야. 어떻게 하면 좋을지를. 아내는 자꾸 늙어가는데 자네는 생명력으로 가득차 있어. 자네는 이제 아내에게 아무리 경의를 표한다 해도 진정으로 그녀를 사랑할 수가 없다는 것을 느끼게 되지. 그럴 때 갑자기 사랑의 대상이 나타난다, 그럼 자네도 끝이야, 끝이라고!" 풀죽은 절망적인 목소리로 스테판 아르카디치는 말했다.

레빈은 웃었다.

"그렇지, 끝이야." 오블론스키는 말을 이었다. "그러니 어떻게 해야

---

* 찰스 디킨스의 장편소설 『우리 공통의 친구』의 주인공 미스터 포드스냅을 가리킨다.

하지?"

"빵을 훔쳐선 안 되지."

스테판 아르카디치는 껄껄대고 웃었다.

"오, 도덕군자여! 그러나 자네도 생각해봐, 여기 두 여자가 있어. 그 중 한 여자는 그저 자신의 권리만 주장한단 말야. 그 권리라는 게 자네의 사랑인데, 그건 자네가 도저히 그녀에게 줄 수 없는 것이지. 그러나 다른 한 여자는 모든 것을 자네에게 바치고도 무엇 하나 바라지 않아. 자네는 어떻게 하겠나? 어떻게 처신하겠나? 이게 바로 무서운 드라마인 거야."

"자네가 그렇게 내 진의를 듣고 싶다면 말하겠는데, 그게 드라마라는 식의 말을 난 믿지 않아. 그 이유는 이래. 내 생각으로는 사랑……플라톤이『향연』에서 유별한 두 가지 사랑이 사람들에게 시금석 역할을 한다네.* 어떤 사람들은 한쪽 사랑만을 이해하고, 어떤 사람들은 또다른 쪽 사랑만을 이해하지. 그리고 비非플라토닉러브만을 이해하는 사람들이 쓸데없이 드라마니 어쩌니 하지. 하지만 그런 종류의 사랑엔 어떠한 드라마도 있을 수 없어. 기껏해야 '덕택에 정말 즐거웠어, 고마워, 그럼 안녕' 정도가 드라마의 전부야. 그리고 플라토닉러브에도 드라마란 있을 수 없어, 왜냐하면 그런 사랑에서는 모든 것이 명백하고 순결하니까, 그리고……"

그 순간 레빈은 자신의 죄와 자기가 겪었던 마음속의 고투를 상기했

---

* 플라톤은 아프로디테가 둘인 것과 마찬가지로 두 가지 사랑, 즉 감각적인 지상의 사랑(아프로디테-판데모스)과 감각적인 정욕에 사로잡히지 않는 천상의 사랑(아프로디테-우라니아)이 있다고 주장했다. 순결한 천상의 사랑은 후에 플라토닉러브로 일컬어진다.

다. 그러고는 얼결에 덧붙였다.

"어쩌면 자네 말이 옳을지도 몰라. 정말 그럴지도…… 그렇지만 난 모르겠어, 정말 모르겠어."

"바로 그거야." 스테판 아르카디치가 말했다. "자네는 정말 순수한 인간이야. 그게 자네의 장점이기도 하고 단점이기도 해. 자네는 자신이 순수한 성격이기 때문에 전 인생이 순수한 현상으로 이루어지기를 바라겠지만, 그건 여간해선 있을 수 없는 일이야. 자네는 또 사회적 직무에 따르는 활동이라는 것을 멸시하고 있어. 그건 말하자면 자네가 일과 목적이 언제나 일치되기를 바라고 있기 때문이지만, 그것도 실제로는 있을 수 없는 일이야. 자넨 또 한 인간의 활동이 언제나 목적을 가져야 되는 것처럼 사랑과 가정생활이 언제나 동일하기를 원하고 있어. 하지만 그것 역시 그렇지는 않은 거야. 인생의 온갖 변화와 매력과 아름다움은 모두 빛과 그림자로 이루어져 있으니까."

레빈은 한숨을 지을 뿐 한마디도 대꾸하지 않았다. 그는 자신에 대해 생각하느라 오블론스키의 말에 귀를 기울이지 않았던 것이다.

그러자 갑자기 두 사람은 그들이 비록 친구 사이이고 식사를 같이 하고 한층 더 친분을 두텁게 하는 술까지 나누어 마셨지만, 각자가 자신에 대해서만 생각하고 상대에 대해서는 조금도 생각하지 않았다는 것을 통감했다. 오블론스키는 이미 여러 차례 식사 뒤에 친밀함을 대신하는 이러한 극도의 소외감을 경험했기 때문에 이런 경우 어떻게 해야 하는지를 잘 알고 있었다.

"계산!" 그는 이렇게 외치고 옆의 홀로 나갔으나, 거기서 바로 친분 있는 부관을 만나서 그 사람을 상대로 어떤 여배우와 그녀의 후원자에 관한 이야기를 시작했다. 그는 그 부관과 이야기를 나누면서 곧 편안한 기분이 되었다. 언제나 이성적으로나 감정적으로 지나치게 긴장해야만 하는 레빈과의 대화 이후 그것은 일종의 휴식처럼 느껴졌다.

이십육 루블 몇 코페이카에 팁을 더한 계산서를 가지고 타타르인이 옆으로 오자 다른 때 같으면 십사 루블이라는 자기 몫에 시골놈처럼 넋이 나갔을 레빈도 지금은 전혀 개의치 않고 지불한 다음, 자신의 운명이 결정될 셰르바츠키가로 가기 위해 옷을 갈아입으러 일단 숙소로 돌아갔다.

12

키티 셰르바츠카야 공작영애는 열여덟 살이었다. 그녀는 이번 겨울에 처음으로 사교계에 발을 들여놓았다. 사교계에서 그녀의 성공은 두 언니를 능가했을 뿐 아니라, 공작부인이 예기했던 것 이상이었다. 모스크바의 무도회들에서 춤추었던 청년들 거의 전부가 키티에게 마음이 끌렸을 뿐 아니라, 이 첫해에 벌써 진지한 두 명의 구혼 후보자까지 나타났다. 레빈과, 그가 떠난 뒤 곧바로 나타난 브론스키 백작이었다.

초겨울 레빈의 출현과 그의 끊임없는 방문, 그리고 키티에 대한 명백한 애정은 키티의 양친이 처음으로 그녀의 미래를 진지하게 상의하도록 했고, 공작과 공작부인 사이의 말다툼을 불러일으키기도 했다. 공작은 레빈의 편이었고, 자기는 키티를 위해 그보다 더 훌륭한 사람은 바라지 않는다고 말했다. 부인은 부인대로 문제를 직면하지 않으려는 여인들 특유의 성벽으로 키티가 아직은 너무 어리다는 것, 레빈은 아직 진지하게 자신의 의사표시를 한 적이 없다는 것, 키티가 그에게 별다른 감정을 가지고 있지 않다는 것, 그리고 그 밖의 여러 이유를 들고 나왔다. 그러나 주요한 이유, 즉 그녀는 딸을 위해 더 훌륭한 배필을 기다리고 있으며, 그녀 자신이 레빈을 그다지 좋아하지 않고 그의 사람 됨됨이를 모른다는 점은 입에 담지 않았다. 그래서 레빈이 갑자기 시골로 돌아갔을 때 공작부인은 기뻐하며, 으쓱거리는 듯한 얼굴로 남편에게 말했다. "거봐요, 내 말이 맞았죠." 그리고 뒤이어 브론스키가 나타났을 때 그녀는 더욱 기뻐하며, 키티에게는 단순히 좋은 정도가 아니라 빛나는 결혼을 시켜야겠다는 자신의 의사를 굳혔다.

어머니에게는 브론스키와 레빈 사이에 어떠한 비교도 있을 수 없었다. 어머니에게는 레빈의 기묘하고 날카로운 견해도, 그녀의 생각으로는 오만함에 뿌리박고 있는 것 같은, 사교계에서 보인 그의 거북스러워하는 태도도, 또 가축과 농부를 상대로 시골에서 지내는, 그녀의 견해에 의하면 거친 생활도 마음에 들지 않았다. 그뿐 아니라 그가 그녀의 딸을 사모해서 한 달 반이나 집에 드나들면서도 마치 뭔가 기다리는 듯 눈치만 살피고 흡사 자기 쪽에서 청혼하는 것이 명예를 손상시키기라도 하는 듯 두려워하여 과년한 딸이 있는 집에 드나들려면 마땅히 그 의도를 밝혀야 한다는 걸 모르고 있었다는 것이 무엇보다도 마음에 들지 않았다. 게다가 또 그는 한마디 인사도 없이 돌연 시골로 돌아가버렸다. '잘됐다, 그가 별로 매력적이지 않았다는 것도, 키티가 그 사람한테 정신을 팔지 않았다는 것도.' 어머니는 생각했다.

브론스키는 어머니의 모든 기대를 만족시켜주었다. 대단한 부자에 총명하고 고귀하고 궁정무관으로서 찬란한 출셋길도 보장된데다 굉장히 매력적인 사내였다. 더이상 바랄 게 없었다.

브론스키는 무도회에서도 분명 키티에게 주의를 기울였고 그녀와 춤을 추었으며 집에도 자주 들렀으므로, 그의 진지한 의도를 의심할 만한 건 조금도 없었다. 그럼에도 불구하고 어머니는 겨울 내내 무서운 불안과 동요로 갈등했다.

공작부인 자신은 삼십 년 전에 숙모의 중매로 결혼했다. 이미 사전에 모든 것이 알려져 있던 신랑은 직접 찾아와서 신붓감을 선보았고 또 자기도 선을 보였다. 중매인인 숙모는 서로 주고받았던 인상을 살펴 쌍방에 전했다. 양쪽 다 만족했다. 그러자 날을 잡아 성혼하기로 양친에게 말이 전해져 승낙이 떨어졌다. 모든 것이 쉽고 간단하게 치러졌다. 적어도 공작부인에게는 그렇게 여겨졌다. 그러나 자기 딸들의 경우가 닥쳐오자 아무것도 아니라고 생각했던 역할, 즉 딸을 출가시키는 일이 얼마나 귀찮고 어려운 일인가를 스스로 경험하게 되었다. 위의 두 딸, 다리야와 나탈리야를 출가시킬 때도 얼마나 걱정하고 생각을 거듭하고 돈을 쓰고 남편과 충돌했는지 모른다! 지금 막내딸을 출가시키는 데에도 이전과 똑같은 걱정, 똑같은 의혹을 되풀이할 뿐 아니라 남편과는 언니들 때보다도 한층 더 격렬한 말다툼을 하지 않으면 안 되었다. 노공작은 모든 아버지가 그렇듯이 자기 딸들의 명예와 순결에 관해서는 유달리 까다로웠다. 그는 딸들에 대해서, 특히 귀염둥이 막내딸 키티에 대해서는 분별없이 샘을 냈고, 사사건건 공작부인에게 딸을 망신시키려 한다며 호통을 치고 덤볐다. 공작부인은 맏딸 때부터 이미 그런 일에는 익숙해져 있었지만, 이번에는 그녀도 공작이 까다롭게 구는 데에는 먼젓번보다 한층 명확한 근거가 있다고 느꼈다. 그녀는 요즘엔 세상의 풍습이 많이 바뀌어 어머니의 의무가 더욱 어려워졌다는 것을 인식했다. 그녀는 또 키티와 같은 또래의 처녀들이 모임을 만들기도 하고, 강습소에 나가기도 하고,* 사내들과 자유로이 교제하거나 저희들끼리 길거리를 돌아다니기도 하고, 대부분의 처녀들이 무릎을 굽히는 옛날식 인사를 하지 않는 것을 보아왔다. 특히 그런 처녀들은 배필을 고르는 것은 자기들이 할 일이지 부모들이 간섭할 일은 아니라고 굳게 믿고 있었다. '요즘엔 아무도 예전 같은 방식으로 딸을 시집보내지 않는다.' 처녀들은 물론 심지어 어지간한 나이의 늙은이들까지 이렇게 생각하고 얘기하기도 했다. 하지만 그럼 요즘 처녀들을 어떻게 시집보내느냐는 얘기가 나오면 공작부인은 누구한테서도 대답을 들을 수가 없었다. 자식들의 운명은 부모가 결정지어주어야 한다는 프랑스의 관습은 배척당하고 비난받았다. 처녀들에게 완전한 자유를 줘야 한다는 영국의 관습도 역시 받아들여지지 않았고, 러시아 사회에서는 불가능했다. 중매쟁이를 고용한다는 러시아식 관습은 뭔가 상스러운 것 같은 생각이 들어서 남들처럼 공작부인 자신도 그것을 비웃었다. 그러나 그렇다면 어떻게 시집을 가야 하고 시집을 보내야 하는가는 아무도 몰랐다. 공작부인이 이 문제에 대해 상의했던 사람들은 모두 그녀에게 똑같은 말을 했다. "생각해봐요, 이제는 그 낡은 관습을 버려야 할 때예요. 결

* 1872년 11월 1일 모스크바에 V. I. 게리예 교수의 고등여자강습소가 김나지움 과정이나 기숙여학교 과정을 마친 처녀들에게 교육을 계속 받을 수 있는 기회를 주기 위한 목적으로 개설되었다. 게리예의 강습소에서 그들은 러시아문학과 세계문학, 러시아사와 세계사, 예술사와 문명사, 물리학, 외국어, 수학과 위생학을 공부했다. (『목소리』, 1873, 119호, 5월 1일)

혼하는 건 젊은 사람들이지 부모가 아니잖아요. 그렇다면 당사자들이 알아서 하게끔 내버려둬야 해요." 딸을 가지지 않은 사람들은 그렇게 얘기할 수도 있었다. 그러나 공작부인으로서는 딸이 사내들을 가까이 하면 사랑에 빠질 수 있다는 것을, 그것도 결혼할 의사가 없는 사내나 남편감이 되지 못하는 사내를 연모할 수도 있다는 것을 생각하지 않을 수 없었다. 그래서 공작부인은 이젠 젊은 사람들이 자신의 운명을 직접 결정해야 한다고 아무리 남들이 설득해도 그 말을 믿을 수가 없었다. 그것은 설사 세상이 어떻게 변한다 하더라도, 다섯 살 먹은 어린아이에 게 가장 좋은 장난감은 총알이 장전된 권총이라는 말을 믿을 수 없는 것과 마찬가지였다. 그래서 키티에 대해서는 언니들 때보다도 더욱 마 음이 놓이지 않았다.

지금 그녀는 브론스키가 딸에 대해 단순한 구애의 수준에서 그치지 않을까 두려워했다. 그녀는 딸이 벌써 그에게 맘이 쏠려 있다는 것을 알고 있었지만, 그도 성실한 사람이니까 설마 허튼짓은 하지 않으리라 생각하며 스스로를 위로했다. 하지만 요즈음의 자유로운 교제라는 것 이 얼마나 손쉽게 처녀의 머리를 어지럽히는지, 또 일반적으로 남자 쪽 에서도 얼마나 그 죄를 가볍게 보고 있는지도 그녀는 알고 있었다. 지 난주에 키티는 마주르카를 추면서 브론스키와 나누었던 이야기를 어 머니에게 들려줬다. 그 얘기는 어느 정도 공작부인을 안심시켰지만 그 렇다고 아주 안심할 수는 없었다. 브론스키는 키티에게 자기네 두 형 제는 무슨 일이든 어머니에게 복종해왔기 때문에 뭔가 중대한 일은 어 머니와 상의하지 않고는 결정할 수 없다면서 이렇게 말했다는 것이다. "그래서 난 지금도 특별한 행복을 기다리는 마음으로 페테르부르크에서 어머니가 오시기를 기다리고 있습니다."

키티는 이러한 말에 별다른 의미를 두지 않고 전했다. 하지만 어머니는 그것을 다르게 받아들였다. 그녀는 아들이 조만간 올 노모를 기다리고 있다는 것을 알았고, 또 노모는 틀림없이 아들의 선택을 기뻐하리라는 것을 알았다. 그래서 그녀는 그가 어머니의 노여움을 살까 두려워 청혼을 하지 않고 있다는 것이 오히려 이상스러웠다. 그러나 그녀는 스스로 애써 그렇게 믿었다. 그만큼 결혼 자체를 바랐고, 무엇보다도 자신이 불안에서 벗어나기를 바라고 있었다. 그래서 지금 남편과 헤어지려고 하는 맏딸 돌리의 불행을 보는 것이 무척 쓰라리긴 했지만, 결정되어가고 있는 막내딸의 운명에 대한 걱정이 그녀의 온갖 감정을 삼켜버리고 말았다. 게다가 또 오늘은 레빈의 출현으로 또하나의 불안이 새롭게 더해졌다. 레빈에게 한때 호감을 품었던 것 같은 딸이 필요 이상의 성실함으로 인해 브론스키를 거절하지나 않을까, 레빈의 도착이 상황을 뒤얽히게 하여 애써 여기까지 이끌어온 다 된 일을 주춤하게 하지나 않을까 하는 두려움이 생겼던 것이다.

"그 사람은 온 지 오래되었니?" 그들이 집으로 돌아왔을 때 공작부인은 레빈의 얘기를 했다.

"오늘 왔대요, *엄마.*"

"나 한마디 얘기해둘 게 있는데 말야……" 공작부인은 말문을 열었고, 그녀의 정색한 얼굴을 보자 키티는 눈치 빠르게 어머니가 하려는 얘기를 알아차렸다.

"엄마." 키티는 빨갛게 달아오른 얼굴로 재빨리 그녀를 돌아보면서 말했다. "제발, 제발, 그 얘긴 이제 그만하세요. 알고 있어요, 다 알고 있어요."

그녀는 어머니와 같은 것을 바라고 있었지만, 어머니가 그것을 바라는 동기가 불쾌했던 것이다.

"내가 말하고 싶은 것은 그저, 한쪽에만 희망을 갖게 하고……"

"엄마, 부탁이에요, 이제 정말 그만 얘기하세요. 그 이야길 하는 것은 정말 무서워요."

"그래 안 할게, 안 할게." 어머니는 딸의 눈에 고인 눈물을 보고 말했다. "그러나 딱 한마디만, 얘, 너 나한테 약속했지? 무슨 일이건 나한테는 숨기지 않겠다고. 숨기거나 하지는 않겠지?"

"네, 엄마, 어떤 일이건." 키티는 얼굴을 붉히고 똑바로 어머니의 얼굴을 보면서 대답했다. "하지만 지금은 할 얘기가 없어요. 나는…… 나는…… 설사 얘기하고 싶어도, 모르겠어요. 뭘 어떻게 얘기해야 할지…… 모르겠어요……"

'그래, 이런 눈으로는 거짓말을 할 수 없다.' 어머니는 딸의 혼란과 행복에 미소 지으면서 생각했다. 공작부인은 지금 사랑스러운 딸의 마음속에서 일어나고 있는 일이 본인에겐 얼마나 크고 의미심장하게 여겨질까 생각하며 빙긋이 웃었다.

13

저녁식사가 끝나고 야회가 시작될 때까지 키티는 싸움터에 임한 젊은이가 경험할 법한 기분을 느꼈다. 그녀의 심장은 세차게 고동쳐 아무 생각도 할 수 없었다.

그녀는 두 남자가 처음으로 얼굴을 대하게 될 오늘의 야회야말로 그녀의 운명을 결정지으리라 느꼈다. 그리하여 그녀는 끊임없이 그 두 사람의 모습을 때로는 한 사람씩 따로따로, 때로는 두 사람을 같이 놓고 눈앞에 그려보았다. 과거를 생각하면서 그녀는 부드럽고 만족스러운 감정에 싸여 레빈과 자신의 관계를 회상했다. 어린 시절의 추억, 죽은 오빠와 레빈의 우정에 대한 기억은 그와 그녀의 관계에 독특하고 시적인 아름다움을 부여했다. 그녀가 확신하는 그녀에 대한 그의 애정은 그립고 즐거운 것이었다. 그래서 레빈을 생각할 때는 그녀의 마음도 가벼웠다. 그러나 브론스키에 대한 회상에는 그가 더할 나위 없이 사교적이고 점잖은 사람이었음에도 불구하고 뭔가 거북스러운 것이 섞여 있었다. 마치 어떤 허위가 그가 아니라—그는 아주 단순하고 친절한 사람이었으니까—그녀 자신 안에 도사리고 있는 것 같은 느낌이 들었다. 그러나 레빈을 대할 때는 자기 자신이 아주 단순하고 명백하게 느껴졌다. 그 대신 브론스키와 같이하는 미래를 상상하면 그녀 앞에는 곧바로 행복에 찬 빛나는 광경이 전개됐지만, 레빈과 같이하는 미래는 그저 어슴푸레한 안개에 싸인 듯 보일 뿐이었다.

야회복으로 갈아입기 위해 위층으로 올라가서 거울을 들여다본 그녀는 오늘이 자기에게는 기분좋은 날 중 하나이며, 눈앞에 닥친 일을 위해서 꼭 필요한 모든 힘을 스스로 충분히 제어할 수 있는 상태에 있음을 기쁜 마음으로 알아챘다. 그녀는 자신의 외모가 정숙하며 동작은 자유롭고 우아하다는 것을 느꼈다.

일곱시 반에 그녀가 객실로 내려가자 곧 하인이 "콘스탄틴 드미트리치 레빈" 하고 그의 도착을 알렸다. 공작부인은 아직 자기 방에 있었고, 공작도 나와 있지 않았다. '그럼 그렇지.' 키티는 그렇게 생각했고, 그러자 온몸의 피가 한꺼번에 심장으로 몰리는 듯했다. 그녀는 거울을 들여다보고 파랗게 질린 자신의 얼굴에 깜짝 놀랐다.

이제야 그녀는 자기가 혼자 있는 틈을 타서 청혼하기 위해 그가 일찌감치 왔다는 것을 알아챘다. 그러자 비로소 모든 일이 전혀 새로운 측면에서 보이기 시작했다. 그녀는 이 일이 결코 자기 한 사람만의 문제가 아니라, 그녀가 누구와 함께하면 행복할 것이며 누구를 사랑하고 있는 것일까 하는 문제만이 아니라, 당장 그녀가 좋아하는 사람을 짓밟지 않으면 안 되리라는 데 생각이 미쳤다. 무참히 짓밟는 것이다…… 뭣 때문에? 그가, 그 착한 사내가 그녀를 사랑하고 그녀에게 반했다는 이유로. 그러나, 어쩔 수 없다, 그렇게 하지 않으면 안 된다, 그렇게 할 수밖에 없다.

'그렇지만, 내 입으로 그 얘길 그에게 하지 않으면 안 된단 말인가?' 그녀는 생각했다. '나는 뭐라고 말해야 하나? 나는 당신을 좋아하지 않아요, 하고 내가 그한테 얘기할 수 있을까? 그건 거짓말인데. 그럼 뭐라고 말해야 하나? 다른 분을 사랑하고 있어요, 라고 말할까? 아니야, 그런 짓은 할 수 없다. 난 달아나야겠다, 달아나야겠다.'

그녀가 이미 문간에 다가섰을 때 그의 발소리가 들려왔다. '아냐! 그런 짓은 비겁하다. 내가 두려워할 게 뭐가 있담? 난 어떤 나쁜 짓도 하지 않았어. 어차피 될 대로 되기 마련이야. 바른대로 얘기하자. 그와 나 사이에 거북한 일이라곤 있을 수 없을 테니까. 저기 왔다.' 그녀는 눈을 빛내며 자기에게 시선을 고정시키고 있는, 억세 듯하면서도 수줍어하는 그의 모습을 보고 이렇게 마음속으로 되뇌었다. 그녀는 마치 그에게 용서를 구하기라도 하듯 똑바로 그의 얼굴을 쳐다보았다. 그러고서 손을 내밀었다.

"내가 너무 빨리 온 모양이군요." 그는 텅 빈 객실을 둘러보며 말했다. 자기가 바랐던 대로 아무도 거치적거릴 이가 없다는 것을 알자 그의 얼굴은 갑자기 어두워졌다.

"어머나, 아니에요." 키티는 말하고 자리에 앉았다.

"그러나 실은 난 당신이 혼자 있을 때 만나고 싶었습니다." 그는 용기를 잃지 않으려고 그녀 쪽을 쳐다보지 않으며 자리에 선 채 말을 꺼냈다.

"엄마가 곧 나오실 거예요. 엄마는 어제 굉장히 지치셨거든요. 어제는……"

그녀는 자신이 지금 무슨 말을 하고 있는지도 모른 채 비는 것 같은, 달래는 듯한 눈동자를 그에게서 떼지 않고 말했다.

그는 그녀를 쳐다보았다. 그녀는 얼굴을 붉히며 입을 다물었다.

"아까 내가 당신에게 말했었죠, 오래 머무를지 어떨지 모르겠다고…… 그것은 당신에게 달렸다고요……"

그녀는 점점 다가오고 있는 일에 대해 뭐라고 대꾸해야 할지 몰라 머리를 차츰 낮게 수그렸다.

"그것은 당신에게 달렸다고요." 그는 되풀이했다. "난 말하고 싶었습니다…… 난 말하고 싶었습니다…… 난 이번에 이 일 때문에 나왔습니다…… 저어…… 내 아내가 되어주셨으면 합니다!" 그는 자기가 무슨 말을 하고 있는지도 모르고 이렇게 지껄였다. 그러나 가장 힘들었던 말만은 해버린 것 같은 느낌이 들어 말을 멈추고 그녀를 바라보았다.

그녀는 그를 쳐다보지 않고 깊이 숨을 들이쉬고 있었다. 그녀는 환희를 맛보았다. 그녀의 영혼은 행복으로 가득 차올랐다. 그녀는 그의 사랑 고백이 이렇게까지 진한 감동을 주리라고는 조금도 예상하지 못했다. 그러나 그 감정은 그저 일순간에 불과했다. 그녀는 브론스키를 생각했다. 그녀는 밝고 정직한 눈을 들어 레빈의 절망적인 얼굴을 보고는 얼른 대꾸했다.

"저어, 전 그럴 수는 없어요…… 용서하세요……"

일 분 전까지만 해도 그녀는 그에게 얼마나 가까운 사람이었던가, 또 그의 삶에서 얼마나 중요한 사람이었던가! 그러나 지금의 그녀는 얼마나 멀고 인연이 없는 사람이 돼버렸단 말인가!

"아니, 이렇게 될 수밖에 없었지요." 그는 그녀를 쳐다보지도 않고 말했다.

그는 인사를 하고 떠나려고 했다.

14

바로 그때 공작부인이 들어왔다. 단둘이 있는 그들의 어색한 표정을 보자 부인의 얼굴에는 공포스러운 표정이 나타났다. 레빈은 그녀에게 머리를 숙여 인사만 하고 아무 말도 하지 않았다. 키티는 눈을 내리깐 채 잠잠히 앉아 있었다. '다행이다, 거절했구나.' 어머니는 생각했다. 그러자 그녀의 얼굴은 목요일에 손님을 맞을 때마다 짓는 예의 미소로 환해졌다. 그녀는 자리에 앉아 시골생활에 대해 레빈에게 묻기 시작했다. 그는 손님들이 도착하면 살며시 빠져나가야겠다고 생각하면서 다시 자리에 앉았다.

한 오 분쯤 지나자 지난겨울에 결혼한 키티의 친구 노르드스톤 백작부인이 들어왔다.

빛나는 검은 눈을 가진, 야위고 살갗이 누르께한 병약하고 신경질적인 여자였다. 그녀는 키티를 좋아했고, 그 애정은 처녀에 대한 기혼 부인의 애정이 언제나 그렇듯이, 자기가 생각하는 행복의 이상에 따라 키티를 결혼시켰으면 하는 희망으로 나타나서 키티를 브론스키와 맺어주고 싶어했다. 그녀는 초겨울에 자주 이 집에서 마주쳤던 레빈이 무작정 불쾌했다. 그래서 레빈과 마주칠 때마다 언제나 노골적으로 그에게 빈정거리곤 했다.

"난 저 사람이 그 높고 고상한 자리에서 날 내려다보기도 하고, 내 수준에 맞춰 어려운 얘기가 나오면 끊어주기도 하고, 그런가 하면 또 나 있는 데까지 내려와주기도 할 때 신이 나. 정말 즐거워. 그렇게 나 있는 데까지 내려와줄 때면! 그리고 난 저 사람이 나한테 질색하는 게 정말이지 즐거워 죽겠어." 그녀는 언제나 그에 대해 이렇게 말하곤 했다.

그녀의 생각은 틀리지 않았다. 실제로 레빈은 그녀라면 질색했고, 그녀가 자신의 장점으로 내세우며 자랑스러워하는 신경질과 거칠고 일상적인 모든 것에 대한 세련된 경멸과 냉담을 얕잡아봤다.

노르드스톤과 레빈 사이에는 세상에 흔히 있는 관계, 즉 표면상으로는 다정해 보이면서도 서로 진지하게 대할 수 없고 그렇다고 싸움도 할 수 없을 만큼 서로 멸시하는 관계가 형성되어 있었다.

노르드스톤 백작부인은 곧바로 레빈에게 달려들었다.

"어머나! 콘스탄틴 드미트리치! 또 우리의 음탕한 바빌론으로 나오셨군요." 그녀는 조그맣고 누런 손을 그에게 내밀면서, 초겨울에 그가 어떤 대화중에 모스크바는 바빌론이라고 했던 것을 생각해내고 이렇게 말했다. "바빌론이 개과천선한 겁니까, 아니면 당신이 타락한 겁니까?" 그녀는 비웃는 듯한 미소를 띠고 키티를 돌아보면서 덧붙였다.

"백작부인, 부인께서 내 얘길 그렇게까지 기억하고 계신다니 나로서는 정말 영광입니다." 간신히 기력을 되찾은 레빈은 버릇대로 농담 가운데 적의를 담아 노르드스톤 백작부인에게 즉각 대꾸했다. "그러고 보면 그 말이 당신께 제법 강한 인상을 주었던 모양이군요."

"아아, 물론이죠! 난 뭐든 적어두니까요. 그래 키티, 또 스케이트를 탔니?……"

그러고서 그녀는 키티와 얘기를 시작했다. 레빈으로서는 지금 여기를 뜨는 것이 아무리 거북한 일일지라도, 차라리 그 무례한 짓을 하는 편이 저녁 내내 이곳에 남아 이따금 그에게 곁눈질을 하면서 그의 시선을 피하는 키티를 보는 것보다는 한결 마음이 가벼울 듯했다. 그는 막 자리에서 일어서려고 했으나, 그의 침묵을 알아챈 공작부인이 그를 돌아보고 말을 걸었다.

"이번엔 모스크바에 오래 머무를 생각으로 나오셨어요? 분명 지방자치회 일을 보고 계신 것으로 알고 있는데요, 그렇다면 오래 계실 수도 없겠군요."

"아닙니다, 공작부인. 난 이제 지방자치회 일은 보지 않습니다." 그는 말했다. "이번엔 한 사나흘 있을 작정으로 나왔습니다."

'아니, 이 사람 어쩐지 예사롭지 않군.' 노르드스톤 백작부인은 그의 정색한 얼굴을 쳐다보면서 생각했다. '왠지 오늘은 평소처럼 잔소릴 늘어놓지 않네. 그렇지만 두고 보라지, 내가 끌어내고 말 테니까. 키티 앞에서 이 사낼 바보로 만드는 건 정말 재미있어, 어디 한번 해볼까.'

"콘스탄틴 드미트리치." 그녀는 레빈에게 말했다. "저, 나한테 설명 좀 해주시겠어요, 당신은 이런 일은 다 잘 알고 계시니까요. 실은 저희 영지의 칼루시스카야현에서의 일인데요, 농부들이고 아낙들이고 할 것 없이 있는 대로 홀랑 다 마셔버리고 나서 소작료는 전혀 내지 않고 있어요. 이건 도대체 무슨 까닭일까요? 당신은 언제나 농부들 편이시지만."

이때 또 한 부인이 방으로 들어와서 레빈은 일어섰다.

"미안합니다, 백작부인. 나는 그런 건 전혀 모릅니다. 그러니까 아무것도 답변할 수 없습니다." 그는 말하고는 부인의 뒤를 따라서 들어온 군인을 돌아봤다.

'저 사람이 브론스키인가보군.' 레빈은 생각했고, 확인하기 위해 키티에게 시선을 돌렸다. 그녀는 어느 틈에 얼른 브론스키를 쳐다보고 나서 레빈을 돌아봤다. 무의식중에 빛났던 그녀의 시선 하나로 레빈은 그녀가 이 사람을 사랑하고 있다는 것을 깨달았고, 그녀의 입으로 직접 듣기라도 한 것처럼 똑똑히 알 수 있었다. 그런데, 이 사내는 도대체 어떤 인물일까?

이제는 좋든 싫든 레빈은 여기에 머물지 않을 수가 없었다. 그녀가 사랑하는 사내가 어떤 인간인지를 알아야만 했다.

세상에는 자신의 운좋은 경쟁자를 만나면 언제나 상대가 지닌 일체의 장점은 외면하고 그저 단점만을 보려는 사람과, 그와는 반대로 이 행복한 경쟁자에게서 자기보다 뛰어난 구석을 발견하려는 생각으로 마음이 옥죄는 듯한 아픔을 느끼면서도 그저 장점만을 찾아내려고 하는 사람이 있다. 레빈은 후자에 속했다. 브론스키에게서 사람을 끄는 훌륭한 매력을 찾아내는 것은 어렵지 않았다. 그것은 곧바로 그의 눈에 띄었다. 브론스키는 검은 머리에 키가 그다지 크지 않았으며 의젓하고 지극히 침착한, 선량해 보이는 아름답고 굳건한 용모를 지닌 남자였다. 그의 용모와 풍채는 짧게 깎은 검은 머리칼과 산뜻하게 면도한 턱에서 부터 품이 넉넉하게 새로 지은 군복에 이르기까지 모든 것이 말쑥하면 서도 화사했다. 때마침 들어온 부인에게 길을 비켜준 후 브론스키는 공 작부인 곁으로 먼저 다가갔다가 다음에 키티 곁으로 갔다.

그녀에게 다가갈 때 그의 아름다운 눈은 한층 상냥하게 빛났고, 보 일 듯 말 듯 행복하고 겸손하면서도 의기양양한(레빈에게는 그렇게 여 겨졌다) 미소를 띠고 공손히 그녀 앞에 허리를 구부리며 크지는 않지 만 넓적한 손을 그녀에게 내밀었다.

그는 거기 있던 사람들에게 인사를 하고 두서너 마디 얘기를 나누고 나서, 그에게서 잠시도 눈을 떼지 않고 있던 레빈은 쳐다보지도 않고 자리에 앉아버렸다.

“잠깐 소개해드리죠.” 공작부인은 레빈을 가리키면서 말했다. “콘스 탄틴 드미트리치 레빈, 알렉세이 키릴로비치 브론스키 백작.”

브론스키는 일어서서 다정히 레빈의 눈을 보며 그의 손을 쥐었다.

“이번 겨울에 같이 식사를 하기로 돼 있었던 것 같습니다만.” 브론스 키는 특유의 시원하고 숨김없는 미소를 보이면서 말했다 “그런데 당신이 갑자기 시골로 돌아가시는 바람에."

"콘스탄틴 드미트리치는 도시와 우리 도시인들을 경멸하고 미워해요." 노르드스톤 백작부인이 입을 열었다.

"그렇게까지 기억하고 계시는 걸 보니, 내 말이 당신에게 꽤 강한 인상을 남겼던 모양이군요." 레빈은 말했으나, 그것은 이미 이전에 한 번 얘기했던 말임을 생각하고 얼굴을 붉혔다.

브론스키는 레빈과 노르드스톤 백작부인을 보고 빙그레 웃었다.

"그럼 당신은 언제나 시골에 계신가요?" 그는 물었다. "겨울엔 지루하시겠군요."

"일만 있으면 지루하진 않습니다. 게다가 자기 자신에 대해서는 지루할 이유가 없으니까요." 레빈은 퉁명스럽게 대꾸했다.

"나도 시골을 좋아합니다." 브론스키는 레빈의 어조를 알아챘으면서도 모른 체하고 말했다.

"그렇지만 백작, 당신까지 시골생활에 만족하신다든가 해서는 곤란해요." 노르드스톤 백작부인이 말했다.

"오래 있어본 적이 없으니까 그건 모르겠군요. 그러나 나는 기묘한 느낌을 경험한 적이 있죠." 그는 말을 이었다. "언젠가 어머니하고 니스에서 겨울을 난 적이 있었는데, 그때만큼 수피화樹皮靴를 신은 농부들과 함께 지내는 러시아의 시골을 그리워했던 적은 없습니다. 잘 아시겠지만, 니스야말로 지루한 곳이니까요. 나폴리나 소렌토도 그저 잠깐 머물기에 좋을 뿐이에요. 그런 곳에 가면 정말 러시아가, 특히 시골이 생생하게 생각납니다. 그런 곳은 마치……"

그는 레빈과 키티 두 사람을 향해 그 침착하고 정다운 시선을 차례 차례 옮겨가면서 말했는데, 분명 생각한 그대로를 솔직하게 얘기하고 있었다.

노르드스톤 백작부인이 뭔가 얘기하려는 것을 알아챈 그는 얘기를 도중에 그치고 주의깊게 그녀의 말에 귀를 기울였다.

대화는 한순간도 끊이지 않았다. 그래서 화제가 모자랄 때를 대비해 노공작부인이 언제나 예비해두고 있던 두 문의 중포重砲 ─고전 교육과 실과 교육, 그리고 병역의무라는 화제를 꺼낼 겨를이 없었고, 노르드스톤 백작부인에게도 레빈을 놀릴 기회가 없었다.

레빈은 사람들의 대화에 끼어들고 싶었지만 그럴 수 없었다. 그는 '이제 가야겠다'고 일 분마다 마음속으로 뇌면서도 무언가를 기다리기라도 하듯 떠나지 못하고 있었다.

대화가 돌아가는 탁자와 심령에 관한 것으로 옮겨가자,* 강신술降神術의 신봉자였던 노르드스톤 백작부인은 그녀가 목격한 기적에 대해 얘기하기 시작했다.

"아아, 백작부인, 나도 꼭 좀 데려가주세요, 정말 꼭 데려가주세요! 나도 어지간히 사방으로 찾아 돌아다녔으나, 아직 초자연 현상이라곤 한 번도 보지 못했습니다." 브론스키가 미소를 띠고 말했다.

"좋아요, 오는 토요일이에요." 노르드스톤 백작부인은 대꾸했다. "그런데 콘스탄틴 드미트리치, 당신도 믿으세요?" 그녀는 레빈에게 물

---

* 1874년 『러시아통보』에 강신술에 대한 논문 두 편, N. P. 바그네르의 「영매술(靈媒術)」과 A. M. 부틀레로프의 「영매현상」이 발표되었다. "『러시아통보』의 논문은 나를 아주 흥분시켰다"고 톨스토이는 고백했다. 1870년대 사교계에 널리 퍼진 새로운 경향이었던 강신술에 대한 비판을 톨스토이는 『안나 카레니나』에서 막 시작했다. 나중에 그는 『계몽의 열매』(1890)에서 강신술사들을 풍자하기도 했다.

었다.

"어째서 또 나한테 물으십니까? 내가 뭐라고 얘기할지 알고 계시잖아요."

"그래도 난 당신의 의견을 듣고 싶어요."

"내 의견은 그저 이렇습니다." 레빈은 대꾸했다. "그런 돌아가는 탁자 같은 것이야말로 이른바 지식계급이 농부들과 조금도 다를 게 없다는 점을 증명할 뿐입니다. 농부들은 흉안凶眼을 믿고 저주를 믿고 요술을 믿습니다만, 우리는……"

"그렇다면 당신은 믿지 않는군요?"

"믿을 수가 없죠, 백작부인."

"그렇지만 내가 직접 그것을 보았다면요?"

"시골 아낙들도 자기가 직접 도모보이*를 봤다고 얘기하죠."

"그럼 당신은 내가 거짓말을 한다고 생각하세요?" 그렇게 말하고 그녀는 불쾌하게 웃어댔다.

"그렇지 않아, 마샤, 콘스탄틴 드미트리치는 믿을 수 없다고 말했을 뿐이야." 키티는 레빈을 보고 얼굴을 붉히면서 말했고, 레빈도 그것을 알아채고는 더욱 핏대를 올려 대꾸하려고 했으나, 그때 브론스키가 특유의 솔직하고 유쾌한 웃음을 띠고 금방이라도 불쾌해지려는 대화를 구하러 뛰어들었다.

"당신은 그 가능성을 전혀 인정하지 않으십니까?" 그가 물었다. "어째선가요? 우린 우리가 이해하지 못하는 전기의 존재를 용인하고 있습

---

* 슬라브신화에 나오는 집의 정령.

니다. 그렇다면 그 외에도 아직 우리에게 알려지지 않은 새로운 힘이 없다고 어찌 말할 수 있겠어요, 그건……"

"전기가 발견됐을 당시엔," 레빈은 재빨리 말을 가로챘다. "그저 현상이 발견됐을 뿐, 그것이 어디에서 생기는지 또 어떤 작용을 하는지는 알려지지 않았죠. 그리고 그 응용법을 알아내기까진 여러 세기가 걸렸습니다. 그러나 어떻습니까, 강신술사들은 거꾸로 탁자가 그들에게 뭘 써 보인다든지 심령들이 그들에게 내려온다든지 하는 것으로부터 시작해서 나중에는 그것이 미지의 힘이라고 말하기 시작했으니까요."

브론스키는 분명 그의 말에 흥미를 느끼고 언제나 그렇듯이 주의깊게 레빈의 말을 들었다.

"그렇습니다, 그러나 강신술사들은 지금도 이렇게 말하고 있어요. 우리는 이것이 어떤 힘인지 모른다, 그러나 힘은 존재한다, 그리고 이러저러한 조건 아래서 작용한다고 말예요. 그 힘이 어떻게 발생하는지는 학자들한테 연구하게 하라는 거죠. 그런데 그것이 새로운 힘일 수 없다고 하는 까닭을 난 모르겠군요, 만약 그 힘이……"

"그 까닭은 이렇습니다." 레빈은 재차 가로챘다. "전기의 경우엔 당신이 수지(樹脂)를 양모에 대고 문지를 때마다 일정한 현상이 나타납니다. 그러나 이쪽 경우엔 언제나 일정하진 않습니다. 말하자면 그것은 자연현상이 아니라는 얘기가 되죠."[*]

아마도 얘기가 다른 손님들에게는 너무 딱딱하다고 느꼈는지, 브론

---

[*] D. I. 멘델레예프와 마찬가지로 톨스토이는 영매술을 부정하며 과학의 편에 서 있었다. 레빈은 브론스키와의 논쟁에서 톨스토이의 논거를 되풀이하고 있다. 1876년 영매술을 과학적으로 비판하는 내용을 담은 멘델레예프의 저작 『강신술』이 나왔다.

스키는 대꾸하지 않고 화제를 바꾸려 애쓰면서 유쾌한 미소를 띠고 부인들 쪽으로 돌아앉았다.

"자, 백작부인, 지금 여기서 한번 시도해봅시다." 그가 말을 꺼냈지만, 레빈은 자기 생각을 끝까지 말하지 않고는 배길 수 없었다.

"난 이렇게 생각합니다," 그는 계속했다. "자신들의 기적을 일종의 새로운 힘으로 설명하려는 강신술사들의 이러한 시도는 가장 어리석은 짓이라고 말입니다. 그들은 심령의 힘에 대해 단언하면서도 그것을 물질적인 실험으로 입증하려 하고 있으니까요."

모두들 그의 이야기가 끝나기를 기다리고 있었고, 그도 그것을 느꼈다.

"당신은 훌륭한 영매가 되실 것 같군요." 노르드스톤 백작부인이 말했다. "당신에겐 어딘가 열광적인 데가 있어요."

레빈은 입을 열고 뭔가 이야기하려다가 돌연 얼굴을 붉히고 아무 말도 하지 않았다.

"그럼, 공작영애, 지금 탁자 돌리기를 해볼까요." 브론스키가 말했다. "공작부인, 괜찮으시죠?"

그러고서 브론스키는 눈으로 탁자를 찾으면서 일어섰다.

키티는 탁자를 가져오려고 일어섰고, 레빈 옆을 지나가다가 그와 눈이 마주쳤다. 그녀는 진심으로 그가 가여웠고, 그의 불행의 원인이 자신에게 있다는 생각을 할수록 더욱더 가여워졌다. '만약 나를 용서할 수 있다면 용서해주세요,' 그녀의 두 눈은 말하고 있었다. '나는 이렇게 행복하니까요.'

'나는 모든 사람을 미워합니다, 당신도, 나 자신도.' 그의 눈이 대답했고, 그는 모자를 집어들었다. 그러나 그에겐 여전히 떠날 수 있는 운명이 주어지지 않았다. 모두가 탁자 주위에 자리를 잡고 레빈이 떠나려고 할 즈음, 마침 노공작이 들어와 부인들과 인사를 나눈 다음 레빈에게로 얼굴을 돌렸다.

"아!" 그는 반가운 어조로 말을 꺼냈다. "언제 나왔나? 자네가 여기 와 있을 줄은 정말 몰랐네. 만나게 되어 정말 반갑다오."

노공작은 레빈을 때로는 자네라고 부르기도 하고 당신이라고 부르기도 했다. 그는 레빈을 껴안고 이야기하면서, 자기에게로 얼굴을 돌리기를 기다리며 가만히 일어서 있던 브론스키는 거들떠보지도 않았다.

키티는 일이 이렇게 되어버린 마당에 아버지의 지나친 친절이 레빈에게는 오히려 괴로울 거라고 느꼈다. 또한 그녀는 아버지가 브론스키의 인사를 냉담하게 받는 모습이라든지, 브론스키가 이러한 불친절한 대우를 받게 된 영문을 알려고 하다가 결국엔 알지 못한 채 친절하면서도 의아한 표정으로 아버지의 얼굴을 지켜보고 있는 모습을 보고 혼자서 얼굴을 붉혔다.

"공작, 콘스탄틴 드미트리치를 이리 보내주세요." 노르드스톤 백작부인이 말했다. "지금부터 실험을 하려고 합니다."

"무슨 실험? 탁자 돌리긴가? 자, 미안하지만 여러분, 내 생각에는 고리놀이를 하는 게 더 즐거울 것 같군." 노공작은 브론스키를 쳐다보면서 그것이 그의 생각이었으리라 짐작하고 말했다. "적어도 고리놀이엔 의미가 있으니까."

브론스키는 깜짝 놀랐으나 여전히 당당한 눈빛으로 공작을 바라보았고, 그러다가 살며시 미소를 짓고는 이내 노르드스톤 백작부인을 상대로 다음주에 있을 대무도회에 대한 이야기를 시작했다.

"당신도 물론 와주시겠죠?" 그는 키티를 돌아보고 말했다.

노공작이 자기 곁에서 떨어지자마자 레빈은 살며시 자리를 비웠는데, 이 야회에서 그가 가지고 나온 최후의 기억은 무도회에 대한 브론스키의 질문에 대답하며 생글생글 웃는 키티의 행복한 얼굴이었다.

15

야회가 끝나자 키티는 어머니에게 레빈과 자기 사이에 있었던 일을 들려줬고, 레빈에 대해 안쓰러운 마음이 있었음에도 자기가 구혼을 받았다는 생각은 그녀를 즐겁게 했다. 자기가 한 일이 옳았다는 것을 조금도 의심하지 않았다. 그러나 잠자리에 들어서도 그녀는 오랫동안 잠들 수가 없었다. 하나의 인상이 집요하게 그녀를 괴롭혔다. 그것은 그녀 아버지의 이야기를 들으면서도 그녀와 브론스키를 쳐다보고 서 있던 레빈의 얼굴이었다. 눈살을 찌푸리고, 그 선량한 눈으로 음울하고 힘없이 두 사람을 바라보던 얼굴. 그러자 그녀는 눈에 눈물이 괼 정도로 그가 가엾게 여겨졌다. 그러나 그녀는 곧 자기가 그와 맞바꾼 사람에 대해 생각했다. 그녀는 브론스키의 사내다운 늠름한 얼굴이며 얌전하고 침착한 태도며 모든 사람과 모든 일에 대해 보여주는 선량함을 생생하게 떠올렸다. 그리고 자기가 사랑하는 사람이 자기에게 보여준 사랑도 생각해냈고, 그러자 또다시 가슴속이 기쁨으로 가득차 그녀는 베개 위에서 행복한 미소를 지었다. "안됐어, 안돼어. 그렇지만 어떻게 한담? 나한테 죄가 있는 것은 아니야." 그녀는 혼잣말을 했다. 그러나 마음의 소리는 그녀에게 다른 말을 했다. 자신의 후회가 레빈을 미혹한 것에 대해선지 혹은 거절한 것에 대해선지, 그녀는 알 수 없었다. 어쨌든 그녀의 행복은 의혹에 중독되고 말았다. '주여 도와주소서, 주여 도와주소서, 주여 도와주소서!' 그녀는 마음속으로 잠들 때까지 되풀이했다.

이때 아래층 공작의 자그마한 서재에서는 귀여운 딸 때문에 양친 사이에 자주 되풀이됐던 장면이 또다시 벌어지고 있었다.

"뭐라고? 똑똑히 말해주겠소!" 공작은 두 손을 내두르다가 또 갑자기 다람쥐 털로 테두리를 댄 가운의 앞섶을 여미면서 외쳤다. "당신에겐 자부심도 없고 위엄도 없소, 당신은 그따위 비열하고 어리석은 혼담으로 딸을 욕되게 하고 망치고 있는 사람이오!"

"어머나, 이봐요 공작, 내가 뭘 어쨌다는 거예요?" 공작부인은 금방이라도 울음을 터뜨릴 듯이 말했다.

그녀는 딸과 이야기를 나눈 뒤 흡족하고 행복한 마음으로 언제나처럼 공작에게 인사를 하려고 왔다가, 레빈의 청혼과 키티의 거절에 대해서는 공작에게 이야기하지 않을 작정이었지만, 브론스키와의 일이 이제 완전히 결정된 거나 다름없으며 그의 어머니가 도착하는 대로 결정되리라는 것을 남편에게 어렴풋이 알려버렸다. 그러자 공작이 별안간 버럭 화를 내고 상소리까지 내뱉기 시작한 것이다.

"당신이 뭘 했느냐고? 내가 알려주겠소. 첫째, 당신은 구혼자를 꼬드기고 있소. 모스크바 사람들이 모두 그렇게 얘기할 거고, 또 그렇게 이야기하고도 남아요. 야회를 열더라도 누구누구 할 것 없이 부르란 말이

오, 신랑감만 부르지 말고. 누구누구 할 것 없이 그 애송이들(공작은 모스크바 청년들을 이렇게 불렀다)을 모조리 불러들이고 악사를 데려다가 모두들 춤을 추게 하란 말이오. 오늘 저녁처럼 그렇게 신랑감만 끌어들이지 말고. 난 그런 꼴은 보기도 싫으니까. 당신은 딸아이의 머리를 완전히 어지럽혀놓았소. 레빈이 천 갑절 더 훌륭한 사내야. 그놈의 페테르부르크의 멋쟁이들은 모두 기계에서 찍어낸 것들이니까. 이놈이나 저놈이나 똑같은 모양이고, 또 모두 다 쓰레기들이오. 그리고 설령 그자가 왕족의 혈통이기로서니, 우리 딸은 그런 것에 굶주리지 않았단 말이오!"

"그래 내가 무얼 했다는 거예요?"

"무얼 했느냐면……" 공작은 발끈 성을 내며 외쳤다.

"적어도 이건 알아요. 당신 이야기만 듣고 있다가는," 공작부인은 말을 가로챘다. "우린 백날 가야 딸을 시집보낼 수 없어요. 그러려거든 차라리 시골로 내려가는 게 더 나아요."

"내려가는 게 더 낫지."

"잠깐만. 내가 그 사람의 비위를 맞추고 있다는 거죠? 천만에요, 난 조금도 비위를 맞추거나 하지는 않아요. 그저 젊은 사람이, 그것도 아주 훌륭한 사람이 딸을 좋아하고, 그애도 내가 보기엔……"

"그래 당신에겐 그렇게 보이겠지! 그러나 진짜로 그애가 반하기라도 하면 어떻게 할 작정이오, 그 사낸 내가 생각하는 만큼이나 결혼에 대해 생각하고 있긴 할까?…… 오오! 난 정말 보기도 징그러워!…… '아아, 강신술, 아아, 니스, 아아, 무도회에서……'" 공작은 아내의 흉내를 내며 한마디 한마디에 인사하듯 무릎을 굽혔다. "이런 식으로 우린 카텐카*의 불행을 불러들이고 있단 말이오. 정말로 그애가 고집을 부리기라도 하면……"

"당신은 왜 그렇게 생각해?"

"생각하는 게 아니라 알고 있는 거요. 이런 일에 대해서 우리에겐 보는 눈이 있지만 부인네들에겐 그게 없단 말이오. 난 진실한 생각을 갖고 있는 사내를 알아볼 수 있어요. 그건 레빈이야. 또 그 건달처럼, 쓸모라곤 노는 데밖에 없는 메추라기도 알아볼 수 있소."

"그런 말을 하다니 당신이야말로 고집을 부리고 있잖아……"

"당신도 곧 알게 될 거요. 그러나 그땐 이미 늦어, 다센카** 때처럼."

"자, 좋아요, 좋아요, 이제 이런 얘긴 그만해요." 공작부인은 불행한 돌리를 떠올리고 그의 말을 가로막았다.

"그렇다면 좋아, 그럼 잠이나 자!"

그들 내외는 서로 성호를 긋고 입을 맞춘 뒤, 여전히 서로 자기 의견을 고수하고 있음을 느끼면서 헤어졌다.

부인은 처음엔 오늘 저녁의 야회가 키티의 운명을 결정했고 브론스키의 의향에는 의심의 여지가 없다고 확신했다. 그러나 남편의 말은 그녀의 마음을 뒤흔들어놨다. 그래서 자기 방으로 돌아오자 그녀는 키티와 마찬가지로 가늠하기 어려운 미래에 대한 공포 때문에 마음속으로 몇 번이고 되풀이했다. '주여 도와주소서, 주여 도와주소서, 주여 도와주소서!'

---

* 키티의 애칭.
** 돌리의 애칭

112

16

브론스키는 이제까지 한 번도 가정생활의 맛을 알지 못했다. 그의 어머니는 젊었을 적에는 사교계의 빛나는 여인이었으며, 남편이 있을 때부터 그리고 남편 사후에는 특히 온 사교계에 유명한 로맨스들을 뿌렸던 부인이었다. 아버지에 대한 기억이 거의 없는 그는 견습사관학교에서 교육을 받았다.

그는 아주 젊고 앞날이 창창한 청년 장교로, 학교를 졸업하자 곧바로 부유한 페테르부르크의 군인 패에 끼어들었다. 그리고 이따금 페테르부르크의 사교계에도 발을 들여놓았지만, 그의 애정과 관련된 흥미는 모두 사교계 밖에 있었다.

호사스럽고 거친 페테르부르크 생활 뒤에 모스크바에 와서 그는 처음으로 자기에게 마음을 둔 귀엽고 순결한 사교계의 아가씨와 가까워지는 즐거움을 맛보았다. 그는 키티에 대한 자신의 태도에 뭔가 나쁜 점이 있을 수도 있다고는 전혀 생각지 못했다. 무도회에서 그는 주로 키티와 춤을 추었고, 그녀의 집에도 드나들었다. 그는 그녀와 흔히 사교계에서 사람들이 하는 것 같은 온갖 쓸모없는 얘기를 했는데, 그런 쓸데없는 얘기중에도 그는 부지중에 그녀에게 독특한 의미를 부여하곤 했다. 그는 남들 앞에서 이야기할 수 없는 말은 그녀에게 결코 하지 않았음에도 불구하고 그녀가 차츰차츰 자기에게 의존하고 있음을 느꼈는데, 그것을 느낄수록 그는 점점 유쾌해졌고 그녀에 대한 감정은 부드러워졌다. 그는 키티에 대한 자신의 행위가 일정한 명칭을 가지고 있다는 것, 바로 결혼하려는 의사 없이 처녀를 유혹하는 일이라는 것, 그리고 그 유혹이야말로 그처럼 화려하고 젊은 남자들이 흔히 저지를 수 있는 악행의 하나라는 것을 몰랐다. 그는 자기가 이러한 만족을 발견한 최초의 사람인 것처럼 여겨졌고, 그래서 자신의 발견을 즐겼다.

만일 그가 오늘 저녁에 그녀의 양친 사이에 오갔던 얘기를 들었더라면, 그가 가족의 관점에 서서 자기가 그녀와 결혼하지 않는 경우 키티가 불행해지리라는 것을 알았더라면 그는 깜짝 놀라며 믿지 않았을 것이다. 그는 자기만이 아니라 특히 그녀에게도 이처럼 크고 깊은 만족을 주는 것이 좋은 일이 아니라는 사실을 좀처럼 믿을 수가 없었을 터였다. 하물며 자기가 그녀와 결혼하지 않으면 안 된다는 것은 더욱더 믿을 수가 없었으리라.

그에게 결혼은 아직까지 단 한 번도 가능한 것으로 여겨지지 않았다. 그는 가정생활을 좋아하지 않았을 뿐 아니라 그가 지금껏 살아온 독신자 세계의 공통된 견해에서 가정이라는 것을, 특히 남편이라는 입장을 어쩐지 인연이 멀고 적대적인 것으로, 무엇보다도 우스꽝스러운 것으로 상상하고 있었다. 브론스키는 그녀의 양친이 나눈 이야기는 꿈에도 생각지 못했지만, 그날 저녁 셰르바츠키가를 나서면서 자기와 키티 사이를 잇고 있던 그 정신적인 내밀한 관계가 오늘밤 한층 강도를 더해 어떻게든 하지 않으면 안 될 정도로 굳게 맺어져버렸음을 통감했다. 그러나 무엇을 해야 하는지, 또 어떻게 할 수 있을지는 알 수 없었다.

'어쨌든 즐겁다.' 그는 셰르바츠키가에서 돌아오며 언제나처럼 이렇게 생각했다. 어느 정도는 저녁 내내 담배를 피우지 않았던 것에도 기인하는 깨끗하고 신선한 쾌감과, 동시에 자기에게 그녀가 쏟고 있는 사랑에 대한 새로운 감동을 맛보면서. '나나 그녀나 아무 말도 하지 않고 그저 눈빛과 억양이 빚어내는 무언의 대화만으로 그처럼 서로를 이해했다는 것은 즐거운 일이다. 오늘 그녀는 그 어느 때보다도 분명하게 나를 사랑하고 있다고 말한 것이다. 정말 귀엽고 순수하고, 무엇보다도 나를 믿어주는 여자다. 나 자신마저 한결 선량하고 순결한 사람이 된 듯한 느낌이다. 나에게도 열정이 있고 많은 장점이 있는 듯한 느낌이다. 사랑에 취한 그 귀여운 눈! 네, 정말…… 하고 말했을 때의 그 눈빛.'

'그래서, 도대체 어쨌다는 거야? 아무렇지도 않잖아. 나도 좋고 그녀도 좋다는 것뿐이다.' 그리고 그는 오늘밤을 어디서 지낼 것인가를 생각하기 시작했다.

그는 기억을 더듬으며 갈 만한 장소를 물색해봤다. '클럽은 어떨까? 베지크*나 한판 하고 이그나토프와 샴페인이나 마실까? 아니, 그만두자. 샤토 데 플뢰르**에서 오블론스키를 찾아 잡가雜歌나 듣고 캉캉춤이나 볼까? 아니, 이것도 신물이 난다. 내가 셰르바츠키가를 좋아하는 것도 그 집에서는 내 기분이 더 좋아지기 때문이니까. 그냥 숙소로 돌아가자.' 그는 곧장 뒤소호텔의 자기 방으로 가서 저녁을 내오라 했고, 그후 옷을 갈아입은 다음 머리를 베개 위에 얹기가 무섭게 깊이 잠들어버렸다.

---

* 1870년대에 다시 유행했던 17세기의 카드놀이.
** 꽃들의 성(Château des fleurs). 파리식 쇼를 보여주는, 레스토랑 형식으로 세워진 유흥시설.

17

이튿날 아침 열한시에 브론스키는 어머니를 마중하러 페테르부르크 철도역으로 나갔는데, 그곳의 정면 층계에서 그가 맨 처음 만난 사람은 같은 기차로 올 누이동생을 기다리고 있던 오블론스키였다.

"어이! 각하!" 오블론스키가 외쳤다. "자넨 누굴 마중나왔나?"

"난 어머니 마중이지." 오블론스키와 만난 사람이면 누구나 그러듯 브론스키도 미소를 띠면서 그의 손을 잡고 대답했고, 두 사람은 층계를 함께 올라갔다. "오늘 페테르부르크에서 오시기로 돼 있어서 말이야."

"그건 그렇고, 난 자넬 두시까지 기다렸네. 도대체 셰르바츠키가에서 나와 어디로 갔었나?"

"숙소로." 브론스키는 대답했다. "실은 말이야, 어제저녁엔 셰르바츠키가에서 너무 즐겁다보니까 다른 곳은 아무데도 가고 싶지 않더군."

"준마는 그 낙인으로 알고, 사랑에 빠진 젊은이는 그 눈으로 알 수 있도다." 스테판 아르카디치는 지난번 레빈에게 했던 것과 똑같이 낭독조로 말했다.

브론스키는 부정하지 않는다는 얼굴빛으로 빙그레 웃었지만, 곧 화제를 바꾸었다.

"그래 자넨 누굴 마중하려고?" 그가 물었다.

"나? 늘씬한 미인을." 오블론스키는 말했다.

"아아, 그래!"

"*사특하게 여기는 자에게 부끄러움이 있을지어다!* 내 누이동생 안 나야."

"아아, 그 카레니나 부인 말인가?" 브론스키가 말했다.

"자네도 아마 알 테지?"

"알 것도 같군. 아니, 모를지도 몰라…… 실은 잘 기억나질 않아." 브론스키는 카레니나라는 이름에서 뭔가 허식적이고 지루한 여자를 막연히 상상하면서 별생각 없이 대꾸했다.

"그렇지만 내 매제인 그 유명한 알렉세이 알렉산드로비치는 알겠지. 모르는 사람이 없는 사내니까."

"그의 명성은 알고 있지. 얼굴도 본 적 있고. 총명하고 학식이 있고 꽤나 종교적인 사람이라는 것도 알고 있어…… 그러나 자네도 알다시피 나 같은 사람하곤 달라…… *분야가 다른 사람이니까.*" 브론스키가 말했다.

"그렇지, 그는 아주 유명한 사람이야. 다소 보수적이긴 하지만 훌륭한 사내야." 스테판 아르카디치는 덧붙였다. "훌륭한 사내지."

"그게 훨씬 듣기 좋은 표현이군." 브론스키는 빙그레 웃으면서 말했다. "아, 자네 거기 있었군." 그는 문간에 서 있던 어머니의 늙고 키가 큰 하인을 보고 말했다. "이리 들어와."

이즈음에 와서 브론스키는 스테판 아르카디치가 어느 누구에게나 주는 일반적인 쾌감 이외에도, 자신의 상상 속에서 키티와 맺어진 것으로 인해 그에게 한층 더 친근함을 느꼈다.

"그건 그렇고 어때, 일요일에 디바를 위해 만찬회라도 갖지 않으려나?" 그는 웃음을 띠면서 상대방의 팔을 잡고 말했다.

"물론이야. 사람들은 내가 부르지. 참, 자네 어제 내 친구 레빈과 인사한 모양이더군?" 스테판 아르카디치가 물었다.

"하긴 했어. 그런데 어찌된 일인지 그 사람은 그냥 가버렸어."

"그는 정말 좋은 사람이야." 오블론스키가 계속했다. "그렇지 않아?"

"난 잘 모르지만," 브론스키는 대답했다. "일반적으로 모스크바 사람들에겐, 물론 나와 지금 이야기하고 있는 사람은 빼고," 그는 농담을 곁들여 말했다. "어딘지 괄괄한 데가 있어. 마치 상대방에게 어떤 느낌을 주지 않고는 못 배기겠다는 듯이 곧잘 사납게 노하는 면이 있어……"

"그래, 그런 면이 있어, 분명히 있어……" 쾌활하게 웃으면서 스테판 아르카디치는 말했다.

"어떻습니까, 곧 도착합니까?" 브론스키는 역무원을 향해 물었다.

"전 역을 떠났습니다." 역무원이 대답했다.

기차가 가까이 오고 있다는 것은 역 안의 왁실거림, 짐꾼들의 달음질, 헌병과 역무원들의 출현, 마중나온 사람들의 도착 등에 의해 차츰차츰 뚜렷이 나타났다. 모피 반코트에 부드러운 펠트 장화를 신은 노동자들이 어지럽게 얽힌 선로를 가로질러가는 모습이 얼어붙은 듯한 수증기를 통해 보였다. 멀리 선로 위에서 기차가 증기를 내뿜는 소리와 뭔가 무거운 것이 움직이는 육중한 울림이 들려왔다.

"아니." 스테판 아르카디치가 말했다. 그는 키티에 대한 레빈의 마음을 브론스키에게 얘기하고 싶어 못 견딜 지경이었다. "아냐, 자넨 우리 레빈을 잘못 평가했어. 그는 정말 굉장히 신경질적이고 때로는 불쾌하게 여겨지기도 하는 친구지만, 어떤 땐 유난히 귀엽게 느껴지기도 해. 아주 착하고 솔직한 사내이고 황금 같은 맘씨를 지닌 사내야. 그런데 어제저녁엔 특별한 이유가 있었지." 스테판 아르카디치는 어제 친구에게 품었던 진지한 연민을 말끔히 잊고 지금은 브론스키에게 그 같은 연민을 품으며 의미심장한 미소를 띠고 계속했다. "그렇지, 이유가 있었어. 아주 행복해지든지, 아주 불행해지든지 어느 쪽이 될 것인가 하는."

브론스키는 발을 멈추고 단도직입적으로 물었다.

"말하자면 뭐야? 혹시 그자가 어제 자네 *처제*에게 청혼이라도 했단 말인가?……"

"아마도." 스테판 아르카디치는 말했다. "어제 왠지 그런 기미가 보였으니까. 그런데 말야, 만약 그가 일찍 돌아갔고 게다가 기분이 그다지 좋지 않았다면, 분명히 그랬을 거야…… 어쨌든 그 친구의 사랑은 꽤 오래됐으니까, 나도 무척 안됐다고 생각해."

"그랬군!…… 하지만 그녀 정도 되면 더 훌륭한 배필을 계산에 넣고 있지 않을까 생각하는데." 브론스키는 말하고 나서 가슴을 쭉 펴고 다시 걷기 시작했다. "하지만 난 그를 알지 못하니까." 그는 덧붙였다. "그래, 그건 어려운 문제야! 그 때문에 많은 남자들이 클라라인지 뭔지 하는 그런 여자들과 사귀려고 하는 거지. 그쪽에서는 실패가 돈이 모자라다는 것만을 증명할 뿐이지만, 이쪽에서는 품위가 저울질을 당한단 말야. 그건 그렇고, 기차가 들어온 모양이야."

아닌 게 아니라 멀리서 기관차가 이미 기적을 울렸다. 이삼 분 지나자 플랫폼이 진동하기 시작하고, 냉기로 인해 아래로 가라앉는 증기를 내뿜으며 한가운데 차바퀴의 지렛대를 느릿느릿 규칙적으로 신축시키면서 기관차가 지나갔다. 기차 안에서는 방한구로 둘러싼 몸뚱이가 서리에 덮여 하얗게 된 기관사가 꾸벅 절을 했다. 그리고 탄수차炭水車에 이어 차츰 속력을 줄이면서, 그러나 더욱 세차게 플랫폼을 진동시키면서 수하물과 컹컹거리는 개를 실은 화물차가 지나가고, 마지막으로 정차하기 직전의 동요를 일으키면서 객차가 다가왔다.

민활한 차장은 호각을 불면서 달리는 객차에서 뛰어내렸고, 그에 이어 성급한 승객들이 한 사람씩 차에서 내리기 시작했다. 근위장교는 몸가짐을 바로잡고 정중히 사방을 둘러보면서, 가방을 든 약삭빠른 상인은 싱글벙글 즐겁게 웃으면서, 농부는 큰 봇짐을 어깨에 짊어지고.

오블론스키와 나란히 서 있던 브론스키는 객차와 거기서 나오고 있는 여객들에 정신이 팔려 어머니에 대해서는 완전히 잊어버렸다. 방금 듣고 알게 된 키티에 관한 일은 그를 자극하고 즐겁게 했다. 그의 가슴은 저절로 펴지고 눈은 발랄하게 빛났다. 그는 자기가 승리자처럼 느껴졌다.

"브론스카야 백작부인은 이 칸에 계십니다." 민활한 차장이 브론스키 쪽으로 다가오면서 말했다.

차장의 말에 그는 정신을 차렸고 어머니를, 눈앞에 닥친 그녀와의 대면을 생각해냈다. 그는 마음속으로 어머니를 존경하지 않았고, 똑똑히 의식하지는 않았지만 그녀를 사랑하지도 않았다. 그저 자기가 속한 사회의 분위기와 자신의 교양에서 비롯된 극도의 순종과 공경의 태도 외에는 스스로에게 허용할 수가 없었다. 그래서 마음속에서 어머니에 대한 사랑과 존경이 엷어질수록 겉으로는 더욱더 순종하고 공손해졌다.

18

　브론스키는 차장의 뒤를 따라 그 차량 쪽으로 갔고, 찻간으로 들어가다가 마침 나오고 있던 부인에게 길을 비켜주기 위해 멈춰 섰다. 사교계에 출입하는 사람이면 누구나 가지고 있는 감각으로, 브론스키는 이 부인의 외양을 보고 첫눈에 그녀가 상류사회에 속하는 사람이라는 것을 알았다. 그는 그녀에게 실례를 표하고 막 찻간 안으로 들어가려 했으나, 한번 더 그녀를 봐야만 할 듯한 충동이 들었다. 그녀가 굉장한 미인이어서도 아니고, 또 그녀의 자태에서 느껴지는 조촐하고 소박한 아름다움에 마음이 끌려서도 아니고, 다만 그녀가 그의 옆을 지나칠 때 그 귀염성 있는 얼굴에서 뭔가 유달리 정답고 부드러운 것이 느껴졌기 때문이었다. 그가 돌아다보았을 때 그녀 또한 고개를 돌렸다. 짙은 속 눈썹 때문에 까맣게까지 보였던 그녀의 반짝이는 회색 눈은 마치 그를 알아보기라도 하듯 다정하고 주의깊게 그의 얼굴에 머물렀으나, 이내 또 누군가를 찾는 듯 다가오는 군중 쪽으로 옮겨졌다. 이 짧은 시선에서 브론스키는 재빨리 그녀의 얼굴 가운데서 노닐기도 하고 반짝이는 두 눈과 살포시 짓는 미소로 실그러진 붉은 입술 사이를 팔딱팔딱 뛰어 돌아다니기도 하는 짓눌린 생기를 알아챘다. 마치 과잉된 뭔가가 그녀의 존재를 넘쳐흐르다가 그녀의 의지에 반해서 때론 그 눈의 반짝임 속에, 때론 그 미소 가운데 나타나는 것만 같았다. 그녀는 일부러 눈 속의 빛을 꺼뜨렸으나, 그 빛은 그녀의 의지를 거슬러 그 옅은 미소 속에서 반짝반짝 빛을 냈다.

　브론스키는 객차 안으로 들어갔다. 검은 눈에 곱슬곱슬한 머리털을 한 야윈 노파인 그의 어머니는, 눈을 가늘게 뜨고 아들의 얼굴을 쳐다보면서 얇은 입술로 살짝 미소 지었다. 그녀는 좌석에서 일어나 몸종에게 손주머니를 건넨 뒤 조그마한 야윈 손을 아들에게 내밀고, 그 손에 키스하기 위해 숙인 아들의 머리를 도로 치켜들어 그 얼굴에 입을 맞추었다.

"전보는 받았지? 별일 없었지? 다행이야."

"여행은 편안하셨어요?" 그녀 곁에 앉으면서 무의식중에 문밖에서 들리는 여인의 목소리에 귀를 기울이며 아들은 말했다. 그는 들어오다 마주쳤던 그 부인의 목소리라는 것을 알아챘다.

"역시 난 당신에게 동의할 수 없어요." 부인의 목소리가 들렸다.

"페테르부르크식 견해로군요, 부인."

"페테르부르크식이 아니에요, 그저 여자의 견해예요." 그녀는 대답했다.

"그럼, 당신 손에 입을 맞추게 해주십쇼."

"잘 가요, 이반 페트로비치. 그리고 오라버니가 거기 어디 계시지 않는지 좀 찾아봐주세요. 계시면 이리 좀 오시라고 해주세요." 바로 문 옆에서 부인은 이렇게 말하고 다시 객차 안으로 들어왔다.

"어떻게 되었어요, 오라버님은 찾으셨어요?" 브론스카야는 부인을 돌아보면서 말했다.

브론스키는 그제야 그녀가 카레니나라는 것을 알아챘다.

"오라버님은 저기 나와 계십니다." 그는 일어서면서 말했다. "이거 몰라뵈어 정말 죄송합니다. 그저 잠깐 뵌 적이 있을 뿐이어서요." 브론스키는 머리를 숙이면서 말했다. "아마 당신도 저를 잘 기억하지 못하실 겁니다."

"어머나, 그렇지 않아요." 그녀는 말했다. "오히려 내가 알아보았어야 했는걸요. 당신 어머님하고 오는 내내 당신 얘기만 했으니까요." 그녀는 아까부터 밖으로 나오고 싶어 발버둥치고 있던 그 생기를 마침내 미소로 나타내면서 말했다. "그건 그렇고, 오라버닌 아직도 오시지 않는군요."

"네가 좀 불러드려라, 알료샤." 노백작부인이 말했다.

브론스키는 플랫폼으로 나가서 외쳤다.

"오블론스키! 여기야!"

그러나 카레니나는 오빠가 오기를 기다리지 않고 그의 모습을 보자 바로 기품 있고 가벼운 걸음걸이로 밖으로 나갔다. 오빠가 다가오자 그녀는 브론스키를 깜짝 놀라게 했던 특유의 단호하고 우아한 몸짓으로 왼팔을 오빠의 목에 두르고 재빨리 자기 쪽으로 끌어당겨 세차게 입을 맞췄다. 브론스키는 그녀에게서 눈을 떼지 않은 채 지켜보았고, 자기도 모르게 빙그레 웃고 말았다. 그러나 어머니가 기다린다는 것을 떠올리고 다시 객차 안으로 들어갔다.

"정말 귀여운 분이지 않니, 그렇지?" 백작부인은 카레니나에 대해 말했다. "저분의 남편이 저분을 나하고 같은 칸에 태워주셨어. 나도 정말 반가웠어. 우린 오는 내내 같이 얘길 하면서 왔지. 그건 그렇고, 듣자니까…… 네가 이상적인 사랑을 하고 있다면서. 정말 잘됐다, 애야, 정말 잘됐어."

"무슨 말씀이신지 모르겠어요, 어머니." 아들은 냉담히 대답했다. "자, 어머니, 가시죠."

카레니나는 백작부인에게 작별인사를 하기 위해 다시 객차 안으로 들어왔다.

"그럼, 백작부인, 당신께서는 아드님을 만나셨고, 저는 오라버닐 찾았네요." 그녀는 즐거운 어조로 말했다. "제 이야깃거리를 다 들려드렸나봐요, 남은 이야기가 조금도 없어요."

"어머, 아녜요." 백작부인은 그녀의 손을 잡고 말했다. "난 당신하고라면 온 세계를 두루 여행하고 다녀도 지루하지 않을 거 같아요. 세상엔 얘기를 나누든 가만히 있든 같이만 있으면 마음이 즐거워지는 사랑스러운 부인들이 있는데, 당신이 그런 분들 가운데 한 분이에요. 그건 그렇고, 아드님은 너무 걱정 마세요. 한시도 떨어지지 않는다는 건 불가능한 일이니까요."

카레니나는 몸을 유난히 꼿꼿이 하고 조금도 움직이지 않은 채 서 있었고, 그녀의 눈은 미소를 띠고 있었다.

"안나 아르카디예브나에겐 말이지," 백작부인은 아들에게 설명하기 시작했다. "여덟 살 난 아들이 있으시대. 그런데 지금까지 한 번도 떨어져본 적이 없어서 이번에 떼놓고 온 것을 내내 걱정하시지 뭐냐."

"정말 그래요, 난 어머님하고 내내 그런 얘기만 하고 왔어요. 난 내 아들 얘길, 그리고 어머님께선 당신 아드님 얘길." 카레니나가 말했고, 그러자 또다시 그 미소가, 그에게 보내는 부드러운 미소가 그녀의 얼굴에서 빛났다.

"정말 지루하셨겠군요." 그는 그녀가 그에게 던진 교태의 공을 곧바로 공중에서 받으며 말했다. 그러나 그녀는 분명 이런 어조로 이야기를 계속하지 않으려는 듯 노백작부인 쪽으로 얼굴을 돌렸다.

"정말 고마워요. 덕분에 어제 하루는 시간이 어떻게 갔는지도 모를 정도였어요. 그럼 백작부인, 이만 실례하겠습니다."

"잘 가세요, 나의 친구." 백작부인이 대답했다. "아, 저어, 그 고운 얼굴에 입이나 맞추게 해주세요. 늙은이답게 솔직히 말씀드리지만, 난 당신이 정말 맘에 들었어요."

그것이 아무리 틀에 박힌 말이었다고는 하나 카레니나는 진심으로 믿고 기뻐하는 것처럼 보였다. 그녀는 얼굴을 붉히고 가볍게 몸을 구부려 백작부인의 입술에 자기 얼굴을 갖다댄 다음, 다시 몸을 쭉 펴고 입술과 눈 사이에서 물결치는 좀전과 똑같은 미소를 띠고 브론스키에게 손을 내밀었다. 그는 자기에게 주어진 조그마한 손을 쥐고 힘차고 대담하게 그의 손을 흔드는 그녀의 정력적인 악수를 마치 뭔가 특별한 것을 대하는 듯 즐겁게 받았다. 그녀는 제법 풍만한 몸을 기묘할 만큼 가볍게 움직이며 빠르게 걸어나갔다.

"정말 사랑스러운 분이야." 노부인이 말했다.

그와 똑같은 생각을 그녀의 아들도 하고 있었다. 그는 부인의 우아한 모습이 사라질 때까지 그녀를 눈으로 좇았고, 그동안 그의 얼굴에서 미소가 떠나지 않았다. 그는 그녀가 오빠에게 다가가 그녀의 손을 오빠 손 위에 얹고 분명 자기와는, 즉 브론스키와는 아무런 관계도 없을 무언가를 활기 있게 이야기하는 모습을 창문으로 지켜보았고, 그러자 마음 한구석에 서운한 느낌이 들었다.

"그건 그렇고 *어머니*, 집안은 모두 여전한가요?" 그는 어머니를 돌아보면서 다시 물었다.

"여전하다마다, 말할 나위 없지. 알렉상드르는 더 귀여워졌고, *마리*

도 무척 예뻐졌지. 그앤 정말 재미있는 애야."

그리고 그녀는 또다시 가장 재미있었던 일에 대해 이야기하기 시작했다. 자기가 페테르부르크까지 나간 목적이었던 손자의 세례에 대한 얘기며, 맏아들에게 황제가 내린 각별한 은총에 관한 얘기를.

"아, 라브렌티가 왔어요." 브론스키는 창문을 내다보며 말했다. "괜찮으시면 이제 슬슬 나가십시다."

백작부인과 동행한 노집사가 객차 안으로 들어와 준비가 다 됐다는 것을 알리자, 백작부인은 나가려고 몸을 일으켰다.

"자, 가십시다. 이제 사람들도 얼마 없습니다." 브론스키가 말했다.

하녀가 손주머니와 강아지를 안고, 집사와 짐꾼이 나머지 가방을 들었다. 브론스키는 어머니의 팔을 잡았다. 그들이 막 객차에서 밖으로 나왔을 때 갑자기 경악한 표정을 한 몇 사람이 그들을 지나쳐 뛰어갔다. 역장도 그 이상한 빛깔의 모자를 쓰고 뛰어갔다. 뭔가 심상찮은 일이 일어난 게 분명했다. 기차에서 내렸던 사람들도 다시 기차로 뛰어왔다.

"뭐야?…… 뭐야?…… 어디야?…… 뛰어들었대!…… 깔려 죽었대!……"뛰어가는 사람들 사이에서 이런 소리들이 들려왔다.

스테판 아르카디치는 누이동생과 팔짱을 낀 채, 역시 깜짝 놀란 얼굴로 되돌아와 군중을 헤치면서 객차 입구에 멈췄다.

부인들은 객차 안으로 들어가고, 브론스키는 스테판 아르카디치와 함께 사고의 상세한 경황을 알아보기 위해 군중의 뒤를 따라갔다.

선로지기가 취했었는지 아니면 강추위로 몸뚱이를 지나치게 둘러싸고 있었는지 후진해서 오는 기차 소리를 듣지 못하고 치여버린 것이다.

브론스키와 오블론스키가 돌아오기 전에 부인들은 이 같은 상세한 내용을 집사에게 전해들었다.

오블론스키와 브론스키 두 사람은 기차에 치여 죽은 시체를 보았다. 오블론스키는 극심한 충격을 받은 모양이었다. 그는 얼굴을 잔뜩 찌푸리고 금방이라도 울음을 터뜨릴 것만 같았다.

"아아, 정말 끔찍한 일이야! 아아, 안나, 네가 그것을 보았다면! 아아, 얼마나 끔찍한지!" 그는 되풀이해서 말했다.

브론스키는 말이 없었다. 그의 아름다운 얼굴은 정색을 하고 있었지만 아주 침착했다.

"아아, 당신이 그걸 보셨더라면, 백작부인." 스테판 아르카디치가 말했다. "그 사내의 아내도 거기 있었습니다만…… 그 광경은 차마 볼 수 없었어요…… 그녀는 시체에 뛰어들더군요. 그는 혼자 벌어서 많은 식구들을 먹여살려왔다는군요. 그게 큰일이에요!"*

"그 여자를 위해서 뭐라도 해줄 수 있는 일이 없을까요?" 안정을 잃은 목소리로 카레니나가 조용히 말했다.

브론스키는 그녀의 얼굴을 흘긋 쳐다보고 바로 객차에서 나갔다.

"곧 돌아오겠습니다, *어머니*." 그는 문간에서 돌아보며 말했다.

이삼 분쯤 지나 그가 다시 돌아왔을 때 스테판 아르카디치는 이미 백작부인과 함께 신인 오페라 여가수에 대한 이야기를 하는 중이었고,

---

* 철도사고와 철도에서의 불행한 사건은 무서운 인상을 남겼으며, 철로에 대한 두려움을 불러일으켰다. "길이라는 것이 무엇이건, 그것은 살인자다"라고 『조국의 기록』지의 「내적 시평」에서 언급되었다.(1875, VI, p. 262) 네크라소프는 시적 장편 『동시대인들』에서 "철로란 살인자다"라고 썼다.(『조국의 기록』, 1876, I, p. 17)

백작부인은 아들이 돌아오기를 기다리며 안절부절못하고 문 쪽만 돌아보고 있었다.

"자, 이제 가십시다." 들어오면서 브론스키가 말했다.

그들은 다 함께 객차를 나왔다. 브론스키는 어머니와 함께 앞장섰다. 그 뒤를 따라 카레니나가 오빠와 나란히 갔다. 역 출구에서 그들을 뒤쫓아온 역장이 브론스키에게 다가왔다.

"당신이 제 조수한테 이백 루블을 주셨더군요. 죄송하지만 그걸 누구에게 주시라는 건지 몰라서 말씀예요."

"과부가 된 여자에게죠." 브론스키는 어깨를 으쓱하며 말했다. "새삼스럽게 물어보실 것까진 없잖아요."

"자네가 줬다고?" 뒤에서 오블론스키가 외쳤다. 그러고는 누이의 손을 꽉 쥐면서 덧붙였다. "정말 인정이 있군, 정말 인정이 있어! 그렇지 않아, 훌륭한 남자잖아? 그럼 백작부인, 실례하겠습니다."

그러고서 그는 누이와 함께 그녀의 하녀를 찾기 위해 그 자리에 멈춰 섰다.

그들이 역에서 나왔을 때 브론스키의 사륜 여행마차는 떠나고 없었다. 역에서 나오는 사람들은 여전히 조금 전에 일어났던 사건에 대해 서로들 이야기하고 있었다.

"정말 끔찍한 죽음도 다 있군!" 한 신사가 옆을 지나치면서 말했다. "두 동강이 나버렸다더군."

"난 반대로 가장 손쉽고 순간적인 죽음이라고 생각해." 다른 사람이 토를 달았다.

"어떻게 달리 방도를 취할 법도 한 일이었는데 말야." 또 누군가가 말했다.

카레니나가 사륜 여행마차에 올라탔을 때, 스테판 아르카디치는 그녀가 입술을 바르르 떨며 간신히 눈물을 억누르고 있다는 것을 알아채고 놀랐다.

"왜 그러니, 안나?" 몇백 사젠*쯤 왔을 때 그가 물었다.

"불길한 징조야." 그녀는 말했다.

"쓸데없는 소리!" 스테판 아르카디치가 말했다. "네가 와줬다는 게 가장 중요한 일이야. 넌 상상조차 하기 어려울 테지만, 난 너에게 얼마나 기대를 걸고 있는지 모른다."

"그런데 오라버닌 브론스키를 오래전부터 알고 있었어?" 그녀가 물었다.

"그렇지. 너도 아는지 모르겠지만, 우린 키티를 그 사람에게 출가시켰으면 하고 있어."

"그래?" 안나는 조용히 말했다. "자, 이제 오라버니 얘기를 들려줘." 그녀는 마치 뭔가 지나치게 자기를 억누르고 있는 방해물을 몸에서 떨쳐내려는 듯이 머리를 흔들면서 덧붙였다. "오라버니 일에 대해서 얘기해줘. 난 오라버니의 편지를 받고 이렇게 일부러 왔으니까."

"그럼, 모든 희망을 너에게 걸고 있어." 스테판 아르카디치가 말했다.

"그러니까, 자, 모조리 이야기해봐."

스테판 아르카디치는 이야기를 시작했다.

집에 도착하자 오블론스키는 누이를 부축해 마차에서 내려주고, 한

---

* 러시아의 거리 단위로 1사젠은 약 2.13미터.

숨을 길게 내뿜으며 그녀의 손을 꽉 쥐고 나서 관청으로 갔다.

19

안나가 방으로 들어갔을 때, 돌리는 조그마한 객실에 자리잡고 앉아 이제는 벌써 영락없는 아버지 모습인 금발의 토실토실한 사내아이를 상대로 프랑스어 읽기를 살펴주고 있었다. 어린애는 금방이라도 떨어질 것만 같은 재킷 단추를 손가락으로 배배 꼬아 잡아떼려고 애쓰면서 읽고 있었다. 그럴 때마다 어머니는 그 손을 떼어놓았지만, 오동포동하고 귀여운 손은 금방 또 단추를 잡았다. 어머니는 단추를 잡아떼어 자기 호주머니에 넣어버렸다.

"손 좀 가만히 두지 못해, 그리샤." 그녀는 말하고 나서 또다시 오랫동안 일거리로 삼아온 모포를 들었는데, 울적할 때면 언제나 붙드는 일로 지금도 그녀는 손가락으로 젖혔다 코를 셌다 하면서 신경질적으로 그것을 뜨고 있었다. 그녀는 비록 어제 남편의 누이가 오건 말건 자기와는 아무 상관 없는 일이라고 남편에게 전하라 일러두기는 했지만, 시누이를 맞을 준비를 하고 가슴을 두근거려가면서 기다리고 있었다.

돌리는 자기 슬픔에 지쳐, 그것에 완전히 사로잡혀 있었다. 그러나 그녀는 시누이 안나가 페테르부르크 주요인사의 아내이고 페테르부르크의 *귀부인*이라는 것을 알고 있었다. 그 때문에 그녀는 남편에게 퍼부었던 대로 실행하지는 않았는데, 즉 시누이가 온다는 것을 잊고 있지는 않았다. '그래, 어쨌든 안나에겐 아무 잘못도 없지.' 돌리는 생각했다. '우선 나는 그녀에 대해 좋은 것만 알고 있고, 그녀도 내겐 그저 친절과 성심을 보여왔어.' 그러나 그녀가 페테르부르크의 카레닌가에서 받았던 인상을 다시 생각해보면 그들의 가정 자체는 그다지 탐탁지 않았다. 그들의 가정생활 전반에는 어딘지 위선적인 데가 있었다. '그러나 어찌 내가 그녀를 맞아들이지 않겠는가? 그저 그녀가 날 달래려는 생각만 하지 않으면 좋으련만!' 돌리는 생각했다. '위로나 충고나 기독교적인 용서 같은 것들은 나 역시 이미 몇천 번도 더 생각해보았지만 모두 쓸데없다고.'

요 며칠 동안 돌리는 내내 아이들하고만 지냈다. 그녀는 자기의 슬픔을 이러쿵저러쿵 지껄이기가 싫었지만, 그렇다고 또 이런 슬픔을 마음속에 품고 있으면서 다른 얘기를 할 수도 없었다. 그녀는 자기가 결국엔 안나에게 모두 다 실토하고 말리란 걸 알고 있었고, 그러한 생각이 위안이 되기도 했지만, 한편으론 남편의 누이동생인 안나 앞에 자기의 부끄러움을 드러내놓고 충고니 위로니 하는 미리 준비된 문구를 들어야 한다는 생각이 그녀의 마음을 어지럽히기도 했다.

그녀는 일 분마다 시계를 들여다보며 이제나저제나 안나를 기다렸음에도 그만 벨소리를 듣지 못해 손님이 온 바로 그 긴요한 일 분을 놓쳐버리고 말았다.

옷자락이 스치는 소리와 가벼운 발소리가 문 쪽에서 나는 것을 듣고서야 그녀는 비로소 돌아다보았고, 그녀의 괴로움에 지친 얼굴에는 저도 모르게 반가움이 아닌 놀라움의 표정이 떠올랐다. 그녀는 일어서서 시누이를 안았다.

"어머나, 벌써 왔어?" 그녀는 안나에게 입을 맞추면서 말했다.

"돌리, 만나게 돼서 정말 반가워!"

"나도 반가워." 돌리는 가냘프게 미소를 띠고, 안나의 표정에서 그녀가 알고 있는지 어떤지를 알아내려고 애쓰면서 말했다. '틀림없이 알고 있을 거야.' 그녀는 안나의 얼굴에서 동정의 빛을 알아채고 이렇게 생각했다. "자, 가자. 네 방으로 안내할게." 그녀는 설명할 시간을 가능한 한 일 분이라도 늦추려고 애쓰면서 말을 이었다.

"얘가 그리샤던가? 어머나, 정말 몰라보게 자랐구나!" 안나는 돌리에게서 눈을 떼지 않은 채 어린애에게 입을 맞추더니 갑자기 주춤하며 얼굴을 붉혔다. "아니, 아무데도 가지 말아줘."

그녀는 숄과 모자를 벗었고, 곱슬곱슬한 머리칼 한 가닥에 모자가 걸린 것을 알자 머리를 흔들어 머리칼을 풀어냈다.

"너는 행복과 건강으로 빛나는구나!" 돌리는 거의 부러움에 가까운 어조로 말했다.

"내가?…… 그래." 안나는 말했다. "어머나, 타냐! 이앤 우리 세료자하고 동갑이지." 그녀는 뛰어들어온 여자애를 돌아보면서 덧붙였다. 그녀는 여자애를 담쏙 끌어안고 입을 맞췄다. "아유 귀여워라, 정말 귀여워! 애들을 다 좀 보여줘."

그러고서 그녀는 아이들 이름을 하나하나 불렀는데, 그저 이름만이 아니라 태어난 해와 달, 성격과 앓았던 병에 이르기까지 모두 기억하고 있어서 돌리는 고마워하지 않을 수가 없었다.

"자 그럼, 그애들이 있는 데로 가볼까." 돌리는 말했다. "바샤가 마침 자고 있어서 안됐지만."

아이들을 보고 나서 그들은 이제 단둘이서 커피를 앞에 놓고 객실에 앉았다. 안나는 찻잔을 들려다 말고 옆으로 밀어놓았다.

"돌리," 그녀는 말했다. "오라버니에게 들었어."

돌리는 쌀쌀하게 안나를 쳐다보았다. 그녀는 이제 입에 발린 동정의 문구가 쏟아져나오려니 했으나, 안나는 그런 건 한마디도 입 밖에 내놓지 않았다.

"사랑스러운 돌리!" 그녀는 말했다. "난 너에게 오라버니 변명을 하지도 않을 거고, 또 위로하려고도 하지 않겠어. 그런 말은 할 수 없어. 그렇지만 자기야, 나는 네가 가여워. 진심으로 가여워 못 견디겠어!"

안나의 반짝이는 눈동자를 둘러싼 짙은 속눈썹 아래서 갑자기 눈물이 솟았다. 그녀는 올케 옆으로 바싹 옮겨앉아 그 조그마한 손으로 상대의 손을 힘차게 꼭 쥐었다. 돌리는 그것을 물리치지는 않았지만, 여전히 덤덤한 표정을 바꾸지 않았다. 그녀는 말했다.

"나를 위로한다는 건 헛일이야. 그 일이 있은 후에 나는 모든 것을 잃어버리고 말았어. 모든 것이 다 사라졌어!"

이렇게 말하자마자 그녀의 얼굴 표정은 갑자기 누그러졌다. 안나는 돌리의 마르고 야윈 손을 들어 입맞추고 말했다.

"그렇지만 돌리, 어떻게 하겠어, 어떻게 하겠어? 이처럼 끔찍한 경우에는 어떻게 하는 게 좋을지 바로 그것을 생각해야만 해."

"모든 것이 다 끝났어. 더이상 해야 할 일은 아무것도 없어." 돌리는 말했다. "그런데 무엇보다도 곤란한 것은, 너도 알 테지만 내가 그이를 버릴 수 없다는 거야. 아이들도. 난 묶여 있어, 그럼에도 난 그이와 함께 살 수는 없어. 난 그이를 보는 것도 괴로워."

"돌리, 친구야, 난 오라버니에게 상황을 듣긴 했지만 너에게도 한번 들고 싶어. 죄다 이야기해봐."

돌리는 미심쩍은 눈으로 그녀의 얼굴을 바라보았다.

거짓 없는 연민과 사랑이 안나의 얼굴에 나타나 있었다.

"그럼 얘기할게." 돌리는 불쑥 말했다. "처음부터 이야기할게. 내가 어떻게 결혼했는지는 너도 알 거야. 난 엄마의 교육 덕에 천진하다못해 어리석었어. 난 아무것도 몰랐지. 남편은 아내에게 자기의 과거생활을 이야기하는 거라더군. 하지만 스티바는……" 말하려다 말고 그녀는 고쳐 말했다. "스테판 아르카디치는 나에게 아무것도 이야기해주질 않았어. 넌 믿지 않겠지만, 난 지금까지 정말 그이가 아는 여자는 나 하나뿐인 줄만 알았어. 그렇게 나는 팔 년을 살아왔어. 그래서 난 그이가 불성실한 짓을 하리라고는 꿈에도 생각 못했고, 그런 짓은 있을 수도 없다고 여겼어. 그런데 말이야, 좀 생각해봐. 그렇게 여기고 있었는데 느닷없이 그처럼 끔찍한 짓을, 그런 더러운 짓을 하고 있다는 걸 알게 됐으니 말이야…… 나를 좀 이해해줘. 내가 행복이라고 믿었던 게 별안간……" 돌리는 복받치는 울음을 억누르면서 계속했다. "그런 편지가 나왔단 말이야…… 그이가 좋아하는 여자에게, 우리집 가정교사에게 쓴 편지가. 이건 정말 너무하잖아!" 그녀는 얼른 손수건을 꺼내 얼굴을 가렸다. "그야 나도, 잠깐 바람이 나서 그랬다고 하면 이해할 수 있겠지만." 그녀는 잠시 말이 없다가 다시 계속했다. "그러나 이렇게 교활하고 능글맞게 날 속여왔다는 건…… 게다가 상대가 누구야?…… 그 여자하고 관계를 계속하면서 내 남편으로 있었다는 것은…… 정말 무서운 일이야! 너는 잘 모를 테지만……"

"오, 아냐, 나두 잘 알아! 알다마다, 돌리, 알고 있어." 그녀의 손을 쥐면서 안나는 말했다.

"너는 그이가 나의 이런 끔찍함을 모두 알고 있다고 생각하겠지?" 돌리는 계속했다. "그러나 어림도 없어! 그이는 행복하고 또 만족해하고 있어."

"오, 그렇지 않아!" 안나는 냉큼 말을 가로챘다. "오라버니는 불행해하고 있어. 죽도록 후회하고 있어……"

"그이가 후회할 줄 아는 사람일까?" 돌리는 시누이의 얼굴을 찬찬히 쳐다보면서 가로막았다.

"그럼, 난 오라버닐 잘 알아. 그를 보자 난 가여운 생각이 들었어. 우린 둘 다 그를 잘 알고 있잖아. 그는 속은 좋지만 좀 오만한 데가 있어. 그러나 이번엔 풀이 많이 꺾였어. 무엇보다도 내가 감동한 점은(안나는 돌리의 마음을 움직이게 할 요긴한 말을 생각해냈다) 오라버니는 두 가지 일로 괴로워하고 있다는 거야. 하나는 아이들에게 부끄럽다는 것이고, 또하나는 너를 사랑하고 있으면서…… 그래, 그래, 이 세상 무엇보다도 사랑하고 있으면서." 그녀는 토를 달고 나서려는 돌리를 냉큼 가로막았다. "네 마음을 괴롭게 하고 너를 슬프게 했다는 거야. '아냐, 아냐, 그 사람은 용서해주지 않을 거야' 하고 줄창 입버릇처럼 되풀이했어."

돌리는 그녀의 말을 들으면서 생각에 잠긴 듯이 시누이 옆으로 시선을 떨구고 있었다.

"그래, 그야 나도 그이의 입장이 괴롭다는 건 알아. 죄 없는 사람보다 죄 지은 사람이 더 괴롭기 마련이니까." 그녀는 말했다. "만약 그이가 모든 불행이 자기의 죄에서 나왔다는 것을 느끼고 있다면. 하지만 어떻게 용서하겠어, 어떻게 그이와 그 여자하고 관계가 있은 뒤에 내가 다시 그이의 아내로 있을 수 있겠어? 이제는 그이하고 같이 산다는 것마저 고통이야. 그것은 내가 그이에 대한 과거의 사랑을 아직 간직하고 있기 때문이지만……"

그리고 흐느낌이 그녀의 말을 끊어놓았다.

그러나 마치 일부러 그러는 것처럼, 마음이 누그러질 때마다 그녀는 자신의 분통을 터뜨리게 했던 사실에 대해 다시 이야기하곤 했다.

"그 여잔 젊고 예뻐." 그녀는 계속했다. "반면에, 알겠어, 안나, 내 몸은 젊음도 아름다움도 이제는 다 빼앗기고 말았어. 누구 때문이겠어? 그이하고 그이의 아이들 때문이지. 난 그이를 섬겨왔어. 그리고 그이를 섬기느라 모든 것을 잃어버리고 말았어. 그런데 내가 이렇게 되고 나니 이제 그이는 저속해도 싱싱한 여자가 좋은가봐. 그 사람들은 틀림없이 나를 두고 둘이서 이 얘기 저 얘기 했을 거야, 아니면 어떻다고 아예 얘기도 하지 않았을지 몰라, 그게 더 나쁘지만. 내 말 이해하겠어?" 그녀의 눈은 또다시 증오의 불꽃을 튀기기 시작했다. "이런 일이 있은 뒤에도 그이는 또 나에게 온갖 이야길 할 거야…… 그렇지만 내가 또 그걸 어떻게 믿겠어? 이젠 틀렸어. 이제 모든 것이 다 끝나버렸어. 위로가 되어왔던 것, 괴로움과 노고의 보상이 되어왔던 것도 모두 사라져버렸어…… 넌 내 말을 믿을 수 있니? 난 조금 전까지만 해도 그리샤를 가르치고 있었어. 전에는 이런 것도 즐거움이었어. 하지만 지금은 괴로움이야. 무엇 때문에 나는 애를 쓰고 고생을 하고 있지? 아이들은 무엇 때문에 있는 거지? 내 마음이 이렇게 갑자기 뒤집혀버렸다는 건 정말 무서운 일이야. 지금 내 마음속에 사랑과 상냥함 대신 그이에 대한 증오가 있을 뿐이야. 그래, 증오야. 나는 정말 그이를 죽여버리기라도 했으면 좋겠어, 그리고……"

"자기야, 돌리, 나도 잘 알아. 그렇지만 이제 너무 자신을 괴롭히지는 마. 너는 모든 게 제대로 보이지 않을 만큼 몹시 성이 나고 흥분해 있어."

돌리는 마음을 가라앉혔고, 두 사람은 몇 분간 말이 없었다.

"어떻게 하면 좋을까, 안나. 잘 생각해서 날 좀 도와줘. 난 줄곧 그것만 생각하고 있지만 아무것도 보이지 않아."

안나로서도 딱히 신통한 생각이 떠오르지 않았지만, 그녀의 마음은 올케의 한마디 한마디에, 그 표정 하나하나에 공감하고 있었다.

"한마디만 할게." 안나는 입을 열었다. "난 그의 누이니까 그의 성질을 잘 알고 있어. 무슨 일이든 금방 잊어버리는 성질도, (그녀는 이마 앞에서 손짓을 했다) 유혹에 빠지기 쉬운 성질도. 하지만 또 곧잘 후회하기도 해. 오라버니는 지금 어떻게 그런 짓을 할 수 있었는지 자기 스스로도 이상하게 여긴 나머지 멍해 있을 정도야."

"아니, 그이는 알고 있어. 그이는 알고 있었어!" 돌리는 말을 가로막았다. "그리고 난…… 너는 지금 내 처지를 잊고 있어…… 그런 말이 내 맘을 편하게 할 수 있을까?"

"가만있어봐. 실은 말이야, 오라버니에게 처음 이야기를 들었을 땐 난 미처 네 괴로운 입장을 잘 몰랐어. 그저 오라버니와 가정파괴에 대해서만 생각했어. 그리고 오라버니가 가여웠어. 하지만 너하고 이야기를 하고 보니 난 여자로서 또다른 것을 보게 됐어. 난 너의 괴로움을 보았어. 그리고 말할 수 없을 만큼 네가 가엾다는 생각이 들어! 그렇지만,

돌리, 자기야, 난 네 괴로움에 정말로 공감하지만 한 가지 알 수 없는 게 있어. 나는 알지 못해…… 난 몰라, 네 마음속에 오라버니에 대한 사랑이 얼마나 남아 있는지. 용서할 수 있을 만큼의 사랑이 아직 남아 있는지 어떤지는 너만이 알고 있을 테니까. 만약 그만큼의 사랑이 있다면, 그를 용서해줘!"

"아니," 돌리는 더 말하려고 했지만, 안나가 또 한번 그녀의 손에 입을 맞추면서 말을 가로챘다.

"난 너보다는 세상물정을 좀더 알아." 그녀는 말했다. "난 스티바 같은 유의 남자들도 알고, 또 그들이 이러한 일을 어떻게 보고 있는지도 알아. 너는 오라버니가 그 여자와 함께 너에 대해 이러니저러니 이야기한 것처럼 말했지. 그러나 그런 일은 결코 없어. 그런 남자들이 설사 성실하지 못한 짓을 하더라도, 제 집의 아궁이와 아내는 그들에게 신성불가침한 거야. 어째선지 그들은 그런 여자들을 얕보고 가정에 대한 이야기는 입 밖에 내놓지도 못하게 해. 그들은 가정과 그런 여자들 사이에 언제나 넘을 수 없는 어떤 선을 그어놓고 있으니까. 그 까닭은 나도 모르겠어, 그러나 그것은 분명한 사실이야."

"그래, 그러나 그이는 그 여자에게 입을 맞추었는걸……"

"돌리, 잠깐만, 자기. 난 너와 사랑에 빠졌을 때의 스티바를 알고 있어. 오라버니가 나에게 찾아와 네 이야기를 하면서 울던 일을 기억해. 정말이지 너는 오라버니에게 더없이 아름다운 시였고 거룩한 존재였어. 그리고 나는 또 너하고 이렇게 오랫동안 살아오면서 오라버니에게는 네가 더욱더 거룩한 존재가 되어왔다는 것도 알아. 오라버니가 말끝마다 '돌리는 놀라운 여자야'라고 덧붙이는 바람에 우린 곧잘 웃기도 했어. 너는 정말 오라버니에게는 항상 신성한 존재였고, 지금도 그래. 그러니까 이번의 바람은 오라버니의 본심에서 나온 게 아니라……"

"그렇지만 이런 바람이 만약 되풀이된다면?"

"그런 일이 있을 턱이 있겠어? 난 그렇게 생각해……"

"그래, 그렇지만 너라면 용서하겠어?"

"그건 모르지, 판단할 수 없어…… 아니, 용서할 수 있어." 안나는 잠시 생각해보고는 말했다. 그리고 머릿속으로 그러한 경우를 상상하고 마음의 저울에 달아보면서 덧붙였다. "아니, 할 수 있어, 할 수 있어, 그럼, 나는 용서하겠어. 그야 물론 전과 같지는 않겠지, 그래. 그렇지만 용서는 하겠어. 마치 그런 일이 없었던 것처럼, 전혀 없었던 것처럼 깨끗이 용서하겠어."

"그래, 물론이지." 돌리는 자신이 몇 번이고 생각했던 것을 이야기하는 듯한 어조로 얼른 가로챘다. "그렇지 않고는 용서했다고 할 수 없으니까. 용서할 바엔 깨끗이 용서해야지. 자 가자, 네 방으로 안내할게." 그녀는 일어서면서 말했다. 그러고는 가던 도중에 안나를 껴안았다. "사랑스러운 안나, 정말 네가 와주어서 얼마나 기쁜지 몰라. 내 마음이 가뿐해졌어, 훨씬 가벼워졌어."

20

안나는 이날은 온종일 집에서, 즉 오블론스키네 집에서 지냈고, 친지 몇몇이 어느새 그녀의 도착을 알고 이날부터 밀려들었으나 그녀는 아무도 만나지 않았다. 안나는 아침나절 내내 돌리와 아이들과 함께 지냈다. 그러고는 오빠에게 꼭 집에서 식사를 하라고 쪽지를 보냈다. '돌아와, 어떻게 잘될 것 같아'라고 그녀는 적었다.

오블론스키는 집에서 식사를 했다. 식탁에서의 얘기는 평소와 다를 바 없는 것이었다. 그리고 아내는 한동안 쓰지 않았던 '여보ᴛᴍ'라는 말로 남편을 부르면서 이야기를 했다. 부부 사이에는 아직 서먹서먹한 데가 남아 있었지만, 이제는 헤어진다느니 하는 이야기는 나오지 않았다. 스테판 아르카디치는 변명과 화해가 가능하다는 것을 눈치챘다.

식사가 막 끝나자 키티가 마차를 타고 찾아왔다. 그녀는 안나 아르카디예브나를 알고는 있었지만 실제로 만난 적은 없었기 때문에 지금 이렇게 언니한테 찾아오면서도, 세인의 찬양을 한몸에 받고 있는 페테르부르크 사교계의 귀부인이 자기를 어떻게 맞아줄 것인지에 대해 어쩐지 조마조마함을 느끼지 않을 수 없었다. 그러나 그녀는 자기가 안나 아르카디예브나의 마음에 들었음을 이내 알아챌 수 있었다. 안나는 분명 그녀의 아름다움과 젊음에 끌린 것 같았다. 그리고 키티는 키티대로 미처 정신을 차릴 겨를도 없이 어느새 안나에게 깊은 인상을 받았을 뿐 아니라, 젊은 처녀들이 흔히 연상의 기혼 부인들을 연모하듯 그녀를 좋아하게 된 것을 느꼈다. 안나는 사교계의 귀부인이나 여덟 살 난 아들의 엄마 같지도 않았으며, 가냘픈 몸짓이며 싱싱한 자태, 그리고 때로는 그 미소 속에, 때로는 그 눈 속에 나타나는 생생한 빛은 도리어 스무 살밖에 안 된 처녀에 가까워 보일 정도였다. 만약 진지하고 때론 슬프게까지 보이는, 키티를 감동시키고 그녀의 마음을 끈 눈의 표정만 아니었다면, 키티는 안나가 아주 솔직하고 전혀 가식이 없는 사람이라고 생각했지만, 그와 동시에 그녀로서는 가까이할 수 없는, 복잡하고 시적인 흥미로 가득한 일종의 숭고한 세계가 안나에게 있다는 것을 느꼈다.

식사가 끝난 뒤 돌리가 자기 방으로 가자, 안나는 얼른 일어서서 시가에 불을 붙이고 있는 오빠 옆으로 다가갔다.

"스티바." 그녀는 쾌활하게 눈짓을 하고서 성호를 그어 그를 축복하고 눈으로 문 쪽을 가리키며 말했다. "가봐, 하느님이 도와주실 거야."

그녀의 말뜻을 알아차린 그는 시가를 내던지고 문 뒤로 사라졌다.

스테판 아르카디치가 나가자, 그녀는 좀전에 아이들에게 둘러싸여 앉아 있던 소파로 돌아왔다. 엄마가 고모와 사이가 좋다는 것을 보았기 때문인지, 혹은 그들 자신이 그녀에게서 독특한 매력을 느꼈기 때문인지, 아이들이 흔히 그러듯 먼저 위의 두 아이와 그들을 따라 아래 아이들도 아직 밥을 먹기 전부터 이 낯선 고모에게 달라붙어 좀처럼 곁을 떠나지 않았다.

그리고 그들 사이에는 어느 틈에 최대한 고모 가까이에 자리를 잡는다든지, 그녀의 몸을 만진다든지, 그녀의 조그마한 손을 잡아 흔든다든지, 거기에 입을 맞춘다든지, 그녀의 반지를 장난감으로 삼는다든지, 혹은 그녀의 치마 주름의 장식따라도 만지작거린다든지 하는 놀이 같은 것이 이루어져 있었다.

"자, 자, 아까 앉았던 대로 앉아요." 안나 아르카디예브나는 좀전의 자리에 앉으면서 말했다.

그러나 그리샤가 또다시 그녀의 팔 밑으로 머리를 밀어넣고 그녀의 옷 위에 엇비스듬히 기대어 자랑스럽고 행복한 표정으로 환히 웃었다.

"그래 이번에는 언제 무도회가 있어요?" 그녀가 키티에게 물었다.

"다음주에요, 굉장한 무도회가 될 거예요. 언제 가보아도 즐거운 무도회 중 하나예요."

"언제 가보아도 즐겁다니, 그런 무도회도 있어요?" 안나는 부드럽게 비꼬는 듯한 어조로 말했다.

"그게 좀 이상스럽긴 하지만, 정말로 있어요. 보브리셰프가에선 언제나 즐거워요. 니키틴가에서도 그렇고요. 그러나 메시코프가에선 항상 지루해요. 그렇게 느끼지 않으셨나요?"

"네, 그래요, 나에겐 이제 즐거운 무도회는 없어져버렸죠." 안나는 말했다. 그 순간 키티는 자기에겐 아직 한 번도 열린 적이 없는 특별한 세계가 있다는 것을 그녀의 눈 속에서 보았다. "괴로움과 지루함이 약간 덜한 무도회가 있긴 하지만요……"

"당신 같은 분이 어찌 무도회에서 지루해하실 수 있을까요?"

"어머나, 나라고 무도회에서 지루해하지 않으란 법이 있겠어요?" 안나는 되물었다.

키티는 자신이 그 말에 어떻게 답변할지 안나가 이미 알고 있다고 생각했다.

"그렇지만 당신은 어디서나 가장 아름다우실걸요."

안나는 쉽사리 얼굴이 붉어지는 성격이었다. 그녀는 얼굴을 붉히고 말했다.

"어머나, 그럴 리가 있겠어요. 또 설사 그렇다고 하더라도 그게 나에게 무슨 소용이 있겠어요?"

"이번 무도회에 나오실 거죠?" 키티가 물었다.

"글쎄, 나가지 않을 수 없겠군요. 자, 괜찮으니까 가져." 그녀는 자신의 하얗고 끝이 가느다란 손가락에서 손쉽게 빠질 듯한 반지를 빼내려는 타냐에게 말했다.

"당신이 와주신다면 정말 기쁘겠어요. 무도회에서 꼭 뵙고 싶어요."

"그럼 만약 나가게 되더라도, 그것이 당신을 기쁘게 하는 일이라고 여기면 조금이나마 내겐 위안이 되겠군요…… 그리샤, 그렇게 잡아당기지 마요, 벌써 이렇게 다 풀어졌잖아." 그녀는 그리샤가 만지작거리고 놀던 흐트러진 머리칼 한 가닥을 바로잡으면서 말했다.

"난 당신이 라일락빛 옷을 입고 무도회에 오실 거라고 상상하고 있어요."

"어째서 꼭 라일락빛이라고 못을 박으시죠?" 안나는 미소를 띠면서 물었다. "자, 모두들, 어서 가봐요, 어서들 가요. 들리죠? 미스 헐이 차를 마시라고 부르고 있잖아요." 그녀는 자기 곁에서 아이들을 떼어내 식당으로 보내면서 말했다.

"나는 다 알고 있어요, 당신이 나를 무도회에 나가게 하고 싶어하는 까닭을요. 당신은 이번 무도회에 많은 것을 기대하고 있고, 그래서 모두들 그곳에 나가 함께 어울려주었으면 하고 바라는 거죠."

"어머나 어떻게 알고 계세요? 정말로 그래요."

"아, 당신 나이 땐 정말 행복하지요." 안나는 계속했다. "나도 마치 스위스의 산줄기에 걸려 있는 것 같은 그 하늘빛 안개를 기억하고 있고 또 알고 있어요. 그 안개는 바로 유년 시절이 끝나가는 그 행복한 시기에 온갖 것을 가리고 있죠. 그러나 그 거대하고 즐거운 세계에서 나오면 앞길은 차츰차츰 좁아져요. 겉으론 밝고 아름답게 보이지만, 그 외길로 들어가는 것이 즐겁기도 하고 불안하기도 한…… 누구나 그 길을 지나오기 마련이죠."

키티는 말없이 미소 지었다. '그런데 이분은 그 길을 어떻게 지나왔을까? 난 정말 이분의 로맨스에 대해 다 알고 싶다.' 키티는 그녀의 남편인 알렉세이 알렉산드로비치의 시적이지 않은 용모를 떠올리면서 생각했다.

"나도 조금은 알고 있어요. 스티바가 이야기해주더군요, 정말 축하해요. 그분이라면 나도 정말 맘에 들어요." 안나는 계속했다. "난 벌써 기차역에서 브론스키를 만났어요."

"아아, 그분이 거기 있었어요?" 키티는 갑자기 얼굴을 붉히고 물었다. "스티바가 무어라고 말씀하시던가요?"

"스티바는 이 얘기 저 얘기 다 해주던데요. 나도 그렇게만 되면 정말 좋겠어요. 난 어제 브론스키의 어머님과 같이 기차를 타고 왔어요." 그녀는 계속했다. "어머님은 나에게 줄곧 그분 이야기만 하시더군요. 그분은 아마 어머님의 귀염둥이인 모양이죠. 나도 어머니들이 자식에 대해 얼마나 눈이 어두운지 잘 알지만요, 그래도……"

"어머님께선 당신에게 무슨 말씀을 하시던가요?"

"아아, 여러 가지 이야기였죠! 그분이 어머니의 귀염둥이라는 건 나도 알고 있습니다만, 그래도 그분은 누가 보더라도 역시 훌륭한 기사騎士예요…… 이를테면, 이것도 그분 어머니의 이야기지만, 그분은 재산을 모두 형님에게 넘겨줘버리려고 했고, 또 어렸을 때 범상치 않은 짓을 하기도 했는데 부인네를 물속에서 구한 적도 있었대요. 한마디로, 영웅이죠." 안나는 그가 기차역에서 기부했던 이백 루블에 대해 생각하면서 웃는 얼굴로 말했다.

그러나 그녀는 그 이백 루블에 관해서는 이야기하지 않았다. 어째선지 그 일을 상기하는 것이 그녀에게는 유쾌하지가 않았다. 그녀는 그 일에는 자신과 관계있는, 하지만 그래서는 안 될 무언가가 있다는 것을 느끼고 있었다.

"어머님께선 나더러 꼭 놀러오라고도 말씀하셨고," 안나는 계속했다. "나도 그 노부인을 만나뵙는 게 즐거우니까 내일은 한번 찾아가볼까 해요. 그건 그렇고, 다행히도 스티바는 꽤 오래 돌리의 방에 가 있군요." 안나는 말머리를 돌리면서, 그리고 키티가 보기에는 뭔가 불만에 가득찬 표정으로 일어서면서 덧붙였다.

"아냐, 내가 먼저야! 아냐, 나야!" 차를 마시고 돌아온 아이들이 안나 고모 쪽으로 뛰어오면서 외쳤다.

"다 같이!" 안나는 이렇게 말하고는 그들을 맞으러 웃으면서 뛰어갔고, 기뻐서 끽끽거리며 바둥대는 아이들 무리를 한꺼번에 안아 바닥에 밀어뜨렸다.

21

어른들의 차가 준비되었을 때 돌리는 자기 방에서 나왔다. 스테판 아르카디치는 얼굴을 보이지 않았다. 그는 아내의 방 뒷문으로 나간 게 틀림없었다.

"네가 위층에서 춥지 않을까 걱정이야." 돌리는 안나를 돌아다보면서 말했다. "정말 아래층으로 옮겼으면 좋겠어, 서로 더 가까워질

테고."

"아아, 정말이야, 제발, 내 걱정은 하지 마." 안나는 대답하면서 돌리의 얼굴을 들여다보고 화해가 됐는지 어떤지를 알아내려고 애썼다.

"너에게 여기가 조금 밝을 거야." 올케가 말했다.

"얘기했잖아, 나는 언제 어디서든 마멋처럼 잘 잔다고."

"둘이서 무슨 이야기 하고 있어?" 스테판 아르카디치는 서재에서 나오며 아내를 보고 말했다.

그의 어조에서 키티도 안나도 이내 부부간에 화해가 이루어졌다는 것을 알았다.

"안나의 방을 아래로 옮겨줬으면 하는데, 그러려면 커튼을 갈지 않으면 안 돼. 아무도 손볼 사람이 없으니까 내가 직접 해야 해." 돌리는 그를 돌아보면서 대답했다.

'아니, 이거 깨끗이 화해가 됐는지 어떤지 모르겠군.' 그녀의 쌀쌀하고 침착한 말투를 듣고 안나는 생각했다.

"아, 됐어, 돌리, 그렇게 혼자서 수고하지 않아도 돼." 남편은 말했다. "정 뭣하면 내가 다 할게……"

'그렇지, 역시 화해했군.' 안나는 생각했다.

"그래, 그래, 당신은 뭐든 다 하니까." 돌리가 대답했다. "되지도 않을 일을 하라고 마트베이에게 일러놓고 자기는 휑 나가버리고. 그러면 그 사람은 온통 일만 섞갈리게 해놓고. 난 다 알아." 그녀가 말했을 때 언제나처럼 놀리는 듯한 미소가 입술 양쪽 끝에 떠올랐다.

'됐어, 깨끗이 화해했어, 이제 됐어.' 안나는 생각했다. '정말 다행히도!' 그러고는 자기가 그 동기가 됐음을 기쁘게 여기며 돌리에게 다가가 입을 맞췄다.

"아냐, 전혀 그런 적은 없어. 어째서 당신은 그렇게 나하고 마트베이를 경멸하는 거야?" 스테판 아르카디치는 보일 듯 말 듯 미소를 띠고 아내를 돌아보면서 말했다.

이날 저녁 내내 남편에 대한 돌리의 태도는 언제나처럼 어딘지 짓궂었지만, 그럼에도 스테판 아르카디치는 만족해하고 즐거워했다. 그러나 용서받아서 자신의 죄를 잊어버렸다고 여겨질 만큼 설쳐대지는 않으려 했다.

아홉시 반쯤, 다탁을 둘러싼 오블론스키가의 유달리 즐겁고 유쾌하고 단란한 밤의 담소는 겉으로 보기에는 지극히 단순한 사건에 의해 깨졌는데, 그 단순한 사건이 모두에게는 어째선지 기묘하게 여겨졌다. 페테르부르크의 어느 친지에 대한 얘기를 한창 하고 있을 때 안나가 갑자기 일어섰다.

"그분이라면 내 앨범 속에 있어요." 그녀가 말했다. "이참에 우리 세료자도 보여드릴게요." 그녀는 어머니답게 자랑스러운 미소를 띠고 덧붙였다.

그녀가 보통 아들에게 밤인사를 하거나, 또 무도회에 나가는 날이면 종종 그전에 직접 잠을 재워주려고 방으로 데려가던 열시가 가까워지자, 그녀는 아들과 멀리 떨어져 있는 것이 슬퍼져서 남들이 하는 말도 귓전에 들리지 않고 허전한 생각만 들었다. 그녀의 마음은 멀리 고수머리의 세료자 곁으로 날아가버렸다. 그녀는 아들 사진을 보고 그애의 이야기를 하고 싶었다. 그래서 친지의 이야기가 나온 것을 구실 삼아 자리에서 일어나 경쾌하고 야무진 걸음걸이로 앨범을 가지러 갔다. 위층 그녀의 방으로 가는 층계는 현관의 정면 큰 계단의 층계참에서 갈려나 갔다.

그녀가 객실에서 막 나가려고 할 때, 현관에서 벨이 울렸다.

"아니, 누굴까?" 돌리가 말했다.

"날 데리러 오는 것치고는 이르고, 손님치고는 늦군요." 키티가 토를 달았다.

"틀림없이 사무실에서 서류를 가지고 온 걸 거야." 스테판 아르카디치는 말했다. 안나가 정면 계단 옆을 지날 때 방문객이 있다는 것을 알리려고 하인이 뛰어올라왔고, 방문객 자신은 계단 아래 램프 옆에 서 있었다. 안나는 아래쪽을 힐끗 내려다보고 곧 그가 브론스키임을 알았고, 그러자 기쁨과 공포가 뒤얽힌 일종의 야릇한 감정이 갑자기 그녀의 마음속에 물결쳤다. 그는 외투도 벗지 않은 채 우두커니 서서 뭔가를 호주머니에서 꺼내고 있었다. 그녀가 마침 방으로 가는 층계의 중간쯤 올라갔을 때 그는 눈을 들어 그녀를 보았고, 그러자 그의 얼굴에는 어딘지 수줍어하고 놀란 듯한 빛이 보였다. 그녀는 가볍게 인사를 한 다음 올라갔고, 뒤에서 그에게 들어오라고 하는 스테판 아르카디치의 큰 목소리와, 그것을 사양하고 있는 브론스키의 그리 높지 않은 부드럽고 침착한 목소리가 들려왔다.

안나가 앨범을 가지고 내려왔을 때 그는 이미 그 자리에 없었고 스테판 아르카디치가, 브론스키는 다른 지방에서 이곳에 와 있는 명사들을 위해 내일 베풀기로 한 만찬회에 대해 상의하려고 들렀다는 이야기를 하는 참이었다.

"아무리 말해도 들어오려고 하질 않아. 어쩐지 좀 이상한 친구야." 스테판 아르카디치는 덧붙였다.

키티는 얼굴이 빨갛게 달아올랐다. 그가 이곳에 들른 까닭, 그리고 들어오지 않은 까닭을 알고 있는 것은 자기뿐이라고 생각했던 것이다. '그분은 우리집엘 갔던 거야.' 그녀는 생각했다. '그리고 내가 없으니까 여기에 왔으리라 생각하고 들른 거야. 하지만 늦기도 했고, 안나가 있다는 것을 알고 들어오지 않았던 거야.'

모두 아무 말도 하지 않고 눈을 마주치고는 안나의 앨범을 들여다보기 시작했다.

계획중인 만찬회에 대해 자세히 상의하려고 밤 아홉시 반에 친구를 찾아왔다가 들어오지 않았다는 것은 그리 이상할 것도 대단할 것도 없었다. 그러나 거기 있던 사람들에게는 어쩐지 이상하게만 여겨졌다. 특히 안나에게는 그것이 기묘하고 좋지 않게 여겨졌다.

<h1 style="text-align:center">22</h1>

얼굴에 분을 바르고 붉은 카프탄*을 입은 하인들이 서 있고 갖은 꽃으로 꾸며진, 등불이 눈부신 커다란 층계에 키티가 어머니와 함께 들어섰을 때 무도회가 막 시작되었다. 여기저기 홀에서는 사람들이 움직이는 소리가 마치 벌집 속처럼 단조로운 웅성거림이 되어 들려왔고, 그들이 층계참의 화분 사이에 있는 거울 앞에서 머리며 옷매무새를 고치고

---

* 옷자락이 긴 남자용 상의. 주로 농부들이 입는 외투.

있는 동안 한 홀에서는 첫 왈츠를 연주하기 시작한 오케스트라의 주의 깊은 바이올린 선율이 또렷이 들려왔다. 향수 내음을 짙게 풍기며 다른 거울 앞에서 희끗희끗한 귀밑머리를 매만지고 있던 한 늙은 문관은 층계 위에서 그들과 마주치자 처음 본 키티에게 눈을 팔면서 옆쪽으로 길을 비켜주었다. 셰르바츠키 노공작이 애송이들이라고 부르는 사교계 젊은이 중 한 사람인, 가슴이 깊게 파인 조끼 차림의 수염 없는 젊은이가 하얀 넥타이를 바로잡으면서 걸어와 두 사람에게 인사하고 옆을 지나쳤다가 다시 돌아와 키티에게 카드리유를 추자고 청했다. 첫번째 카드리유는 이미 브론스키와 약속되어 있었기 때문에 그녀는 이 젊은이에게 두번째를 약속했다. 한 군인은 장갑의 단추를 잠그면서 문간에서 길을 비켜주고는 콧수염을 쓰다듬으며 장밋빛으로 빛나는 키티를 황홀하게 바라보았다.

화장에서 머리손질까지 무도회를 위한 모든 준비가 키티에게는 크나큰 노력과 고심을 치르게 한 것이었음에도 불구하고, 장밋빛 페티코트 위에 복잡한 무늬의 망사 드레스를 받쳐입은 그녀는, 마치 이러한 장미꽃 자수 장식이며 레이스며 잘 다듬은 화장이 그녀에게도 그녀의 가족들에게도 전혀 수고를 치르게 하지 않은 것처럼, 마치 그녀가 이 높게 빗어올린 머리 위에 두 개의 잎이 달린 장미꽃을 꽂고 망사와 레이스 속에서 태어나기라도 한 것처럼 자유롭고 가볍게 홀로 들어갔다.

홀 안으로 들어가려던 노공작부인이 접혀 있는 벨트의 리본을 바로잡아주려고 했을 때에도 키티는 가볍게 물리쳤다. 그녀는 자기에게는 무엇이든 있는 그대로가 좋으며 그 편이 오히려 우아할 것이므로 조금도 바로잡을 필요가 없다고 느꼈다.

키티에게 이날은 행복한 날 가운데 하루였다. 옷은 조금도 불편한 데가 없었고, 레이스 띠도 느슨한 데가 없었으며, 장미꽃 장식도 구겨지거나 찢어지거나 하지 않았다. 활처럼 휜 굽 높은 장밋빛 실내화는 발을 죄기는커녕 오히려 편안했다. 금발의 숱 많은 가발은 진짜 머리칼처럼 조그마한 머리에 딱 들어맞았다. 조금도 구김새 없이 그녀의 손을 감싸고 있던 목이 긴 장갑의 단추 세 개도 모두 보기 좋게 잠겨 있었다. 메달이 달린 검은 벨벳 리본은 유달리 부드럽게 목을 감싸고 있었다. 이 벨벳 리본이 얼마나 아름다웠던지, 집에서 거울에 비친 자신의 목을 보았을 때 키티는 마치 이 벨벳 리본이 말을 하는 것처럼 느꼈을 정도였다. 다른 치장에는 아직 뭔가 아쉬운 점이 있을 수도 있었지만, 이 벨벳 리본만은 더할 나위 없이 아름다웠다. 키티는 지금 무도회에 와서도 거울에 그것을 비춰보고 빙그레 웃었다. 맨살을 드러낸 어깨와 팔에서 키티는 대리석 같은 싸늘함을 느꼈는데, 이 느낌이 유달리 좋았다. 두 눈은 빛났고, 자신의 매력을 의식하니 진홍빛 입술은 미소 짓지 않을 수 없었다. 그녀가 미처 홀에 발을 들여놓기도 전에, 그리고 망사며 리본이며 레이스며 꽃으로 장식한 채 무도 신청을 기다리는 부인들의 무리(키티는 아직 한 번도 이런 무리에 끼어본 적이 없었다) 곁에 이르기도 전에 그녀는 여러 사람에게서 왈츠 신청을 받았다. 일류 파트너이자 무도회의 주역이며 유명한 무도 지휘자로, 아내가 있는 의젓한 체격의 미남 사회자 예고루시카 코르순스키도 그녀에게 왈츠를 신청했다. 첫 번째 왈츠를 같이 췄던 바니나 백작부인 곁을 떠나자마자 그는 자기의 영역 안에 있는 사람들, 즉 춤을 추기 시작한 몇 쌍을 돌아보다가 그때 마침 들어온 키티를 발견하고 무도 지휘자 특유의 독특하고 가뿐한 걸음걸이로 그녀 곁으로 달려와 인사하고, 그녀의 의향은 묻지도 않은 채 손을 들어 그녀의 가느다란 허리를 끌어안으려 했다. 그녀가 부채를 건넬 사람을 눈으로 찾자, 이 집의 안주인이 그녀에게 웃어 보이면서 부채를 받았다.

"당신이 알맞은 시간에 오셔서 정말 다행입니다." 그는 그녀의 허리를 안으면서 말했다. "지각하는 것은 좋은 습관이 아니니까요."

그녀는 왼손을 조금 굽혀 그의 어깨 위에 놓았고, 그러자 장밋빛 구두를 신은 예쁘장한 두 발은 음악의 리듬에 맞춰 민첩하고 경쾌하게 미끄러운 쪽매마루 위를 율동적으로 움직이기 시작했다.

"당신하고 왈츠를 추고 있으니 몸이 편안해지는군요." 그는 왈츠의 느릿한 첫 스텝을 내디디면서 말했다. "잘 추시는군요, 정말 가볍고 정확해요." 그는 거의 모든 지인들에게 하던 말을 그녀에게도 했다.

그녀는 그의 찬사에 방긋이 웃고 그의 어깨 너머로 홀 안을 연신 둘러보았다. 그녀는 무도회에 나가면 모든 사람들의 얼굴이 하나의 마술적인 인상으로 한데 녹아들어버릴 만큼 신출내기도 아니었고, 또 모든 사람들의 얼굴을 너무 잘 알아서 흥미가 나지 않을 만큼 무도회에 이골난 처녀도 아니었다. 그녀는 두 경우의 중간에 있었다. 그녀는 흥분했지만, 동시에 주위를 살필 수 있을 정도로 자제심도 있었다. 그녀는 홀의 왼편 구석에 사교계의 꽃들이 모여 있는 것을 보았다. 거기에는 코르순스키의 부인인 미녀 리지가 대담하게 어깨를 드러내놓고 있었고, 이 집의 안주인도 있었고, 사교계의 꽃들이 모이는 곳이라면 어디서나 볼 수 있는 크리빈도 대머리를 번쩍이고 있었다. 젊은이들은 감히 가까이 다가가지 못하고 그쪽만을 바라보고 있었다. 이윽고 그녀는 그곳에서 스티바를 발견했고, 또 검은 벨벳 드레스를 걸친 안나의 아름다운 모습과 머리를 보았다. 그리고 그도 거기에 있었다. 키티는 레빈의 청혼을 거절했던 그 밤 이후로 그를 보지 못했다. 키티는 시력 좋은 눈으로 곧 그를 알아보았고, 그가 자기 쪽을 바라보고 있다는 것까지 알아챘다.

"어떻습니까, 한 곡 더? 아직 지치진 않으셨죠?" 가볍게 헐떡거리면서 코르순스키가 말했다.

"아녜요, 감사합니다만."

"그럼, 어디로 데려다드릴까요?"

"카레니나가 아마 저기에…… 그분 있는 데로 데려다주세요."

"어디든 원하시는 곳으로."

코르순스키는 스텝을 늦추고 "미안합니다, 여러분, 미안합니다, 미안합니다, 여러분" 하면서 홀의 왼쪽 구석에 있는 무리 쪽으로 곧장 왈츠를 추면서 갔다. 그러고는 레이스와 망사와 리본의 물결 사이를 헤치며 깃털 장식 하나 건드리지 않고 움직여나가면서 그녀를 세차게 한번 빵 잡아 돌렸다. 그러자 그 순간 환하게 비치는 양말을 신은 그녀의 화사한 다리가 드러나고 치맛자락이 부채꼴로 확 퍼지면서 크리빈의 무릎을 덮었다. 코르순스키는 꾸벅 절하고 열린 가슴을 반듯이 펴며, 그녀를 다시 안나 아르카디예브나 쪽으로 데려가기 위해 손을 내밀었다. 키티는 빨개진 얼굴로 크리빈의 무릎에서 치마를 걷어내고 약간 어지러움을 느끼며 안나의 모습을 찾아 주위를 두리번거렸다. 안나는 부인들과 남자들에게 둘러싸여 선 채로 이야기를 나누고 있었다. 안나는 키티가 틀림없이 입을 거라고 믿었던 라일락빛 드레스가 아니라 가

승이 깊이 파인 검은 벨벳 드레스를 입고, 끌로 다듬어놓은 해묵은 상아처럼 살집이 탄탄한 어깨며 가슴이며 가느다랗고 귀여운 손목과 통통한 팔을 드러내놓고 있었다. 그 드레스는 온통 베네치아산 레이스로 가장자리 꾸밈이 돼 있었다. 가발을 쓰지 않은 그녀의 머리에는 새카만 머리칼에 팬지꽃의 조그마한 꽃묶음이 얹혀 있었고, 그것과 똑같은 꽃묶음이 하얀 레이스 사이의 검은 리본 벨트 위에도 꽂혀 있었다. 머리 모양도 그다지 눈에 띄지는 않았다. 눈에 띄는 것이라곤 단지 언제나 뒤통수와 관자놀이에 늘어져 그녀를 자유롭게 꾸며주고 있는 갖은 모양의 조그맣고 곱슬곱슬한 머리칼의 고리들뿐이었다. 끌로 깎아 세운 듯한 탄력 있는 목에는 진주목걸이가 걸려 있었다.

키티는 요즘 날마다 안나를 만났고 그녀에게 홀딱 반해버렸으며, 그녀에게 꼭 라일락빛 드레스를 입혀보았으면 하고 공상하고 있었다. 그러나 이렇게 검은 드레스를 걸친 안나를 보자 그녀는 자기가 지금까지 안나의 참된 아름다움을 이해하지 못하고 있었다는 것을 통감했다. 이제야 그녀는 전혀 새롭고 예상치 못한 존재로서 안나를 바라보았다. 이제야 그녀는 안나가 라일락빛 드레스를 입을 수 없었다는 것, 그녀의 아름다움은 바로 그녀가 언제나 치장을 초월한다는 데 있었다는 것, 치장의 흔적이 전혀 드러나지 않는 데 있었다는 것을 이해했다. 화려한 레이스로 장식된 이 검은 드레스도 그녀에게서는 조금도 돋보이지 않았다. 그것은 그저 틀에 지나지 않았고, 돋보이는 것은 오직 단순하고 자연스럽고 우아하며 동시에 쾌활하고 생기 넘치는 그녀 자신뿐이었다.

그녀는 언제나처럼 지나칠 정도로 몸을 반듯이 하고 서 있었고, 키티가 그 무리 쪽으로 다가갔을 때는 살짝 고개를 돌린 채 이 집 주인과 이야기를 나누고 있었다.

"아니에요, 난 돌 같은 걸 던지진 않아요." 그녀는 뭔가에 대해 그에게 대답했다. "무슨 일인지 잘 모르지만 말예요." 그녀는 어깨를 으쓱하면서 말을 덧붙이고는 곧 감싸는 듯한 부드러운 미소를 띠며 키티 쪽으로 얼굴을 돌렸다. 여자다운 민첩한 시선으로 흘낏 키티의 몸치장을 훑어보고 그녀는 거의 눈에 띄지 않게, 그러나 키티만은 이해할 수 있게 그녀의 몸치장과 아름다움을 칭찬하는 고갯짓을 해 보였다. "당신은 홀에도 춤을 추면서 들어오는군요." 그녀는 덧붙였다.

"이분은 나의 충실한 보조자들 중 한 분입니다." 코르순스키는 초면인 안나 아르카디예브나에게 인사하면서 말했다. "공작영애는 언제나 무도회를 즐겁고 아름답게 만드시는 분이랍니다. 안나 아르카디예브나, 왈츠 한 곡만." 그는 허리를 굽히면서 말했다.

"아니, 당신들 서로 알고 계셨던가요?" 집주인은 물었다.

"우리가 모르는 분이 누가 있습니까? 게다가 나하고 집사람은 흰 늑대처럼 눈에 띄죠. 모두들 우리를 알고 있으니까요." 코르순스키는 대답했다. "왈츠나 한 곡, 안나 아르카디예브나."

"난 될 수 있는 한 춤을 추지 않으려 해요." 그녀가 말했다.

"그렇지만 오늘만은 안 되겠는데요." 코르순스키는 대꾸했다.

그때 브론스키가 다가왔다.

"네, 그래요. 정 그러시다면, 추실까요." 그녀는 브론스키의 인사를 알아채지 못한 것처럼 이렇게 말하고 얼른 한 손을 코르순스키의 어깨에 올려놓았다.

'어째서 저분은 이이를 못마땅해하실까?' 키티는 안나가 일부러 브론스키의 인사를 받지 않은 것을 알아채고 이렇게 생각했다. 브론스키는 키티에게 첫번째 카드리유를 상기시키고, 요즘 그녀를 통 보지 못해 유감이라고 말하며 그녀에게 다가왔다. 키티는 왈츠를 추는 안나를 넋을 놓고 바라보면서 그의 말을 듣고 있었다. 그녀는 자기에게 왈츠를 청해주기를 기다렸으나 그는 청하지 않았고, 그녀는 당황스러운 얼굴로 그를 쳐다보았다. 그는 얼굴을 붉히고 허둥지둥 왈츠를 청했으나, 그가 그녀의 가는 허리에 팔을 돌리고 막 첫발을 내디뎠을 때 갑자기 음악이 뚝 그쳐버렸다. 키티는 바로 자기 눈앞에 있는 그의 얼굴을 찬찬히 바라보았다. 그리고 이 응시, 그녀가 사랑에 가득찬 마음으로 바라보았지만 그에게서 아무런 응답도 받지 못했던 이 응시는 그뒤에도 오랫동안, 몇 해 뒤까지도 괴로운 치욕으로 그녀의 심장을 갈기갈기 찢어놓았다.

"미안합니다, 미안합니다! 왈츠, 왈츠!" 홀 건너편에서 코르순스키가 소리치고는 맨 처음 손에 잡힌 아가씨를 붙잡고 자신이 먼저 추기 시작했다.

23

브론스키는 키티와 왈츠를 몇 차례 추었다. 왈츠가 끝난 뒤 키티가 어머니 옆으로 가서 노르드스톤과 겨우 두어 마디 얘기했을 때, 브론스키가 첫번째 카드리유를 추기 위해 그녀를 데리러 왔다. 카드리유를 추는 동안에도 별다른 의미 있는 말은 하지 않았다. 그저 마흔 살 먹은 귀여운 아이들이라고 브론스키가 아주 유쾌하게 표현한 코르순스키 내외에 대해, 그리고 머지않아 생길 대중극장*에 대해 띄엄띄엄 얘기가 오갔을 뿐이었고, 꼭 한 번 그가 레빈에 대한 얘기를 꺼내며 여기에 와 있는지를 묻고 자기는 레빈이 매우 마음에 들었다고 덧붙였을 때, 대화는 처음으로 그녀를 자극했다. 그러나 키티도 카드리유에는 그다지 큰 기대를 걸고 있지 않았다. 그녀는 심장이 조이는 듯한 기분으로 마주르카를 기다렸다. 그녀는 마주르카를 추는 동안 틀림없이 모든 것이 결정되리라고 생각했다. 카드리유를 추는 동안 브론스키는 그녀에게 마주르카를 청하지 않았지만, 그것이 특별히 마음에 걸리지는 않았다. 그녀는 이전의 무도회에서 그랬던 것처럼 오늘밤도 역시 그와 마주르카를 추게 되리라 믿고 있었으며, 그래서 선약이 있다며 다섯 명에게 마주르카를 거절했다. 마지막 카드리유까지의 무도는 어느 것이나 키티에게는 그저 환희에 찬 색채와 음향과 율동의 마술적인 꿈속 같았다. 그녀는 너무나 지쳤다고 느꼈을 때에만 춤을 그치고 휴식을 청했다. 그러나 거절할 수 없어서 어느 지루한 젊은이와 마지막 카드리유를 추고 있을 때, 그녀는 우연히 브론스키와 안나를 *마주보고* 추게 됐다.

---

* 대중극장은 1873년 모스크바에서 문을 열었다. 이 새로운 시도는 수도와 극장을 독점으로부터 해방시키는 첫걸음으로 받아들여졌다. 그전까지 수도의 무대는 모두 황실 극장관리국의 지배하에 있었다. 그러나 새 극장은 그 명칭과 사명에 부응하지 못했다. "대중극장이란 도대체 무엇인가"라고 『목소리』의 시평 담당자는 썼다. "값싼 입장권으로 누구나 입장할 수 있는 오락 장소다. 그런데도 모스크바 대중극장에는 비교적 높은 값을 치를 수 있는 사람들만이 들어갈 수 있었다. 그것은 민중들은 가까이 갈 수 없는 곳이었다."(『목소리』, 1873, 163호)

그녀는 이곳에 도착했을 때 잠깐 안나를 만났을 뿐 그뒤로는 마주치지 않는데, 갑자기 여기서 또다시 전혀 새로운, 뜻밖의 여자가 돼 있는 그녀를 보았다. 그녀는 안나에게서 그녀 자신도 경험한 성공에서 오는 흥분의 빛을 발견했다. 그녀는 또 안나가 스스로 불러일으킨 매혹의 포도주에 도취되어 있는 것을 보았다. 그녀는 이 감정과 이 조짐을 알고 있었고, 그것을 지금 안나에게서 보았다. 그녀는 그 눈 속에서 떨리며 불타오르는 광채를, 저도 모르게 입술이 벌어지게 하는 행복과 흥분의 미소를, 그 동작에 나타나는 한층 또렷한 우아함과 확실함과 경쾌함을 본 것이다.

'상대는 누굴까?' 그녀는 자문해보았다. '모든 사람일까, 한 사람일까?' 그녀는 함께 춤을 추고 있는 젊은이가 놓쳐버린 이야기의 실마리를 찾아내지 못해 괴로워하는 것을 도우려고도 하지 않고, 사람들을 모두 *큰 원*으로 만들기도 하고 *사슬*로 잇기도 하는 코르순스키의 신바람난 구령에 겉으로는 즐겁게 따르면서도 이 관찰을 게을리하지는 않았는데, 그녀의 마음은 차츰 괴로움을 더하며 오그라들었다. '아냐, 그녀를 취하게 하고 있는 것은 여러 사람들의 찬사가 아니라 단 한 사람의 찬사다. 그리고 그 한 사람은, 설마 그이가?' 그가 안나에게 이야기할 때마다 안나의 눈에는 기쁨의 섬광이 불타올랐고, 행복한 미소가 그 진홍빛 입술을 일그러뜨렸다. 그녀는 마치 그러한 태도로 마음속 환희의 징후를 밖으로 나타내지 않으려 애쓰고 있는 듯했지만, 그것들은 저절로 그녀의 얼굴에 나타났다. '그러면 그이는 어떨까?' 키티는 그의 얼굴을 바라보고는 등골이 오싹해지는 공포에 사로잡혔다. 키티는 안나의 얼굴이라는 거울에서 똑똑히 보았던 그것을 그에게서도 발견했다.

언제나 침착하고 의연한 태도며 태연자약한 표정은 어디로 숨어버린 것일까? 아니, 그뿐만이 아니라 그는 이제 안나 쪽을 향할 때마다 마치 그녀 앞에 무릎을 꿇기라도 하려는 것처럼 약간씩 머리를 숙였고, 그의 눈동자에는 오직 공손과 두려움의 표정만이 담겨 있었다. '난 당신을 모욕하고 싶지 않습니다.' 그의 눈동자는 번번이 이렇게 말하고 있는 듯했다. '하지만 나를 구하고 싶은데, 어떻게 해야 할지 모르겠습니다.' 그의 얼굴에는 키티가 이제껏 한 번도 본 적이 없는 표정이 떠올라 있었다.

그들은 공통의 친지에 대해 이야기하기도 하고 극히 쓸데없는 얘기들을 나누기도 했지만, 키티에게는 그들이 주고받는 한마디 한마디가 그들과 자신의 운명을 결정짓는 것처럼 느껴졌다. 더욱 기이한 것은 그들이 실제로 이반 이바노비치의 프랑스어가 우습다든지, 옐레츠카야는 더 좋은 배필을 찾을 수도 있었을 것이라든지 따위를 얘기하고 있었지만, 그러한 이야기들이 그들에게는 뭔가 의미를 지니고 있었고 그들도 키티와 마찬가지로 서로 그것을 느끼고 있었던 것이다. 온 무도회가, 온 사교계가, 모든 것이 키티의 마음속에서는 어렴풋한 안개로 싸여버렸다. 다만 그녀가 받아온 엄격한 교육의 힘만이 그녀를 받쳐줬고 그녀에게 요구되는 것, 즉 춤을 추고 질문에 답하고 심지어 웃는 얼굴을 보일 것을 그녀에게 강요하고 있었다. 그러나 마주르카가 시작되기에 앞서 의자가 배치되기 시작하고 몇 쌍의 사람들이 작은 홀에서 큰 홀로 옮겨갔을 때, 키티에게는 완전한 절망과 공포의 순간이 다가왔다. 그녀는 다섯 명의 신청을 거절한 터라 지금은 같이 마주르카를 출 상대가 없었다. 더구나 이제는 누구에게 신청을 받을 수 있다는 희망마저 없었다. 그녀가 사교계에서 거둔 성공이 너무나 눈부셨기 때문에, 누구도 그녀가 지금까지 신청자 없이 있을 거라고는 생각할 수 없었던 것이다. 이렇게 된 이상 어머니에게 몸이 불편하다고 얘기하고 집으로 돌아가버리는 것이 상책이었지만, 그녀에게는 그럴 기력도 없었다. 그녀는 그저 기진맥진한 자신을 느낄 뿐이었다.

그녀는 작은 객실 안쪽으로 가서 안락의자에 몸을 파묻었다. 공기처럼 부푼 치마는 그녀의 가냘픈 자태 주위로 구름처럼 피어올랐다. 처녀답게 보드라운 맨살이 드러난 가느다란 한쪽 팔은 힘없이 처져 장밋빛 튜닉의 주름 속에 가라앉고, 다른 한 손은 부채를 들어 날렵하고 짧은 동작으로 달아오른 얼굴을 부쳤다. 그러나 이제 막 풀잎에 매달렸다가 금방 또 날아올라 무지갯빛 날개를 펼치려는 나비 같은 모습과는 반대로, 그녀의 마음은 무서운 절망감으로 죄어들고 있었다.

'어쩌면 내가 잘못 생각했는지도 몰라. 그런 게 아니었을지도 모르잖아?' 그녀는 목격한 모든 장면을 다시금 생각해보았다.

"키티, 어머나 이게 어떻게 된 일이야?" 노르드스톤 백작부인이 소리도 없이 그녀 곁으로 다가와서 물었다. "난 정말 이해가 가지 않아."

키티의 아랫입술이 바르르 떨렸다. 그녀는 벌떡 일어났다.

"키티, 마주르카 안 춰?"

"아냐, 아냐." 키티는 울음 섞인 목소리로 말했다.

"그가 내 앞에서 그녀에게 마주르카를 청했지 뭐야." 노르드스톤 백작부인은 그와 그녀가 누구인지를 키티가 알 거라고 생각하고 말했다. "그녀가 이렇게 말하더군. '그럼 당신은 셰르바츠카야 공작영애하곤 추지 않으세요?'"

"아, 난 아무래도 괜찮아." 키티는 대답했다.

그녀 자신을 빼놓고는 그녀의 처지를 이해할 사람은 아무도 없었다. 그녀가 이미 어쩌면 자기 쪽에서도 사랑하고 있을지 모르는 사람의 구혼을 거절했다는 것, 그것도 다른 남자를 믿고 있었기 때문에 거절했다는 것을 알고 있는 사람은 아무도 없었다.

노르드스톤 백작부인은 자신과 마주르카를 추었던 코르순스키를 찾아 키티의 상대를 해주도록 부탁했다.

키티는 첫번째 쌍에 들어가서 췄고, 다행히도 파트너인 코르순스키는 지휘자 역으로 줄곧 분주했기 때문에 그녀는 입을 열 필요가 없었다. 브론스키와 안나는 거의 그녀와 반대편에 자리를 차지하고 있었다. 그녀는 그 시력 좋은 눈으로 그들을 보고 있었고, 또 쌍과 쌍이 뒤섞일 때에는 가까이에서도 보았다. 그리고 그들을 보면 볼수록 그녀는 차츰 자신의 불행이 확실해지고 있음을 확인했다. 그녀는 그들이 이렇게 사람들로 가득찬 홀에 있으면서도 자기들밖에 없는 것같이 느끼고 있음을 알았다. 그리고 언제나 그토록 의연하고 듬직하던 브론스키의 얼굴에 아까 그녀를 자극했던, 영리한 개가 나쁜 짓을 저질렀을 때 짓는 것 같은 당황과 순종의 표정이 떠올라 있는 것을 보았다.

안나가 미소를 지으면 그 미소는 그에게로 옮아갔다. 그녀가 생각에 잠기면 그도 진지해졌다. 그 어떤 초자연적인 힘이 키티의 눈을 끊임없이 안나의 얼굴로 이끌었다. 단순한 검은 드레스를 걸친 안나의 모습은 정말 매력적이었다. 팔찌가 반짝이는 포동포동한 팔이 아름다웠고, 진주목걸이를 건 우아한 목이 아름다웠고, 머리단장이 헝클어져 물결치는 머리칼이 아름다웠고, 조그마한 발과 손의 우아하고 경쾌한 동작이 아름다웠고, 생기를 띤 해사한 얼굴이 아름다웠다. 그러나 그녀의 이러한 매력 속에는 뭔가 무섭고 잔인한 것이 있었다.

키티는 이전보다 한층 더 그녀의 아름다움에 마음을 빼앗겼고, 더욱더 괴로움에 빠졌다. 키티는 짓밟힌 듯한 기분을 느꼈고, 그녀의 얼굴은 그것을 역력히 드러냈다. 브론스키는 마주르카가 한창인 때 그녀와 마주쳤으나 언뜻 그녀를 알아보지 못했다. 그만큼 그녀는 달라져 있었다.

"훌륭한 무도회군요!" 그는 그저 뭔가를 이야기하기 위해 그녀에게 말했다.

"네." 그녀가 대답했다.

마주르카의 중반부쯤에 코르순스키가 새로 고안한 복잡한 대열을 이루어 움직이면서, 안나는 원의 중앙으로 나아가 두 남자를 붙들고 어느 부인과 키티를 자기 옆으로 가까이 불러들였다. 키티는 당황한 얼굴로 그녀를 바라보면서 옆으로 다가갔다. 안나는 살짝 눈썹을 찌푸리며 그녀를 바라보았으나 바로 그 손을 쥐고 미소를 띠었다. 그러나 그녀의 미소에 키티의 얼굴이 절망과 놀라움의 표정만으로 답하자, 그녀는 키티에게서 눈을 돌려 다른 부인과 즐겁게 얘기하기 시작했다.

'그래, 그녀 속에는 뭔가 기괴하고 악마적이고 사람을 끌어들이는 것이 있어.' 키티는 혼잣말을 했다.

안나는 만찬에 남고 싶어하지 않았지만, 집주인이 그녀를 붙들려고 했다.

"그런 말씀 마세요, 안나 아르카디예브나." 코르순스키는 맨살을 드러낸 그녀의 팔을 자기의 연미복 소매 아래로 끌어당기면서 말했다.

"저에게 지금 훌륭한 코틸리용* 아이디어가 있습니다! 훌륭한 겁니다!"

그는 그녀를 끌고 가려 애쓰면서 조금씩 몸을 움직였다. 집주인도 그것을 권하는 뜻으로 웃고 있었다.

"아녜요, 전 남아 있을 수 없어요." 안나는 웃으면서 대답했다. 그러나 웃는 얼굴에도 불구하고 그녀의 단호한 어조에서 코르순스키도 집주인도 안나가 남지 않으리라는 것을 알았다.

"아녜요, 정말이지 모스크바에선 댁의 무도회만으로도 페테르부르크에서 겨울 내내 춘 것보다도 더 많은 춤을 추었어요." 그녀는 옆에 서 있던 브론스키를 돌아보면서 말했다. "떠나기 전에 좀 쉬어야 해요."

"그럼 내일 바로 떠나시는 겁니까?" 브론스키가 물었다.

"네, 그럴 생각이에요." 안나는 마치 그의 대담한 질문에 놀란 듯한 어조로 대답했다. 그러나 그렇게 대답했을 때 억제할 수 없이 떨리던 그녀의 눈과 미소의 반짝임이 그의 마음을 불살랐다.

안나 아르카디예브나는 만찬에 남지 않고 돌아가버렸다.

24

'그렇다, 나에게는 뭔가 사람들이 싫어하는, 멀어지게 만드는 것이 있다.' 레빈은 셰르바츠키가를 나와 형의 거처로 발걸음을 돌리면서 생각했다. '그리고 난 다른 사람들에게 붙임성이 없다. 사람들은 나더러

---

* 마주르카, 왈츠, 폴카를 섞어서 추는 카드리유.

오만하다고들 말하지만 그렇지 않다, 나에게는 오만조차도 없다. 만약 오만이라도 있었다면 나는 아마 스스로를 이런 입장에 놓이게 하지는 않았을 것이다.' 그는 자기가 오늘밤 빠졌던 것과 같은 끔찍한 입장에는 한 번도 떨어져본 적이 없었을 브론스키를, 행복해 보이고 선량하고 총명하고 침착한 그의 풍모를 떠올려보았다. '그녀가 그 사람을 고른 것은 당연하다. 그렇게 될 수밖에 없는 일이었으니 나는 누구에게도 무엇에도 불평할 수 없다. 나쁜 것은 나 자신이다. 도대체 난 무슨 권리로 그녀가 일생을 나와 맺고 싶어한다고 생각한 걸까? 대체 나는 누군가? 난 뭔가? 어떤 사람에게도 쓸데없는, 누구에게도 소용없는 하잘것없는 인간이 아닌가.' 이런 생각이 들자 그는 니콜라이 형을 떠올리고 기쁘게 형에 대한 회상 속으로 빠져들었다. 형은 '이 세상에 있는 것은 모두 추악하고 천박하다고 말했는데 그게 옳은 얘기가 아닐까? 그리고 니콜라이 형에 대해 비판하고 비판했던 것이 과연 정당하다고 말할 수 있을까? 물론 다 해진 모피 외투 차림에 잔뜩 술에 취한 그를 눈앞에서 본 프로코피의 입장에서는 경멸해야 할 인간임이 틀림없다. 그러나 나는 형의 다른 면을 안다. 나는 형의 본심을 알고, 나와 형이 닮았다는 것도 안다. 그런데 나는 그를 찾으러 가는 대신에 식사를 하러 나왔다가 여기로 오고 말았다.' 레빈은 가로등 밑으로 가서 지갑 속에 넣어뒀던 형의 주소를 훑어보고는 삯마차를 불렀다. 형의 거처까지 가는 긴 시간 동안 레빈은 니콜라이 형의 삶에서 자기가 알고 있는 모든 사건을 생생하게 되새겨보았다. 그는 형이 대학에 다니는 동안과 졸업 후의 일 년 동안 친구들의 조소에도 아랑곳하지 않고 종교상의 모든 의식, 예배, 단식을 실행했으며 일체의 쾌락, 특히 여자를 멀리하고 수사

같은 생활을 했던 것을 상기했다. 그러다가는 돌연 탈선하여 지극히 비천한 사람들과 접촉하더니 지극히 방종한 방탕의 세계로 떨어져버리고 말았다. 다음에 그는 형이 직접 가르치려고 어린애 하나를 시골에서 데리고 나왔다가 갑자기 발끈한 나머지 너무 지나치게 때려 불구로 만들었다는 혐의를 받고 재판까지 이르렀던 사건을 상기했다. 그는 형이 노름에 져서 어음을 주었으면서도 나중에 가서는 상대방이 자기를 속였다는 증거를 내세워 자기 쪽에서 고소를 제기했던 어느 사기꾼과의 사건에 대해서도 생각해냈다(세르게이 이바니치가 갚아준 것이 바로 이 어음이었다). 그는 또 형이 폭행 혐의로 유치장에서 하룻밤을 새웠던 일을 떠올렸다. 그리고 또 형이 맏형인 세르게이 이바니치를 상대로 어머니의 유산 분배를 이행하지 않았다며 제기한 수치스러운 소송 사건의 전말과, 그뒤 서부지방으로 출장 나갔다가 그곳의 원로인 자를 구타하고 재판에 회부됐던 가장 최근의 사건도 생각해냈…… 이러한 일들은 모두 끔찍하고 혐오스러웠지만, 레빈은 그런 일들마저 니콜라이를 모르는 사람들, 그의 과거와 그의 마음을 모르는 사람들이 생각하듯 그렇게까지 끔찍한 것이라고는 여기지 않았다.

레빈은 니콜라이가 신앙심이 깊고 단식과 수도, 교회의 예배에 열심이었을 때, 계율을 좇아 자신의 음탕한 성정에 대한 구원과 고삐를 종교에서 구하고 있었을 때 누구 하나 그를 도왔던 자가 없었을 뿐 아니라 모두가, 심지어 레빈 자신까지도 그를 비웃었던 것을 상기했다. 사람들은 그를 괴롭혔고 노아니 수사니 하고 놀려댔다. 그러다가 그가 막상 탈선했을 때에는 누구 한 사람 그를 구출하려 들지 않았고 모두들 공포와 혐오를 느끼며 그에게서 등을 돌렸다.

니콜라이 형의 삶은 추악으로 가득차 있었지만 그의 영혼은, 그 영혼의 가장 깊은 곳은 그를 경멸하는 사람들에 비해 결코 악하지 않다는 것을 레빈은 느끼고 있었다. 그가 억누를 수 없는 성정과 뭔가에 짓눌린 지성을 가지고 태어난 것은 결코 그의 죄가 아니었다. 더구나 그는 언제나 좋은 사람이 되고 싶어했다. '오늘밤엔 형에게 모두 이야기해버려야겠다. 그리고 형도 모든 것을 얘기하게 해야겠다. 내가 형을 사랑하고 있다는 것을, 그래서 잘 이해하고 있다는 것을 보여줘야겠다.' 레빈은 마음속으로 다짐하면서 열한시가 넘어서야 주소에 표시된 호텔에 도착했다.

"위층 십이호와 십삼호입니다." 문지기가 레빈의 물음에 대답했다.

"계시나?"

"계실 겁니다."

십이호실의 문은 반쯤 열려 있었는데, 거기서 새어나오는 등불의 빛줄기 속에는 질나쁜 싸구려 담배 연기가 짙게 흘러나오고 레빈에게는 귀에 선 목소리가 들려왔다. 그러나 그는 곧 형이 거기 있다는 것을 알았다. 형의 기침소리를 들었던 것이다.

그가 문으로 들어섰을 때 낯선 목소리는 이렇게 말하고 있었다.

"모든 것은 그 일이 얼마만큼 교묘하게 의식적으로 행해지느냐에 달려 있어요."

콘스탄틴 레빈은 방안을 들여다보고서 반외투를 걸친 채 지껄이고 있는 큼직한 모자라도 쓴 듯 머리털이 북실북실한 젊은 남자와, 깃도 소맷부리도 없는 모직물 옷을 입고 소파에 앉아 있는 살짝 얽은 얼굴의 젊은 여자를 보았다. 형의 모습은 보이지 않았다. 이렇게 낯선 사람들 속에서 형이 살고 있다고 생각하자 콘스탄틴의 마음은 죄어드는 듯했다. 아무도 그의 발소리를 듣지 못했고, 콘스탄틴은 덧신을 벗으면서 반외투를 걸친 남자의 말에 귀를 기울였다. 그는 어떤 계획에 대해 이야기하고 있었다.

"흥, 빌어먹을 특권계급 놈들 같으니라고." 기침 섞인 형의 목소리가 들려왔다. "이봐 마샤*, 우리 저녁 준비해줘, 그리고 혹 남았으면 포도주도 주고, 없으면 가서 사와."

여자는 일어서서 칸막이 너머로 나와 콘스탄틴을 보았다.

"어떤 나리께서 오셨는데요, 니콜라이 드미트리치." 그녀가 말했다.

"누굴 찾아온 거야?" 니콜라이 레빈의 목소리가 퉁명스럽게 말했다.

"납니다." 밝은 곳으로 나가면서 콘스탄틴 레빈은 대답했다.

"나가 누구야?" 한층 더 볼멘 목소리로 니콜라이는 되풀이했다. 그러고는 그가 냉큼 일어서는 통에 뭔가에 걸린 듯한 소리가 들렸다. 레빈은 문간에서 자기 눈앞에 나타난 낯익은 형의 모습을, 그 거칢과 쇠약함으로 사람의 마음을 찌르는 형의 퀭하고 놀란 듯한 눈과 바싹 야윈 구부정한 모습을 보았다.

그는 삼 년 전, 콘스탄틴 레빈이 마지막으로 보았을 때보다 더욱 수척해져 있었다. 그는 짧은 프록코트를 입고 있었다. 손과 튼튼한 골격이 한층 더 크게 보였다. 머리숱은 줄었고, 예나 다름없이 뻣뻣한 콧수염은 입술을 덮었으며, 예나 다름없는 눈은 수상쩍게, 그리고 순진하게 들어오는 사람을 지켜보고 있었다.

---

* 마리야의 애칭.

"아, 코스탸*!" 동생임을 알아챈 그는 불쑥 외쳤고, 그의 눈은 환희로 빛났다. 그러나 순간 그는 무심코 젊은 사내를 돌아보고 마치 넥타이가 죄기라도 하듯 머리와 목을 경련적으로 움직였는데, 콘스탄틴에게는 낯익은 동작이었다. 그러자 지금까지와는 전혀 다른, 기괴하고 잔인하고 괴로운 듯한 표정이 그의 초췌한 얼굴 위에 굳어졌다.

"당신한테도 세르게이 이바니치에게도 편지를 적어 보냈을 텐데. 난 당신들을 모른다, 또 알고 싶지도 않다고. 너는, 아니 당신은 무슨 볼일로 오신게요?"

그는 콘스탄틴이 상상한 것과는 전혀 다른 사람이 돼 있었다. 콘스탄틴 레빈은 형을 생각할 때마다 형의 성격에서 가장 까다롭고 나쁜 점, 즉 다른 사람들과의 관계를 원활하게 꾸려나가지 못하는 점을 곧잘 잊어버리곤 했다. 그러나 지금 형의 얼굴을, 특히 이 경련적인 머리 동작을 눈앞에서 보자 그는 불시에 그러한 것들이 모두 생각났다.

"무슨 볼일이 있어서 온 것은 아니야." 그는 소심하게 대답했다. "난 그저 형을 만나고 싶어서 왔어."

동생의 소심한 태도가 분명 니콜라이의 마음을 누그러뜨린 듯했다. 그는 입술을 실룩거렸다.

"아, 그래?" 그는 말했다. "자, 그럼 들어와 앉아. 그래 저녁은 들었나? 이봐 마샤, 세 사람 분을 가져와. 아니, 가만있어. 너 아니, 이 사람이 누군지?" 그는 반외투를 걸친 사내를 가리키면서 동생에게 말했다. "이분은 크리츠키라고 해, 키예프에 있을 때부터 친군데 아주 놀라운 인물이

---

* 콘스탄틴의 애칭.

168

야. 물론 경찰이 미행하고 있지만, 그건 이 사람이 일개 비열한이 아니란 증거겠지."

그는 자신의 버릇대로 방안에 있는 모두를 돌아보았다. 그러다 문간에 서 있던 여자가 막 밖으로 나가려는 것을 보고 그녀에게 외쳤다. "가만있으라고 했잖아." 그러고는 모두를 돌아보면서 콘스탄틴이 잘 알고 있는 그 갈팡질팡하고 두서없는 말솜씨로 크리츠키의 경력을 동생에게 이야기하기 시작했다. 그가 가난한 학생들을 위해 구제조합이며 일요학교*를 세웠다가 대학에서 쫓겨났다는 것이며 그뒤 초등학교에 교사로 고용됐다는 것, 거기서도 마찬가지로 면직이 되고 이후에 또 무슨 일인가로 처벌을 당했던 것 등등을.

"그러니까 당신은 키예프대학에 다니셨나요?" 콘스탄틴 레빈은 형의 얘기에 뒤따른 거북스러운 침묵을 깨기 위해 크리츠키에게 말을 건넸다.

"네, 키예프대학에 다녔습니다." 크리츠키는 얼굴을 찌푸리며 볼멘소리로 말했다.

"그리고 이 여자는 말야," 여자를 가리키면서 니콜라이 레빈이 그의 말을 가로막았다. "내 인생의 반려자, 마리야 니콜라예브나라고 해. 내가 어느 집에서 끌어내줬지." 이렇게 말하면서 그는 목을 실룩거렸다. "그러나 난 이 여자를 사랑하고 또 존경하지. 그러니까 나와 알고 지내

---

* 일요학교는 공장 노동자들을 위해 세워졌다. 그래서 1870년대의 혁명가들은 '브나로드' 운동의 하나로 일요학교 운동을 펼쳤다. 1874년 법무장관 K. N. 팔렌 백작은 알렉산드르 2세에게 「러시아에서 혁명 선전활동의 성공」이라는 보고서를 올렸다. 일요학교는 엄중한 감시하에 놓였고, 많은 대학생들이 이 활동에 참여했다는 이유로 제적당했다.

고 싶어하는 사람들도 모두," 그는 목소리를 높이고 얼굴을 찌푸리면서 덧붙였다. "이 여자를 사랑하고 존경해줬으면 해. 이 사람은 내 마누라 나 다름없어, 다름없고말고. 자, 이만하면 너도 대충 형편은 알겠지. 그 런데 만약에라도 말이야, 그래서 네 체면이 깎인다든가 하는 생각이 들 면, 일은 간단해, 거기 문이 있으니까 말이지."

그의 눈은 또다시 의심쩍게 모든 사람의 얼굴을 돌아보았다.

"어째서 내 체면이 깎이는지, 이해가 안 되는걸."

"그럼 됐어. 마샤, 저녁이나 가져와. 세 사람분으로. 보드카하고 포도 주도…… 아냐, 가만있어…… 아냐, 됐어 됐어…… 어서 가."

25

"그게 말이야." 니콜라이 레빈은 이마에 주름을 잡기도 하고 눈썹을 실룩거리기도 하면서 열을 내어 계속했다. 그는 무슨 이야기를 해야 할 지, 무슨 일을 해야 할지 생각하기가 힘든 것 같아 보였다. "바로 저건 데 말야……" 그는 방안의 한쪽 구석에 노끈으로 묶여 있는 철근 뭉치 를 가리켰다. "알겠나? 저게 우리가 착수한 새로운 사업의 기초란 말야. 그 사업이라는 게 말하자면 생산협동조합이야……"

콘스탄틴은 거의 듣고 있지 않았다. 그는 폐병을 앓는 듯 병약한 형 의 얼굴을 바라보고 있자니 차츰 가여운 생각이 들어, 가만히 앉아 협 동조합에 대한 형의 설명을 듣고 있을 경황이 없었다. 그는 협동조합이 라든지 하는 것은 형에게 단지 자기멸시에서 빠져나오기 위한 닻에 지나지 않는다는 것을 알 수 있었다. 니콜라이 레빈은 말을 계속했다.

"너도 알겠지만, 자본은 노동자를 압박하고 있어. 우리 나라의 노동자와 농민은 모두 노동이라는 무거운 짐을 짊어지고 있는데다 아무리 뼈가 녹아나게 일을 해도 그 가축 같은 상태에서 빠져나갈 수가 없게 돼 있어. 사실 노동으로 인한 모든 수익은 그들이 처지를 개선하고 자기들을 위해 여가를 얻고, 그 결과로 교육도 받는 데 쓰여야 해. 하지만 그런 이윤이 모조리 자본가들에게 수탈당하고 있지 않느냐. 이처럼 오늘날의 사회는 그들이 일을 하면 할수록 상인들이나 지주들의 배는 살찌지만 그들 자신은 영구히 노동하는 가축으로 지내는 제도로 형성되어버렸단 말이야. 그래서 이런 제도를 개혁하지 않으면 안 된단 말이지." 그는 말을 맺고 의심쩍게 동생의 얼굴을 바라보았다.

"그렇죠, 물론입니다." 콘스탄틴은 형의 툭 불거진 광대뼈 밑으로 드러난 병적인 홍조를 바라보면서 말했다.

"그래서 우리는 지금 이렇게 철공鐵工협동조합을 조직하고 있어. 거기에서는 제작품도 이득도 주요한 제작기계도 모두 공동소유가 되는 셈이야."

"그럼 그 협동조합은 어디에 둘 건데?" 콘스탄틴 레빈은 물었다.

"카잔현의 보즈드레마 마을에."

"왜 하필이면 마을에 두려 하지? 그런 일을 하지 않아도 마을엔 얼마든지 많은 일이 있잖아. 무엇 때문에 마을에다가 철공협동조합 같은 걸 두는 거야?"

"왜냐고? 농부들은 지금도 여전히 옛날과 다름없이 노예 상태로 있는데도, 너나 세르게이 이바니치는 그들이 그런 노예 상태에서 구출되는 것을 좋아하지 않기 때문이지." 니콜라이 레빈은 동생의 반문에 발끈하면서 말했다.

콘스탄틴 레빈은 이때 음침하고 더러운 방을 둘러보면서 저도 모르게 한숨을 쉬었다. 그 한숨이 니콜라이를 더욱더 성나게 한 모양이었다.

"난 너나 세르게이 이바니치의 귀족적인 견해를 잘 알지. 더욱이 그가 현재의 악습을 변호하기 위해서 온갖 꾀를 짜내고 있다는 것도."

"아니, 무엇 때문에 형은 또 세르게이 이바니치 얘길 끄집어내는 거야?" 레빈은 웃으면서 말했다.

"세르게이 이바니치? 무엇 때문이냐고!" 니콜라이 레빈은 세르게이 이바노비치라는 이름에 별안간 거친 목소리로 외쳤다. "무엇 때문이냐면…… 그러나 얘기하면 뭐해? 다만 한마디만 하지…… 너는 무엇 때문에 나를 찾아왔지? 넌 내 일을 경멸하고 있군. 그렇다 해도 상관없어, 다만 냉큼 좀 나가줘, 나가란 말야!" 그는 의자에서 일어서며 외쳤다. "나가, 나가!"

"난 조금도 경멸하고 있지 않아." 콘스탄틴 레빈은 머뭇거리며 말했다. "또 말다툼할 생각도 전혀 없어."

이때 마리야 니콜라예브나가 돌아왔다. 니콜라이 레빈은 노기를 띠고 그녀를 돌아보았다. 그녀는 재빨리 그에게 다가가서 무언가를 소곤거렸다.

"난 건강이 좋지 않아, 그래서 자꾸 성질이 급해져." 기분이 다소 가라앉자 괴로운 듯이 한숨을 내쉬면서 니콜라이 레빈은 말했다. "너는 나에게 세르게이 이바니치와 그의 논문에 대해 이야기하지만, 그런 쓸데없는 것이, 그런 허위가, 그런 자기기만이 어쨌단 말야. 정의를 모르는 작자가 어떻게 정의를 이야기할 수 있겠어? 당신은 그 작자의 논문을 읽어봤소?" 그는 다시 탁자에 앉아 그 위에 널려 있던 담배꽁초들을 밀어내면서 크리츠키를 돌아다보고 말했다.

"읽지 않았습니다." 그는 분명 대화에 끼고 싶어하지 않는 태도로 시무룩하게 대답했다.

"어째서요?" 니콜라이 레빈은 이번에는 크리츠키에게 화를 내면서 대들었다.

"왜냐하면 그런 데 시간을 낭비할 필요를 느끼지 않기 때문이죠."

"그렇다면 한마디 묻겠는데, 당신은 어떻게 그것이 시간 낭비라는 걸 알죠? 그 논문은 여느 사람들이 이해하기 어려운 겁니다, 말하자면 그들 수준 이상의 것입니다. 그러나 난 얘기가 달라요, 난 그 사람의 사상을 꿰뚫고 있으니까 말이오. 그래서 그 사상이 빈약한 이유도 알고 있소."

모두 말이 없었다. 크리츠키는 천천히 일어나서 모자를 들었다.

"저녁은 들지 않겠소? 그럼 잘 가세요. 내일은 철공을 데려와주세요."

크리츠키가 나가자마자 니콜라이 레빈은 미소를 띠고 눈짓을 했다.

"저자도 틀려먹었어." 그는 말했다. "난 다 알고 있어……"

그러나 이때 크리츠키가 문간에서 그를 불렀다.

"또 무슨 일이오?" 그는 크리츠키가 서 있는 복도 쪽으로 나갔다. 마리야 니콜라예브나와 단둘이 남자 레빈은 그녀 쪽으로 돌아앉았다.

"형님하고 같이 지낸 지 오래되었습니까?" 그는 그녀에게 말했다.

"네, 벌써 한 이 년째 됩니다. 요즘엔 몸이 아주 나빠지셨어요. 술을 너무 많이 드시니까요." 그녀가 말했다.

"무엇을 얼마나 마십니까?"

"보드카를 드세요, 그런데 그게 그분에게는 아주 해롭죠."

"정말 많이 마십니까?" 레빈은 속삭이듯이 말했다.

"네." 그녀는 니콜라이 레빈의 모습이 나타난 문 쪽을 두려운 듯 돌아보면서 말했다.

"무슨 얘기들이야?" 그는 눈살을 찌푸리고 놀란 눈으로 두 사람을 번갈아 보면서 말했다. "무슨 얘길?"

"아무 얘기도 아니야." 콘스탄틴은 당황하면서 대꾸했다.

"얘기하고 싶지 않으면 안 해도 돼. 하지만 넌 저 여자하고 얘기할 게 하나도 없어. 저 여자는 매춘부고 너는 나리니까 말이지." 그는 목을 꿈틀대며 말했다.

"나도 다 알아. 넌 이곳의 모든 것을 다 살피고, 값을 매겨보고, 내 잘못된 판단에 연민을 느끼고 있다 그 말이겠지." 그는 또다시 목소리를 높여 외치기 시작했다.

"니콜라이 드미트리치, 니콜라이 드미트리치." 마리야 니콜라예브나가 그에게로 다가가면서 거듭 속삭였다.

"그래, 좋아 좋아!…… 그건 그렇고 식사는 어떻게 됐나? 아, 가져왔군." 그는 쟁반을 든 급사를 보고 말했다. "여기, 여기에 놔." 그는 성난 듯이 말하고 나서 목이 타는 듯 냉큼 보드카를 들어 한 잔 따라서 쭉 들이켰다. "어때, 한잔 들지 않겠어?" 그는 금세 유쾌해져 동생을 돌아보고 말했다. "세르게이 이바니치가 어떻든 난 신경쓰지 않아. 그래도 너를 만나니 반갑다. 입으론 무슨 소릴 해도 역시 남남이 아니니까 말이지. 자, 한잔해라. 그리고 요즘은 뭘 하고 지내는지 얘기나 좀 해보렴." 그는 허기진 듯 빵조각을 씹고 두번째 잔을 따르면서 말을 계속했다. "넌 어떻게 지내고 있니?"

"여전히 혼자 시골에 살면서 농사를 짓고 있지." 콘스탄틴은 형이 무서운 기세로 먹고 마시는 것을 어처구니없다는 듯이 바라보면서, 동시에 그런 낌새를 감추려고 애쓰면서 대답했다.

"어째서 너는 결혼하지 않니?"

"기회가 없었어." 콘스탄틴은 얼굴을 붉히며 대답했다.

"왜? 난 이제 틀렸어! 나는 내 인생을 망쳤다. 내가 여러 번 이야기했지만, 만약 그때 나에게 꼭 필요했던 내 몫을 줬더라면 내 인생이 이렇게 되지는 않았을 거야."

콘스탄틴 드미트리치는 서둘러 말머리를 돌리려 했다.

"그런데, 형은 바뉴시카가 포크롭스코예의 내 사무소에서 회계를 보고 있는 걸 알고 있어?" 그가 말했다.

니콜라이는 목을 꿈틀거리며 생각에 잠겼다.

"그래, 어디 나에게 포크롭스코예 얘기나 좀 들려다오. 어때, 그 집은 아직 그대로 서 있나? 그리고 그 자작나무와 우리 공부방도? 그리고 정원사 필리프가 아직 살아 있다고, 그게 정말이냐? 아아, 내가 그 정자며 벤치를 얼마나 잘 기억하고 있는지 모른다! 그러니까 말야, 집안 것이 하나도 달라지지 않게 해줘라. 그런데 결혼은 빨리 하는 게 좋아. 그래서 다시 한번 집안을 옛날처럼 일으켜다오. 그때는 나도 너를 찾아가겠다, 네 마누라가 좋은 여자일 것 같으면 말야."

"그것보다도, 지금 오면 어때?" 레빈은 말했다. "그러면 함께 잘살 수 있어!"

"세르게이 이바니치를 만나지 않을 수 있다면 난 언제든지 찾아가겠어."

"그럴 염려는 없어. 난 형과는 완전히 독립해서 살고 있으니까."

"그래, 하지만 언젠가 너는 나든지 그든지 어느 한쪽을 선택하지 않으면 안 될 거다." 그는 동생의 눈을 소심하게 들여다보면서 말했다. 이 두려워하는 듯한 모습이 콘스탄틴의 마음을 울렸다.

"만일 그 점에 대해 내 고백을 굳이 듣고 싶어한다면 말하겠지만, 형과 세르게이 이바니치의 싸움에서는 난 어느 쪽도 편들지 않을 거야. 두 사람 다 옳지 않아. 형은 외면적인 문제에서 옳지 않고, 그는 내면적인 문제에서 옳지 않아."

"아, 아! 넌 그것을 알고 있구나, 넌 그것을 알고 있었어!" 기쁜 듯이 니콜라이가 외쳤다.

"그러나 개인적으로는 말이야, 원한다면 말하겠지만, 난 형과의 우애를 더 중시해. 그것은······"

"그것은 어째서냐, 어째서?"

콘스탄틴은 니콜라이가 불행해서 따뜻한 우애가 필요하기 때문이라고는 차마 말할 수 없었다. 그러나 니콜라이는 그가 말하려는 것이 바로 그런 얘기임을 알고 얼굴을 흐리더니 또다시 보드카 병을 추켜들었다.

"그만 좀 하세요, 니콜라이 드미트리치!" 마리야 니콜라예브나는 포동포동 살찐 팔을 술병 쪽으로 뻗치면서 말했다.

"가만둬! 손대지 마! 패줄 테다!" 그는 외쳤다.

마리야 니콜라예브나가 부드럽고 선량한 미소를 짓자 니콜라이도 따라 웃었으므로, 그녀는 보드카를 빼앗았다.

"너는 이 여자가 아무것도 모른다고 생각하겠지?" 니콜라이는 말했다. "하지만 이 사람은 뭔지 우리보다 더 잘 알고 있단 말이야. 정말 이 여자한테는 어딘지 모르게 사랑스럽고 좋은 데가 있어."

"당신은 지금까지 모스크바에 온 적이 없었나요?" 콘스탄틴은 뭔가 이야기하려고 그녀에게 물었다.

"이 여자한텐 당신$_{Bbl}$이라고 말해선 안 돼. 되레 놀란다. 언젠가 이 사람이 매음굴에서 발을 빼려고 했을 때 심리를 맡았던 치안판사 외엔 어느 누구도 이 여자한테 당신이라고 말한 사람은 없었으니까. 정말 세상일이란 건 모두 무의미한 것뿐이야!" 그는 느닷없이 외쳤다. "새로운 제도입네, 치안판사입네, 지방자치회입네 하는 것들이 얼마나 꼴사나운 것들이냔 말야!"

그러고서 그는 새로운 제도에 부딪혔던 일들에 대해 이야기를 꺼내기 시작했다.

콘스탄틴 레빈은 형의 얘기를 듣고 있었지만, 한때는 자기도 의견을 같이했고 또 자주 얘기하기도 했던 모든 사회제도의 무의미함을 지금 형의 입에서 듣고 보니 어쩐지 불쾌했다.

"저승에 가면 다 알게 되겠지." 그는 농담조로 말했다.

"저승? 오오, 난 저승은 딱 질색이야! 싫어." 그는 겁에 질린 듯 야성적인 눈동자를 동생의 얼굴에 고정시키며 말했다. "그야 너 나 할 것 없이 온갖 비굴하고 번거로운 일들로부터 도망쳐나간다는 것은 좋을 것 같다만, 그래도 나는 죽음이 두렵다. 정말 못 견디게 두려워." 그는 몸을 부르르 떨었다. "자, 뭐든 좀 마시지 않겠니, 샴페인은 어때? 아니면 어디 다른 데로 가볼까? 집시한테라도 가보자! 너도 기억하지, 내가 집시와 러시아 민요를 아주 좋아했던 걸?"

그의 말은 흐트러지기 시작했고, 그는 자꾸자꾸 화제를 바꾸었다. 콘스탄틴은 마샤의 도움을 받아 그가 아무데도 가지 못하도록 설득하고, 만취한 그를 자리에 눕혀 잠들게 했다.

마샤는 필요한 경우에는 콘스탄틴에게 편지도 쓰고, 동생에게 찾아가서 살도록 니콜라이 레빈에게 권유도 하겠다고 약속했다.

26

콘스탄틴 레빈은 아침에 모스크바를 떠나 저녁에 자기 마을에 도착했다. 도중에 기차 안에서 동승한 사람들과 정치에 대해서나 신설 철도에 대해 얘기하기도 했지만, 그동안에도 그는 줄곧 모스크바에 있을 때와 마찬가지로 머릿속의 모든 것이 뒤얽혀버린 상태에서 자신에 대한 불만이며 무언가에 대한 부끄러움으로 괴로워했다. 그러나 자기 마을의 역에 내려 카프탄 깃을 세운 애꾸눈의 마부 이그나트를 보고, 역사 건물의 창문에서 흘러나오는 희미한 불빛 속에 양탄자가 깔린 자신의 썰매며 방울과 술이 달린 마구를 걸치고 꼬리를 땋은 자신의 말을 보고, 이그나트가 썰매를 채비하면서 마을 소식이며 청부업자가 와 있다는 것이며 파바가 송아지를 낳았다는 것 등등을 이야기할 때는 그도 조금씩 마음속 혼란이 가라앉았고, 부끄러움과 자신에 대한 불만도 사그라드는 것을 느꼈다. 이그나트와 말을 본 것만으로도 그는 벌써 그렇게 느꼈다. 그러나 이윽고 이그나트가 그를 위해 가져온 양피 외투를 입고 썰매 속에 몸을 파묻은 채, 목전에 닥친 마을 일을 생각하거나 전에는 승마용이었지만 다리를 다쳐 썰매를 끌게 된 돈산(頓産)의 날쌘 부마副馬를 바라보며 달려가는 동안, 그는 자기에게 일어난 사건에 대해서도 전혀 다르게 보기 시작했다. 그는 자기 자신을 있는 그대로 느꼈고 그 이외의 다른 사람이 되려는 생각은 하지 않았다. 지금은 오직 이전의 자기보다 더 나은 자신이 되고 싶다는 생각뿐이었다. 첫째로, 그는 오늘 이후로 결혼생활에서가 아니면 얻을 수 없을지도 모르는 두드러진 행복을 바라지 않겠다고, 따라서 현재를 허술히 여기는 일이 없도록 해야겠다고 결심했다. 둘째로, 앞으로는 결코 이번에 구혼하려고 했을 때 그 기억 때문에 그처럼 괴로움을 받았던 것과 같은 어리석은 열정에 몸을 내맡기는 짓은 하지 않겠다고 결심했다. 그다음 그는 니콜라이 형을 생각하면서 앞으로는 무슨 일이 있어도 형을 잊지 않겠다고, 언제나 그의 동정을 살피고 그가 처량하게 됐을 경우에는 언제든지 도우러 갈 수 있도록 그를 지켜보겠다고 마음속으로 다짐했다. 그는 그러한 일이 가까운 장래에 꼭 일어나리라 느꼈다. 그러자 이번에는 막상 듣고 있을 때에는 거의 신경도 쓰지 않았던 공산주의에 관한 형의 이야기가 그를 생각에 잠기게 했다. 그는 경제 조건의 개혁은 무의미하다고 생각했으나 언제나 민중의 가난과 비교해서 자신의 넉넉한 상태를 불공평하게 여기고 있었으므로, 마음속으로 자기를 철두철미 바른 사람이라고 믿을 수 있도록 이전에도 열심히 일하고 사치를 피하며 살아왔지만,

앞으로는 더 많이 일하고 사치도 더욱 줄여야겠다고 새삼 결심했다. 그는 이 모든 것들을 아주 손쉽게 할 수 있으리라고 여겼기 때문에, 오는 내내 더없이 즐거운 공상 속에 빠져 있었다. 새롭고 보다 나은 생활에 대한 희망에 가득차서 밤 여덟시가 지나 그는 자기 집에 도착했다.

그의 집에서 가정부 일을 맡고 있는 늙은 유모 아가피야 미하일로브나의 방 창문에서 집 앞 넓은 마당에 쌓인 눈 위로 밝은 불빛이 떨어지고 있었다. 그녀는 아직 자지 않고 있었다. 그녀에 의해 잠이 깬 쿠지마가 졸음이 가시지 않은 얼굴을 하고 맨발로 현관 계단으로 달려나왔다. 포인터종의 암캐인 라스카는 쿠지마를 넘어뜨릴 듯한 기세로 뛰어나와 짖어대고, 레빈의 무릎에 몸을 문지르고 뛰어오르며, 심지어 그의 가슴에 앞발을 걸치려고까지 했다.

"정말 빨리 돌아오셨군요, 도련님." 아가피야 미하일로브나가 인사했다.

"싫증이 나서 말야, 아가피야 미하일로브나. 손님으로 지내는 것도 나쁘진 않지만, 그래도 내 집이 더 좋아." 그녀에게 대답하고 그는 자기 서재로 갔다.

그가 가져온 촛불 빛으로 서재는 서서히 밝아지더니 낯익은 물건들이 모습을 드러냈다. 사슴뿔, 책장, 오래전에 수리를 해야 했을 통풍구가 달린 난로의 거울, 아버지가 쓰시던 소파, 큼직한 탁자, 탁자 위에 펼쳐진 책, 부서진 재떨이, 그의 필적으로 적힌 장부. 이러한 물건들을 모두 보았을 때, 그는 순간 자기가 오는 내내 공상했던 신생활 건설의 가능성에 대해 어렴풋이 의문을 품었다. 이러한 온갖 생활의 흔적은 마치 그를 붙들고 이렇게 얘기하는 것 같았다. '아냐, 넌 우리 곁을 떠날 수 없어. 그리고 다른 사람이 될 수도 없어. 넌 역시 지난날과 같은 너야. 온갖 의혹과 자신에 대한 영원한 불만과 개혁에의 헛된 시도와 실패와 아직까지 주어진 적도 없고 또 주어질 가망조차 없는 행복에 대한 기대를 품고 있는 지난날의 너라고.'

그러나 이는 그의 물건들이 이야기한 것일 뿐, 마음속의 다른 소리는 이렇게 속삭였다. 과거에 복종할 필요는 없다, 나는 무슨 일이든 할 수 있다. 그는 이 소리를 들으면서 일 푸드나 되는 아령 한 쌍이 놓인 구석으로 가서, 자신에게 용기를 불어넣기 위해 아령을 들어올리며 체조를 하기 시작했다. 이때 문밖에서 발소리가 들렸다. 그는 얼른 아령을 내려놨다.

집사가 들어와서 고맙게도 모든 일이 순조로웠으나 새 건조기에 넣었던 메밀이 눌어버렸다고 말했다. 이 보고는 레빈의 비위에 거슬렸다. 새 건조기는 레빈의 손으로 조립했을 뿐 아니라 일부분은 그가 고안한 것이었다. 집사는 늘 이 건조기를 반대했기 때문에 지금도 의기양양해서 메밀이 눌었다고 보고한 것이다. 그러나 레빈은 만약 메밀이 눌었다면 그것은 단지 그가 골백번도 더 되풀이하여 일러둔 방법대로 하지 않은 탓이라고 굳게 믿었다. 그는 화가 나서 집사에게 잔소리를 퍼부었다. 그러나 한 가지 중대하고 기쁜 일이 있었다. 소 품평회에서 사온 값비싼 우량종인 파바가 송아지를 낳은 것이었다.

"쿠지마, 양가죽 외투를 줘. 그리고 등불을 가져오라 이르고. 어디 한번 가봐야겠다." 그는 집사에게 말했다.

값비싼 암소들을 위해 지은 외양간은 바로 뒤쪽에 있었다. 그는 라일락 옆의 눈더미를 돌아 뜰을 가로질러 외양간 쪽으로 걸어갔다. 얼어

붉은 문을 열자 훈훈한 쇠똥의 김이 물씬 코를 찔렀다. 그리고 낯선 불빛에 놀란 암소들이 새로 깔아준 짚 위에서 몽그작거렸다. 네덜란드종 암소의 검은 얼룩이 있는 미끈하고 널따란 등이 번득였다. 코에 고삐를 꿰인 채 비스듬히 누워 있던 황소 베르쿠트는 일어서려다가 고쳐 생각한 듯 사람들이 옆을 지나갈 때 두어 번 헐떡이기만 했다. 하마만큼이나 크고 아름다운 암소 파바는 뒤로 돌아서서 들어온 사람들로부터 송아지를 숨기며 냄새를 맡아댔다.

레빈은 우리 안으로 들어가서 파바를 둘러보고 빨간 얼룩 송아지의 가늘고 긴 휘청거리는 다리를 일으켜 세웠다. 파바는 안절부절못하고 연신 음매거리더니, 레빈이 자기 쪽으로 송아지를 돌려보내자 마음을 놓은 듯 무거운 한숨을 쉬고 깔깔한 혓바닥으로 낼름낼름 송아지를 핥기 시작했다. 그러자 송아지는 젖을 찾으면서 어미의 사타구니 밑으로 코를 디밀고 꼬리를 휘둘러댔다.

"자, 이리 비춰봐, 표도르, 등불을 이리 대봐." 레빈은 연신 송아지를 둘러보면서 말했다. "어미를 빼다박았군! 털이 아비를 닮은 건 좀 유감이지만 아무튼 아주 훌륭해. 뼈가 굵고 억세겠어. 바실리 표도로비치, 훌륭하잖아, 응?" 그는 송아지에 대한 기쁨으로 메밀에 대한 일은 잊어버리고 집사를 돌아보면서 말했다.

"어느 쪽을 닮든 나쁠 리야 있겠습니까? 그건 그렇고 청부업자 세묜이 나리께서 떠나신 다음날 와서 지금까지 머물러 있습니다. 그 사람과의 계약도 끝내지 않으면 안 되겠어요, 콘스탄틴 드미트리치." 집사가 말했다. "기계 얘긴 아까 여쭀고요."

이 한 가지 문제가 레빈을 거추장스럽고 어수선한 온갖 자질구레한 농사일 속으로 끌어들였다. 그는 외양간에서 곧장 사무소로 가서 집사와 청부업자인 세묜과 잠깐 이야기하고, 집으로 돌아와 곧장 위층 객실로 갔다.

27

집은 큼직하고 구식이었다. 레빈은 혼자 살면서도 집 전체에 불을 땠는데, 어리석고 경제적이지 않은 짓이며 좀전의 새로운 계획에 상반되는 것이라는 사실도 알고 있었으나, 레빈에게 이 집은 전 세계나 다름없었다. 이 집은 그의 부모가 살았고 또한 죽어간 세계였다. 그들은 레빈의 눈에 완전무결한 이상으로 비치는 생활을, 레빈이 자신의 아내와 가족과 함께 다시 일으키려고 공상했던 생활을 해왔다.

레빈은 어머니에 대한 기억이 거의 없었다. 어머니에 대한 회상은 그에게는 신성한 것이었고, 그의 상상 속에 그려지는 미래의 아내는 어머니가 그랬던 것처럼 아름답고 신성하고 이상적인 부인의 전형이 아니면 안 되었다.

그는 결혼을 도외시하고는 여성에 대한 사랑을 생각할 수 없었을 뿐만 아니라, 무엇보다도 가정을 먼저 생각하고 그다음에 비로소 그에게 가정을 줄 여성을 생각했다. 따라서 그의 결혼관은 결혼을 사회생활의 한 관례로 보는 그의 친지들 대부분의 견해와는 동떨어진 것이었다. 레빈에게 결혼은 인생의 중대사로, 인생의 행복은 모두 이것에 달려 있었다. 그러나 이제 그는 이 큰일마저 단념하지 않으면 안 되었던 것이다!

그가 항상 차를 마시는 조그마한 객실로 들어가 책을 들고 자신의 안락의자에 자리를 잡자, 아가피야 미하일로브나가 차를 가지고 와서 언제나처럼 "도련님, 저도 좀 앉겠어요" 하면서 창가의 의자에 앉았을 때, 그는 이상하게도 여전히 자신의 공상에서 벗어나지 못했으며 그것 없이는 살아갈 수 없다는 사실을 뼈저리게 느꼈다. 상대가 그녀이건 다른 여성이건 간에, 어쨌든 그 일은 실현될 것이다. 그는 지루해하지도 않고 지껄이는 아가피야 미하일로브나의 이야기를 듣기도 하고 책을 읽기도 하고 읽은 내용에 대해 생각하기도 했으나, 그와 동시에 집안 살림이며 미래의 가정생활에 대한 갖가지 광경이 두서없이 그의 상상 속에 떠올랐다. 그는 자신의 마음 깊은 곳에서 무언가가 짜이고 조절되고 정리되는 것을 느꼈다.

그는 아가피야 미하일로브나에게서 프로호르가 하느님을 잊고서 레빈이 말을 사라고 준 돈으로 몽땅 술을 마시고 여편네를 겨우 죽지 않을 만큼 때려댔다는 얘기를 들었다. 그는 그녀의 얘기를 들으면서 책을 읽고 독서에 의해 촉발된 자기의 사고 과정을 짚어보기도 했다. 그것은 열熱에 관한 틴들*의 저서였다. 그는 틴들이 자기 실험의 교묘함을 자만하는 점과 철학적인 견해가 부족하다는 점에 대해 자기가 그를 비난한 적이 있음을 떠올렸다. 그때 갑자기 즐거운 생각이 떠올랐다. '이제 이 년이 지나면 내 외양간에는 네덜란드종 암소가 두 마리가 된다. 게다가 파바도 여전히 살아 있을 테니까, 그러면 이 세 마리 소의 대를 이

---

* 영국 물리학자 존 틴들을 가리킨다. 1872년 톨스토이는 페테르부르크에서 발간된 그의 저서 『운동의 한 형태로서 고찰되는 열』을 읽었다. 물리적 현상의 본질에 대한 사색이 톨스토이의 일기에 남아 있다.

어 베르쿠트의 딸들이 한 다스나 계속 태어날 거란 말야―그거 멋진 일이로군!' 그는 다시 책을 들었다.

'그래 좋아, 전기와 열은 동일하다. 그러나 어떤 방정식을 해결하기 위해 하나의 양(量)을 다른 양으로 대치할 수 있는 것일까? 아니다. 그럼 어떻게 되는가? 자연계의 모든 힘들 사이에 존재하는 연쇄도 역시 본능에 의해 감지되고 있는 것일까, 그래…… 특히 파바가 빨간 얼룩배기 딸을 낳아준다면 정말 즐거운 일이겠다, 그리고 그 세 마리를 소떼 속에 섞어놓는다면…… 멋진 얘기다! 내가 아내와 함께 손님들을 안내해 그놈들을 보러 간다…… 그러면 아내가 말한다. 코스탸도 나도 마치 우리 어린애처럼 이 암송아지를 기르고 있어요. 그러면 이번에는 손님이, 당신은 어떻게 이런 것에 흥미를 가지실 수 있습니까? 하고 말한다. 그럼 아내가, 남편이 흥미를 가지고 있는 것에는 나도 무엇이건 흥미를 가지고 있다고 하겠지. 그러나 그 아내란 누구일까?' 그러자 갑자기 모스크바에서의 일이 되살아났다…… '하지만 어떻게 할 도리가 없지 않은가?…… 나에게 잘못이 있는 것은 아니다. 하여튼 지금부터는 모든 일이 새롭게 진행돼나가는 것이다. 인생을 답답하게 생각하는 건 어리석은 짓이다. 지난 일을 되씹는 건 천치 같은 짓이다. 우리는 싸우지 않으면 안 된다. 보다 나은, 훨씬 좋은 생활을 누리기 위해서……' 그는 고개를 들고 생각에 잠겼다. 늙은 라스카는 주인이 돌아온 기쁨을 아직 충분히 새기지 못해 밖에서 짖으려고 뛰어나갔다가 바깥공기를 몸에 싣고 돌아와서, 꼬리를 흔들며 그의 옆으로 다가와 그의 손 밑으로 머리를 들이대고 어루만져달라며 애원하듯이 낑낑거렸다.

"정말 말만 못할 뿐이에요." 아가피야 미하일로브나는 말했다. "개라도 말예요…… 주인이 돌아온 것부터 우울해하는 것까지 다 알고 있으니까요."

"우울해하다니, 왜?"

"내가 모르는 줄 아세요, 도련님? 이제 주인님을 알 만한 나이예요. 난 어릴 때부터 주인님들 속에서 자라왔으니까요. 괜찮아요, 도련님. 몸이 성하고 양심이 깨끗하기만 하면요."

레빈은 그녀가 자기 마음속을 들여다보는 것에 놀라면서 그녀의 얼굴을 뚫어지게 바라봤다.

"어쩌세요, 차를 한 잔 더 가져와야겠죠?" 이렇게 말하고 그녀는 찻잔을 들고 나갔다.

라스카는 줄곧 그의 손 밑으로 머리를 들이밀었다. 그가 어루만져주자 라스카는 곧 그의 발치에 둥그렇게 몸을 오그리고 옆으로 내민 뒷다리 위에다 머리를 얹었다. 그러더니 이제는 모든 것이 만족스럽다는 표시로 가볍게 입을 열어 입술을 핥고는 끈적끈적한 입술을 나이 먹은 이빨의 언저리에 보기 좋게 붙이고 행복한 평온에 잠겼다. 레빈은 이러한 라스카의 마지막 동작을 주의깊게 지켜보았다.

'나도 이렇게 해야겠다!' 그는 혼잣말을 했다. '나도 이렇게! 아무 일도 아니다…… 모든 것이 잘되어가고 있다.'

28

무도회 다음날 아침 일찍이 안나 아르카디예브나는 남편에게 그날 떠난다는 전보를 쳤다.

"아니야, 꼭 가야 해, 가지 않으면 안 돼."그녀는 헤아릴 수 없을 만큼 많은 일을 생각해낸 듯한 어조로 올케에게 자기 계획이 바뀐 것을 설명했다. "아니야, 오늘 떠나는 게 나아!"

스테판 아르카디치는 집에서 식사를 하지 않았지만, 일곱시에는 누이를 전송하기 위해 돌아오겠다고 약속했다.

키티도 머리가 아프다는 전갈만 보내고 얼굴을 보이지 않았다. 돌리와 안나는 자기들끼리 아이들과 영국인 가정교사와 함께 식사를 했다. 아이들은 변덕이 심해서인지, 아니면 너무 예민해서 안나가 오늘은 자기들이 그토록 그녀를 사랑했던 전날과는 전혀 다른 사람이 되었으며 이제는 자기들에게 전혀 신경쓰지 않는다는 것을 느꼈기 때문인지, 아무튼 고모에 대한 장난과 그녀에 대한 애정을 갑자기 그쳐버렸고, 그녀가 떠난다는데도 전혀 관심을 보이지 않았다. 안나는 아침나절 내내 떠날 준비를 하느라 바빴다. 그녀는 모스크바의 친지들에게 편지를 쓰기도 하고 출납부를 적기도 하고 짐을 꾸리기도 했다. 돌리의 눈엔 안나가 안절부절못하는 것처럼 보였고, 그것은 돌리도 경험으로 잘 알고 있는, 뭔가 이유가 있는, 그리고 그 대부분이 자기 자신에 대한 불만을 가리고 있는 듯한 들뜬 상태처럼 보였다. 식후에 안나는 옷을 갈아입으려고 자기 방으로 갔고, 돌리도 그 뒤를 따라갔다.

"오늘 너 어쩐지 좀 이상하네!" 돌리가 그녀에게 말했다.

"내가? 그렇게 보여? 이상할 것까지야 없지만 기분이 좀 개운치 않아. 난 이따금 이럴 때가 있어. 마냥 울고만 싶은 심정이야. 정말 바보같지만 곧 나아지겠지." 안나는 재빨리 말하고, 붉어진 얼굴을 나이트

캡과 삼베 손수건을 넣고 다니던 장난감 같은 손주머니 쪽으로 기울였다. 그녀의 눈은 유달리 빛났고 하염없이 눈물을 글썽였다. "페테르부르크를 떠날 때도 선뜻 마음이 내키질 않더니만, 지금은 이상스럽게 여길 뜨기가 싫어."

"네가 여기 와서 좋은 일을 해주었어." 돌리는 그녀를 주의깊게 지켜보면서 말했다.

안나는 눈물에 젖은 눈으로 그녀를 유심히 바라보았다.

"그런 말 하지 마, 돌리. 난 아무것도 한 일이 없고 또 할 수도 없었어. 난 때때로 세상 사람들은 어째서 이렇게 날 나쁘게 만들어놓으려고 쑥덕거리고 있는 것일까 생각하고 깜짝 놀라곤 해. 도대체 내가 무슨 일을 했으며 또 무슨 일을 할 수 있었겠어? 네 마음속에 용서할 수 있을 만큼의 사랑이 있었을 뿐인걸……"

"네가 와주지 않았더라면 정말이지 어떻게 되었을지 몰라! 넌 정말 행복한 사람이야, 안나!" 돌리가 말했다. "네 마음은 온통 환하고 선해."

"누구나 마음 한구석에는 제각기 자기만의 *비밀skeletons*이란 게 있어, 영국 사람들이 이야기하듯 말이야."

"그럼 너에게도 무슨 *비밀*이 있어? 네 마음은 언제나 그렇게 환한데."

"있어!" 안나는 불쑥 말을 뱉었고, 갑자기 눈물 뒤에 어울리지 않게 짓궂은 미소가 그녀의 입술에 떠올랐다.

"그래, 그럼 네 *비밀*은 밝은 것이겠구나, 음울한 데라고는 조금도 없는." 돌리는 미소를 띠고 말했다.

"아니야, 음울해. 내가 왜 모레가 아니라 오늘 떠나려고 하는지 알아? 그걸 고백한다는 건 나에게 무척 쓰라린 일이지만, 그래도 난 너에게 말하고 싶어." 안나는 결연히 안락의자에 몸을 던지고 똑바로 돌리의 눈을 쳐다보면서 말했다.

돌리는 안나가 귓불까지, 아니 검은 머리가 물결치는 목덜미까지 빨개진 것을 보고 놀랐다.

"그래." 안나는 계속했다. "넌 키티가 식사하러 오지 않은 까닭을 아니? 그녀는 나를 질투하고 있어. 내가 그녀를 상심하게 만들었어…… 그녀에게 그 무도회가 즐거움이 아니라 괴로움이 되게 한 원인이 나였어. 하지만 정말, 내겐 잘못이 없어. 설사 잘못이 있다 하더라도 아주 조오금 있을 뿐이야." 그녀는 가느다란 목소리로 '조금'이라는 말을 길게 잡아늘이면서 말했다.

"어쩜 넌 스티바하고 똑같은 말을 하는구나." 돌리는 웃으면서 말했다.

안나는 모욕을 느꼈다.

"어머나 그렇지 않아, 아니야! 난 스티바하곤 달라." 그녀는 눈살을 찌푸리면서 말했다. "내가 지금 너에게 고백하는 이유는, 한순간이라도 나 자신을 의심하는 것을 용서할 수 없기 때문이야." 안나는 말했다.

그러나 그녀는 이러한 말을 입에 담는 순간, 그것이 진실이 아님을 느꼈다. 그녀는 자기를 의심했을 뿐만 아니라 브론스키를 생각하기만 해도 마음에 동요를 느꼈으므로, 더이상 그와 만나는 일을 피하기 위해 예정보다 빨리 떠나기로 한 것이었다.

"알겠어, 나도 스티바에게 들었어. 네가 그 사람과 마주르카를 추었고 그가……"

"어쩌다 일이 그리 얄궂게 되어버렸는지 너는 상상도 할 수 없을 거야. 난 그저 중매를 할 생각이었는데 갑자기 전혀 거꾸로 돼버렸으니 말이야. 어쩌면 내가 의지에 반해서……"

그녀는 얼굴을 붉히고 말을 멈췄다.

"오, 세상 사람들은 이런 건 바로 눈치를 채니까!" 돌리가 말했다.

"그러나 만일 그에게 조금이라도 무언가 진지한 마음이 있다면 난 정말 절망이야." 안나는 그녀의 말을 가로막았다. "그래도 난 믿고 있어, 이런 일은 곧 잊히고 키티도 나를 질투하지 않게 될 거라고."

"그렇지만 말이야, 안나. 솔직히 말하자면, 난 이 결혼은 키티를 위해서 그다지 바라지 않아. 그러니까 만약 그 사람이, 브론스키가 단 하루 만에 너에게 마음을 빼앗길 수 있는 사람이라면 차라리 깨져버리는 게 나아."

"아아, 맙소사, 그렇게 어리석은 말이 어디 있어!" 안나는 이렇게 말했지만, 자기 마음을 차지하고 있던 생각이 말로 표현된 것을 듣자 또다시 만족스러운 홍조가 그녀의 온 얼굴에 짙게 떠올랐다. "그렇다면 난 그토록 사랑하는 키티를 적으로 만들어놓은 채 떠나는 거잖아! 아아, 정말 귀여운 아가씨인데! 하지만 네가 바로잡아주겠지, 돌리? 그렇지?"

돌리는 간신히 미소를 억누르고 있었다. 안나를 사랑하고 있었지만, 그녀에게도 역시 약점이 있다는 것을 보는 게 어쩐지 즐거웠다.

"적이라고? 그럴 리가 있겠어."

"난 언제나 내가 당신들을 사랑하는 것처럼 당신들도 모두 날 사랑해줬으면 해. 지금 난 예전보다도 더욱더 당신들이 좋아졌어." 그녀는 눈에 눈물을 담뿍 머금고 말했다. "아아, 난 오늘 어찌 이렇게 멍청이가 됐을까!"

그녀는 손수건으로 얼굴을 닦고 옷을 갈아입기 시작했다.

안나가 이제 막 떠나려던 차에 스테판 아르카디치가 불쾌한 얼굴로 술과 담배 냄새를 풍기면서 헐레벌떡 돌아왔다.

안나의 괴로운 마음은 돌리에게도 느껴졌고, 그래서 마지막으로 시누이를 끌어안았을 때 그녀는 이렇게 속삭였다.

"잊지 말아줘, 안나. 네가 날 위해 해준 일은 결코 잊지 않을 거야. 그리고 귀중한 친구로서 내가 널 사랑하고 있고 앞으로도 영원히 사랑할 거라는 걸 잊지 말아줘!"

"어째서 그런 말을 하는지 난 모르겠어." 안나는 그녀에게 입을 맞추면서 눈물을 감추고 말했다.

"아니야, 넌 내 마음을 알아주었고 지금도 알아주고 있어. 그럼 잘 가, 내 사랑!"

29

'자, 이제 모든 게 끝났다, 아아 고마워라!' 이것이 세번째 벨이 울릴 때까지 객차의 통로를 막고 서 있던 오빠와 마지막 인사를 하면서 안나 아르카디예브나의 머릿속에 맨 처음 떠오른 생각이었다. 그녀는 안누시카와 나란히 좌석에 앉아 침대차의 희미한 불빛 속에서 주위를 둘러보았다. '고맙게도, 내일은 세료자와 알렉세이 알렉산드로비치를 만

난다. 그러면 내 생활이, 몸에 밴 아늑한 생활이 예나 다름없이 계속
된다.'

이날 진종일 잠겨 있던 뒤숭숭한 기분이 여전했지만, 안나는 어쩐지
만족스러운 마음으로 면밀하게 여행길을 준비했다. 그녀는 민첩한 손
으로 자그맣고 빨간 손주머니를 열었다 닫았다 하다가 쿠션을 꺼내어
무릎을 덮고 단정하게 두 다리를 감싼 뒤 조용히 자리에 앉았다. 환자
인 듯한 부인은 벌써 자려고 누웠다. 다른 두 부인은 안나에게 말을 걸
었는데, 뚱뚱한 노부인은 다리를 감싸면서 난로에 대해 잔소리를 늘어
놓았다. 안나는 서너 마디 부인들의 말에 대꾸를 했으나, 얘기가 재미
있을 것 같지 않아 안누시카에게 독서등을 꺼내도록 부탁해 그것을 좌
석의 팔걸이에 걸고 손가방 속에서 페이퍼나이프와 영국 소설책을 꺼
냈다. 그러나 처음 얼마 동안은 읽을 수가 없었다. 처음에는 주위의 혼
잡과 사람들의 말소리가 방해했으며, 이윽고 기차가 움직이기 시작했
을 때에는 그 소리에 마음을 빼앗기지 않을 수 없었다. 그다음에는 왼
쪽의 창문을 두드리며 창틀에 쌓여가는 눈송이, 방한구에 싸인 몸의 한
쪽에 눈이 덮인 채 옆을 지나가는 차장의 모습, 지금 밖엔 사나운 눈보
라가 휘몰아치고 있다는 사람들의 이야기 소리, 이러한 것들이 그녀의
주의를 산만하게 했다. 그러나 그다음부터는 줄곧 똑같은 것의 연속이
었다. 뭔가를 두드리는 듯한 소리를 내는 기차의 진동, 한결같이 창문
에 내리치는 눈, 식었다 뜨거워졌다 하는 증기열의 급격한 변동, 어슴
푸레한 빛 속에서 어른거리는 똑같은 얼굴들, 그리고 똑같은 목소리들.
그래서 안나는 책을 읽기 시작했고, 읽은 것이 머릿속에 들어오기 시작
했다. 안누시카는 한쪽이 해진 장갑을 낀 넓적한 두 손으로 무릎 위 빨

간 손주머니를 끌어안은 채 벌써 꾸벅꾸벅 졸기 시작했다. 안나 아르카디예브나는 책을 읽었고 이해도 했지만 읽는다는 것, 즉 책에 쓰인 타인의 삶의 반영을 뒤따라간다는 것이 불쾌했다. 그녀는 직접 살고 싶은 마음이 간절했다. 소설의 여주인공이 환자를 간호하는 부분을 읽을 때는 자기도 조용한 발걸음으로 병실 안을 걷고 싶은 욕구에 시달렸고, 국회의원이 연설을 하는 부분을 읽을 때면 자기도 연설을 하고 싶어졌다. 또 레이디 메리가 말을 타고 짐승 떼를 쫓거나 며느리를 빈정거리기도 하면서 그 대담성으로 사람들을 놀라게 하는 대목을 읽을 때면 자기도 그렇게 해보고 싶은 마음이 일었다. 그러나 아무것도 할 수 없었으므로 그녀는 조그마한 손으로 반들반들한 페이퍼나이프를 만지작거리면서 책을 읽으려고 애썼다.

소설의 주인공은 벌써 그 영국적인 행복, 남작의 작위와 영지를 손에 넣기 시작했고, 안나도 그와 함께 그 영지로 들어가고 싶은 충동을 느꼈다. 그 순간 그녀는 갑자기 그런 충동이 그에게 부끄러워하지 않으면 안 되는 일임과 동시에 그녀 자신에게도 부끄러운 일이라고 느꼈다. 그러나 어째서 그가 부끄러워해야 할까? '또한 나도 무엇이 그렇게 부끄러울까?' 그녀는 깜짝 놀라며 자문해보았다. 그녀는 책을 놓고 페이퍼나이프를 두 손으로 꽉 쥐면서 의자의 등받이에 몸을 던졌다. 부끄러워할 것은 조금도 없었다. 그녀는 마음속으로 모스크바에서의 기억을 샅샅이 뒤져보았다. 모두 올바르고 유쾌한 일들뿐이었다. 그녀는 무도회를 떠올렸고, 브론스키와 그의 사랑에 빠진 듯 공손한 얼굴빛을 떠올렸고, 그와 자신의 관계를 모두 떠올렸지만 부끄러워할 일은 아무것도 없었다. 그러나 회상이 이 대목에 오자 갑자기 부끄러운 마음이 강해졌다. 마치 그녀가 브론스키를 회상하는 바로 그 순간 어떤 내부의 목소리가 '뜨겁다, 굉장히 뜨거워, 타오르는 것 같다' 하고 그녀에게 말하기라도 하듯. '그래 그게 어쨌다는 걸까?' 그녀는 자리에 고쳐 앉으며 결연한 어조로 자신에게 물었다. '이 일에 어떠한 의미가 있는 것일까? 난 이 일을 똑바로 보는 게 두려운 걸까? 정말 어떻게 된 걸까? 그럼 나와 그 어린애 같은 장교 사이에 보통 친지 이상의 특별한 관계라도 있다는 것일까, 아니 있을 수 있다는 말인가?' 그녀는 비웃는 듯한 웃음을 띠고 다시 책을 들었다. 그러나 이제 몇 번이나 되풀이해 읽어도 전혀 머릿속에 들어오지 않았다. 그녀는 창유리를 페이퍼나이프로 긁어보고, 이어 미끈하고 싸늘한 유리에 지그시 볼을 눌렀다. 그러자 별안간 아무런 까닭도 없이 환희에 사로잡혀 자칫 소리 내어 웃을 뻔했다. 그녀는 자신의 신경이 마치 음을 조절하는 나사에 걸린 악기의 현처럼 줄곧 팽팽하게 조여지는 것을 느꼈다. 또 눈이 차츰 크게 열리고, 손가락과 발가락이 신경질적으로 움직이고, 마음속에서 무언가가 숨막히게 하고, 흔들리는 어둠 속에서 온갖 형상이며 음향이 이상할 만큼 선명하게 자기를 놀라게 하고 있는 것을 느꼈다. 그리고 줄곧 갖가지 의혹이 꼬리를 물고 일어났다. 기차는 지금 앞으로 가고 있는 것일까, 뒷걸음질하고 있는 것일까, 아니면 정지하고 있는 것일까? 옆에 있는 사람은 안누시카일까, 아니면 낯선 사람일까? '아니, 저건 대체 뭘까, 저 팔걸이 위에 있는 것은 가죽 외투일까, 짐승일까? 그리고 여기에 있는 난 누구일까? 나 자신일까, 혹시 다른 사람이 아닐까?' 그녀는 이런 환각 상태에 자기를 내맡기는 것이 두려웠다. 무언가 그녀를 자꾸 그리로 끌어당겼지만, 그녀는 마음대로 그 상태에 몸을 맡길 수도 있었고 자제

할 수도 있었다. 그래서 그녀는 정신을 차리기 위해 일어서서 담요를 치우고 방한용 외투의 망토를 떼어냈다. 순간, 그녀는 제정신이 들었고, 단추 하나가 떨어진 긴 무명 외투를 입고 거기 들어왔던 수척한 농부가 화부였다는 것과 그 사람이 온도계를 보고 갔다는 것, 그가 문을 열었을 때 바람과 눈이 안으로 휘몰아쳐 들어왔다는 것을 깨달았다. 그러나 이내 또 모든 것이 뒤섞이고 말았다…… 방금 그 허리가 긴 농부가 벽 안에서 무언가를 씹기 시작하고, 노파가 객차의 길이만큼 다리를 뻗어 차내를 먹구름으로 가득 채웠다. 그다음엔 또 무언가가 요란하게 삐걱거리더니 누군가를 찢어발기기라도 하듯 부딪치는 소리가 나기 시작했다. 그런가 하면 이번에는 빨간 불이 눈을 부시게 하더니 모든 것이 벽에 가려졌다. 안나는 자신이 깊은 수렁 속으로 빠져드는 것처럼 느껴졌다. 그러나 이 모든 것이 조금도 무섭지 않고 오히려 유쾌할 정도였다. 방한구에 싸여 눈에 덮인 사람이 그녀의 귀 위쪽에서 뭐라고 외쳤다. 그녀는 몸을 일으키고 정신을 차렸다. 그녀는 역에 도착했다는 것과 소리를 지른 사람이 차장이었다는 것을 알았다. 그녀는 안누시카에게 방금 풀어놨던 망토와 머릿수건을 달라고 해서 걸치고 문 쪽으로 걸어갔다.

"밖으로 나가시려고요?" 안누시카가 물었다.

"그래, 바깥바람을 좀 쐬려고. 여긴 너무 더워."

그녀는 문을 열었다. 눈보라와 바람이 그녀를 향해 휘몰아쳐와 문을 두고 그녀와 실랑이를 벌였다. 이것이 그녀에게는 재미있게 여겨졌다. 그녀는 문을 밀어젖히고 밖으로 나왔다. 바람은 마치 그녀만을 기다리고 있던 듯 즐겁게 울부짖으며 그녀를 붙잡아 채가려고 했지만, 그녀는

한 손으로 승강구의 차가운 난간을 붙들고 옷자락을 움켜잡으면서 플
랫폼으로 내려가 차량 뒤로 몸을 숨겼다. 바람은 승강구에서는 거셌지
만, 플랫폼에서는 열차에 가려 잠잠했다. 그녀는 즐거운 듯이 얼어붙어
있는 바깥공기를 가슴 가득히 들이쉬고 열차의 옆에 선 채 플랫폼과
등불이 환한 역을 둘러보았다.

30

　무서운 눈보라가 열차의 바퀴 사이와 역의 구석구석에서 기둥 언저
리를 휘몰아치며 불어댔다. 열차며 기둥이며 사람이며 주변에 보이는
온갖 것들은 모두 한쪽에서 휘몰아쳐오는 눈에 덮여 차츰차츰 깊이 파
묻혀가고 있었다. 바람은 이따금 잠깐씩 잠잠해지기도 했으나, 곧 또다
시 마주 서 있을 수 없을 정도로 세차게 불어닥쳤다. 그런 가운데서도
어떤 사람들은 이야기를 주고받으며 플랫폼의 널빤지를 쿵쿵거리고
끊임없이 큼직한 문을 열었다 닫았다 하면서 뛰어다니고 있었다. 앞으
로 구부정한 사람의 그림자가 그녀의 발밑을 미끄러지듯 빠져나갔다.
그러자 열차 바퀴를 두드리는 쇠망치 소리가 들렸다. "전보를 줘!" 성난
듯한 목소리가 건너편의 눈보라 치는 어둠 속에서 번졌다. "이리 오십
쇼! 이십팔호입니다!" 또다른 목소리들이 외치고, 눈에 덮여 하얗게 된
사람들이 뛰어갔다. 불 붙은 담배를 입에 문 신사 둘이 그녀의 옆을 지
나갔다. 그녀는 충분히 공기를 들이쉬기 위해 다시 한번 크게 숨을 내
쉬었다. 그녀가 승강구의 난간을 붙잡고 차내로 들어가기 위해 머프에

서 손을 뺐을 때, 군복 외투를 입은 사내가 그녀의 바로 옆에서 흔들리는 램프의 불빛을 가렸다. 그녀는 돌아보았고, 그와 동시에 브론스키의 얼굴을 보았다. 그는 모자의 차양에 손을 붙이고 그녀 앞에 허리를 구부렸다. 그러고서 뭔가 필요한 것은 없는지, 도울 일은 없는지 물었다. 그녀는 꽤 오랫동안 아무 대꾸도 하지 않고 그의 얼굴을 찬찬히 쳐다보았다. 그가 그림자 속에 서 있었음에도 불구하고 그녀는 그의 얼굴과 눈의 표정을 읽었다. 아니, 읽은 것처럼 느껴졌다. 그것은 어제 그토록 강하게 그녀에게 작용했던 그 정중하면서도 황홀에 빠진 듯한 표정이었다. 요 며칠간 몇 번이나 아니 방금 전만 해도 그녀는 브론스키 따위는 도처에서 숱하게 만날 수 있는 여러 젊은이들 가운데 한 사람에 지나지 않는다고, 그를 생각하는 것조차 점잖지 못한 일이라고 혼자서 되뇌고 있었다. 그러나 막상 지금 이렇게 그와 만나게 되자, 해후의 첫 순간에 느닷없이 그녀를 붙든 것은 기쁨과 자부심이었다. 그녀는 어째서 이런 곳에 그가 와 있는지 물어볼 필요도 없었다. 마치 그가 그녀에게 그저 당신이 있는 곳에 있기 위해서 왔다고 이야기하기라도 한 것처럼, 그녀는 정확히 그 이유를 알고 있었다.

"당신이 이 기차에 타고 있을 줄은 몰랐어요. 어째서 돌아가세요?" 그녀는 승강구의 난간을 붙잡으려던 손을 내리고 말했다. 억누를 수 없는 기쁨과 되살아난 생기로 그녀의 얼굴이 빛났다.

"어째서 돌아가느냐고요?" 그는 그녀의 눈을 똑바로 들여다보면서 되물었다. "내가 당신이 계시는 곳에 있고 싶어서 왔다는 것은 아실 텐데요." 그가 말했다. "난 이제 어떻게 할 수가 없습니다."

그때 마침 바람은 모든 장애물을 이겨내기라도 한 듯 열차의 지붕에

쌓인 눈을 휙 하고 흩날리며 찢어진 생철 조각을 불어 날렸고, 앞쪽에서는 기관차의 굵은 기적이 울부짖듯 음산하게 울리기 시작했다. 눈보라의 맹위가 그녀의 눈에는 이제 더욱 근사하게 여겨졌다. 그는 그녀가 마음속으로는 바라고 있으면서도 머릿속으로는 두려워하고 있던 바로 그 말을 입에 담았던 것이다. 그녀는 한마디도 대답하지 않았지만, 그는 그녀의 얼굴에서 마음속 갈등을 읽었다.

"제 말이 불쾌했다면 용서하십시오." 그는 공손히 말을 꺼냈다.

그의 말은 점잖고 공손하기는 했지만, 그녀가 한동안 아무 대꾸도 할 수 없었을 만큼 단호하고 집요한 어조였다.

"그것은, 당신 말씀은 옳지 않은 거예요, 부탁드리겠어요, 만약 당신이 올바른 분이시라면 방금 말씀하셨던 것을 잊어주세요, 나도 잊을 테니까요." 그녀는 마침내 말했다.

"당신의 말 한마디 한마디, 당신의 동작 하나하나도 난 영원히 잊지 않겠습니다. 잊을 수 없습니다……"

"그만하세요, 이제 그만하세요!" 그녀는 그가 탐욕스럽게 들여다보는 자신의 얼굴에 엄격한 표정을 지으려고 헛되이 애쓰면서 외쳤다. 그러고는 차가운 난간을 붙잡고 승강구 계단에 올라서서 재빨리 객차의 출입구로 들어갔다. 그러나 그 좁은 통로에서 그녀는 방금 일어났던 일을 다시 생각하면서 발을 멈췄다. 자신의 말과 그의 말을 잠깐 생각해보았을 뿐이지만, 그녀는 본능적으로 일 분도 못 되는 그 대화가 두 사람 사이를 단번에 가깝게 만들어버렸다는 것을 알았다. 그녀는 그것이 놀랍기도 하고 행복하게 느껴지기도 했다. 몇 초 동안 거기에 서 있다가 그녀는 객차 안으로 들어가서 자기 좌석에 앉았다. 그러자 아까 그녀를 괴롭혔던 그 긴장 상태가 되살아났을 뿐만 아니라 더욱 심해져서, 마침내 그녀는 너무나 긴장한 나머지 무언가가 가슴속에서 파열하지나 않을까 하는 공포에 시달리기까지 했다. 그녀는 밤새 한숨도 자지 않았다. 그러나 그러한 긴장과 그녀의 상상을 메우고 있던 환영 속에는 조금도 불쾌하거나 음울한 그림자는 없었다. 오히려 거꾸로 어쩐지 마음을 들뜨게 하는 듯한, 불타는 듯한, 가슴을 울렁거리게 하는 듯한 무엇이 있었다. 새벽녘 가까이 되어서야 안나는 좌석에 걸터앉은 채 졸기 시작했다. 그녀가 눈을 떴을 때는 벌써 날이 훤히 밝아 있었고, 기차는 페테르부르크에 가까워지고 있었다. 그러자 이내 집과 남편과 아들, 오늘 하루 해야 할 일과 앞으로의 일에 대한 생각과 걱정이 별안간 그녀의 마음을 사로잡아버렸다.

페테르부르크에서 기차가 멈추자마자 그녀는 내렸고, 맨 처음 그녀의 눈에 띈 것은 남편의 얼굴이었다. '세상에! 어째서 저이의 귀는 저렇게 생겼을까?' 그녀는 그의 싸늘하고 위엄 있는 풍채와 무엇보다도 지금 그녀를 놀라게 한, 둥근 모자 테두리를 받치고 있는 귀의 연골부를 쳐다보면서 이렇게 생각했다. 그녀를 찾아내자 그는 특유의 비웃는 듯한 미소로 입술을 일그러뜨리고, 큼직하고 피로한 눈으로 그녀의 얼굴을 똑바로 쳐다보면서 그녀를 향해 걸어왔다. 그의 집요하고 지친 듯한 시선을 맞았을 때, 뭔가 불쾌한 감정이 그녀의 마음을 서글프게 했다. 마치 그녀가 기대하던 것은 아주 다른 사람이기라도 했다는 듯이. 특히 그녀를 놀라게 한 것은 남편을 보는 순간 일어났던 자신에 대한 불만의 감정이었다. 이것은 그녀가 남편과의 관계에서 오래전부터 느끼고 있던 익숙하고 위선에 가까운 감정이었다. 그녀는 이전에는 이 감정을 알아채지 못했다. 그러나 지금은 뚜렷하고 가슴 아프게 그것을 의식했다.

"그래, 어때, 착실한 남편이지? 결혼 첫해처럼 말이지. 아무튼 당신을 보고 싶다는 생각으로 마음을 졸이고 있었으니까." 그는 느릿느릿하고 가느다란 목소리로 그가 그녀를 대할 때 거의 언제나 사용하는 어조, 실제로 그런 말을 하는 사람들을 조소하는 듯한 어조로 말했다.

"세료자는 잘 있어요?" 그녀가 물었다.

"내 이 열정에 대한 보답이 겨우 그거야?" 그가 말했다. "잘 있어, 잘 있고말고……"

31

그날 밤 브론스키는 아예 잠을 자려고도 하지 않았는데, 그는 똑바로 앞쪽을 쳐다보기도 하고 드나드는 사람들을 돌아보기도 하면서 자리에 앉아 있었다. 예전에도 그는 태연하고 침착한 태도로 일면식도 없는 사람들의 마음을 놀라게 하고 안절부절못하게 했지만, 지금의 그는 더욱더 오만하고 자존심이 강한 사람으로 보였다. 그는 마치 어떤 물건을 보듯이 사람들을 바라보고 있었다. 그와 마주앉아 있던 한 지방법원에서 근무하는 신경질적인 젊은 사내는 이러한 태도 때문에 그를 미워했다. 젊은 사내는 자기가 물건이 아니라 사람임을 느끼게 하려고 그에게 담뱃불을 청하기도 하고 말을 걸기도 하고 심지어 그를 쿡쿡 찌르기까지 했으나, 브론스키는 여전히 등불이라도 보는 듯한 눈으로 그를 바라보았다. 청년은 자기를 인간으로 보아주지 않는 그의 태도에 차츰 차츰 자제력을 잃어감을 느끼면서 얼굴을 찡그렸고, 이 때문에 잠들 수가 없었다.

브론스키는 아무것도 또 어떤 사람도 보고 있지 않았다. 그는 황제라도 된 기분이었다. 자기가 안나에게 깊은 감명을 주었다고 믿었기 때문은 아니고─그는 아직 그렇게 믿지는 않았다─안나가 그에게 남긴 인상이 그에게 행복과 자부심을 주었기 때문이었다.

이 모든 것들이 어떤 결과를 가져올지 그는 알지 못했고 또 생각해보려고도 하지 않았다. 그는 여태까지 제멋대로 산만하게 흩어져 있던 자신의 온 힘이 한 곳으로 집중되어 무서운 에너지를 가지고 하나의 행복한 목적을 향해 약진하기 시작한 것을 느꼈다. 그리고 그는 이 때문에 행복했다. 그는 오직 자기가 그녀에게 한 말이 모두 진실이라는 것, 자기는 그녀가 있기 때문에 여기에 왔고 인생의 모든 행복과 유일한 의의를 이제는 그녀를 보고 그녀의 목소리를 듣는 데서만 찾을 수 있다는 것만 알 뿐이었다. 젤터 탄산수를 마시려고 볼로고예역에서 내려 뜻밖에 안나를 보았을 때 무의식중에 나온 첫마디는 그가 마음속으로 생각하고 있던 바로 그 진실을 그녀에게 이야기한 것이었다. 그는 그녀에게 그렇게 말했다는 것과 그녀가 이제는 자신의 마음을 알고 그에 대해 생각하리라는 게 기뻤다. 그는 뜬눈으로 밤을 새웠다. 자기 자리로 돌아오자 그는 줄곧 그녀와 만났던 장면이며 그녀가 했던 말들을 되새겨보았고, 그러자 앞으로 일어날 수 있을 몇몇 상황들이 상상 속에서 그려지며 그의 심장은 얼어붙는 듯했다.

페테르부르크에서 내렸을 때 그는 밤새 한잠도 자지 않았음에도 냉수욕이라도 하고 난 뒤처럼 싱싱하고 산뜻한 기분을 느꼈다. 그는 자기 객차 옆에 멈춰 서서 그녀가 나오기를 기다렸다. '한번 더 봐야겠다.' 그는 저도 모르게 히죽 웃으면서 혼잣말을 했다. '그 걸음걸이, 그 얼굴을 봐야겠다. 틀림없이 무슨 말을 하겠지. 고개를 돌려 쳐다보고, 어쩌면 생긋 웃어줄지도.' 그러나 그가 아직 그녀의 모습을 찾기도 전에 그는 역장이 공손히 군중 사이로 안내해 오고 있는 그녀의 남편 모습을 보았다. '아아, 그렇다! 남편이다!' 이때 비로소 브론스키는 남편이 그녀와 맺어져 있는 사람이라는 것을 똑똑히 인식했는데, 그녀에게 남편이 있다는 것을 알았어도 지금까지는 왠지 그 존재를 믿지 않았던 것이다. 그러나 지금 그를, 그의 머리와 어깨와 검은 바지에 싸인 다리를 보고, 특히 이 남편이 자신의 소유물이나 되는 양 태연히 그녀의 손을 잡는 모습을 보자 그의 존재를 믿지 않을 수 없었다.

허리가 다소 굽은 듯해도 둥근 모자를 쓰고 페테르부르크풍의 발랄한 표정과 정중하고 자신감 넘치는 풍채를 지닌 알렉세이 알렉산드로비치를 보자, 브론스키는 그라는 사람의 존재를 확실히 인식했고, 마치 목이 말라 괴로워하던 사람이 간신히 우물가에 이르러 보니 이미 개와 양, 돼지 따위가 그곳에서 물을 마시고 휘저어놓은 것을 발견했을 때 맛봄직한 불쾌한 느낌을 경험했다. 허리 전체와 무딘 두 다리를 뒤트는 듯한 알렉세이 알렉산드로비치의 걸음걸이는 유독 브론스키의 비위에 거슬렸다. 그는 오직 자기에게만 그녀를 사랑할 정당한 권리를 인정하고 있었다. 그러나 그녀는 역시 그녀였다. 그녀의 모습은 여전히 그의 육체에 활기를 북돋워주었고, 그의 정신을 고무했으며, 그의 영혼을 행복감으로 채워주기도 하면서 그에게 영향을 미쳤다. 그는 이등칸 쪽에서 달려온 독일인 하인에게 짐을 받아 먼저 가라고 일러놓고는 그녀에게 다가갔다. 그는 부부가 처음 만났을 때의 광경을 목격하고, 사랑에 빠진 사람의 육감으로 그녀가 남편과 대화를 주고받는 모습에 약간의 서먹함이 있다는 것을 알아챘다. '아니, 그녀는 남편을 사랑하고 있지 않다, 사랑할 수가 없는 것이다.' 그는 자기 혼자 단정해버렸다.

그가 안나 아르카디예브나의 등뒤로 다가가고 있을 때, 그녀는 그의 접근을 느끼고 돌아볼 듯 하면서 그를 힐끔 쳐다보고 다시 남편에게로 얼굴을 돌렸는데, 그는 그 모습을 보고 몹시 기뻐했다.

"어젯밤은 편히 주무셨습니까?" 그는 그녀와 남편에게 동시에 인사하면서 알렉세이 알렉산드로비치가 이 인사를 자기에게 하는 것으로 받아들이든 말든, 또한 자기를 알아보든 알아보지 못하든 상관없다는 듯한 태도로 말했다.

"감사합니다, 아주 잘 잤어요." 그녀가 대답했다.

그녀의 얼굴은 지친 것처럼 보였고, 거기에서는 때론 미소로, 때론 눈빛으로 생동하며 몸부림치는 듯한 그 생기의 불꽃은 찾아볼 수 없었다. 그러나 그를 쳐다본 순간에는 그녀의 눈 속에 일순간 무언가 번뜩였고, 그 불은 곧 꺼져버렸지만, 그 순간으로 인해 그는 행복을 느꼈다. 그녀는 남편이 브론스키를 알고 있는지 확인하기 위해 남편의 얼굴을 들여다보았다. 알렉세이 알렉산드로비치는 그가 누군였는지를 무심히 더듬어보면서 못마땅한 표정으로 브론스키를 바라보았다. 브론스키의 침착함과 자신감은 돌에 부딪힌 낫처럼 알렉세이 알렉산드로비치의 냉엄한 자신감과 맞부딪쳤다.

"브론스키 백작이에요." 안나가 말했다.

"아! 우린 알 만한 사이인 것 같군요." 알렉세이 알렉산드로비치는 손을 내밀면서 냉담한 어조로 말했다. "갈 때는 어머님과 같이 가고 올 땐 또 아드님하고 같이 온 셈이로군그래." 그는 적선이라도 베풀듯 한마디 한마디를 또렷하게 발음하며 말했다. "당신은 아마 휴가차 오시나 보군요?" 그는 이렇게 말하고는 대답도 기다리지 않고 특유의 농담 섞인 어조로 아내 쪽을 향했다. "어때, 모스크바에선 헤어질 때 눈물깨나 흘렸겠군그래?"

아내에 대한 이런 태도로 그는 브론스키에게 자기들 부부만 있고 싶다는 것을 느끼게 하려고 상대방에게 돌아서서 인사하듯 모자에 손을 얹었다. 그러나 브론스키는 안나 아르카디예브나 쪽을 향하고 있었다.

"댁을 방문할 수 있는 영광을 가졌으면 합니다." 그가 말했다.

알렉세이 알렉산드로비치는 피곤한 눈빛으로 브론스키를 흘끗 쳐다 봤다.

"물론 환영합니다." 그는 냉혹한 어조로 말했다. "월요일은 항상 손님을 맞는 날이니까요." 이렇게 말한 다음 그는 브론스키를 아예 거들떠보지도 않고 아내에게 "정말이지 짬이 좋았어. 마침 당신 마중을 나올 수 있게 한 삼십 분쯤 틈이 났지. 그래 당신한테 이렇게 내 애정을 보여줄 수 있게 됐으니 말야" 하고 여전히 농담기 섞인 어조로 말했다.

"당신은 그 애정을 너무 지나치게 팔고 있어요, 내가 고마워하라고 말예요." 그녀도 똑같이 농담조로 말했으나, 무의식중에 그들의 뒤를 따라오는 브론스키의 발소리에 귀를 기울이고 있었다. '도대체 나에게 무슨 볼일이 있는 것일까?' 그녀는 생각했다. 그리고 남편에게 자기가 없는 동안 세료자가 어떻게 지냈는지 묻기 시작했다.

"오, 정말 신통해! *마리에트*의 말로는 아주 얌전했다고 하던데. 그리고…… 당신이 들으면 좀 섭섭한 얘길지 모르지만…… 당신이 없어도 그애는 당신의 남편만큼 쓸쓸해하지 않더라는군. 아무튼 다시 한번 *고마워*, 당신이 하루 일찍 와준 거 말야. 우리의 다정한 사모바르도 아마 기뻐할 거야(그는 유명한 백작부인 리디야 이바노브나를 사모바르라고 불렀는데, 그녀가 무슨 일에든 곧잘 열을 올리고 흥분하기 때문이었다). 그분은 당신 얘기만 묻곤 했으니 말이야. 그래서 난 오늘이라도 그분을 찾아뵈라고 당신에게 권유하고 싶어. 아무튼 그분은 무슨 일이든 조바심을 내고 있으니까. 지금 그분은 자신의 여러 가지 걱정거리에 덧붙여 오블론스키 부부의 화해가 어떻게 됐는지 궁금해서 속을 태우고 있지."

백작부인 리디야 이바노브나는 안나 남편의 친구로, 안나도 남편의 연줄에 의해 누구보다도 친근한 관계를 맺고 있는 페테르부르크 사교계의 중심인물이었다.

"네, 하지만 난 그분에게 편지를 띄웠는걸요."

"그렇지만 그분은 무엇이든지 자세한 이야기를 듣고 싶어한단 말이지. 그러니까, 그다지 피곤하지 않다면 찾아가봐. 당신을 위해 콘드라티가 마차 채비를 하고 기다리고 있을 거야. 난 이제 위원회에 가야겠어. 오늘부턴 혼자서 식사하지 않아도 되겠군." 알렉세이 알렉산드로비치는 이제 진지해진 어조로 계속했다. "당신은 믿지 않을지 모르지만, 나는 이제 혼자 식사하기가 영……"

그리고 그는 오랫동안 그녀의 손을 쥐고 있다가, 특유의 미소를 띠면서 그녀를 부축해 마차에 태웠다.

32

집에서 처음으로 안나를 맞이한 사람은 아들이었다. 그는 가정교사의 고함소리에도 아랑곳없이 층계에서 뛰어내려오며 어쩔 줄 모르고 기쁨에 겨워 외쳤다. "엄마, 엄마!" 그러고는 그녀 곁으로 뛰어와 느닷없이 그녀의 목에 매달렸다.

"내가 엄마라고 그랬잖아요!" 세료자는 가정교사에게 소리쳤다. "난 다 알고 있었단 말이에요!"

그러나 이 아들 역시 남편과 마찬가지로 안나에게는 환멸에 가까운 감정을 일으켰다. 그녀는 아들 또한 실제보다 한결 훌륭하게 상상하고 있었던 것이다. 그녀는 아들을 있는 그대로 사랑하기 위해 자신을 현실 세계로 끌어내리지 않으면 안 되었다. 물론 아들은 있는 그대로도 아름다웠다. 금발의 고수머리도, 파란 눈도, 팽팽히 짜인 양말을 신은 통통하고 매끈한 다리도 모두 아름다웠다. 안나는 아들을 가까이에서 보고 그의 애무를 몸으로 느끼자 거의 육체적인 환희를 맛보았으며, 그의 천진난만하고 신뢰가 담긴 사랑스러운 눈빛을 보고 그 순진한 물음을 들었을 때에는 정신적인 안식마저 느꼈다. 안나는 돌리의 아이들에게 받은 선물을 꺼내면서 모스크바에는 타냐라는 영리한 소녀가 있는데, 읽기를 잘하고 심지어 다른 아이들을 가르치기까지 하더라는 이야기를 아들에게 들려줬다.

"그럼 뭐야, 내가 그애보다 못하다는 거야?" 세료자가 물었다.

"엄마에겐 이 세상에서 네가 제일 훌륭한 애지."

"그렇지." 세료자는 빙그레 웃으면서 말했다,

안나가 아직 커피도 다 마시기 전에 벌써 리디야 이바노브나 백작부인이 찾아왔다고 하인이 알려왔다. 키가 크고 뚱뚱한 리디야 이바노브나 백작부인은 건강이 좋지 않아 누르께한 얼굴빛을 하고 있었지만, 눈만은 깊은 생각에 잠긴 듯 검고 아름다웠다. 안나는 그녀를 좋아했지만, 오늘은 어째서인지 그녀가 모든 결점을 처음으로 다 드러내놓은 듯한 느낌이 들었다.

"그래 어떻게 됐어요, 내 친구, 올리브 가지를 가져오셨어요?" 리디야 이바노브나 백작부인은 방에 들어서자마자 물었다.

"네, 깨끗이 해결됐어요, 하지만 우리가 생각했던 것처럼 그렇게 대단한 일도 아니었어요." 안나는 대답했다. "대체로 제 올케는 너무 성마른 편이거든요."

리디야 이바노브나 백작부인은 자기와 아무런 관계가 없는 일에도 무턱대고 흥미를 가지지만, 또 자기가 흥미를 가진 일도 결코 귀담아듣지 않는 버릇이 있었다. 이번에도 그녀는 안나를 가로막았다.

"그래요, 이 세상에는 정말 슬픔도 괴로움도 무척 많은가봐요. 오늘도 난 아주 지쳐버렸어요."

"아니, 왜요?" 안나는 웃음을 억누르려고 애쓰면서 말했다.

"난 말예요, 요즘 진리를 위한 쓸데없는 노고에 지치기 시작해요. 때로는 아주 용기를 꺾이고 마는 일도 있어요. 그래도 '작은 자매들의 모임'(이것은 박애적이고 애국적인 종교기관이었다) 사업은 훌륭하게 운영될 수도 있었어요. 모처럼 잘되어갔는데, 그런 사람들하고 같이 하다간 아무 일도 할 수 없어요." 백작부인 리디야 이바노브나는 조소하듯이 체념조로 덧붙였다. "그 사람들은 하나의 사상을 붙잡으면 그것을 불구로 만들어버리고 나서는 이러쿵저러쿵 쓸데없이 너절한 잔소리만 늘어놓고 있으니까요. 단지 서너 사람, 댁의 남편도 그중 한 분이시지만, 그 사람들만이 사업의 의의를 완전히 이해할 뿐이고 나머지 사람들은 그저 신용을 떨어뜨려놓을 뿐이에요. 어제도 프라브딘이 나에게 편지로……"

프라브딘은 외국에 살고 있는 유명한 범슬라브주의자였다. 백작부인 리디야 이바노브나는 그 사람의 편지 내용에 대해 이야기를 늘어놓았다.

그러고 나서 백작부인은 온갖 불만스러운 일과 교회 통합 사업에 얽힌 간계에 대해 얘기한 다음 오늘은 모 단체의 집회와 슬라브위원회에 참석해야 한다며 허둥지둥 돌아갔다.

'생각해보면 지금까지도 모든 것이 이와 똑같지 않았던가. 그런데 난 어째서 그전에는 미처 알아채지 못했을까?' 안나는 마음속으로 생각했다. '아니면 오늘 저분이 유달리 성이 난 것일까? 그건 그렇고, 정말 우습군. 저분의 목적은 선행에 있고 저분은 크리스천인데도 저렇게 항상 화만 내고 늘 적을 가지고 있으니 말야. 더구나 그게 모두 기독교와 선행에 따른 적이라니.'

백작부인 리디야 이바노브나가 돌아간 뒤 이번에는 안나의 친구인 국장 부인이 찾아와서 시중의 소식을 두루 전해주었다. 그러고는 세시가 되자 역시 만찬 때 오겠다는 약속을 하고 돌아갔다. 알렉세이 알렉산드로비치는 관청에 나가 있었다. 혼자 남은 안나는 만찬까지의 시간을 아들이 식사하는 동안 같이 있어주기도 하고(세료자는 언제나 따로 식사했다), 자신의 소지품을 정리하고 책상에 쌓여 있던 편지나 쪽지를 읽고 답장을 쓰면서 보냈다.

그녀가 오는 도중에 느꼈던 까닭 없는 부끄러움과 마음의 혼란은 깨끗이 사라졌다. 몸에 밴 일상 속으로 들어오자 그녀는 또다시 견실하고 나무랄 데 없는 자기 자신을 느꼈다.

그녀는 어제의 기분을 생각해내고 놀라지 않을 수 없었다. '정말 어쩌자는 것이었을까? 아냐, 아무것도 아냐. 브론스키가 쓸데없는 소릴 했더라도 그건 그때 그 자리에서였을 뿐이고, 난 그것에 대해 필요한 답변을 했을 뿐이야. 그 얘기를 남편에게 한다는 건 필요하지도 않은 짓이고 또 할 수도 없는 일이야. 그런 얘기를 한다면 무의미한 일에 일부러 중대한 의미를 부여하는 셈이 될 뿐이야.' 그녀는 언젠가 페테르부르크에서 남편의 젊은 부하 직원이 자신에게 한 고백을 남편에게 얘기했던 일을 생각해냈다. 그때 알렉세이 알렉산드로비치는 사교계에선 어느 부인이나 그런 일을 겪을 수 있다, 자기는 그녀의 재치를 전적으로 믿고 있으니 쓸데없이 질투 같은 것을 일으켜 그녀와 자신의 품위를 떨어뜨리는 짓은 결코 하지 않겠다고 했었다. '그러고 보면 굳이 이런 것을 얘기할 이유도 전혀 없잖아? 게다가 또 다행히 별로 얘기할 만한 일도 없고.' 그녀는 혼잣말을 했다.

33

알렉세이 알렉산드로비치는 네시에 관청에서 돌아왔다. 그러나 종종 그렇듯이 바로 아내에게 갈 순 없는 상황이었다. 그는 기다리고 있던 청원자들도 만나고 집사가 가지고 온 몇 가지 서류에 서명도 하기 위해 우선 서재로 갔다. 만찬에는(카레닌가에는 언제나 서너 사람이 만찬을 같이했다) 알렉세이 알렉산드로비치의 나이든 사촌누이와, 국장 내외와, 취직 문제로 알렉세이 알렉산드로비치에게 소개되어 온 한 젊은이가 모였다. 안나는 손님들을 응대하기 위해 객실로 나왔다. 정각 다섯시, 표트르 1세의 동상을 모방한 청동 시계가 아직 다섯번째 종을 다 치기도 전에, 알렉세이 알렉산드로비치는 식사가 끝난 뒤에 바로 나가봐야 한다면서 흰 넥타이에 훈장 두 개를 단 연미복 차림으로 나왔다. 알렉세이 알렉산드로비치의 생활은 일 분 단위로 구분되고 계획되어 있었다. 그날그날 자기 앞에 닥친 일을 해내기 위해 그는 극히 엄격한 규율을 준수하고 있었다. '서둘지 말고, 쉬지 말고.' 이것이 그의 신조였다. 그는 홀에 들어서자 일동에게 인사하고 아내에게는 웃어 보이면서 얼른 자리에 앉았다.

"그렇군, 이것으로 일단 내 독신생활도 끝난 셈이군. 당신은 믿지 않을지 모르지만, 혼자서 식사를 한다는 것은 정말 거북한(그는 거북한이라는 말에 특히 힘을 주었다) 일이야."

식사를 하는 동안 그는 아내와 모스크바 이야기를 나누기도 하고, 빈정거리는 듯한 미소를 띠며 스테판 아르카디치에 대해 묻기도 했다. 그러나 얘기는 주로 평소와 같이 페테르부르크의 공무에 관련된 일이나 사회적 사건들에 집중되었다. 식사 후 삼십 분 정도 손님들과 함께 보낸 다음, 그는 다시 웃는 얼굴로 아내의 손을 쥐더니 회의에 참석하기 위해 방을 나섰다. 그날 밤 안나는 그녀가 돌아온 것을 알고 야회에 초대한 공작부인 벳시 트베르스카야에게도, 좌석을 예약해둔 극장에도 가지 않았다. 그녀가 나가지 않은 것은 잔뜩 믿고 있던 옷이 준비되지 않았기 때문이었다. 손님들이 떠난 뒤 안나는 몸치장을 시작했다가 화가 머리끝까지 치밀어올랐다. 많은 돈을 들이지 않고도 능란하게 옷맵시를 낼 줄 아는 그녀는 모스크바로 떠나기 전에 옷 세 벌을 고치도록 재봉사에게 맡겨두었었다. 그 옷들은 사람들이 알아채지 않도록 개조되어 벌써 사흘 전에 집에 와 있어야 했다. 그런데 두 벌은 전혀 손도 대지 않았고, 나머지 한 벌도 안나가 생각했던 것과는 전혀 다르게 고쳐져 있었다. 게다가 재봉사가 와서 자기가 고친 게 더 낫다는 등 변명을 했으므로 안나는 나중에 생각하기도 부끄러울 만큼 발끈 열을 올렸던 것이다. 그래서 충분히 마음을 가라앉히려고 그녀는 아이방으로 가서 그날 밤은 아들과 함께 지냈다. 그리고 자기가 손수 아들을 재우고 나서 성호를 긋고 담요를 덮어주었다. 그러고 나니 아무데도 나가지 않고 이렇게 훌륭히 이날 밤을 지냈다는 것이 즐거웠다. 마음이 가뿐하고 조용하게 가라앉자 그녀는 모든 것이 분명해짐을 느꼈다. 기차 안에서는 그렇게 의미 깊게 여겨졌던 일이 사교계에서는 흔히 있을 수 있는 무의미한 사건 중 하나에 지나지 않으며, 그녀는 어느 누구에게도 또 자기 자신에게도 조금도 부끄러울 이유가 없음을 알게 되었다. 안나는 영국 소설책을 들고 난로 옆에 앉아 남편을 기다렸다. 정각 아홉시 반에 벨소리가 들리고 그가 방으로 들어왔다.

"이제야 오셨네!" 그에게 손을 내밀면서 그녀가 말했다.

그는 그녀의 손에 입을 맞추고 그녀 가까이에 자리를 잡았다.

"보아하니, 당신의 여행은 성공적이었던 모양이군." 그가 말했다.

"그래, 대성공이었어." 그녀는 이렇게 대답하고 그에게 자초지종을 이야기하기 시작했다. 브론스카야 노부인과의 동행, 도착, 철로에서 있었던 사건, 그리고 오빠와 돌리에게 품었던 연민에 대해 얘기했다.

"그러나 그런 사람을 다 용서할 수 있다니 나로선 좀 이해하기 어려운 일인걸. 아무리 당신 오라버니라고는 하지만." 알렉세이 알렉산드로비치는 엄숙한 어조로 말했다.

안나는 빙그레 웃었다. 그가 이렇게 말한 까닭은 친척관계라 할지라도 자신의 솔직한 의사 표시를 저지할 수 없다는 점을 나타내기 위한 것뿐임을 안나는 알고 있었다. 그녀는 남편의 이러한 성격을 잘 알고 있었고 또한 좋아했다.

"그렇지만 나는 만족해. 모든 일이 무사히 끝나고, 또 당신이 돌아와줘서 말이야." 그는 말을 계속했다. "그건 그렇고, 거기선 뭐라고들 말하지, 내가 의회에서 통과시킨 새로운 제도에 대해서?"

안나는 그 제도에 대해서는 들은 얘기가 없었다. 그녀는 그렇게 중요한 일을 자기가 너무나 무관심하게 잊을 수 있었던 것이 양심에 찔렸다.

"여기에선 정말 굉장한 난리가 일어났었지." 그는 만족스러운 미소를 띠고 말했다.

그녀는 알렉세이 알렉산드로비치가 이 사건에 대해 뭔가 그에게 즐겁게 여겨지는 점을 그녀에게도 알리고 싶어한다는 것을 알아채고는, 그에 대해 여러 가지 질문을 했다. 그는 여전히 만족스러운 미소를 띠고 이 새로운 제도가 통과되었을 때 그를 위해 베풀어졌던 온갖 축하연에 대해 이야기했다.

"정말, 정말 기뻤어. 이 일은 우리 안에서도 마침내 이 사업에 대한 합리적이고 확고한 견해가 성립돼가고 있음을 입증하는 것이니 말이야."

크림과 빵을 곁들여 두 잔째 차를 마시고 나서 알렉세이 알렉산드로비치는 의자에서 일어나 서재 쪽으로 갔다.

"그런데 당신은 아무데도 나가지 않았나? 몹시 지루했겠군그래?" 그가 말했다.

"아니, 그렇지 않았어!" 그녀는 그를 따라 일어나서는 홀을 지나 서재로 그를 따라가면서 대답했다. "당신은 지금 무엇을 읽고 있어?" 그녀가 물었다.

"드 릴 공작의 『지옥의 시』*를 읽고 있어." 그는 대답했다. "정말 훌륭한 책이야."

안나는 사람들이 사랑하는 자의 결점을 보고 웃을 때처럼 그렇게 빙그레 웃고, 남편의 팔짱을 끼고 그를 서재 문까지 배웅했다. 그녀는 저녁 독서를 필요불가결한 것으로 여기는 그의 습관을 알고 있었다. 그녀는 또 관청에서의 직무가 그의 대부분의 시간을 차지하고 있었음에도 불구하고, 그가 사상계에 나타나는 저명한 서적을 모두 섭렵하는 것을 자신의 의무로 여기고 있다는 것도 알고 있었다. 또한 실제로 그가 흥미를 갖고 있는 것은 정치와 철학과 신학에 관한 서적이며 예술은 그의 성격상 그와는 전혀 인연이 없었음에도 불구하고, 아니 어쩌면 오히려 그 때문에 알렉세이 알렉산드로비치는 예술에 관계된 것이라 해도 화제가 된 책은 무엇 하나 놓치지 않고 모두 읽는 것을 의무로 여기

---

* 릴 공작은 가공의 이름으로, 르콩트 드 릴을 생각나게 한다. '지옥의 시'란 제목은 패러디의 성격을 띠고 있다.

고 있다는 것도 알고 있었다. 그가 정치나 철학, 신학의 영역에서는 사사건건 의문을 갖고 연구하기도 하지만 예술이며 시, 특히 그로서는 전혀 이해가 없는 음악의 영역에는 오히려 확고하고 일정불변한 견해를 갖고 있다는 것도 알고 있었다. 그는 셰익스피어며 라파엘로며 베토벤을 논하고, 시나 음악의 새로운 유파의 의의에 대해 이야기하는 것을 좋아했지만, 그러한 것들은 모두 그의 머릿속에서 극히 명확한 질서에 따라 분류되었다.

"그럼, 안녕." 그녀는 서재의 문 옆에서 그에게 말했다. 서재 안에는 벌써 그를 위해 촛불에 갓이 씌워져 있었고, 안락의자 옆에는 물병이 준비되어 있었다. "난 모스크바에 편지를 쓸 거야."

그는 그녀의 손을 쥐고 다시 한번 거기에 입을 맞췄다.

'역시 저이는 좋은 사람이야. 마음이 곧고 착하고 자신의 분야에서는 훌륭한 사람이야.' 안나는 자기 방으로 돌아오면서 마치 누군가가 그를 비난하고 그를 사랑해서는 안 된다고 얘기하기라도 한 것처럼, 그를 지켜주기라도 하려는 듯한 어조로 혼잣말을 했다. '그렇지만 어째서 저이의 귀는 저렇게 툭 튀어나와 있는 것일까! 머리를 너무 짧게 깎은 탓일까?'

정각 열두시, 안나가 돌리에게 보낼 편지를 마무리하면서 아직 책상 앞에 앉아 있을 때 규칙적인 슬리퍼 소리가 들리고, 목욕하고 머리를 깨끗이 빗은 알렉세이 알렉산드로비치가 겨드랑이에 책을 낀 채 그녀의 옆으로 다가왔다.

"시간이 됐어, 시간이." 그는 독특한 미소를 띠면서 이렇게 말하고 재빨리 침실로 들어갔다.

'그 사람은 도대체 무슨 권리로 저이를 그렇게 바라봤을까?' 안나는 알렉세이 알렉산드로비치를 바라보던 브론스키의 눈초리를 떠올리면서 생각했다.

그녀는 옷을 벗고 침실로 들어갔다. 그러나 그 얼굴에서는 모스크바에서 묵는 동안 그녀의 눈이며 미소에서 그처럼 넘쳐흐르던 생기가 자취를 감추었을 뿐 아니라, 지금은 오히려 그 불꽃이 그녀 속에서 꺼져버렸거나 혹은 어딘가로 멀리 숨어버린 것처럼 보였다.

34

페테르부르크를 떠나면서 브론스키는 모르스카야가街에 있는 자신의 큰 집을 사이좋은 친구이자 동료인 페트리츠키에게 맡겨두고 갔다.

페트리츠키는 젊은 중위로, 유달리 신분이 좋은 사람도 아니고 부자도 아닐뿐더러 여기저기에 온통 빚을 지고, 밤만 되면 늘 술에 취해서 온갖 해괴망측하고 야비한 행동을 저지르고 다녀 자주 영창에 들어가곤 했지만, 그러면서도 동료들이며 상사들의 귀여움을 받고 있는 사내였다. 열한시가 넘어 역에서 자기 집으로 마차를 몰고 온 브론스키는 정오가 다 되어서야 도착했고, 현관 앞에 낯익은 삯마차가 세워져 있는 것을 발견했다. 또한 벨을 누르자 방안에서 사람들의 떠들썩한 웃음소리와 여자의 혀 짧은 목소리와 "만약 강도놈들일 것 같으면 들여놔선 안 돼" 하는 페트리츠키의 고함소리가 집밖까지 또렷이 새어나오는 것을 들었다. 브론스키는 당번병에게 자기라고 얘기하지 말라 이르고는 살며시 현관방으로 들어갔다. 페트리츠키의 여자친구인 실톤 남작부인이 라일락빛 새틴 옷을 입고 금발에 볼이 빨간 아름다운 얼굴을 빛내면서, 카나리아처럼 그 수선스러운 파리 말씨로 온 방을 채우며 둥근 탁자 앞에 앉아 커피를 끓이고 있었다. 페트리츠키는 외투를 걸친 채, 기병대위 카메롭스키는 아마 근무처에서 돌아온 모양으로 제복을 갖춰입은 채 그녀 양쪽에 앉아 있었다.

"브라보! 브론스키!" 페트리츠키는 의자가 덜거덕거릴 만큼 훌쩍 튀어일어나면서 외쳤다.

"바로 주인어른이군! 남작부인, 이 사람에게 새로 끓인 커피를 줘요. 아니, 자네가 돌아오다니, 정말 뜻밖이야! 그런데 바라노니, 자네 서재의 새로운 장식에 만족해줬으면 하는데." 그는 남작부인을 가리키면서 말했다. "두 분은 서로 잘 알잖아?"

"물론!" 브론스키는 쾌활하게 웃고 남작부인의 조그마한 손을 잡으면서 말했다. "말할 것도 없지! 아주 잘 알지."

"여행에서 돌아오시는 길이군요." 남작부인은 말했다. "그러시다면 난 실례하겠어요. 아아, 만약 내가 방해가 된다면 당장에라도 떠나겠어요."

"아닙니다, 남작부인, 당신이 계신 곳이 곧 당신의 집입니다." 브론스키가 말했다. "아니 이런, 잘 있었나, 카메롭스키." 그는 냉정하게 카메롭스키의 손을 잡으면서 덧붙였다.

"거봐요, 저렇게 멋있는 문구는 당신은 여간해선 말할 수 없어요." 남작부인은 페트리츠키를 보며 말했다.

"아니, 왜요? 식후에 나도 더 멋있는 얘길 해 보이죠."

"그렇지만 식후엔 소용없어요! 자, 내가 커피를 끓여드릴 테니, 세수하시고 몸치장이나 하세요." 남작부인은 다시 자리에 앉아 조심스럽게 새로 산 커피포트의 나사를 돌리면서 말했다. "피예르, 커피 좀 줘요." 그녀는 두 사람의 관계를 숨기려고도 하지 않는 듯, 페트리츠키라는 성에서 따온 피예르라고 부르며 말했다. "조금 더 넣을게요."

"버려놓진 마요."

"걱정 마요, 버려놓기야 하겠어요? 그건 그렇고, 당신의 부인은요?" 남작부인은 갑자기 브론스키와 페트리츠키의 얘기를 가로채며 말했다. "우린 여기서 멋대로 당신을 결혼시켜버렸어요. 부인을 데리고 오셨어요?"

"아닙니다, 남작부인. 난 집시로 태어났으니 집시로 죽겠습니다."

"갈수록 더 훌륭하군요, 갈수록 더 훌륭해요. 손을 이리 주세요."

남작부인은 브론스키를 놔주지 않고 농담을 섞어가며 자신의 최근 생활 계획에 대해 얘기하기도 하고 그의 조언을 구하기도 했다.

"그인 무슨 일이 있어도 나하고 헤어지려 하지 않아요! 정말 난 어떻게 하면 좋을지 모르겠어요(그이란 그녀의 남편을 말하는 것이었다). 그래서 난 지금 소송을 제기할까 해요. 당신은 어떻게 생각하세요? 카메롭스키, 커피를 좀 봐주세요, 넘치려 하네요. 보시다시피 난 지금 한창 얘기하느라고 바빠서 그래요! 내가 소송을 제기하려는 건 내 재산이 필요하기 때문이에요. 당신은 내가 그이에게 부정하다느니 하는 어리석은 수작이 이해가 가세요?" 그녀는 경멸하는 듯한 어조로 말했다. "더구나 그인 그것을 빙자해 내 영지를 이용하려 들거든요."

브론스키는 이 아름다운 여자의 쾌활한 재잘거림을 흥미롭게 들으면서, 그녀의 말에 맞장구를 치기도 하고 농담 섞인 조언을 해주기도 했다. 말하자면 이런 부류의 부인들을 대할 때 취하는 태도를 고수했던 것이다. 그가 알기로 페테르부르크의 세계에서는 모든 사람들이 전혀 상반된 두 부류로 나뉘어 있었다. 저급한 한쪽 부류는 야비하고 어리석고 무엇보다도 우스운 인간들로, 한 남편은 정당하게 결혼한 한 아내하고만 생활해야 한다는 것과 처녀는 순결해야 하고 여자는 수줍어해야 하고 사내는 사내다워야 하며 절도 있고 건강해야 하고 자녀를 교육시키고 자기가 벌어서 생계를 꾸려야 하고 부채는 갚아야 한다 등등의 온갖 어리석은 것을 믿고 있는, 말하자면 고루하고 우스운 종류의 사람들이었다. 다른 한쪽의 부류는 그의 친구들이 모두 속해 있는 진정한 인간의 무리로, 그들에게는 사람은 무엇보다도 우아하고 아름답고 도량이 넓고 대담하고 쾌활하고 온갖 정열에 얼굴을 붉히는 일 없이 몸을 던져야 하며, 그 밖의 온갖 것들은 모두 웃어넘길 수 있어야 했다.

브론스키는 처음 얼마간 모스크바에서 가져온 전혀 다른 세계의 인상 때문에 다소 머릿속이 멍했지만, 곧 낡은 슬리퍼에 발을 밀어넣듯 이전의 즐겁고 유쾌한 세계로 들어갔다.

커피는 결국 끓어넘쳐서 모두 엎질러지고 말았다. 말하자면 이 자리에 가장 필요한 효과를 가져왔다. 즉 값비싼 양탄자와 남작부인의 옷을 적셔 야단법석과 폭소의 계기를 마련해주었던 것이다.

"자, 이제는 실례해야겠어요. 그러지 않으면 당신은 언제까지고 세수를 하지 않을 테니까요. 내 양심은 점잖은 사람의 가장 무거운 죄, 즉 불결이라는 죄를 짓게 될 테니까요. 그러니까 당신은 목에다 칼을 대라고 충고하시는 거죠?"

"물론이죠. 그러나 그런 경우엔 당신의 손이 되도록 그분의 입술 가까이에 가 있도록 하지 않으면 안 됩니다. 그분이 당신의 손에 입을 맞춘다, 그러면 만사가 다 깨끗이 끝나게 되는 것이니까요." 브론스키가 대답했다.

"그럼 오늘은 프랑스 극장에 가 있겠어요!" 그녀는 이렇게 말하고 옷자락 스치는 소리를 내면서 사라졌다.

카메롭스키도 자리에서 일어났고, 브론스키는 그가 미처 떠나기도 전에 그에게 손을 내밀고는 화장실로 향했다. 그가 얼굴을 씻는 동안 페트리츠키는 브론스키가 떠난 뒤에 약간 변하게 된 자기 처지에 대해 간단히 이야기했다. 돈은 한푼도 없다, 아버지는 한푼도 주지 않고 빚도 갚아주지 않겠다고 말했다, 한 양복장이는 나를 영창에 처넣으려 하고 또다른 양복장이는 꼭 영창에 처넣겠다고 으르대고 있다, 연대장은 만약 이 같은 추태가 해결되지 않으면 부대를 나가줘야겠다고 경고했다, 남작부인은 쓴 무처럼 넌더리가 난다, 특히 툭하면 돈을 주려고 하기 때문에 견딜 수가 없다, 그러나 좋은 여자가 하나 있는데 그녀는 정말 기적적인 미인이다, 물론 머지않아 보여주겠지만 말하자면 '여종 리브가의 유형'*이라고도 할 수 있는 동양적인 엄숙한 스타일의 여인이다, 베르코셰프와도 어제 말다툼을 했다, 그래서 그는 결투의 입회인들을 보내려고 했으나 물론 그래 봤자 아무 소용도 없었을 것이다, 그러나 어쩌됐든 모든 일이 다 훌륭하고 무척 즐겁게 되어가고 있다. 이렇게 이야기하고 나서 페트리츠키는 친구가 그 이상 자기 일에 깊이 파고들 틈을 주지 않고 온갖 재미있는 소식을 이야기하기 시작했다. 벌써

---

* 성서에 나오는, 아브라함의 종이 메소포타미아에서 데리고 온 리브가의 형상을 염두에 두고 있다. 『창세기』 24장 참조.

삼 년이나 살고 있는 자기 집의 낯익은 배경 속에서 역시 낯익은 페트리츠키의 얘기를 듣는 사이에 브론스키는 익숙하고 시름없는 페테르부르크 생활로 돌아왔음을 실감하고 만족스러웠다.

"그럴 리가 있나!" 그는 빨갛고 탄탄한 목덜미에 물을 끼얹다가 문득 세면대의 페달을 놓고 외쳤다. "그럴 리가 있나!" 그는 로라가 밀레예프와 눈이 맞아 페르틴고프를 버렸다는 얘기를 듣고 이렇게 외쳤다. "그래 그 사내는 여전히 어리석고 잘난 체하나? 참, 부줄루코프는 어떻게 하고 있어?"

"아아, 참, 부줄루코프도 재미있는 얘기가 있어. 훌륭한 얘기야!" 페트리츠키는 외쳤다. "아무튼 그자의 무도열은 대단해. 하여간 궁정 무도회라면 한 번도 빠지지 않으니까. 그런데 그자가 말야, 대무도회에 신형 군모를 쓰고 나갔어. 자넨 신형 군모를 본 적이 있나? 정말 좋아, 가볍고. 그런데 말야, 그자가 서 있는데…… 아니, 자네 듣고 있나?"

"그럼 듣고 있어." 브론스키는 털이 보풀보풀한 타월로 몸을 문지르며 대답했다.

"그런데 말야, 마침 대공비께서 어떤 대사하고 같이 그곳을 지나가다가 불행히도 두 사람의 얘기가 신형 군모로 옮겨졌거든. 그러니까 대공비께선 신형 군모를 보고 싶은 생각이 들었어…… 그래 보니까, 거기에 우리 친구가 서 있겠다. (페트리츠키는 그가 군모를 쓰고 서 있는 시늉을 해 보였다.) 대공비께서 그 군모를 보여달라고 하셨어. 그런데 그자가 보여주질 않는 거야. 이게 어떻게 된 일이야? 모두들 그자에게 눈짓을 하기도 하고 고갯짓을 하기도 하고 얼굴을 찌푸려 보이기도 했어, 보여드리라고. 그런데 주질 않아. 아무것도 모르는 양 그대로 서 있는 거야. 어때, 이봐, 그 꼬락서니가 눈에 선하지!…… 그러자 그 사람이…… 이름이 뭐라고 하더라…… 그 사내가 달려들어 그에게서 군모를 빼앗으려고 했어…… 그래도 주질 않아!…… 그러다가 마침내 그 사내가 억지로 빼앗아가지고 대공비께 드렸어. '말하자면 이게 바로 신형이라는 거로군' 하고 대공비께서 말씀하시더니 군모를 뒤집어보지 않았겠나, 그러자 이봐 알겠어, 거기서 배와 사탕이 소리를 내면서 쏟아져나왔어! 그것도 2푼트*가량이나 되는 사탕이!…… 그자는 또 그것을 주워모았던 모양이야, 재미있는 녀석이야!"

브론스키는 배를 움켜쥐고 웃었다. 그러고서 한참 뒤에 다른 얘기들을 하면서도 군모에 대해 생각해내고는 튼튼하고 가지런한 이를 드러내 보이며 한바탕 웃음을 터뜨렸다.

새로운 소식을 모조리 듣고 나서 브론스키는 하인의 시중을 받으며 군복으로 갈아입고 부대로 인사를 하러 갔다. 가는 길에 형과 벳시에게 들르고 그 밖에도 두서너 군데를 더 방문하여 앞으로 카레니나를 만날 수 있는 사교계에 뛰어들기 위한 계획을 세웠다. 그래서 그는 페테르부르크에서의 습관에 따라 밤늦게까지 돌아오지 않을 생각으로 집을 나섰다.

---

* 러시아의 옛 중량 단위. 1푼트는 약 407그램.

제2부

1

겨울도 다 갈 무렵 셰르바츠키가에서는 키티의 건강 상태를 진단하고 쇠약해지는 체력을 회복하기 위한 대책을 결정하기 위해 의사들의 협진이 행해졌다. 그녀는 앓고 있었고, 봄이 가까워옴에 따라 건강이 더욱더 나빠졌다. 주치의는 그녀에게 먼저 간유를 주고 다음에는 철분제, 그다음에는 질산은제를 주었지만 어느 것도 효험이 없었고, 또 이듬해 봄이 되면 외국으로 전지요양을 떠나라고 권유했기 때문에 유명한 박사가 초빙되었던 것이다. 나이도 그다지 많지 않고 보기 드문 미남자인 그 유명한 박사는 환자를 청진해봐야겠다고 요구했다. 그는 의기양양한 어조로 처녀 운운하며 수치스러워하는 것은 야만 시대의 유물에 불과하다고, 또 한창나이의 사내가 젊은 여자의 알몸을 촉진하는 것만큼 자연스러운 일은 없다고 주장했다. 그가 그 일을 자연스럽다고 믿는 이유는 자기가 날마다 그렇게 하고 있고 그에 대해 아무런 잘못도 느끼지 않기 때문이었다. 그래서 그는 처녀의 수치심을 야만 시대의 유물일 뿐만 아니라 자신에 대한 모욕이라고까지 여겼던 것이다.

어쨌든 그의 말에 따를 도리밖에 없었다. 의사들이란 같은 학교에서 같은 교재로 배웠기 때문에 알고 있는 학문도 같을 수밖에 없었음에도 불구하고, 또 어떤 사람들은 이 유명한 박사를 돌팔이라고 말했음에도 불구하고, 공작부인과 그 주위 사람들은 어째선지 이 유명한 박사만이 특별한 방법을 알고 있고 그 사람만이 키티를 구할 수 있을 거라고 생각했다. 부끄러워서 아연실색하여 어쩔 줄 모르는 환자를 조심스럽게 청진하고 타진도 한 뒤, 유명한 박사는 정성스럽게 손을 씻고 객실로 돌아와서 거기 서 있던 공작과 얘기를 나눴다. 공작은 박사의 이야기를 들으면서 기침을 하고 얼굴을 찌푸렸다. 세상의 쓴맛 단맛을 다 보고 살아온데다가 바보도 환자도 아닌 사람으로서 그는 의술을 믿지 않았고, 더구나 키티가 병이 난 원인을 충분히 이해하고 있는 사람은 자기 혼자밖에 없다고 생각했기에 마음속으로는 이러한 희극을 몹시 못마땅하게 여기고 있었다. '뭐야, 이 멀쩡한 허풍선이 같으니라고.' 그는 속으로 사냥꾼 사이에서 쓰이는 이러한 칭호를 유명한 박사에게 적용하면서 딸의 증세에 대한 그의 요설을 들었다. 한편 박사 쪽에서도 이 노공작에 대한 경멸의 표정을 애써 억누르고 그가 이해할 수 있을 수준까지 자기를 낮추어 설명하려고 노력했다. 그는 이 늙은이에게는 무슨 얘기를 해도 쓸데없다는 것을, 이 집의 중심은 어머니라는 것을 알고 있었다. 그래서 그는 그녀 앞에서 한번 자신의 변설을 뿌려볼 속셈이었다. 바로 그때 공작부인이 주치의를 데리고 객실로 들어왔다. 공작은 이 한바탕의 희극을 자신이 얼마나 비웃고 있는지를 들키지 않으려고 재빨리 자리를 빠져나왔다. 공작부인은 넋을 잃고 어찌할 바를 몰랐다. 그녀는 키티에게 죄의식을 느끼고 있었다.

"자, 박사님, 우리의 운명을 결정지어주세요." 공작부인은 말했다. "솔직하게 말씀해주세요." '희망이 있을까요?'라고 말하고 싶었지만 그녀는 입술이 떨려 이 물음을 입 밖에 내놓을 수가 없었다. "그래, 어때요, 박사님?……"

"잠깐 기다려주십시오, 공작부인. 일단 동료와 협의한 다음, 제 소견을 말씀드리겠습니다."

"그럼 저희들이 자리를 비워야 할까요?"

"편할 대로 하십시오."

공작부인은 한숨을 쉬고 나갔다.

단둘만 남게 되자 주치의는 머뭇거리는 듯한 어조로 어쩐지 결핵의 초기 증세가 아닌가 생각되기도 합니다만…… 운운하며 자기 의견을 개진하기 시작했다. 유명한 박사는 그의 말을 들으면서 흘끗 자신의 큼직한 금시계를 들여다보았다.

"그렇겠군요." 그는 말했다. "그렇지만……"

주치의는 이야기하다 말고 공손하게 입을 다물었다.

"잘 아시겠지만 결핵의 초기라고 단정하는 것은 우리로서는 무척 어려운 일입니다. 공동(空洞)이 나타나기 전에는 어떠한 결정적인 징후도 없는 것이니까요. 물론 의심을 할 수는 있습니다. 징후가 전혀 없는 것은 아니니까요. 식욕부진이라든지, 신경의 흥분이라든지, 그 외에도 말입니다. 그렇다면 문제는 이것이겠죠. 결핵이라는 가정하에, 영양을 유지하기 위해선 어떤 수단을 강구해야 할 것인가?"

"그렇지만, 알고 계시겠지만 보통 이런 병세에는 도덕적 내지는 정신적인 원인이 숨겨져 있는 법인데요." 엷은 미소를 띠면서 주치의가 끼어들었다.

"그렇죠, 그건 당연한 얘깁니다." 유명한 박사는 또다시 시계를 보면서 대답했다. "실례되지만 야우스스키 다리는 준공됐는지 모르겠군요, 아니면 또 멀리 돌아가야겠죠?" 그는 물었다. "아! 준공되었습니까? 그럼 난 이십 분이면 갈 수 있겠는데요. 그런데 말입니다, 우린 이 문제에 대해 이렇게 이야기했죠. 즉 영양을 유지할 것과 신경을 안정시킬 것. 그런데 이 두 가지는 서로 밀접한 관계가 있기 때문에 하나의 큰 원 안에서 동시에 치료를 해나가지 않으면 안 됩니다."

"그러면 외국에서 하는 요양은?" 주치의가 물었다.

"난 외국으로 떠나는 것은 반대합니다. 그리고 아시겠습니까? 우리가 지금 알 수는 없지만 만약 이것이 결핵의 초기 증세라면, 외국 요양은 아무런 도움도 되지 못할 것입니다. 오히려 지금은 영양을 보충하고 부작용이 없는 약을 꼭 복용해야 한다고 생각합니다."

그러고서 유명한 박사는 조덴수水를 쓰는 치료법을 설명했는데, 그것을 지정한 주된 목적은 분명 그것이 아무런 해도 없다는 데 있었다.

주치의는 주의깊게 공손히 귀를 기울이고 있었다.

"그렇지만 외국 여행의 효과로 나는 환경의 변화, 그리움을 불러일으키는 원인으로부터의 도피를 들까 합니다. 게다가 또…… 어머님도 그렇게 했으면 하고 계시니까요." 그가 말했다.

"아! 아니, 그렇다면 문제는 없습니다. 떠나셔도 괜찮습니다. 그러나 그 독일의 엉터리 의사들이 무슨 엉뚱한 짓을 할지 모르니까요…… 내 소견만은 꼭 지켜주시기를…… 그럼 하여튼, 그렇다면 가보시는 것도 괜찮을 겁니다."

그는 또다시 시계를 바라보았다.

"오! 벌써 시간이 됐군." 이렇게 말하고 그는 문 쪽으로 갔다.

그러고서 유명한 박사는 공작부인에게 한번 더 환자를 봐야겠다고 말했다(그나마 예의를 차리는 마음에서 한 말이었다).

"네? 한번 더 진찰을 하셔야겠다고요?" 깜짝 놀라서 어머니는 외쳤다.

"아니, 저, 몇 가지만 더 자세히 알아보고 싶어서 그럽니다, 공작부인."

"그럼, 그렇게 하세요."

어머니는 박사를 안내하여 키티가 있는 방으로 들어갔다. 키티는 바싹 여윈 볼을 홍당무처럼 붉히고, 방금 전에 참아야 했던 부끄러움 때문에 눈에 유다른 광채를 담고 방 한가운데 우뚝 서 있었다. 박사가 들어오자 그녀는 발갛게 달아올랐고, 두 눈에는 눈물이 글썽거렸다. 그녀에게는 병이니 치료니 하는 온갖 것들이 실로 어리석고 심지어 우습기짝이 없는 것으로 여겨졌다! 특히 그녀를 치료한다든가 하는 얘기는 마치 깨진 꽃병을 맞추려는 것처럼 정말 우스꽝스럽게 여겨졌다. 그녀는 마음이 찢겨 있었던 것이다. 그런데 그들은 정제니 산제니 하고 떠들어대면서 그녀를 어떻게 치료하겠다는 것인지? 하지만 어머니를 괴롭게 할 수는 없었다. 그러잖아도 어머니는 다 자기 잘못이라고 여기고 있었다.

"괴롭겠지만 잠깐만 앉아주실까요, 공작영애." 유명한 박사가 말했다.

그는 미소를 지으면서 그녀와 마주앉아 맥을 짚었다. 그러고는 또 지루한 질문을 퍼붓기 시작했다. 그녀는 그의 질문에 대답하다 말고 갑자기 발끈하며 일어섰다.

"용서하세요, 박사님, 정말 이런 짓은 하나도 쓸데없어요. 게다가 박사님은 똑같은 걸 세 번씩이나 물으시니까 말예요."

유명한 박사는 모욕을 느끼지도 않았다.

"병적인 흥분입니다." 키티가 나가자 그는 공작부인에게 말했다. "아무튼 저도 이제 이것으로 끝났습니다……"

그리고 박사는 공작부인을 향해 마치 유달리 지적인 부인을 대할 때처럼 공작영애의 병태를 전문적 용어로 설명하고, 아무런 필요도 없는 그 물약 복용방법을 지시하는 것으로 이야기를 끝맺었다. 외국엔 가야 할까요? 하는 질문에 박사는 마치 어려운 문제를 해결하려는 것처럼 깊은 생각에 잠겨버렸다. 그리고 한참 후에야 겨우 결연한 대답이 내려졌다. 가는 것은 괜찮다, 그러나 엉터리 의사들을 믿지 않도록 조심하고 모든 것은 그의 지시에 따를 것.

박사가 떠나자 무언가 즐거운 일이라도 일어난 것 같았다. 어머니는 명랑하게 웃으며 딸에게 돌아왔고, 키티도 기분이 좋은 체했다. 그녀는 요즈음 거의 언제나 자신의 태도를 거짓으로 꾸미지 않으면 안 되었다.

"정말 난 건강해요, *엄마*. 그렇지만 엄마가 바라신다면 언제든지 가겠어요." 그녀는 이렇게 말하고는 눈앞에 닥친 여행을 즐거워하는 체하며 여행 준비에 대해 이러니저러니하고 이야기하기 시작했다.

2

박사의 뒤를 이어 바로 돌리가 찾아왔다. 그녀는 이날 진단이 있다는 것을 알고 있었으므로 아직 산욕에서 일어난 지도 며칠 되지 않은 데다(그녀는 늦겨울에 딸을 낳았다) 자기 자신에게도 슬픔과 걱정이 헤아릴 수 없을 만큼 많았음에도 불구하고, 이날 결정하기로 되어 있던 키티의 운명을 알기 위해 젖먹이와 몸이 아픈 딸애를 집에다 떼놓고서 일부러 찾아왔다.

"그래, 어떻게 됐어요?" 그녀는 객실로 들어오면서 모자를 벗지도 않고 물었다. "모두들 유쾌하군요. 그럼 틀림없이 결과가 좋았겠죠?"

사람들은 그녀에게 박사의 말을 전하려고 해보았지만, 박사는 굉장히 유창하고 장황하게 설명했음에도 불구하고 막상 그가 이야기한 내용을 전한다는 건 도저히 불가능했다. 그저 외국으로 요양을 가기로 결정했다는 게 고작이었다.

돌리는 무의식중에 한숨을 내쉬었다. 그녀의 가장 친한 벗인 동생이 떠나는 것이다. 게다가 또 그녀의 생활은 어쩐지 재미없었다. 스테판 아르카디치와의 관계도 화해한 뒤에는 다시 굴욕적인 것이 되었다. 안나가 이어준 납땜도 단단한 것은 아니었고, 가정의 화목은 또다시 똑같은 지점에 금이 갔다. 이렇다 할 뚜렷한 사건은 없었지만 스테판 아르카디치는 거의 집에 붙어 있지 않았고, 돈도 역시 옹색한 형편이었다. 게다가 남편의 불성실에 대한 의혹이 끊임없이 돌리를 괴롭혔으므로 그녀는 지난번에 경험했던 질투의 고통이 두려워 이제는 스스로 그것을 내쫓으려 애쓰고 있었다. 그러나 한번 체험한 질투의 폭발이 두

번 다시 되풀이될 리는 없었고, 남편의 불성실이 폭로된다고 해도 처음 처럼 그렇게 큰 충격을 주지는 않을 것 같았다. 그러한 폭로는 이제 일 상생활을 파괴하기만 할 터였고, 무엇보다도 그녀는 그와 그러한 자신 의 약점을 경멸하면서 계속 스스로를 기만하며 지냈던 것이다. 게다가 가족에 대한 걱정이 줄곧 그녀를 괴롭히고 있었다. 아기의 이유식이 잘 못되기도 하고, 유모가 나가버리는가 하면, 또 이번처럼 어린애 하나가 앓기도 했다.

"그래, 어떠냐, 너희 집은?" 어머니가 물었다.

"아아, *엄마*, 우리집은 걱정투성이예요. 릴리가 몸이 좋지 않아요. 성 홍열이 아닌가 싶어 마음이 조마조마해요. 지금은 너무 이쪽 사정이 궁 금해서 나오긴 했지만, 잘못하면 아무데도 못 가고 집에만 쭉 박혀 있 게 될지도 모르겠어요. 만약 말예요, 아아, 성홍열이기라도 하면."

박사가 떠나자 서재에서 나온 노공작도 돌리에게 볼에다 입을 맞추 게 하고 두서너 마디 그녀와 이야기를 나눈 뒤 아내를 돌아보았다.

"어떻게 결정됐나, 가는 거야? 그래, 그건 그렇고, 난 어떻게 해야 하 지?"

"당신은 남아 있는 게 좋을 것 같아요, 알렉산드르 안드레이치." 부인 이 말했다.

"나야 어떻게 해도 상관없지만."

"*엄마*, 어째서 아빠는 같이 가실 수가 없죠?" 키티가 말했다. "가시는 게 아빠에게도 또 저희들에게도 더 좋을 텐데요."

노공작은 일어서서 한 손으로 키티의 머리를 쓰다듬었다. 그녀는 얼 굴을 들고 억지로 웃는 얼굴을 지어 보이면서 그이 얼굴을 물끄러미 쳐다보았다. 비록 많은 말을 하지는 않았지만, 그녀는 언제나 그가 온 집안에서 누구보다도 그녀를 가장 잘 이해하고 있는 것 같은 느낌이 들었다. 막내딸인 그녀는 아버지의 귀염둥이였고, 그녀에게는 자신에 대한 애정이 아버지의 통찰을 날카롭게 하고 있는 것처럼 느껴졌다. 그래서 지금도 그녀의 얼굴을 찬찬히 쳐다보고 있던 아버지의 날카롭고 선량한 눈과 마주쳤을 때, 그녀는 아버지가 자기를 속속들이 들여다보고 자기 마음속에 일어나고 있는 좋지 않은 생각까지도 모두 이해하고 있는 것같이 느껴졌다. 그녀는 얼굴을 붉히면서 키스해주시리라 기대하고 아버지 쪽으로 몸을 폈지만, 아버지는 그저 그녀의 머리를 쓰다듬으며 이렇게 말했다.

"이 얼빠진 가발은 또 뭐야! 이건 꼭 살아 있는 딸을 만지는 게 아니라 죽은 여자의 머리를 어루만지는 꼴이잖아. 그래 너는 어떠냐, 돌린카." 그는 만딸 쪽으로 얼굴을 돌리고 말했다. "너희 집 멋쟁이는 요즘 어떻게 하고 있지?"

"여전해요, 아빠." 돌리는 남편 얘기임을 알아채고 대답했지만, "줄곧 나돌아다니고만 있으니 저도 좀처럼 얼굴을 볼 수가 없어요" 하고 경멸하는 듯한 미소를 띠며 덧붙이지 않을 수 없었다.

"뭐야, 그럼 아직 숲을 팔러 시골로 가지 않았나?"

"네, 줄곧 준비는 하고 있어요."

"아아, 그래!" 공작은 말했다. "그럼 나도 어디 한번 떠날 준비를 해볼까? 그래야겠어." 그는 자리에 앉으면서 아내를 보고 말했다. "그런데 넌 말야, 카탸." 그는 막내딸 쪽으로 얼굴을 돌리고 덧붙였다. "언제라도 괜찮아, 날씨 좋은 날을 택해서, 아침에 잠이 깨거든 자신에게 이렇게 이야기해보란 말야. '난 이제 정말 건강이 완전히 회복되었고 기분도 상쾌하다. 아빠에게 아침 일찍 서리를 밟으면서 산책하자고 해야지' 하고 말야. 알겠니?"

아버지의 말은 특별한 내용이 아닌 것 같았지만, 이 말을 듣자 키티는 죄가 드러난 죄인처럼 당황하며 어쩔 줄 몰랐다. '그렇다, 아빠는 다 알고 계신다. 다 이해하고 계신다. 이런 말씀을 하시는 건 아무리 부끄러워도 그 부끄러움을 견디지 않으면 안 된다고 나에게 가르쳐주시기 위해서다.' 그러나 그녀는 뭐라고 대답하려고 해도 마음을 걷잡을 수가 없었으므로, 입을 막 열려다가 갑자기 울음을 터뜨리고 방에서 뛰쳐나가버렸다.

"그거 봐, 또 쓸데없는 농담을!" 공작부인은 남편을 힐책했다. "당신은 언제나……" 그녀는 잔소리를 늘어놓기 시작했다.

공작은 한참 동안 공작부인의 비난을 들으면서 침묵을 지키고 있었지만, 그 얼굴빛은 차츰차츰 흐려져갔다.

"저애는 그렇지 않아도 불쌍하고 가엾기 짝이 없는 애야. 그런데 당신은 그 원인이 되는 일을 조금만 내비쳐도 저애가 괴로워한다는 걸 조금도 생각지 않아. 아아! 어째서 사람들은 그렇게 겉보기와는 다른 것일까!" 공작부인은 그렇게 말했으나, 그 어조의 변화에서 돌리와 공작은 그녀가 브론스키에 대한 이야기를 하고 있다는 것을 알았다. "난 그처럼 비열하고 인정머리 없는 인간들을 단속하는 법이 없다는 게 이상해."

"아아, 듣기 싫어!" 공작은 나갈 듯이 안락의자에서 일어나 문 쪽으로 가더니 갑자기 발을 멈추고 우울한 어조로 말했다. "법은 있어, 하지만 이 일을 가지고 당신이 나에게 잔소리를 한다면 나도 한마디, 이 일에서 가장 큰 잘못을 한 사람이 누군지 가르쳐주지. 그건 당신이야, 당신. 당신에게 모든 잘못이 있단 말야. 그 같은 젊은 녀석들을 제재하는 법은 언제나 있었고 지금도 있어! 그렇지, 만약 이쪽이 못할 짓을 하지만 않았다면 난 늙은이지만 그자에게, 그 건달에게 결투를 청했을 거야. 그런데 이제 새삼스럽게 치료법을 찾는다, 그런 엉터리 의사들을 끌어들인다 하다니."

공작은 아직도 얘기하고 싶은 게 많은 듯했으나, 공작부인은 그의 어조를 알아채자마자 진지한 문제가 나올 때면 언제나 그렇듯 당장 수그러지고 후회하는 빛을 띠었다.

"알렉산드르, 알렉산드르." 그녀는 앞으로 나서면서 속삭이듯이 말하고는 울음을 터뜨렸다.

그녀가 울음을 터뜨리자 공작도 갑자기 입을 다물어버렸다. 그는 그녀의 곁으로 다가갔다.

"자, 그만, 그만해! 당신도 괴롭다는 건 나도 알고 있어. 그렇지만 어떻게 하겠어? 지금보다 더한 불행이야 없겠지. 하느님께서는 자비로우시니까 말야…… 감사하다고나 여쭤……" 그는 자기가 지금 무슨 말을 하고 있는지도 모르고 자신의 손 위에 느껴지는, 눈물로 흠뻑 젖은 공작부인의 입술에 대답하듯 중얼대고는 방을 나갔다.

키티가 울면서 방을 나간 뒤, 돌리는 아이들을 거느리고 가정을 가진 여자들이 언제나 그렇듯이 이러한 상황에서는 여자가 해야 할 일이 기다리고 있음을 이내 알아차리고 그것에 착수할 마음의 준비를 갖추었다. 그녀는 모자를 벗고 옷소매를 걷어올릴 기세로 행동할 준비를 했다. 어머니가 아버지를 공격하는 동안에는 딸로서의 예의가 허용하는 범위에서 어머니를 말리려고 했다. 공작이 폭발하기 시작했을 때는 그녀도 그저 침묵을 지켰다. 또한 어머니 때문에 부끄러웠지만, 아버지가 곧 그의 천성인 선량한 태도로 돌아가자 아버지에 대한 애정을 느꼈다. 그러나 아버지가 나가버리자 그녀는 자기가 하지 않으면 안 될 긴요한 일, 즉 키티에게 가서 그녀를 위로하는 긴요한 일에 달려들기로 마음먹었다.

"엄마, 진작부터 여쭤보려고 했는데요, 알고 계세요? 레빈이 지난번 여기에 왔을 때, 키티에게 청혼했다는 것을? 그 사람이 자기 입으로 스티바에게 그렇게 이야기했대요."

"아니, 뭐라고? 난 아무것도 몰라……"

"그러니까 어쩌면 키티가 거절했을지도 몰라요…… 그애가 엄마한테 그런 말을 하지 않았어요?"

"아니, 그앤 이렇다 저렇다 한마디도 없었어. 그앤 너무 자존심이 강해서 말야. 그렇지만 난 모든 것이 그 일 때문이라는 것은 알고 있지……"

"그래요, 그러니까, 레빈에게 거절했다고도 한번 상상해보세요. 그렇지만 그애도 다른 쪽 일만 없었던들 레빈을 거절한다든가 하지는 않았을 거예요. 난 알고 있어요…… 그런데 그 사람은 나중에 가서 그처럼 가슴 아프게 그앨 속이고 만 거예요."

공작부인으로서는 딸에게 자기가 얼마나 많은 죄를 지었는지를 생각한다는 게 너무나도 무서운 일이어서 버럭 화를 내고 말았다.

"아아, 난 이제 뭐가 뭔지 모르겠어! 요즘은 모두 자기 생각대로만

살려고들 하지, 어미에게는 이렇다는 말 한마디 하지를 않아. 그러면서도 나중에 가서는 이렇게⋯⋯"

"*엄마*, 내가 그애한테 가보겠어요."

"가보렴. 내가 널 말리기야 하겠니?" 어머니가 말했다.

3

키티의 자그마한 침실은 옛 *작센*의 도자기 인형들로 꾸며진 장밋빛의 산뜻한 방이었다. 두 달 전의 키티 자신처럼 싱싱한 장밋빛의, 보기에도 즐거운 방으로 들어가면서 돌리는 지난해 키티와 둘이서 이 방을 얼마나 즐겁고 사랑에 넘치는 마음으로 꾸몄던가를 상기했다. 문 옆에 바싹 붙여놓은 나지막한 의자에 앉아 꼼짝달싹도 않고 멍하니 융단의 한쪽 구석만 바라보고 있는 키티를 보자 그녀는 가슴이 싸늘해짐을 느꼈다. 키티는 언니 쪽으로 눈을 돌렸으나 싸늘하고 어딘지 매섭게 보이는 얼굴 표정은 변하지 않았다.

"난 이제 돌아가면 집에 죽치고 들어박혀야 할 것 같고, 너도 그리 쉽게 찾아올 수는 없을 테니까." 다리야 알렉산드로브나는 동생 옆에 앉으면서 말했다. "너하고 잠깐 하고 싶은 이야기가 있어."

"무슨 얘긴데?" 키티는 깜짝 놀란 듯 고개를 쳐들고 냉큼 물었다.

"무슨 얘기냐고? 네 슬픔에 대한 얘기지 뭐겠니?"

"나에게 슬픔은 없어."

"무슨 얘기야, 키티. 넌 지금 내가 정말 모르고 있는 줄 아는 거니? 난

다 알고 있어. 날 믿어, 그런 것은 정말 아무것도 아니야…… 우리는 누구나 그런 일을 겪어."

키티는 잠자코 있었다. 그녀의 얼굴은 엄숙한 표정을 띠었다.

"그 사람은 말야, 네가 그렇게 괴로워할 만큼 값어치 있는 사람이 아냐." 다리야 알렉산드로브나는 단도직입적으로 용건으로 들어가면서 말을 계속했다.

"그래, 그 사람은 날 버렸으니까." 키티는 떨리는 목소리로 불쑥 내뱉었다. "이제 아무 말도 말아줘! 제발 이제 아무 말도 말아줘!"

"아니, 누가 너에게 그런 얘길 하던? 아무도 그런 말을 한 사람은 없잖아. 난 믿고 있어, 그 사람이 널 좋아했고, 또 지금도 생각하고 있다는 걸, 그렇지만……"

"아아, 난 그런 동정의 말이 제일 싫어!" 키티는 버럭 화를 내며 외쳤다. 그녀는 의자 위에서 몸을 돌리며 얼굴을 붉히고 쥐고 있던 벨트의 버클을 양손으로 번갈아 죄면서 날쌔게 손가락을 움직였다. 돌리는 흥분하면 곧잘 뭔가를 만지작대는 동생의 버릇을 잘 알고 있었다. 또한 화가 나면 별안간 앞뒤를 가리지 않고 함부로 필요 이상의 불쾌한 말을 입에 담는 키티의 성격도 알고 있었다. 그래서 돌리는 그녀를 달래려고 했으나, 때는 이미 늦었다.

"무엇을, 언니는 나에게 무엇을 느끼게 하려는 거야, 무엇을?" 키티는 빠르게 말했다. "내가 날 조금도 생각하지 않는 사람을 그리워하고 있고 그 사랑 때문에 죽도록 연연하고 있다는 거? 언니는 지금 그렇게 말하는 거지!…… 나를 동…… 동…… 동정하고 있다는 거지! 난 그런 동정이니, 위선 따위는 조금도 바라지 않아!"

"키티, 넌 오해하고 있어."

"어째서 언니는 날 이렇게 괴롭히는 거야?"

"무슨 말이야, 그렇지 않아. 난…… 네가 괴로워하는 것을 보다못해서……"

그러나 키티는 흥분한 나머지 그녀의 말을 귓전에도 담지 않았다.

"나에게는 슬퍼해야 할 일도 위로받을 일도 없어. 난 오만해서 나를 사랑하지도 않는 사람을 사랑하는 짓은 스스로 허용하지 않아."

"그럼 나도 이제 얘기하지 않을게…… 그러나 꼭 한마디만 나에게 바른대로 얘기해줘." 그녀의 손을 잡고 다리야 알렉산드로브나는 말했다. "이것만 얘기해줘, 레빈이 너에게 청혼했지?……"

레빈에 관한 얘기는 키티에게 최후의 자제력까지 잃게 한 듯했다. 그녀는 의자에서 벌떡 일어나 버클을 마룻바닥에 내동댕이치더니 두 손을 휘두르면서 외치기 시작했다.

"무엇 때문에 또 이 자리에서 레빈까지 들춰내는 거야? 언니는 어째서 이렇게까지 날 괴롭혀야 하는 거야? 난 언니 속을 모르겠어. 방금 이야기했지만 한번 더 얘기해둘게. 난 오만하기 때문에 절대로, 절대로 언니처럼 자기를 속이고 다른 여자에게 마음을 주는 그런 사내에게 되돌아가는 짓은 하지 않을 거야. 난 모르겠어, 도저히 모르겠어! 언니는 그렇게 할 수 있어도 난 못 해!"

그녀는 단숨에 이렇게 말하고 언니의 얼굴을 보았으나, 돌리가 애처롭게 고개를 떨군 채 할말을 잊은 것을 보자, 방에서 나가려다 말고 문 옆에 털썩 주저앉아 손수건으로 얼굴을 가린 채 고개를 푹 숙여버렸다.

한 이 분쯤 침묵이 흘렀다. 돌리는 자신의 일을 생각했다. 평소 느끼고 있던 자신의 비굴함이 지금 동생의 입을 통해 드러나자 더욱더 쓰라리게 가슴에 번졌다. 그녀는 이처럼 가혹한 무안을 당하리라고는 예상하지 못했기 때문에 동생에게 화가 바짝 났다. 그러나 그때 별안간 그녀는 옷 스치는 소리와 함께 느닷없이 터져나오는 짓눌린 듯한 흐느낌 소리를 들었다. 그에 이어 누군가의 손이 밑에서 뻗쳐올라 그녀의 목을 껴안았다. 키티가 그녀 앞에 무릎을 꿇고 있었던 것이다.

"돌린카, 난 너무, 너무 불행해!" 그녀는 미안한 듯이 속삭였다.

그러고는 눈물에 젖은 귀여운 얼굴을 다리야 알렉산드로브나의 치마 주름에 묻었다.

그 눈물은 마치 그것 없이는 두 자매를 맺고 있는 기계를 잘 돌릴 수 없는, 반드시 필요한 윤활유 같았다. 그 눈물 뒤에 두 자매는 중요한 말은 제쳐두고 상관없는 이야기만 했지만 서로를 금방 이해했다. 키티는 자기가 홧김에 내뱉었던 남편의 불성실이니 비굴이니 하는 말이 가여운 언니의 마음을 밑바닥까지 꿰뚫었을 테지만, 언니가 그것을 용서해줬음을 알았다. 돌리는 또 돌리대로 자기가 알고 싶어했던 것을 모두 알았다. 돌리는 자신의 짐작이 옳았다는 것, 즉 키티의 슬픔, 치유할 수 없는 그 슬픔은 그녀가 레빈의 청혼을 거절했다는 것과 브론스키가 그녀를 속였다는 데 있고, 또 이제 그녀는 레빈을 사랑하고 브론스키를 미워하게 되었다는 것을 확인한 셈이었다. 그러나 키티는 그 점에 대해서는 한마디도 꺼내지 않았다. 그녀는 그저 자신의 마음 상태에 대해서만 이야기했을 뿐이었다.

"슬프지는 않아." 그녀는 마음이 가라앉자 말했다. "그러나, 언니가 알아줄지는 모르지만 난 온갖 것이 천박하고 역겹고 야비하게만 보여,

그중에서도 나 자신이 가장 그래. 언니는 분명 상상도 못할 거야, 무엇을 보아도 왜 그렇게 천박한 생각만 드는지."

"글쎄, 너에게 무슨 천박한 생각이 있을 수 있겠니?" 돌리는 미소를 띠면서 물었다.

"그야, 정말 말할 수 없이 더럽고 천박한 생각이야. 차마 입으로는 말할 수 없어. 그것은 우울도 아니고 쓸쓸함도 권태도 아니고, 그보다도 훨씬 나쁜 거야. 마치 내가 지금까지 가지고 있던 좋은 것이 모두 자취를 감춰버리고 오직 한 가지, 가장 더러운 것만 남아 있는 듯한 느낌이야. 아아, 정말 어떻게 얘기해야 좋을까?" 그녀는 의아해하는 듯한 언니의 눈을 보고 말을 이었다. "아빠는 아까 나에게 무슨 말씀인가를 하시려고 했어…… 그렇지만 난 아빠도 그저 결혼하지 않으면 안 된다고만 생각하고 계신 것 같은 느낌이 들어. 엄마는 또 날 무도회로 데리고 다녀. 그러면 난 엄마가 그저 한시라도 빨리 날 시집보내고 나 때문에 속을 태우는 일로부터 빠져나가려고 날 데리고 다닌다는 생각밖에 들지 않아. 이런 생각이 옳지 않다는 것은 나도 잘 알고 있지만, 그런 생각을 버릴 수가 없어. 난 이제 그 신랑감이라는 사람들을 보는 게 정말 싫어. 그 사람들 모두가 내 치수를 재는 것만 같아서 못 견디겠어. 이전에는 드레스를 입고 여기저기 쫓아다니는 것이 그저 즐겁기만 했고 내가 내 모습을 보고 감탄하기도 했지만, 지금은 부끄럽고 거북해졌어. 그러니 어떻게 해야 해! 의사도…… 저어……"

키티는 말끝을 흐렸다. 그녀는 계속해서 자기에게 이러한 변화가 일어난 뒤로 스테판 아르카디치가 참을 수 없을 만큼 불쾌해졌고, 지극히 야비하고 추악한 상상 없이는 그를 볼 수가 없게 됐다는 것을 얘기하려고 했었다.

"저어, 그래, 나는 온갖 것들이 아주 야비하고 천박하게만 보여." 그녀는 계속했다. "이것이 내 병이야. 아마 낫기야 할 테지만······"

"그래도 너무 생각하지 않는 게 좋아······"

"그렇지만 어쩔 수 없어, 나는 그저 아이들하고 같이 있을 때만 즐거워, 언니 집에 있을 때만."

"정말 우리집에 와주면 좋을 텐데. 유감이야."

"아니야, 갈게. 난 이제 성홍열은 다 앓았으니까. *엄마*한테 여쭤볼게."

키티는 그렇게 우겨 마침내 언니 집으로 옮겨가서, 정말로 성홍열에 걸려 앓게 된 아이들의 병구완을 해주었다. 두 자매는 여섯 아이를 무사히 보살펴주었으나 키티의 건강은 회복되지 않았으므로, 사순절이 오기를 기다려 셰르바츠키 일가는 외국으로 떠났다.

4

페테르부르크의 상류사회는 사실상 하나의 단체여서, 모두가 서로를 알고 있을 뿐 아니라 서로 왕래까지 하고 있었다. 그러나 이 큰 단체 안에는 또 저마다 다른 집단들이 있었다. 안나 아르카디예브나 카레니나는 서로 다른 세 집단에 친구를 비롯해서 밀접한 연줄을 가지고 있었다. 그 하나는 그녀의 남편이 속한 직무 관계의 관료적인 집단으로, 사회적인 조건에 따라 지극히 다양하고 변덕스러운 양상으로 흩어졌다 모였다 하는 남편의 동료들과 부하 직원들로 조직되어 있었다. 안나는 처음에 이러한 사람들에게 품었던 거의 경건에 가까운 존경심을 지금은 대부분 잊어버렸다. 지금 그녀는 시골의 소읍 사람들이 서로를 알 듯 그들의 온갖 면모를 알았다. 누구에게 어떤 버릇, 어떤 약점이 있다는 것부터 누구는 어떤 장화가 발을 죄는가 하는 것에 이르기까지 알고 있었으며, 그들의 상호 관계와 그 중심에 대한 관계도 알고 있었다. 누구는 누구의 편이고 무엇에 의해 그 관계를 유지하고 있는가 하는 것도, 누구와 누구는 무슨 일에 의견이 일치하고 무슨 일로 반목하고 있는가 하는 것도 알고 있었다. 그러나 이 남성적이고 관료적인 집단은 아직 전혀 그녀의 흥미를 끌지 않았으므로, 백작부인 리디야 이바노브나의 종용에도 불구하고 그녀는 그 집단을 피하고 있었다.

또하나 안나에게 밀접한 집단은 알렉세이 알렉산드로비치의 출셋길을 연 집단이었다. 그 중심인물은 백작부인 리디야 이바노브나였다. 이 집단은 나이가 들어 아름다움은 잃었지만 신앙이 두텁고 덕행이 있는 부인들과, 총명하고 학문이 깊으며 명예를 중시하는 남자들로 구성되어 있었다. 이 집단에 속한 총명한 남자들 가운데 한 사람은 그것을 '페테르부르크 사회의 양심'이라고 불렀다. 알렉세이 알렉산드로비치는 이 집단을 굉장히 존중했고, 모든 사람들과 곧잘 사귈 수 있는 안나는 페테르부르크 생활 초기에 이미 이 집단에서도 친구들을 발견했다. 그러나 이번에 모스크바에서 돌아온 후 그녀는 이 집단이 못 견디게 싫어졌다. 그녀도 다른 사람들도 모두들 서로를 속이고 있는 것만 같아서 그 모임 속에 있기가 몹시 지루하고 거북해졌으므로, 그녀는 백작부인 리디야 이바노브나에게도 될 수 있는 한 덜 가게 되었다.

끝으로 안나가 교제하고 있던 제삼의 집단은 본래의 사교계, 즉 무도회와 향연과 화려한 화장의 사교계, 화류계로까지 타락하지 않기 위해 한쪽 손으로 궁정을 야물게 붙들고 있는 사교계로, 이 집단의 사람들은 자기들이 화류계를 경멸한다고 여겼으나, 사실상 그들의 취미는 그곳과 공통되는 정도가 아니라 완전히 동일한 것이었다. 이 집단과 그녀의 관계는 그녀의 사촌오빠의 아내인 공작부인 벳시 트베르스카야를 통해 맺어졌다. 그녀는 연수입이 십이만 루블이나 되었는데, 안나가 사교계에 처음 나왔을 때부터 유달리 좋아하고 보살펴주었으며, 백작부인 리디야 이바노브나의 모임을 비웃으면서 자신의 모임으로 끌어들였다.

"나이가 들어 볼품없어지면 나도 그 축에 끼겠어요." 벳시가 말했다. "그렇지만 당신처럼 젊고 아름다운 분이 그런 양로원에 들어가기에는 아직 일러요."

안나는 처음에는 될 수 있는 한 트베르스카야 공작부인의 사교계를 피했는데, 이곳은 그녀의 재정 상태 이상의 비용을 요구했을 뿐만 아니라, 그녀 자신은 마음속으로 전자 쪽을 오히려 좋아하고 있었기 때문이다. 그러던 것이 모스크바에 다녀온 뒤로는 완전히 뒤바뀌고 말았다. 그녀는 자신의 정신적인 친구들을 피하고 대규모의 사교계로 발을 내디뎠다. 거기에서 그녀는 브론스키를 만났고, 그럴 때마다 뿌듯한 기쁨을 경험했다. 그 가운데서도 그녀는 결혼 전 성이 브론스카야이고 브론스키와는 사촌간이었던 벳시의 집에서 그와 자주 만났다. 브론스키는 안나를 만날 수 있는 곳이면 어디든지 쫓아갔고, 기회가 있을 때마다 그녀에게 자신의 사랑을 얘기했다. 그녀는 그에게 특별히 고삐를 잡힐 여지를 주진 않았지만, 그와 만날 때마다 그녀의 가슴속에는 기차에서 처음 보았던 그날과 같은 생생한 느낌이 불타올랐다. 그녀 자신도 그를 볼 때마다 즐거움이 자신의 눈 속에 빛나고 입술에 미소가 떠오르는 것을 느끼지 않을 수 없었다. 그녀는 이 기쁨의 표정을 감출 수가 없었다.

처음에 안나는 대담하게 자기를 뒤쫓아다니는 조심스럽지 못한 그의 행동을 자신이 불쾌하게 여기고 있다고 믿었다. 그러나 모스크바에서 돌아온 지 얼마 되지 않아 그를 만나리라 여기고 갔던 야회에서 그의 모습이 보이지 않았을 때 그녀는 슬픔에 빠졌고, 지금까지 스스로를 속이고 있었다는 것과, 이 추적이 불쾌하지 않았을 뿐 아니라 그녀 삶의 크나큰 기쁨이 되고 있음을 또렷이 깨달았다.

유명한 오페라 여가수의 두번째 공연날이어서 상류사회 사람들이 모두 극장에 모여 있었다.* 첫째 줄의 자기 좌석에 앉아 있던 브론스키는 사촌누이를 발견하자 막간까지 기다리지 않고 그녀의 칸막이 좌석으로 들어갔다.

"어째서 식사하러 오지 않았어요?" 그녀가 말했다. "아무튼 사랑을 하고 있는 사람들의 선견지명에는 놀라버렸어요." 그녀는 미소를 띠고 그에게만 들리도록 덧붙였다. "그녀는 오지 않았어요. 오페라가 끝나면 찾아오세요."

브론스키는 무엇인가를 부탁하고 싶은 표정으로 그녀를 쳐다보았

---

* 유명한 오페라 여가수란 크리스티나 닐손을 가리키는 것으로, 1872~1885년 볼쇼이 극장과 마린스키극장의 무대에서 노래를 불러 큰 성공을 거두었다. 그녀는 이 무렵 모스크바와 페테르부르크에서 공연했던 카를로타 파티와 나란히 성공한 터였다.

다. 그녀는 고개를 끄덕여 보였다. 그는 미소로 그녀에게 사의를 나타내고 그녀와 나란히 자리에 앉았다.

"난 정말, 예전의 당신 농담을 잘 기억하고 있어요!" 이 정열의 진행 과정을 지켜보는 것에 남다른 흥미를 갖고 있던 공작부인 벳시는 말을 계속했다. "그런 것들은 모두 어디에다 치워버렸을까! 당신은 이젠 완전히 사로잡혔군요."

"난 사로잡히기만을 바라고 있는걸요." 브론스키는 침착하고 선량한 미소를 띠며 대답했다. "만약 내가 투덜거릴 일이 있다면, 사실은 말입니다, 그 사로잡힐 기회가 너무 드물기 때문이에요. 난 차츰 희망을 잃어가고 있어요."

"그럼, 당신은 도대체 어떤 희망을 가질 수 있다는 거죠?" 벳시는 자기 친구를 변호하는 듯 성을 내며 말했다. "어디 한번 들어나 볼까요……" 그러나 그녀의 눈 속에 이는 불꽃은 그가 가질 수 있었던 희망이 무엇인지를 그녀 역시 그 못지않게 정확히 알고 있음을 말하고 있었다.

"아니, 아무런 희망도 없어요." 브론스키는 웃는 얼굴로 고른 이를 드러내 보이면서 말했다. "잠깐만 실례할게요." 그는 그녀의 손에서 오페라글라스를 빼앗아 맨살을 드러낸 그녀의 어깨 너머로 맞은편 칸막이 좌석을 둘러보면서 덧붙였다. "난 내가 웃음거리가 되는 게 두려워요."

그는 벳시나 그 어느 사교계 사람들의 눈에도 자기가 웃음거리가 되는 모험을 하고 있다고 비치진 않으리라는 것을 잘 알고 있었다. 그는 또 이런 사람들의 눈에는 처녀나 완전히 자유로운 여성을 사랑하는 불행한 사나이 역이라면 우습게 보일지도 모르지만, 이미 남의 아내가 된 여자를 따라다니고 그녀를 간통으로 끌어들이기 위해 자기 인생을 거는 사나이의 역은 뭔가 아름답고 근사하게 보일지언정 결코 웃음거리는 될 수 없다는 점을 아주 잘 알고 있었다. 그래서 그는 콧수염 밑으로 자랑스럽고 즐거워하는 듯한, 희롱하는 듯한 미소를 띠면서 오페라글라스를 내리고 사촌누이를 돌아보았다.

"그런데 어째서 식사하러 오지 않았어요?" 그녀는 그를 흐뭇한 눈빛으로 보면서 말했다.

"그것만은 당신에게 꼭 얘기해야겠군요. 난 그럴 틈이 없었어요, 어째서냐고요? 말씀을 드려도 백에 구십구, 아니 천에 구백구십구는…… 짐작도 못할 겁니다. 실은 어느 남편과 그 아내를 모욕한 사람을 화해시키고 있었어요. 아니, 정말입니다!"

"뭐라고요? 그래 화해됐어요?"

"거의 됐지요."

"그 얘긴 나에게 꼭 들려줘야 해요." 그녀는 일어서면서 말했다. "이다음 막간에 와요."

"안 돼요, 난 프랑스 극장으로 가봐야 해요."

"닐손은 듣지 않고요?" 놀란 듯 벳시가 물었다. 그러나 그녀가 닐손을 유달리 다른 합창단 가수와 구별해서 한 말은 아니었다.

"어쩔 수 없어요. 그곳에서 누구를 만나기로 했어요. 역시 그 중재 일 관계로."

"평화를 창조하는 자는 행복하도다, 그들은 구원을 받으리라." 벳시는 이와 비슷한 문구를 누군가에게 들은 적이 있었던 것을 생각해내면서 말했다. "자, 그럼 좀 앉아요, 얘기해봐요, 무슨 일이에요?"

그리고 그녀는 다시 자리에 앉았다.

5

"좀 점잖지 못한 얘기이긴 하지만, 여간 재미있는 얘기가 아니다보니까 정말 얘기하지 않고는 못 배기겠군요." 브론스키는 웃음 띤 눈으로 그녀를 쳐다보면서 말했다. "그러나 이름은 밝히지 않으렵니다."

"그럼 내가 알아맞혀보죠, 그게 더 나을 거예요."

"그럼, 들어봐요. 여기 쾌활하고 젊은 사내 둘이 마차를 같이 타고 간다고 합시다……"

"물론, 당신 연대의 장교들이겠죠?"

"장교라고는 말하지 않았어요, 다만 아침식사를 하고 난 두 젊은 사람이……"

"한잔 마시고 난 사내들로 번역하면 되겠군요."

"어쩌면 그럴지도 모르죠. 하여튼 두 사람은 친구에게서 식사에 초대받고 아주 좋은 기분으로 가던 참이었어요. 그런데 보니까, 한 미모의 여인이 삯마차로 두 사람을 앞질러가면서 돌아보고는 고개를 끄덕이기도 하고 생긋 웃어 보이기도 했어요. 최소한 그들에게는 그렇게 느껴졌지요. 물론 두 사람은 여자의 뒤를 쫓았죠. 전속력으로 말을 몰았어요. 그런데 두 사람이 깜짝 놀란 것은, 그 미인이 바로 그들이 찾아가고 있는 집 현관에서 멈추지 않겠어요. 그리고 위층으로 뛰어올라가버렸어요. 두 사람은 그저 짧은 베일 밑으로 내다보이는 붉은 입술과 아름답게 생긴 조그마한 발만을 보았을 뿐이었어요."

"당신 정말, 그 둘 중 한 사람이 당신이 아니었나 싶을 만큼 아주 얘기 잘하는군요."

"아니, 방금 나에게 뭐라고 하셨죠? 자, 조용히 들어요. 그래서 말입니다, 그 두 젊은 사내는 송별연을 베풀기로 돼 있는 친구의 방으로 들어갔어요. 그리고 거기서 으레 송별연에서 그러듯이, 혹은 그 이상으로 잔뜩 마셔댔어요. 그러고서 식사를 하는 동안 이 집의 위층에는 누가 살고 있냐고 물어봤더라나요. 그런데 아무도 아는 사람은 없고, 단지 그들 친구의 하인이 혹시 위층에 맘젤*들이 있느냐는 두 사람의 질문에 대답하기를 '굉장히 많이 있어요'라고 했던 모양이에요. 식사가 끝나자 그 젊은 사내들은 주인의 서재로 가서 누군지도 모르는 여자에게 편지를 썼어요. 맹렬한 편지를, 사랑의 고백을 썼지요. 그리고 친절을 베푼 답시고 만약 글 가운데 모르는 부분이라도 있으면 직접 설명하려고 그 편지를 가지고 위층까지 쫓아올라갔다나요."

"어째서 당신은 그처럼 더러운 얘길 나에게 다 하는 거예요? 그래서요?"

"그다음엔 벨을 눌렀죠. 그러자 하녀가 나왔어요. 두 사람은 편지를 건네고, 두 사람 다 당장 이 문 앞에서 죽어버릴 만큼 사랑하고 있다고 하녀한테 단언했죠. 하녀는 미심쩍게 그들과 몇 마디 주고받았대요. 그러자 느닷없이 소시지 같은 구레나룻이 나고 가재처럼 붉은 얼굴을 한 신사 한 사람이 나타나서, 이 집에는 자기 아내 말고는 어느 누구도 살

---

* 마드무아젤을 러시아식 음가로 표시한 것.

고 있지 않다고 하며 두 사람을 쫓아내버렸어요."

"어쩌면 당신은 그렇게 그 사람의 구레나룻이 소시지 같다는 것까지 소상히 알고 있죠?"

"어서 듣기나 해요. 난 오늘 그 중재를 하러 갔다왔단 말예요."

"그래, 어떻게 됐어요?"

"여기가 가장 재미있는 부분이에요. 알고 보니 그 상대가 구등문관과 구등문관 부인으로 행복한 부부였어요. 그리고 구등문관이 항의를 제기해왔기 때문에 내가 중재인이 된 셈인데, 그 중재역이야말로!…… 난 장담하지만, 탈레랑*도 나와 비교하면 아무것도 아닐 거예요."

"뭐가 그렇게 까다로웠길래요?"

"글쎄 좀 들어봐요…… 우린 물론 사죄했어요. '뭐라고 드릴 말씀이 없습니다, 불행한 오해에 대해선 천만 번 용서를 빕니다'라고. 그러자 소시지 수염의 구등문관도 누그러지기 시작했지만, 그래도 그는 이야기할 수 있는 데까지는 다 얘기하고 싶었는지 두서너 마디 얘기하다가는 느닷없이 발끈 달아올라가지고 마구 악담을 퍼붓는 거예요. 그래서 난 또 내 외교적 수완을 발휘하지 않으면 안 되었죠. '아니, 말씀하실 것도 없습니다. 그 두 사람의 행위는 물론 아주 좋지 않았습니다. 그러나 그저 바라건대 그들이 오해했었다는 것과 또 젊은이라는 것을 참작해주셨으면 합니다. 게다가 그 젊은 사람들은 막 아침식사를 하고 난 뒤였으니까요. 잘 알고 계실 겁니다만, 두 사람은 진심으로 뉘우치고 있고, 그들의 죄를 용서해주실 것을 바라고 있습니다' 하고 말예요. 그

---

* 프랑스 정치가. 외무장관, 수상을 지냈다.

러자 또 구등문관은 낯빛을 부드럽게 하고는 '말씀하실 거나 있습니까 백작, 나도 용서할 마음은 있습니다. 그렇지만, 하여튼 우리 집사람이, 성실한 부인인 우리 집사람이 뒤를 쫓기고 창피스럽고 야비한 행동을 당했으니 말입니다, 어느 놈의 새낀지도 모르는 어린 녀석들에게, 불한 당 같은……' 하고 뇌지 않겠어요. 그런데 아시다시피 그 '어린 녀석들' 이 그 자리에 있잖아요, 그래서 난 또 그쪽을 달래지 않으면 안 되었어 요. 내가 또 외교적 수완을 발휘해 겨우 결말이 나려고 하면, 이번에는 다시 구등문관이 화를 내고 얼굴을 붉히고 소시지 수염을 세우고 난리 란 말이에요. 그러면 난 또 외교적 수완을 발휘해야 하고."

"아아, 이 얘길 당신한테도 꼭 들려줘야겠어요!" 벳시는 그때 마침 그녀의 칸막이 좌석으로 들어온 한 부인을 보고 웃으면서 말했다. "이 분은 지금 날 배꼽이 빠지게 웃겼어요."

"그럼, *잘해봐요.*" 그녀는 부채를 든 손의 놀고 있는 손가락을 브론스 키에게 내밀고, 치켜올라간 드레스의 허리를 어깻짓으로 내려, 각광 앞 쪽으로 나가 가스등 불빛과 모든 사람의 시선을 받을 때 충분히 맨살 이 드러나도록 하면서 덧붙였다.

브론스키는 프랑스 극장으로 마차를 몰았는데, 거기서 이 극장의 흥 행작은 하나도 빠뜨려본 적이 없다는 연대장을 만나기로 했던 것이다. 벌써 사흘째나 그의 흥미를 끌고 그를 즐겁게 해준 그 중재에 관해 그 사람과 상의를 하기 위해서였다. 이 사건의 용의자는 평소 그가 좋아하 던 페트리츠키와 또 한 사람, 최근에 입대했으며 친구로서 손색이 없는 뛰어난 젊은 공작 케드로프였다. 그러나 무엇보다 중요한 것은, 거기에 연대의 이해가 걸려 있다는 점이었다.

두 사람 다 브론스키 중대에 소속되어 있었다. 그래서 그 구등문관 벤덴은 연대장에게 찾아와 그의 아내를 모욕한 부하 장교들에 대한 불평을 호소했던 것이다. 벤덴이 얘기한 바에 의하면, 그의 젊은 아내는―그는 결혼한 지 채 반 년이 될까 말까 했다―어머니와 함께 교회에 가 있었는데 임신중이라 갑작스레 몸의 이상을 느끼고 더이상 서 있을 수가 없어서 맨 처음 눈에 띈 삯마차를 잡아타고 집으로 돌아오는 길이었다. 그런데 두 장교가 뒤를 쫓아오는 바람에 너무 놀라 증상이 심해져서 계단을 뛰어올라 집으로 들어갔다. 벤덴은 관청에서 돌아와 있다가 벨소리와 사람들 소리가 나기에 나가보았는데, 술이 잔뜩 취한 장교들이 편지를 손에 들고 있는 모습을 보고 여지없이 그들을 밀어내버렸다는 것이었다. 그는 엄벌을 요구했다.

"아냐, 아무래도," 연대장은 브론스키를 자기 곁으로 불러 말했다. "페트리츠키는 이제 어떻게 구제할 수가 없게 됐어. 단 한 주일도 무사히 넘기는 일이 없으니 말야. 그 관리는 이대로 끝내진 않을 거야. 틀림없이 더 대들 거야."

브론스키는 이 사건이 그다지 아름답지 못하다는 것, 그렇다고 결투를 들고 나올 수도 없으니 어떻게든 상대인 구등문관을 달래어 사건을 무마할 수밖에 없다는 것을 알았다. 연대장이 브론스키를 부른 것도 말하자면 그가 점잖고 총명하며 무엇보다도 연대의 명예를 중하게 여기는 사람이라는 것을 알고 있기 때문이었다. 그래서 그들은 상의한 결과 브론스키가 페트리츠키와 케드로프 두 사람을 데리고 그 구등문관에게 사죄하러 찾아가는 길밖에 없다고 결정을 지었다. 연대장과 브론스키 두 사람 다 브론스키의 이름과 시종무관의 모노그램이 구등문관을 움직이는 데 큰 힘이 될 거라 믿고 있었다. 실제로 이 두 가지 약제藥劑는 어느 정도 효험이 있었다. 그러나 화해의 결과는 앞서 브론스키가 말했듯 석연치 못한 채로 남았던 것이다.

　프랑스 극장에 도착하자 브론스키는 연대장과 단둘이 복도로 나가 성공도 아니고 실패도 아닌 결과를 보고했다. 앞뒤를 두루 곰곰이 생각하고 나서 연대장은 이 사건을 그냥 미해결인 채 묻어버리기로 결심했다. 그러나 브론스키에게는 상대를 찾아간 전말을 장난삼아 자세히 묻고, 그 구등문관이 한번 가라앉았다가는 별안간 또 사건의 전말을 상기하고 격분했다든지, 브론스키가 화해의 마지막 한마디와 함께 방향을 바꾸어 페트리츠키를 앞으로 밀어내면서 뒤로 물러섰다든지 하는 얘기를 들으며 오랫동안 웃음을 거두지 못했다.

　"더러운 얘기지만, 정말 웃겨주는군그래. 케드로프도 설마 그자하고 결투할 수는 없을 테고! 그래 그렇게 단단히 화가 났던가?" 그는 웃으면서 되물었다. "그건 그렇고 방금 전 클레르는 어떤가? 놀라지 않을 수 없어!" 그는 새로운 프랑스 여배우에 관한 얘기를 꺼냈다. "아무리 보고 또 봐도 날마다 새로워지니까 말야. 아니, 정말 프랑스인이 아니고는 불가능한 일이야."

6

　공작부인 벳시는 마지막 막이 끝나기를 기다리지도 않고 극장을 나왔다. 그러고는 집으로 돌아와 화장실에 들어가서 그 길고 창백한 얼굴에 분을 발랐다가 다시 잘 닦아내고 머리를 매만졌다. 그녀가 큰 객실에 차를 준비시키자마자 한숨 돌릴 겨를도 없이 볼샤야 모르스카야가에 있는 그 커다란 저택에 사륜 여행마차가 꼬리를 물고 들이닥치기 시작했다. 손님들이 넓은 현관에 내리면, 지나가는 사람들을 교화하기 위해 아침마다 정문 유리 안에 앉아 신문을 읽는 거구의 문지기가 큼직한 출입문을 소리도 없이 열고 손님을 안으로 들였다.

거의 똑같은 시각에 머리를 곱게 빗고 시원스러운 얼굴빛을 한 여주인은 한쪽 문에서, 찾아온 손님들은 반대쪽 문에서, 어두운 빛깔의 벽에 바닥엔 털이 보풀보풀한 융단이 깔린 홀로 들어왔다. 커다란 홀에는 식탁이 준비돼 있었고 순백의 식탁보와 은빛 사모바르, 투명한 자기 찻잔이 촛불 아래에서 반짝이며 눈부시게 빛났다.

여주인은 사모바르 앞에 자리를 잡고 앉아 장갑을 벗었다. 사람들은 눈에 띄지 않게 움직이는 하인들의 도움을 받아 의자를 움직이면서 두 패로 나뉘어 제각기 자리를 잡았다. 여주인이 있는 사모바르 주위와, 검은 벨벳 옷을 입고 검고 또렷한 눈썹을 한 아름다운 공사公使 부인이 자리잡고 있는 객실 반대편 언저리에. 대화는 양쪽 패 모두에서 처음 몇 분 동안은 언제나 그렇듯이, 응대와 인사와 차를 권하는 말들로 뒤범벅되어 어디에 정착해야 할지를 찾는 듯 서성거리고 있었다.

"그 여인은 배우로서도 범상치 않을 만큼 아름다워요. 카울바흐를 연구했다는 걸 첫눈으로도 알 수 있지 않아요?"* 공사 부인의 패 쪽

---

* 빌헬름 폰 카울바흐는 황금 월계관을 탄 독일 화가이자 뮌헨 미술아카데미 총재로, 당시 이상주의의 최고이자 최후의 대표자일 것이라고 일컬어졌다. 카울바흐의 영예는 장대하고 화려한 구성과 연관되어 있었다. 오페라 가수들을 포함한 연극배우들은 리드미

254

에서 한 외교관이 말했다. "당신은 알아채셨나요, 그 여인이 넘어져 서……"

"아아, 제발, 닐손 얘긴 그만하십시다! 그 여자 가지곤 이제 새로운 얘긴 아무것도 할 수 없어요." 얼굴이 빨갛고 눈썹이 없는, 가발도 쓰지 않은 센 머리털에 낡은 비단옷을 걸친 뚱뚱한 부인이 말했다. 그녀는 마음씨가 단순하고 태도가 거친 것으로 이름이 나서 무서운 아이라는 별명이 붙은 먀흐카야 공작부인이었다. 먀흐카야 공작부인은 두 패의 중간에 자리잡고 앉아 귀를 기울이고 있다가 양쪽의 말에 모두 말참견을 했다. "난 오늘 세 사람에게서 마치 의논이라도 한 듯이 카울바흐에 대한 똑같은 문구를 들었어요. 도대체 어쨌다고 그런 문구가 그렇게들 마음에 들었는지 모르겠어요."

이러한 질책 탓에 대화가 끊겨서 다시 새로운 화제를 생각해내야만 했다.

"뭐든 재미있는, 악의 없는 얘길 들려주세요." 영어로 스몰토크라고 불리는 아담한 얘기에 능란한 공사 부인은 역시 무슨 얘기를 꺼낼까 망설이고 있던 외교관을 돌아보면서 말했다.

"그게 가장 어렵다는 거예요. 독기가 있는 얘기만이 재미있는 것이니까요." 그는 웃는 낯으로 시작했다. "그렇지만 어디 한번 해보겠습니다. 화제를 내봐주세요. 무슨 일이든지 화제 나름 아니겠어요. 화제만 내주시면 그것을 짜나가기란 그다지 어렵지 않습니다. 난 이따금 생각

컬한 무대동작을 잘 익히기 위해 화가와 조각가들의 작품을 연구했다. 연극에서는 이른바 '활인화'가 부동의 성공을 거두고 있었다. 회화와 연극의 비교는 1870년대 연극비평에서 누구나 다 알고 있던 일반적인 것이었다.

하지만, 전대의 재담꾼이라는 사람들도 오늘날에는 좀 기지가 있는 얘기 하려면 여간 힘들지 않을 거예요. 재치가 있다는 것은 언제나 곧 싫증나기 쉬운 것이니까요……"

"그것도 꽤 해묵은 얘긴데요." 공사 부인이 웃으면서 그의 얘기를 가로막았다.

얘기는 품위 있게 시작되었으나 너무 지나치게 품위 있었기 때문에 이내 또 막히고 말았다. 그래서 결국 결코 바뀔 일이 없는 확실한 방법인 험담에 매달릴 수밖에 없었다.

"당신은 발견하지 못하셨나요, 투시케비치에게는 어딘지 *루이 15세* 같은 데가 있다는 것을?" 그는 눈으로 탁자 옆에 서 있던 아름다운 금발의 젊은 사내를 가리키면서 말했다.

"오, 그럼요! 저분은 정말 객실에만 취미가 쏠려 있는 분이에요. 그러니까 여기에도 저렇게 자주 드나드는 거예요."

이 얘기는 이 객실에서는 말할 수가 없었던, 말하자면 여주인과 투시케비치의 관계에 대한 암시가 있었기 때문에 어느 정도 지속되었다.

한편 사모바르와 여주인의 주위에서도 얘기는 잠시 동안 세 가지 불가피한 화제, 즉 최근 사회의 소식, 연극평, 가까운 사람들의 험담 사이를 이리저리 배회하던 끝에 마찬가지로 마지막 화제인 남의 험담 쪽으로 낙착되어 거기에 머물렀다.

"얘기 들으셨어요, 말티셰바가—딸이 아니라 어머니 말예요—*악마적인 장밋빛 의상*을 지었대요."*

---

* 1874년 프랑스 극장의 무대에서 E. 그랑주와 L. 티부의 희극 「장밋빛 악마들(Les diables roses)」이 공연되었다.

"어머나, 그래요! 아니, 근사하겠는걸요!"

"난 깜짝 놀랐어요. 그렇게 영리한 분이 ─ 결코 분별 없을 분이 아닌데 ─ 자기가 얼마나 우습게 보일지를 알아차리지 못하다니 말예요."

제각각 불쌍한 말티셰바를 비웃거나 비난할 재료를 가지고 있었으므로 얘기는 한창 불이 붙기 시작한 장작불처럼 즐겁게 불꽃을 튀기면서 타오르기 시작했다.

공작부인 벳시의 남편이자 판화수집가인 선량해 보이는 뚱보가, 아내한테 손님들이 와 있다는 것을 알고 클럽에 나가기 전에 객실에 들렀다. 그는 부드러운 융단 위를 소리도 내지 않고 걸어 먀흐카야 공작부인에게 다가갔다.

"어떠셨어요, 닐손은 마음에 드셨습니까, 공작부인?" 그가 말했다.

"어머나, 어쩌면 그렇게 살그머니 다가오실 수가 있어요? 정말 깜짝 놀랐어요." 그녀는 대답했다. "정말이에요, 제발 나에게 오페라 얘긴 하지도 마세요. 당신은 음악에 대해서는 조금도 모르시잖아요. 그보다는 차라리 내가 당신에게 맞추어 마욜리카 도자기라든가 판화 얘기라도 하는 게 나을 거예요. 그런데 최근에 열렸던 그 골동품전에서는 어떤 보물을 캐내셨어요?"

"원하신다면 보여드릴까요? 그렇지만 당신은 골동품은 모르실 겁니다."

"보여주세요. 난 그, 이름이 뭐라고 하더라…… 왜 그 은행가에게서 배웠어요…… 그분에게는 훌륭한 판화가 있거든요. 거기서 봤어요."

"아니, 그럼 당신은 슈츠부르크한테 가보신 적이 있으세요?" 여주인은 사모바르 옆에서 물었다.

"가봤어요, *마 셰르**. 나하고 남편을 식사에 초대해주셔서요. 그런데 말예요, 그 식탁에 놓인 소스가 일천 루블이나 들었다더군요." 먀흐카야 공작부인은 모두가 자기 얘기에 주의를 모으고 있다는 것을 느끼고 목청을 높여 말했다. "더러워서 볼 수도 없는 소스지 뭐예요, 뭔가 푸르 뎅뎅한 것이. 우리 쪽에서도 그분들을 초대해야 했기 때문에 난 팔십오 코페이카 들여서 소스를 만들었는데, 모두들 아주 만족했어요. 일천 루블이나 들여서 소스를 만든다는 건 난 엄두도 못 낼 일이에요."

"그런 분은 둘도 없을 거예요!" 공사 부인이 말했다.

"놀랍군요!" 누군가가 말했다.

먀흐카야 공작부인의 말로 야기되는 효과는 언제나 똑같았다. 그녀가 그러한 효과를 낳게 할 수 있는 비결은, 지금처럼 요점을 정확히 포착했다고는 할 수 없지만 뭔가 의미 있고 단순한 얘기를 한다는 점에 있었다. 그녀가 속한 사회에서는 이러한 말이 가장 재치 있는 객담으로 작용했다. 먀흐카야 공작부인은 자신의 말이 어째서 그런 효력을 가질 수 있는지는 알 수 없었지만, 하여튼 효력이 있음을 알았고 또 언제나 그것을 이용했다.

먀흐카야 공작부인이 얘기하는 동안 모두 그쪽에 귀를 기울이느라고 공사 부인 주위의 얘기가 끊겼기 때문에, 여주인은 두 패를 한데 묶으려는 생각으로 공사 부인을 향해 입을 열었다.

"당신은 정말 차를 드실 생각이 없으세요? 얼른 이리 건너와주셨으면 좋겠어요."

---

* 프랑스어로 '친애하는 벗이여'.

"아녜요, 우린 정말 여기가 좋아요." 공사 부인은 웃는 얼굴로 대답하고, 시작했던 이야기를 계속했다.

그것은 대단히 유쾌한 화제였다. 그들은 카레닌 내외를 갖가지로 헐뜯고 있었다.

"안나는 모스크바에 다녀오더니만 아주 달라졌어요. 뭔가 이상한 데가 있지 않아요?" 안나의 친구가 말했다.

"변화 가운데서도 눈에 띄는 것은 그분이 알렉세이 브론스키의 그림자를 달고 오셨다는 거예요." 공사 부인이 말했다.

"아니, 어쨌다고요? 하기야 그림의 작품 중에도 그림자가 없는 남자니 그림자를 잃은 남자니 하는 동화가 있긴 해요.* 그렇지만 그것은 어떤 죄에 대해 그 사람에게 내려진 벌이었어요. 무슨 죄로 벌을 받았는지는 알 수 없지만요. 어쨌든 여자로서 그림자가 없다는 것은 불쾌한 일임엔 틀림없어요."

"그래요, 그렇지만 그림자를 가진 여잔 대개 끝이 좋지 않아요." 안나의 친구가 말했다.

"어머나, 당신들에겐 헛바늘이 돋을 거예요." 먀흐카야 공작부인이 이러한 얘기들을 듣고 불쑥 외쳤다. "카레니나는 아름다운 부인이에요. 난 그분의 남편은 좋아하지 않지만, 그분은 정말 좋아해요."

"어째서 당신은 남편분을 싫어하세요? 그렇게 훌륭한 분을요." 공사

---

* 그림자를 잃은 남자에 대한 민담으로는 독일의 낭만주의 작가 아델베르트 폰 샤미소가 쓴 『페터 슐레밀의 이상한 이야기』(1814)가 있다. 1870년 민담 「그림자」가 들어 있는 안데르센의 민담집 『최상의 민담』이 러시아어 번역으로 중판되었다. 그림 형제의 동화에는 그림자를 잃은 남자에 대한 이야기가 없다.

부인이 말했다. "제 남편은 늘 이야기하죠, 그만한 정치가는 유럽에도 드물다고요."

"그래요, 우리 남편도 똑같은 얘길 하고 있어요. 그렇지만 난 믿지 않아요." 먀흐카야 부인은 말했다. "만약 우리네 남편들이 그런 얘길 하지 않았더라면 우리는 사물을 있는 그대로 보았을 거예요. 알렉세이 알렉산드로비치는 내가 보기엔 멀쩡한 바보예요. 물론 이런 얘긴 큰 소리로 할 순 없지만…… 그렇잖아요, 이 말로 모든 게 확실해지지 않나요? 그러니까 이전에 그가 현명한 사람이라는 말을 들었을 때, 난 아무리 찾아봐도 그의 현명한 점을 발견할 수 없었기 때문에 나 자신을 바보라고 여기기도 했습니다만, 한번 작은 목소리로 그는 바보다, 하고 말해보니 모든 게 단번에 확연해지지 않겠어요? 어때요, 그렇지 않아요?"

"어머나, 오늘 당신은 정말 입이 아주 험악하군요!"

"아녜요, 조금도 그렇지 않아요. 그렇지만 나에겐 달리 어떻게 생각할 방도가 없어요. 하여튼 두 사람 가운데 누군가는 바보임이 틀림없어요. 그런데 당신도 잘 아실 테지만, 무슨 일이 있어도 자기가 바보라고 얘기할 수는 없는 노릇이니까요."

"어느 누구도 자신의 재산에는 만족하지 않으나, 자신의 지능에는 만족한다."* 외교관은 프랑스 시구를 읊었다.

"그래요, 그래요, 바로 그거예요." 먀흐카야 공작부인은 얼른 그에게로 얼굴을 돌리고 말했다. "하여간 얘기의 요점은 내가 안나를 당신들

---

* 『프랑수아 드 라로슈푸코, 회상기와 격언, 파리 1866』 가운데 "사람들은 모두 자신의 기억에 대해서는 불평을 늘어놓지만, 자신의 이성에 대해서는 불평을 늘어놓지 않는다" 라는 구절을 부정확하게 인용한 것.

에게 넘겨주지 않겠다는 데 있어요. 그분은 정말 훌륭하고 멋진 분이에요. 어떤 사람이 그분에게 홀딱 반해가지고 제아무리 그림자처럼 뒤따라다니고 있다기로서니, 그분이 알 바는 아니잖아요?"

"그래요, 그야 뭐 나도 헐뜯으려는 생각은 아녜요." 안나의 친구는 변명하기에 바빴다.

"아무리 우리 뒤를 그림자처럼 따라다니는 사람이 없다고 하더라도, 그것 때문에 우리가 남을 헐뜯을 권리를 가졌다고 할 수는 없겠지요."

이렇게 안나의 친구를 여지없이 다잡아놓은 다음, 먀흐카야 공작부인은 일어서서 공사 부인과 함께 프로이센 왕에 대한 이런저런 이야기가 진행되고 있던 테이블 쪽으로 갔다.

"당신들은 거기서 누구의 험담을 하고 있었죠?" 벳시가 물었다.

"카레닌 부부에 대해서요. 공작부인이 알렉세이 알렉산드로비치의 성격을 해부했어요." 미소를 띠고 테이블 끝에 앉으면서 공사 부인이 대답했다.

"아니, 그 얘길 듣지 못한 것이 유감스럽군요." 입구 쪽을 보면서 여주인은 말했다. "아아, 마침내 오시는군!" 그녀는 들어오고 있던 브론스키를 돌아보며 웃었다.

브론스키는 좌중의 여러 사람들과 모두 알고 지냈을 뿐 아니라 거의 날마다 얼굴을 대하고 있었기 때문에, 마치 금방 나갔던 방으로 되돌아온 사람처럼 자연스러운 태도로 들어왔다.

"내가 지금 어디에서 오느냐고요?" 그는 공사 부인의 물음에 대답했다. "별도리가 없군요, 고백할 수밖에. 실은 부프를 보고 오는 길입니다. 거기엔 벌써 백 번도 더 간 것 같은데 언제 가도 새로운 만족을 느끼지요. 정말 훌륭해요! 부끄러운 일이라는 걸 알고는 있습니다만, 오페라에서는 곧 잠이 들고 마는 내가 부프에서는 끝까지 버티고 앉아 즐겁게 들으니까요.* 게다가 또 오늘은……"

그는 프랑스 여배우의 이름을 말하고 그 여자에 대해 뭔가 얘기하려고 했으나, 공사 부인이 익살 섞인 공포의 표정을 지으며 그의 말을 가로막았다.

"제발, 그런 끔찍한 이야기는 아예 하지도 마세요."

"그럼 하지 않겠습니다. 그러지 않아도 여러분께선 그 끔찍한 얘길 이미 알고 계실 테니까요."

"만약 그것이 오페라처럼 받아들여진다면, 모두들 그곳으로 가게 될 거예요." 먀흐카야 공작부인이 얼른 말을 받았다.

7

입구 쪽에서 발소리가 들리자, 공작부인 벳시는 안나라는 걸 알고 브론스키의 얼굴을 흘끗 쳐다보았다. 그는 문 쪽을 보고 있었는데, 그의 얼굴에는 기묘하고 낯선 표정이 나타났다. 그는 기쁜 듯이 뚫어지게, 동시에 수줍음을 띠고, 들어오는 사람을 바라보며 천천히 몸을 일으켰다. 객실에 안나가 들어오고 있었다. 그녀는 언제나처럼 유달리 몸

---

* 1855년부터 1897년까지 파리에서 활동한 '오페라 부프'는 자크 오펜바흐의 오페라 극단이었다. 1870년 페테르부르크의 알렉산드린광장과 톨마조프 골목의 한쪽 모서리에 프랑스 극장 '오페라 부프'가 문을 열었다.

을 꼿꼿이 펴고 정면을 응시하며 특유의 날렵하고 야무지면서도 경쾌한, 다른 사교계의 부인들로부터 현저하게 그녀를 구별해주는 걸음걸이로 여주인을 향해 가까이 다가갔다. 그러고는 상대의 손을 쥐고 미소를 띠면서 그 웃는 얼굴 그대로 브론스키를 돌아보았다. 브론스키는 정중하게 인사하고 그녀에게 의자를 권했다.

그녀는 그저 머리를 한 번 끄덕여 답했지만, 저도 모르게 얼굴을 붉히며 눈살을 찌푸렸다. 그러나 곧 친지들에게 인사하고 그들의 손을 차례로 잡으면서 여주인을 돌아보았다.

"난 리디야 백작부인에게 가 있었어요. 잠깐 들르려던 것이 그만 오래 주저앉고 말았어요. 마침 존 경卿이 와 계셔서요. 정말 재미있는 분이더군요."

"아아, 그 선교사 말씀이죠?"

"네, 그분이 인도 생활에 대해 아주 재미있는 이야기를 해주셨어요."

안나가 왔기 때문에 잠시 끊겼던 이야기는 바람에 꺼지려던 램프의 불꽃처럼 다시 가물거리면서 타올랐다.

"존 경! 아, 존 경. 나도 그분은 뵌 적이 있어요. 그분의 얘기 솜씬 정말 대단해요. 블라시예바는 그분에게 홀딱 반해서 지금 정신이 없어요."

"그건 그렇고, 블라시예바의 동생이 토포프에게 시집간다는 게 정말인가요?"

"네, 이제 완전히 이야기가 됐다더군요."

"난 그 부모가 이상하게 생각돼요. 뭐 그것이 연애결혼이라나 그렇다더군요."

"연애결혼이라고요? 아니, 당신은 어쩌면 그렇게 케케묵은 생각을 다 가지고 계세요! 요즘 연애니 어쩌니 하는 얘길 하는 사람이 있는 줄 아세요?" 공사 부인이 말했다.

"어떻게 하겠습니까? 이 어리석은 낡은 관습이 아직은 근절되지 않고 있는 것을." 브론스키가 말했다.

"그런 관습을 고수하는 사람은 더 끔찍하지요. 행복한 결혼은 다만 이성에 의해서 맺어질 뿐이니까요."

"그렇습니다, 하지만 그 대신, 이성에 의한 결혼의 행복이 바로 그전에는 인식하지 않았던 정열의 출현으로 먼지처럼 흩날리게 되는 일도 흔히 있는 현상이거든요." 브론스키가 말했다.

"그렇지만 우리가 말하는 이성에 의한 결혼이라는 것은 두 사람 다이미 방종한 생활을 하고 난 뒤의 결혼을 말하는 거예요. 그것은 성홍열과 마찬가지로 누구나 한 번은 통과하지 않으면 안 되는 관문이지요."

"그럼 천연두처럼 인위적으로 사랑을 접종하는 방법을 연구하지 않으면 안 되겠군요."

"난 젊었을 적에 성직자를 사랑한 일이 있었어요." 먀흐카야 공작부인이 말했다. "그렇지만 그것이 나에게 도움이 되었는지 어떤지는 모르겠어요."

"아녜요, 농담이 아니고, 난 정말로 사랑을 알려면 한 번은 과실을 저지르고 그런 뒤에 고쳐야만 한다고 믿고 있어요." 공작부인 벳시가 말했다.

"그럼 결혼한 다음이라도요?" 장난 섞인 어조로 공사 부인이 물었다.

"뉘우침에 너무 늦는 법은 없습니다." 외교관이 영국 속담을 입에 올

264

렸다.

"바로 그거예요." 벳시는 맞장구를 쳤다. "한번 실수를 하고, 그런 연후에 고치는 것이 필요해요. 당신은 어떻게 생각하세요?" 그녀는 입술에 보일 듯 말 듯하지만 틀림없는 미소를 띤 채, 얘기를 듣고 있던 안나쪽으로 얼굴을 돌렸다.

"난 말예요," 안나는 방금 벗은 장갑을 만지작거리면서 말했다. "난이렇게 생각해요…… 만약 사람의 머리가 각기 다르듯이 생각도 다르다면, 마음이 각기 다른 만큼 사랑의 종류도 다를 것이라고요."

브론스키는 안나를 바라보며 심장이 얼어붙는 심정으로 그녀의 입에서 대답이 떨어지기를 기다리고 있었다. 그녀가 말을 다 끝마쳤을 때에는 마치 어떤 위험이 지나간 뒤처럼 긴 안도의 한숨을 내쉬었다.

안나는 별안간 그에게로 얼굴을 돌렸다.

"그런데 난 모스크바에서 편지를 받았어요. 키티 셰르바츠카야가 몹시 앓고 있다고 쓰여 있더군요."

"정말입니까?" 브론스키는 눈살을 찌푸리고 말했다.

안나는 엄격한 얼굴을 하고 그를 쏘아보았다.

"당신은 그것이 아무렇지도 않으세요?"

"천만에요, 정말 놀랐습니다. 가르쳐주실 수 있으시다면, 그래 뭐라고 쓰여 있던가요?" 그가 물었다.

안나는 일어서서 벳시에게로 다가갔다.

"차 한 잔 주시겠어요?" 그녀는 여주인의 의자 뒤에 멈춰 서서 말했다.

공작부인 벳시가 그녀에게 차를 따라주는 동안 브론스키는 안나에게 다가갔다.

"그래, 뭐라고 쓰여 있던가요?" 그는 다시 물었다.

"난 종종 생각합니다만, 남자들은 무엇이 고귀하고 무엇이 비천한지 전혀 모르면서 언제나 그 말을 입에 담곤 하죠." 안나는 그의 물음에는 대꾸도 하지 않고 말했다. "난 진작부터 당신께 말씀드리고 싶었어요." 그녀는 이렇게 덧붙이고 몇 걸음 가서 앨범이 놓여 있는 구석의 탁자 앞에 앉았다.

"난 당신의 말뜻을 전혀 모르겠습니다." 그는 그녀에게 찻잔을 건네면서 말했다.

그녀는 자기 옆의 소파를 돌아보았고, 그는 곧바로 거기에 앉았다.

"네, 당신께 말씀드리고 싶었어요." 그녀는 그를 보지 않고 말했다. "당신은 나쁜 짓을 하셨어요, 나쁜 짓이에요, 정말 나쁜 짓이에요."

"그럼 당신은 지금 내가, 내 행동이 옳지 않았다는 것을 모른다고 생각하십니까? 그렇지만 내가 그렇게 행동한 게 도대체 누구 때문입니까?"

"무슨 생각으로 나에게 그런 말씀을 하시는 거죠?" 그녀는 엄격하게 그를 쳐다보면서 말했다.

"그것은 당신도 알고 계실 텐데요." 그는 대담하고 즐겁게 그녀의 눈을 마주보면서 시선을 놓치지 않고 대답했다.

그보다 그녀가 더 당황했다.

"그건 단지 당신에게 정열이 없음을 증명할 뿐이에요." 그녀가 말했다. 그러나 그녀의 눈은 그에게 정열이 있다는 것을 알고 있으며, 그 때문에 그를 두려워하는 거라고 말하고 있었다.

266

"당신이 방금 말씀하신 것은 실수였을 뿐, 사랑이 아닙니다."

"당신은 기억하실 텐데요. 그런 말, 그런 더러운 말을 쓰는 걸 내가 당신에게 금했던 것을." 안나는 몸을 떨면서 말했다. 그러나 동시에 그녀는 곧 이 금했다는 한마디로 자기가 그에 대해 어떤 권리를 가지고 있다는 점을 승인한 셈이 되어, 그 때문에 오히려 그에게 사랑에 대해 이야기할 수 있는 용기를 부채질한 셈이 되었음을 느꼈다. "난 진작부터 말씀드리고 싶었는데," 그녀는 결연히 그의 눈을 똑바로 쳐다보고 불타오르는 듯한 홍조로 얼굴을 온통 물들이면서 계속했다. "오늘은 당신을 만날 수 있을 거라 생각하고 일부러 들렀어요. 정말이지 이런 일은 이제 그만 끝을 내지 않으면 안 돼요. 이 말씀을 드리려고 찾아왔어요. 난 지금까지 누구 앞에서도 얼굴을 붉힌다든지 하는 일이 결코 없었는데, 당신은 내가 뭔가 죄를 저지르고 있는 것 같은 느낌이 들게 하네요."

그는 그녀의 얼굴을 쳐다보았고 그 얼굴에 나타난 새로운 정신적인 아름다움에 충격을 받았다.

"그럼 당신은 내가 어떻게 하기를 바랍니까?" 그는 솔직하고 진지하게 말했다.

"난 당신이 모스크바로 가서 키티에게 용서를 빌었으면 해요." 그녀는 말했고, 그녀의 두 눈에서는 작은 불꽃이 반짝였다.

"당신은 그러길 바라지 않습니다." 그가 말했다.

그는 그녀가 스스로에게 강요하여 그렇게 얘기하고 있을 뿐, 그녀의 말은 진심이 아니라는 것을 알았다.

"만약 당신이 말씀하신 대로 나를 사랑하고 있다면," 그녀는 속삭이

듯이 말했다. "제발 내 마음이 안정되도록 해주세요."

그의 얼굴이 빛났다.

"그럼 당신은 당신이 내 인생의 전부라는 것을 모르신다는 말씀이군요. 나는 안정이니 하는 것은 모르므로 당신에게 그것을 드릴 수도 없습니다. 내 한몸이라든지 사랑이라면…… 전부 드리겠습니다. 난 당신과 나를 따로따로 생각할 수 없습니다. 나에게는 당신과 나는 하나입니다. 그리고 당신에게도 앞으로 안정이니 하는 것은 있을 수 없다고 생각합니다. 난 절망과 불행…… 그렇지 않으면 행복, 그 어떤 행복, 이 둘의 가능성을 볼 뿐입니다!…… 그것은 정말 있을 수 없는 일일까요?" 그는 그저 입술만 움직여 덧붙였으나, 그녀는 알아들었다.

그녀는 말해야만 하는 것을 말하기 위해 이성의 온 힘을 쥐어짰다. 그러나 결국 사랑이 흘러넘치는 눈으로 그의 얼굴을 응시했을 뿐, 아무런 대답도 하지 않았다.

'바로 이것이다!' 그는 환희에 차서 생각했다. '내가 이미 실망하고 있던 바로 그 고비에, 아무래도 결말이 없으리라고 여기고 있던 바로 그 고비에, 바로 이것이! 이 여자는 날 사랑하고 있다. 지금 그것을 고백하고 있다.'

"그럼 날 위해서 제발 이렇게 해주세요, 앞으로는 나에게 이런 얘길 절대 하지 말아줘요, 그리고 좋은 친구가 됩시다." 그녀는 입으로는 이렇게 말했으나, 그 눈동자는 전혀 다른 것을 말하고 있었다.

"우린 친구가 될 수 없습니다, 그것은 당신 자신도 알고 계시잖아요. 우리 두 사람은 그저 이 세상에서 가장 행복한 사람들이 되든지, 가장 불행한 사람들이 되든지 둘 중 하나예요. 그것은 당신 손에 달려 있습니다."

그녀는 뭔가 얘기하려고 했으나, 그가 가로막았다.

"그래서 내가 바라는 것은 오직 하나, 지금처럼 희망을 걸거나 괴로 워할 권리를 갖게 해주셨으면 하는 것입니다. 그러나 그것마저 안 된다 면 제발 나에게 사라져버리라고 명령하십시오. 그러면 난 사라져버리 겠습니다. 만약 내 존재가 당신에게 괴로움이 된다면, 두 번 다시 당신 앞에 나타나지 않겠습니다."

"난 당신을 어디로도 쫓아버리고 싶지는 않아요."

"그러시다면 제발 아무것도 바꾸지 말아주세요. 모든 것을 있는 그 대로 내버려두세요." 그는 떨리는 목소리로 말했다. "저기 남편분이 오 시는군요."

정말로 그 순간에 알렉세이 알렉산드로비치가 그 침착하고 거북살 스러운 걸음걸이로 객실에 들어오고 있었다.

아내와 브론스키를 흘깃 보고 나서 그는 여주인에게로 다가가 찻잔 을 받고 앉은 뒤, 여유 있고 카랑카랑한 목소리와 특유의 비꼬는 듯한 어조로 누구누구 할 것 없이 빈정대기 시작했다.

"아니, 이건, 당신의 랑부예 살롱이 총동원된 셈이군요."* 그는 좌중 을 둘러보면서 말했다. "카리테스 여신**들도, 뮤즈 여신들도."

그러나 그의 이러한 말투, 그녀의 표현에 의하면 이 냉소적인 말투

---

* 랑부예 후작부인의 파리 문학살롱은 '취미를 창출하는 사람들'의 역할을 요구했던 정 치가, 작가, 시인 들을 결집시켰다. 랑부예 살롱은 몰리에르의 희극 「우스꽝스럽고 젠체 하는 여자들」 「여학자들」에서 풍자적으로 묘사되고 있다.

** 그리스신화에 나오는 아름다움, 우아, 환희의 세 여신.

를 견딜 수 없었던 공작부인 벳시는 총명한 여주인답게 곧 그를 전 계급의 병역의무라는 진지한 논제* 속으로 끌어들였다. 알렉세이 알렉산드로비치는 곧 그 얘기에 끌려들어, 이제는 그에게 공격의 화살을 퍼붓는 공작부인 벳시를 상대로 정색을 하고 신제도를 변호하기 시작했다.

브론스키와 안나는 자그마한 탁자 앞에 그대로 앉아 있었다.

"상황이 차츰 점잖지 못하게 돼가네요." 한 부인이 눈으로 카레니나와 브론스키와 그녀의 남편을 가리키면서 속삭였다.

"그러니까 내가 아까 뭐랬어요?" 안나의 친구가 대답했다.

그러나 이 부인들만이 아니고 객실에 있던 사람들 모두, 먀흐카야 공작부인과 벳시까지도 좌중으로부터 떨어져 있던 두 사람 쪽을 마치 자기들에게 방해라도 된다는 양 몇 번이고 흘끔흘끔 바라보았다. 오직 한 사람 알렉세이 알렉산드로비치만은 한 번도 그쪽을 보지 않고, 방금 시작된 흥미 있는 화제에서 주의를 돌리려 하지 않았다.

모든 사람들이 불쾌하게 느끼고 있음을 눈치채자 공작부인 벳시는 알렉세이 알렉산드로비치의 말상대로 자기 대신 다른 사람을 끌어들여놓고 안나에게로 다가갔다.

"난 남편분의 말씨가 분명하고 정확한 것에 언제나 탄복하고 있어요." 그녀는 말했다. "저분께서 말씀해주시면 아무리 초월적인 개념들

---

* 1874년 1월 1일, 황제의 비준을 받은 새로운 군법에 따라 25년간의 병역이 단기간(6년간)의 군복무로 바뀌었다. 귀족계급은 자신들의 특권인 군복무로부터의 자유를 잃었다. 군법 초안은 1870년부터 시작하여 3년에 걸쳐 신문 잡지와 사회에서 검토되었다. 군사개혁은 국방장관 D. A. 밀류틴이 주도했다.

이라도 금방 머리에 들어와요."

"오 그래요!"안나는 행복한 미소로 얼굴을 빛내면서, 그러나 벳시의 말은 한마디도 알아듣지 못한 채 이렇게 말했다. 그녀는 큰 탁자 쪽으로 옮겨가서 모두의 이야기에 끼어들었다.

알렉세이 알렉산드로비치는 반시간쯤 거기에 앉아 있다가 아내 곁으로 다가가서 함께 집으로 돌아가자고 권했다. 그러나 그녀는 그의 얼굴은 보지도 않고서 만찬에 남겠다고 대답했다. 알렉세이 알렉산드로비치는 모두에게 인사를 하고 나갔다.

카레니나의 마부인, 반질반질 윤이 나는 가죽 외투를 걸친 뚱뚱하고 나이든 타타르인은 현관 앞에서 추위에 지쳐 뛰어오르는 잿빛 부마副馬를 간신히 억누르며 대기하고 있었다. 하인은 마차 문을 연 채 서 있었다. 문지기는 대문을 잡고 서 있었다. 안나 아르카디예브나는 조그마한 손을 날렵하게 놀려 모피 외투의 호크에 걸린 옷소매의 레이스를 풀면서, 자기를 배웅하러 나온 브론스키의 말을 고개를 기울인 채 황홀하게 듣고 있었다.

"아무튼 당신은 아무 얘기도 하지 않은 것으로 합시다. 그리고 나 역시 아무것도 요구하지 않습니다." 그는 말했다. "그러나 당신 역시 나에게 필요한 것은 우정이 아니라는 것을 알고 계십니다. 나에게는 이 세상에 오직 하나의 행복이 있을 뿐입니다. 그것은 당신이 그렇게도 싫어하는 한마디…… 그렇습니다, 사랑……"

"사랑……" 그녀는 가슴속 깊은 곳에서 나오는 듯한 목소리로 천천히 되뇌고는 레이스를 풀어내자마자 갑자기 덧붙였다. "내가 그 말을 좋아하지 않는 이유는 그것이 나에게 너무나 많은 의미, 당신이 생각하는 것보다 훨씬 많은 의미를 지니고 있기 때문이에요."

그녀는 이렇게 말하고 나서 그의 얼굴을 뚫어지게 쳐다보았다. "그럼, 안녕!"

그녀는 그에게 손을 내밀고 나서 민첩하고 탄력 있는 걸음걸이로 문지기 옆을 지나 마차 속으로 사라졌다.

그녀의 눈빛과 그 손의 촉감은 그를 불타오르게 했다. 그는 그녀가 만진 자기 손바닥에 입을 맞췄다. 그리고 오늘밤은 최근 두 달 동안보다 훨씬 더 많이 자신의 목적을 달성하는 데 가까이 갔다는 느낌을 안고 행복한 기분이 되어 집으로 돌아갔다.

8

알렉세이 알렉산드로비치는 자신의 아내가 브론스키와 둘이서 다른 탁자에 앉아 뭔가 열심히 이야기하고 있었던 것에 대해 특별히 행실이 나쁘다고는 생각하지 않았다. 그러나 객실에 있던 다른 사람들에게는 그것이 조신하지 않은 행실로 보였다는 것을 알아챘기 때문에 그도 그렇게 느끼게 되었다. 그는 이 일에 대해서는 아내에게 주의를 주어야겠다고 결심했다.

집으로 돌아오자 알렉세이 알렉산드로비치는 항상 그랬던 것처럼 자기 서재로 가서 안락의자에 앉아 가톨릭교에 대한 서적을 꺼내 페이퍼나이프를 끼워둔 곳을 펴고, 언제나처럼 한시까지 책을 읽었다. 가끔씩 그는 높다란 이마를 문지르기도 하고 뭔가를 쫓는 것처럼 머리를 흔들기도 했다. 정해진 시간이 되자 그는 일어서서 언제나처럼 밤의 몸단장을 했다. 안나 아르카지예브나는 아직 돌아오지 않았다. 책을 옆구리에 끼고 그는 위층으로 올라갔다. 그러나 오늘밤 그의 마음은 언제나 하던 직무상의 일에 관한 생각과 걱정 대신에, 아내와 그녀에게 일어나고 있는 무언가 불쾌한 일에 대한 것으로 가득차 있었다. 그는 평소의 습관과는 달리 잠자리에는 들지 않고 두 손을 등뒤에 깍지 낀 채 방안을 왔다갔다하며 걷기 시작했다. 무엇보다도 먼저 새로 일어난 상황에 대해 잘 생각해보지 않으면 안 되겠다고 느끼자 잠자리에 들 수가 없었다.

알렉세이 알렉산드로비치가 아내에게 이야기해둘 필요가 있겠다고 마음속으로 결심했을 때만 해도 그것은 아주 용이하고 간단한 일같이 느껴졌다. 그러나 지금의 새로운 상황에 대해 아내에게 어떻게 얘기할지 이리저리 생각하기 시작하자 그것은 매우 착잡하고 어려운 문제로 여겨지기 시작했다.

알렉세이 알렉산드로비치는 샘이 많은 사내는 아니었다. 질투는 그가 믿는 바에 의하면 아내를 모욕하는 것으로서, 남편은 끝까지 아내를 신뢰해야 했다. 그러나 왜 신뢰해야만 되는가, 말하자면 어떻게 젊은 아내가 항상 자기를 사랑할 거라고 확신할 수 있는가 하는 것에 대해서는 한 번도 생각해본 적이 없었다. 그는 아내에 대해 신뢰를 가지고 있었고 또 그래야 한다고 자신에게 역설하고 있었기 때문에 지금까지 한 번도 의혹이라는 것을 경험한 일이 없었다. 그런데 지금 그는 질투라는 것은 수치스러운 감정이고 아내는 무조건 믿어야 된다는 신념은 조금도 파괴되지 않았는데도, 뭔가 불합리하고 부조리한 것과 얼굴을 맞대고 있는 듯한 기분이 들어 어떻게 해야 할지를 몰랐다. 알렉세이 알렉산드로비치는 인생 앞에, 즉 그의 아내에게도 그 이외의 누군가에 대한 사랑이 있을 수 있다는 사실 앞에 얼굴을 맞대고 선 것이었다. 그 사실은 그에게 몹시 불리하고 불가해한 것으로 여겨졌다. 왜냐하면 그것이 인생 그 자체였기 때문이다. 알렉세이 알렉산드로비치는 평생을 자신의 인생이 반영된 공적 영역에서 보냈고 또한 일해왔다. 그리고 인생 그 자체와 마주칠 때마다 한발 옆으로 비켜서곤 했다. 그래서 지금 그는, 마치 절벽에 걸린 다리를 안심하고 건너오던 사람이 느닷없이 그 다리가 부서지고 밑에는 깊은 못이 입을 벌리고 있는 것을 보았을 때 느끼는 것과 같은 감정을 경험하고 있었다. 이 심연이야말로 인생 그 자체였고, 다리는 바로 알렉세이 알렉산드로비치가 지내왔던 인위적인 생활이었던 것이다. 그의 아내도 다른 누군가를 사랑할 수 있다는 문제가 그의 머릿속에 떠오른 것은 이번이 처음이었다. 그는 그 앞에서 몸을 떨었다.

그는 옷도 갈아입지 않고 램프 하나만 밝힌 식당의 잘 울리는 쪽매마루 바닥 위를, 컴컴한 객실의 융단 위를 규칙적인 걸음걸이로 왔다갔다하고 있었다. 객실에는 최근에 완성되어 소파 위에 걸린 그의 큼직한 초상화에만 희미하게 불빛이 비치고 있었다. 그는 또 아내의 서재에도 들어가보았다. 그곳에는 촛불 두 자루가 그녀의 친척과 여자 친구들의 초상화와 그녀의 책상 위에 놓인, 그에게도 오래전부터 낯익은 아름답고 조그마한 장식품을 비추면서 타고 있었다. 그는 그녀의 방을 지나 침실 문까지 갔으나 거기서 다시 발을 돌렸다 그는 그런 순서로 한바퀴 돌 때마다 주로 밝은 식당의 쪽매마루 위에서 발을 멈추고 자신에게 말했다. '그렇다, 이 문제는 무슨 일이 있어도 해결하지 않으면 안 된다. 말리지 않으면 안 된다. 이 문제에 대한 내 의견과 결심을 밝히지 않으면 안 된다.' 그러고서 그는 뒤로 돌았다. '그런데 대체 뭘 밝힌단 말인가? 어떤 결심을?' 그는 객실로 왔을 때 혼잣말을 했으나 그 해답을 찾아내지 못했다. '그러나 결국,' 그는 서재 쪽으로 발을 돌리기 전에 자신한테 물었다. '무슨 일이 있었다는 것일까? 아무것도 없지 않은가. 그녀는 오랫동안 그 사내와 이야기하고 있었다. 그래 그것이 어쨌다는 거야? 사교계의 부인이 누구와 얘기를 하는 것이 이상한 일일까? 그것을 이제 와서 질투하다니, 질투한다는 것은 나 자신과 그녀를 비하할 뿐이지 않은가.' 그는 그녀의 서재로 들어가면서 자기에게 말했다. 그러나 전에는 그토록 무게를 갖던 이런 판단도 지금은 아무런 무게도 가치도 갖지 못했다. 그는 침실 문에서 다시 돌아섰다. 그러나 그가 컴컴한 객실에 발을 들여놓자마자 그의 귓전에서 어떤 목소리가 속삭였다. '그렇지 않다, 다른 사람들이 알아챌 정도라면 뭔가 있는 것이다.' 그는 식당에 이르렀을 때 다시 자신에게 이렇게 말했다. '그렇다, 이건 어떻게든 해결하지 않으면 안 된다. 말리지 않으면 안 된다. 내 의견을 밝히지 않으면 안 된다……' 그런 다음 다시 객실에서 발을 돌리기 전에 그는 자신에게 이렇게 물었다. '그럼 어떻게 해결해야 한단 말인가?' 그리고 나서 또 자문했다. '도대체 무슨 일이 있었단 말인가?' 그러고는 대답했다. '아무 일도 없었다.' 그는 다시금 질투는 아내를 모욕하는 감정임을 생각해냈다. 그러나 또 객실로 왔을 때는 무엇인가가 있었으리라는 생각이 들기 시작했다. 이렇게 그의 생각은 그의 몸과 마찬가지로 어떤 새로운 것에도 부딪치는 일 없이 원을 그릴 뿐이었다. 그는 그것을 깨닫고, 이마를 문지르고는 그녀의 서재에 앉았다.

그곳에서 공작석孔雀石 빛깔의 표지가 달린 압지철과 쓰다 만 편지가 놓인 그녀의 책상을 보는 동안 그의 생각은 별안간 달라졌다. 그는 그녀에 대해, 그녀가 생각하고 느끼는 것에 대해 생각하기 시작했다. 그는 처음으로 그녀의 개인적인 생활, 그녀의 사고, 그녀의 소망을 생생하게 그려보았으나, 그녀에게도 자신만의 독자적인 생활이 있을 수 있고 또 있어야 한다는 생각이 그에게는 너무나 두렵게 여겨졌기 때문에 냉큼 그 생각을 쫓아버렸다. 그에게는 이것이야말로 들여다보기도 두려운 심연이었던 것이다. 생각과 감정을 가지고 다른 존재에 열중한다는 것은 알렉세이 알렉산드로비치와는 전혀 인연이 먼 정신 활동이었다. 그는 이 정신 활동을 유해하고 위험한 망상이라 생각하고 있었다.

'그리고 무엇보다도 두려운 것은,' 그는 생각했다. '하필이면 내 일이 완성을 앞두고 있는 때에(그는 지금 통과시키려 하는 법안을 생각하고 있었다), 정신적인 안정과 정력이 어느 때보다도 필요한 이때에, 하필 이런 쓸데없는 걱정이 나를 급습하다니. 그렇지만 어떻게 할 도리도 없지 않은가? 나는 불안과 걱정에 지쳐 문제를 똑바로 바라볼 수 있는 힘마저 잃어버리는 그런 사람들과는 다르다.'

"잘 생각해서 결론을 내리고, 이 문제를 마음속으로부터 떨쳐버려야만 한다." 그는 소리 내어 중얼거렸다.

'그녀의 감정에 관한 문제, 그녀의 마음에 무슨 일이 일어났다든가 또 무슨 일이 일어날 수 있다든가 하는 문제는 내가 알 바 아니다. 그것은 그녀의 양심 문제이고 종교의 범주에 속할 일이다.' 그는 이번 사건이 속할 적당한 영역을 발견했다는 생각에 마음이 가벼워지는 걸 느끼며 이렇게 혼잣말을 했다.

'결국은,' 알렉세이 알렉산드로비치는 혼잣말을 계속했다. '그녀의 감정이나 그 밖의 일은 나와는 상관없는 그녀 양심의 문제일 뿐이다. 하지만 내 의무는 분명히 결정되어 있다. 가정의 장(長)으로서 나는 그녀를 지도해야 할 의무가 있고, 따라서 얼마쯤은 책임이 있는 사람이다. 나는 내가 발견한 위험을 지적하여 경계시키고 경우에 따라서는 내 권한을 행사해야 하는 사람인 것이다. 그렇다, 나는 그녀에게 주의를 주지 않으면 안 된다.'

이리하여 알렉세이 알렉산드로비치의 머릿속에는 그가 이제부터 아내에게 이야기하려는 내용이 모두 명료하게 나타났다. 자기가 이야기하려는 것을 차근차근 생각해보면서 그는 가정사 때문에 이처럼 무의미하게 자기 시간과 지력을 소모하게 된 것을 유감스럽게 여겼다. 그럼에도 불구하고 그의 머릿속에서는 이제부터 이야기하려는 내용의 형식과 순서가 마치 보고서처럼 명백하고 정밀하게 정리되었다. '난 다음과 같이 명백히 이야기해주지 않으면 안 된다. 첫째는 세평과 예의의 중요성, 둘째는 결혼의 의의에 대한 종교적 설명, 셋째는 필요하다면 아들에게 일어날 수도 있는 불행에 대한 지적, 넷째는 그녀 자신에게 닥칠 불행에 대한 지적.' 그러고서 알렉세이 알렉산드로비치가 깍지를 끼고 손바닥을 아래로 하여 그 손을 뒤로 확 젖히자, 손가락 관절이 뚜두둑 소리를 냈다.

이 손짓, 깍지를 끼어 손가락을 꺾는 나쁜 버릇은 언제나 그의 마음을 차분하게 가라앉혀줬고, 지금의 그에게 특히 필요했던 면밀성을 가져다줬다. 현관 쪽에서 마차가 다가오는 소리가 들렸다. 알렉세이 알렉산드로비치는 홀의 한가운데서 발을 멈췄다.

층계를 올라오는 여자의 발소리가 났다. 알렉세이 알렉산드로비치는 이야기를 꺼낼 마음의 준비를 하면서 깍지 낀 손가락 마디를 꽉 누르고, 어느 마디에서 다시 소리가 나지 않을까 기대하면서 서 있었다. 손마디 하나가 딱 하고 소리를 냈다.

층계를 올라오는 가벼운 발소리로 그녀가 이미 가까이 왔음을 느끼자, 그는 자신의 언변에 만족하고 있었음에도 불구하고 지금 당장 그것을 발휘해야 하는 상황에 왠지 모를 두려움을 느끼기 시작했다……

9

안나는 머리를 숙이고 바실리크*의 술을 만지작거리면서 들어왔다. 그녀의 얼굴은 눈부신 광휘를 띠고 있었다. 그러나 이 광휘는 쾌활한 것은 아니었다. 그것은 캄캄한 한밤중에 일어난 화재의 무서운 광휘를 생각나게 했다. 남편을 보자 안나는 고개를 들고 꿈에서 깨어난 것처럼 방긋 웃었다.

"당신 아직 안 잤어? 정말 놀랍군!" 그녀는 이렇게 말하고 바실리크를 벗고 곧바로 화장실로 쏙 들어갔다. "시간 됐어, 알렉세이 알렉산드

---

* 모피으로 된 방헌8 두 권.

로비치." 그녀는 문 뒤쪽에서 말했다.

"안나, 당신에게 할 얘기가 있어."

"나에게?" 그녀는 깜짝 놀라서 말하고 문에서 나와 그의 얼굴을 쳐다보았다.

"응."

"무슨 일인데? 무슨 얘기?" 그녀는 앉으면서 물었다. "자, 그럼 얘기합시다, 정 필요하다면. 자는 게 더 좋겠지만."

안나는 혀가 돌아가는 대로 말하고 있었는데, 그녀는 자기가 한 말을 귀에 담으면서 자신의 거짓말이 능란한 것에 적잖이 놀랐다. 정말 그녀의 말은 얼마나 단순하고 자연스러운가. 게다가 정말로 잠을 자는 것 외의 다른 뜻은 없는 듯이 들린다! 그녀는 자신이 마치 꿰뚫을 수 없는 거짓의 갑옷을 두르고 있는 것처럼 느껴졌다. 그녀는 또 눈에 보이지 않는 어떤 힘이 자기를 돕고 떠받쳐주고 있는 것처럼 느꼈다.

"안나, 난 당신에게 경고해두지 않으면 안 되겠어." 그가 말했다.

"경고라고?" 그녀는 말했다. "무슨 일로?"

그녀는 지극히 단순하고 쾌활한 태도를 취하고 있었으므로, 그녀의 남편만큼 그녀를 잘 알지 못하는 사람은 그 말의 울림이나 내용에서 어떠한 부자연스러움도 알아챌 수 없었을 것이다. 그러나 그녀를 잘 알고 있는 그, 그가 오 분만 늦게 잠자리에 들어도 곧 알아채고 까닭을 캐묻곤 했으며 자신의 기쁨이나 즐거움이나 슬픔을 곧 남편에게 털어놓곤 하던 그녀를 알고 있는 그에게는, 지금 그녀가 그의 기분을 살피려고도 하지 않고 자기에 대해 한마디도 얘기하려고 하지 않는다는 것이 지극히 의미심장한 일이었다. 그는 지금까지는 늘 그의 앞에 열려 있던 그녀의 마음속 깊은 곳이 완전히 닫혀버린 것을 보았다. 그뿐만이 아니었다. 그는 그녀의 어조에서 그녀가 그 사실에 대해 전혀 당황하는 빛이 없고 오히려 그에게 '그래요, 닫혔습니다, 그것은 당연한 일이고 앞으로도 죽 그럴 거예요'라고 정면으로 선언하는 듯한 느낌을 받았다. 지금 그는 자기 집으로 돌아온 사람이 문이 잠겨 있음을 발견했을 때 맛보는 것과 같은 감정을 경험하고 있었다. '그러나 아직은 열쇠를 찾아낼 수 있을지도 모른다.' 알렉세이 알렉산드로비치는 생각했다.

"내가 당신에게 경고하고 싶은 건," 그는 조용한 목소리로 말했다. "당신의 부주의와 경솔이 세인의 입에 오르내리게 될 씨를 뿌릴지도 모른다는 거야. 오늘 당신과 브론스키 백작(그는 이 이름을 천천히 사이를 두고 정확하게 발음했다)이 지나치게 활발히 얘기하는 모습이 꽤 여러 사람들의 주의를 끌었던 모양이니까."

그는 이렇게 말하고, 지금은 도무지 짐작할 수 없어 두렵기까지 한 그녀의 웃음 띤 눈을 쏘아보았다. 그는 이야기하면서도 자기 말의 무력함과 무익함을 통감했다.

"당신은 언제나 그렇군." 그녀는 그의 말을 전혀 이해할 수 없다는 듯, 그러나 마지막 말만은 이해하겠다는 듯한 얼굴로 대답했다. "내가 지루해하는 것이 싫다더니 이번에는 내가 즐거워하는 것이 싫다는거군. 난 오늘밤 지루해하지 않았을 뿐이야. 그것이 당신 비위에 거슬려?"

알렉세이 알렉산드로비치는 몸을 부르르 떨며 손가락을 꺾으려고 손을 구부렸다.

"아아, 제발, 소리가 나게 하지 마, 난 그게 정말 싫으니까." 그녀가 말했다.

"안나, 정말 당신 맞아?" 알렉세이 알렉산드로비치는 가슴이 뻐근해 오는 것을 꾹 참으며 손의 동작을 멈추고 조용히 말했다.

"그래 도대체 어쨌다는 거야?" 그녀는 자못 정색을 하고 희극적인 놀라움을 보이면서 말했다. "나보고 어떻게 하라는 건데?"

알렉세이 알렉산드로비치는 입을 다물고 손으로 이마와 눈을 문질렀다. 그는 자기가 하려고 했던 일, 즉 세상 사람들의 눈앞에서 아내가 과실을 저지르지 않도록 주의시키는 것 대신에, 어느새 그녀의 양심에 관한 문제로 흥분했으며 자기가 만들어낸 일종의 벽과 싸우고 있다는 것을 알았다.

"내가 얘기하려는 것은 이런 거야." 그는 냉정하고 침착하게 말을 계속했다. "난 당신이 끝까지 잘 들어주기를 바라. 당신도 알고 있듯이 나는 질투라는 것을 모욕적이고 비속한 감정이라고 생각하기 때문에, 그런 데 좌우된다든지 하는 일은 결코 나 자신에게 허용하지 않아. 그렇지만 이 세상에는 벌을 받지 않고는 딛고 넘어설 수 없는 일정한 예법이라는 것이 있어. 오늘 내가 그렇게 느꼈다는 얘긴 아니지만, 거기서 받은 인상으로 미루어 보아 모두들 당신의 행동거지가 상규常規를 벗어나고 있다고 생각하는 것 같았어."

"정말 난 도무지 이해를 못하겠어." 안나는 어깨를 움츠리며 말했다. '이이는 어찌됐든 개의치 않는다.' 그녀는 생각했다. '단지 많은 사람들의 눈에 띄었기 때문에 걱정하고 있는 것이다.' "당신은 기분이 나쁜 모양이군, 알렉세이 알렉산드로비치." 그녀는 이렇게 덧붙이고 일어서서 문으로 나가려고 했다. 그러나 그는 그녀를 가로막기라도 하려는 것처럼 앞으로 몸을 내밀었다.

그의 얼굴은 안나가 여태까지 한 번도 본 적이 없었을 만큼 추하고 음울한 빛을 띠고 있었다. 그녀는 발을 멈추고, 머리를 뒤로 젖히기도 하고 옆으로 기울이기도 하며 날쌘 손놀림으로 머리핀을 뽑기 시작했다.

"그럼 듣죠, 무슨 말씀이신지." 그녀는 침착하고 비웃는 듯한 어조로 말했다. "아니, 흥미를 가지고 듣겠어. 도대체 무슨 일로 그러는지도 좀 알고 싶고."

그녀는 이렇게 말하고, 자신의 자연스럽고 침착하고 믿음직한 어조와 날카로운 어휘 선택에 적잖이 놀랐다.

"당신 감정의 세세한 부분까지 꼬치꼬치 따지고 들 권리가 나에게는 없어. 오히려 난 그런 일을 무익하고 유해한 것으로까지 여기고 있으니까." 알렉세이 알렉산드로비치는 이야기를 시작했다. "자신의 마음속을 파고들다보면 우린 흔히 지금까지 눈에 띄지 않았던 것들을 발굴해내는 수가 있어. 당신의 감정은 당신 양심의 문제이긴 하지만 난 당신에 대한, 나에 대한, 그리고 신에 대한 당신의 의무를 가르쳐줄 책임이 있어. 우리의 삶은 사람의 손으로 맺어진 것이 아니고 하느님에 의해 맺어진 것이니까. 이 결합을 부술 수 있는 것은 오직 죄악뿐이고, 그런 종류의 죄악 뒤에는 반드시 벌이 따르기 마련인 거야."

"난 도무지 무슨 말인지 모르겠어. 아아, 어쩌나, 미안하지만 난 잠이 와 죽겠어!" 그녀는 한쪽 손으로 날렵하게 머리칼을 갈라 아직 남은 머리핀을 찾으면서 말했다.

"안나, 제발, 그렇게 얘기하지 말아줘." 그는 부드럽게 말했다. "아마 내가 오해하고 있는 건지도 몰라. 하지만 내가 이런 얘기를 하고 있는 것은 당신을 위해서이기도 하고 나를 위해서이기도 하다는 것을 믿어줘. 난 당신의 남편이야, 그리고 당신을 사랑하고 있어."

순간 그녀의 얼굴은 부드러워지고, 눈 속의 조소하는 듯한 불꽃도 꺼졌다. 그러나 사랑하고 있다는 한마디가 다시 그녀의 반항심을 돋웠다. 그녀는 생각했다. '사랑하고 있다고? 그래 정말 이이가 사랑이라는 걸 할 수 있을까? 만약 사랑이라는 말이 있다는 것을 남에게서 듣지 않았다면, 이이는 결코 그런 말을 쓰지 않았을 것이다. 이이는 사랑이 어떤 것인지도 모르니까.'

"알렉세이 알렉산드로비치, 정말이지, 난 무슨 말인지 모르겠어." 그녀는 말했다. "좀더 분명하게 말해줘, 당신이 무엇을 보았다는 건지……"

"아니 제발, 내가 끝까지 얘기하게 해줘. 난 당신을 사랑하고 있어. 그런데 난 내 이야기를 하고 있는 게 아냐. 이런 경우에 가장 중요한 사람은 우리의 아들과 당신 자신이야. 거듭 말하지만, 내 얘기가 당신에게는 전혀 무익하고 부당한 것으로 여겨질지도 몰라. 정말 그럴지도 몰라. 아마 모든 게 내 오해에서 비롯되었을 거야. 만약 그렇다면 난 당신에게 용서를 빌어야 해. 하지만 만약, 비록 내 생각에 티끌만한 근거라도 있다고 당신 자신이 느낀다면, 그렇다면 난 당신이 잘 생각해주길 바라. 그리고 만약 당신이 마음속에 있는 말을 나에게 모두 털어놓기를 바란다면……"

알렉세이 알렉산드로비치는 자기도 모르는 사이에 처음에 준비했던 말과는 다른, 전혀 엉뚱한 얘기를 입에 담고 있었다.

"나는 아무것도 말할 게 없어. 게다가 또……" 그녀는 미소를 참으려고 애쓰면서 불쑥 말했다. "정말이지, 이제 잘 시간이야."

알렉세이 알렉산드로비치는 한숨을 몰아쉬고는 더이상 입을 열지 않고 침실로 가버렸다.

그녀가 침실로 들어갔을 때 그는 벌써 잠자리에 누워 있었다. 그의 입술은 굳게 다물어져 있었고, 눈은 그녀 쪽을 보려고도 하지 않았다. 그녀는 자기 침대에 누워 그가 다시 한번 그녀에게 말을 걸어오기를 이제나저제나 기다렸다. 그녀는 그가 말을 걸어오는 걸 두려워하면서도 그것을 바라고 있었다. 그러나 그는 말이 없었다. 그녀는 오랫동안 꼼짝도 않고 기다리다가 어느새 그에 대해서는 잊어버렸다. 그녀는 또 한 사람의 사내에 대해 생각하고 있었다. 그녀는 그를 보았고, 그 사내 생각을 하자 자신의 마음이 흥분과 죄스러운 환희로 흘러넘치는 것을 느꼈다. 별안간 그녀는 규칙적이고 차분한 코고는 소리를 들었다. 처음에는 알렉세이 알렉산드로비치도 자신의 코고는 소리에 깜짝 놀란 듯이 뚝 그쳤으나, 두어 숨 쉬는 사이에 코고는 소리는 다시 편안하게 규칙적으로 들려오기 시작했다.

"늦었다, 늦었어, 이미 늦었어." 그녀는 미소를 띠면서 중얼댔다. 그녀는 오랫동안 눈을 말똥말똥 뜬 채 꼼짝도 않고 가만히 누워 있었는데, 어둠 속에서도 자기 자신의 눈빛이 보이는 것 같았다.

10

이때부터 알렉세이 알렉산드로비치와 아내 사이에는 새로운 생활이 시작됐다. 그러나 이렇다 할 변화는 일어나지 않았다. 안나는 예전처럼 사교계에 나갔고, 특히 공작부인 벳시 집에 자주 찾아갔다. 그리고 곳곳에서 브론스키를 만나곤 했다. 알렉세이 알렉산드로비치는 그 사실을 알고 있었지만 어떻게 할 도리가 없었다. 그는 그녀로 하여금 흉금을 털어놓게 하려고 온갖 시도를 해보았지만, 그녀는 뭔가 들떠 있으면서도 당황스러운 태도로 그에게 꿰뚫을 수 없는 벽을 내세우고 있었다. 표면적으로는 아무런 변화도 없었으나 내부적인 그들의 관계는 완전히 변했다. 정치 활동에서는 지극히 유력한 인물이었던 알렉세이 알렉산드로비치도 이제 이 방면에서는 스스로를 아주 무력하게만 느꼈다. 그는 황소처럼 온순하게 머리를 떨어뜨리고 자기 머리 위에 추켜들려 있는 것 같은 도끼를 기다리고 있었다. 이 문제에 대해 생각할 때마다 그는 다시 한번 시도해보려고 했다. 아직은 성의와 부드러움과 설득과 신념으로 그녀를 구출하고 그녀를 본래대로 돌아가게 할 수 있는 희망이 있다고 느끼며, 날마다 그녀와 얘기할 마음의 준비를 갖추었다. 그러나 번번이 그녀를 붙들고 얘기를 시작할 때마다, 그는 그녀를 지배하고 있는 사악과 허위의 입김이 자기마저 지배하는 듯한 느낌이 들어 얘기하려던 것과는 전혀 다른 내용을 엉뚱한 어조로 갈팡질팡 늘어놓고 말았다. 무심결에 그는 진지하게 그런 얘기를 나누고 있는 사람들을 조롱하듯 습관적인 비꼬는 듯한 말투로 그녀에게 말하는 것이었다. 그러나 그런 말투로는 그녀에게 필요한 이야기를 할 수가 없었다.

....

....

거의 일 년 동안 브론스키에게는 이전의 온갖 욕망을 대신해 그의 삶에서 유일한 희망을 형성하고 있었던, 그리고 안나에게는 불가능하고 두렵고 그렇기 때문에 더욱더 고혹적이며 행복한 공상이었던 바로 그 소원이 지금 막 충족되었다. 그는 파랗게 질려 아래턱을 달달 떨며 그녀 앞에 서서, 자기 자신도 뭐가 뭔지 어떻게 해야 할지도 모르면서, 그녀에게 마음을 가라앉히라고 애원하고 있었다.

"안나! 안나!" 그는 떨리는 목소리로 말했다. "안나, 제발!……"

그러나 그의 말소리가 높아지면 높아질수록 그녀는 이전의 자부심 넘치고 쾌활했던 모습과는 반대로 이젠 부끄러움만으로 가득찬 머리를 더욱더 낮게 떨어뜨렸다. 그러다가 고개를 푹 파묻은 채 앉아 있던 소파에서 마루 위로, 그의 발밑으로 몸을 떨어뜨렸다. 그가 만약 받쳐주지 않았다면 그녀는 융단 위로 쓰러졌을 것이다.

"하느님! 나를 용서해주세요!" 그녀는 흐느끼면서 그의 손을 자기 가슴에 갖다대고 말했다.

그녀는 죄를 짓고 떳떳할 수도 없으니 이제는 그저 몸을 낮추고 용서를 빌 수밖에 없다고 느꼈다. 그러나 그녀에게는 이제 이 세상에 그 이외에는 아무도 없었기 때문에 그녀는 그를 향해 용서를 구했다. 그를 보자 그녀는 육체적으로 자기의 굴종이 느껴져 더이상 한마디도 할 수가 없었다. 한편 그는 살인자가 자기 때문에 목숨을 잃은 시체를 보고 느낄 법한 감정을 느꼈다. 그에 의해 목숨을 빼앗긴 이 시체야말로 그들의 사랑이었고, 그들 사랑의 첫 단계였다. 부끄러움이라는 무서운 대가를 치르고 손에 넣은 것을 회상해보니, 거기에는 뭔가 무섭고 역겨운 것이 있었다. 자신의 벌거벗은 정신에 대한 부끄러움은 그녀를 숨막히게 했고, 곧바로 그에게도 옮아갔다. 그러나 살인자는 피살자의 시체에 공포를 느낄지언정, 그 시체를 은닉하려면 그것을 난도질하지 않으면 안 된다. 살인으로 손에 넣은 것을 억척스럽게 이용해야만 한다.

그래서 살인자는 정열이라고도 할 수 있는 분노를 가지고 그 시체에 달려들어, 그것을 질질 끌기도 하고 난도질하기도 하는 것이다. 그와 마찬가지로, 브론스키 역시 그녀의 얼굴과 어깨를 키스로 덮었다. 그녀는 그의 손을 붙잡은 채 꼼짝도 하지 않았다. 그렇다, 이 키스, 이것이야말로 수치를 대가로 사들인 것이다. 그리고 영구히 내 것이 될 이 손은, 내 공범자의 손인 것이다. 그녀는 그의 손을 들어올려 거기에 입을 맞췄다. 그는 무릎을 꿇고 그녀의 얼굴을 보려고 했다. 그러나 그녀는 얼굴을 감춰버리고 아무 말도 하지 않았다. 마침내 그녀는 자기를 이겨내려고 몸부림치듯 몸을 일으켜 그를 밀어젖혔다. 그녀의 얼굴은 여전히 아름다웠으나, 그 아름다움 때문에 한층 더 가여웠다.

"이제 모든 것이 끝났어" 그녀가 말했다. "나에게는 이제 당신 이외에는 아무것도 없어. 그것을 잊지 말아줘."

"어떻게 잊을 수가 있겠어. 나의 생명 자체와도 같은 이 행복의 순간을……"

"어머나, 행복이라고!" 그녀는 혐오와 공포를 느끼면서 말했다. 그러자 그녀의 공포는 부지중에 그에게도 옮아갔다. "정말이야, 더이상 아무 말도."

그녀는 얼른 일어서며 그의 곁에서 물러났다.

"이제 아무 말도 말아줘." 그녀는 되풀이하고서 그에게는 기이하게 여겨지는 싸늘한 절망의 표정을 띠고 그와 헤어졌다. 그녀는 지금 이 순간에는 자기가 새로운 삶으로 들어가기에 앞서 느꼈던 부끄러움과 두려움과 즐거움을 말로 표현할 수 없다는 것을 느꼈고, 또 그 감정을 입에 담아 모호한 말로 속되게 해버리고 싶지도 않았던 것이다. 그러나 그 뒤에도, 이튿날이 되어도, 그 이튿날이 되어도 그녀는 이 감정의 착잡함을 표현하기에 충분한 말을 찾아내지 못했을 뿐만 아니라, 마음속에 일어났던 온갖 것들을 명료하게 정의내릴 만한 사상도 찾아내지 못했다.

그녀는 혼자 중얼거렸다. '아니야, 지금은 도저히 생각할 수 없다. 나중에, 더 마음이 가라앉은 뒤에 생각하자.' 그러나 마음의 안정은 좀처럼 찾아들지 않았다. 자기가 저지른 일, 앞으로 자기는 어떻게 될 것인지, 어떻게 해야 할 것인지 하는 생각이 마음속에 떠오를 때마다 그녀는 두려움에 사로잡혀 재빨리 그러한 생각들을 쫓아버렸다.

"나중에, 나중에." 그녀는 말했다. "더 마음이 가라앉거든."

하지만 자신의 생각을 지배할 수 없는 꿈속에서는 그녀의 처지가 꼴사납고 적나라한 모습으로 그녀 앞에 드러나곤 했다. 거의 밤마다 똑같은 꿈이 그녀를 찾아들었다. 꿈속에서는 두 사람 모두가 그녀의 남편이었고, 두 사람이 동시에 그녀에게 애무를 쏟아부었다. 알렉세이 알렉산드로비치는 그녀의 손에 입을 맞추고 울면서 이렇게 말했다. '아아, 난 지금 정말 행복해!' 그리고 알렉세이 브론스키도 거기에 있었으며, 마찬가지로 그녀의 남편이었다. 그러면 그녀는 자기가 지금까지 그것을 불가능한 일로 여기고 있었다는 데 놀라며, 웃으면서 그들에게 이러는 편이 훨씬 간단하고, 이제는 두 사람 다 만족스럽고 행복하지 않느냐고 설명해주는 것이었다. 그러나 이 꿈은 악마처럼 그녀를 짓눌렀고, 그녀는 소스라치면서 잠에서 깨곤 했다.

12

모스크바에서 돌아왔을 당시에 레빈은 거절의 굴욕을 상기하고는 부르르 몸을 떨고 얼굴을 붉혔으며, 그럴 때마다 언제나 혼잣말을 했다. '그래, 전에도 이렇게 얼굴을 붉히고 몸을 떨었다. 물리시험에서 일 점밖에 맞지 못하고 이학년에 남게 되었을 때에도 만사가 다 끝난 줄 알았고, 또 누이가 나에게 맡긴 사건이 잘 풀리지 않았을 때에도 역시 내가 파멸되어버린 것 같은 느낌이 들었었다. 그러나 결국 어떻게 되었던가? 몇 해가 지난 지금에 와서는 어떻게 그런 일이 그토록 나를 괴롭힐 수 있었던가 생각하며 놀랄 정도다. 이번의 이 슬픔도 틀림없이 그렇게 되리라. 시간만 흐르면 이 일에 대해서도 냉정해질 것이다.'

그러나 석 달이 지나도 그는 이 사건에 대해 냉정해질 수 없었고, 그 일을 생각하면 그 당시와 마찬가지로 쓰리고 괴로웠다. 그가 마음을 걷잡을 수 없었던 이유는, 이미 오랫동안 가정생활에 대해 공상해왔으며 그것을 누릴 만큼 완전히 성숙했다고 여겼던 자신이 여전히 독신으로 지낼 뿐만 아니라, 그전보다도 더욱더 결혼에서 멀어져버렸기 때문이었다. 그 역시 주위 사람들과 마찬가지로 자기 나이 또래의 사내가 독신으로 있는 것은 좋지 않다는 것을 병적으로 통감하고 있었다. 그는 모스크바로 떠나기 전에 언젠가 한번 평소 즐겨 이야기 상대로 삼는 자신의 목부牧人인 순박한 니콜라이를 붙들고 이런 얘기를 했던 것을 생각해냈다. "어때, 니콜라이! 난 결혼할까 하는데." 그러자 니콜라이는 아무런 의문도 있을 수 없다는 듯이 냉큼 이렇게 대꾸했다. "벌써 오래전에 때가 됐습죠, 콘스탄틴 드미트리치." 그러나 결혼은 이제 그에게서 어느 때보다도 멀리 떨어진 것이 되어버리고 말았다. 그 자리는 이미 정해져 있었기에, 그가 지금 머릿속으로 자기가 알고 있는 어느 처녀를 거기에 대치시켜봐도 그것은 전혀 불가능하다고만 느낄 뿐이었다. 그뿐만 아니라 거절당했던 일과 그때 자기가 한 바보짓을 상기하면, 그는 참을 수 없이 부끄럽고 괴로웠다. 그 일에서 자기에게는 조금도 잘못이 없다고 아무리 자신에게 말해봐도 그 회상은 다른 수치스러운 기억과 마찬가지로 그의 몸을 떨리게 하고 얼굴을 붉히게 했다. 그의 과거에는 누구에게나 흔히 있는 것과 마찬가지로 양심의 가책을 받지 않을 수 없었던, 좋지 않았음을 자인하는 행위가 존재했다. 그러나 그런 좋지 않은 행위에 대한 기억도 결코 이 쓸데없고도 수치스러운 기억만큼 그를 괴롭히지는 않았다. 이 상처들은 아무리 시간이 지나도 아물지 않았다. 그리고 이전의 기억들과 함께 이제는 그 거절과 그날 밤 다른 사람들의 눈에 비쳤을 자신의 가련한 형상이 겹쳐졌다. 그러나 시간과 노동은 제 할 일을 하고 있었다. 괴로운 기억은 차츰차츰 그의 마음속에서 보잘것없지만 의미 깊은 전원생활의 사건들에 의해 덮여갔다. 한 주 한 주 지날 때마다 키티를 생각하는 일이 차츰 드물어졌다. 그는 안달복달하는 마음으로 그녀가 이제는 결혼했다거나, 혹은 머지않아 결혼할 거라는 소식이 있기를 고대했다. 그러한 소식이 앓던 이를 빼버리는 것처럼 그의 아픔을 말끔히 치료해주기를 바라면서.

그러는 사이에 봄이 왔다. 아름다운, 추위가 되돌아오지 않는 따뜻한 봄, 기대도 속임도 없이, 초목도 짐승도 사람도 다 같이 기뻐하는 그런 드문 봄이었다. 이 아름다운 봄은 한층 더 레빈을 북돋워주었고, 그에게 모든 과거를 버리고 굳건히 혼자서 자신의 고독한 생활을 쌓아올려야겠다는 결심을 다지게 했다. 비록 그가 마을로 가지고 돌아온 계획의 대부분은 실행되지 않았지만 가장 중요한 일, 생활의 순화純化만은 지켜지고 있었다. 그는 실패한 뒤에는 으레 괴롭힘을 받았던 그 부끄러움을 맛보는 일 없이 담대하게 사람들의 눈을 볼 수 있었다. 이월에 그는 마리야 니콜라예브나에게서 니콜라이 형의 건강이 나빠졌다는 것, 그런데도 형은 치료를 받으려 하지 않는다는 것을 알리는 편지를 받았다. 그 편지를 읽고 레빈은 모스크바에 있는 형에게 찾아가서, 의사와 상의하고 외국의 온천으로 요양을 가도록 형을 설득할 수 있었다. 또 그는 형을 잘 설득해 화를 돋우지 않고 여비를 빌려줄 수 있었으므로 스스로 만족을 느꼈다. 봄에는 특별히 주의를 필요로 하는 농사와 독서 이외에 레빈은 이미 겨울부터 시작한 또하나의 일, 즉 농사에 관한 저술에도 매달렸다. 그 저술의 요지는, 농사에서 노동자의 특성은 기후나 토지와 마찬가지로 절대적인 요소로 받아들여져야 한다는 것이었다. 따라서 모든 농사에 관한 학설의 명제는, 단지 토지와 기후라는 두 가지 요소만이 아니라 토지와 기후와 노동자의 일정불변한 특성이라는 세 가지 자료에서 추출되어야 한다는 것이었다. 그래서 혼자였음에도 불구하고, 아니 혼자였던 덕택으로 그의 생활은 몹시 충실해졌다. 다만 때때로 그는 자신의 머릿속에 용솟음치는 사상을 아가피야 미하일로브나 이외의 다른 누군가에게 전달했으면 하는 불만스러운 욕구를 느낄 때가 있었다. 그는 가끔 아쉬우나마 그녀를 상대로 물리학이나 농학, 특히 철학에 대해 논하곤 했다. 철학은 아가피야 미하일로브나가 즐겨 이야기하는 주제였다.

봄은 오랫동안 제 모습을 나타내지 않았다. 사순절의 마지막 두어 주간은 맑고 추운 날씨가 계속되었다. 낮에는 햇볕에 눈이 녹기도 했으나 밤에는 영하 칠도까지 기온이 내려갔다. 그렇게 지표면의 녹은 눈이 다시 얼어붙어 길이 없어도 짐수레를 끌 정도였다. 예수부활대축일은 아직 눈이 한창이었다. 이윽고 예수부활대축일 주간의 이틀째에 갑자기 따뜻한 바람이 일고 먹구름이 뭉게뭉게 떠올라 사흘 밤낮으로 따뜻한 비가 폭풍우같이 쏟아졌다. 목요일이 되자 바람은 자고, 짙은 잿빛 안개가 자연의 품안에서 완성되는 변화의 신비를 감추기라도 하듯 자옥이 끼었다. 안개 속에서 물이 흐르기 시작하고, 얼음은 깨져 움직이기 시작했으며, 붉덩물이 진 거품이 인 물흐름은 한결 더 빠르게 움직였고, 크라스나야 고르카* 저녁부터 안개가 걷히고 먹구름은 양털 모양의 구름이 되어 흩어지더니, 하늘이 맑아지고 완연한 봄이 되었다. 아침이 되자 눈부신 해가 떠올라 수면을 덮고 있던 엷은 얼음을 재빨리 녹이고, 따뜻한 공기는 되살아난 지면에서 피어오르는 아지랑이로 아롱거렸다. 묵은 풀은 푸른 옷을 걸치고 새 풀이 바늘처럼 비주룩이 머리를 내밀었으며, 인동덩굴이며 까치밥나무며 끈끈한 자작나무의 새눈은 수액을 가득 머금고 부풀어올랐다. 황금빛 꽃을 흩뿌려놓은 듯한 버드나무 가지 위에서는 벌통에서 나온 기운찬 꿀벌들이 붕붕거리면

---

* 부활절 직후의 첫번째 일요일을 민간에서 부르는 이름.

서 날아다녔다. 눈에 보이지 않는 종달새들은 우단결 같은 녹지며 얼음에 덮인 그루터기만 남은 미경지未耕地 위에서 노래를 부르고, 댕기물떼새들은 갈색의 물이 괴어 넘치는 웅덩이며 늪 위에서 울고, 학이며 거위들은 봄다운 울음소리를 꽥꽥 지르면서 하늘 높이 날아갔다. 목장에서는 털갈이를 하느라 군데군데 빠진 털이 아직 새로 나지 않은 가축들이 울기 시작하고, 다리가 굽은 어린 양들은 털을 잃고 울어대는 어미의 주위를 뛰어다니고, 발이 잰 어린애들은 맨발자국이 남아 있는 깔깔하게 마른 흙길을 뛰어다니고, 못가에는 빨래하는 아낙네들의 즐거운 이야기 소리가 떠들썩하고, 여기저기 뜰 안에서는 가래며 써레를 손보는 농부들의 도끼 소리가 요란했다. 완연한 봄이었다.

13

레빈은 큼직한 장화를 신고 처음으로 모피 외투가 아닌 나사 반외투 바람으로, 햇빛을 반사하는 반짝임으로 눈을 찌르는 듯한 개울을 성큼 건너기도 하고 얼음 위와 차진 진흙밭을 걷기도 하면서 농장을 돌아보았다.

봄, 그것은 계획과 예상의 때다. 레빈은 밖으로 나오기는 했어도 부풀어오른 눈 속에 갇혀 있는 새싹과 가지가 어디로 어떻게 뻗어나갈 것인지를 아직 모르는 봄의 수목들처럼, 자기가 사랑하는 이 땅을 앞으로 어떻게 손대야 하는지를 스스로도 잘 몰랐다. 그러나 그는 최고의 계획과 예상으로 충만한 느낌이 들었다. 우선 그는 축사 쪽으로 가보았다. 우리 안에 풀어놓은 암소들은 털갈이를 하여 미끈한 새 털을 빛내면서 햇볕을 쬐고 있다가, 들로 내보내달라고 애원이라도 하듯이 울어 댔다. 아주 작은 점까지도 잘 알고 있는 암소들을 즐겁게 바라보고 나서 레빈은 그들을 들로 내보내고 우리 안에 송아지들을 몰아넣도록 일 렀다. 목부는 들로 나갈 준비를 하느라 부산하게 서둘렀다. 축사에서 일하는 아낙네들은 치맛자락을 걷어올리고 아직 햇볕에 그을리지 않은 하얀 맨발로 진흙을 철버덕거리면서, 봄의 즐거움으로 신들린 듯 울 며 뛰어다니는 송아지들을 마당으로 몰아넣느라고 마른 나뭇가지를 손에 들고 돌아다녔다.

유달리 훌륭한 금년에 난 송아지들에 정신이 팔려 있다가―일찍 난 송아지는 농부들의 암소만했고, 생후 석 달 된 파바의 딸은 일 년 된 송 아지만큼 성장했다―레빈은 여물통을 우리 밖으로 들어내고 바깥쪽 에 울짱을 친 다음 건초를 주라고 일렀다. 그러나 가을에 만들고 겨울 동안 쓰지 않은 이동식 울짱이 부서져 있었다. 그래서 그는 자신의 명 령으로 탈곡기를 만들고 있을 목수에게 사람을 보냈다. 그러나 목수 는 마슬레니차* 때 이미 수선이 끝났어야 할 써레를 고치고 있다고 했 다. 이 일로 레빈은 굉장히 부아가 났다. 그가 벌써 몇 해 동안 온 힘을 기울여 싸워왔던, 농사일에서의 변치 않는 나태가 또 되풀이되고 있다 는 것 때문에 역정이 끓어올랐다. 그가 알아본 바에 따르면, 울짱은 겨 울 동안에는 소용이 없었으므로 농사용 말들이 있는 마구간 쪽으로 옮 겨졌다가 거기서 부서진 것이었다. 울짱이 송아지용이라고 함부로 만

---

* 러시아에서 사순절 직전 일주일 동안 열리는 축제.

들었기 때문이었다. 그것만이 아니었다. 이 일로 인해 겨울 동안 잘 검사해서 수선을 해두도록 일러났던 써레와 그 밖의 농구들이(세 사람의 목수가 그 일 때문에 고용되었음에도 불구하고) 하나도 수선되지 않았고, 막상 써레질을 하러 나가야 할 지금에야 겨우 수리되고 있다는 사실이 드러난 것이다. 레빈은 집사를 불러오라고 지시하고 자기도 바로 그를 찾으러 갔다. 집사는 이날의 다른 모든 것과 마찬가지로 기분좋아 보였고, 양가죽으로 가장자리를 두른 긴 가죽 외투를 입고 두 손으로 지푸라기를 꺾으면서 광 쪽에서 나왔다.

"어째서 목수는 탈곡기를 만들고 있지 않나?"

"네, 저도 어제 말씀을 드리려고 했는데, 실은 써레를 수선해야 해서요. 어쨌든 이제는 경작할 때가 되어서 말입니다."

"그래 겨울 동안엔 도대체 무엇들을 하고 있었지?"

"그건 그렇고, 나리께선 목수에게 무슨 볼일이라도 있으신가요?"

"송아지를 넣을 마당의 울짱은 어디 있는 거야?"

"제자리에다 딱 내다두도록 일렀습니다만, 그치들에게는 무슨 말을 일러둬도!" 집사는 손을 내저으면서 말했다.

"그치들에게가 아니고, 이건 자네에게란 말야!" 레빈이 발끈하며 말했다. "아니, 그래 무엇 때문에 난 자네 같은 사람을 고용하는지 모르겠어!" 그는 외쳤다. 그러나 이런 얘기를 해봤자 아무런 도움도 되지 않는다는 것을 깨닫고 얘기를 중간에서 그치고는 그저 한숨만 내쉬었다. "그래 어때, 파종은 할 수 있겠나?" 그는 잠깐 입을 다물었다가 물었다.

"투르키노 뒤쪽은 내일이나 모레쯤이면 할 수 있을 겁니다."

"그래? 토끼풀은?"

"바실리하고 미시카를 보냈습니다. 씨를 뿌리고 있을 거예요. 잘 뿌려졌는지 어떤진 모르겠습니다. 땅이 굉장히 질어서 말씀예요."

"몇 데샤티나쯤?"

"육 데샤티나쯤."

"왜 전부 뿌리잖고?" 레빈이 외쳤다.

토끼풀을 겨우 육 데샤티나 뿌렸을 뿐 이십 데샤티나 전부에 뿌리지 않았다는 것에 레빈은 더욱 화가 났다. 토끼풀의 파종은 이론으로나 그의 경험으로나 될 수 있는 한 빨리, 아직 눈이 있을 무렵에 해야만 좋은 결과를 얻을 수 있었다. 그런데도 레빈은 아직까지 한 번도 제때 맞춰 본 적이 없었던 것이다.

"일손이 없어서 말씀예요. 그치들에게 무슨 말을 일러놓을 수가 있어야죠. 세 녀석은 오지도 않고, 게다가 또 세묜도."

"그럼 자네가 이엉엮기를 제쳐놨어야 할 게 아냐."

"그럼요, 그것도 물론 제쳐놨습죠."

"그럼 모두들 어딜 갔어?"

"다섯 명은 콤포트를 만들고 있습니다(콤포스트라고 해야 할 말을 콤포트라고 말하고 있다)*. 네 명은 귀리를 옮기고 있습니다, 썩지 않게 하려고요, 콘스탄틴 드미트리치."

레빈은 이 '썩지 않게 하려고요'라는 말이 종자용 영국산 귀리가 이미 못 쓰게 됐다는 의미임을 아주 잘 알고 있었다. 이 일 역시 그가 일러줬던 대로 실행되지 않았던 것이다.

---

* 콤포트는 과일 설탕조림, 콤포스트는 퇴비.

"그래서 내가 사순절 전부터 얘기했잖아. 통풍관, 통풍관 하고!……"
그가 외쳤다.

"걱정 마십쇼, 모두 다 제때 해내면 될 것 아닙니까."

레빈은 화가 나서 손을 내저으며 귀리를 보러 광으로 갔다가 마구간으로 돌아왔다. 귀리는 아직 못 쓰게 되지는 않았다. 그러나 일꾼들은 그냥 다락에서 아래로 떨어뜨려도 될 일을 쓸데없이 삽으로 퍼 옮기고 있었다. 그래서 방법을 바꾸도록 일러놓고 그중 두 사람을 떼어 토끼풀 파종을 하고 있는 쪽으로 보낸 다음에야 레빈은 집사에 대한 노여움을 가라앉혔다. 게다가 날이 너무나 좋았으므로 언제까지나 화만 내고 있을 수가 없었다.

"이그나트!" 그는 옷소매를 걷어붙이고 우물가에서 사륜 포장마차 바퀴를 씻고 있던 마부에게 외쳤다. "말에 안장을 좀 얹어줘……"

"어떤 말로 하실는지요?"

"그렇군, 콜피크가 좋겠어."

"알겠습니다."

말에다 안장을 채우는 사이에 레빈은 눈앞에서 부지런히 일하고 있던 집사를 다시 불렀다. 그는 집사와 화해한 후 눈앞에 닥친 봄철의 일과 농사 계획에 대해 이야기하기 시작했다.

거름의 운반은 첫 풀베기가 시작되기 전에 모두 끝낼 수 있게끔 일찍 시작할 것, 먼 들도 줄곧 빠진 데 없이 쟁기로 갈아엎어서 풀이 나지 않게 할 것, 풀도 하는 둥 마는 둥 할 것이 아니라 사람을 고용해서 모두 치워버릴 것.

집사는 주의깊게 귀를 기울였고, 주인의 계획에 맞장구치려고 애를 쓰는 기색이 역력했다. 그러나 그는 여전히 레빈이 잘 알고 있는, 그리고 언제나 레빈을 화나게 하는 절망적이고 침울한 표정을 하고 있었다. 그 표정은 말하고 있었다―계획은 모두 훌륭합니다만, 억지로 되는 일은 아닙니다.

이런 태도만큼 레빈을 슬프게 하는 것은 없었다. 그러나 이런 태도는 어느 집사에게나 공통된 것이었다. 사람을 몇 번 갈아보기도 했지만, 그의 계획에 대해서는 누구나 똑같은 태도를 보였다. 그래서 그도 이제는 성을 내지는 않았지만 여전히 서글프게 여겼고, '억지로 되는 일은 아닙니다'라고 말할 수밖에 없는, 그리고 끊임없이 그에게 반항하는 어떤 본질적인 힘에 대해 더욱 힘차게 싸워야겠다는 생각에 고무됨을 느꼈다.

"그렇게 할 수 있을지 모르겠습니다, 콘스탄틴 드미트리치." 집사가 말했다.

"어째서 안 되겠다는 건가?"

"아무래도 한 열댓 명쯤 사람을 더 늘리지 않으면 안 됩니다. 그러나 여간해선 모이지 않아요. 오늘도 오긴 왔었습니다만, 한여름에 칠십 루블이나 달라고 해요."

레빈은 잠자코 있었다. 또다시 그 힘이 대항해 오는 것이다. 그는 그들이 아무리 애써보아도 현재의 임금으로는 기껏해야 서른일곱 명이나 서른여덟 명이지, 마흔 명 이상의 일꾼은 도저히 들이기 어렵다는 것을 알고 있었다. 마흔 명까지 고용한 적은 있었지만, 그 이상인 적은 없었다. 그렇지만 아무튼 그는 싸우지 않을 수 없었다.

"정 그렇다면 수리나 체피롭카로 사람을 보내봐. 찾을 수 있는 데까지는 찾아봐야지."

"보내보긴 하겠습니다만." 바실리 표도로비치는 침울하게 말했다. "그런데 말들이 모두 저렇게 허약해져서 말씀예요."

"더 사들이면 될 거 아냐. 하지만 나도 알고 있단 말야." 그는 웃으면서 덧붙였다. "자네들은 모두 될 수 있는 한 적게, 그리고 얼렁뚱땅 일을 하려고 한다는 것을 말야. 그렇지만 올핸 자네 마음대로 하게 두지는 않겠어. 모든 것을 직접 할 테니까."

"그러시면 더욱더 주무실 시간이 없으실 것 같군요. 저희들이야 주인어른의 눈앞에서 일하는 편이 더 유쾌합니다만······"

"그럼 '베료조비 돌'* 너머에서 토끼풀을 뿌리고 있겠군? 어디 한번 가보고 올까." 그는 마부에게 끌려온 자그마한 암갈색의 말 콜피크에 올라타면서 말했다.

"개천은 건너실 수 없을 겁니다, 콘스탄틴 드미트리치." 마부가 외쳤다.

"그래, 그럼 숲으로."

레빈은 물웅덩이를 보자 콧바람을 불며 고삐를 끌어당기는 원기왕성한 말을 힘차게 몰아, 마당 안의 진흙밭을 지나 대문을 빠져나가 들쪽으로 달렸다.

레빈은 축사와 광에 있는 것도 즐거웠지만, 들로 나오자 더욱 즐거워졌다. 순한 말의 약진을 따라 율동적으로 몸을 흔들면서, 또 눈과 공기의 상쾌함이 느껴지는 따뜻한 내음을 들이마시면서 숲속 여기저기

---

* '자작나무 골짜기'라는 뜻.

흩어진 발자국이 얼룩을 남긴 잔설을 밟고 지나가는 동안, 그는 나무 껍질에 이끼가 되살아나고 새싹이 비어져나올 듯이 부풀어 있는 자신의 나무 한 그루 한 그루를 보며 기쁨을 느꼈다. 숲을 빠져나오자 그의 앞에는 갑자기 광활한 천지가 트이고, 움푹한 곳에 잔설이 군데군데 얼룩져 있을 뿐 한 점의 빈터도 습지도 없는 푸른 들이 미끈한 벨벳 융단처럼 펼쳐져 있었다. 농부들의 말과 망아지들이 그의 푸른 들을 짓밟고 있는 광경도(그는 가다가 만난 농부에게 그것들을 내쫓도록 일렀다), 그가 마주쳐서 "어때, 이파트, 곧 파종해야 하잖아?" 하고 묻자 "그보다 먼저 쟁기질을 해야죠, 콘스탄틴 드미트리치" 하고 대답했던 농부 이파트의 거만스럽고 멍청한 대답도 그를 화나게 하진 않았다. 나아가면 갈수록 그는 더욱더 즐거워졌고, 점점 더 좋은 농사 계획이 꼬리를 물고 끝없이 머릿속에 떠올랐다. 양쪽의 경계선을 따라 모든 밭에 버드나무 가지를 꽂아 울타리를 두르고, 거기에 눈을 오랫동안 잠재워두지 않도록 할 것, 밭을 구분해서 그중 여섯 뙈기는 거름을 하고 세 뙈기는 목초를 심어 예비 밭으로 놓아둘 것, 밭의 맨 가장자리에 축사를 세우고 못을 파고 거름을 받기 좋도록 운반이 자유로운 가축용 울짱을 만들 것, 그리고 삼백 데샤티나에는 밀, 백 데샤티나에는 감자, 백오십 데샤티나에는 토끼풀을 심어 일 데샤티나의 땅도 헛되게 버려두지 않도록 할 것.

그는 이런 공상을 하며 자기 밭을 밟지 않도록 주의깊게 두렁을 따라 말을 몰면서 토끼풀을 뿌리는 일꾼들 쪽으로 다가갔다. 씨앗을 실은 달구지는 두렁이 아닌 밭 가운데 서 있었고, 밀밭은 수레바퀴에 파헤쳐졌으며 말발굽에 짓밟혀 있었다. 두 일꾼은 아마 파이프 하나로 같이 담배라도 피우는 듯 두렁에 앉아 있었다. 씨앗과 범벅이 된 달구지 위의 흙덩이는 깨지지도 않고 덩이가 진 채 굳거나 얼어붙어 있었다. 주인의 모습을 보자 일꾼인 바실리는 달구지 쪽으로 가고, 미시카는 씨를 뿌리기 시작했다. 좋지 않았다. 그러나 레빈은 일꾼들에게는 좀처럼 성을 내지 않았다. 바실리가 가까이 다가왔을 때 레빈은 그에게 말을 두렁 위로 끌어내도록 일렀다.

"아니, 나리, 끌어낼 것도 없어요." 바실리가 대꾸했다.

"제발, 이러쿵저러쿵 좀 하지 마." 레빈은 말했다. "시키는 대로만 해."

"알겠습니다." 바실리는 대답하고 나서 말의 머리를 잡았다. "그런데 이 파종기는 말입니다, 콘스탄틴 드미트리치," 그는 비위를 맞추면서 말했다. "일등품이에요. 다만 걷기가 좀 고되다면 고될 뿐이지요! 마치 짚신에다가 일 푸드짜리 저울추라도 달고 다니는 것같이 말입니다."

"어째서 자네들은 흙을 잘 치지 않았나?" 레빈은 말했다.

"그러니까 저희들은 이겨서 부수죠." 바실리는 씨앗을 긁어모아 손바닥으로 비벼 부수면서 대답했다.

체로 치지 않은 흙에다 씨앗을 섞은 것은 바실리의 잘못은 아니었지만, 하여간 부아나는 일이긴 했다.

자신의 부아를 가라앉히고 나쁘게 여겨지는 온갖 것을 다시 좋게 하는 방법, 지금까지 이미 여러 차례 사용해서 성공한 적이 있는 방법을 레빈은 이번에도 사용했다. 그는 미시카가 한 발짝 뗄 때마다 들러붙는 큼직한 흙덩어리를 질질 끌면서 걷는 모습을 보고는, 말에서 내려 바실리의 손에서 씨앗바구니를 빼앗아 직접 파종하러 그쪽으로 갔다.

"자넨 어디까지 했나?"

바실리는 발로 표를 해두었던 장소를 가리켰고, 레빈은 씨앗을 섞은 흙을 힘껏 뿌리기 시작했다. 마치 늪 속을 걷기라도 하듯 발을 떼어놓기가 힘들었다. 한 두둑 뿌리고 나자 땀이 배어올랐으므로 레빈은 발을 멈추고 씨앗바구니를 돌려주었다.

"저, 나리, 여름에 가서 이 근처의 두둑을 가지고 저희들을 욕하시면 안 됩니다." 바실리가 말했다.

"그건 또 왜?" 레빈은 벌써 방금 사용한 방법의 효과를 느끼며 유쾌하게 말했다.

"이제 여름이 되면 한번 와보십쇼. 그러면 아실 테니까요. 작년 봄에 제가 뿌린 델 보세요. 얼마나 잘 심어졌는지! 이래 봬도 콘스탄틴 드리트리치, 전 마치 친아버지를 위해 일하듯 하니까요. 저 자신이 건성으로 하는 것을 싫어하기 때문에, 다른 사람들에게도 그렇게 하게 내버려두지 않아요. 주인에게 좋으면 저희들한테도 좋기 마련이니까요. 자, 저쪽을 보십쇼." 바실리는 밭을 가리키면서 말했다. "정말 마음이 즐겁군요."

"아 좋은 봄이야, 바실리."

"이런 봄은 늙은이들도 기억에 없을 정도라고들 하니까요. 전 얼마 전에 집에 다녀왔습니다만, 집에서도 영감이 밀을 삼 오스민니크*나 파종하고 있었어요. 호밀하고도 차이가 없을 거라더군요."

"그래 자네들은 진작부터 밀을 심기 시작했나?"

"나리께서 재작년에 가르쳐주시지 않았어요. 나리께서 저에게 두 메라** 주셨었죠. 그래서 사분의 일은 팔고, 나머지는 삼 오스민니크에 심

---

* 러시아의 면적 단위로, 1오스민니크는 약 2630제곱미터.
** 러시아 민가의 용적 단위로, 1메라는 약 36,4리터.

었었죠."

"그럼, 정신 차리고 흙덩이를 비벼 깨도록 해." 레빈은 말이 있는 쪽으로 돌아가면서 말했다. "그리고 미시카에게도 주의를 주고. 싹이 잘만 나면 자네에겐 일 데샤티나에 오십 코페이카씩 줄 테니까 말야."

"고맙습니다. 저희들은 나리께서 어떻게 해주시지 않아도 흡족합니다."

레빈은 말에 올라타고 지난해 파종한 토끼풀밭으로 갔다가, 봄밀을 뿌리려고 쟁기질을 해둔 밭으로도 가보았다.

그루터기 위로 나온 토끼풀의 싹은 놀라웠다. 그것은 벌써 완전히 자라서, 쓰러져 있는 지난해 밀의 줄기 밑으로 생생히 푸르름을 드러내고 있었다. 말은 복사뼈까지 진흙 속에 파묻혀, 반쯤 녹은 진흙에서 발을 뺄 때마다 쭉쭉 소리가 났다. 경지를 말로 지나가는 일은 불가능할 것 같았다. 아직 얼음이 남아 있는 데는 다소 괜찮았지만, 녹아버린 고랑 같은 데는 발이 복사뼈 위까지 쑥쑥 빠져들었다. 경지는 아주 훌륭했다. 이틀쯤 지나면 써레질을 하고 씨앗을 뿌릴 수도 있을 것 같았다. 모든 것이 훌륭하게 정돈되어 있었고, 모든 것이 유쾌했다. 돌아오는 길에 레빈은 물이 빠져 있기를 바라면서 개천 쪽으로 길을 잡았다. 그러고는 바랐던 대로 개천을 건너며 오리 두 마리를 놀라게 했다. '어쩌면 도요새도 있겠군.' 그는 생각했다. 그리고 마침 집 쪽으로 굽은 길모퉁이에서 만난 숲지기가 도요새에 대한 그의 예상을 확인시켜주었다.

레빈은 식사시간에 늦지 않기 위해, 그리고 저녁녘까지 총을 준비해두기 위해 힘차게 말을 달려 귀가를 서둘렀다.

14

한창 즐거운 기분으로 집에 다다른 레빈은 바깥 대문 쪽으로부터 들려오는 말방울소리를 들었다.

'음, 역에서 누가 온 게로군.' 그는 생각했다. '마침 모스크바발 열차가 도착할 시각이지…… 도대체 누굴까? 아니, 어쩌면 니콜라이 형이 아닐까? 형편을 보아서 온천으로 요양하러 가든지, 아니면 나한테 올지도 모른다고 얘기하지 않았던가.' 처음 한순간 그는 니콜라이 형의 방문이 이 행복한 봄의 기분을 망칠 것 같아 두렵기도 하고 불쾌하기도 했다. 그러나 그는 곧 그러한 감정을 느꼈던 것을 부끄럽게 생각하며, 곧바로 마음의 두 팔을 벌리듯 감상적인 기쁨에 젖어 진심으로 손님이 형이었으면 하고 기대했다. 그는 말을 몰아 아카시아나무 그늘 바깥쪽으로 나갔다. 그러자 이쪽을 향해 다가오는 말 세 필이 끄는 역의 삯썰매와, 거기 타고 있는 모피 외투를 입은 신사의 모습이 보였다. 형은 아니었다. '아아, 누군가 이야기 상대가 될 만한 재미있는 사내라면 좋으련만.' 그는 생각했다.

"아!" 레빈은 반갑게 두 손을 번쩍 들어올리면서 외쳤다. "이거 정말 반가운 손님이군! 아아, 자네가 다 오다니, 정말 반갑군!" 그는 손님이 스테판 아르카디치라는 걸 알아차리고 외쳤다.

'틀림없이 그녀가 결혼했는지, 혹은 언제 하는지를 알 수 있을 것이다.' 그는 생각했다.

그러고서 이처럼 아름다운 봄날에는 그녀에 대한 회상도 전혀 자기를 괴롭히지 않는다는 것을 느꼈다.

"어때, 뜻밖이지?" 스테판 아르카디치는 썰매에서 뛰어내리면서 말했다. 콧잔등과 볼, 눈썹에까지 진흙이 튀어 말라붙어 있었지만 그 얼굴은 쾌활하고 건강하게 빛났다. "자네를 만나려고 왔어, 그게 첫번째고." 그는 레빈을 껴안고 입을 맞추면서 말했다. "철새 사냥을 한다, 이것이 둘째, 그리고 예르구쇼보의 숲을 판다, 이것이 셋째 목적이야."

"좋아, 좋아! 그래 이 봄은 어떤가? 자넨 썰매를 잘도 타고 왔군그래?"

"마차로는 더 힘들어요, 콘스탄틴 드미트리치." 낯익은 마부가 대꾸했다.

"아무튼 자네가 찾아와줘서 정말, 정말 반가워." 레빈은 진심으로 어린애같이 기쁨에 찬 미소를 보이면서 말했다.

레빈은 손님용 방으로 그를 안내했고, 스테판 아르카디치의 물건들, 손가방이며 케이스에 든 총이며 시가상자 들이 거기로 옮겨졌다. 그가 세수를 하고 옷을 갈아입도록 방에 남겨놓고, 레빈은 그사이에 경지와 토끼풀에 관한 이야기를 하기 위해 사무소로 갔다. 언제나 지나치게 집의 체면을 걱정하는 아가피야 미하일로브나가 현관에서 그에게로 다가와 식사에 대해 세세히 물었다.

"아무튼 좋을 대로 해, 그저 빨리만." 그는 이렇게 말하고 집사가 있는 쪽으로 갔다.

그가 돌아오자 스테판 아르카디치도 세수를 끝내고 머리도 빗고 환한 미소를 지으면서 방에서 나왔다. 두 사람은 함께 위층으로 올라갔다.

"아아, 나도 정말 기뻐, 자네에게 올 수 있어서 말야! 이제 난 자네가 여기에서 이루고 있는 비밀이 뭔지를 알게 됐어. 아니, 난 정말 자네가 부러워. 정말 좋은 집이군그래. 모든 것이 다 훌륭하고! 밝고 상쾌하고." 스테판 아르카디치는 봄이라든지 오늘 같은 맑은 날이 항상 있는 것이 아니라는 점을 말끔히 잊고 이렇게 말했다. "게다가 자네 유모는 정말 좋은 여잔걸! 욕심 같아선 앞치마라도 걸친 귀여운 하녀가 하나 있었으면 좀 좋으련만. 그러나 자네의 그 수도사 같은 엄격한 생활방식엔 이것이 가장 알맞겠지."

스테판 아르카디치는 여러 재미있는 소식을 전했다. 그중에서도 레빈에게 가장 흥미가 있는 것은 그의 형 세르게이 이바노비치가 이번 여름에 그의 마을로 오려고 한다는 소식이었다.

그러나 키티에 대해서는, 아니 셰르바츠키 일가에 대해서는 한마디도 입을 열지 않았다. 그저 아내의 안부만을 전할 뿐이었다. 레빈은 그의 세심한 친절에 감사하고, 그 내방을 진심으로 반갑게 여겼다. 언제나 그랬듯이 혼자 지내는 동안 그의 가슴속에는 주변 사람들에게는 전달할 수 없었던 사상이며 감정이 헤아릴 수 없을 만큼 쌓여 있었다. 그래서 지금 그는 스테판 아르카디치에게 봄의 시적인 즐거움이며 농사의 실패와 계획이며 읽은 서적에 대한 의견과 사상, 그 가운데서도 그 자신은 알아차리지 못하고 있었지만 농사에 관한 온갖 기존 저서에 대한 비평에 기초한 자신의 저술 내용 등을 토로했다. 언제나 유쾌하고, 조그마한 암시만으로도 모든 걸 곧잘 이해하는 스테판 아르카디치는 이번 방문에서는 특히 매력적인 데가 있었고, 레빈은 그에게서 자기에 대한 각별한 애정과 일종의 존경스러운 태도를 새롭게 발견했다.

만찬을 특별히 훌륭하게 차리려고 했던 아가피야 미하일로브나와 요리사의 노력의 결과는 다음과 같았다. 시장기가 들었던 두 친구가 자쿠스카* 앞에 앉자마자 버터를 바른 빵이며 폴로토크**며 소금에 절인 버섯을 포식했다는 것, 요리사가 특별히 손님을 놀라게 하려고 준비했던 피로조크***가 완성되기도 전에 레빈이 조급하게 수프를 내오라고 명령한 것뿐이었다. 그러나 스테판 아르카디치는 온갖 성찬에 익숙했음에도 불구하고 이 모두를 훌륭한 요리라고 생각했다. 약초를 넣은 술, 빵, 버터, 특히 폴로토크, 버섯, 쐐기풀 수프, 화이트소스를 친 닭고기, 크림산⍈ 백포도주 등등, 모든 것이 솜씨가 훌륭한 진미였다.

"훌륭해, 훌륭해." 그는 불고기를 먹은 뒤 굵다란 담배에 불을 붙이면서 말했다. "자네한테 오니 마치 왁자지껄하고 요동치는 배에서 내려 조용한 기슭에 상륙한 것 같은 느낌이 드는군. 그래 자네 말은, 노동자의 본질이야말로 연구되지 않으면 안 되고 농사 방식의 선택을 길잡이하는 요소 역시 그것이라는 말이렷다. 난 정말 그런 문제엔 완전 문외한이야. 그럼에도 이론과 그 응용이라는 것이 노동자에게 영향을 미칠 수도 있을 것 같군."

"그렇지, 그러나 잠깐, 내가 얘기하고 있는 것은 경제학이 아니라 농사 문제야. 즉 자연과학과 마찬가지로 주어진 현상과 노동자를 경제학적, 인종학적으로 관찰하지 않으면 안 된단 말야……"

이때 마침 아가피야 미하일로브나가 잼을 가지고 들어왔다.

"아니, 아가피야 미하일로브나." 스테판 아르카디치는 자신의 통통한 손가락 끝을 빨면서 그녀에게 말했다. "폴로토크도 약주도 정말 훌륭한

---

* 식사 전에 술과 함께 먹는 간단한 각종 요리.
** 소금에 절여 말리거나 훈제한 생선 또는 날짐승의 절반.
*** 러시아식 만두.

걸!…… 그건 그렇고, 어때, 이제 딱 좋을 때 아냐, 코스탸?"그가 덧붙
였다.

레빈은 창문 밖 앙상한 숲 우듬지 너머로 떨어지는 해를 바라보
았다.

"때가 됐어, 때가 됐어."그는 말했다. "쿠지마, 마차를 준비하도록
해!"그리고 아래층으로 뛰어내려갔다.

스테판 아르카디치는 아래층으로 내려오자 돛베帆布로 만들어진 덮
개를 벗기고 손수 꼼꼼하게 칠한 상자를 열어 자신의 값진 신형 총에
장전을 하기 시작했다. 진작부터 푼전을 톡톡히 받을 것 같은 낌새를
채고 있던 쿠지마는 스테판 아르카디치의 곁을 떠나지 않고 양말에서
부터 장화를 신는 일까지 거들었으며, 스테판 아르카디치도 그런 일을
기꺼이 시키고 있었다.

"이보게, 코스탸, 만약 랴비닌이라는 상인이 오거든, 내가 그자에게
오늘 오라고 일러놨으니까, 들어와서 기다리라고 해……"

"아니, 자넨 랴비닌에게 숲을 팔려고 하나?"

"그래. 자넨 그자를 알고 있나?"

"그럼, 알다 뿐이야. 나는 그자하고 거래를 한 적이 있어, '확실하고
결단 있게' 말야."

스테판 아르카디치는 웃었다. '확실하고 결단 있게'란 그 상인이 즐
겨 쓰는 말이었다.

"응, 그 녀석은 무턱대고 우스운 말을 쓰지. 아니, 이놈은 벌써 주인
이 어딜 가려는지 알았군!"그는 끙끙거리면서 레빈에게 달라붙어 그
이 손이며 장화며 총을 핥고 있는 라스카를 가볍게 손으로 쓰다듬으며

덧붙였다.

그들이 밖으로 나왔을 때 마차는 이미 현관의 층계 옆에 세워져 있었다.

"난 마차를 준비시켜뒀지, 멀지도 않지만 말야. 그런데 어디, 걸어서 가볼까?"

"아냐, 타고 가는 게 나아."스테판 아르카디치는 마차로 다가가면서 말했다. 그는 호피 담요로 다리를 감싸고 시가에 불을 붙였다. "자네는 어째서 담배를 안 피우는지 모르겠어! 시가, 이것은 만족 그 자체라기보다도 만족의 정점, 만족의 징후라고 할 수 있지. 이것이야말로 진정한 삶이야! 정말 훌륭하군! 이런 것이야말로 내가 얼마나 원하던 삶인지 몰라!"

"하지만 아무도 자넬 막고 있진 않잖아?" 레빈은 웃으면서 말했다.

"아니, 자넨 행복한 사내야. 자네가 좋아하는 것은 뭐든 가지고 있거든. 말을 좋아한다면 말이 있고, 개가 있으니 사냥도 할 수 있고, 농장도 있으니 말일세."

"그건 아마도 내가 가지고 있는 것에만 만족하고 없는 것에 대해서 슬퍼하지 않는 덕분이겠지."레빈은 키티를 떠올리면서 말했다.

스테판 아르카디치는 그 말뜻을 이해하고 그의 얼굴을 힐끗 쳐다보았으나, 아무 말도 하지 않았다.

레빈은 오블론스키가 타고난 분별심으로 자기가 셰르바츠키 일가 얘기를 두려워하고 있음을 알아채고 그들에 대해서는 한마디도 꺼내지 않는 것을 고맙게 생각했다. 그러나 이제 레빈은 그렇게도 자기를 괴롭혔던 사건에 대해 은근히 알고 싶어졌다. 하지만 그 말을 입 밖에

낼 용기가 없었다.

"그래 어때, 자네 집 사정은 어떤가?" 레빈은 자기에 대해서만 생각하는 것은 좋지 않다는 생각을 떠올리고 말했다.

스테판 아르카디치의 눈은 유쾌하게 빛났다.

"자넨 일정량의 식량을 공급받으면서도 케이크를 좋아할 수 있다는 것을 인정하지 않잖아. 자네 말대로라면 그것은 죄악이야. 그러나 난 사랑 없는 삶 또한 인정하지 않는단 말야." 그는 레빈의 질문을 자기 멋대로 해석하고 말했다. "어쩌겠나, 난 그렇게 만들어졌는걸. 그리고 사실 그런 일은 남에게 그다지 화를 미치지는 않으니까 말이지. 그러나 나 자신에게는 충분한 만족이……"

"도대체 무슨 말이야, 또 뭔가 새로운 사건이라도 생겼나?" 레빈이 물었다.

"생기고말고, 형제여! 거 왜 자네도 알고 있잖아, 오시안적 여인들의 타입*을…… 꿈속에서 보는 것 같은…… 그런 여인이 가끔 현실에 있단 말야…… 그리고 그런 여인들은 무서워. 이거 봐, 여자란 아무리 연구해봐도 언제나 전혀 새로운 모습을 갖고 있는 거야."

"그렇다면 차라리 연구 같은 걸 하지 않는 편이 더 낫지 않아?"

"아니지. 어느 수학자가 말하지 않았나, 기쁨은 진리의 발견이 아니라 그 탐구에 있다고."

레빈은 말없이 듣고 있었다. 그는 스스로 무척 애도 써보았으나, 도

---

* 스코틀랜드 시인 맥퍼슨은 낭만주의적 작품 「오시안의 노래」에서 흔들림 없이 정절을 지키며 헌신적인 여인들을 찬미했다. "자신의 아름다움에 마음을 사로잡힌 사랑하는 이와 황야를 지나간다' 비고 의미한 것이 '오시안적 여인들의 타입'이다."(푸시킨)

저히 친구의 마음속으로 들어가서 그 감정을 헤아리고 그러한 여자들을 연구하는 기쁨을 이해할 수가 없었다.

15

사냥터는 그다지 멀지 않았고, 작다란 사시나무 숲속을 흐르는 개천을 끼고 있었다. 숲에 이르자 레빈은 마차에서 내려 벌써 눈이 다 녹고 이끼가 많은 질척한 공지 한쪽 구석으로 오블론스키를 데리고 갔다. 그리고 다른 쪽 구석의 갈라진 자작나무 옆으로 돌아와서 말라죽은 나지막한 가지의 갈래에 총을 기대놓고 카프탄을 벗은 다음, 허리띠를 다시 졸라매고 손의 동작이 자유로운지 시험해보았다.

그의 뒤를 따라온 늙은 회색 개 라스카는 그를 마주보며 조심스럽게 웅크리고 앉아 귀를 쫑긋 세웠다. 해는 커다란 숲 저편으로 지고 있었다. 황혼빛 속에서는 사시나무숲 군데군데 흩어져 있는 자작나무들의 팽팽하게 부풀어 금방이라도 터질 것 같은 싹눈의 무게로 축 늘어진 가지가 뚜렷이 윤곽을 드러내고 있었다.

아직 눈이 남은 빽빽한 숲속에서는 좁은 개울이 되어 굽이쳐 흐르는 물소리가 가늘게 들렸다. 작은 새들은 짹짹 지저귀며 때때로 나무에서 나무로 날아갔다.

완전한 정적 사이사이로 흙이 녹거나 풀이 솟아남에 따라 지난해의 낙엽들이 바스락거리며 움직이는 소리가 들렸다.

'어허! 풀이 자라는 것이 들리기도 하고 보이기도 하는군!' 레빈은 석필石筆빛의 축축한 사시나무 잎 한 잎이 바늘처럼 가느다란 어린 풀 옆에서 움직인 것을 보고 혼잣말을 했다. 그는 선 채로 귀를 모으고 때로는 발밑의 이끼로 덮인 질척질척한 땅거죽을, 때로는 귀를 기울이고 있는 라스카를, 때로는 산기슭까지 바다처럼 펼쳐져 있는 앙상한 나무 우듬지들을, 또 때로는 구름의 하얀 띠를 두르고 어스레한 빛에 싸여 저물어가는 하늘을 바라보았다. 매 한 마리가 유연하게 날개를 치면서 먼 숲 위로 높게 날아갔다. 그러자 또 한 마리가 똑같은 방향으로 날아 사라져갔다. 작은 새들은 깊은 숲속에서 더욱더 소리 높여 분주하게 지저귀었다. 그다지 멀지 않은 곳에서 올빼미가 울기 시작하자, 라스카는 부르르 몸을 떨며 주의깊게 서너 걸음 걸어갔다. 그러고는 옆으로 머리를 기울이고 귀를 모은 채 서 있었다. 개천 너머에서 뻐꾸기 울음소리가 들렸다. 뻐꾸기는 언제나처럼 외치듯이 뻐뻑꾹 두 번 울었으나 이내 목쉰 소리를 내며 서두르다가 흐트러졌다.

"어허! 벌써 뻐꾸기로군!" 스테판 아르카디치는 덤불 뒤에서 나오면서 말했다.

"응, 나도 들었어." 레빈은 자기 자신에게마저 불쾌한 자신의 목소리로 숲의 정적을 깨뜨리면서 불만스럽게 대답했다. "지금은 좀 일러."

스테판 아르카디치의 모습은 다시 덤불 뒤로 사라졌다. 그리고 환한 성냥 불꽃과 곧 뒤이어 그것을 대신하는 담배의 빨간 불과 파르스름한 연기만 보였다.

찰칵! 찰칵! 스테판 아르카디치가 공이치기를 당기는 소리가 들렸다.

"저건 또 무슨 울음소리지?" 오블론스키는 망아지가 잗나치면서 가느다란 목소리로 우는 듯한, 길게 끄는 울음소리 쪽으로 레빈의 주의를 돌리면서 물었다.

"아, 자넨 저 소리를 모르나? 저건 수토끼야. 그러나 얘긴 나중에 하지! 저거 봐, 잘 들어봐, 온다, 온다!" 레빈은 공이치기를 당기면서 거의 외치듯이 말했다.

멀고 가느다란 휘파람소리 같은 것이 들리더니, 사냥꾼에게는 귀에 익은 그 간격을 규칙 바르게 두고 이 초 뒤에는 두번째 소리, 또 세번째 소리가 계속되었다. 그리고 세번째 소리 뒤에는 목쉰 울음소리가 나기 시작했다.

레빈은 좌우를 살펴보았다. 그 앞의 짙푸른 하늘에, 사시나무숲의 우듬지가 엉켜 있는 부드러운 어린 가지 위로 날아오는 작은 새의 모습이 보였다. 새들은 똑바로 그를 향해 날아왔다. 빳빳한 천을 찢는 듯한 목쉰 소리가 귀 바로 위에서 번졌다. 벌써 새의 긴 부리와 목이 분간될 만큼 가까웠다. 레빈이 겨냥한 순간 오블론스키가 서 있던 덤불에서 빨간 섬광이 번쩍이고, 새는 화살처럼 쭉 내려왔다가 다시 높이 날아올랐다. 다시 섬광이 번쩍이고 발사하는 소리가 들렸다. 그러자 새는 공중에 멈추기라도 하려는 것처럼 날개를 치면서 나아가기를 그치고 순간 한 곳에 가만히 있더니, 이내 철벅 무거운 소리를 내며 질퍽한 땅 위로 떨어졌다.

"빗맞은 거 아냐?" 연기 때문에 잘 보이지 않았던 스테판 아르카디치가 외쳤다.

"맞았어, 벌써 여기 가져왔어!" 레빈은 라스카를 가리키면서 말했다. 라스카는 한쪽 귀를 세우고 털이 보풀보풀한 꼬리 끝을 홰홰 흔들며 거의 미소라도 지을 듯 신이 나서 흐뭇한 기분을 조금이라도 연장하려는 것처럼 느린 걸음걸이로 총에 맞아 떨어진 새를 주인에게 가지고 왔다. "아니, 난 자네가 잘해줘서 기뻐." 레빈은 기쁨과 동시에 멧도요를 맞힌 게 자기가 아니었다는 데 대해 부러움을 느끼면서 말했다.

"오른쪽 총신에서 빗나갔어." 스테판 아르카디치는 총알을 재면서 대답했다. "쉿…… 왔어."

과연 재빠르게 연이어 날카로운 울음소리가 잇달아 들렸다. 두 마리의 도요새가 장난을 하느라 서로 쫓고 쫓기고 하면서 예의 목쉰 소리가 아닌 가느다란 휘파람소리를 내며 사냥꾼들의 머리 바로 위로 날아왔다. 네 발의 총성이 울렸다. 그러자 도요새는 제비처럼 홱 몸을 돌려 시야에서 사라져버렸다.

⋯⋯⋯⋯⋯⋯⋯⋯⋯⋯⋯⋯⋯⋯⋯⋯⋯⋯⋯⋯⋯⋯⋯⋯⋯⋯⋯⋯⋯⋯⋯⋯⋯

사냥 성적은 아주 좋았다. 스테판 아르카디치는 그후 두 마리를 더 쏘았고, 레빈도 두 마리를 맞혔으나 그중 한 마리는 찾지 못했다. 어두워지기 시작했다. 해맑은 은빛 금성은 서편 하늘에 낮게 걸려 자작나무 뒤에서 부드러운 빛을 발하기 시작하고, 동녘의 높은 하늘에는 음울한 아르크투루스*가 벌써 빨간빛을 내기 시작했다. 레빈은 자신의 머리 위에서 큰곰자리의 별들을 붙들기도 하고 잃기도 했다. 도요새는 이제 날지 않았다. 그러나 레빈은 그의 눈에 자작나무 가지보다 낮게 보이는 금성이 그보다 더 높게 떠올라 큰곰자리의 별들이 어디서나 뚜렷하게 보일 때까지 기다려봐야겠다고 결심했다. 금성은 벌써 나뭇가

───────────

* 목동자리의 으뜸별

지보다 높이 옮겨갔고 큰곰자리의 로마 전차는 그 채와 함께 이제는 검푸른 하늘에 또렷이 보이기 시작했으나, 그는 여전히 기다리고 있었다.

"이제 틀렸잖아?" 스테판 아르카디치가 말했다.

숲속은 어느새 조용해졌고 새 한 마리도 움직이지 않았다.

"조금만 더 기다려보자고." 레빈이 대꾸했다.

"그래, 좋을 대로 해."

두 사람은 이제 서로 열댓 발짝쯤 떨어진 거리에 서 있었다.

"스티바!" 레빈이 불쑥 말을 꺼냈다. "어째서 자넨 나에게 자네 처제가 결혼을 했는지, 아니면 언제쯤 하는지 말해주지 않나?"

레빈은 매우 굳건하고 침착한 기분이었기 때문에 어떤 대답도 자기를 동요시킬 수는 없으리라고 생각했었다. 그러나 스테판 아르카디치의 답변은 정말 의외였다.

"처젠 지금까지 시집을 간다든가 하는 것은 생각해보지도 않았고, 지금도 그런 생각은 하지 않아. 굉장히 몸이 나빠져서 의사들이 외국으로 요양을 보냈어. 모두들 생명을 걱정하고 있을 정도야."

"뭐라고!" 레빈이 외쳤다. "굉장히 나쁘다고? 도대체 무슨 일이 있었기에? 어째서 그 사람이……"

그들이 이런 얘기를 하는 동안 라스카는 귀를 쫑긋 세우고 머리 위의 하늘을 바라보기도 하고 비난하듯 그들을 쳐다보기도 했다.

'이런, 급기야 얘기할 틈을 찾고 말았군.' 개는 생각했다. '새가 날아오고 있는데…… 여기 왔다, 정말 왔다. 놓쳐버리겠는걸……'

그러나 마침 이 순간, 두 사람은 갑자기 귀청을 찌를 듯한 날카로운 울음소리를 들었다. 둘 다 재빨리 총을 들었다. 두 개의 섬광이 번쩍이고 두 발의 총성이 동시에 울렸다. 하늘 높이 날고 있던 멧도요는 갑자기 날개를 접고 가느다란 어린 가지를 휘어뜨리면서 울창한 숲속으로 툭 하고 떨어졌다.

"거 정말 멋있는걸! 동시에 맞췄어!" 레빈은 외치고 라스카와 함께 멧도요를 찾으러 숲속으로 뛰어들어갔다. '아아, 그렇지, 무엇 때문에 지금 불쾌했었지?' 그는 생각해냈다. '참 키티가 아프다지…… 그렇다고 내가 어쩔 수도 없고, 정말 안됐군.' 그는 생각했다.

"아아, 찾았군! 정말 영리해." 그는 라스카의 입에서 아직 따뜻한 새를 빼내어 이제 거의 가득찬 사냥자루에 밀어넣으면서 말했다. "찾았어, 스티바!" 그는 외쳤다.

16

집으로 돌아오는 길에 레빈은 키티의 신병과 셰르바츠키 가족의 계획에 대해 자세히 물었다. 이렇게 고백하기엔 다소 양심에 찔리기는 했지만, 그는 그 일들을 듣고 기분이 좋았다. 자기에게 아직 희망이 있다는 것 때문이기도 했지만, 그보다도 그를 그렇게 괴롭게 했던 그녀가 지금은 괴로워하고 있다는 것 때문이었다. 그러나 스테판 아르카디치가 키티의 신병의 원인에 대해 얘기하면서 브론스키의 이름을 입에 담자 레빈은 그를 가로막았다.

"내겐 남의 가정사를 꼬치꼬치 알아야 할 권리가 없어. 솔직히 말하자면, 아무런 흥미도 없어.”

스테판 아르카디치는 일 분 전에 즐거워했던 것과 마찬가지로 갑자기 음울해진, 그전에도 본 적이 있는 레빈의 순간적인 변화를 알아채고 넌지시 미소를 지었다.

“자넨 랴비닌과 숲 매각 건은 깨끗이 끝을 맺었나?” 레빈이 물었다.

“응, 끝냈어. 값이 좋았지, 삼만 팔천 루블이야. 팔천은 선금으로 받고 나머진 육 년 안에 받기로 했어. 이 일로 오랫동안 돌아다녔지만 아무도 그 이상은 부르지 않았어.”

“그렇다면 자네는 그 숲을 거저 준 거나 마찬가지야.” 레빈은 침울한 어조로 말했다.

“그래, 어째서 거저라는 거지?” 지금 레빈에게는 모든 일이 마음에 들지 않으리라는 것을 알고 스테판 아르카디치는 선량한 미소를 띠면서 말했다.

“어째서냐고? 그 숲은 어림잡아도 일 데샤티나에 오백 루블의 가치는 있기 때문이야.” 레빈은 대답했다.

“아아, 그건 시골 농장주들이나 신경쓸 일이야!” 스테판 아르카디치는 농담처럼 말했다. “자네들의 이런 태도는 우리 도시인에 대한 모욕이야!…… 그러나 막상 일을 처리할 때는 뭐니 뭐니 해도 우리가 한술 더 뜬단 말야. 염려 마, 나도 충분히 주판알 튕겨봤으니까.” 그가 말했다. “그 숲은 정말 굉장히 잘 팔렸어. 오히려 난 행여 지금이라도 그 녀석이 물러달래지나 않을까 전전긍긍할 정도야. 그건 목재용 숲이 아니잖나.” 스테판 아르카디치는 목재용이라는 말로 레빈으로 하여금 그의 생각이 옳지 않음을 확신시키려는 듯 이렇게 말했다. “오히려 땔나뭇감

이야. 일 데샤티나당 삼십 사젠 이상은 나무가 나오지 않아.* 그런데 그 자는 나에게 일 데샤티나에 이백 루블꼴로 치르는 셈이거든."

레빈은 얕잡듯이 히죽 웃었다. '뻔한 일이야.' 그는 생각했다. '이런 행동거지는 단지 이 친구 한 사람만의 일은 아니다. 십 년 동안에 두어 번쯤 시골에 와서는 시골 말을 두서너 마디 알게 되면, 앞뒤 가리지 않고 그것을 사용하며 뭐든지 잘 알고 있다고 굳게 믿는 도시인 누구에게나 있는 일이다. 목재용이니 삼십 사젠 된다느니 하고 입으로는 떠벌리지만 정작 자신은 아무것도 모르고 있다.'

"난 자네에게 관청에서 문서 작성하는 방법을 가르치려는 게 아냐." 그는 말했다. "하지만 필요하다면 내가 자네에게 묻지. 자넨 숲에 대한 기초 지식쯤은 알고 있다고 믿는 모양이지만, 그건 정말 어려운 일이야. 자넨 나무의 수를 세어봤나?"

"어떻게 나무를 다 셀 수 있어?" 스테판 아르카디치는 여전히 친구를 나쁜 기분으로부터 끌어내려고 애쓰면서 웃는 얼굴로 말했다. "모래알의 수를 센다든지 유성의 광선을 계산한다든지 하는 것은 위대한 천재라면 할 수 있을지 몰라도……"**

"그렇지, 그러나 위대한 천재 랴비닌에겐 그것이 가능하단 말야. 그리고 어떤 상인이건 자네처럼 거저 주지 않는 한 계산하지 않고 사는 녀석은 한 놈도 없어. 자네 숲에 대해선 나도 알고 있어. 난 해마다 그곳으로 사냥을 나갔으니까. 자네 숲은 일 데샤티나에 현금으로 오백 루

---

* 연료용 나무는 사젠 단위로 팔렸다. 1사젠은 약 2미터.

** 오블론스키는 18세기의 대시인 데르자빈의 유명한 송시 「신」 가운데 한 구절을 인용하고 있다.

318

블의 값어치는 있어. 그런데 그 녀석은 자네에게 이백 루블씩, 그것도 분할로밖에 내지 않잖아. 말하자면 자네가 그 녀석에게 삼만 루블을 갖다바친 셈이라고."

"아니, 그런 말도 안 되는 얘긴 이제 그만둬." 하소연이라도 하듯이 스테판 아르카디치는 말했다. "그럼 어째서 누구 하나 그만큼 내려는 작자가 없었을까?"

"그건 말이야, 그 녀석이 미리 상인들하고 딱 짜고 있었기 때문이야. 말하자면 매수해버렸단 말야. 난 거의 모든 녀석들하고 거래를 해보았기 때문에 그 녀석들의 수작을 잘 알고 있어. 그 녀석들은 상인이 아니라 모리배야. 그 녀석은 또 십이나 십오 퍼센트 정도의 이익밖에 들어올 것 같지 않으면 아예 손을 대지도 않아. 일 루블짜리를 이십 코페이카에 살 수 있을 때를 기다리는 놈이야."

"자, 이제 그만! 자넨 지금 기분이 좋지가 않아."

"천만에." 레빈은 어두운 얼굴로 말했다. 그때 마차가 집에 다다랐다.

입구의 층계 옆에는 벌써 살진 말을 두툼한 가죽끈으로 야무지게 채운, 쇠붙이와 가죽으로 겉을 야무지게 댄 소형 마차가 서 있었다. 마차에는 랴비닌의 마부 역할을 맡고 있는 점원이 허리띠를 야무지게 졸라매고 야무지게 혈색 좋은 얼굴로 앉아 있었다. 벌써 집안에 들어가 있던 랴비닌은 현관에 나와 두 친구를 맞았다. 랴비닌은 키가 크고 수척한 중년배로, 깨끗이 면도질을 한 주걱턱과 콧수염과 툭 튀어나온 흐리터분한 눈을 지닌 사내였다. 그는 등허리께에 단추가 달린 옷자락이 긴 감색 프록코트를 입고, 복사뼈께에 주름이 잡히고 장딴지는 반듯하게 펴진 목이 긴 장화를 신고 그 위에 큰 덧신을 걸치고 있었다. 그는 손수건으로 얼굴을 두루 닦고 그러지 않아도 이미 단정한 프록코트의 앞자락을 여미더니, 마치 무엇인가를 붙잡으려는 듯이 스테판 아르카디치에게 손을 내밀며 들어온 두 사람을 웃는 얼굴로 맞았다.

"오, 이렇게 찾아와주셨군요." 스테판 아르카디치는 그에게 손을 내밀며 말했다. "거, 잘 오셨소."

"길이 굉장히 엉망이었지만, 감히 각하의 명령을 어길 순 없어서 말씀예요, 네. 정말 내내 도보로 왔다고 해도 과언이 아닙니다만, 그래도 어떻게 시간에 대 왔죠. 콘스탄틴 드미트리치, 안녕하세요." 그는 레빈을 돌아보면서 그와도 악수를 하려 했다. 그러나 레빈은 얼굴을 찌푸린채 그의 손을 못 본 체하고 멧도요를 꺼냈다. "그렇군요, 사냥을 즐기고 계셨던가요? 그런데 이것은, 뭐라고 하는 샌가요?" 얕잡듯이 멧도요를 보면서 랴비닌은 덧붙였다. "그래도 맛은 있나봐요." 이렇게 말하고 그는 저런 걸 화약을 써가면서까지 잡을 값어치가 있는지 의심이 간다는 듯 머리를 내둘렀다.

"서재로 가지." 부루퉁하게 눈살을 찌푸리면서 레빈은 프랑스어로 스테판 아르카디치에게 말했다. "서재로 가, 거기서 얘길 해."

"아주 좋습니다, 어디든 괜찮습니다." 랴비닌은 비웃는 듯한 위엄을 갖추고, 마치 까다로운 사람을 대할 때 다른 이들은 곤란해할지 모르지만 자기에게는 무슨 일에도 결코 곤란해하는 경우란 있을 수 없다는 것을 보여주려는 듯한 어조로 말했다.

서재로 들어가면서 랴비닌은 습관에 따라 성상이 있는 곳을 찾는 듯 두리번거렸는데, 막상 찾고도 성호를 긋지는 않았다. 그는 장롱이며 책장을 보고도 도요새를 보았을 때와 마찬가지로 의아스러운 듯이 얕잡는 듯한 냉소를 띠고, 도저히 이러한 것들에 어떤 값어치가 있는지 모르겠다는 듯 수긍할 수 없다는 투로 머리를 살래살래 저었다.

"어때요, 돈은 가져왔소?" 오블론스키가 물었다. "자, 앉아요."

"아니, 이제 돈에 대해서는 걱정하지 않으셔도 됩니다. 난 그저 만나 뵙고 상의드릴 일이 있어서 말씀예요."

"상의라니, 무슨 일이신데? 자, 앉으실까."

"그건 그렇고." 랴비닌은 앉은 채 몹시 거북한 자세로 안락의자의 등받이에 팔꿈치를 짚으면서 말했다. "조금 더 양보해주셔야겠어요. 공작, 확실합니다. 돈은 이제 완전히, 일 코페이카까지 다 준비되어 있어요. 지불에 대해서라면 잘못되는 일은 결코 없을 겁니다."

레빈은 그사이에 총을 장롱 속에 넣어놓고 막 문밖으로 나가려다 상인의 말을 듣고 발을 멈췄다.

"그러잖아도 당신은 순전히 거저나 마찬가지로 숲을 손에 넣었잖아." 그는 말했다. "아무튼 이 친구가 날 찾아오는 게 늦었단 말야. 그렇지 않았으면 내가 값을 매겨줬을 텐데."

랴비닌은 일어서서 아무런 말도 없이 싱글벙글 웃으면서 레빈을 위아래로 훑어보았다.

"너무 빡빡하십니다, 콘스탄틴 드미트리치." 그는 웃는 얼굴로 스테판 아르카디치를 돌아보면서 말했다. "이 댁에서는 이젠 결단 있게 아무것도 살 수가 없겠군요. 자주 밀을 내주시고 꽤 좋은 값을 받으셨었는데요."

"무슨 이유로 내가 내 것을 당신에게 거저 줘야 하난 말이오? 길에서 주운 것도 아니고, 도둑질해온 것도 아닌데."

"죄송합니다만 지금 세상에는 도둑질 같은 짓은 결코 할 수가 없습죠. 요즘은 모든 것이 결단 있게 공명정대한 법률에 따르도록 돼 있고, 또 모든 것이 바르게 돼 있으니까요. 도둑질을 한다든가 하는 문제가 아닙죠, 네. 저희들은 정말 정직하게 협상했었습니다. 그러나 그 숲은 흥정이 좀 비싸게 떨어져서 좀처럼 계산이 맞질 않을 것 같아요. 그래서 다만 얼마라도 어떻게 빼주셨으면 싶어서 말씀예요, 네."

"그럼 당신들 거래는 끝난 거요, 아니요? 끝난 거라면 지금 새삼스럽게 흥정할 건 없지만 끝난 게 아니라면," 레빈은 말했다. "그 숲은 내가 사겠소."

별안간 랴비닌의 얼굴에서 미소가 사라졌다. 매처럼 탐욕스럽고 잔인한 표정이 그의 얼굴에 또렷이 떠올랐다. 그는 뼈마디가 굵은 손가락으로 민첩하게 프록코트 단추를 끌러 루바시카와 조끼의 구리 단추와 시곗줄을 드러내놓으며 얼른 두툼하고 낡은 지갑을 꺼냈다.

"미안합니다, 숲은 이제 내 것이올시다." 그는 얼른 성호를 긋고 손을 내밀면서 말했다. "자, 대금을 받으십쇼. 숲은 이제 내 소유올시다. 이것이 이 랴비닌의 거래방식이고, 한푼 두푼을 가지고 다투자는 것은 아녜요." 그는 찌푸린 얼굴을 하고 지갑을 내보이면서 말했다.

"내가 만약 자네 입장이라면 그렇게 서둘진 않았을 거야." 레빈이 말했다.

"별수 없어." 어이없다는 듯한 얼굴을 하고 오블론스키는 말했다. "이미 계약해버렸으니 말야."

레빈은 거칠게 문을 닫고 방을 나갔다. 랴비닌은 문을 쳐다보면서 미소를 띠고 머리를 저었다.

"너무 젊으시고, 확실히 애송이셔. 내가 숲을 사는 것은 그, 나를 믿어주십쇼. 정말이지 오직 하나, 명예가 욕심나기 때문입니다. 말하자면 오블론스키가의 숲을 산 이가 바로 랴비닌이다, 라는 말을 듣기 위해서일 뿐이에요. 어떻게 타산을 맞출 것인가는 오직 하느님의 뜻에 달렸을 뿐입니다. 하느님을 믿어주세요. 자, 그럼, 계약서에 서명을……"

한 시간 뒤 상인은 단정하게 겉옷을 여미고 프록코트의 단추를 채우고는 계약서를 호주머니에 넣은 다음, 야무지게 무쇠테를 댄 마차를 타고 귀로에 올랐다.

"아아, 저런 신사들이란!" 그는 점원에게 말했다. "다들 똑같은 치들이야."

"정말 그래요." 점원은 고삐를 건네고 가죽덮개의 단추를 잠그면서 대꾸했다. "그건 그렇고 숲 일로 한턱 있겠죠, 미하일 이그나티치?"

"거, 무슨 소리……"

17

스테판 아르카디치는 상인에게 석 달 치 선불로 받은 국고채권*으로 호주머니를 든든하게 채우고 위층으로 갔다. 숲 문제가 끝나고 돈이 손

---

* 국고채권은 50루블 가치의 불환지폐로, '유통자금의 증대와 국고 수입의 조기 징수를 위하여' 발행되었다. 국고채권은 여러 범주로 발행되었으며, 국고채권의 소유자에 의해 행해지는 당좌예금 같은 것으로서 이자가 붙었다. 랴비닌은 오블론스키에게 국고채권으로 3개월의 이자를 실현시켰다.

에 들어온데다가 사냥도 잘되었으므로 스테판 아르카디치는 더할 나위 없이 기분이 좋아서, 도무지 좋아 보이지 않는 레빈의 기분을 풀어 주고 싶은 욕구를 강하게 느꼈다. 그는 저녁식사를 하면서 오늘 하루를 시작할 때와 마찬가지로 유쾌하게 끝내고 싶었다.

실제로 레빈은 기분이 시원치가 않았고, 소중한 벗인 손님을 친절하고 정답게 대해야겠다는 생각으로 가득차 있으면서도 자기 감정을 억누를 수가 없었다. 키티가 결혼하지 않았다는 소식은 점점 더 그의 마음을 사로잡기 시작했다.

키티는 시집도 가지 않은 채 앓고 있다. 그녀를 찬 사내에 대한 사랑으로 앓고 있다. 이 모욕은 마치 그 자신에게 가해진 것과도 같았다. 그녀는 브론스키에게 차이고 레빈은 그녀에게 차였다. 따라서 브론스키는 레빈을 모멸할 권리를 가진 것이나 마찬가지이고, 그 때문에 그의 적이었다. 그러나 레빈은 그렇게 또렷이 생각한 것은 아니었다. 단지 그 일에 무언가 그를 모욕하는 것이 있음을 어렴풋이 느낄 뿐이어서, 지금 그는 자신의 기분을 상하게 한 대상에 대해 화를 내는 게 아니라 그저 눈앞에 나타난 온갖 일들에 대해 짜증을 내고 있었다. 멍청하게 팔아치운 숲, 오블론스키가 빠진 속임수, 더구나 그런 일이 자기 자신의 집에서 이루어졌다는 사실에 잔뜩 흥분한 상태였다.

"그래, 끝났나?" 그는 위층에서 스테판 아르카디치를 맞으면서 말했다. "저녁은 들겠나?"

"그럼, 거절하지 않겠네. 아니 정말 시골에 오면 왜 이렇게 시장기가 드는지 모르겠어, 놀라울 정도야! 그런데 어째서 자넨 랴비닌에게 식사를 권하지 않았나?"

324

"흥, 그따위 녀석이 다 뭔데!"

"그렇지만 그 사람에 대한 자네의 태도는!" 오블론스키는 말했다. "자넨 손도 내밀지 않았지? 손쯤은 내밀지 그랬나?"

"내가 하인에게 손을 주지 않는 것과 똑같은 이유야. 그러나 하인들이 그 녀석보다 백 배는 더 나아."

"이런, 자넨 정말 대단한 보수주의자로군그래! 그럼 계급 타파는 어때?" 오블론스키는 말했다.

"타파가 유쾌한 사람이야 그렇게 해도 무방하겠지. 그러나 난 반대야."

"자넨 정말 절대적인 보수주의자로군."

"사실 난 내가 어떤 사람인가에 대해 생각해본 적이 한 번도 없어. 난 콘스탄틴 레빈이야, 그 이상도 이하도 아냐."

"말하자면 기분이 몹시 나쁜 콘스탄틴 레빈이렷다." 스테판 아르카디치가 웃으면서 말했다.

"그렇지, 난 굉장히 기분이 안 좋아. 그런데 그 이유를 알고 있나? 미안한 말이지만 자네의 그 어리석은 거래 때문이야……"

스테판 아르카디치는 잘못도 없는데 꾸지람을 듣고 토라진 사람처럼 선량하게 눈살을 찌푸렸다.

"아아, 이제 그만해둬!" 그는 말했다. "어떤 사람이 무엇을 팔았을 경우에, 팔고 나면 이내 사람들이 '그것은 훨씬 더 비싼 것이었는데' 하고 그에게 얘기하지 않은 적이 있었을까? 그러나 그렇게 팔아버릴 때까지 아무도 그 값을 내려고는 하지 않는단 말야…… 아냐, 난 알고 있어. 자넨 그 가엾은 랴비닌에게 앙심을 품고 있어."

"그럴지도 몰라, 그렇겠지. 하지만 자넨 그 이유를 알고 있나? 이렇게 얘기하면 자넨 또 나를 보수주의자라느니 아니면 더 지독한 말로 부를지도 모르지만, 나는 나 역시 속해 있고 또 계급 타파니 뭐니 하고 있으면서도 또한 거기에 속해 있는 것을 자랑스럽게 여기는 귀족이라는 치들이 온갖 방면에서 점점 빈한해지는 모습을 보는 게 안타깝고 부아가 나 죽겠어. 그런데 그 빈한함이 결코 사치의 결과는 아니야. 그 때문이라면 오히려 할말이 없지만 말야. 본디 귀족답게 생활한다는 것은 귀족의 특성이고 귀족만이 할 수 있는 일이야. 그런데 최근엔 이 주변에서도 농부들이 한창 땅들을 사모으고 있어. 그것도 괜찮겠지. 그런데 귀족은 아무것도 안 하고 빈둥빈둥 놀고먹는다는 게 문제야. 농부는 일을 하고 있고, 게으른 인간을 밀어내고 있어. 그것은 물론 당연한 일이야. 난 농부들을 위해서 이런 현상을 굉장히 기뻐하고 있어. 그렇지만 난, 뭐라고 할까, 말하자면 귀족이 순진하기 때문에 가난해지는 것을 보는 게 약이 올라 죽겠어. 폴란드인 소작농이 니스에 사는 귀족부인에게서 훌륭한 영지를 반값으로 샀는가 하면, 어떤 귀족은 또 일 데샤티나에 십 루블의 값어치가 있는 땅을 단돈 일 루블에 장사치에게 임대하고 있어. 그런가 하면 이번엔 또 자네가 아무런 까닭도 없이 그 사기꾼 녀석에게 삼만 루블을 바치고 말았어."

"그럼 어떡하란 말야? 나무를 한 그루 한 그루 세란 말이야?"

"물론 그렇게 해야 하다마다. 이번만 해도 자넨 세지 않았지만 랴비닌은 셌단 말야. 그 덕택에 랴비닌의 아이들에게는 생활비와 교육비가 생겼지만, 자네 아이들에게는 아마 그렇지 않을 거야!"

"그야 그렇게 얘기하면 그렇지. 하지만 그런 계산까지 다 한다는 건 뭔가 비참한 느낌이 들잖아. 우리에겐 우리의 일이 있고, 그들에겐 그들의 일이 있어. 그리고 그들에겐 이익이 필요하단 말야. 하여간 그 사건은 이제 손을 털었고 끝났어. 오, 내가 제일 좋아하는 달걀프라이가 나왔군. 또 아가피야 미하일로브나는 그 귀한 약술을 줄 것이고……"

스테판 아르카디치는 탁자 앞에 앉아 이런 점심과 저녁을 하루에 먹은 건 정말 오랜만이라느니 하고 추어올리며 아가피야 미하일로브나를 구슬러대기 시작했다.

"손님께선 그처럼 잔뜩 추어주시지만 말예요," 아가피야 미하일로브나는 말했다. "콘스탄틴 드미트리치께선 그저 뭘 드려도 잠자코 드시고 얼른 일어서고 마십니다. 아마 빵 껍질만 드려도 그러실 거예요."

레빈은 아무리 감정을 억누르려고 애써도 자꾸 음울하고 무뚝뚝해졌다. 그는 스테판 아르카디치에게 꼭 한마디 물어보지 않으면 안 될 일이 있었지만, 그것을 결심할 수 없었을 뿐만 아니라 언제 어떻게 그 말을 꺼내야 할지 방법도 기회도 찾아낼 수가 없었다. 스테판 아르카디치는 어느새 아래층의 자기 방으로 내려가 옷을 벗고 다시 한번 얼굴을 씻은 뒤 주름 잡힌 잠옷을 입고 누웠으나, 레빈은 여전히 온갖 쓸데없는 얘기를 지껄이면서 묻고 싶은 것을 물을 용기도 못 내고 내내 우물쭈물하고 있었다.

"이 비누는 정말 잘 만들어졌잖아." 그는 아가피야 미하일로브나가 일부러 객실에 준비해두었는데도 오블론스키가 쓰지 않은 향기로운 비누를 포장지에서 꺼내어 바라보면서 말했다. "자, 봐봐, 정말 예술이잖아."

"그럼, 요즈음은 완벽함이라는 것이 거의 모든 분야에 미치고 있으니까." 스테판 아르카디치는 녹녹하고 행복에 젖은 듯한 하품을 하면서 말했다. "이를테면 극장, 그 마음을 즐겁게 해주는…… 아-아-아!" 그는 하품을 했다. "전등이, 가는 곳마다*…… 아-아!"

"그래, 전등." 레빈은 말했다. "그렇지. 저어, 그런데 브론스키는 요즘 어디에 있나?" 그는 갑자기 비누를 놓고 물었다.

"브론스키?" 스테판 아르카디치는 하품을 뚝 그치고 말했다. "그 사낸 페테르부르크에 있어. 자네가 떠난 뒤에 바로 떠나고 한 번도 모스크바엔 오지 않아. 그런데 알겠나 코스탸, 난 진실을 얘기하겠는데 말야." 그는 탁자 위에 두 팔꿈치를 짚고 손으로 잘생긴 불그스름한 얼굴을 괴며 말했다. 그 얼굴에서는 부드럽고 선량하고 졸음에 겨운 두 눈이 별처럼 빛나고 있었다. "자네 자신에게도 잘못이 있어. 자넨 경쟁자를 두려워했단 말야. 그러나 난 그때도 자네에게 얘기했던 것처럼, 어느 쪽에 더 많은 희망이 있었는지 잘 모르겠어. 왜 자넨 밀고 나가지 않았지? 그때도 자네에게 얘기했었지, 그……" 그는 입을 벌리지 않고 턱으로만 하품을 했다.

'이 친구는 내가 청혼했었다는 사실을 알고 있는 것일까, 모르고 있는 것일까?' 레빈은 그를 쳐다보면서 생각했다. '그렇군, 이 친구 얼굴엔 어딘가 교활하고 외교적인 데가 있군.' 그러자 자신의 얼굴이 붉어지고 있다는 것을 느끼고 그는 말없이 스테판 아르카디치의 눈을 똑바로 쏘아보았다.

"만약 그때 그녀에게 뭔가 있었다고 하더라도 그건 외면적인 유혹일

---

* 1870년대 초만 해도 아직 전등은 희귀한 것이었다. 그러나 오락시설의 경영자들은 홍행이 미끼로 새로운 기기를 사들였다

뿐이었어." 오블론스키는 계속했다. "그것은, 알다시피, 그의 완전한 귀족주의와 앞으로 사교계에서의 전망이 그녀 자신이 아니라 그녀의 어머니에게 작용했던 것에 지나지 않아."

레빈은 눈살을 찌푸렸다. 그가 직면했던 거절의 모욕이 생생하게, 지금 막 받은 상처처럼 그의 마음을 불태웠다. 그러나 그는 지금 자기 집에 있었고, 사방의 벽이 그에게 도움을 주었다.

"잠깐만, 잠깐만." 그는 오블론스키의 말을 가로막으면서 말을 꺼냈다. "자넨 귀족주의라고 말하지만, 한마디 묻겠어. 브론스키가 됐건 누가 됐건 그런 패거리들의 귀족주의란 도대체 어떤 거야? 말하자면 날 모욕할 수 있었던 그 귀족주의란 건? 자넨 브론스키를 귀족이라고 생각하지만, 난 그렇게 생각하지 않아. 아버진 아무것도 아닌 데서 간계로 출세했고, 어머닌 누구와 어떤 관계에 있었는지 아는 사람이 없는 그런 작자가 어째서…… 아니야, 주제넘지만 나는 나와 마찬가지인 사람들, 말하자면 고도의 교양을 가졌고(재능과 지력은 별개의 문제지만 말야) 과거 삼사대의 명예로운 계통을 드러내 보일 수 있는 사람들, 내 아버지와 조부가 그랬던 것처럼 누구 앞에서도 결코 자기를 비굴하게 낮추는 행위를 하지 않았고 어느 누구에게도 궁상을 떤 적이 없는 사람들, 그런 이들만을 귀족으로 여기고 있단 말야. 그리고 난 그런 사람들을 많이 알고 있어. 자네에겐 내가 숲의 나무를 세는 것이 비천하게 느껴지겠지. 어쨌든 자넨 랴비닌에게 삼만 루블을 거저 갖다바친 사람이니까. 그러나 자넨 봉급이니 뭐니 내가 모르는 것을 받고 있지만, 내겐 그것이 없어. 그러니까 난 선조에게 물려받은 것과 노력으로 얻은 것을 소중히 여기고 있는 거야…… 그런 우리야말로 귀족이고, 그저 이 세상의 권력사회에서 오는 증여 하나로 생활을 한다든가, 이십 코페이카만 내면 얼마든지 살 수 있는 그런 인간은 귀족이라고 할 수 없어."

"그런데 자넨 누구 이야길 하고 있는 거지? 나도 자네하고 의견이 같아."스테판 아르카디치는 레빈이 이십 코페이카만 내면 얼마든지 살 수 있는 인간이라고 말한 무리에 자기도 포함되어 있다는 것을 느끼면서도 진정으로 즐겁게 말했다. 레빈의 기세가 되살아난 것이 그는 정말로 기뻤던 것이다. "도대체 누구 얘기야? 그야 브론스키에 관한 자네의 말엔 진실이 아닌 부분이 많아. 그렇지만 난 그걸 가지고 얘기하는 게 아냐. 난 자네에게 똑바로 얘기하겠어. 내가 만약 자네 입장이라면 난 당장 모스크바로 가겠어, 그리고……"

"아냐, 자네가 알고 있는지 어떤지는 모르지만, 어쨌거나 나에게는 마찬가지야. 그리고 나도 얘기해두지만 말야, 난 청혼을 했다가 거절당했어. 그래서 지금 카테리나 알렉산드로브나라는 이름은 나에겐 굉장히 괴롭고 부끄러운 기억이 되었어."

"어째서? 그거야말로 쓸데없는 짓이야!"

"그러나 이제 이런 얘긴 그만두세. 그리고 진심으로 날 용서해줘, 만약 자네에 대해 야비한 태도라도 있었다면." 레빈은 말했다. 이제 모든 것을 토로하고 나자 그는 다시 아침과 같은 사람이 되었다. "자넨 나에게 화가 나진 않나, 스티바? 진심이야, 화는 내지 말아줘." 그는 웃음을 띠면서 말하고 그의 손을 잡았다.

"그럼, 아냐, 조금도 화나지 않아. 또 화낼 까닭이 없잖아. 난 오히려 우리가 서로 흉금을 터놓고 얘기한 것이 기뻐. 그건 그렇고, 어때, 아침 사냥도 좋을 것 같잖아? 가보면 어떨까? 난 이대로 자지 않아도 괜찮아, 사냥터에서 바로 역으로 가도 돼."

"그것도 좋지."

18

브론스키의 내면생활은 온통 정열로 가득차 있었음에도 불구하고, 외적인 생활은 사교계와 연대의 온갖 관계와 이해로 이루어진 종전의 습관적인 궤도를 따라 불가항력적으로 회전했는데, 연대의 이해가 브론스키의 생활에서는 중요한 위치를 차지하고 있었고, 그것은 그가 연대를 사랑하기 때문이기도 했지만 그 이상으로 그가 연대에서 사랑을 받고 있었기 때문이었다. 연대의 모두가 브론스키를 사랑할 뿐만 아니라 그를 존경하고 자랑으로 삼았다. 이 사내가 막대한 재화를 가지고 훌륭한 교양과 재능과 온갖 종류의 성공과 명예와 영달에서 탄탄대로를 걷고 있으면서도, 그러한 것들을 모조리 무시해버리고 온갖 인생의 이해 가운데서도 연대와 동료들의 이해를 무엇보다도 소중히 한다는 점을 자랑스럽게 여겼던 것이다. 브론스키도 자기에 대한 동료들의 이러한 생각을 알고 있었으므로 이 생활을 사랑했을 뿐 아니라, 자기에 대해 굳어진 이러한 생각에 부응하는 것을 자신의 의무로 느꼈다.

물론 말할 것도 없는 일이지만, 그는 자신의 사랑에 대해 동료 누구에게도 얘기하지 않았다. 아무리 소란스레 어울린 술자리에서도 입을 놀린다든가 하는 짓은 하지 않았다(하긴 그는 어떠한 경우에도 자제력을 잃을 만큼 술에 취한 적이 없었다). 특히 그들의 관계에 대해 어렴풋이 눈치를 비치려고 하는 경솔한 동료들에게는 굳게 입을 다물었다. 그의 사랑은 온 시중에 알려져 있었음에도 불구하고―너나없이 카레니나와 그의 관계를 어느 정도는 정확히 짐작하고 있었다―젊은 남자들 대부분은 그의 사랑에 굉장히 까다로운 면이 있다는 것에 대해, 말하자면 카레닌의 높은 지위와 그로 인해 세상에 추문이 퍼지기 쉽다는 것에 대해 그를 선망했다.

안나를 부러워하면서도 그녀가 정숙한 부인으로 불리고 있던 것에 이미 오래전부터 짜증이 났던 젊은 부인들 대다수는 자기들이 예상했던 일이 일어난 것을 기뻐하며, 자기들이 준비해둔 무거운 경멸을 그녀에게 쏟아붓기 위해 뒤집힌 세평이 확정되기만을 기다리고 있었다. 그들은 기회가 왔을 때 그녀에게 던질 진흙덩이를 미리 준비하고 있었다. 나이가 지긋한 사람들 대부분과 지위가 높은 사람들은 언제 터질지 모를 이러한 사회적 추문을 못마땅하게 여기고 있었다.

브론스키의 어머니는 그의 정사情事를 알고 처음에는 흐뭇해했다. 그녀의 의견에 의하면, 상류사회에서 전도양양한 젊은 사내에게 정사처럼 눈부신 장식품은 없었기 때문이고, 그토록 그녀의 마음에 들었던 카레니나, 그렇게 자기 아들에 대해 이야기하던 그 부인 역시 브론스카야 백작부인이 다른 모든 아름답고 지체 높은 부인들이라고 여기는 여자들과 조금도 다를 바 없었기 때문이다. 그러나 요즈음에 와서는 아들이 모처럼 주어진 장래의 출세에 더없이 중요한 지위를 단지 카레니나와 만날 수 있는 연대에 남기 위해 거절했고, 또 그 때문에 윗사람들의 반감을 샀다는 것을 알고 의견을 바꿨다. 또 이 정사에 관해 듣고 알게 된 모든 내용으로 미루어보아 그것이 그녀가 장려했을지도 모르는 화려

하고 우아한 사교계의 정사가 아니라 뭔가 베르테르식의 절망적인, 그녀가 알기로는 엉뚱하고 어리석은 행동으로까지 그를 끌고 들어갈 수 있는 정열임을 알게 되자, 마음에 들지 않았다. 그녀는 브론스키가 돌연 모스크바를 떠난 후로 그를 보지 못했기 때문에 큰아들을 통해 자기한테 들르라는 전갈을 보냈다.

형 역시 동생에게 불만을 품고 있었다. 그는 그것이 어떤 종류의 사랑인가, 큰 것인가 작은 것인가, 열정적인가 미지근한가, 패륜적인가 그렇지 않은가(그는 자기 자신도 아이들을 가진 몸으로 무희를 거느리고 있었으므로 이 점에 관해서는 관대했다) 알지 못했다. 그러나 이 사랑이 비위를 맞춰야 할 사람들에게 환영받지 못하고 있다는 것을 알고 있었기에 동생의 행위를 인정하지 않았다.

근무와 사교 외에 브론스키에겐 또하나의 일, 즉 승마가 있었다. 그는 정말 열렬한 승마 애호가였다.

금년에는 장교들의 장애물 경마가 열리기로 되어 있었다. 브론스키는 경마에 참가할 양으로 영국산 순종 암말을 구입하고 한편으로는 사랑에 열중하면서, 어느 정도 절제하기는 했지만 목전에 닥친 경마에도 열렬히 마음을 빼앗기고 있었다.

이러한 두 정열은 서로를 방해하지는 않았다. 오히려 정사와 독립된 것으로서, 심신의 상쾌함을 되찾고 너무나도 괴로운 인상으로부터 마음을 쉬게 할 수 있는 일이나 마음을 끄는 일이 그에게는 필요했던 것이다.

19

크라스노예 셀로에서의 경마날, 브론스키는 여느 때보다도 일찍 연대의 장교클럽 식당으로 비프스테이크를 먹으러 갔다. 그는 체중이 사푸드 반으로 꼭 맞춰져 있었으므로 너무 엄격하게 자신을 구속할 필요는 없었지만, 조금이라도 살이 찌지 않는 편이 좋았기 때문에 전분류나 당분류를 피하고 있었다. 그는 하얀 조끼 위에 단추를 푼 프록코트를 입고 앉아 탁자에 두 팔꿈치를 괴고 주문한 비프스테이크를 기다리면서 접시 위에 놓인 프랑스 소설책을 들여다보고 있었다. 그러나 그가 책을 보고 있었던 것은 단지 드나드는 장교들과 얘기를 나누는 일을 피하기 위해서일 뿐이었고, 마음속으로는 끊임없이 생각을 거듭하고 있었다.

그는 안나와 오늘 경마가 끝난 뒤에 만나기로 한 약속을 생각하고 있었다. 그러나 그는 그녀를 벌써 사흘이나 보지 못한데다가 남편이 외국에서 돌아와 있었으므로 오늘 과연 그 약속이 지켜질 수 있을지 알 수 없었고, 또 어떻게 확인해야 할지도 몰랐다. 그가 요즈음에 그녀와 만나는 곳은 사촌누이 벳시의 별장이었다. 그는 카레닌의 별장에는 되도록 발을 멀리하고 있었다. 그러나 지금 그는 그곳으로 가려고 마음먹었고, 그 구실에 대해 곰곰이 생각하고 있었다.

'벳시의 부탁을 받고 그녀가 경마에 갈 것인지를 물어보기 위해서 들렀노라고 얘기하자. 아무렴, 꼭 가야지.' 책에서 고개를 들면서 그는 혼자 마음속으로 결심했다. 그녀를 만나는 행복을 생생하게 머릿속에 그리자 그의 얼굴은 빛이 났다,

"내가 묵고 있는 곳으로 심부름꾼을 보내서 삼두 포장마차를 곧 준비하도록 일러둬." 그는 뜨거운 은접시에 비프스테이크를 내온 급사에게 말하고 접시를 끌어당겨 먹기 시작했다.

옆 당구장에서 당구를 치는 소리며 얘기 소리며 웃음소리가 들려왔다. 입구에서 두 장교가 나타났다. 한 사람은 견습사관학교에서 그들의 연대로 온 지 얼마 되지 않은 연약하고 좁은 얼굴의 젊은 장교이고, 또 한 사람은 손목에 팔찌를 끼고 살이 쪄서 기름덩이 속에 파묻힌 것 같은 자그마한 눈을 가진 나이 많은 장교였다.

브론스키는 그들을 보자 눈살을 찌푸리고는, 마치 그들을 알아채지 못한 것처럼 책 위에 몸을 굽히고 먹는 것과 읽는 것을 같이 하기 시작했다.

"어때? 경주를 위해 보신을 하는 건가?" 살찐 장교는 그의 옆으로 다가와 앉으면서 말했다.

"보는 대로야." 브론스키는 얼굴을 찌푸리고 입을 닦으면서 그를 쳐다보지도 않고 대꾸했다.

"자넨 살찌는 게 두렵지 않아?" 상대방은 젊은 장교를 위해 의자를 돌려주면서 말했다.

"뭐라고?" 브론스키는 혐오스럽다는 듯 얼굴을 찌푸리고 가지런한 이를 드러내 보이면서 퉁명스럽게 말했다.

"살찌는 게 두렵지 않냐고?"

"이보게, 셰리주!" 브론스키는 그 말에는 대꾸도 하지 않고 외친 다음, 책을 다른 쪽으로 옮겨놓고 계속 읽어나갔다.

비대한 장교는 술의 메뉴판을 집어들고 젊은 장교 쪽을 돌아보았다.

"자네가 골라봐, 뭐든 마실 걸로." 그는 젊은 장교에게 메뉴판을 건네고 그의 얼굴을 쳐다보면서 말했다.

"저어, 라인 포도주로 하죠." 젊은 장교는 곁눈질로 머뭇머뭇 브론스키 쪽을 보고, 겨우 돋아나기 시작한 콧수염을 손가락으로 잡으려고 애쓰면서 말했다. 브론스키가 돌아보지도 않자 젊은 장교는 일어섰다.

"당구장으로 가십시다." 그는 말했다.

비대한 장교도 얌전하게 일어섰다. 두 사람은 문 쪽으로 갔다.

이때 훤칠한 키에 몸집이 좋은 기병대위 야시빈이 안으로 들어왔다. 그는 경멸하듯이 두 장교에게 뒤쪽으로 고갯짓을 해 보이고 브론스키에게로 다가갔다.

"아! 여기 있었군!" 그는 큼직한 손으로 상대의 견장을 세게 치면서 외쳤다. 브론스키는 귀찮다는 듯이 돌아보았으나, 그의 얼굴은 곧 특유의 침착하고 야무진 부드러움으로 빛났다.

"현명하게 행동했군, 알료샤." 기병대위는 큼직한 바리톤 음성으로 말했다. "자, 더 먹고 한잔 마시자고."

"아냐, 난 이제 먹고 싶지 않아."

"단짝들이구먼." 야시빈은 그때 마침 밖으로 나간 두 장교 쪽을 얕잡듯이 힐끔 쳐다보면서 덧붙였다. 그러고는 의자 높이에 비해 너무나 긴, 좁은 승마용 바지를 입은 넓적다리와 정강이를 날카로운 각도로 구부리고 브론스키 곁에 앉았다.

"어째서 자넨 어젯밤 크라스넨스키 극장으로 오지 않았나? 누메로바가 아주 나쁘지는 않았어. 자넨 어디 있었지?"

"트베르스카야의 집에 오래 주저앉아 있었지." 브론스키가 대답했다.

"아!" 야시빈은 메아리처럼 대꾸했다.

야시빈은 노름꾼이자 방탕아이고 일체의 주의와 규범을 갖지 않을 뿐만 아니라 심지어 무도덕주의를 신봉하는 사내였으나, 연대에서는 브론스키의 가장 가까운 친구였다. 브론스키가 그를 좋아하는 것은 술 통처럼 들이켜거나 밤을 새워도 끄떡없다는 사실로 증명되는 비범한 체력과, 상관이나 동료들 사이에서 언제나 그에 대한 두려움과 존경을 불러일으키게 하는 의젓한 태도와, 아무리 술을 마셔도 영국클럽에서 일류급 노름꾼으로 인정받을 만큼 언제나 세심하고 빈틈없이 몇만 이라는 큰 승부를 하는 노름 솜씨에 나타나는 위대한 정신력 때문이었다. 또한 브론스키가 그를 존경하는 것은 야시빈이 자신의 명성이나 재산 때문이 아니라 한 인간으로서 자신을 좋아하고 있다고 느끼기 때문이다. 그래서 모든 사람들 가운데 그 한 사람에게만은 브론스키도 자신의 사랑에 대해 얘기하고 싶었다. 그는 야시빈만은, 겉으로 보기엔 모든 감정을 멸시하고 있는 것처럼 보이는 그 한 사람만은 브론스키의 온 생명을 가득 채우고 있는 이 불꽃 튀는 열정을 이해해줄 수 있으리라고 느꼈다. 그뿐만 아니라 야시빈은 틀림없이 소문이나 비방 따위에 솔깃하지 않고 이 감정을 정당하게 이해해줄 것 같았다. 말하자면 이 사랑이 농담이나 장난이 아니라 훨씬 진지하고 중대한 것임을 알아주고 또 믿어줄 거라고 그는 확신했다.

브론스키는 자신의 사랑에 대해 그에게 얘기하지는 않았지만, 그가 모든 것을 알고 있고 또한 정당하게 이해하고 있다는 것을 알았으며, 그의 눈동자에서 그 사실을 읽는 것이 즐거웠다.

"아아, 그래!" 그는 브론스키가 트베르스카야의 집에 가 있었다는 것

제2부   337

에 대해 말하고 검은 눈을 반짝이더니, 왼쪽 콧수염을 잡아 평소의 나쁜 버릇대로 그것을 입속으로 밀어넣기 시작했다.

"그건 그렇고, 자넨 어제 어떻게 됐나? 이겼나?" 브론스키가 물었다.

"팔천쯤. 그런데 그중 삼천은 틀렸어. 받을 수 있을 것 같지 않아."

"그럼 뭐야, 나 때문에 저도 괜찮겠군그래." 브론스키는 웃으면서 말했다(오늘의 경마에서 야시빈은 브론스키에게 큰돈을 걸었다).

"질 리가 없어."

"그저 마호틴이 걱정될 뿐이야."

그러자 대화는 지금 브론스키의 머리를 온통 채우고 있는 오늘의 경마에 대한 기대 쪽으로 옮겨갔다.

"가지, 난 다 먹었어." 브론스키는 일어서서 문 쪽으로 갔다. 야시빈 또한 그 건장한 다리와 긴 등을 펴고 일어섰다.

"난 식사는 아직 이르지만, 마시기는 해야겠어. 곧 뒤따라가지. 어이, 포도주!" 그는 호령으로 유명한, 유리를 부르르 울리는 듯 걸걸한 목소리로 외쳤다. "아니, 필요 없어!" 그는 곧바로 다시 외쳤다. "자넨 집으로 가는 거야? 그럼 나도 같이 가겠어."

그러고서 그는 브론스키와 함께 나왔다.

20

브론스키는 널찍하고 깨끗한, 칸막이를 쳐서 둘로 나눈 핀란드풍의 오두막집에서 묵고 있었다. 페트리츠키는 이 야영지에서도 그와 같이 지내고 있었다. 브론스키와 야시빈이 같이 오두막집으로 들어갔을 때 페트리츠키는 아직 자고 있었다.

"일어나, 자고만 있지 말고." 야시빈은 칸막이 벽 너머로 가서 코를 베개에다 처박고 머리칼을 흐트러뜨린 채 자고 있는 페트리츠키의 어깨를 툭툭 치면서 말했다.

페트리츠키는 갑자기 무릎을 꿇고 벌떡 튀어일어나 주위를 둘러보았다.

"자네 형님이 여기 왔었어." 그는 브론스키에게 말했다. "날 깨우고선, 제기랄, 다시 오겠다나 어쩐다나 그러더군." 그는 다시 담요를 끌어당기면서 베개 위에 머리를 던졌다. "어이, 이러지 마, 야시빈." 야시빈이 담요를 걷어젖히자 그는 버럭 화를 내면서 대들었다. "이러지 말라니까!" 그는 몸을 뒤치고 눈을 떴다. "이거 봐, 그보다도 뭘 마셔야 할지나 말해봐. 입속이 어쩜 텁텁해서 원……"

"보드카 이상은 없어." 야시빈이 저음으로 말했다. "테레셴코! 나리에게 보드카하고 오이를 갖다드려라." 그는 분명 자기 목소리를 듣는 것을 즐기면서 외쳤다.

"보드카라고? 응?" 얼굴을 찌푸리고 눈을 비비면서 페트리츠키는 물었다. "그래 자네도 마시겠나? 그럼 같이하지! 브론스키, 마시려나?" 페트리츠키는 일어서서 팔 아래로 호피 담요를 두르면서 말했다.

그는 칸막이 벽의 문으로 나와 손을 들고 프랑스어로 노래하기 시작했다. "그 옛날 툴레에 왕이 있었노라.* 브론스키, 한잔하겠어?"

---

* 괴테의 『파우스트』 중 한 행. 툴레는 독일의 민간 전설에 나오는 북녘 섬이다.

"싫어." 브론스키는 하인이 가져온 프록코트를 걸치고 말했다.

"아니 또 어딜 가려고?" 야시빈이 그에게 물었다. "저기, 삼두마차도 오는군." 그는 문가로 다가오는 마차를 보고 덧붙였다.

"마구간에 가는 거야. 말 때문에 브랸스키한테도 가야 해." 브론스키가 말했다.

브론스키는 실제로 페테르고프에서 십 베르스타*쯤 떨어진 곳에 있는 브랸스키에게 말값을 가져다주기로 약속했기 때문에 틈을 내어 거기도 잠깐 들를 생각이었다. 그러나 친구들은 그가 거기만 가는 게 아님을 곧 눈치챘다.

페트리츠키는 노래를 계속하면서 윙크를 하고는 마치 어떤 브랸스키인지를 다 알고 있다는 듯 입을 실쭉했다.

"늦지 않도록 조심해!" 야시빈은 이렇게만 말하고, 화제를 바꾸기 위해 "내 구렁말**은 어때, 도움이 되나?" 하고 창문을 바라보면서 자기가 양도했던 멍에말에 대해 물었다.

"잠깐만!" 페트리츠키는 벌써 밖으로 나가던 브론스키를 불렀다. "자네 형님이 자네한테 편지하고 무슨 쪽진가를 두고 갔어. 잠깐 있어봐, 그게 어디로 갔을까?"

브론스키는 발을 멈췄다.

"그래 어디에 뒀나?"

"어디에 뒀느냐, 그것이 문제로다!" 페트리츠키는 집게손가락을 코앞에서 위쪽으로 세우면서 짐짓 엄숙한 어조로 말했다.

---

* 러시아의 길이 단위로, 1베르스타는 1.067킬로미터.

** 턴 빗간이 밤색인 말.

"빨리 말해봐, 장난 말고!" 빙그레 웃으면서 브론스키는 말했다.

"난로는 때지도 않았고, 여기 어디에 있을 텐데."

"이것 봐, 거짓말하면 안 돼! 도대체 어디 있다는 거야, 그 편지가?"

"없어, 정말 있었는데. 아니면 내가 꿈을 꾼 걸까? 잠깐만, 잠깐만! 그래도 그렇게 투덜거릴 것까진 없잖아! 자네도 어제 나처럼 한꺼번에 네 병만 마셔봐, 어디서 나가떨어졌는지도 모를 테니까. 조금만 기다려봐, 지금 곧 생각해낼 테니까!"

페트리츠키는 칸막이 벽 뒤쪽으로 가서 자기 침대에 누웠다.

"가만있어봐! 난 이렇게 자고 있었단 말야. 그는 이렇게 서 있었고. 그래, 그래, 그래…… 바로 여기야!" 페트리츠키는 매트리스 밑에서 자기가 숨겨두었던 편지를 꺼냈다.

브론스키는 편지와 형의 쪽지를 받았다. 예상했던 대로 그가 찾아오지 않은 데 대한 꾸지람이 담긴 어머니의 편지와 뭔가 상의할 일이 있다는 형의 쪽지였다. 브론스키는 모두가 그 일에 관한 얘기라는 걸 알고 있었다. '그들이 무슨 상관이야!' 브론스키는 이렇게 생각하고는 가는 길에 천천히 읽기 위해 편지를 접어 프록코트 단추 사이에 쑤셔넣었다. 오두막집 입구에서 그는 두 장교와 딱 부딪쳤다. 한 사람은 그들 연대의, 다른 한 사람은 다른 연대의 장교였다.

브론스키의 숙소는 언제나 모든 장교들의 아지트였다.

"어딜 가시느라고?"

"페테르고프까지 가야 해요."

"그래, 말은 차르스코예에서 왔어요?"

"왔어요, 난 아직 보진 못했지만."

"마호틴의 글라디아토르*는 절뚝거리기 시작했다는 얘기가 있더군요."

"쓸데없는 소리! 그래 당신은 이 진흙밭을 어떻게 말을 타고 달리시려는 겁니까?" 다른 한 사람이 말했다.

"오오, 나의 구세주들!" 들어온 장교들을 보고 페트리츠키가 외쳤다. 그의 앞에는 보드카와 소금에 절인 오이가 놓인 쟁반을 든 당번병이 서 있었다. "자, 야시빈이 기분을 상쾌하게 하기 위해서 마시라는 거야."

"아니, 우린 벌써 어제 당신한테서 대접을 받았으니까요." 들어온 사람들 중 하나가 말했다. "밤새껏 잠을 자게 해줘야 말이죠."

"그보다도 결말이 어떻게 난 줄 알아!" 페트리츠키가 지껄였다. "볼코프란 녀석이 말야, 지붕으로 기어올라가서 '난 슬퍼' 하고 이야기하지 않겠어. 그래 난 떠들었지. '음악을 연주해라, 장송행진곡을' 하고! 그래 그 녀석은 장송행진곡이 연주되는 가운데 지붕 위에서 잠이 들어버렸다고."

"그래 뭘 마시라고?" 잔을 손에 쥔 채 찡그리며 그가 말했다.

"마셔, 보드카를 꼭 마셔야 해, 그러고 나서 젤터 탄산수랑 레몬도 많이." 야시빈은 페트리츠키 위로 몸을 굽힌 채 어린애에게 억지로 약을 먹이는 어머니처럼 말했다. "그런 뒤에 샴페인을 조금, 그렇지, 작은 병으로."

"그거 정말 좋은 생각이군. 잠깐만, 브론스키, 한잔하자."

---

* 말의 이름. '검투사'라는 뜻.

"아냐, 난 실례하겠습니다, 여러분, 난 오늘은 마시지 않겠습니다."

"뭐야, 무거워질까봐 마음에 걸린다는 거야? 그럼, 우리끼리 하자. 젤터 탄산수하고 레몬을 줘."

"브론스키!" 그가 벌써 현관으로 나갔을 때 누군가가 외쳤다.

"뭐야?"

"자넨 머리나 깎는 게 좋을 거야. 그러지 않으면 무거울 테니까 말이지. 특히 그 벗어진 데가."

브론스키의 머리는 실제로 나이보다 일찍 민둥하게 벗어져 있었다. 그는 가지런한 이를 드러내 보이며 유쾌하게 껄껄거리고는 벗어진 머리에 모자를 눌러쓰고 밖으로 나와 마차에 올라탔다.

"마구간으로!" 그는 이렇게 말하고, 대충이라도 훑어보기 위해 편지를 꺼내려다 이내 말의 검사를 끝내기 전에는 다른 일에 마음을 빼앗기지 말아야겠다고 고쳐 생각했다. '나중에……'

21

임시 마구간인 목조 바라크는 경마장 바로 옆에 세워져 있었고, 그의 말은 어제까지는 그곳으로 끌려와 있어야만 했다. 그는 아직 말을 보지 못했다. 요 며칠 동안 조마사에게만 맡겨두고 직접 타보지도 않았으므로 지금 그는 자신의 말이 어떤 상태로 끌려와 있고 어떻게 지내고 있는지 전혀 모르고 있었다. 그가 사륜 포장마차에서 내리기도 전에 그의 말구종 소년이 어느새 멀리서부터 그의 마차를 발견하고 조마사를 불러냈다. 목이 긴 장화에 짧은 재킷을 입고 턱밑에만 조금 수염을 남긴 파리한 영국인은 팔꿈치를 편 채 몸을 몹시 건들거리면서 기수다운 어색한 걸음걸이로 그를 맞으러 나왔다.

"그래 어때, 프루프루*는?" 브론스키는 영어로 물었다.

"*올 라잇, 서.*" 목구멍 안쪽에서 나는 듯한 목소리로 영국인은 말했다. "가시지 않는 게 좋아요." 그는 모자를 들면서 덧붙였다. "부리망을 씌워놔서 약이 잔뜩 올라 있으니까요. 가시지 않는 게 좋습니다. 놀라게만 할 뿐예요."

"아냐, 가보겠어. 한 번이라도 봐두고 싶으니까."

"그럼 가시죠." 여전히 입은 열지 않고 찌푸린 얼굴로 영국인은 말하고는, 두 팔꿈치를 내저으면서 그 나사가 풀어진 듯한 걸음걸이로 앞장서서 걸어갔다.

그들은 바라크 앞마당으로 들어갔다. 깨끗한 재킷을 입은 말쑥하고 민첩한 마구간지기 소년이 손에 빗자루를 든 채 들어온 사람들을 맞고 뒤를 따랐다. 바라크 안에는 다섯 마리의 말이 각각 우리마다 들어 있었다. 브론스키는 그의 주요한 적수인 신장이 오 베르쇼크** 되는 마

---

* 〈프루프루〉는 앙리 메야크와 뤼도비크 할레비의 유행 희극으로 1872년 시즌에 페테르부르크에서 공연되었다. 프루프루는 여주인공 쥘베르트의 별명이다. "바로 이 점에 당신의 모든 것이 있잖아요! 프루프루…… 변덕을 부려요, 웃어요, 노래를 불러요, 놀이를 해요, 춤을 추어요, 홀쩍홀쩍 뛰어요, 그러고는 자취를 감추어요. 프루프루, 언제나 프루프루……" 하는 대사가 연극 속에 나온다.(A. 메야크와 L. 할레비, 〈프루프루〉, 모스크바, 1900, p. 4)

** 러시아의 길이 단위로, 1베르쇼크는 약 4.445센티미터. 사람이나 동물의 키에 대해서는 2아르신이 넘는 부분을 표시하기 때문에 5베르쇼크는 164센티미터가량 된다. 1아르신은 약 71센티미터.

호틴의 구렁말 글라디아토르도 오늘은 틀림없이 여기에 끌려와 있으리라는 것을 알고 있었다. 그는 자신의 말보다도 아직 본 적이 없는 글라디아토르가 더 보고 싶었다. 그러나 브론스키는 경마계의 예의상 그 말을 보아서는 안 될뿐더러 그 말에 관해 묻는 것마저 점잖지 못한 짓임을 알고 있었다. 그가 통로를 지나갈 때 소년이 두번째 우리의 문을 왼쪽으로 열었으므로 브론스키는 몸집이 큰 구렁말과 그 하얀 발을 보았다. 그는 그것이 글라디아토르라는 것을 알았지만, 펼쳐진 남의 편지에서 얼굴을 돌리는 기분으로 고개를 돌리고 프루프루의 우리 쪽으로 걸음을 옮겼다.

"여기에 있는 말이 마아크…… 마크…… 정말 그 이름을 발음할 수가 없어서." 영국인은 지저분한 손톱이 길게 자란 손가락을 들어 어깨 너머로 글라디아토르의 우리를 가리키면서 말했다.

"마호틴 거 아냐? 그래, 저놈이 가장 만만치 않은 적수야." 브론스키가 말했다.

"만약 당신이 저놈을 타시게만 된다면," 영국인은 말했다. "나도 당신에게 걸겠습니다만."

"프루프루는 보다 신경질적이지만, 저놈은 보다 강하게 생겼군." 브론스키는 자신의 승마술을 칭찬받고 싱글벙글하면서 말했다.

"장애물에서는 모든 게 승마술과 플러크*pluck*에 달렸으니까요." 영국인이 말했다.

플러크, 즉 정력과 담력이라면 자기는 이미 충분하다고 브론스키는 느끼고 있을 뿐만 아니라 온 세계의 어느 누구도 자신의 플러크를 능가할 수 없다고 확신했다.

"자넨 정말로 확신하나? 더이상 땀을 흘리게 할 필요가 없다는 것을?"

"확신합니다." 영국인은 대꾸했다. "저, 너무 큰 소리로 말씀하지 마십쇼. 말이 흥분하니까요." 그는 바로 전에 그들이 서 있었던 문이 닫힌 우리 쪽으로 고개를 끄덕여 보이면서 덧붙였고, 그 안에서는 짚 위에서 발을 구르는 소리가 들렸다.

그가 문을 열자 브론스키는 하나밖에 없는 조그마한 들창을 통해 희미하게 빛이 비치는 우리 안으로 들어갔다. 우리 안에는 부리망을 씌운 흑갈색 말이 새 짚을 발로 후비적거리며 서 있었다. 어둠침침한 우리 안을 둘러보고 나자 브론스키는 또다시 무의식중에 한눈으로 자기 애마의 온몸을 훑어보았다. 프루프루는 중키의 말로, 체격으로 보아 흠잡을 데가 없다고는 할 수 없었다. 전체적으로 골격이 가늘었다. 가슴통은 힘차게 앞으로 떡 벌어져 있었지만 가슴패기는 좁았다. 방둥이는 살짝 처진 듯하고 다리가, 특히 뒷다리는 눈에 띄게 구부러져 있었다. 사지의 근육도 그다지 튼튼하지는 않았지만, 그 대신 이 말은 배띠께가 유난히 넓었다. 지금은 말먹이를 주기 전이어서 배가 홀쭉했으므로 유독 그 점이 돋보였다. 다리뼈도 무릎 아래는 정면에서 보면 손가락 두께 정도밖에 안 되어 보였지만, 옆에서 보면 유달리 넓었다. 전체적으로 이 말은 늑골을 제외하고는 마치 양쪽에서 납작하게 압착을 해놓은 것처럼 앞뒤로만 길게 늘여져 있었다. 그러나 이 말에게는 모든 결점을 능가하는 고도의 장점이 있었다. 그건 바로 혈통이었다. 영국식 표현으로 말하자면, 어딘지 모르게 나타나는 혈통이었다. 새틴처럼 엷고 부드럽고 미끈한 피부 아래 종횡으로 널려 있는 혈관의 그물 밑으로 날카롭게 튀어나온 근육은 뼈로 오인할 만큼 탄탄해 보였다. 빛나고 생기 있는 툭 튀어나온 눈을 가진 이 말의 야윈 머리는 내부에 충혈된 막膜이 있는 벌름한 콧구멍의 콧날께에서 떡 퍼져 있었다. 몸 전체에, 특히 그 두부頭部에는 결정적이고 정력적이고 동시에 부드러운 표정이 있었다. 이 말은 어쩐지 단지 입의 구조가 그것을 허용하지 않기 때문에 말을 못하는 것이구나 하는 생각이 들게 하는 동물 중 하나였다.

브론스키는 적어도 자기가 지금 말을 보고 느끼고 있는 것을 말도 모두 이해하고 있는 것만 같은 생각이 자꾸 들었다.

브론스키가 옆으로 들어가자마자, 말은 깊게 공기를 들이쉬고 흰자위에 핏발이 설 만큼 봉긋이 도드라진 눈을 흘기며 들어온 사람들을 우리 반대쪽에서 바라보았다. 그러고는 부리망을 벗겨내려고 하면서 용수철 장치처럼 따각따각하고 발을 번갈아 디뎠다.

"자, 이거 보십쇼, 이제 정말 흥분했습니다." 영국인이 말했다.

"오, 괜찮아! 오!" 브론스키는 말에게 다가가면서 어르듯 말했다.

그러나 그가 가까이 다가가면 갈수록 말은 더욱더 흥분했다. 그러다가 그가 머리 옆으로 다가가자마자 말은 갑자기 다소곳해졌다. 그리고 그 근육이 엷고 부드러운 피부 밑에서 바르르 떨기 시작했다. 브론스키는 말의 튼튼한 목을 어루만지고, 날렵한 목덜미 위에서 반대쪽으로 쏠려 얽힌 갈기의 술을 다듬어 바로잡아주고, 박쥐 날개처럼 엷게 퍼져 부푼 콧구멍 가까이로 자신의 얼굴을 가져갔다. 말은 소리를 내며 들이쉰 공기를 팽팽하게 벌어진 콧구멍으로 내뱉고 몸을 떨더니, 뾰족한 귀를 쭝긋 세우면서 주인의 소매를 잡기라도 하려는 듯 튼튼하게 생긴 검은 입술을 브론스키한테 내밀었다. 그러나 부리망이 씌워진 걸 알고는 그것을 벗겨내려고 또다시 깨끗하게 다듬어진 두 발을 번갈아 딛기 시작했다.

"가만히 있어, 괜찮아, 가만히 있어!" 그는 다시 한번 손으로 말의 볼기짝을 쓰다듬어주면서 말하고 나서, 말이 최고의 상태에 있다는 생각에 기쁜 마음으로 우리 밖으로 나왔다.

말의 흥분은 브론스키에게도 전염되었다. 그는 피가 심장으로 몰려와서 말처럼 뛰기도 하고 물어뜯기도 하고 싶어지는 걸 느꼈다. 그는 그 느낌이 두렵기도 하고 즐겁기도 했다.

"그럼 모든 건 자네만 믿을 테니까," 브론스키는 영국인에게 말했다. "여섯시 반에 그리 와줘."

"알겠습니다." 영국인은 말했다. "그런데 어딜 가십니까, 밀로르드*?" 그는 거의 한 번도 쓴 적이 없는 '주인님'이라는 호칭을 쓰면서 불쑥 물었다.

브론스키는 깜짝 놀라서 머리를 들고는 질문의 대담함에 놀라서 그가 곧잘 하듯이 영국인의 눈이 아니고 이마를 마주보았다. 그러나 영국인이 그를 주인으로서가 아니라 기수의 하나로 여기면서 이 질문을 했으리라 해석하고 이렇게 대꾸했다.

"난 브랸스키한테 가보지 않으면 안 돼. 하지만 한 시간쯤 후엔 집으로 돌아갈 거야."

'오늘 난 몇 차례나 이 질문을 받은 걸까!' 그는 속으로 생각하며 그로서는 드물게 얼굴까지 붉혔다. 영국인은 그를 눈여겨보았다. 그러고는 마치 브론스키가 어디를 가는지 알고 있기라도 하듯이 이렇게 덧붙

---

* 'my Lord'를 러시아어로 음차한 것.

였다.

"경주를 앞두고는 마음을 조용히 가지는 것이 우선입니다." 그는 말했다. "화를 내신다거나 마음을 어지럽힌다거나 하는 일은 결코 하셔선 안 됩니다."

"알았네." 브론스키는 빙그레 웃으면서 대꾸하고, 마차에 뛰어올라 페테르고프로 가자고 명령했다.

말이 막 몇 걸음 떼자마자, 아침부터 위협하고 있던 먹구름이 몰려와서 소나기를 쏟았다.

'좋지 않은걸!' 브론스키는 마차의 포장을 올리면서 생각했다. '그러잖아도 진데, 이쯤 되면 정말 늪이나 다름없겠는걸.' 포장을 친 마차 안에 혼자 앉아 그는 어머니의 편지와 형의 쪽지를 꺼내 훑어보았다.

아니나 다를까, 거기 쓰여 있는 건 모두 똑같은 얘기뿐이었다. 모든 사람들이, 그의 어머니도 그의 형도 모두들 한결같이 그의 감정 문제에 간섭하려 하고 있었다. 이 간섭이 그의 마음에 적의를, 그가 드물게 경험하는 감정을 끓어오르게 했다. '그들과 무슨 상관이 있단 말인가? 무엇 때문에 모두들 내 일을 걱정하는 게 자신들의 의무라고 생각하는 것일까? 어째서 이 사람들은 나한테 귀찮게 달라붙는 것일까? 이 사람들은 이 일을 무언가 그들로서는 이해할 수 없는 것으로 보고 있기 때문이다. 만약 이것이 저속하고 평범하고 사교적인 관계였다면, 이 두 사람은 틀림없이 날 성가시게 하지 않았을 것이다. 분명 이 두 사람은 느끼고 있다, 뭔가 예사로운 일이 아니라는 것, 연애놀음이 아니라는 것, 그 여자가 나에게는 목숨보다도 귀중하다는 것을 느끼고 있다. 더구나 이 두 사람에게는 그것이 이해되지 않는다, 그러니까 화가 난 것이다. 우리의 운명이 어떻게 되었든, 또 앞으로 어떻게 되든, 그것은 우리가 초래한 것이다. 우리는 그것을 후회하지 않는다.' 그는 우리라는 말로 자기와 안나를 결합시키면서 이렇게 혼잣말을 뇌었다. '아니야, 이 사람들은 우리에게 어떻게 살아야 하는지를 가르치지 않고는 속이 후련해지지 않을 것이다. 행복이란 무엇인지 이해도 못하는 주제에. 이 사랑 없이는 우리에게 행복도 없고 불행도 없다는 것을, 말하자면 삶 자체가 없다는 것을 알지도 못하는 주제에.' 그는 생각했다.

그가 이러한 간섭에 대해 모든 사람들에게 화를 낸 것은, 말하자면 마음속으로는 이러한 모든 사람들이 정당하다는 것을 느끼기 때문이었다. 그는 자기와 안나를 결합시키고 있는 사랑은 즐겁고 슬픈 기억 이외에는 당사자들의 삶에 아무런 흔적도 남겨놓지 않고 지나가버리고 마는 사교적인 정사 같은 일시적인 바람이 아니라는 것을 느끼고 있었다. 그는 자기와 그녀가 처한 입장의 모든 괴로움을, 자기들이 속한 사회 전체의 눈앞에 드러나 있음에도 불구하고 그들의 사랑을 숨기고 거짓말을 하지 않으면 안 되는 곤란함을, 두 사람을 결합시키고 있는 정열이 두 사람으로 하여금 자신들의 사랑 이외의 모든 것을 잊게 할 만큼 열렬한 순간에조차 끊임없이 타인을 생각하고 능청을 떨고 속이지 않으면 안 되는 곤란함을 뼈저리게 느끼고 있었다.

그는 그의 성격과는 너무나도 어긋나는 허위와 기만을 어쩔 수 없이 되풀이해야만 했던 허다한 경우들을 생생하게 기억해냈다. 그는 특히 이처럼 기만과 허위를 필요로 하는 상황에 대한 부끄러움의 감정이 번번이 그녀에게서도 느껴졌던 것을 생생하게 기억해냈다. 그리고 그는 안나와 관계를 맺은 이후로 이따금 기묘한 감정을 경험했다. 그것은 무엇인가에 대한 혐오의 감정이었다. 그러나 알렉세이 알렉산드로비치에 대해서인지, 자기 자신에 대해서인지, 사교계 전체에 대해서인지는 분간이 잘 되지 않았다. 아무튼 그는 이 기묘한 감정을 늘 마음속으로부터 내쫓고 있었다. 지금도 그는 머리를 흔들고 자신의 사고를 계속 이어갔다.

'그렇다, 그녀는 이제까지 불행했다. 그러나 오연하고 차분했다. 그렇지만 지금은 비록 그런 기색을 보이지는 않을지언정 언제까지나 의연하게 차분히 있을 수는 없다. 그렇다, 이 문제는 어떻게든 해결하지 않으면 안 된다.' 그는 혼자서 마음속으로 결심했다.

그리하여 그의 머리에 처음으로 이 허위를 없애버려야겠다, 그것도 빠르면 빠를수록 좋다는 생각이 뚜렷이 떠올랐다. '그녀도 나도 모든 것을 버리고 우리 사랑만을 안고서 어디로든 숨어버리지 않으면 안 된다.' 그는 혼잣말을 했다.

22

소나기는 곧 그쳐 브론스키가 멍에말에 전속력을 내게 하고 양쪽의 부마를 고삐도 없이 진창 속을 뛰게 하여 별장에 도착했을 때, 태양은 다시 얼굴을 내밀고, 별장의 지붕과 한길의 양쪽에 늘어선 해묵은 피나무는 흠뻑 젖어 반짝이고, 나뭇가지에서는 물방울이 경쾌하게 떨어지고, 지붕에서는 아직 물줄기가 흘러내렸다. 그는 이 소나기에 경마장이 얼마나 엉망이 되었을지는 생각하지도 않고, 지금은 그저 이 비 덕택에 틀림없이 그녀가 집에 혼자 있으리라 생각하며 기뻐했다. 그는 최근에 외국의 온천에 다녀온 알렉세이 알렉산드로비치가 아직 페테르부르크에서 오지 않았다는 것을 알고 있었다.

그녀가 혼자 있기를 기대하면서 브론스키는 언제나처럼 되도록 남들의 주의를 끌지 않으려고 다리 못미처에서 마차를 내려 걸어서 갔다. 그는 한길에서 정면 층계 쪽으로 가지 않고 바로 마당으로 들어갔다.

"주인어른께선 오셨나?" 그는 정원사에게 물었다.

"전혀 뵙지 못했습니다. 부인께선 계십니다. 그런데 저어, 현관으로 들어오세요. 거기엔 사람들이 있으니까 문을 열어드릴 겁니다." 정원사가 대답했다.

"아냐, 난 뜰로 해서 가겠네."

그녀가 혼자라는 것을 확인하자 그는 자기가 오늘 집으로 오겠다는 약속은 하지 않았고 그녀 또한 설마 경마 전에 그가 오리라고는 생각지도 않을 테니, 불시에 그녀를 놀라게 해야겠다고 생각하며 군도를 꽉 쥐고 양쪽에 꽃을 심어놓은 오솔길의 모래를 주의깊게 밟으면서 정원으로 쑥 나와 있는 테라스 쪽으로 걸어갔다. 브론스키는 어느새 오는 길에 생각했던 자기 입장의 어려움과 괴로움을 말끔히 잊고 있었다. 그는 그저 한 가지만을 생각하고 있었다. 이제 곧 그녀를, 상상으로가 아닌 실제로 눈앞에 존재하는 그녀를 볼 수 있다는 것을. 그는 소리가 나지 않도록 발 전체로 땅을 디디면서 테라스의 비스듬한 계단을 올라갔다. 갑자기 그는 자신이 언제나 잊고 있었고 또 그와 그녀의 관계에서 가장 괴로운 부분을 차지하고 있었던 것, 그에게는 의심쩍고 적의에 찬 듯이 느껴지는 눈빛을 지닌 그녀의 아들을 떠올렸다,

이 어린애는 다른 무엇보다도 그들의 관계에 장애가 되었다. 그가 옆에 있을 때는 브론스키도 안나도 남들 앞에서 되풀이하기 꺼려지는 말은 전혀 하지 않았을 뿐만 아니라, 어린아이가 이해하지 못하는 성격의 것들은 암시하는 것마저도 피하고 있었다. 그들이 그러기로 상의한 것은 아니지만 저절로 그렇게 되었던 것이다. 그들은 이 어린애를 속인다면 자기 자신을 모욕하는 것이라고 여겼으리라. 아이가 있는 앞에서 그들 두 사람은 그저 단순한 친지간처럼 얘기를 주고받곤 했다. 그러나 그러한 주의에도 불구하고 브론스키는 자주 자기를 응시하는 주의깊고 의심쩍어하는 듯한 어린애의 시선과 그의 기묘한 수줍음과 서먹함을 느꼈고, 자기에 대한 이 어린애의 태도에 때로는 부드러운, 때로는 쌀쌀한, 또는 수줍은 그림자가 드리워져 있는 것을 보았다. 마치 이 어린애가 그와 자기 어머니 사이에 자기는 이해할 수 없지만 무언가 중대한 관계가 맺어져 있다는 것을 느끼고 있는 듯이 보이기도 했다.

실제로 어린애는 이 관계를 이해할 수 없다고 느꼈고, 애를 써보아도 자기가 이 사내한테 어떤 감정을 가져야 하는지 뚜렷하게 파악할 수 없었다. 감정 표현에 대한 어린애다운 민감함으로 그는 아버지도 가정교사도 유모도, 이 집의 모든 사람들이 브론스키를 좋아하지 않을뿐더러 설령 입으로는 뭐라고 얘기하지 않았지만 언제나 혐오와 공포로 그를 보고 있다는 것을, 그런데도 유독 어머니만은 그를 마치 가장 친근한 벗이라도 되는 듯이 보고 있다는 것을 뚜렷이 느끼고 있었다.

'이것은 도대체 어떻게 된 영문일까? 저 사람은 대체 어떤 사람이람? 어떻게 내가 저 사람을 좋아할 수 있을까? 만약 그것을 모른다면 내 잘못이다. 그렇지 않으면 난 바보이거나 나쁜 아이인 것이다.' 어린애는 생각했다. 그리고 이로 인해 의심쩍게 더듬어보려는 듯한 다소 적의를 품은 표정과, 브론스키를 그렇게도 꺼림칙하게 했던 수줍음과 서먹함이 생긴 것이었다. 이 어린애의 동석同席은 브론스키의 마음에 언제나 까닭 없는 일종의 야릇한 혐오감을 불러일으켰다. 그는 특히 최근에 그런 감정을 곧잘 경험했다. 이 어린애의 동석은 브론스키의 마음에도 안나의 마음에도 일종의 감정, 즉 자기가 지금 굉장한 속력으로 달려가고 있는 방향이 마땅히 가야 할 방향과는 동떨어진 것임을 나침반에 의해 알고 있으면서도 진행을 멈출 힘이 없어 점점 더 멀어져가 마침내 이 동떨어짐을 어쩔 수 없는 것이라고 자인하고 마는, 말하자면 길을 잃는다 해도 별수 없다고 체념하기에 이른 항해사가 품는 것과도 흡사한 감정을 불러일으켰다.

인생에 대해 순진한 견해를 지닌 이 어린애는, 그들이 알고 있으면서도 알고 싶지 않았던 것에 대한 그들의 도피의 정도를 가리키는 나침반이었다.

이날은 세료자가 집에 없어서 그녀는 완전히 혼자였고, 산책을 나갔다가 비를 만났을 아들이 돌아오기를 기다리면서 테라스에 앉아 있었다. 그녀는 세료자를 찾으러 하인과 하녀를 내보내놓고 그들이 돌아오기를 기다리면서 거기에 앉아 있었던 것이다. 그녀는 가장자리에 널따랗게 수가 놓인 하얀 옷을 입고 테라스 한쪽 구석의 꽃그늘에 앉아 있어서 브론스키가 오는 것을 알아채지 못했다. 그녀는 고개를 숙여 곱슬곱슬한 검은 머리를 떨어뜨리고 난간 위에 놓인 차가운 물뿌리개에 이마를 지그시 누른 채, 그에게 낯익은 반지를 낀 아름다운 두 손으로 물뿌리개를 붙잡고 있었다. 그녀의 모든 모습, 머리와 목과 손의 아름다움은 항상 예기치 못하게 브론스키를 놀라게 했다. 그는 넋을 잃고 그녀를 바라보면서 황홀한 마음으로 발을 멈췄다. 그러나 그녀한테 다가가려고 그가 막 한 발을 내디디려고 하자, 그녀는 벌써 그의 접근을 느끼고 물뿌리개를 밀어젖히며 붉게 달아오른 얼굴로 그를 돌아보았다.

"무슨 일이에요? 어디 아파요?" 그는 그녀에게 다가가면서 프랑스어로 말했다. 그는 대뜸 그녀한테로 뛰어가려고 했으나, 옆에 남들이 있을지도 모른다는 생각에 테라스 문 쪽을 돌아보고 얼굴을 붉혔다. 두려워하거나 신중해지지 않으면 안 된다고 느낄 때 언제나 얼굴을 붉혔던 것과 마찬가지로.

"아니, 난 아무렇지도 않아." 그녀는 일어서서 그가 내민 손을 꽉 쥐면서 말했다. "정말 뜻밖이야…… 당신이 오리라고는."

"아니! 어쩌면 이렇게 손이 찰까!" 그가 말했다.

"당신은 날 깜짝 놀라게 했어." 그녀는 말했다. "난 혼자서 세료자를 기다리고 있었어, 산책을 나갔거든. 모두들 이리 돌아올 거야."

그러나 마음을 가라앉히려고 애썼음에도 그녀의 입술은 달달 떨고 있었다.

"내가 온 것을 용서해요. 그렇지만 난 당신을 만나지 않고는 하루를 보낼 수가 없었어요." 그는 언제나처럼 프랑스어로 말을 이었다. 그들 사이에는 못 견디게 냉정한 느낌이 드는 러시아어의 당신вы이라는 말과 너무 친밀해서 위험한 너ты라는 말을 피하기 위해서.

"어머나, 뭘 용서하죠? 난 이렇게 기뻐하고 있는걸!"

"그런데 당신은 어디가 아프거나 무슨 걱정거리라도 있는 것 같은데요." 그는 그녀의 손을 놓지 않고 그 위로 몸을 구부리면서 말을 계속했다. "무슨 생각을 하고 있었죠?"

"언제나 한 가지 일뿐이지." 그녀는 생긋 웃으면서 대답했다.

그녀는 진실을 말했던 것이다. 어떠한 순간에도, 무슨 생각을 하고 있었느냐는 물음을 받는다면 그녀는 틀림없이 대답할 수 있었다. 오직 한 가지, 자신의 행복과 불행에 대해서라고. 그래서 그가 찾아온 지금도 그녀는 어째서 다른 사람들한테는, 이를테면 벳시한테는(그녀는 세상에 숨기고 있는 벳시와 투시케비치의 관계를 알고 있었다) 이런 일이 아무것도 아닌 것 같은데 자기에게는 왜 이렇게 괴로울까를 생각하고 있었다. 특히 오늘은 이 생각이 어떤 사정에 의해 더욱 그녀를 괴롭혔다. 그녀는 경마에 관해 물었다. 그는 대꾸하면서 그녀가 흥분한 것을 알고 기분을 전환시켜주려고 지극히 가벼운 어조로 경마의 준비에 대해 자세히 얘기하기 시작했다.

'얘기를 할 것인가, 말 것인가?' 그녀는 그의 차분하고 부드러운 눈을 보면서 생각했다. '이이는 이렇게 행복하고 이처럼 경마에 열중해 있으니 얘기한다 해도 내 말을 올바르게 이해해주진 않을 테고, 이 사건이 우리에게 어떤 의미를 가지는지도 이해하지 못할 것이다.'

"그건 그렇고 당신은 내가 들어왔을 때 무슨 생각을 하고 있었는지 아직 얘기해주지 않았죠." 그는 하던 얘기를 뚝 끊고 말했다. "자, 얘기해주세요!"

그녀는 대꾸하지 않았다. 그러고는 살짝 고개를 숙이고, 이마 밑의 긴 속눈썹 아래서 반짝이는 눈으로 그의 얼굴을 미심쩍게 찬찬히 쏘아보았다. 나무에서 딴 잎을 만지작거리던 그녀의 손은 부들부들 떨렸고, 그도 그것을 보았다. 그러자 그의 얼굴에 언제나 그녀의 마음을 끄는 공손함과 노예적인 복종이 나타났다.

"틀림없이 무슨 일인가 일어났으리라고 여겨집니다. 내가 모르는 슬픔이 당신에게 있다는 것을 알고 어찌 일 분이라도 마음 편하게 있을 수 있겠어요? 얘기해줘요, 제발!" 그는 빌기라도 하듯이 되풀이했다.

'만약 이이가 이 일의 진정한 의미를 이해해주지 않는다면 난 이이를 용서하지 않을 거다. 차라리 얘기하지 않는 게 낫다. 무엇 때문에 이이를 시험할 필요가 있을까?' 그녀는 여전히 그를 쳐다보면서, 나뭇잎을 든 자신의 손이 더욱더 심하게 떨리는 것을 느끼면서 생각했다.

"제발!" 그는 그녀의 손을 잡고 되풀이했다.

"얘기해야 할까?"

"그럼, 그럼, 그럼……"

"나 임신했어." 그녀는 조용하게 천천히 말했다.

나뭇잎이 그녀의 손 안에서 더욱더 세차게 떨렸지만, 그녀는 그가 이 일을 어떻게 받아들이는가를 보기 위해 그에게서 눈을 떼지 않았다. 그는 파랗게 질려 뭔가 얘기하려고 했으나, 고쳐 생각한 듯 그녀의 손을 놓고 고개를 떨어뜨렸다. '그렇다, 이이는 이 사실의 의미를 충분히 이해해줬다.' 그녀는 이렇게 생각하며 고맙다는 듯이 그의 손을 쥐었다.

그러나 그녀가 그 역시 그녀, 즉 여자가 이해하는 것만큼 이 일의 중대함을 이해했다고 여긴 것은 그녀의 착각이었다. 이 소식을 들은 순간 그는 때때로 그를 엄습했던, 알 수 없는 누군가에 대한 혐오의 감정이 열 배의 힘으로 솟구치는 것을 느꼈다. 그와 동시에 자기가 열망하던 위기가 이제 드디어 닥쳐왔다는 것, 이렇게 된 이상 더는 남편한테

숨길 수 없으니 어떻게 해서든지 한시바삐 이 부자연스러운 상태를 끝내버리지 않으면 안 된다는 것을 이해했다. 그러나 그 와중에도 그녀의 흥분은 육체적으로 그에게 전해졌다. 그는 감동하여 공손한 눈동자로 그녀를 쳐다보고, 그 손에 입을 맞추고 일어서서 말없이 테라스를 이리저리 거닐기 시작했다.

"그렇습니다." 그는 결연한 태도로 그녀 가까이 다가가면서 말했다. "나나 당신이나 우리의 관계를 장난으로 여기고 있지는 않았습니다. 하지만 지금 우리의 운명은 결정된 것입니다. 어떻게든 결말을 짓지 않으면 안 됩니다." 그는 주위를 두리번거리면서 말했다. "우리가 살고 있는 이 허위에."

"결말을 짓는다고? 어떻게 짓는다는 거야, 알렉세이?" 그녀는 조용히 말했다.

그녀는 이제 마음이 가라앉았고 얼굴도 부드러운 미소로 빛났다.

"남편을 버리고, 우리의 삶을 결합하는 겁니다."

"지금도 이미 결합되어 있잖아." 겨우 들릴락 말락 한 목소리로 그녀가 대꾸했다.

"그렇죠, 그렇지만 완전히 말입니다, 완전히요."

"그렇지만 어떻게 하면 좋아, 알렉세이, 나한테 가르쳐줘, 어떻게 해야 하는지." 그녀는 곤경에 빠진 자신의 입장을 서글프게 비웃는 듯한 어조로 말했다. "그래 이런 상황에서 빠져나갈 수 있는 길이 있을까? 난 그 사람의 아내인걸?"

"어떤 경우에도 빠져나갈 길은 있어. 결심이 필요해." 그는 말했다. "뭐든 지금 당신의 경우보다는 나을 거야. 난 지금 당신이 얼마나 괴로워하고 있는지 알아. 온갖 것에 대해서, 세상에 대해서 또 남편에 대해서."

"아아, 남편에 대해서만은 그렇지 않아." 그녀는 단순한 냉소를 띠고 말했다. "난 그 사람에 대해서 몰라, 생각하고 있지도 않아. 그는 없는 거나 마찬가지야."

"당신은 자신을 속이고 있군. 난 당신을 알아. 당신은 그 사람 때문에 괴로워하고 있어."

"그렇지만 그이는 아무것도 모르고 있어." 그녀는 이렇게 말했으나, 갑자기 불타는 듯한 홍조가 얼굴에 나타나기 시작하더니 볼과 이마와 목까지 빨갛게 물들여버리고 말았다. 그러자 그 눈에는 부끄러움의 눈물이 글썽거렸다. "그렇지만 이제 그 사람 애긴 그만해."

23

브론스키는 비록 이때처럼 단호한 태도는 아니었지만, 벌써 몇 차례나 그녀에게 자신들의 처지를 고민하게 하려고 시도했으나 번번이 지금 그녀가 그의 도전에 응수한 것과 같은 피상적이고 가벼운 대답에 부딪히곤 했다. 마치 그곳에 그녀 스스로 의식할 수 없거나, 혹은 의식하려고 하지 않는 무언가가 자리잡고 있는 것 같았다. 그녀가 이 일에 관해 얘기를 시작하자마자 진짜 안나는 어디론가 그녀 속 깊숙이 자취를 감춰버리고 그에겐 낯선, 사랑할 수 없을 뿐만 아니라 두렵기까지 한 기묘한 여인이 나타나 그에게 대항하는 것만 같았다. 그렇지만 그는 오늘에야말로 모든 것을 얘기해버리지 않으면 안 되겠다고 결심했다.

"그가 알고 있건 말건," 브론스키는 언제나처럼 군세고 찬찬한 어조로 말했다. "그가 알고 있건 말건, 우리에겐 상관없어요, 우리는 더는 견딜 수 없어요…… 아니, 당신은 이대로 있을 수는 없어요, 특히 이젠."

"그럼 어떻게 해야 한다는 거야?" 그녀는 여전히 가벼운 냉소를 띤 어조로 물었다. 조금 전까지는 행여 그가 자신의 임신을 대수롭지 않게 받아들일까봐 두려워하던 그녀였지만, 지금은 그가 그것을 빙자해서 뭔가 손을 써야 한다는 결론을 꺼내놓는 데 화가 났다.

"그 사람에게 모든 것을 얘기하고 그를 떠나야죠."

"그거 정말 좋은 말씀이네요. 그렇지만 내가 그렇게 한다면," 그녀는 말했다. "당신은 그 결과가 어떻게 될지 알아요? 내가 미리 모든 것을 얘기해두죠." 일 분 전까지만 해도 부드러웠던 그녀의 눈 속에 노여움의 빛이 이글거렸다. "'아, 당신은 외간남자를 사랑하고 그 사내와 죄 많은 관계를 맺었다고? (그녀는 남편의 흉내를 내면서, 알렉세이 알렉산드로비치가 하듯 죄 많은이라는 말에 힘을 주어 말했다.) 난 미리 당신한테 그것이 종교관계, 사회관계, 가족관계에 미치는 결과에 대해 주의를 주었소. 당신은 내 말을 듣지 않았소. 이제 난 내 명예를…… 오욕에 내맡겨둘 수는 없소……'" '내 아들도' 하고 그녀는 말하고 싶었지만, 아들 얘기가 나오면 그녀도 농담으로 넘길 수는 없었다. "'자신의 명예'나 뭔가 또 그런 유의 것을 들고 나올 거예요." 그녀는 덧붙였다. "하여튼 그는 자신의 그 정치가적인 태도로 명료하고 정확하게, 자기는 이제 나를 그냥 내버려둘 수 없으니 스캔들을 믯게 할 만전의 방책을 강구하겠다고 할 거예요, 그러고서 침착하게 자기가 말한 것을 차근

차근 실행할 거예요. 바로 이것이 내 고백의 결과예요. 그는 인간이 아니고 기계니까, 그리고 한번 성이 나면, 무서운 기계니까요." 그녀는 덧붙였다. 그녀는 이렇게 이야기하면서 알렉세이 알렉산드로비치의 모습이며 얘기할 때의 몸짓이며 성격의 세세한 점까지 생각해내어 그에게서 찾아낼 수 있는 모든 결점을 끝까지 비난하고, 자신이 그에게 범하고 있는 무서운 죄에도 불구하고 상대방의 어떤 점도 용서하려 하지 않았다.

"그렇지만 안나." 브론스키는 그녀를 달래려고 애쓰면서 타이르듯 부드러운 목소리로 말했다. "하여튼 그에게는 얘기해야만 해요. 그런 뒤에 그가 하는 대로 따라야 해요."

"그다음엔요, 달아난다는 거예요?"

"어째서 그렇게 할 수 없다는 거요? 난 더이상 이 상태가 지속되리라곤 생각하지 않아요. 나를 위해서가 아니에요. 난 당신의 괴로움을 잘 알고 있어요."

"그렇겠군요. 도망쳐서 난 당신의 정부가 된다 그 말씀이죠?" 그녀는 독살스럽게 말했다.

"안나!" 그가 부드럽게 꾸짖는 듯한 어조로 말했다.

"그래요." 그녀는 계속했다. "당신의 정부가 돼서 버리고 만다…… 모든 것을."

그녀는 원래 '아들을' 하고 말하려 했으나, 그 말은 차마 입 밖에 내놓을 수 없었다.

브론스키는 강직하고 정직한 성미인 그녀가 어째서 이 거짓된 상태를 참으며 거기서 빠져나가려 하지 않는지 이해할 수가 없었다. 그는 그 주요한 까닭이 그녀가 차마 말을 꺼낼 수 없었던 아들에 있다는 데엔 생각이 미치지 못했다. 그녀는 자기 아들을 생각하고 아버지를 버린 어머니에게 그 아들이 훗날 보일 태도를 생각하면, 자기가 저지른 일이 두려워졌다. 그녀는 이 일을 차근차근 따져보기보다는 여자답게 모든 것이 예전처럼 남아 있겠지, 아들이 어떻게 될까 하는 두려운 문제는 잊어버릴 수 있겠지 하는 거짓된 판단과 말로 자기를 안정시키려 애쓰는 것이었다.

"제발 부탁이야, 제발." 그녀는 별안간 그의 손을 잡고, 지금까지와는 전혀 다른 진지하고 부드러운 어조로 말했다. "앞으로 이 얘긴 무슨 일이 있어도 나에게 하지 말아줘!"

"그렇지만 안나……"

"안 돼, 무슨 일이 있어도. 제발 나에게 맡겨줘. 나도 내 입장의 비열함과 두려움을 잘 알고 있으니까. 그렇지만 이건 당신이 생각하듯 그렇게 손쉽게 해결될 일이 아냐. 그러니 제발 나에게 맡기고 내 얘기나 들어줘. 그리고 이제 무슨 일이 있어도 이 얘긴 하지 마. 약속해주겠지?…… 제발, 제발, 약속해줘!……"

"무엇이든 약속할게. 그렇지만 난, 특히 이런 얘길 들은 뒤엔 안심할 수가 없어. 당신이 안심할 수 없을 때엔 나도 안심할 수가 없어……"

"나도!" 그녀는 되풀이했다. "그래, 그야 나도 가끔 괴로워할 때도 있어. 그렇지만 앞으로 당신만 이 얘길 하지 않는다면, 그것은 지나가버릴 거야. 당신이 이 얘기를 하는 것은 그저 날 괴롭힐 뿐이야."

"난 이해가 안 되는군." 그는 말했다.

"나도 알아." 그녀는 그를 가로막았다. "당신의 그 곧은 성품에 거짓

말을 한다는 것이 얼마나 괴로울지는 잘 알고 있어. 그리고 당신을 가 없게 여기고 있어. 난 때때로 당신이 나 때문에 자신의 삶을 망쳐버리고 말았다는 생각을 해."

"나도 지금 똑같은 생각을 하고 있었어." 그는 말했다. "어째서 당신이 나 때문에 모든 것을 희생해야 하는가 하고. 난 당신이 불행한 것을 가만히 보고만 있을 수는 없어."

"내가 불행하다고?" 그녀는 그의 옆으로 바싹 다가가서 꿈을 꾸는 듯 사랑이 넘치는 미소를 띠고 그의 얼굴을 바라보면서 말했다. "난 마치 먹을 것이 주어진 굶주린 사람과도 같아. 물론 그 사람은 추울지도 몰라. 옷이 찢어지기도 했을 거고 또 부끄러울지도 몰라. 그렇지만 그 사람은 불행하지는 않아. 내가 불행하다고? 아니, 이것이 바로 내 행복인 걸……"

그녀는 돌아온 아들의 목소리를 듣자 재빨리 테라스 주위를 둘러보면서 허둥지둥 일어섰다. 그녀의 눈은 그에게 익숙한 불꽃으로 타오르고 있었다. 그녀는 민첩하게 반지로 덮인 아름다운 손을 들어 그의 머리를 감싸고 오랫동안 찬찬히 그의 얼굴을 들여다보았다. 그러고는 미소로 벌어진 입술을 쳐들어 그의 입과 두 눈에 얼른 입을 맞추고 물러섰다. 그녀는 떠나려고 했으나, 그가 가로막았다.

"언제?" 그는 황홀한 눈으로 그녀의 얼굴을 보면서 이렇게 속삭였다.

"오늘밤 한시에." 그녀는 속삭였다. 그런 다음 무거운 한숨을 쉬고 나서 경쾌하고 빠른 걸음걸이로 아들을 맞으러 나갔다.

세료자는 공원에서 비를 만나 유모와 함께 정자에서 비를 피하고 돌아온 것이다.

"그럼, 또 만나." 그녀는 브론스키에게 말했다. "지금 곧 경마장에 가야 해. 벳시가 들르겠다고 약속했거든."

브론스키는 시계를 들여다보고 부랴부랴 떠났다.

24

카레닌 별장의 테라스에서 시계를 보았을 때 문자반 위의 바늘을 보고서도 그것이 몇시를 가리키고 있는지 몰랐을 만큼 브론스키는 뒤숭숭해져서 마음속 생각에 사로잡혀 있었다. 그는 포장도로로 나와 조심스럽게 진창을 피하면서 자신의 사륜 포장마차가 세워진 쪽으로 걸어갔다. 그는 지금이 몇시인지, 브랸스키의 집에 갈 시간이 있는지 어떤지조차 생각하지 못할 만큼 안나에 대한 정열로 가득차 있었다. 자주 있는 일이지만, 그의 마음에는 그저 이후에 무엇을 하기로 돼 있었는지 지시하는 기억의 피상적 능력만 남아 있을 뿐이었다. 그는 벌써 비스듬히 기운 칙칙한 보리수의 그늘 아래 마부석에서 졸고 있던 마부 옆으로 다가가서, 땀 흘리는 말 위로 빙빙 돌며 윙윙거리는 모기떼를 잠시 정신을 놓고 바라보다가 마부를 깨워 마차에 올라타고 브랸스키한테로 가도록 일렀다. 그리고 칠 베르스타나 지나고 나서야 그는 비로소 제정신이 들어 시계를 보고 벌써 다섯시 반이 되었고 자기가 늦었다는 것을 알았다.

이날은 몇 차례의 경주가 열리기로 되어 있었다. 먼저 호위병들의 경주 후에 장교들의 이 베르스타 경주, 그다음에 사 베르스타 경주, 그다음에 그가 참가하는 장애물 경주가 있었다. 그래서 자신의 차례까지는 넉넉히 댈 수가 있었으나, 만약 브랸스키한테 갔다온다면 궁정 사람 전원이 입장할 무렵에야 겨우 도착할 것 같았다. 그것은 좋지 않았다. 그러나 그는 브랸스키에게 가겠다는 약속을 했으므로 그냥 그리로 가기로 결심하고, 마부에게 말을 최대한 빨리 몰도록 명령했다.

그는 브랸스키한테 가서 오 분가량 있다가 부랴부랴 마차를 돌렸다. 빠른 속도의 주행에 그의 마음이 가라앉았다. 안나와의 관계에서 있었던 온갖 괴로움, 그들의 대화 뒤에 남았던 모호함은 모두 그의 머릿속에서 사라져버렸다. 그는 지금 경주의 흥분과 초조함이며 결국엔 시간에 대어 갈 수 있겠다는 것만을 생각했고, 이따금 오늘밤의 행복한 밀회에 대한 기대가 그의 상상 속에서 밝은 불꽃이 되어 불타오르기도 했다.

목전에 닥친 경마에 대한 흥분은 그가 교외며 페테르부르크에서 경마장으로 오는 마차들을 앞질러 차츰 경마장의 분위기 속으로 깊이 들어감에 따라 더욱더 강하게 그를 붙들었다.

그의 숙사에는 이미 아무도 없었다. 모두 경마장으로 갔고, 그의 하인이 문간에서 기다리고 있었다. 그가 옷을 갈아입고 있는 동안 하인은 벌써 두번째 경주가 시작되었고 많은 신사들이 그에 관해 물으러 왔었으며 마구간에서 두 차례나 소년이 뛰어왔었다고 그에게 알렸다.

특별히 서두르는 기색도 없이 옷을 갈아입고 나서(그는 어떤 경우에도 당황하거나 자제력을 잃는 법이 없었다) 브론스키는 바라크로 마차를 몰도록 일렀다. 바라크에서는 벌써 경마장을 둘러싼 승용마차와 보행자와 병사들의 물결과, 군중들이 들끓고 있는 스탠드가 보였다. 그가 바라크에 들어서는 순간 종소리가 들린 것으로 보아 두번째 경주가 시작된 모양이었다. 마구간으로 가는 길에 그는 발목이 하얀 적갈색 말, 마호틴의 글라디아토르를 만났다. 그 말은 귀를 엄청나게 커 보이게 하는, 가장자리를 파랗게 두른 귀덮개가 달린 파란 줄무늬의 오렌지빛 마의를 입고 경마장으로 끌려가는 중이었다.

"코르트는 어디 있나?" 그는 마부에게 물었다.

"마구간에서 안장을 놓고 있습니다."

활짝 열린 우리 안의 프루프루에게는 벌써 안장이 얹혀 있었다. 사람들은 프루프루를 끌어내려 하고 있었다.

"늦지 않았나?"

"올 라잇! 올 라잇! 모든 게 순조롭습니다, 모두 순조로워요." 영국인은 말했다. "마음 졸이지 마세요."

브론스키는 다시 한번 온몸을 부들부들 떨고 있는 아름답고 근사한 말의 모습에 시선을 던졌다가, 간신히 이 구경거리에서 눈을 떼고 바라크를 나왔다. 그는 어느 누구의 주의도 끌지 않기에 가장 좋은 때에 스탠드 옆까지 도착했다. 마침 이 베르스타 경주가 끝나가고 있어 모든 시선은 앞선 근위 기병과 그 뒤를 바짝 따르는 궁정 경기병이 젖 먹던 힘을 다하여 말을 몰면서 결승점으로 향하는 모습에 쏠려 있었다. 트랙의 안쪽과 밖에서 사람들은 결승점 쪽으로 몰려들고, 근위 기병대 한 무리는 자신들의 장교이자 동료의 승리를 기대하며 큰 소리를 질러 기쁨을 표현했다. 브론스키는 마침 경마가 끝났음을 알리는 종이 울리고, 진흙투성이가 되어 제일 먼저 들어온 키가 큰 근위 기병이 안장 위에 엎드린 채 가쁜 숨을 쉬는, 땀에 젖어 까맣게 된 잿빛 수말의 고삐를 늦

366

추는 것과 거의 때를 같이하여 눈에 띄지 않게 군중 속으로 휩싸여 들어갔다.

수말은 온 힘을 다하여 발로 버티면서 그 큰 몸뚱이의 속도를 줄였다. 그러자 근위 기병대 장교는 마치 괴로운 꿈에서 깨어난 사람처럼 주위를 둘러보며 간신히 웃음을 지어 보였다. 동료들과 낯모르는 사람들 한 무리가 그를 둘러쌌다.

브론스키는 스탠드 앞에서 조심스러우면서도 자유롭게 서성거리거나 지껄이는 선택된 상류사회 사람들의 무리를 일부러 피했다. 그는 카레니나도 벳시도 그의 형수도 그 속에 있다는 것을 알고 있었다. 그래서 마음을 어지럽히지 않기 위해 일부러 그쪽으로 가까이 가지 않았다. 그러나 끊임없이 마주치는 친지들은 그를 붙들고 지금까지의 경마의 경과를 얘기하기도 하고 그가 늦은 까닭을 묻기도 했다.

기수들이 우승 상품을 받기 위해 스탠드로 불려나와 모두들 그쪽으로 얼굴을 돌렸을 때, 견장을 단 대령이, 브론스키의 형 알렉산드르가 그에게 다가왔다. 그다지 크지 않은 키에 알렉세이처럼 건장했지만 한층 더 의젓한 분홍빛 얼굴에 빨간 코를 하고, 술기운을 띤 꾸밈없는 표정을 짓고 있었다.

"너, 내 쪽지 받았니?" 그가 말했다. "언제 가봐도 널 만날 수가 있어야지."

알렉산드르 브론스키는 방탕하고 특히 술이 지나치기로 유명했음에도 불구하고 완전히 궁정 사람이었다.

그는 지금 동생과 그로서는 심히 불쾌한 일에 대해 얘기하고 있으면서도, 많은 사람들의 시선이 자기들에게 쏠려 있다는 것을 알고 있어서 마치 뭔가 대수롭지 않은 일로 동생과 농담이라도 하듯 웃는 얼굴을 했다.

"받았어, 그러나 실은 형이 무엇을 그렇게까지 걱정하는지 모르겠어." 알렉세이가 말했다.

"내가 지금 걱정하고 있는 것은, 네가 방금 전에도 여기에 없었고, 월요일에도 페테르고프에 있었다는 말을 전해들었기 때문이야."

"그렇지만 이 세상엔 오직 당사자들만이 판단해야 할 일들이 있는 법이야. 그리고 형이 걱정하는 일들은 바로 그런……"

"그래, 그렇지만 그때엔 근무를 그만두고, 그리고……"

"난 형이 간섭하지 말길 바라, 그뿐이야."

알렉세이 브론스키의 잔뜩 찌푸린 얼굴은 창백해지고, 그의 튀어나온 아래턱은 달달 떨리기 시작했는데, 그에게는 좀처럼 일어나지 않는 일이었다. 그는 지극히 선량한 마음을 가진 사람이 그렇듯 여간해서는 화를 내는 일이 없었으나, 일단 화를 내고 특히 그 턱이 떨리기 시작하면 위험한 인물로 변한다는 것을 알렉산드르 브론스키도 알고 있었다. 알렉산드르 브론스키는 유쾌한 미소를 띠었다.

"난 그저 어머니의 편지를 전해주려고 했을 뿐이야. 어머니께 답장이나 드려라. 경주 전에 흥분하면 안 돼. *행운을 빈다.*" 그는 웃으면서 덧붙이고 동생의 곁을 떠났다.

그러나 곧바로 뒤이어 정답게 인사를 하는 목소리가 브론스키의 발을 붙잡았다.

"자넨 친구를 보고도 모른 체하기야! 어이, 몽 *셰르!*" 스테판 아르카디치는 말했다, 이 페테르부르크의 화려함 속에서도 모스크바에 있을 때 못지않게 혈색 좋은 얼굴과 번들번들하게 다듬어진 구레나룻으로 유난히 돋보였다. "난 어제 왔어. 자네의 승리를 보게 될 거라 생각하니 정말 기쁘군. 언제 만나지?"

"내일 장교클럽으로 와." 브론스키는 이렇게 말하고는, 그의 외투 소매를 쥐며 양해를 구하고 벌써 장애물 경주에 출전할 말들을 끌어모으기 시작한 경마장의 중앙으로 걸어가버렸다.

경주를 끝마친 말들은 땀에 함초롬히 젖어 괴로운 듯이 할딱거리면서 마부들에게 끌려 마구간 쪽으로 갔고, 다음 경주에 나갈 생기발랄한 말들이 한 마리씩 뒤를 이어 나타났다. 대부분이 영국산 말들로, 머리덮개를 쓰고 배띠를 야무지게 졸라매어 기묘하고 거대한 새와 흡사한 모습들을 하고 있었다. 호리호리하고 아름다운 프루프루는 용수철이 달린 듯 탄력 있는 기다란 발목으로 발을 옮겨 디디면서 오른쪽으로 끌려나오고 있었다. 거기서 그리 멀지 않은 곳에서 사람들이 귀가 처진 글라디아토르의 마의를 벗기고 있었다. 훌륭한 방둥이와 유달리 짧아 발굽 바로 위에 붙어 있는 듯한 회목을 가진 체격이 크고 아름다운, 완벽하게 균형 잡힌 수말의 모습은 무의식중에 브론스키의 주의를 끌었다. 그는 자기 말이 있는 데로 가려고 했으나, 또다시 한 지인이 그를 붙잡았다.

"아, 저기에 카레닌이!" 그와 얘기하던 지인이 그에게 말했다. "부인을 찾고 있군, 부인은 스탠드 한가운데 있는데. 당신은 그분을 만나지 않으셨습니까?"

"아뇨, 만나지 않았어요." 브론스키는 이렇게 대꾸하고는, 지인이 카레니나가 있다고 가리킨 스탠드 쪽은 돌아보려고도 하지 않고 자기 말한테로 다가갔다.

브론스키가 한번 살펴놓지 않으면 안 되는 안장의 검사를 미처 끝마치기도 전에, 기수들은 번호와 출발점을 정하기 위해 스탠드로 호출되었다. 진지하고 엄숙하며, 대부분 창백한 얼굴을 한 열일곱 명의 장교가 그곳에 모여 번호표를 뽑았다. 브론스키는 칠번을 뽑았다. "승마!" 하는 소리가 들렸다.

자기를 비롯한 다른 기수들이 지금 모든 사람의 주목을 받고 있다는 것을 느끼면서 브론스키는 긴장된 기분으로, 그러한 기분일 때는 언제나 그러하듯 유연하고 침착하게 자기 말에게 다가갔다. 코르트는 경마장에 나오기 위해 나들이옷 차림을 하고 있었다. 단정하게 단추를 잠근 검은색 프록코트, 양쪽에서 볼을 괴고 있는 빳빳하게 풀 먹인 깃, 둥글고 검은 모자에 목이 긴 기병화 차림의 그는 언제나처럼 침착하고 으쓱거리는 듯한 태도로 말 앞에 서서 손수 양쪽 고삐를 붙잡고 있었다. 프루프루는 열병에라도 걸린 것처럼 줄곧 떨었다. 화염으로 가득찬 듯한 눈은 다가오는 브론스키를 곁눈질로 바라보았다. 브론스키는 배띠 밑에다 손가락을 밀어넣었다. 말은 한층 더 세차게 곁눈질을 하고 잇바디를 드러내며 귀를 쫑긋 세웠다. 영국인은 그가 안장을 검사한 것에 미소를 짓는 듯이 입술을 일그러뜨렸다.

"타십쇼, 걱정하실 필요 없습니다."

브론스키는 마지막으로 자신의 경쟁자들을 둘러보았다. 그는 뛰어나가버리면 이제 그들을 볼 정신이 없으리라고 생각했다. 두 사람은 이미 출발 장소 쪽으로 말을 몰고 있었다. 위험한 경쟁자 중 한 사람으로 브론스키의 친구인 골리친으, 기수를 태우려 하지 않는 적갈색 수말 둘레를 뺑뺑 돌고 있었다. 통이 좁은 승마바지를 입은 체격이 작은 궁정 경기병은 영국인 기수를 흉내내려는 생각으로 고양이처럼 말 방둥이 위에서 몸을 구부리고 갤럽으로 갔다. 쿠조블레프 공작은 파랗게 질린 얼굴을 하고 그라봅스키 목장에서 온 순종의 암말에 타고 있었고, 영국인이 그 고삐를 잡고 갔다. 브론스키와 그의 친구들 모두 쿠조블레프가 유달리 '섬약한' 신경과 무서운 자존심의 소유자임을 알고 있었다. 그들은 그가 무슨 일에나 겁쟁이라는 것, 특히 군마에 타기를 두려워한다는 것을 알고 있었다. 그러나 지금은 단지 이것이 위험한 경주이기 때문에, 선수들 목이 부러지기도 하기 때문에, 그리고 각 장애물 옆에 의사며 십자가를 꿰매붙인 대형 마차며 간호부가 서 있었기 때문에 그는 나올 결심을 한 것이었다. 두 사람의 눈이 서로 마주치자, 브론스키는 격려하듯이 부드럽게 그에게 눈짓을 해 보였다. 그러나 오직 한 사람, 가장 두려운 경쟁자인 글라디아토르에 올라탄 마호틴만은 보지 않았다.

"서두르시면 안 됩니다." 코르트가 브론스키에게 말했다. "다만 한 가지 기억해두실 것은, 장애물이 있는 곳에선 고삐를 죄었다 늦췄다 하지 마시고 말이 하는 대로 맡겨둬야 합니다."

"좋아, 좋아." 브론스키는 고삐를 잡고 대꾸했다.

"되도록이면 선두에 서야 하지만, 만약 뒤가 되시더라도 최후까지 실망하셔선 안 됩니다."

말이 미처 움직일 사이도 없이 브론스키는 부드럽고 강인한 동작으로 톱니 모양의 강철 등자 위에 올라서서 가볍게, 그러나 야무지게 몸뚱이를 가죽이 삐그덕거리는 안장 위에다 실었다. 오른발로 등자를 더듬고 나서 그는 익숙한 손짓으로 손가락 사이에서 두 줄의 고삐를 가지런히 골랐다. 그제야 코르트도 손을 놓았다. 프루프루는 마치 어느 쪽 발부터 내디뎌야 좋을지 모르는 것처럼 긴 목으로 고삐를 끌어당기면서 자신의 탄력 있는 등에 탄 기수를 흔들면서 용수철처럼 움직이기 시작했다. 코르트는 걸음을 빠르게 하면서 그 뒤를 따랐다. 흥분한 말은 기수를 속이려고 애쓰면서 이쪽저쪽으로 고삐를 당겼고, 브론스키는 목소리와 손으로 헛되이 말을 진정시키려고 애썼다.

그들은 출발 장소를 향하면서, 벌써 둑을 쌓아 막은 냇가에 다가가고 있었다. 경주자들이 앞쪽에도 뒤쪽에도 줄을 지었고, 그때 브론스키는 돌연 등뒤의 진창길에서 말의 갤럽 소리를 들었다. 다음 순간 발목이 하얗고 귀가 늘어진 글라디아토르를 탄 마호틴이 그를 앞질러갔다. 마호틴은 긴 이를 드러내면서 빙그레 웃었다. 그러나 브론스키는 성난 듯이 그를 힐끗 쳐다보았다. 그는 본디 마호틴을 좋아하지 않는데다가 더구나 지금은 가장 위험한 경쟁자였다. 그래서 그가 느닷없이 자기 옆으로 뛰어나가면서 자기 말을 놀라게 한 것에 화가 났다. 프루프루는 왼발부터 갤럽으로 옮겨 두 차례 뛰어올랐으나, 고삐가 조여진 것에 성을 내고 흔들림이 심해 기수를 떨어뜨릴 위험이 있는 속보로 옮겨 디뎠다. 코르트도 눈살을 찌푸리고 브론스키의 뒤를 거의 달음박질하다시피 따라왔다.

25

모두 열일곱 명의 장교가 경주에 나섰다. 경마는 스탠드 앞 길이 사베르스타의 큰 타원형 코스 안에서 행해질 예정이었다. 이 코스 안에 아홉 가지 장애물이 갖춰져 있었다. 시내, 스탠드 바로 앞쪽 이 아르신 높이의 앞이 가로막힌 큰 목책, 물 없는 도랑, 물 채운 도랑, 비탈길, 물 채운 아일랜드식 바리케이드(가장 어려운 장애물 중 하나)는 말라죽은 삭정이를 쟁인 둔덕과 그 너머에 말한테는 보이지 않도록 또하나의 도랑으로 되어 있었으므로 말은 한꺼번에 두 장애물을 뛰어넘든지 목숨을 잃든지 하지 않으면 안 되었다. 그다음에는 또 물 채운 도랑 두 개와 물 없는 도랑이 하나 있었고, 스탠드 맞은편에서 경주가 끝나게 되어 있었다. 그러나 출발 장소는 코스가 아니라 거기서 일백 사젠쯤 떨어진 옆쪽이었고, 그 사이에 첫번째 장애물이 있었다. 그것은 삼 아르신 정도 너비의 둑으로 막아놓은 시내였는데, 뛰어넘든 건너가든 기수들 마음대로였다.

기수들은 세 차례쯤 정렬하려고 했으나 그럴 때마다 누군가의 말이 먼저 뛰어나갔으므로 몇 번이나 처음부터 다시 하지 않으면 안 되었다. 노련한 출발담당인 세스트린 대령은 벌써 화를 내기 시작했으나, 네번째에는 드디어 이렇게 외쳤다. "출발!" 기수들은 움직이기 시작했다.

모든 시선, 모든 망원경은 알록달록한 일단의 기수들이 정렬하기 시작했을 때부터 그들에게로 쏠려 있었다.

"나갔다! 뛰기 시작했다!" 기대에 찬 침묵 뒤에 여기저기서 이런 목소리들이 들렸다.

관중은 조금이라도 잘 보려고 떼를 지어 혹은 따로따로 이곳저곳으로 뛰어 옮기기 시작했다. 일순간 기수들의 집단은 앞뒤로 길게 뻗쳤고, 그들이 둘씩 셋씩 혹은 한 사람씩 앞서거니 뒤서거니 하면서 시내

쪽으로 접근하는 것이 보였다. 관중의 눈엔 그들이 모두 일시에 뛰어나간 것처럼 보였지만, 기수들에게는 결정적인 일이 초의 차가 있었다.

흥분되어 신경이 몹시 날카로워진 프루프루는 그 첫 순간을 놓쳤으므로 몇 마리의 말에게 뒤처졌다. 그러나 아직 시내까지 다 가기도 전에 브론스키는 무작정 고삐를 끌어당기는 말을 온 힘을 다해 제어하면서 쉽사리 세 마리를 앞질렀으므로 그의 앞에는 바로 코앞에서 가볍고 규칙적으로 방둥이를 흔들고 있는 마호틴의 구렁말 글라디아토르가 남았을 뿐이었다. 그리고 전체 선두에는 살았는지 죽었는지 분간할 수 없는 쿠조블레프를 태운 아름다운 디아나가 뛰고 있었다.

처음 몇 분 동안 브론스키는 아직 자기 자신도 말도 제어할 수 없었다. 그는 첫번째 장애물인 시내에 이를 때까지 말의 움직임을 조절할 수가 없었다.

글라디아토르와 디아나는 나란히 달려가서 거의 동시에 똑같이 뛰어올라 시내를 날아 건너갔다. 프루프루도 어느 틈에 그들에 뒤이어 마치 날듯이 높이 뛰었다. 브론스키는 몸뚱이가 공중으로 올라간 것을 느낀 동시에, 자기 말의 발이 닿을 듯한 건너편 지점에서 쿠조블레프가 디아나와 함께 몸부림치고 있는 것을 얼핏 보았다(쿠조블레프는 도약 뒤에 고삐를 늦췄기 때문에 말이 그를 태운 채 거꾸로 곤두박질쳤던 것이다). 그러나 이 자세한 상황을 브론스키는 나중에 가서야 알았고, 그때는 그저 프루프루가 내려서야 할 바로 밑에 디아나의 발이나 머리가 들어오지는 않나 하고 생각했을 뿐이었다. 그러나 프루프루는 마치 떨어져내리는 고양이처럼 도약하는 동안 다리와 등에 힘을 주어 말을 뛰어넘고 그 앞이 지면에 내려섰다.

'오, 귀여운 녀석!' 브론스키는 생각했다.

시내를 넘고 나서야 브론스키는 제대로 말을 다룰 수 있게 되었으므로, 큰 목책은 마호틴의 뒤에서 넘고 그후로 장애물이 없는 이백 사젠 정도 사이에서 그를 앞질러야겠다고 생각하고 조심스럽게 고삐를 당기기 시작했다.

큰 목책은 황제의 관람석 바로 앞에 있었다. 그가 악마(앞을 내다볼 수 없는 목책을 그렇게 불렀다) 쪽으로 다가가고 있을 때에는 황제도 황족들도 군중도, 모두가 두 사람을 보고 있었다. 브론스키와 말 한 마리 정도의 거리를 두고 마호틴이 앞서 있었다. 브론스키는 사방에서 쏟아지는 시선들을 느끼고 있었으나, 자기 말의 귀와 목과 자기 몸을 향해 달려오는 듯 스쳐가는 지면과, 줄곧 같은 거리를 유지한 채 앞쪽에서 재빠르게 장단을 치는 글라디아토르의 방둥이와 하얀 발목 외에는 아무것도 보이지 않았다. 글라디아토르는 뛰어오르자마자 장애물에 전혀 닿지도 않고 넘어가서, 짤막한 꼬리를 홱 내젓고 브론스키의 시야에서 사라졌다.

"브라보!" 누군가 외쳤다.

그 순간 브론스키의 눈앞에 목책의 판자가 번뜩였다. 동작에 조금도 흔들림 없이 말은 그의 밑에서 뛰어올랐다. 목책의 판자는 사라져버렸고, 다만 뒤에서 무언가 딱 하고 부딪히는 소리가 났다. 앞서 달리고 있는 글라디아토르 때문에 약이 바짝 오른 말은 목책 앞에서 너무 빨리 뛰어올랐으므로 뒷발의 굽이 목책에 부딪혔던 것이다. 그렇지만 말의 속도는 달라지지 않았다. 튀어오른 진흙을 얼굴에 뒤집어쓰면서 브론스키는 다시 글라디아토르에게 똑같은 거리를 두고 뒤처져 있다는 것을 알았다. 그는 또다시 자기 앞에서 그 말의 방둥이와 짧은 꼬리와 더이상 멀어지지도 않고 날쌔게 움직이고 있는 그 하얀 발을 보았다.

브론스키가 이제는 마호틴을 앞지르지 않으면 안 되겠다고 생각한 바로 그 순간, 프루프루도 그의 의중을 알아차리고 아무런 재촉을 하지 않았는데도 굉장히 속도를 빨리하여 가장 유리한 쪽, 즉 밧줄이 쳐진 트랙 안쪽에서 마호틴에게 접근하기 시작했다. 그러나 마호틴은 밧줄이 쳐진 쪽을 내주지 않았다. 브론스키가 바깥쪽에서라도 앞지를 수 있을지 모르겠다고 생각하는 순간 프루프루는 벌써 방향을 바꾸어 바깥쪽으로 앞지르기 시작했다. 땀에 젖어 검은빛으로 변해가는 프루프루의 어깨는 글라디아토르의 방둥이와 나란해졌다. 얼마 동안 그들은 나란히 달렸다. 그러나 그들이 다가가고 있던 장애물 앞에 이르자 브론스키는 밖으로 돌지 않도록 고삐를 가누고 비탈길 위에서 재빨리 마호틴을 앞질렀다. 그는 진흙으로 더럽혀진 상대의 얼굴을 흘끗 보았다. 그에게는 상대가 히죽 웃는 것같이 여겨지기까지 했다. 브론스키는 마호틴을 앞질렀다. 그러나 그가 자기를 바짝 따라오는 것을 느꼈고, 자신의 등 바로 뒤에서 규칙적으로 들리는 발굽소리와 아직은 조금도 지친 기색이 없이 규칙적인 글라디아토르의 숨소리를 들었다.

다음의 두 장애물, 도랑과 목책은 쉽게 넘었다. 그러나 브론스키에게는 글라디아토르의 콧김과 도약이 한층 더 가깝게 들리기 시작했다. 그는 말에 박차를 가했고, 말이 가볍게 속력을 더한 것을 느끼고 기쁘게 생각했다. 글라디아토르의 발굽소리는 또다시 좀전과 똑같은 거리에서 들려왔다.

자기 자신도 그것을 바랐고 쿠르트도 그에게 귀띔던 것처럼, 브론스키는 선두가 되었다. 그리고 이제는 자신의 승리를 확신했다. 그의 흥분, 환희, 프루프루에 대한 애정은 더욱더 커졌다. 그는 뒤를 돌아보고 싶었다. 그러나 그래서는 안 되었다. 그는 글라디아토르한테 남아 있으리라 예상되는 만큼의 여력을 자기 말한테도 비축하기 위해 자기 자신을 진정시키고 말한테도 박차를 가하지 않으려고 애썼다. 오직 하나 가장 곤란한 장애물이 남아 있었다. 만약 그것만 맨 먼저 넘는다면 그의 제일착은 의심의 여지가 없었다. 그는 아일랜드식 바리케이드 쪽으로 가까이 달려갔다. 프루프루와 함께 그는 아직 멀리에서 이 바리케이드를 보았다. 그러자 그들 모두에게, 사람에게도 말에게도 순간적인 의혹이 일어났다. 그는 말의 귀에서 주저의 빛을 알아채고 채찍을 들었다. 그러나 곧 이 의혹이 근거없는 것이었음을 느꼈다. 말은 해야 할 일을 다 알고 있었다. 말은 속력을 더하여 그가 예상했던 것처럼 알맞게 도약하고 지면을 차면서 타력에 몸을 맡겼다. 그러고는 그 힘으로 저멀리 도랑 건너편에 가닿았다. 이렇게 하여 프루프루는 가뿐하게 같은 속력과 같은 박자로 질주를 계속했다.

"브라보, 브론스키!" 소리치는 사람들의 외침이 그에게도 들렸다. 그는 그것이 자기 연대와 친구들의 목소리임을 알고 있었다. 그들은 그 장애물 옆에 서 있었던 것이다. 그는 야시빈의 목소리를 알아들을 수 있었지만, 그 모습은 보이지 않았다.

'오, 귀여운 녀석!' 그는 뒤에서 나는 소리에 귀를 기울이면서도 프루프루에 대해 생각했다. '뛰어넘었군!' 그는 등뒤에서 나는 글라디아토르의 발굽소리를 듣고 생각했다. 이제 하나, 마지막으로 물을 채운 이 아르신 너비의 도랑이 남아 있었다. 브론스키에게 그것은 이제 안중에도 없었다. 그러나 그는 더 멀리 앞장서고 싶었기 때문에 질주의 리듬에 맞춰 말의 머리를 올렸다 내렸다 하면서 고삐를 둥그렇게 가누기 시작했다. 그는 말이 최후의 여력으로 달리고 있다는 것을 느꼈다. 말의 어깨와 목이 흠뻑 젖어 있었을 뿐만 아니라 갈기와 머리와 뾰족한 귀 위에도 땀방울이 송알송알 배어나와 있었다. 말은 날카롭고 가쁘게 숨을 쉬고 있었다. 그러나 그는 이 여력만으로도 남아 있는 이백 사젠은 거뜬하다는 것을 알고 있었다. 브론스키는 자기 몸이 더욱더 지면에 가까워지고 자신의 동작이 특별히 부드러워지는 느낌으로 말이 얼마나 속력을 가했는가를 알 수 있었다. 말은 작은 도랑을 마치 알아채지도 못했던 것처럼 훌쩍 뛰어넘었다. 새처럼 가볍게 도약했다. 그러나 그 순간 브론스키는 끔찍하게도 자기가 말과 움직임을 같이하지 않고 스스로도 이해할 수 없으며 용서할 수 없는 동작을 한 것을 느꼈다. 그는 너무 빨리 안장에 내려앉아버렸다. 별안간 그의 상태가 바뀌었다. 그는 무언가 무서운 일이 일어났음을 느꼈다. 그가 아직 무슨 일이 일어났는지 똑똑히 이해하기도 전에 밤색 수말의 하얀 발이 그의 바로 옆에서 번뜩이더니, 마호틴이 질풍처럼 옆을 지나갔다. 브론스키의 한쪽 발이 지면에 닿았다. 그러자 그의 말이 그 발 위로 넘어졌다. 그가 간신히 발을 뺐을 때, 말은 옆으로 나가떨어져 괴로운 듯이 색색거리면서 일어날 양으로 땀에 흠뻑 젖은 가느다란 목을 비틀며 허망한 노력을 되풀이했다. 말은 그의 발밑 지면에서 총을 맞고 떨어진 새처럼 몸을 버둥거렸다. 브론스키의 서툰 동작이 말의 등뼈를 부러뜨렸던 것이다. 그러나 그가 이런 사실을 안 것은 훨씬 나중의 일이었다. 그 순간에는 그저 마호틴이 빠르게 멀어져가고 있는데 자기는 비틀거리면서 혼자서 진흙투성이 땅 위에 서 있고, 자기 앞에 쓰러진 프루프루가 괴롭게 숨을 내뿜으면서 그를 향해 목을 늘이고 아름다운 눈으로 그를 쳐다보고 있는 것을 보았을 뿐이었다. 그리고 역시 아직은 무슨 일이 일어났는지 몰랐으므로 브론스키는 말의 고삐를 잡아당겼다. 그러자 말은 또다시 물고기처럼 벌떡 뛰어일어나 안장의 양날개를 삐그덕거리면서 앞발을 세웠으나, 방둥이를 들어올릴 힘이 없어 이내 비틀거리며 또다시 옆으로 넘어져버렸다. 흥분으로 낯빛이 일그러지고 파랗게 질린 브론스키는 아래턱을 달달 떨면서 구두의 뒤축으로 말의 배를 걷어차고, 또다시 고삐를 끌어당기기 시작했다. 그러나 말은 움직이지 않았다. 그리고 콧잔등을 땅바닥에 틀어박고 무슨 말을 하는 듯한 눈동자로 그저 멀뚱멀뚱 주인을 올려다보았다.

"아아아!" 브론스키는 머리를 움켜쥐고 끙끙거렸다. "아아아! 내가 무슨 짓을 했단 말인가!" 그는 외쳤다. "경주엔 패하고! 수치스럽고 용서할 수 없는 실수를 저지르고! 불쌍하고 귀여운 나의 말을 파멸시키고! 아아아! 내가 무슨 짓을 했단 말인가!"

구경꾼들이며 의사며 의사 조수며 그의 연대 사관들이 그에게로 뛰어왔다. 거북스럽게도 그는 자신이 멀쩡하고 아무런 상처도 입지 않았다는 것을 느꼈다. 말은 등뼈가 부러졌으므로 사살하기로 결정되었다. 브론스키는 물음에 대꾸할 수도 없었고, 누구와 얘기할 수도 없었다. 그는 몸을 돌리고는 떨어져 있던 모자를 주우려고도 하지 않고 어디로 가는지도 모른 채 경마장을 걸어나갔다. 그는 비참한 심정이었다. 난생처음으로 그는 최악의 불행, 어디까지나 자기 자신에게 죄가 있는 돌이킬 수 없는 불행을 경험했다.

야시빈이 모자를 가지고 뒤쫓아와 그를 집까지 바래다주었고, 삼십 분쯤 지나자 브론스키는 제정신이 들었다. 그러나 이 경마에 대한 기억은 그의 생애에서 가장 뼈아프고 괴로운 기억으로 오래도록 그의 마음속에 남았다.

26

알렉세이 알렉산드로비치와 아내의 표면적 관계는 이전과 다를 게 없었다. 유일한 차이는 그가 이전에 비해서 한층 더 바빠졌다는 것뿐이었다. 예년과 같이 겨울 동안의 격무로 쇠약해진 건강을 회복하기 위해 그는 봄이 오자마자 외국의 온천으로 갔고, 언제나처럼 칠월에 돌아와 다시 회복된 정력으로 곧 자신의 일에 착수했다. 언제나처럼 그의 아내는 여름 별장으로 갔고, 그는 페테르부르크에 남았다.

트베르스카야 공작부인 집의 야회에서 돌아와 그런 얘기를 한 이래, 그는 자신의 의혹과 질투에 대해 다시는 안나에게 얘기하지 않았고, 언제나 사람을 얕보는 듯한 그의 태도는 그와 아내의 현재 관계에선 더할 나위 없이 적합한 것이었다. 그는 아내에 대해 다소 냉담해졌다. 그는 그저 그녀가 줄곧 피하려고 했던 한밤중의 첫 대화에 대해 그녀에게 약간 불만을 느끼고 있는 것 같았다. 그녀에 대한 그의 태도에는 노여움의 그림자가 있었지만, 그 이상은 아니었다. '당신은 나하고 터놓고 얘기하려고 하지 않았지만,' 그는 마음속으로 그녀한테 이렇게 얘기하고 있는 것 같았다. '그것은 당신을 위해서 좋지가 않아 이제는 당신이 나한테 졸라댈 테지만 난 이제 다시는 터놓고 얘기하지 않겠어. 당신은 더욱더 불리해질 뿐이야.' 그는 마음속으로 이렇게 말했다. 마치 불을 끄려고 쓸데없는 노력을 되풀이하던 사람이 자기의 그 쓸데없는 노력에 대해 화를 내며 '에잇, 될 대로 되어라! 탈 대로 타거라!' 하고 내던져버리고 마는 것과 같은 식이었다.

직무에서는 총명하고 세심했던 이 사람이 아내에 대한 그러한 태도가 얼마나 어리석은지는 조금도 이해하지 못했던 것이다. 그가 그것을 이해하지 못한 이유는 현재의 자기 처지를 정확히 알게 되는 것이 그로서는 너무나 두려웠기 때문이다. 그래서 그는 마음속으로 가족, 즉 아내와 아들에 대한 감정을 담아두었던 상자를 야무지게 닫아 자물쇠로 잠그고 그 위에 봉인까지 해버렸다. 주의깊은 아버지였던 그가 이 겨울의 끝무렵부터 유달리 아들에게 냉담해지고, 아들에게도 아내한테와 마찬가지로 야유하는 듯한 태도를 갖게 되었다. '어이! 젊은이!' 아들을 그렇게 부르기도 했다.

알렉세이 알렉산드로비치는 올해처럼 직무상의 일이 많은 해는 이제까지 없었다고 생각했으며, 사람들에게도 그렇게 얘기했다. 그러나 그는 올해에는 자기가 나서서 여러 가지 일들을 찾아냈고, 그것이 실은 그 상자―그 속에 간수해두는 기간이 길어질수록 더욱더 두려워지는 아내와 가족에 대한 감정과 생각이 들어 있는 상자―를 열지 않기 위한 방법이었음을 의식하지 못하고 있었다. 만약 누군가가 알렉세이 알렉산드로비치에게 아내의 행위에 대해 그가 어떻게 생각하고 있는가를 물을 권리를 지녔다고 하더라도, 부드럽고 온화한 알렉세이 알렉산드로비치는 어떤 대답도 하지 않았을 것이고 그런 것을 물은 사람에게 굉장히 화를 냈을 것이다. 이러한 이유에서, 알렉세이 알렉산드로비치의 얼굴에는 아내의 건강에 대해 질문을 받기만 해도 뭔가 오연하고 엄격한 빛이 나타났다. 알렉세이 알렉산드로비치는 자기 아내의 행위와 감정에 대해서는 아무것도 생각하려 하지 않았고, 또 실제로 생각하고 있지도 않았다.

알렉세이 알렉산드로비치의 별장은 페테르고프에 있었고, 언제나 여름이 되면 백작부인 리디야 이바노브나가 그 이웃에 와서 살며 안나와 끊임없이 교제를 계속했다. 그러나 올해 백작부인 리디야 이바노브나는 페테르고프의 생활을 거부하고 안나 아르카디예브나한테 한 번도 찾아오지 않았으며, 알렉세이 알렉산드로비치에게 안나와 벳시와 브론스키가 가깝게 지내는 것에 난색을 표했다. 알렉세이 알렉산드로비치는 자기 아내는 그런 의혹을 초월한 여자라는 생각을 얘기하고 엄중하게 그녀의 말을 저지했고, 그후로 백작부인 리디야 이바노브나를 피하게 됐다. 그는 이미 사교계의 많은 사람들이 그의 아내를 곁눈질로 보고 있다는 것을 알려고도 하지 않았고, 알지도 못했다. 또 어째서 아내가 벳시가 살고 있으며, 브론스키 연대의 야영지에서 가까운 차르스코예로 굳이 가겠다고 우겼는지도 이해하려고 하지 않았으며, 이해하지도 못했다. 그는 그것에 대해 생각하는 일을 자기 자신에게 허용하지도 않았고, 실제로 생각하지도 않았다. 그러나 동시에 그는 마음속으로도 결코 자기 자신에게 그렇다고 수긍해본 적도 없고 또 그것에 대한 증거는커녕 의혹마저 가지고 있지 않으면서도, 자기가 배신을 당한 남편이라는 것을 똑똑히 알고 있었고, 그 때문에 몹시 불행했다.

지난 팔 년간 아내와 행복한 생활을 하는 동안에 세상의 부정한 아내들과 배신당한 남편들을 보고 알렉세이 알렉산드로비치는 얼마나 마음속으로 중얼거렸던가. '어째서 저렇게 될 때까지 내버려둘까? 어째서 저런 추악한 상황을 해결하려고 하지 않을까?' 그러나 막상 그 불행이 자기 머리 위에 떨어지자 그는 이 상황을 어떻게 해결할 것인가를 생각하지 않았을 뿐만 아니라 전혀 그 사실을 알리고조차 하지 않았다. 알리고 하지 않았던 것은 다름아니라 그 사실이 그에게는 너무나 두렵고 너무나 부자연스러웠기 때문이었다.

외국에서 돌아온 후 알렉세이 알렉산드로비치는 두 차례 별장으로 갔었다. 한 번은 식사를 하고 한 번은 손님들과 저녁을 지냈으나, 지난해까지의 습관과 달리 하룻밤도 머물지 않았다.

경마날은 알렉세이 알렉산드로비치에게 특히 바쁜 날이었다. 그러나 그는 이미 아침부터 그날의 예정을 머릿속에 그리고, 점심을 일찌감치 먹고 나서 곧장 별장의 아내한테 갔다가 거기서 바로 궁정 사람들이 모두 임석하기로 되어 있어서 자기도 참석해야만 하는 경마장에 나가봐야겠다고 결심했다. 아내를 찾아가는 것은 예의상 일주일에 한 차례는 들르기로 스스로 정해두었기 때문이다. 그뿐만 아니라 그날은 15일이었기에 관행에 따라 생활비를 아내한테 건네야 하기도 했다.

아내에 대해 이러한 모든 것을 생각하면서도, 그는 자기 생각을 지배하는 습관 이상으로는 아내에 관한 생각의 범위를 넓히지 않으려고 했다.

그날 아침 알렉세이 알렉산드로비치는 일이 아주 많았다. 전날 밤 그는 백작부인 리디야 이바노브나에게서 현재 페테르부르크에 머물고 있는 유명한 중국 여행가*의 작은 책자와 함께 여러 면으로 아주 흥미 있고 또 유용한 인물이기도 한 그 여행가를 만나주었으면 한다는 간청의 편지를 받았다. 알렉세이 알렉산드로비치는 그 작은 책자를 전날 밤에 다 읽을 수 없었기에 그날 아침에야 겨우 끝냈다. 그러고 나서 청원자들이 나타나고, 보고 접견 임명 파면 포상 연금 봉급 분배 편지 작성 등등 알렉세이 알렉산드로비치가 노역이라고 부르고 있었던, 꽤 많은 시간을 잡아먹는 사무가 시작되었다. 그다음에는 의사와 집사의 내방이라는 개인적인 일이 있었다. 집사는 그다지 많은 시간을 뺏지 않았다. 그는 그저 알렉세이 알렉산드로비치에게 필요한 돈을 건네고, 금년에는 여행이 잦았으므로 비용이 많이 들어 적자가 되었다며 재정 상태에 대해 그닥 달갑지 않은 간단한 보고를 했을 뿐이었다. 그에 반해 페테르부르크의 유명한 박사이고 알렉세이 알렉산드로비치와 친한 사이였던 의사는 오랜 시간 머물다 갔다. 알렉세이 알렉산드로비치는 그날 그가 오리라고는 생각지도 않았기에 놀라기도 했지만, 그보다 더 놀란 것은 박사가 알렉세이 알렉산드로비치에게 굉장히 면밀하게 병태를 묻고 그의 가슴을 청진하고 간장 부분을 타진하고 촉진하기도 한 일이었다. 알렉세이 알렉산드로비치는 그의 벗인 리디야 이바노브나가 금년에 그의 건강이 좋지 않음을 알아채고 박사에게 한번 찾아가서 진찰해달라고 부탁했다는 사실을 몰랐던 것이다. "나를 위해서 그렇게 해주

* 유명한 여행가는 P. 파세츠키일지도 모른다. 1874년에 그는 의사 겸 화가의 자격으로 중국 탐험대에 가담했다. 파세츠키의 저서 『중국기행』은 1874년과 1875년에 출간되었다. 그의 수기는 유럽에 두루 번역되었다. 혹은 유명한 불교 연구가 I. P. 미나예프를 염두에 둔 것일 수도 있다. 톨스토이는 『안나 카레니나』의 집필에 앞서 『초등교과서』를 쓰던 몇 해 동안 철학과 동방의 민중시가에 대단한 관심을 가지고 있었다.

세요." 백작부인 리디야 이바노브나는 박사에게 말했다.

"난 러시아를 위해서 그렇게 하겠습니다, 백작부인." 박사가 대답했다.

"정말 훌륭한 분이에요!" 백작부인 리디야 이바노브나가 말했다.

박사는 알렉세이 알렉산드로비치를 진찰하고 매우 불만스러워했다. 그는 간장이 현저히 비대해지고 영양이 줄어 온천도 아무런 효과가 없었다는 것을 발견했다. 그는 되도록이면 신체 운동을 많이 하고 정신적인 긴장을 줄이고 특히 마음의 고통을 전적으로 피하라는 등 알렉세이 알렉산드로비치로서는 호흡을 끊으라는 얘기나 다름없는 불가능한 사항을 지시하고, 알렉세이 알렉산드로비치의 마음속에 자기 몸에 어딘가 좋지 않은 데가 있으며 그것을 고친다는 것은 도저히 불가능하다는 불쾌한 의식을 남겨놓고 떠났다.

알렉세이 알렉산드로비치의 집을 나오면서 박사는 현관 층계에서 그와 유달리 친숙했던 알렉세이 알렉산드로비치의 비서 슬류딘을 만났다. 그들은 대학 동창으로 가끔씩밖에 만나지 않았지만 서로 존경하는 사이였으므로, 박사는 병자에 대해 누구에게도 얘기하지 않았을 만큼 노골적인 의견을 슬류딘에게는 털어놓았다.

"자네가 보러 와줘서 정말 기뻐." 슬류딘은 말했다. "정말 좋지가 않아. 나도 그런 생각이 들었어…… 그래 어떤가?"

"말하자면 이래." 박사는 슬류딘의 머리 너머로 마차를 가져오라고 마부에게 손짓하면서 말했다. "그게 이래." 박사는 하얀 손에 염소가죽 장갑을 들고 손가락 부분을 잡아당기면서 말했다. "악기의 현을 적당히 죄어놓고 나서 끊으려고 해봐. 손쉽게 끊어지지 않아. 그렇지만 더이상 늘어나지 않을 만큼 잔뜩 죄어놓고 그 위에 손가락 하나의 무게만이라도 가하면 당장 끊어지고 말아. 마찬가지로 저분은 자기 직무에 대해서 끈기 있고 성실하시기 때문에 극도로 긴장되어 있단 말야. 더구나 다른 일로도 압박감이 있으신 것 같아." 박사는 의미심장하게 눈썹을 올리고 말을 맺었다. "그래 자네도 경마장에 나가보겠나?" 이렇게 묻고 나서 그는 도착한 마차를 향해 층계를 내려가면서 덧붙였다. "그럼, 그럼, 물론이야, 꽤 시간이 걸릴 거야." 슬류딘이 뭐라고 얘기했으나, 박사는 잘 알아듣지 못하고 이렇게 대답했다.

턱없이 많은 시간을 보내고 간 박사에 이어 유명한 여행가가 나타났다. 알렉세이 알렉산드로비치는 방금 읽은 작은 책자에서 얻은 지식과 이전부터 가지고 있던 관련 지식을 이용하여 그 주제에 대한 깊은 조예와 넓은 견해를 피력함으로써 여행가를 놀라게 했다.

여행가와 동시에 페테르부르크에 나온 지방장관의 내방이 전해져 그는 그 사람과도 몇 마디 나누어야 했다. 그 사람이 돌아가자 이번에는 비서와 함께 일상 업무를 정리해야 했고, 또 심각하고 중대한 사건을 의논하기 위해 어떤 명사를 방문해야 했다. 알렉세이 알렉산드로비치는 정해진 식사시간인 다섯시가 되어서야 겨우 돌아와서 비서와 함께 식사를 한 다음, 별장에 들렀다가 경마장을 돌아보고 와야겠으니 동행해달라고 그에게 부탁했다.

어찌된 영문인지 그 자신도 잘 몰랐지만, 알렉세이 알렉산드로비치는 요즘 들어 아내와 만날 때는 언제나 제삼자를 동석시킬 기회를 찾았다.

27

안나는 위층의 거울 앞에 서서 안누시카의 도움을 받으며 드레스의 마지막 리본을 매고 있다가, 현관 앞 차도 쪽에서 자갈 위로 마차 바퀴 구르는 소리를 들었다.

'벳시가 오기엔 아직 이른데.' 그녀는 생각했다. 창문으로 내다보니 한 대의 사륜 여행마차와 그 속에서 쑥 나와 있는 검은 모자, 그리고 낯익은 알렉세이 알렉산드로비치의 귀가 보였다. '어머나, 공교롭게도. 묵고 갈 생각일지도 몰라.' 그녀는 생각했다. 그러나 이로 인해 일어날 수 있는 모든 사태가 너무나 두렵고 끔찍하게 여겨졌으므로, 곧바로 그 생각을 멈추고 쾌활하고 밝은 얼굴로 그를 맞으러 뛰어나갔다. 그리고 자신의 몸속에 이미 친숙해진 허위와 기만의 영혼이 숨쉬고 있음을 느끼면서 곧 그 영혼에 몸을 맡기고 자기 자신도 무슨 말을 하고 있는지 모른 채 입에서 나오는 대로 지껄이기 시작했다.

"어머나, 정말 잘 왔어!" 그녀는 남편에게 손을 내밀고, 한편으로는 가족이나 다름없는 슬류딘과 웃는 얼굴로 인사를 나누면서 말했다. "당신 자고 갈 거지, 그렇지?" 이것이 허위의 영혼이 그녀에게 귀띔한 최초의 말이었다. "이제 같이 가. 다만 좀 곤란한 것은 난 벳시하고 약속을 했어. 그녀가 날 데리러 들를 거야."

알렉세이 알렉산드로비치는 벳시의 이름을 듣자 살짝 눈살을 찌푸렸다.

"오, 난 떨어질 수 없는 것을 억지로 떼놓으려 하지는 않아." 그는 예의 그 농담조로 말했다. "난 미하일 바실리예비치하고 같이 가겠어. 의

사도 걷는 게 좋다고 하니까. 난 천천히 걸어가리다, 온천에 와 있는 셈 치고."

"급하게 서두를 것은 없어." 안나는 말했다. "차 마실래요?" 그녀는 벨을 울렸다.

"차 가져다줘요. 그리고 세료자한테 알렉세이 알렉산드로비치가 오셨다고 전해줘요. 그건 그렇고, 당신 몸은 어때? 미하일 바실리예비치, 당신은 여긴 처음이겠군요. 보세요, 우리 테라스는 정말 좋죠." 그녀는 줄곧 이쪽저쪽으로 얼굴을 돌리면서 지껄였다.

그녀는 아주 단순하게, 그리고 자연스럽게 입을 놀렸다. 그러나 지나치게 수다스럽고 말이 빨랐다. 그녀 자신도 그것을 느꼈다. 특히 자기를 바라보는 미하일 바실리예비치의 호기심에 찬 시선에서 마치 자기를 관찰하고 있는 듯한 기미를 알아채고 더욱 강하게 그런 느낌을 받았다.

미하일 바실리예비치는 곧 테라스로 나갔다.

그녀는 남편의 옆자리에 앉았다.

"당신 안색이 그다지 좋지 않은 것 같아." 그녀가 말했다.

"응." 그는 끄덕였다. "오늘도 의사가 찾아와서 한 시간쯤 시간을 빼앗겼지. 내 친구 누군가가 그 사내를 보냈나봐. 그만큼 내 건강이 귀중하다는 건지……"

"아니, 그래 의사가 뭐라고 했어?"

그녀는 그에게 건강과 업무에 관한 것을 묻고, 휴가를 얻어 자기한테 옮겨오라고 권했다.

이 모든 것들을 그녀는 쾌활하고 재빠르게, 유달리 반짝이는 눈빛으로 말했다. 그러나 알렉세이 알렉산드로비치는 이제 그녀의 이러한 어조에서 어떤 의미도 찾으려 하지 않았다. 그는 그저 그녀의 말에 귀를 기울이고 그 말이 갖는 직접적인 의미만을 받아들일 뿐이었다. 그리고 그는 단순하게, 농담까지 섞어가며 그녀에게 대꾸했다. 이 모든 대화에 특별한 점은 조금도 없었으나, 안나는 그뒤 이 짧은 장면을 생각할 때면 늘 쓰라리게 아픈 수치심을 느꼈다.

가정교사를 따라 세료자가 들어왔다. 만약 알렉세이 알렉산드로비치가 굳이 관찰하려고 마음먹었다면 그는 분명 세료자가 먼저 아버지를, 다음에 어머니를 바라보는, 머뭇거리는 듯 당황한 시선을 알아챘을 것이다. 그러나 그는 아무것도 보려 하지 않았고 또 실제로도 보지 못했다.

"어이, 젊은이! 많이 컸군. 정말 어른이 다 됐는걸. 잘 있었나, 젊은이."

이렇게 말하고 그는 겁먹은 듯한 세료자에게 손을 내밀었다.

아버지에 대해 세료자는 이전에도 수줍어했지만 알렉세이 알렉산드로비치가 요즘 들어 그를 젊은이라고 부르기 시작하고, 또 그의 머릿속에 브론스키가 자신의 편인가 적인가 하는 수수께끼가 찾아든 뒤로는 더욱더 아버지를 꺼리게 되었다. 그는 마치 구조라도 바라는 듯이 어머니 쪽을 돌아보았다. 그는 그저 어머니하고 단둘이 있는 것만이 좋았다. 알렉세이 알렉산드로비치는 그사이 가정교사에게 말을 걸면서 아들의 어깨를 누르고 있었다. 안나의 눈에 세료자는 몹시 거북하여 어찌할 바를 몰라 막 울음을 터뜨릴 것처럼 보였다.

아들이 들어온 순간 얼굴이 붉어졌던 안나는 세료자가 거북해하자

자리를 차고 일어나 아들의 어깨에서 알렉세이 알렉산드로비치의 손을 치우고, 아들한테 입을 맞춘 다음 테라스로 데리고 나가더니 곧 혼자 돌아왔다.

"그건 그렇고 이제 시간이 다 됐어." 그녀는 자기 시계를 들여다보고 말했다. "벳시는 어째서 안 온담!······"

"그렇군." 알렉세이 알렉산드로비치는 일어서서 손깍지를 끼고 손가락 꺾는 소리를 냈다. "당신한테 돈을 건네려고도 들렀어. 꾀꼬리도 동화만으로는 기르지 못하니까." 그는 말했다. "당신에게 필요할 거야, 틀림없이."

"아니, 필요 없어······ 그래, 필요해." 그녀는 그를 쳐다보지 않고 머리 끝까지 얼굴을 붉히면서 말했다. "그럼 당신은 경마장에서 이리로 돌아오겠지?"

"오, 그럼!" 알렉세이 알렉산드로비치는 대답했다. "저기 페테르고프의 미인 트베르스카야 공작부인이 오시는군." 그는 창문으로 아주 작은 차체를 굉장히 높게 달고 멍에를 얹지 않은 영국풍 승용마차가 다가오는 것을 보고 덧붙였다. "아니, 정말 굉장히 호화롭군! 훌륭한걸! 자, 그럼 우리도 이젠 가볼까."

트베르스카야 공작부인은 마차에서 나오지 않았다. 그저 각반과 목도리를 두르고 검은 모자를 쓴 그녀의 하인만이 현관 옆에서 뛰어내렸다.

"나 그럼 다녀올게, 안녕!" 안나는 이렇게 말하고 아들에게 입을 맞춘 다음 알렉세이 알렉산드로비치 쪽으로 다가가 그에게 손을 내밀었다. "당신이 와줘서 정말 좋아."

알렉세이 알렉산드로비치는 그녀의 손에 입을 맞췄다.

"자, 그럼 이따 봐. 차 마시러 들르겠지, 아이, 기뻐라!" 그녀는 환한 얼굴로 즐겁게 나갔다. 그러나 그의 앞을 벗어나자마자 그녀는 자기 손에 그의 입술이 닿은 곳을 생생하게 느끼고 혐오감에 몸을 떨었다.

28

알렉세이 알렉산드로비치가 경마장에 나타났을 때, 안나는 벌써 상류사회 전체가 모여 있는 스탠드에 벳시와 나란히 자리를 잡고 있었다. 그녀는 멀리서도 남편을 알아보았다. 두 남자, 남편과 애인은 그녀에게는 생활의 두 중심이어서 외부적인 감각의 도움 없이도 그들의 접근을 감지할 수 있었다. 그녀는 이미 멀리서부터 남편의 접근을 느끼고 무의식중에 사람들의 물결 속에서 움직이는 그를 주시하고 있었다. 그녀는 그가 아첨하는 듯한 인사에 겸손하게 답례하기도 하고, 정답고 허심탄회한 태도로 동료들과 인사를 나누기도 하고, 권세 있는 사람들의 시선을 열심히 포착하려 들기도 하고, 귀 끝을 누르고 있던 둥글고 큼직한 모자를 벗으면서 스탠드 쪽으로 다가오고 있는 것을 보았다. 그녀는 그의 이러한 거동을 잘 알고 있었고, 그 모든 것이 그녀에게는 메스꺼운 것들이었다. '공명심과 출세욕, 그의 마음속에 있는 것은 단지 그것뿐이다.' 그녀는 생각했다. '고귀한 견해라든지 문명에 대한 사랑이라든지 종교라든지 하는 것들은 모두 출세를 위한 무기에 지나지 않는다.'

부인석 쪽을 바라보는 그의 시선에서(그는 그녀가 있는 쪽을 똑바로 보았으나 모슬린이며 리본이며 깃이며 양산이며 꽃의 바다 속에서는 아내를 알아볼 수가 없었다) 그녀는 자기를 찾고 있다는 것을 알았지만, 일부러 못 본 체했다.

"알렉세이 알렉산드로비치!" 공작부인 벳시가 그에게 소리쳤다. "당신은 부인이 보이지 않으시죠. 바로 여기 계세요!"

그는 특유의 싸늘한 미소를 띠었다.

"여긴 어쩌나 화려한지 눈이 아찔하군요." 그는 이렇게 말하고 스탠드 안으로 들어왔다. 그는 방금 헤어진 아내를 보자 남편으로서 아내에 대해 마땅히 보여야 할 정도의 미소만을 지어 보이고, 공작부인과 그 밖의 다른 지인들에게 각각 필요한 정도의 예의를 차렸다. 말하자면 부인들한테는 농담을 하고, 남자들과는 인사말을 주고받았다. 스탠드 바로 아래쪽에는 알렉세이 알렉산드로비치가 평소 존경하는, 박식과 교양으로 이름 높은 시종무관장이 서 있었다. 알렉세이 알렉산드로비치는 그를 상대로 얘기를 시작했다.

마침 다음 경마까지 쉬는 시간이었으므로 대화에 방해되는 것은 아무것도 없었다. 시종무관장은 경마를 비난했다. 알렉세이 알렉산드로비치는 그것을 변호하면서 반박했다. 안나는 그의 가느다랗고 유창한 목소리를 한마디도 놓치지 않고 듣고 있었다. 그의 한마디 한마디가 그녀에겐 허위처럼 여겨졌고 그녀의 귀를 아프게 찔렀다.

사 베르스타의 장애물 경주가 시작되자 그녀는 몸을 앞으로 구부린 채 곁눈질 한 번 하지 않고 브론스키가 말 옆으로 다가가서 올라타는 모습을 바라보았고, 동시에 남편의 입에서 쉼 없이 흘러나오는 메스꺼운 목소리를 듣고 있었다. 그녀는 브론스키에 대한 불안으로 괴로웠지만 그보다 더 괴로운 것은 귀에 익은 남편의 가느다란 목소리, 그녀에게 쉼 없이 들려오는 그 목소리의 울림이었다.

'난 나쁜 여자다, 타락한 여자다.' 그녀는 생각했다. '그렇지만 난 거짓말은 하기 싫다. 난 거짓말은 참지 못하니까. 그러나 그의 일용할 양식은 바로 허위다. 모든 걸 다 알고 있고 다 꿰뚫고 있으면서도 저렇게 태연하게 얘기할 수 있다니 그는 도대체 무슨 생각을 하는 것일까? 만약 그가 날 죽여버리든지 브론스키를 죽여버리면 난 그를 존경하련만. 그러나 어림없어, 그한테 필요한 것은 허위와 체면뿐이다.' 안나는 자기가 남편한테 무엇을 요구하고 있는지, 남편이 어떤 사람이 되었으면 하고 바라는 것인지는 생각지도 않고 혼잣말을 했다. 그녀는 이렇게까지 자기를 짜증나게 하는, 오늘따라 유난한 알렉세이 알렉산드로비치의 요설이 그의 마음속 혼란과 불안의 표현에 지나지 않음을 조금도 알아채지 못했다. 마치 어딘가에 세게 부딪힌 아이가 아픔을 잊기 위해 손발을 놀려 근육을 움직이는 것처럼, 알렉세이 알렉산드로비치에겐 지금 눈앞에 아내와 브론스키가 있고 더구나 그의 이름이 끊임없이 되풀이되는 상황에서 자꾸만 그의 머릿속에 떠오르는 아내에 대한 생각을 억누르기 위해 아무래도 정신적인 활동이 필요했던 것이다. 뛰는 일이 아이에게 자연스럽듯, 입담 좋고 재치 있게 지껄이는 일이 그에게도 자연스러웠던 것이다. 그는 말했다.

"군인, 즉 기병의 경마에서 위험요소란 경마의 불가결한 조건이지요. 만약 영국 군사軍史의 가장 빛나는 업적으로 기병의 활동을 꼽을 수 있다면, 이는 오로지 영국이 역사적으로 사람과 동물의 힘을 발전시켜온 덕분이고요. 제 견해로 스포츠라고 하는 것은 말입니다, 큰 의의를 가지고 있어요. 그러나 우리는 언제나처럼 가장 피상적인 면만을 보고 있는 겁니다."

"피상적인 것만은 아녜요." 트베르스카야 공작부인이 말했다. "어느 장교는 늑골이 두 개나 부러졌다는 거예요."

알렉세이 알렉산드로비치는 이를 드러내놓을 뿐 그 이상 아무런 의미가 없는 특유의 미소를 지었다.

"그럼 공작부인, 피상적인 것이 아니라고 합시다." 그는 말했다. "다시 말해 본질적인 것이라고 해요. 그러나 문제는 거기에 있는 게 아니에요." 이렇게 말하고 그는 다시 장군을 돌아보며 그를 상대로 진지하게 이야기했다. "경주에 참가하는 이들은 스스로 그 직업을 선택한 군인임을 잊어서는 안 됩니다. 또 모든 직업은 영광의 이면을 가지고 있다는 것을 아셔야 합니다. 이것이 곧 군인으로서의 직무니까요. 권투라든가 스페인식 투우라든가 하는 종류의 추악한 경기는 야만의 표상입니다. 그렇지만 전문화된 경기는 문화의 표상이지요."

"아니에요, 난 이제 두 번 다시 오지 않겠어요. 이런 짓은 나에겐 너무나 자극이 심해요." 공작부인 벳시는 말했다. "그렇지 않아요, 안나?"

"그래요, 마음을 걷잡을 수 없군요, 그렇지만 보지 않을 수도 없어요." 다른 부인이 말했다. "만약 내가 로마제국의 부인이었다면 검투 경기를 한 번도 안 놓쳤을 거예요."

안나는 한마디도 하지 않고 망원경을 눈에 댄 채 한 곳만을 보고 있었다.

이때 키가 큰 장군이 관람석을 가로질러 지나갔다. 그러자 알렉세이 알렉산드로비치는 이야기를 뚝 끊고 급히, 그러나 점잖게 일어서서 장군에게 허리를 굽혀 인사했다.

"당신은 경주에 참가하지 않으십니까?" 장군은 그에게 농담조로 물었다.

"내 경주는 훨씬 더 어려운 것이죠." 알렉세이 알렉산드로비치는 공손히 대답했다.

이 대답에는 특별한 의미가 있는 게 아니었지만, 장군은 총명한 사람한테서 총명한 대꾸를 들었다는 듯한 시늉을 하고 충분히 상대방의 *재치*를 음미했다.

"거기엔 두 가지 측면이 있습니다." 알렉세이 알렉산드로비치는 앉으면서 다시 말을 계속했다. "경기자와 관람자입니다. 그런 구경거리를 좋아한다는 것은 관람자의 문화 수준이 낮다는 정확한 증거이긴 하겠죠. 나도 그것엔 동감합니다, 그렇지만……"

"공작부인, 거십시다!" 벳시에게 말을 거는 스테판 아르카디치의 목소리가 아래쪽에서 들려왔다. "당신은 누구한테 거시겠습니까?"

"난 안나하고 같이 쿠조블레프 공작한테." 벳시가 대답했다.

"난 브론스키에게. 장갑 한 켤레."

"그래요, 좋아요!"

"정말 훌륭하군요, 안 그래요?"

알렉세이 알렉산드로비치는 자기 주위에서 사람들이 얘기하고 있는 동안은 잠자코 있었으나 이내 또 말을 계속했다.

"나도 동감입니다, 그러나 남성적인 경기라 함은……" 그는 계속하려고 했다.

그러나 그때 기수들이 뛰어나갔으므로 모든 이야기가 딱 그쳤다. 알렉세이 알렉산드로비치도 입을 다물었고, 모두들 몸을 일으켜 시내 쪽을 바라보았다. 알렉세이 알렉산드로비치는 경마 자체에는 흥미가 없었으므로 기수들 쪽은 보지 않고 지친 눈동자로 멀거니 구경꾼들 쪽을 둘러보기 시작했다. 그의 시선은 안나의 얼굴 위에 멈췄다.

그녀의 얼굴은 파리하게 굳어 있었다. 그녀는 분명 한 사람 외에는 아무것도, 아무도 보지 않고 있었다. 그녀의 손은 발작적으로 부채를 꼭 쥐고 있었다. 그녀는 숨도 쉬지 않았다. 그는 그녀를 잠시 보고 있다가 얼른 눈을 돌리고 다른 사람들의 얼굴을 바라보았다.

'그렇다, 저 부인도 다른 부인들도 역시 마찬가지로 굉장히 흥분하고 있다. 이것은 아주 자연스러운 일이다.' 알렉세이 알렉산드로비치는 혼잣말을 했다. 그는 그녀를 보지 않으려고 했다. 그러나 그의 눈은 저도 모르게 그녀에게로 끌려들었다. 그는 또다시 그녀의 얼굴에 시선을 멈추고 거기에 아주 분명하게 나타나 있는 것을 읽지 않으려 애썼으나, 두렵게도 그는 알고 싶지 않았던 것을 그 얼굴에서 읽고 말았다.

시내에서 쿠조블레프의 첫번째 낙마는 사람들을 모두 동요하게 했으나, 알렉세이 알렉산드로비치는 안나의 의기양양하고 창백한 얼굴에서 그녀가 주시하는 상대가 떨어진 게 아니라는 사실을 분명히 알 수 있었다. 또 마호틴과 브론스키가 큰 목책을 뛰어넘은 후 그 뒤를 따르던 장교가 거꾸로 떨어져 빈사의 중상을 입는 바람에 공포의 술렁임이 관중 전체에 번졌을 때에도 알렉세이 알렉산드로비치는 안나가 그 일을 알아채지도 못하고 주위의 사람들이 무엇 때문에 시끄럽게 수선거리는지조차 거의 모르고 있는 듯한 눈치를 보았다. 그러나 그는 더욱더 집요하게 계속해서 그녀의 얼굴을 들여다보았다. 안나는 달리고 있는 브론스키의 모습에 완전히 정신이 팔려 있으면서도, 옆에서 자기에게 쏘는 남편의 싸늘한 시선을 느끼고 있었다.

그녀는 살짝 눈을 돌려 의심쩍은 듯이 남편의 얼굴을 보았으나, 가볍게 눈살을 찌푸렸을 뿐 다시 얼굴을 돌려버렸다.

'아아, 난 이제 어떻게 되든 상관없어.' 그녀는 마치 그에게 이렇게 이야기하는 것 같았고 그뒤로는 한 번도 그를 보지 않았다.

이번 경마는 불운한 것이었다. 열일곱 명의 기수 가운데 반수 이상이 낙마해서 몸을 다쳤다. 경주가 막바지에 이르자 사람들은 더욱더 흥분했고, 그 흥분은 황제가 불만의 빛을 보였기 때문에 한층 커졌다.

29

모든 사람들이 고래고래 비난의 화살을 퍼붓고 누군가의 입에서 새어나온 구절, '사자가 나오는 서커스만 있으면 딱이겠군'이라는 말을 되풀이했다. 모든 사람들이 한결같이 두려움을 느끼고 있었으므로, 브론스키가 낙마하자 안나가 큰 소리로 놀라움의 비명을 지른 것도 별로 희한하게 느껴지지는 않았다. 그러나 바로 뒤이어 안나의 안색에는 심상치 않은 변화가 뚜렷이 일어났다. 그녀는 완전히 제정신을 잃었다. 그녀는 붙잡힌 새처럼 몸부림치기 시작했다. 일어서서 어딘가로 가려고도 하고, 벳시를 돌아보기도 했다.

"갑시다, 갑시다." 안나가 말했다.

그러나 벳시는 그 말을 듣고 있지 않았다. 그녀는 몸을 구부리고 아래쪽의 장군과 얘기를 나누고 있었다.

알렉세이 알렉산드로비치는 안나의 옆으로 다가가서 점잖게 손을 내밀었다.

"같이 갑시다, 만약 당신이 괜찮다면." 그는 프랑스어로 말했으나, 안나는 장군의 얘기에 귀를 기울이느라 남편의 목소리는 듣지 못했다.

"역시 다리가 부러졌다는 얘긴가봐요." 장군은 말했다. "아니, 이거 정말 말이 아닙니다."

안나는 남편한테는 대꾸하지 않고 망원경을 들어 브론스키가 떨어진 곳을 보았다. 그러나 거리가 워낙 떨어져 있는데다가 사람들이 잔뜩 몰려 있어서 아무것도 분간할 수가 없었다. 그녀는 망원경을 내리고 막 일어서려고 했다. 그러나 그때 한 장교가 말을 타고 달려와서 황제한테 무엇인가를 아뢰었다. 안나는 몸을 앞으로 쑥 내밀고 귀를 세웠다.

"스티바! 스티바!" 그녀는 오라버니한테 소리쳤다.

그러나 오라버니는 그 소리를 듣지 못했다. 그녀는 다시 나가려고 했다.

"난 다시 한번 내 손을 당신한테 내밀겠소, 만약 가고 싶다면." 알렉세이 알렉산드로비치가 그녀의 손을 잡으려고 하면서 말했다.

그녀는 혐오의 빛을 띠고 그에게서 물러서며 얼굴을 쳐다보지도 않은 채 대꾸했다.

"아녜요, 아녜요, 내버려두세요. 난 아직 가지 않겠어요."

그녀는 그때 브론스키가 떨어진 곳에서 한 장교가 경기장을 가로질러 스탠드 쪽으로 뛰어오는 것을 보았다. 벳시가 손수건을 흔들어 그를 불렀다.

장교는 기수가 다치지는 않았으나 말의 등뼈가 부러졌다는 소식을 전했다.

그 말을 듣자 안나는 털썩 주저앉으며 부채로 얼굴을 가렸다. 알렉세이 알렉산드로비치는 그녀가 울고 있고, 눈물을 참지 못하고 있을 뿐만 아니라, 가슴을 들먹이게 하는 흐느낌조차 억누르지 못하는 것을 보았다. 알렉세이 알렉산드로비치는 몸으로 그녀를 가리고 그녀에게 정신을 가다듬을 시간을 주었다.

"세번째로, 난 당신한테 내 손을 주겠소." 그는 잠시 있다가 그녀를 돌아보고 말했다. 안나는 그를 쳐다보았으나 무슨 말을 해야 할지 몰랐다. 공작부인 벳시가 그녀를 도우려 했다.

"아녜요, 알렉세이 알렉산드로비치, 안나는 내가 데려왔고 또 내가 바래다주기로 약속했어요." 벳시가 말참견을 했다.

"미안하지만, 부인." 그는 은근한 미소를 띠고, 그러나 상대의 눈을 뚫어지게 들여다보면서 말했다. "안나는 기분이 그다지 좋지 않은 것 같으니 나하고 같이 돌아가게 해주셨으면 합니다."

안나는 깜짝 놀란 듯이 주위를 둘러보고 공손하게 일어서서 남편의 손 위에 자기 손을 놓았다.

"내가 그에게 사람을 보내 물어봐가지고 알려드릴게요." 벳시는 그녀에게 속삭였다.

관람석의 출구에서 알렉세이 알렉산드로비치는 언제나처럼 만나는 사람 모두와 얘기를 주고받았고, 안나도 언제나 그렇듯이 대꾸하거나 말을 건네지 않으면 안 되었다. 그러나 그녀는 제정신이 아니었고 꿈이라도 꾸고 있는 듯 멍하니 남편의 팔에 매달려 걸어갔다.

'죽지나 않았는지 몰라, 괜찮을까? 정말일까? 올 수 있을까? 오지 않을까? 오늘 그이를 만나게 될까?' 그녀는 생각했다.

그녀는 묵묵히 알렉세이 알렉산드로비치의 사륜 여행마차에 올라타고 붐비는 마차들 속을 빠져나갔다. 알렉세이 알렉산드로비치는 모든 사실을 목격했음에도 불구하고 여전히 자기 아내의 진정한 모습에 대해 생각을 피하려 했다. 그는 그저 외면적인 조짐을 보았을 뿐이었다. 그는 그녀의 몸가짐이 점잖지 않았음을 보았으므로 그 점을 그녀에게 주의시키는 것이 자신의 의무라고 생각했다. 그러나 그 말만 하고 더이상 이야기하지 않는다는 것은 그에게 지극히 어려운 일이었다. 그는 그녀가 어떤 면에서 몸가짐을 점잖지 않게 했는지를 얘기해주려고 입을 열었으나, 저도 모르게 전혀 엉뚱한 이야기를 하고 말았다.

"이러니저러니 해도 우리는 모두 저런 잔인한 구경거리를 좋아하는 경향이 있단 말이야." 그는 말했다. "난 그렇게 알고 있어……"

"뭐라고요? 난 모르겠어요." 안나는 비웃듯이 말했다.

그는 발끈해서 곧바로 하고 싶었던 말을 꺼내놓았다.

"난 당신한테 말하지 않으면 안 되겠어." 그는 말문을 열었다.

'자, 담판이다.' 그녀는 생각했고, 그러자 그녀는 두려워졌다.

"난 당신한테 오늘 당신의 몸가짐이 점잖지 않았다는 점을 말하지 않으면 안 되겠소." 그는 그녀에게 프랑스어로 말했다.

"어떤 면이 점잖지 않던가요?" 그녀는 그에게 고개를 홱 돌리고 그의 눈을 똑바로 들여다보면서 큰 소리로 말했다. 그러나 그녀는 이전처럼 무언가를 숨기고 있는 듯한 달뜬 표정이 아니었고, 결연한 태도 뒤로 지금 느끼고 있는 공포를 간신히 은폐하고 있는 듯 보였다.

"잊어선 안 돼요." 그는 마부의 뒤쪽에 열려 있는 창문을 가리키면서 그녀에게 말했다.

그는 몸을 일으켜 유리창을 닫았다.

"당신은 무엇을 점잖지 않다고 하는 거죠?" 그녀는 되풀이했다.

"기수 한 사람이 떨어졌을 때, 당신이 숨기지 못한 그 절망 말이오."

그는 그녀의 반박을 기다렸으나, 그녀는 앞을 바라볼 뿐 말이 없었다.

"난 진작부터 당신에게 사교계에서 당신에 대해 나쁜 말이 나돌지 않도록 처신해주길 당부했었소. 언젠가 나도 내면적인 관계라는 것을 얘기한 적이 있었지만, 지금은 그에 관해선 말하지 않겠소. 지금은 단지 외면적인 것에 대해서만 얘기하는 거요. 말하자면 당신의 태도가 점잖지 않았으니까, 난 그런 일이 두 번 다시 되풀이되지 않았으면 하는 거요."

그녀는 그의 말을 거의 듣고 있지 않았지만 그에 대해 공포를 느끼면서, 브론스키가 심하게 다치지 않았다는 게 정말일까 하는 생각만 하고 있었다. 기수는 괜찮지만 말의 등뼈가 부러졌다는 것이 그에 대한 이야기였을까? 그가 이야기를 끝마쳤을 때, 그녀는 그저 짐짓 비웃는 듯한 미소를 지어 보였을 뿐 한마디 대구도 하지 않았다. 그의 얘기를 듣고 있지 않았으므로. 처음에 알렉세이 알렉산드로비치는 거침없이 지껄이기 시작했지만, 자신의 말이 어떤 의미인가를 똑똑히 알자 그녀가 느끼고 있던 공포가 별안간 그에게도 전염되었다. 그는 그녀의 미소를 보았고, 그러자 기묘한 착각에 빠져들었다.

'그녀는 내 의심을 비웃고 있다. 그렇다, 언젠가 나에게, 그러한 의심

에는 근거가 없다고 가소롭다는 듯이 말했었어. 지금도 그 말을 되풀이 하려는 거겠지.'

모든 것에 대한 폭로가 그의 눈앞에 임박해 있는 지금, 그에게는 오직 그녀가 이전과 마찬가지로 자신의 의심이 가소롭고 근거 없는 것이라고 비웃는 듯한 답변을 해주었으면 하는 간절한 마음뿐이었다. 자기가 알게 된 사실이 너무나 두려웠으므로 그는 이제 어떤 말이라도 믿고 싶은 심정이 되었다. 그러나 겁에 질린 듯하면서도 음울한 그녀의 표정은 그에게 거짓된 희망조차 허락하지 않았다.

"혹은 내가 잘못 알고 있는지도 모르겠소." 그는 말했다. "만약 그렇다면 사과하겠소."

"아녜요, 당신은 잘못 알지 않았어요." 그녀는 그의 싸늘한 얼굴을 절망적으로 쳐다보면서 천천히 말했다. "당신은 잘못 알지 않았어요. 난 절망했고 절망하지 않을 수가 없었어요. 난 당신의 말을 들으면서 그를 생각하고 있어요. 난 그를 사랑하고 있어요, 난 그의 애인이에요, 난 당신을 견딜 수가 없어요, 난 당신을 두려워하고 있어요, 미워하고 있어요…… 당신이 하고 싶은 대로 해요."

그녀는 이렇게 말하고 마차의 한쪽 구석에 몸을 던지더니 두 손으로 얼굴을 가리고는 흐느끼기 시작했다. 알렉세이 알렉산드로비치는 꼼짝도 하지 않고 정면을 응시한 채 시선을 움직이지도 않았다. 그러나 그의 얼굴은 갑자기 죽은 사람처럼 장중한 부동의 빛을 띠었고, 이 표정은 별장까지 가는 내내 변하지 않았다. 집에 다다르자 그는 여전히 똑같은 표정으로 그녀를 돌아보았다.

"그래! 하지만 체면을 지키기 위한 외면적인 조건만은 꼭 지켜주길 바라오." 그의 목소리는 떨리기 시작했다. "내가 내 명예를 지킬 방법을 강구해서 당신에게 명시할 때까진."

그는 먼저 내려서 그녀가 마차에서 내리는 것을 도왔다. 하인들이 쳐다보는 앞에서 그는 그녀의 손을 묵묵히 쥐고 나서 마차에 올라타 페테르부르크로 떠났다.

그의 뒤를 이어서 공작부인 벳시의 하인이 안나에게 쪽지를 가지고 왔다.

'안위를 알아보도록 알렉세이한테 사람을 보냈더니, 그분은 나에게 몸에는 조금도 이상이 없으나 절망하고 있다고 적어 보냈어요.'

'그렇다면 그이는 오겠지!' 그녀는 생각했다. '정말 잘됐다, 모든 것을 다 얘기해버려서.'

그녀는 시계를 보았다. 아직 세 시간쯤 남아 있었고, 지난번 그와 만났을 때의 세세한 회상이 그녀의 피를 끓어오르게 했다.

'아아, 정말 밝기도 하다! 죄스러운 얘기지만 난 그이의 얼굴을 보는 것이 좋다, 그리고 이 꿈만 같은 밝음이 좋다…… 남편! 아아, 그래…… 덕택에 그 사람과의 일은 이것으로 깨끗이 끝나버렸다.'

30

사람들이 모이는 곳이면 어디나 그렇듯이, 셰르바츠키 가족이 찾아간 독일의 자그마한 온천장에서도 각각의 사람들에게 일정불변의 지위를 결정짓는 일종의 통상적인 사회적 결정結晶 같은 것이 이루어져 있었다. 마치 물분자가 찬 기운에 부딪히면 예외 없이 눈송이 같은 일정한 형체로 응결되는 것과 마찬가지로, 온천장에 오는 새로운 사람들도 저마다 자기에게 적합한 지위에 곧바로 놓이게 되는 것이었다.

퓨르스트 셰르바츠키 잠트 게말린 운트 토흐테르*도 그들이 세든 주택과 그들의 명성과 친지들에 의해 곧바로 그들에게 예정된 일정한 지위에 *결정화* 結晶化되어버렸다.

올해 이 온천장에는 진짜 독일의 퓨르스틴**이 와 있었다. 그 결과 예의 사회적 결정은 한층 더 강력한 것이 되었다. 공작부인은 대공비에게 자기 딸을 꼭 배알케 했으면 했다. 그들이 온 지 이틀째에 그 의식이 치러졌다. 키티는 파리에 주문해서 맞춘 *아주 단순한* 최신 유행의 여름옷을 걸치고 공손하고 우아하게 절했다. 대공비는 말했다. "그 고운 얼굴에 빨리 장밋빛이 돌아오기를 빕니다." 이로써 곧바로 셰르바츠키가에게는 이제 그 속에서 빠져나올 수 없는 일정한 생활 방식이 견고하게 정해졌다. 셰르바츠키가는 영국의 어느 귀부인 일가와도, 독일의 백작부인과 최근에 전쟁***에서 부상당한 그녀의 아들과도, 스웨덴의 학자와도, *므시외 카뉘*와 그 누이와도 가까워졌다. 그러나 그들의 주된 교제는 어느 틈에 마리야 예브게니예브나 르티셰바라는 모스크바의 귀부인과, 발병의 원인이 키티와 마찬가지로 사랑이라는 것 때문에 키티로선 불쾌하기 짝이 없는 그녀의 딸, 그리고 키티가 어렸을 때부터 그 군복과 견장으로 기억하는 모스크바의 대령과 맺어져버렸다. 이 대령은

---

* '부인과 영애를 동반한 셰르바츠키 공작'이라는 뜻의 독일어를 러시아어로 음차한 것.
** '대공비(大公妃)'라는 뜻의 독일어를 러시아어로 음차한 것.
*** 보불전쟁(1070─1071).

자그마한 눈과 알록달록한 넥타이와 맨살이 드러난 목이 몹시 우스꽝스러웠으나, 한번 만나기만 하면 좀처럼 떨어지지 않기 때문에 싫증나게 하는 사람이었다. 이러한 상태가 확고하게 정해져버리자 키티는 지루해서 견딜 수가 없었다. 게다가 공작이 카를스바트로 떠나버리고 어머니와 단둘이 남았기 때문에 한결 더 지루했다. 그녀는 전부터 아는 사람들한테서는 이제 어떠한 새로운 것도 얻을 수 없으리라고 느꼈기에 그들에게는 흥미를 갖지 않았다. 지금 온천장에서 그녀의 가장 큰 흥밋거리는 미지의 사람들을 관찰하고 추측하는 일이었다. 특유의 성격에 의해 키티는 언제나 사람들에게서, 특히 미지의 사람들에게서 가장 아름다운 것을 상상하곤 했다. 그래서 지금도 키티는 그들 서로의 관계와 그들이 어떤 사람들일까를 추측하면서, 마음속으로 그들 안에 감추어진 가장 놀랍고 아름다운 성격을 상상하면서 자신의 관찰에 확증이 될 것들을 찾고 있었다.

그러한 사람들 중에 특히 그녀의 마음을 끈 이는 사람들이 마담 시탈이라고 부르는 병약한 러시아 부인과 함께 이곳에 와 있는 한 러시아 처녀였다. 마담 시탈은 상류계급에 속하는 사람이었으나, 걷지도 못할 만큼 병이 심해 그저 드문드문 날씨 좋은 날에 휠체어를 타고 욕장에 나타날 뿐이었다. 그러나 공작부인은 마담 시탈이 병 때문이라기보다는 오히려 그 오만한 성격 때문에 러시아인들과 교제를 맺지 않는 것이라고 해석했다. 러시아 소녀는 마담 시탈의 병구완을 하고 있었으나, 키티가 본 바로는 이 온천장에 많이 있는 다른 중환자들과도 가깝게 지내면서 지극히 자연스러운 태도로 그들의 시중을 들고 있었다. 이 러시아 처녀는 키티가 관찰한 바로는 마담 시탈의 친척도 아니고 고용

된 시종꾼도 아니었다. 마담 시탈은 그녀를 그저 바렌카라고 불렀지만, 다른 사람들은 *마드무아젤* 바렌카라고 불렀다. 이 처녀와 마담 시탈, 그리고 다른 미지의 사람들과 그녀의 관계를 관찰하는 것이 키티의 흥미를 끈 것은 당연했지만, 한편 키티는 흔히 그래왔듯이 이 *마드무아젤* 바렌카에 대해 뭐라고 말할 수 없는 호감을 느꼈고, 때때로 마주치는 눈빛에서 그녀도 자기를 마음에 두고 있다는 것을 느꼈다.

마드무아젤 바렌카는 젊지 않은 것은 아니었지만 어딘지 젊음이 빠져 있는 사람 같았다. 그녀는 열아홉으로도 보였고 서른으로도 보였다. 자세히 얼굴 생김새를 뜯어보면, 그녀는 안색은 좋지 않았지만 밉상이라기보다는 오히려 예쁜 편이었다. 몸이 심하게 말라서 머리가 커 보이긴 했지만, 그렇지 않았다면 훨씬 균형 잡혀 보였을 중간 정도 키의 처녀였다. 그러나 그녀는 남자의 눈을 끌 만한 여자는 아니었다. 아직 충분히 꽃잎을 지니고 있으면서도 이미 시들기 시작하여 향기를 잃은 아름다운 꽃과 흡사했다. 더욱이 그녀가 남자의 마음을 끌 수 없었던 이유는 그녀에게는 키티에게 넘쳐흐르는 것, 즉 억제되어 있는 생명력의 불꽃과 자신의 매력에 대한 의식이 모자랐기 때문이었다.

그녀는 언제나 일에 쫓기고 있는 듯했다. 그것은 확실했다. 따라서 일 이외에는 아무것도 흥미를 가질 수 없을 것처럼 보였다. 이렇게 자기와는 정반대의 상황이 더욱더 키티의 마음을 그녀한테로 이끌었다. 키티는 그녀에게야말로, 그녀의 생활양식 속에야말로 지금 자기가 괴롭게 찾고 있는 무언가의 본보기가 있을 것 같았다. 지금의 키티에게는 마치 진열되어 고객을 기다리는 상품 같다는 생각까지 들어 부끄럽고 꺼림칙스러운 사교계의 남녀관계를 초월한 흥미로운 생활, 가치 있는 생활의 본보기가 바로 그녀에게 있을 것 같은 느낌이 들었다. 이 미지의 벗을 관찰하면 할수록 키티는 더욱더 이 처녀야말로 자기가 평소 마음속으로 그리던 완전무결한 인간임을 확신하게 되고, 더욱더 그녀와 사귀기를 바라게 되었던 것이다.

두 처녀는 하루에도 몇 번씩 얼굴을 대했고, 만날 때마다 키티의 눈은 말했다. '당신은 누구세요? 당신은 어떤 분이세요? 정말 내가 생각하고 있는 것처럼 훌륭한 분이겠죠? 그렇지만, 저어,' 그녀의 눈동자는 덧붙였다. '내가 억지로 사귀기를 간청하고 있다고는 생각하지 마세요. 난 그저 당신에게 감탄하고 당신이 좋아졌을 뿐이니까요.' '나도 당신이 좋아요. 당신은 정말, 정말 귀여운 분이에요. 내가 좀더 여유가 있다면 당신과 더 많이 친해졌을 텐데.' 이렇게 미지의 처녀의 눈은 대답했다. 그리고 키티는 실제로 그녀가 언제나 바쁘다는 것을 알았다. 때로는 욕장에서 어느 러시아인 가족의 아이들을 데리고 가기도 하고, 때로는 어느 아픈 부인에게 담요를 가져다 둘러주기도 하고, 때로는 화를 내는 환자를 달래느라 애쓰기도 하고, 때로는 누군가를 위해 커피와 함께 먹을 과자를 골라 사다주기도 했다.

셰르바츠키 가족이 도착하고 얼마 되지 않은 아침, 욕장에 사람들의 달갑지 않은 시선을 받으며 낯선 두 얼굴이 나타났다. 한 사람은 기장이 짧고 낡아빠진 외투를 입은 굉장히 키가 크고 허리가 구부정하고 손이 큰 남자로, 거무튀튀하고 순박하면서도 사나운 눈빛을 하고 있었다. 또 한 사람은 지극히 볼품없고 무취미한 옷차림에 살짝 얽기는 했지만 참한 얼굴을 한 여자였다. 그들의 용모로 러시아인이라는 것을 알자 키티는 상상 속에서 어느새 그들에 대해 아름답고 감동에 찬 이야기를 지어내기 시작했다. 그러나 공작부인은 요양인 명부를 보고 그들이 니콜라이 레빈과 마리야 니콜라예브나라는 것을 알아내자, 키티한테 그 레빈이란 자가 얼마나 나쁜 사람이었던가를 설명했으므로 이 두 사람에 대한 키티의 공상은 곧장 사라져버렸다. 어머니에게 그런 얘기를 들었기 때문만은 아니고, 그가 콘스탄틴의 형이라는 사실 탓에 키티는 그 사람들이 갑자기 극도로 불편해졌다. 그녀는 머리를 달달 떠는 니콜라이 레빈의 버릇에 마음속에서 참을 수 없이 혐오감이 끓어올랐다.

그녀는 끈덕지게 그녀를 뒤쫓는 그의 크고 사나운 눈 속에 증오와 조소의 감정이 떠올라 있는 것만 같아서 그와 마주치는 것을 피하려고 애썼다.

31

날씨가 나쁜 날이었다. 아침나절 내내 비가 내려 환자들은 우산을 손에 들고 지붕이 있는 복도에서 서성이고 있었다.

키티는 어머니와, 프랑크푸르트에서 산 유럽풍 프록코트를 입고 잔뜩 우쭐거리는 모스크바의 대령과 나란히 걷고 있었다. 그들은 맞은편에서 거닐고 있는 레빈을 피하려고 애쓰면서 복도 한쪽을 오갔다. 바렌카는 평소처럼 검은 옷에 차양이 아래로 쳐진 검은 모자를 쓰고 눈먼 프랑스 부인의 손을 잡은 채 긴 복도를 쭉 거닐었고, 그녀와 키티는 얼굴을 마주칠 때마다 정다운 시선을 주고받았다.

"어머니, 나 저분하고 얘기해도 괜찮죠?" 키티는 미지의 벗을 눈여겨 보다가 그녀가 분수 쪽으로 걸어가는 것을 알아차리고, 거기서 만날 수 있으리라 예상하고 이렇게 말했다.

"글쎄, 네가 그토록 바란다면 내가 먼저 저 사람에 대해 알아보고 나서 가까이하렴." 어머니는 대답했다. "그래 넌 저 사람의 어디에서 남다른 것을 발견했니? 역시 말상대에 지나지 않을 거야, 아마. 만약 뭣하면 내가 마담 시탈하고 가까이해보지. 난 그분의 올케를 알고 있으니까." 공작부인은 오연하게 고개를 쳐들면서 덧붙였다.

키티는 어머니가 마담 시탈이 자기와 사귀기를 피한다고 생각해 분개하고 있다는 것을 알고 있었다. 그래서 굳이 우겨대지는 않았다.

"정말 어쩌면 저렇게 사랑스러운 분이 다 있어요!" 키티는 바렌카가 마침 프랑스 부인에게 컵을 건네는 것을 보고 말했다. "저것 좀 봐요, 얼마나 상냥하고 귀여운지를."

"난 네가 그렇게 *심취*하는 게 우스꽝스러워 죽겠어." 공작부인이 말했다. "아냐, 이쯤에서 돌아서는 게 좋겠어." 그녀는 레빈이 함께 온 여자를 데리고 큰 소리로 핏대를 올려 독일인 의사와 얘기하면서 그들 쪽으로 다가오는 것을 보고 이렇게 덧붙였다.

그녀들은 오던 길로 되돌아가려고 몸을 돌렸다. 그러자 별안간 단순히 크게 떠드는 목소리가 아닌, 고래고래 소리지르는 고함소리가 귀에 들려왔다. 레빈이 발을 멈추고 고함을 치고 있었다. 의사도 마찬가지로 잔뜩 약이 올라 있었다. 사람들이 그들 주위로 모여들었다. 공작부인은 키티를 데리고 허둥지둥 물러섰으나, 대령은 무슨 일인가 알아보기 위해 사람들 속으로 끼어들었다.

한참 만에 대령은 그들을 따라왔다.

"무슨 일이에요?" 공작부인이 물었다.

"수치입니다, 추태예요!" 대령은 대꾸했다. "외국에서 저런 러시아인하고 한데 어울린다는 것은 정말이지 딱 질색이에요. 그 키 큰 남자가 의사하고 말다툼을 하면서, 의사가 자기 생각대로 치료하지 않는다며 마구 악담을 퍼붓고는 지팡이를 휘두르고 하지 않겠어요. 정말 추태예요!"

"어머나, 그게 무슨 꼴일까!" 공작부인은 말했다. "그래서 어떻게 됐어요?"

"고맙게도 거기 그…… 버섯 같은 모자를 쓴 처녀가 끼어들었죠. 그 처녀도 러시아인인 모양이죠." 대령이 말했다.

"*마드무아젤* 바렌카죠?" 키티가 기쁜 듯이 물었다.

"그래요, 그래요. 그분이 누구보다도 먼저 발견했어요. 그리고 그 신사의 팔을 잡고 데리고 가버렸어요."

"거봐요, 어머니." 키티는 어머니에게 말했다. "어머닌 이래도 내가 그분을 좋아하는 것이 놀랍다고 하시겠어요?"

다음날 키티는 자신의 미지의 벗을 주시하면서, *마드무아젤* 바렌카가 이미 레빈과 그 동행한 부인을 그녀의 다른 *피보호자*들과 마찬가지로 대하는 것을 알았다. 그녀는 그들에게 다가가서 말을 걸기도 하고, 외국어를 전혀 모르는 동행한 부인을 위해 통역 노릇을 해주기도 했다.

그래서 키티는 어머니한테 바렌카와의 교제를 허락해달라고 더욱 졸라대기 시작했다. 공작부인은 무언가 거드름을 피우고 있는 것 같은 마담 시탈에게 이쪽에서 먼저 교제를 청하고 들어가는 듯 여겨지는 것이 몹시 언짢기는 했지만, 꾹 참고 바렌카에 대해 알아보았다. 그리고 이 교제에는 유리할 것도 별로 없지만 나쁠 것도 전혀 없다는 결론을 얻을 수 있을 만큼 그녀에 대해 자세히 알아보자, 자신이 먼저 바렌카한테 접근하여 인사를 나누어보았다.

딸이 분수 쪽으로 가고 바렌카가 빵집 앞에 서 있을 때를 골라서 공작부인은 그녀에게 다가갔다.

"저어, 당신과 가까이 지내고 싶은데, 허락해주겠어요?" 그녀는 예의 바른 미소를 띠고 말했다. "내 딸이 당신한테 홀딱 반해버렸어요." 그녀는 말했다. "당신은 아마도 날 모르실 거예요. 그렇지만 난……"

"저 역시 그러길 바라고 있었답니다. 오히려 제가 더 기쁘지요, 공작부인" 바렌카는 재빨리 말했다.

"어제 당신은 그 불쌍한 러시아 사람에게 정말 착한 일을 하셨어요!" 공작부인이 말했다.

바렌카는 얼굴을 붉혔다.

"무슨 말씀이신지 잘 모르겠는데요. 전 아무것도 한 일이 없는 것 같아서요." 그녀가 말했다.

"무슨 말씀을, 당신은 그 레빈을 딱한 처지에서 구해주셨잖아요."

"네, 그분과 동행한 부인이 절 불러주셔서, 전 그분의 마음을 가라앉혀드리려고 했을 뿐이에요. 그분은 병환이 아주 심해서 의사 선생님께 불만이 있으셨어요. 전 그런 환자들을 다루는 데는 익숙하니까요."

"그래요, 난 당신이, 숙모님이시죠, 마담 시탈과 같이 망통에 살고 있다고 들었어요. 난 그분의 올케를 알고 있어요."

"아녜요, 그분은 숙모님이 아니에요, 전 엄마라고 부르고는 있지만 친척도 아닌걸요. 그분께서 절 길러주셨어요." 바렌카는 또다시 얼굴을 붉히며 대꾸했다.

그녀가 이러한 말들을 아무 거리낌 없이 얘기한데다가 성실하고 솔직한 표정이 더할 나위 없이 사랑스러웠으므로, 공작부인은 비로소 키티가 이 바렌카를 좋아하는 이유를 이해할 수 있었다.

"그래서 그 레빈은 어떻게 됐어요?" 공작부인이 물었다.

"그분께선 떠나실 모양이에요." 바렌카가 대답했다.

이때 어머니가 자신의 미지의 벗과 얘기하고 있는 것을 본 키티는 기쁨으로 얼굴을 빛내면서 분수 쪽에서 돌아왔다.

"자, 키티, 네가 그렇게도 가까이하고 싶어하던 *마드무아젤*……"

"바렌카예요." 미소를 띠면서 바렌카가 속삭였다. "모두들 그렇게 부르세요."

키티는 기쁨으로 얼굴을 붉히고 한참 동안 말없이 새로운 친구의 손을 쥐고 있었다. 그 손은 키티의 손을 마주잡지는 않았지만, 그녀의 손 안에서 가만히 있었다. 손은 악수에 응수하지 않았으나, *마드무아젤* 바렌카의 얼굴은 조용하고 기쁜 듯하면서도 어딘지 슬픔을 띤 미소로 빛났고, 크기는 하지만 아름답고 가지런한 이를 드러냈다.

"나도 말예요, 진작부터 가까이 지내주셨으면 했답니다." 그녀가 말했다.

"그렇지만 당신은 무척 바쁘시니까……"

"어머나, 정반대예요. 난 전혀 바쁘지 않아요." 바렌카는 대답했다. 그러나 마침 그때, 환자의 딸인 자그마한 러시아인 여자아이 둘이 그녀에게 달려왔기 때문에 그녀는 새로운 벗을 남겨두고 떠나야만 했다.

"바렌카, 어머니가 부르세요!" 두 여자아이가 외쳤다.

바렌카는 그들의 뒤를 따라갔다.

32

공작부인이 바렌카의 지난날과 마담 시탈과의 관계, 그리고 마담 시탈에 대해 자세히 알아본 내용은 이랬다.

마담 시탈은 누군가에 따르면 남편을 괴롭힌 사람이라고도 하고 또다른 사람에 의하면 남편의 방탕으로 괴로움을 받은 사람이라고도 하는데, 언제나 병치레를 하고 무슨 일에나 감격을 잘하는 여자였다. 남편과 헤어지고 나서 그녀는 첫아이를 낳았으나 그 아이는 이내 죽어버렸다. 그러자 마담 시탈의 친척은 그녀의 다감한 성격을 알고 있었으므로 그 일이 그녀를 죽음으로까지 몰아갈까 두려워한 나머지, 페테르부르크의 같은 집에서 같은 날 밤에 태어난 궁정요리사의 딸을 데려다가 죽은 아이와 몰래 바꿔놓았다. 그 아이가 바렌카였다. 마담 시탈은 그뒤에 바렌카가 자기 딸이 아니라는 것을 알았지만 계속해서 그녀를 양육했다. 더구나 그뒤 얼마 되지 않아 바렌카의 친척들이 한 사람도 남지 않고 모조리 죽어버리고 나서는 더 말할 것도 없었다.

마담 시탈은 벌써 십 년 남짓을 아무데도 가지 않고 거의 침대를 떠나는 일조차 없이 남쪽의 외국에서 살아왔다. 그래서 어떤 사람들은 마담 시탈의 신앙심 깊고 덕행 있는 부인이라는 사회적인 지위는 그녀가 제멋대로 조작한 것이라고 말하기도 하고, 어떤 사람들은 그녀가 겉으로만이 아니라 진심으로 가까운 사람들에게 자선을 베풀며 사는 지극히 고결한 부인이라고 말하기도 했다. 그러나 그 누구도 그녀의 종교가 무엇인지, 가톨릭인지 신교인지 또는 정교인지를 아는 사람은 없었다. 다만 한 가지, 그녀가 모든 교회 모든 종교의 최고위층과 친근한 관계에 있다는 것만은 확실했다.

바렌카는 그녀와 함께 줄곧 외국에서 생활해왔고, 마담 시탈을 알 만한 사람은 모두 자기들이 그렇게 이름을 지어 불렀던 *마드무아젤* 바렌카를 잘 알고 있었고 또한 사랑하고 있었다.

이러한 상세한 내막을 모조리 알고 난 공작부인은 자기의 딸과 바렌카의 교제에 조금도 나무랄 만한 점을 찾아내지 못했다. 더구나 바렌카는 아주 훌륭한 행실과 교양을 지닌데다가 프랑스어와 영어를 유창하게 구사했다. 게다가 가장 중요한 것은, 마담 시탈이 그녀를 통해 병환 때문에 공작부인과 친하게 지낼 수 없음을 유감스럽게 여긴다는 뜻을 알려왔기 때문에 더욱 그 뜻을 굳히게 되었다.

바렌카와 교제하면서부터 키티는 더욱더 이 벗에게 마음이 끌렸고, 매일같이 그녀에게서 새로운 가치를 발견했다.

공작부인은 바렌카가 노래를 잘 부른다는 말을 듣고 그녀에게 저녁 날에 노래를 불러달라고 부탁했다.

"키티가 반주를 해요, 우리집엔 피아노가 있거든요, 사실 그다지 좋은 것은 아니지만, 당신은 틀림없이 우리를 즐겁게 해주실 거예요." 공작부인은 언제나처럼 가식적인 미소를 지으며 말했지만, 키티는 이 미소가 유난히 불쾌하게 여겨졌는데, 왜냐하면 바렌카가 그다지 내켜하지 않는다는 것을 알아챘기 때문이다. 그러나 바렌카는 그날 저녁에 악보첩을 가지고 찾아왔다. 공작부인은 마리야 예브게니예브나와 그 딸과 대령을 초대했다.

바렌카는 안면이 없는 사람들이 동석하고 있어도 전혀 개의치 않는 듯한 태도로 곧 피아노 옆으로 다가갔다. 그녀는 직접 반주를 하지는 못했지만, 노래는 놀라울 정도로 잘 불렀다. 피아노를 잘 치는 키티가 반주를 맡았다.

"이런, 정말 이만저만한 재주가 아니신데요." 바렌카가 첫번째 곡을 훌륭하게 부르고 났을 때 공작부인은 그녀에게 말했다.

마리야 예브게니예브나와 그 딸도 감사하다는 말을 하며 그녀를 칭찬했다.

"아니, 저것 좀 봐요." 대령은 창문 쪽을 바라보면서 말했다. "당신의 노랫소리를 들으려고 저렇게 사람들이 모인 것을." 아닌 게 아니라 창문 아래에는 꽤 많은 사람들이 모여 있었다.

"마음에 드신다니 정말 기쁩니다." 바렌카는 꾸밈없는 어조로 대답했다.

키티는 자신의 벗을 자랑스럽게 바라보았다. 키티는 그녀의 재주와 그 목소리와 용모에도 감탄했지만, 무엇보다도 더 탄복한 것은 분명 자신의 노래 같은 것은 조금도 생각하지 않고 온갖 찬사에도 전혀 무관심한 그녀의 태도였다. 그녀는 그저 이렇게만 묻고 있는 것 같았다. '더 불러야 하나요, 아니면 이제 되었나요?'

'만약 나였다면,' 키티는 혼자서 생각했다. '난 얼마나 뽐냈을 것인가! 저 창문 아래의 사람들을 보고 얼마나 기뻐했을 것인가! 그러나 이분은 전혀 그렇게 느끼지 않는다. 이분의 마음속에는 그저 엄마의 부탁을 거절하지 않고 즐겁게 해주고 싶다는 생각만 있을 뿐이다. 이분 속에는 무엇이 있는 것일까? 무엇이 이분에게 어떤 일에도 무심할 수 있고 혼자 떨어져서 차분하게 있을 수 있는 이러한 힘을 주는 것일까? 난 정말 이분에게서 그것을 알아내고 또 배우고 싶다.' 키티는 상대방의 침착한 얼굴을 쳐다보면서 생각했다. 공작부인이 바렌카에게 더 불러 달라고 간청하자, 바렌카는 피아노 바로 옆에 반듯이 서서 가무잡잡하고 야윈 손으로 박자를 맞추면서 좀전과 같이 유연하고 또렷하게, 그리고 훌륭하게 다른 곡을 불렀다.

악보첩 속에 있는 그다음 곡은 이탈리아 가곡이었다. 키티는 전주를 치며 바렌카의 얼굴을 바라보았다.

"그 곡은 빼는 게 좋겠어요." 바렌카는 얼굴을 발갛게 물들이면서 말했다.

키티는 깜짝 놀라 그 까닭을 묻기라도 하듯이 바렌카의 얼굴을 빤히 쳐다보았다.

"그럼 다른 곡을." 그녀는 곧 이 노래에 무슨 사연이 있다는 것을 짐작하고 책장을 넘기면서 얼른 말했다.

"아니에요." 바렌카는 자기 손을 악보첩 위에다 놓고 살며시 웃으면서 대답했다. "아니에요, 그냥 그 곡을 부를게요." 이렇게 말하고 그녀는 그 곡을 좀전과 마찬가지로 침착하고 냉정하게, 그리고 훌륭하게 불렀다.

그녀의 노래가 끝나자 모두들 또다시 그녀에게 감사의 뜻을 표하고 차를 마시러 별실로 갔다. 키티는 바렌카와 함께 집 옆에 있는 자그마한 뜰 쪽으로 나갔다,

"틀림없이 그 노래에 어떤 추억이 얽혀 있죠?" 키티가 말했다. "말씀 해주시지 않아도 괜찮지만." 그녀는 재빨리 덧붙였다. "그저 이것만 말 씀해주세요, 내 추측이 맞는지 어떤지만."

"아니에요, 어때서요? 이야기하겠어요." 바렌카는 솔직한 어조로 말 하고는 대답도 기다리지 않고 말을 이었다. "그래요, 정말 추억이 있어 요. 그리고 한때는 그것이 괴로웠어요. 난 한 사람을 사랑한 적이 있었 죠, 그분에게 곧잘 그 노래를 불러드리곤 했었어요."

키티는 눈이 휘둥그레지며 말을 잃고 감동한 듯 바렌카의 얼굴을 응 시했다.

"난 그분을 사랑했고, 그분도 날 사랑했어요. 그렇지만 그분의 어머 님이 반대하셨기 때문에 그분은 다른 사람과 결혼해버렸어요. 그분은 지금 여기서 그리 멀지 않은 곳에 살고 있기 때문에 이따금 마주칠 때 도 있어요. 당신은 나 같은 사람에게도 이런 로맨스가 있으리라곤 미처 생각 못하셨죠?" 그녀는 말했다. 그러자 그녀의 아름다운 얼굴에는, 언 젠가 그 온몸을 빛냈으리라고 키티가 느꼈던 불꽃이 희미하게 가물거 렸다.

"생각하지 못하다니요? 만약 내가 남자라면, 당신을 한번 알게 되면 다른 여자를 사랑할 수 없을 거예요. 그러니까 난 그저 그분이 아무리 어머님을 위해서라고는 하지만 어떻게 당신을 잊고 당신을 불행하게 할 수 있었는지 이해할 수 없을 뿐이에요. 그분에겐 정이라는 게 없었 나봐요."

"오 아녜요, 그분은 아주 좋은 분예요. 그리고 나도 불행하진 않아요. 반대로 난 아주 행복해요. 그건 그렇고, 오늘밤은 이제 그만 부를까요?"

그녀는 집 쪽으로 발길을 돌리면서 덧붙였다.

"당신은 정말 좋은 분이에요, 당신은 정말 선량한 분이에요!" 키티는 이렇게 외치며 그녀를 붙들고 입을 맞췄다. "털끝만큼이라도 당신을 닮을 수 있다면 좋으련만!"

"당신이 남을 닮을 필요가 뭐가 있어요? 당신은 그냥 그대로도 좋은 분이에요." 바렌카는 온화하고 지친 듯한 미소를 띠면서 말했다.

"아니에요, 난 조금도 좋은 사람이 아니에요. 그럼 말예요, 나에게 좀 더 들려주세요…… 잠깐만, 좀더 앉아 있어요." 키티는 그녀를 또다시 자기 옆의 벤치에 앉히면서 말했다. "정말 당신은 누군가가 당신의 사랑을 무시하고 당신을 버렸다는 사실을 회상해도 아무런 모욕감도 안 들어요?……"

"그렇지만, 그인 나를 무시한 게 아니었으니까요. 난 믿고 있어요, 그분이 날 사랑했다는 것을. 그러나 그인 순종적인 아들이었어요……"

"그래요, 그렇지만 만약 그분이 어머니의 의지가 아니라 자신의 의지로 그랬다면……" 키티는 자기가 이제 자신의 비밀을 털어놓고 만 것이나 다름없으며, 부끄러움 때문에 빨갛게 달아오른 얼굴로 이미 그 사실을 드러내고 말았다는 것을 느끼면서 말했다.

"만약 그렇다면 그분의 행위는 옳지 않으니까, 나도 그분을 동정한다든가 하지는 않죠." 바렌카는 얘기가 벌써 자기에 대한 것이 아니라 키티에 대한 것이 되었다는 사실을 분명히 깨달은 듯 이렇게 대답했다.

"그렇지만 모욕감은요?" 키티는 말했다. "그 모욕은 잊을 수가 없어요, 잊을 수가 없어요." 키티는 그 마지막 무도회에서 음악이 멈추었던 동안 브론스키를 바라보았던 자신의 눈동자를 회상하면서 말했다.

"무엇이 모욕인가요? 당신은 아무런 나쁜 짓도 하지 않았잖아요?"

"아녜요. 나쁜 정도가 아니에요. 치욕스러운 짓이었어요."

바렌카는 고개를 내젓고 자기 손을 키티의 손 위에 포갰다.

"그래 뭐가 그렇게 치욕스러워요?" 그녀가 말했다. "설마 당신이 당신한테 냉담했던 그분에게 사랑한다는 말이라도 한 건 아니죠?"

"물론이에요. 난 한 번도, 한마디도 하지 않았지만, 그분은 알고 있었어요. 아녜요, 아녜요, 누구나 눈치란 게 있고 태도도 있으니까요. 난 백 년을 산다 하더라도 잊을 수 없을 거예요."

"그건 또 어째서요? 난 이해가 가지 않아요. 그보다도 문제는 당신이 지금도 그분을 사랑하고 있는가 하는 거예요." 바렌카는 솔직하고 거침없는 태도로 말했다.

"난 그분을 미워하고 있어요. 난 용서할 수가 없어요."

"그건 또 왜요?"

"치욕이에요, 모욕이에요."

"아아, 만약 모든 사람이 당신처럼 그렇게 감정이 섬세하다면," 바렌카는 말했다. "이 세상에 그런 일을 경험하지 않은 처녀는 없을 거예요. 그렇지만 그런 일은 그렇게 중요한 게 아니에요."

"그럼 무엇이 중요한 걸까요?" 키티는 호기심어린 놀라움을 드러내며 상대방의 얼굴을 눈여겨보면서 말했다.

"아아, 중요한 건 얼마든지 있어요." 바렌카는 웃어 보이면서 말했다.

"어떤 건데요?"

"어머나, 더 중요한 일은 얼마든지 있는걸요." 바렌카는 뭐라고 설명해야 좋을지 몰라서 이렇게 대답했다. 그러나 마침 이때 창문 안에서 공작부인의 목소리가 들려왔다.

"키티, 바람이 차갑다! 숄을 걸치든지, 집으로 들어오든지 해라."

"정말, 벌써 갈 시간이 됐어요!" 바렌카도 일어서면서 말했다. "난 또 마담 베르트한테 들러야 해요. 그분이 부탁을 하셔서요."

키티는 그녀의 손을 붙잡고 불타는 듯한 호기심과 기원이 가득찬 눈으로 그녀에게 물었다. '뭐예요, 뭐예요, 가장 중요한 것이라는 게. 무엇이 그 같은 안정을 주는 거예요? 당신은 알고 있어요, 자, 나한테 가르쳐주세요!' 그러나 바렌카는 키티의 눈이 자기에게 무엇을 묻고 있는지 깨닫지 못했다. 그저 이제 마담 베르트에게 들러야 한다는 것, 엄마가 차 마실 시간인 자정까지는 돌아가야 한다는 것만을 알고 있을 뿐이었다. 그녀는 방에 들어가자 악보첩을 주섬주섬 거두고는 모두에게 인사를 하고 돌아갈 준비를 했다.

"실례지만 제가 바래다드리죠." 대령이 말했다.

"그래요, 이런 밤중에 어떻게 혼자 가실 수 있겠어요?" 공작부인이 맞장구를 쳤다. "파라샤에게라도 바래다드리라고 하죠."

키티는 바렌카가 자기를 바래다주어야 한다는 사람들의 말에 간신히 미소를 억누르고 있는 것을 알아챘다.

"아네요, 저는 언제나 혼자 걸어다니는걸요, 그래도 결코 아무 일도 일어나지 않아요." 그녀는 모자를 손에 들고 말했다. 그러고서 다시 한번 키티에게 입맞추고는, 무엇이 중요한 것인가는 여전히 얘기하지 않고 악보첩을 팔 밑에 낀 채 가벼운 걸음걸이로 여름밤의 희미한 어둠 속으로 사라졌다. 무엇이 중요한 것인가, 무엇이 그녀에게 그 같은 침착과 위엄을 주는가 하는 비밀을 자기 안에 지닌 채

33

키티는 마담 시탈과도 아는 사이가 되었다. 이 교제는 바렌카에 대한 우정과 함께 그녀에게 강력한 영향을 주었을 뿐 아니라 그녀의 슬픔에도 위안을 주었다. 그녀는 이 위안을 이 교제 덕택으로 그녀 앞에 펼쳐진, 그녀의 과거와는 아무런 관계가 없는 새로운 세계에서 얻을 수 있었다. 고상하고 순결한, 자신의 과거를 차분한 마음으로 내려다볼 수 있는 드높은 세계를 찾아낸 것이다. 거기에는 지금까지 키티가 몸을 맡기고 있던 본능적인 생활 외에 정신적인 생활이 펼쳐져 있었다. 이 생활은 종교에 의해 펼쳐진 것이기는 했지만, 그 종교라는 것은 키티가 어렸을 때부터 알고 있듯 친지들을 만날 수 있는 교회의 미사나 과부의 집*의 철야기도나 신부와 함께 슬라브어의 성구를 암송하는 것으로 표현되는 종교와는 공통점이 전혀 없었다. 그것은 숭고하고 신비롭고 순수한 일련의 사상과 감정과 결부된, 단지 그렇게 명령받았기 때문에 믿는 것이 아니라 사랑할 수도 있는 종교였다.

키티는 이러한 모든 것들을 말이 아니라 직감으로 느꼈다. 마담 시탈은 키티에게 마치 사랑하는 귀여운 아이를 대하는 것 같은, 자신의 젊었을 때를 회상하는 것 같은 태도로 얘기했다. 그녀는 꼭 한 번 모든 인간의 비애를 구원해주는 것은 사랑과 신앙뿐이라고, 우리에 대한 그리스도의 사랑으로 본다면 쓸데없는 슬픔이란 없다고 잠깐 언급했을 뿐, 곧 화제를 다른 데로 돌려버렸다. 그러나 키티는 그녀의 동작 하나

---

* 1803년 모스크바와 페테르부르크에서 가난하고 병들고 나이 많은 미망인들을 위하여 문을 연, 자선을 목적으로 한 시설.

하나에서, 말 한마디한마디 가운데서, 키티에게는 천사같이 보이는 그 눈빛 속에서, 특히 바렌카를 통해 알게 된 그녀가 살아온 이야기 속에서, 이 온갖 것들을 통해 자기가 지금까지 몰랐던 '중요한 것'을 깨닫게 되었다.

그러나 마담 시탈의 성격이 아무리 숭고하고 그 삶이 아무리 감동적이고 그 말이 아무리 고상하고 부드러울지라도, 그녀 속에 자신의 마음을 어지럽히고 마는 뭔가가 있음을 키티는 저도 모르게 알아채고 말았다. 키티는 그녀의 친척에 관해 물으면서, 마담 시탈이 보인 기독교도의 선량함과 상반되는 경멸하는 듯한 엷은 웃음을 알아차렸다. 또한 그녀는 언젠가 가톨릭 신부와 자리를 같이했을 때 마담 시탈이 일부러 램프갓 그늘에 얼굴을 가리고 기묘한 미소를 띠는 것을 보았다. 이 두 발견은 그다지 대수롭지 않은 것이었지만 그녀의 마음을 어지럽혔다. 그리고 그녀는 마담 시탈에 대해 의혹을 품게 되었다. 그러나 일가친척도 없고 친구도 없이 슬픈 환멸을 안고서도 아무것도 바라지 않고 아무것도 아쉬워하지 않는 외로운 바렌카는 키티가 항상 마음속으로 그리던 가장 완전한 존재였다. 바렌카를 통해 처음으로 그녀는 오직 자기를 잊고 남을 사랑하는 것만이 가치 있는 일이고, 이것만이 사람을 평안하고 행복하고 아름답게 한다는 사실을 알았다. 그리고 그런 사람이 되기를 원했다. 이제 키티는 가장 중요한 것이 무엇인가를 똑똑히 이해했다. 그러나 키티는 그에 대해 기뻐하는 것으로 만족하지 않고 온 힘을 기울여 이 새롭게 펼쳐진 삶 속에 몸을 던졌다. 마담 시탈이며 그녀의 이야기에 나온 사람들의 행적에 관해 바렌카에게서 듣고, 키티는 벌써 미래의 생활에 대한 계획을 마음속에 그렸다. 그녀는 바렌카에게서 이따금 얘기를 들었던 마담 시탈의 조카딸 *알린*처럼 앞으로 어디에 살더라도 불행한 사람들을 찾아 그들에게 가능한 한 도움을 주고 복음서를 나눠주고 병자나 죄인이나 임종에 이른 사람들에게 복음서를 읽어주리라고 생각했다. 알린이 한 것처럼 죄인에게 복음서를 읽어주리라는 생각은 유달리 키티를 유혹했다. 이러한 것들은 키티가 어머니에게도 바렌카에게도 털어놓지 않은 비밀스러운 공상이었다.

그러나 그 계획을 대대적으로 실행할 기회를 기다릴 것도 없이, 키티는 지금 병자와 불행한 사람들이 얼마든지 있는 온천장에서 바렌카를 본떠 자신의 새로운 신조를 실행할 기회를 쉽게 찾아냈다.

처음에 공작부인은 키티가 마담 시탈에 대해, 특히 바렌카에 대해 부인 자신이 표현했던 것처럼 이른바 *심취*해 있는 줄로만 알았다. 그녀는 키티가 그 처신에서 바렌카를 흉내내고 있을 뿐만 아니라 어느 틈에 걷는 법에서 말하는 법, 눈을 깜박이는 법까지 그녀를 흉내내고 있는 것을 알아차렸다. 그러나 마침내 공작부인은 딸의 내부에 단순한 동경과는 다른 일종의 진지하고 정신적인 변화가 완성되어가고 있음을 알게 되었다.

공작부인은 키티가 밤마다 마담 시탈에게 선사받은 프랑스어 복음서를 읽고 있는 것을 보았다. 이전에는 결코 없던 일이었다. 또 그녀가 사교계의 친지들을 피하고 바렌카가 돌보는 병자들, 특히 병을 앓고 있는 화가 페트로프의 가난한 가족과 가깝게 지내고 있다는 것을 알아챘다. 키티는 분명 이 가족을 위해 간호사 역할을 해내는 것을 영광으로 여기고 있는 듯했다. 이런 일은 모두 바람직했고, 공작부인으로서도 반대할 이유가 전혀 없었다. 더구나 페트로프의 아내가 훌륭하고 점잖은 부인인데다, 키티의 활동을 주시하고 있던 대공비가 그녀를 위안의 천사라고 부르면서 칭찬하는 데야 더 말할 나위도 없었다. 이 모든 것들은 도를 지나치지만 않는다면 더없이 좋은 일이었다. 그러나 공작부인은 딸이 극단으로 흐를 것 같은 기미를 보고 그녀에게 주의를 주었다.

"무슨 일이든 극단으로 흘러선 안 돼." 그녀는 딸에게 말했다.

그러나 딸은 아무런 대답도 하지 않았다. 그녀는 그저 마음속으로 그리스도의 가르침을 바탕으로 하는 일에 지나침이란 있을 수 없다고 생각했다. 사람이 만약 한쪽 뺨을 치거든 다른 뺨을 내어주라, 카프탄을 벗기거든 루바시카를 주라고 명하는 교의의 수행에 그 어떤 지나침이 있을 수 있겠는가? 그러나 공작부인에겐 이 지나침이 마음에 들지 않았다. 아니, 이보다 더 못마땅한 점은 키티가 자기에게 마음속 생각들을 속속들이 털어놓지 않는 것이었다. 아닌 게 아니라 키티는 자신의 새로운 견해와 감정을 어머니에게 숨기고 있었다. 키티가 그것을 숨기는 까닭은 어머니를 존경하지 않는다거나 사랑하지 않아서가 아니고, 다만 그녀가 자기 어머니였기 때문이었다. 그녀는 어느 누구에게라도 어머니에게보다는 먼저 그것들을 털어놓았을 것이다.

"어째선지 안나 파블로브나는 요즘엔 통 오지 않더구나." 어느 날 공작부인은 페트로바에 관해 이렇게 말했다. "난 그분을 초대했어. 그런데 그분은 뭔가 언짢은 것이라도 있나봐."

"글쎄요, 전 알아채지 못했는걸요, *엄마.*" 키티는 얼굴을 붉히며 말했다.

"넌 오랫동안 그 사람들에게 가지 않았지?"

"우린 내일 함께 등산을 하기로 했어요." 키티가 대답했다

"잘됐구나, 갔다오너라." 공작부인은 딸의 당황한 얼굴을 쳐다보고 그 당황의 원인을 알아내려 애쓰면서 이렇게 대꾸했다.

마침 이날 바렌카가 식사를 하러 와서 안나 파블로브나가 내일의 등산 약속을 취소했다는 말을 전해주었다. 그러자 공작부인은 키티가 또다시 얼굴을 붉힌 것을 알아챘다.

"키티, 너 뭔가 페트로프네하고 언짢은 일이라도 있었니?" 공작부인은 딸과 둘만 있게 되었을 때 물었다. "어째서 그분은 애들을 보내는 것도 자기가 오는 것도 뚝 그쳐버렸을까?"

키티는 그들 사이에는 아무 일도 없었다고, 안나 파블로브나가 그녀에게 뭔가 불만을 품고 있는 듯한 것이 조금도 이해가 가지 않는다고 대답했다. 키티는 거짓 없는 진실을 말했다. 그녀는 자기에 대한 안나 파블로브나의 태도가 변한 원인이 무엇인지를 몰랐다. 하지만 대충은 짐작하고 있었다. 그녀는 어머니에게 얘기할 수도 없고 자기 자신도 인정 못할 그런 사정을 짐작하고 있었다. 그것은 알고 있으면서도 자기 자신에게마저 말할 수 없는, 혹시라도 곡해한 것일 경우 그만큼 끔찍하고 부끄러울 일이었다.

그녀는 몇 번이고 기억 속에서 이 가족과 자신의 관계를 들추어보았다. 그녀는 만날 때마다 안나 파블로브나의 둥글고 선량한 얼굴에 드러났던 순박한 기쁨의 빛을 상기했다. 또 병자에 대해 그들이 은밀하게 나누었던 이야기와, 그의 마음을 금지된 일에서 딴 데로 돌리고 산책을 하도록 꾀어내기 위해 했던 모의와, 그녀를 '나의 키티'라고 부르며 그녀가 모습을 보이지 않으면 잠자리에 들려고도 하지 않았던 막내아들의 애착을 상기했다. 모든 것이 얼마나 잘되어가고 있었던가! 이어 그녀는 갈색 프록코트를 두른 목이 길고 야윌 대로 야윈 페트로프의 모습, 그의 성긴 고수머리, 처음에는 무섭게까지 보였던 의혹이 담긴 파란 눈, 그녀 앞에서 건강하고 쾌활하게 보이려고 애쓰던 병적인 노력을 생각해냈다. 그녀는 또 처음 얼마 동안 모든 폐병 환자에게서와 마찬가지로 그에게서도 느껴졌던 혐오감을 극복하려고 애썼던 자신의 노력이며, 뭐든 그에게 얘기할 거리를 찾아내려고 고심했던 일들을 상기했다. 그녀는 또 그가 그녀를 바라볼 때의 수줍어하는 듯하고 감상적인 눈동자와, 그럴 때마다 자기가 느꼈던 동정과 거북스러움과 선행의식이 뒤얽힌 기묘한 감정을 상기했다. 이 모든 것들이 얼마나 좋았던가! 그러나 그것은 모두 처음 얼마 동안만이었다. 지금은 며칠 사이에 모든 것들이 갑자기 망가지고 말았다. 안나 파블로브나는 이제 가식적인 친절로 키티를 맞았고, 줄곧 그녀와 남편을 관찰했다.

그녀를 볼 때 그가 나타냈던 감상적인 기쁨이 과연 안나 파블로브나가 냉담해진 원인이었을까?

'그렇다.' 그녀는 생각해냈다. '안나 파블로브나가 그저께 언짢은 듯한 얼굴을 하고 "이이는 줄곧 당신을 기다리고 있었어요. 이렇게 잔약해졌으면서도 당신이 오지 않으면 커피도 안 마시려고 하지 뭐예요" 하고 말했을 때 그녀에게는 언제나의 착한 됨됨이와는 동떨어진 뭔가 부자연스러운 기색이 있었다.'

'그렇다, 어쩌면 내가 그분에게 담요를 준 것이 그녀를 불쾌하게 했는지도 모른다. 그다지 대단한 일이 아니었는데도 그분은 나까지 거북해질 만큼 이상스럽게 받아들이고 지나치게 오래 고마워했으니까. 게다가 그분이 그토록 훌륭하게 그려준 내 초상, 그리고 무엇보다도 그

당황한 듯하고 부드러운 시선! 그렇다, 그렇다, 틀림없이 그렇다!' 키티
는 두려움을 느끼면서 마음속으로 되풀이했다. '아냐 그럴 리가 없다,
틀림없이 그렇진 않을 거야! 그분은 정말 불쌍한 사람이다!' 그녀는 곧
이어 이렇게 혼잣말을 했다.

　이러한 의혹이 그녀의 새로운 생활에 따른 기쁨을 해치고 말았다.

34

　드디어 온천 체류 일정도 끝나갈 무렵, 본인의 말에 의하면 이른바 러
시아 정신을 흡수하기 위해 카를스바트에서 바덴, 키싱겐으로 러시아
친지들의 집을 찾아다녔던 셰르바츠키 공작이 가족들에게로 돌아왔다.

　공작과 공작부인의 외국생활에 대한 견해는 전혀 상반된 것이었다.
공작부인은 모든 것을 놀랍고 근사하게 느꼈고, 러시아 사회에서 훌륭
한 지위를 가지고 있었음에도 외국에서는 유럽 귀부인처럼 보이려고
애썼다. 하지만 그녀는 러시아의 마님이지 유럽 귀부인은 아니었으므
로, 그 흉내를 내긴 했으나 어딘지 어색했다. 그러나 공작은 반대로 외
국의 풍물은 무엇이건 비천한 것이라 여기고 유럽식 생활에 압박감을
느낀 나머지 자신의 러시아식 습관을 고수했으며, 외국에서는 일부러
필요 이상으로 유럽인처럼 보이지 않으려고 애썼다.

　공작은 야위어 뺨의 살갗이 축 처져가지고 돌아왔으나 기분은 매우
좋았다. 그의 즐거운 기분은 키티가 완전히 회복된 것을 보자 더욱 커
졌다. 마담 시탈과 바렌카와의 친교에 대한 소식과 키티의 마음에 일어

나고 있는 변화에 대한 부인의 관찰담은 공작의 마음을 불안하게 했고, 그에게 딸을 자기 이외의 방면으로 유혹하는 모든 것에 대한 한결같은 질투심과 딸이 자신의 영향력에서 벗어나 자기가 접근하기 어려운 어딘가로 빠져나가버리지나 않을까 하는 두려움을 불러일으켰다. 그러나 이 같은 불쾌한 소식도 그가 언제나 지니고 있는, 특히 카를스바트 온천으로 인해 한층 더 온후해진 마음과 즐거워진 기분 속으로 가라앉고 말았다.

돌아온 이튿날, 공작은 긴 외투를 입고 풀기가 빳빳한 칼라에 투실투실한 뺨을 받쳐 러시아인다운 주름살을 지으며 대단히 유쾌한 기분으로 딸과 함께 욕장으로 갔다.

산뜻한 아침이었다. 말끔하고 환한 작은 뜰이 있는 집들이며, 맥주를 들이켜 얼굴과 손이 빨개진 채 즐겁게 일하고 있는 독일인 하녀들의 모습이며, 빛나는 태양이 마음을 기쁘게 했다. 그러나 욕장으로 가까워질수록 병자들과 마주치는 일이 더욱더 잦아졌고, 그들의 모습은 잘 정돈되어 있는 독일의 일상생활 속에서 한결 더 비참하게 보였다. 키티는 이제 이 대조적인 모습에 놀라지 않았다. 빛나는 태양, 싱싱한 녹색의 광채, 음악소리 같은 것은 그녀에게는 이러한 모든 낯익은 사람들이며 그녀가 주의를 게을리하지 않고 있는, 좋아지기도 하고 나빠지기도 하는 병자들의 변화에 대한 자연의 틀이었다. 그러나 공작에게는 유월의 아침 햇빛과 반짝임과 마음도 들썩거리게 하는 듯한 유행중인 왈츠를 연주하는 관현악의 울림과 특히 튼튼한 하녀들의 모습은, 유럽의 구석구석에서 모여들어 침울하게 어슬렁거리고 있는 이 송장이나 다름없는 사람들과 어우러져 무언가 흉측하고 기형적인 것처럼 여겨졌다,

공작은 가장 사랑하는 딸의 손을 잡고 걸어가면서 자랑스러움과 젊음이 되돌아온 것 같은 감정에 사로잡혔지만, 자신의 유연한 걸음걸이며 큼직하고 기름진 사지가 어쩐지 거북스럽고 꺼림칙하게 느껴졌다. 마치 많은 사람들 앞에서 발가벗고 있는 것 같은 느낌이 들었다.

"소개해다오, 너의 새로운 친구들에게 날 소개해주려무나." 그는 팔꿈치로 딸의 팔을 누르면서 말했다. "난 이 조덴이란 곳이 몹시 싫었었는데, 널 이렇게 고쳐준 것을 보니 좋아지더란 말야. 한데 여긴 아무래도 좀 쓸쓸해, 우수에 차 있어. 저건 누구지?"

키티는 도중에 마주친 안면 있는 사람들과 그렇지 않은 사람들의 이름을 낱낱이 그한테 알려주었다. 정원 입구에서 그들은 시중드는 여인을 데리고 있는 눈먼 *마담 베르트*를 만났고, 공작은 키티의 목소리를 들었을 때 이 늙은 프랑스 부인이 드러낸 감동적인 표정에 만족했다. 그녀는 곧 프랑스인 특유의 과장된 태도로 공작에게 말을 건네더니 이처럼 훌륭한 딸을 가진 것을 찬양하고, 키티의 눈앞에서 보배니 진주니 위안의 천사니 하며 키티를 한껏 추켜올렸다.

"아니, 그럼 제 딸은 제이의 천사란 말씀이시군요." 공작은 웃으면서 말했다. "제 딸은 *마드무아젤* 바렌카를 천사 제일호라고 부르고 있으니까요."

"오! *마드무아젤* 바렌카, 그분은 진짜 천사예요, *말할 것도 없어요.*" *마담 베르트*는 맞장구를 쳤다.

회랑에서 그들은 바로 그 바렌카를 만났다. 그녀는 우아한 빨간색 가방을 들고 바삐 그들 쪽으로 걸어오고 있었다.

"아빠가 돌아오셨어요!" 키티가 그녀에게 말했다.

바렌카는 무슨 일을 할 때나 항상 그렇듯이 단순하고 자연스럽게, 목례와 절 중간 정도의 인사를 하고는 곧 공작과 얘기를 시작했다. 다른 사람들과 얘기할 때와 마찬가지로 소탈하고 순진한 태도로.

"물론 난 당신을 알고 있어요, 얘길 많이 들었어요." 공작은 미소를 띠고 그녀에게 말했다. 키티는 자신의 벗이 아버지의 마음에 든 것을 알고 기쁘게 생각했다. "그렇게 바삐 어디를 가시는 길입니까?"

"*엄마*가 여기에 와 계세요." 그녀는 키티를 돌아보면서 말했다. "어젯밤 한숨도 못 주무셨어요. 그래서 의사 선생님이 외출을 권했어요. 지금 일감을 가져다드리는 길이에요."

"저 사람이 이른바 천사 제일호란 말이지!" 바렌카가 떠나자 공작이 말했다.

키티는 아버지가 바렌카를 조롱하려고 했으나, 바렌카가 마음에 들어버려 도저히 그럴 수 없었다는 것을 알 수 있었다.

"자, 그럼 이제부터 네 친구들을 다 만나보자." 그는 덧붙였다. "마담 시탈도. 만약 날 알아보기만 한다면."

"아니, 그럼 아빠는 그분을 알고 계세요?" 키티는 마담 시탈의 이름을 입에 담는 순간 공작의 눈에 반짝인 조소의 불꽃을 알아채고 불안스레 물었다.

"난 그분의 남편을 알지. 그리고 그분이 경건주의*로 흐르기 전에 조

---

* 17세기 말 독일의 루터파 내에서 일어난 개혁운동으로 외면적인 교회 전례가 아니고 신앙의 내면화, 경건화에 가장 중요한 역할을 둔 종교적 가르침. 러시아에서는 이미 알렉산드르 1세 때부터 극단적 광신, 포학, 부도덕을 일삼던 궁중의 신하들 사이에 널리 퍼졌다. 그리하여 '경건주의'란 말 자체가 위선이라는 말과 동의어가 되었다.

금 알았지."

"경건주의가 뭐예요, 아빠?" 키티는 자기가 마담 시탈에게서 그렇게 높이 평가하던 것이 명칭을 가지고 있다는 데 놀라면서 이렇게 물었다.

"나도 잘은 모른다. 그저 그 부인이 무슨 일에 대해서도, 어떤 불행에 부딪혀도, 심지어 자기 남편이 죽은 것까지도 하느님께 감사하고 있다는 것만을 알고 있을 뿐이야. 그런데 말야, 생전에 그 두 사람이 잘 지내지 않았으니까 우스워 보이는 거지."

"저건 누구냐! 정말 참혹한 얼굴이로군!" 그는 갈색 외투와 살이 빠져 뼈만 남은 다리 위에서 기묘한 주름을 이루고 있는 흰 바지를 입은, 그다지 키가 크지 않은 병자가 벤치에 걸터앉아 있는 것을 보고 이렇게 물었다.

그 신사는 성긴 고수머리 위에 쓰고 있던 밀짚모자를 살짝 들고, 모자에 눌려 병적으로 새빨개진 높다란 이마를 드러냈다.

"저분이 화가인 페트로프예요." 키티는 살짝 얼굴을 붉히고 대답했다. "그리고 저이가 저분의 부인이에요." 그녀는 두 사람이 가까이 다가가는 순간 마치 일부러 그러듯이 길을 따라 뛰어다니는 아들 쪽으로 가버린 안나 파블로브나를 가리키면서 덧붙였다.

"정말 가여운 사람이로군. 그래도 얼굴은 썩 잘생겼는걸!" 공작은 말했다. "어째서 넌 가까이 가주지 않니? 저 사람은 너에게 뭔가 얘기를 하고 싶어하는 모양인데?"

"네, 그럼 같이 갔다 오시죠." 키티는 결연하게 몸을 돌리면서 말했다. "오늘은 몸이 좀 어떠세요?" 그녀는 페트로프에게 물었다.

페트로프는 지팡이에 의지하고 일어서서 수줍어하는 듯한 태도로 공작을 쳐다보았다.

"이애가 내 딸입니다." 공작이 말했다. "처음 뵙겠습니다."

화가는 고개를 숙이고 기묘하게 반짝이는 하얀 이를 드러내면서 빙그레 웃었다.

"어제 우린 당신을 기다리고 있었어요, 공작영애." 그가 키티에게 말했다.

그는 이렇게 말하면서 약간 비틀거리고는 일부러 그렇게 한 것처럼 보이려는 듯 또 그 동작을 되풀이했다.

"저도 들르려고 했지만, 가시지 않겠다는 안나 파블로브나의 전갈을 바렌카한테서 들어서요."

"어찌 그런, 가지 않다뇨?" 페트로프는 얼굴을 붉히고 이내 기침을 하기 시작했으나, 눈으로는 아내를 찾으면서 말했다. "아네타, 아네타!" 그는 큰 소리로 불렀다. 그러자 그 가늘고 긴 목에 새끼줄같이 굵은 혈관이 솟았다.

안나 파블로브나가 옆으로 왔다.

"어째서 당신은 공작영애에게 가지 않겠다는 전갈을 했지!" 화가는 나오지 않는 목소리를 짜내어 노엽게 속삭였다.

"안녕하세요, 공작영애!" 안나 파블로브나는 이전의 태도와는 전혀 다른 억지웃음을 하고 말했다. "뵙게 되어 정말 기쁘기 짝이 없습니다." 그녀는 공작 쪽으로 몸을 돌리고 말했다. "저흰 오래전부터 뵙기를 기대하고 있었어요, 공작님."

"어째서 당신은 공작영애에게 가지 않겠다는 전갈을 했느냐 말야?" 화가는 더욱 화를 내며 다시 한번 목쉰 소리로 속삭였다. 목소리가 자기 마음대로 나오지 않기 때문에 자신의 말에 표현하고 싶은 것을 충분히 담을 수 없다는 사실에 한층 더 화가 난 게 분명했다.

"아아, 어쩌나. 난 또 안 가는 줄만 알았죠." 아내는 짜증을 섞어 대답했다.

"어째서? 내가 언제……" 그는 격하게 기침을 하며 손을 내저었다.

공작은 모자를 들어 인사한 후 딸을 데리고 그곳을 떠났다.

"오, 오오!" 그는 괴롭게 탄식했다. "오, 불행한 사람들이야!"

"그래요, 아빠." 키티는 대답했다. "게다가 그분에겐 애들이 셋이나 있는데도 식모도 없고 재산이랄 것도 거의 없으니 말예요. 그저 아카데미에서 뭔가를 조금 받고 있을 뿐예요." 그녀는 자기에 대한 안나 파블로브나의 태도가 이상하게 달라진 데서 오는 동요를 억누르려고 애쓰면서 생기 있는 어조로 얘기했다.

"아, 저기 마담 시탈이." 키티는 휠체어 쪽을 가리키면서 말했다. 그 속에는 베개에 받쳐진 무언가가 회색과 하늘색의 옷에 싸여 양산 아래 누워 있었다.

마담 시탈이었다. 그 뒤에는 건장한 체격에 음울한 얼굴을 한 독일인 일꾼이 서서 휠체어를 밀고 있었다. 그리고 그 옆에는 키티가 이름만 알고 있던 금발의 스웨덴 백작이 서 있었다. 몇 사람의 병자가 무슨 진귀한 것이라도 되는 양 이 부인을 보면서 휠체어 주변에 멈춰 있었다.

공작은 그녀 옆으로 다가갔다. 그리고 그때, 키티는 아버지의 눈에서 아까 그녀를 당황하게 했던 조소의 불꽃을 보았다. 그는 마담 시탈 옆으로 가까이 가서 이제는 소수의 사람밖에 구사할 수 없는 훌륭한 프랑스어로 유난히 친절하고 부드럽게 입을 열었다.

"날 기억하고 계실지 모르겠습니다만, 부인의 기억에 호소하지 않으면 안 되겠습니다. 당신이 제 딸에게 베풀어주신 후의에 사의를 표하고자 합니다." 그는 모자를 벗어 손에 든 채 그녀에게 말했다.

"알렉산드르 셰르바츠키 공작." 마담 시탈은 그 선녀 같은 눈으로 그를 올려다보면서 말했다. 키티는 그 눈에 불만의 빛이 담겨 있는 것을 보았다. "정말 고마워요. 난 당신의 따님한테 완전히 반해버렸어요."

"건강은 여전히 좋지 않으십니까?"

"네, 이젠 고질병이 돼버렸어요." 마담 시탈은 이렇게 말하고 공작과 스웨덴 백작을 서로에게 소개했다.

"그러나 부인께선 그리 변하지 않으셨군요." 공작은 그녀에게 말했다. "난 십 년인가 십일 년 동안 당신을 뵈올 영광을 가지지 못한 것 같군요."

"그래요, 하느님께선 십자가를 주시지만 또 그것을 견뎌나갈 힘도 주시니까요. 도대체 이 생명이 언제까지 부지될 것인가 하고 놀랄 때가 종종 있지요…… 아아, 이쪽부터!" 그녀는 바렌카를 향해 발칵 성을 내며 소리를 질렀다. 담요로 그녀의 발을 싸는 방법이 만족스럽지 않은 모양이었다.

"아마도 그건 선을 쌓기 위해서겠죠." 공작은 눈웃음을 지으면서 말했다.

"그 판단은 우리가 할 일은 아니에요." 마담 시탈은 공작의 얼굴에 나타난 미묘한 그림자를 알아채고 이렇게 말했다. "그럼 말예요, 그 책을 보내주시겠어요, 친애하는 백작? 정말 고마워요." 그녀는 젊은 스웨덴 인에게로 얼굴을 돌리고 말했다,

"오!" 공작은 그때 옆에 서 있던 모스크바의 대령을 발견하고 외쳤다. 그는 마담 시탈에게 인사하고, 딸과 거기서 만난 모스크바의 대령과 함께 그곳을 떠났다.

"저런 것이 우리의 귀족입니다, 공작!" 마담 시탈이 자기와 친해지려 하지 않았던 것을 언짢게 여기고 있던 모스크바의 대령은 짐짓 냉소적으로 들리게끔 이렇게 말했다.

"예전부터 저래요." 공작이 대답했다.

"그럼 당신은 앓기 전부터 저 여자를 알고 계셨습니까, 공작? 말하자면 저렇게 병들어 드러눕기 전의 저 부인을?"

"네. 저 부인은 내가 알게 되었을 무렵 병상에 누웠어요." 공작이 말했다.

"듣기로는 십 년 동안 일어난 적이 없다더군요……"

"그럴 겁니다, 다리가 짧으니까요. 저 부인은 아주 볼품없이 만들어져서……"

"아빠, 그렇지 않아요!" 키티가 외쳤다.

"험구가들이 그렇게 얘기하고 있단 말야, 이 친구야. 그건 그렇고 역시 너의 바렌카는 몹시 혹사를 당하고 있군그래." 그가 덧붙였다. "오오, 저렇게 병을 앓는 부인들이란!"

"오 그렇지 않아요, 아빠!" 키티는 열을 올리며 반박했다. "바렌카는 저분을 숭배하고 있어요. 저분은 정말 얼마나 좋은 일을 많이 하고 있는지 몰라요! 누구한테라도 물어보세요! 저분과 알린 시탈에 대한 얘기는 누구나 다 알고 있으니까요."

"그럴지도 모르지." 그는 그녀의 팔을 팔꿈치로 누르면서 말했다. "그러나 그런 일은 누구에게 물어보아도 아는 사람이 없도록 하는 것이 가장 좋아."

키티는 입을 다물어버렸다. 대답할 말이 없었기 때문이 아니라 아버지에게도 자신의 비밀스러운 생각을 알리고 싶지 않았기 때문이었다. 그러나 괴이쩍게도 그녀가 아버지의 견해에는 따르지 않아야겠다, 아버지도 자신의 성지에는 발을 들여놓지 못하게 해야겠다고 그토록 단단히 마음먹고 있었음에도 불구하고, 그녀는 꼬박 한 달 동안 마음속 깊이 받들어왔던 마담 시탈의 숭엄한 모습이 흔적도 없이 사라져버렸음을 느꼈다. 벗어던져진 옷으로 이루어져 있던 형체가 그것이 그저 옷뿐이라는 사실을 알았을 때 사라져버리고 마는 것처럼. 그후에는 그저 몸이 볼품없게 만들어졌기 때문에 누워만 있고, 담요를 발에 잘 감지 못했다고 해서 죄도 없는 바렌카를 괴롭히는 다리가 짧은 한 부인의 모습만이 남았다. 그리고 아무리 상상력을 동원해봐도 이제 이전의 마담 시탈로는 되돌아갈 수 없었다.

35

공작은 자신의 즐거운 기분을 가족에게는 물론 친지들과 셰르바츠키 일가가 묵고 있는 독일인 집주인에게까지 전했다.

키티와 함께 욕장에서 돌아오자 공작은 커피를 마시자며 대령과 마리야 예브게니예브나와 바렌카를 초대하고 뜰 안의 밤나무 아래로 탁자와 의자를 운반하게 하여 거기에 아침을 준비하도록 일렀다. 그가 쾌활하게 구는 바람에 집주인도 하녀들도 덩달아 활기를 띠었다. 그들은 그의 배짱 좋은 기질을 알고 있었으므로 반시간쯤 지나자 위층에 살고 있는, 함부르크에서 와 있는 병을 앓는 의사가 밤나무 아래서 열린 이 건강한 사람들의 즐거운 러시아식 모임을 부러운 듯이 창문으로 내다보았을 정도로 수선을 부렸다. 동그라미를 그리며 너울거리는 잎 그늘에 하얀 식탁보를 덮은 탁자를 갖다놓고 커피포트며 빵이며 버터며 치즈며 차가운 들새고기를 차려놓았으며, 그 앞에 라일락빛 리본이 달린 머리장식을 쓴 공작부인이 앉아서 찻잔과 오픈 샌드위치를 돌리고 있었다. 탁자 건너편에는 공작이 자리를 잡고 앉아 활기차게 먹으면서 큼직한 목소리로 즐거운 듯이 떠들고 있었다. 공작은 자기 옆에 온갖 선물을 늘어놓았다. 조각이 새겨진 조그마한 상자와 밀짚 세공물과 여기저기 온천장에서 산더미처럼 사모아온 온갖 종류의 페이퍼나이프 따위였는데 공작은 그것들을 모든 사람에게, 하녀인 리스헨과 이 집의 주인에게까지 나누어주었다. 그러고서 집주인을 붙잡고는 서툴고 우스꽝스러운 독일어로 키티의 병을 고친 것은 온천이 아니라 주인의 훌륭한 요리, 특히 그 말린 자두가 든 수프였다느니 하면서 농담을 던졌다. 공작부인은 남편의 러시아식 행동을 짐짓 비웃고 있었으나, 온천장에 온 뒤로 한 번도 그런 적이 없었을 만큼 생기가 넘치고 즐거워 보였다. 대령은 언제나처럼 공작의 농담에 싱글싱글 웃고 있었지만, 스스로 주의를 기울여 연구했다고 자부하는 유럽에 관해서는 공작부인의 편을 들었다. 선량한 마리야 예브게니예브나는 공작이 우스운 얘기를 할 때마다 몸을 흔들며 웃었고, 바렌카마저 키티가 여태까지 한 번도 본 적이 없는 모습으로 공작의 농담이 불러일으킨 가냘프지만 전염성 강한 웃음 때문에 녹초가 되어 있었다.

이러한 것들은 모두 키티를 즐겁게 했으나, 그녀는 온갖 마음의 번잡함에서 빠져나올 수가 없었다. 그녀는 그녀의 벗과 그녀가 그토록 사랑했던 생활에 대해 아버지가 보인 익살맞은 태도에 의해 무의식중에 자기 마음에 부과된 문제를 풀 수가 없었다. 이 문제에는 또하나, 요즘 완전히 명백하고 불쾌하게 드러난 페트로프 가족과의 관계 변화가 덧붙어 있었다. 모두들 유쾌했지만 키티는 유쾌할 수가 없었고, 그것이 한층 더 그녀를 괴롭혔다. 그녀는 어린 시절 벌을 받느라 자기 방에 갇혀 바깥에서 언니들의 즐거운 웃음소리가 들려올 때 느꼈던 것과 같은 기분을 맛보았다.

"그래 무엇을 할 양으로 당신은 이렇게 많이 사오셨죠?" 공작부인은 커피잔을 남편에게 내밀면서 웃는 얼굴로 물었다.

"산책을 나갔다가 가게 앞으로 다가간단 말야, 그러면 '자, 하나 팔아주십쇼. 에를라우흐트, 에크스첼렌츠, 두르흘라우흐트*'라고 하지. '두르흘라우흐트'란 말을 들으면 난 참을 수가 없어. 그러다보면 십 탈러는 어딘가로 달아나버리고 없단 말야."

"그저 지루했기 때문이었겠죠." 공작부인이 말했다.

"물론 그렇고말고. 아니 정말, 어쩔 줄 모를 정도로 이만저만한 권태가 아니란 말야."

"어떻게 지루할 수가 있나요, 공작? 지금 독일엔 재미있는 일들이 잔뜩 있잖아요." 마리야 예브게니예브나가 말했다.

---

* '가차, 선생님, 전차'를 뜻하는 독일어를 러시아어로 음차한 것

"그래요, 나도 재미있는 것은 다 알고 있어요. 말린 자두가 든 수프도 알고 완두콩을 넣은 소시지도 알고 있습니다. 다 알고 있어요."

"아니, 어떻게 말씀하셔도 좋지만 공작, 그들의 시설은 정말 흥미롭지 않아요?" 대령이 말했다.

"도대체 뭐가 흥미롭다는 거죠? 그들은 모두 구리 동전처럼 번지르르해요. 모든 것을 정복해버렸어요. 그렇지만 난 뭣에 대해 만족해야 하죠? 난 아무것도 정복한 게 없어요. 아니 그러기는커녕, 호텔에서는 구두도 손수 벗어야 하고 또 내 손으로 그것을 문밖에 내놓아야 하거든요. 아침에 일어나면 곧 옷을 입고 살롱으로 맛없는 차를 마시러 가야만 합니다. 그러나 집에서는 어떻습니까! 집에서는 일어나는 데도 서두를 필요가 없고, 마음에 들지 않으면 화를 낼 수도 있고, 투덜거리건 언제까지 생각에 잠겨 있건 조금도 서두를 것은 없으니까요."

"그렇지만 시간은 돈입니다. 당신은 그것을 잊고 계시는군요." 대령이 말했다.

"시간이라니 어떤 시간 말입니까! 어떤 시간은 일 개월에 오십 코페이카로 넘겨줘버리고 싶은 때가 있는가 하면, 아무리 많은 돈으로도 반시간도 얻을 수 없는 때도 있어요. 그렇지 않아, 카텐카? 어째서 그렇게 활기가 없니?"

"난 아무렇지도 않아요."

"아니, 어딜 가시려고? 자, 조금만 더 앉아 계세요." 공작은 바렌카에게로 얼굴을 돌리고 말했다.

"난 이제 집에 가야만 해요." 바렌카는 일어서면서 말하고 또다시 자지러지게 웃었다.

그러고는 웃음을 거두고 나서 인사를 하고 모자를 가지러 집안으로 들어갔다. 키티는 그녀의 뒤를 따라갔다. 지금 그녀에게는 바렌카마저 다르게 보였다. 별로 나쁘게 보인 것은 아니었지만, 그녀가 지금까지 혼자서 상상하고 있던 것과는 완전히 다른 여자로 보였다.

"아아, 난 정말 오래간만에 이렇게 웃었어요!" 바렌카는 양산과 가방을 챙기면서 말했다. "당신 아버님은 정말 재미있는 분이시군요!"

키티는 잠자코 있었다.

"이제 언제 만나게 될까요?" 바렌카가 물었다.

"엄마가 페트로프 가족한테 들르셨으면 하세요. 당신도 가시지 않겠어요?" 키티는 바렌카를 바라보면서 말했다.

"가봐야죠." 바렌카가 대답했다. "그분들이 떠날 준비를 하고 있어서, 짐 꾸리는 일을 돕겠다고 약속했어요."

"그래요, 그럼 나도 가죠."

"아니에요, 당신이 왜?"

"왜요, 왜요, 왜요?" 키티는 눈이 휘둥그레져서 말을 꺼냈다. 바렌카를 놓치지 않을 양으로 그녀의 양산을 붙잡으면서. "아니, 잠깐만, 왜 안 돼요?"

"아버님도 돌아오셨고, 게다가 또 그분들도 당신을 어렵게 생각해요."

"아뇨, 말씀해주세요, 어째서 당신은 내가 페트로프 씨 댁에 가는 것을 못마땅하게 생각하시는지? 그렇죠, 당신도 좋지 않게 생각하시죠? 어째서요?"

"난 그렇게 말하진 않았어요," 바렌카는 침착한 어조로 말했다.

"아아, 제발 말씀해주세요!"

"다 얘기해야 할까요?" 바렌카가 물었다.

"다 해야죠, 다 해야죠!" 키티는 재빨리 대답했다.

"그러죠, 그러나 특별한 얘긴 아니에요, 단지 미하일 알렉세예비치 (화가의 이름이었다)가 이전엔 빨리 돌아가고 싶어했는데 요즘엔 떠나고 싶어하지 않는다는 것뿐예요." 바렌카는 가벼운 웃음을 띠며 말했다.

"그래서, 그래서요?" 키티는 음울한 눈빛으로 바렌카를 쳐다보면서 보챘다.

"그런데 어찌된 영문인지 안나 파블로브나는 그분이 돌아가고 싶어하지 않는 것은 당신이 여기에 있기 때문이라고 이야기했어요. 물론 얼토당토않은 얘기지만 그래도 그 때문에, 당신 때문에 말다툼이 일어난 셈이에요. 당신도 아실 테지만, 그런 병자들은 툭하면 성을 내기 일쑤니까요."

키티는 한층 더 얼굴을 찌푸리고 입을 다물었다. 눈물이 터질 것인지 말이 터질 것인지 짐작이 가지 않았지만 어느 쪽이든 폭발이 일어날 것 같았다. 그래서 바렌카는 그녀를 달래고 가라앉히려 애쓰면서 혼자서 말을 계속했다.

"그러니, 당신은 가시지 않는 게 좋을 거예요…… 이제 아시겠죠? 그리고 화를 내진 않으시겠죠?"

"자업자득이에요, 자업자득이에요!" 키티는 바렌카의 손에서 양산을 덥석 빼앗고 친구의 눈을 피하면서 잽싸게 말을 꺼냈다.

바렌카는 친구의 어린애 같은 분노를 보고 살며시 웃음이 나려 했으나, 상대방을 모욕하는 짓이 될까봐 두려워 참았다.

"뭐가 자업자득이에요? 난 이해가 가지 않는군요."그녀가 말했다.

"내가 한 행동이 모두 위선이었기 때문이에요, 모두 마음속에서 우러나온 행동이 아니라 머릿속에서 짜낸 것이었기 때문이에요. 남의 집 일이 나한테 무슨 상관이 있어요? 그러니까 내가 그 말다툼의 원인이 되고 말았어요. 누구에게도 부탁받지 않은 일에 쓸데없는 짓을 한 결과라고요. 그것이 모두 위선이었기 때문이에요! 위선! 위선!……"

"그러나 당신이 위선적인 행동을 할 필요가 어디 있어요?"바렌카는 조용히 말했다.

"아아, 정말 어리석고 추악한 짓이었어요! 나한테는 아무런 필요도 없었어요…… 모든 것이 다 위선이었어요!"그녀는 손에 든 양산을 접었다 폈다 하면서 말했다.

"그런데 왜 그랬어요?"

"남 앞에, 나 자신 앞에, 신 앞에 조금이라도 자기를 잘 보이기 위해서 모두를 속인 거예요. 그렇지만 이렇게 된 이상 난 이제 그런 행동에 몸을 맡기지는 않겠어요! 악인은 될지언정 최소한 마음에도 없는 거짓말쟁이는, 위선자는 되지 않겠어요!"

"하지만 누가 위선자란 말이에요?"책망하는 듯한 어조로 바렌카가 말했다. "당신의 말은, 마치……"

그러나 키티는 격정의 발작에 사로잡혀 있었다. 그녀는 상대방이 끝까지 얘기하도록 내버려두지 않았다.

"난 절대로, 절대로 당신 얘길 하고 있는 게 아녜요. 당신은 조금도 흠이 없는 분이에요. 그래요 그래요, 당신은 어디까지나 흠이 없는 분이라는 걸 난 잘 알아요. 그렇지만 어떻게 하겠어요, 내가 어리석었는 걸. 만약 내가 어리석지 않았다면 이런 일은 없었을 거예요. 난 이젠 어떤 사람이 될지라도 최소한 위선자만은 되지 말아야겠다고 생각하고 있어요. 안나 파블로브나하고 내가 무슨 상관이 있어요! 그 사람들은 그 사람들이 하고 싶은 대로 살도록 내버려두는 게 좋아요. 그리고 난 내가 좋을 대로. 난 나 이외의 다른 사람일 수는 없어요…… 그것은 모두 잘못이에요, 잘못이에요!……"

"도대체 무엇이 잘못이라는 거예요?" 바렌카는 의아한 듯이 말했다.

"모든 것이 다 잘못이에요. 난 감정에 충실하게 살아갈 수밖에 없지만, 당신은 주의에 의해 살아가고 있어요. 난 단순히 당신을 좋아했을 뿐이지만, 당신은 틀림없이 구원하고 가르치기 위해서만 나를 좋아했을 거예요!"

"그건 당신의 오해예요." 바렌카가 말했다.

"그러나 난 다른 사람을 헐뜯고 있는 게 아네요, 내 얘기를 하고 있는 거예요."

"키티!" 어머니의 목소리가 들려왔다. "이리 오렴. 아버지께 네 산호 목걸이를 보여드려."

키티는 오연한 태도로, 친구와 화해도 하지 않은 채 산호가 들어 있는 탁자 위의 상자를 가지고 어머니에게 갔다.

"아니, 무슨 일이 있었니? 왜 그렇게 얼굴이 빨개?" 어머니와 아버지가 입을 모아 그녀에게 물었다.

"아무 일도 없었어요." 그녀는 대꾸했다. "곧 돌아올게요." 그러고는 다시 뛰어갔다.

'아직 저기 있다!' 그녀는 생각했다. '뭐라고 얘기해야 하나, 아아! 내가 무슨 짓을 저지른 걸까, 무슨 말을 한 거야! 무엇 때문에 그렇게 모욕했을까? 어떻게 해야 좋담? 뭐라고 해야 하나?' 키티는 이런 생각을 하며 문간에서 걸음을 멈췄다.

모자를 쓰고 양산을 손에 든 바렌카는 키티가 망가뜨린 양산의 용수철을 만지작거리면서 탁자 앞에 앉아 있었다. 그녀는 얼굴을 들었다.

"바렌카, 날 용서해줘요, 용서해줘요!" 그녀에게 다가가면서 키티는 속삭였다. "방금 내가 무슨 말을 했는지 모르겠어요. 나는……"

"나도 정말, 당신의 마음을 괴롭힐 생각은 아니었어요." 바렌카는 미소를 보이면서 말했다.

화해는 이루어졌다. 그러나 아버지의 도착과 함께 키티에게는 지금까지 살고 있던 세계가 완전히 변해버렸다. 그녀는 자기가 새로 알게 된 것을 모두 부정하지는 않았지만, 자기가 되고 싶었던 대로 될 수 있다고 생각하며 스스로를 속이고 있었음을 깨달았다. 그녀는 마치 꿈속에서 깨어난 것만 같았다. 위선이며 자기기만 없이 그녀가 오르고 싶어했던 그 높은 경지를 유지하기란 어렵다는 걸 통감했다. 그뿐 아니라 그녀는 자기가 살고 있는 세계, 슬픔이며 병이며 죽음의 지경에 이른 사람들의 세계에서 압박감을 느꼈다. 그리고 그 세계를 사랑하기 위해 자신에게 가해온 그 노력도 갑자기 고통스럽게 여겨져서 한시바삐 맑은 공기 속으로, 러시아로, 언니 돌리가 아이들을 데리고 옮겨갔다는 예르구쇼보로 가고 싶은 생각이 들었다.

그러나 바렌카에 대한 그녀의 애정은 변하지 않았다. 헤어질 때 키티는 그녀에게 러시아의 자기 집에 와달라고 거듭 권유했다. "당신이 결혼하면 가겠어요." 바렌카가 말했다.

"난 결코 결혼하지 않겠어요."

"그럼 나도 결코 가지 않겠어요."

"그럼 난 그것만을 위해서 결혼해야겠네요. 잘 기억해둬요, 그 약속 잊지 마세요!" 키티가 말했다.

박사의 예언은 실현되었다. 키티는 완전히 나아서 러시아의 집으로 돌아왔다. 그녀는 전처럼 태평스럽고 쾌활하지는 않았지만 차분하고 침착해졌다. 모스크바에서의 슬픔은 이제 한낱 추억이 되어버렸다.

(2권으로 이어집니다)

문학동네 세계문학전집 발간에 부쳐

세계문학은 국민문학 혹은 지역문학을 떠나 존재하는 문학이 아니지만 그것들의 총합도 아니다. 세계문학이라는 용어에는 그 나름의 언어와 전통을 갖고 있는 국민문학이나 지역문학의 존재를 인정하면서 그것을 넘어서는 문학의 보편적 질서에 대한 관념이 새겨져 있다. 그 용어를 처음 고안한 19세기 유럽인들은 유럽문학을 중심으로 그 질서를 구축했지만 풍부한 국민문학의 전통을 가지고 있는 현대의 문학 강국들은 나름의 방식으로 세계문학을 이해하면서 정전(正典)의 목록을 작성하고 또 수정한다.

한국에서도 세계문학 관념은 우리 사회와 문화의 변화 속에서 거듭 수정돼왔다. 어느 시기에는 제국 일본의 교양주의를 반영한 세계문학 관념이, 어느 시기에는 제3세계 민족주의에 동조한 세계문학 관념이 출현했고, 그러한 관념을 실천한 전집물이 출판됐다. 21세기 한국에 새로운 세계문학전집이 필요하다는 것은 명백하다. 우리의 지성과 감성의 기준에 부합하는 세계문학을 다시 구상할 때가 되었다.

문학동네 세계문학전집은 범세계적으로 통용되는 고전에 대한 상식을 존중하면서도 지난 반세기 동안 해외 주요 언어권에서 창작과 연구의 진전에 따라 일어난 정전의 변동을 고려하여 편성되었다. 그래서 불멸의 명작은 물론 동시대 세계의 중요한 정치·문화적 실천에 영감을 준 새로운 작품들을 두루 포함시켰다.

창립 이후 지금까지 한국문학 및 번역문학 출판에서 가장 전문적이고 생산적인 그룹을 대표해온 문학동네가 그간 축적한 문학 출판 경험을 바탕으로 새로운 세계문학전집을 펴낸다. 인류가 무지와 몽매의 어둠 속을 방황하면서도 끝내 길을 잃지 않은 것은 세계문학사의 하늘에 떠 있는 빛나는 별들이 길잡이가 되어주었기 때문이다. 우리가 자부심과 사명감 속에서 그리게 될 이 새로운 별자리가 독자들의 관심과 애정에 힘입어 우리 모두의 뿌듯한 자산이 되기를 소망한다.

문학동네 세계문학전집 편집위원
민은경, 박유하, 변현태, 송병선, 이재룡, 홍길표, 남진우, 황종연

세계문학전집 001

안나 카레니나 1

1판 1쇄 2009년 12월 15일
1판 40쇄 2024년 6월 28일

지은이 레프 톨스토이 | 옮긴이 박형규

편집 김현정 신소희 이종현 김수현 김경은 오동규 | 독자모니터 전혜진 한진미
디자인 랄랄라디자인 송윤형 최미영 | 저작권 박지영 형소진 최은진 서연주 오서영
마케팅 정민호 서지화 한민아 이민경 안남영 왕지경 정경주 김수인 김혜원 김하연 김예진
브랜딩 함유지 함근아 고보미 박민재 김희숙 박다솔 조다현 정승민 배진성
제작 강신은 김동욱 이순호 | 제작처 영신사

펴낸곳 (주)문학동네 | 펴낸이 김소영
출판등록 1993년 10월 22일 제2003-000045호
주소 10881 경기도 파주시 회동길 210
전자우편 editor@munhak.com | 대표전화 031)955-8888 | 팩스 031)955-8855
문의전화 031)955-1927(마케팅), 031)955-1916(편집)
문학동네카페 http://cafe.naver.com/mhdn
인스타그램 @munhakdongne | 트위터 @munhakdongne
북클럽문학동네 http://bookclubmunhak.com

ISBN 978-89-546-0902-9 04890
        978-89-546-0901-2 (세트)

잘못된 책은 구입하신 서점에서 교환해드립니다.
기타 교환 문의 031) 955-2661, 3580

www.munhak.com

.

● 문학동네 세계문학전집은 계속 출간됩니다